ODISSEIA

Os gregos acreditavam que a *Ilíada* e a *Odisseia* haviam sido escritas por um único poeta, a quem chamavam de Homero. Nada se sabe a respeito de sua vida. Embora sete cidades gregas reivindiquem a honra de ser sua terra natal, segundo a tradição antiga ele era oriundo da região da Jônia, no Egeu oriental. Tampouco há registros de sua data de nascimento, ainda que a maioria dos estudiosos modernos situe a criação da *Ilíada* e da *Odisseia* em fins do século VIII a.C. ou início do século VII a.C.

FREDERICO LOURENÇO nasceu em Lisboa, em 1963. Formou-se em línguas e literaturas clássicas na Faculdade de Letras de Lisboa, onde concluiu seu doutorado. Hoje leciona na Universidade de Coimbra. Colaborou com os jornais *Público*, *O Independente*, *Diário de Notícias* e *Expresso*. Publicou críticas literárias nas revistas *Colóquio/ Letras*, *Journal of Hellenic Studies*, *Humanitas*, *Classical Quarterly* e *Euphrosyne*. É autor de *Pode um desejo imenso*, *Amar não acaba*, *A formosa pintura do mundo* e *A máquina do arcanjo*, dos livros de ensaios *Grécia revisitada* e *Novos ensaios helênicos e alemães* e coordenador de *Ensaios sobre Píndaro* entre outros. Traduziu do grego a *Ilíada* e as tragédias *Hipólito* e *Íon*, de Eurípides. Sua tradução da *Odisseia* recebeu o prêmio D. Diniz da Casa de Mateus e o grande prêmio de tradução do Pen Clube Português e da Associação Portuguesa de Tradutores.

BERNARD KNOX foi o primeiro diretor do Centro de Estudos Helênicos da Universidade Harvard, localizado em Washington, D.C. Publicou ensaios e críticas em numerosas publicações e, em 1978, ganhou o Prêmio George Jean Nathan de Crítica Teatral. Entre seus trabalhos destacam-se *Oedipus at Thebes: Sophocles's Tragic Hero and His Time*; *The Heroic Temper*:

Studies in Sophoclean Tragedy; *Word and Action: Essays on the Ancient Theater*; *Essays Ancient and Modern* (ganhador do prêmio PEN/Spievogel-Diamonstein de 1989); *The Oldest Dead White European Males and Other Reflections on the Classics* e *Backing into the Future: The Classical Tradition and its Renewal*. Knox foi também o editor responsável pelo *The Norton Book of Classical Literature* e colaborou com Robert Fagles em sua tradução para o inglês da *Ilíada*, da *Trilogia tebana* de Sófocles e da *Eneida* de Virgílio. Morreu em julho de 2010, aos 95 anos.

HOMERO

Odisseia

Tradução e prefácio de
FREDERICO LOURENÇO

Introdução e notas de
BERNARD KNOX

26ª reimpressão

COMPANHIA DAS LETRAS

Copyright da introdução e das notas © 1996 by Bernard Knox
Copyright dos mapas © 1990 by Anita Karl e James Kemp
Copyright da tradução e do prefácio © 2003 by Livros Cotovia
e Frederico Lourenço, Lisboa.
Os mapas desta edição foram feitos por Sonia Vaz, baseados
em *The Odyssey*, editado pela Penguin Group, em 1996.

*Grafia atualizada segundo o Acordo Ortográfico da Língua
Portuguesa de 1990, que entrou em vigor no Brasil em 2009.*

Penguin and the associated logo and trade dress are registered
and/or unregistered trademarks of Penguin Books Limited and/or
Penguin Group (USA) Inc. Used with permission.
Published by Companhia das Letras in association with
Penguin Group (USA) Inc.

TÍTULO ORIGINAL
ΟΔΥΣΣΕΙΑ
CAPA E PROJETO GRÁFICO PENGUIN-COMPANHIA
Raul Loureiro, Claudia Warrak
PREPARAÇÃO
Alexandre Boide
ADAPTAÇÃO PARA O PORTUGUÊS DO BRASIL
Carlos Minchillo
TRADUÇÃO DA INTRODUÇÃO
Angela Pessoa
REVISÃO
Camila Saraiva
Huendel Viana

Dados Internacionais de Catalogação na Publicação (CIP)
(Câmara Brasileira do Livro, SP, Brasil)

Homero
    Odisseia / Homero; tradução e prefácio de Frederico Lou-
renço; introdução e notas de Bernard Knox. — São Paulo : Penguin Classics Companhia das Letras, 2011.
    Título original: ΟΔΥΣΣΕΙΑ
    ISBN 978-85-63560-27-8
    1. Poesia épica clássica — Grécia Antiga 2. Poesia grega
I. Knox, Bernard. II. Título.

11-08303   CDD-833.01

Índices para catálogo sistemático:
1. Epopeia: Literatura grega antiga 833.01
2. Poesia épica: Literatura grega antiga 833.01

Todos os direitos desta edição reservados à
EDITORA SCHWARCZ S.A.
Rua Bandeira Paulista, 702, cj. 32
04532-002 — São Paulo — SP
Telefone: (11) 3707-3500
www.penguincompanhia.com.br
www.companhiadasletras.com.br
www.blogdacompanhia.com.br

Sumário

Introdução — Bernard Knox	7
Prefácio — Frederico Lourenço	95
Nota sobre a tradução	107

MAPAS

1. Geografia homérica: Grécia continental	110
2. Geografia homérica: O Peloponeso	112
3. Geografia homérica: O Egeu e a Ásia Menor	114

ODISSEIA

Canto I	119
Canto II	134
Canto III	149
Canto IV	166
Canto V	195
Canto VI	212
Canto VII	224
Canto VIII	236
Canto IX	257
Canto X	277
Canto XI	297
Canto XII	319
Canto XIII	334
Canto XIV	349
Canto XV	367
Canto XVI	386

Canto XVII	403
Canto XVIII	426
Canto XIX	442
Canto XX	463
Canto XXI	477
Canto XXII	493
Canto XXIII	511
Canto XXIV	524
Notas	543
Genealogias	563
Referências bibliográficas	567

Introdução

BERNARD KNOX

"Odisseia" é uma palavra comum a várias línguas, com suas respectivas variações, e significa, em uma definição genérica, "uma longa jornada cheia de aventuras e eventos inesperados". Já a palavra grega *Odusseia*, a forma da qual o termo deriva, significa meramente "a história de Odisseu" [em latim, Ulisses], herói grego da guerra de Troia que levou dez anos para regressar ao seu lar na ilha de Ítaca, ao largo da costa oeste da Grécia continental. A *Odisseia* de Homero de fato nos apresenta "uma longa jornada" e "eventos inesperados", mas é também a narrativa épica do retorno de um herói que encontra em sua casa uma situação mais perigosa do que qualquer outra que tenha enfrentado nas planícies de Troia ou em suas viagens por mares inexplorados.

O filósofo grego Aristóteles, escrevendo no século IV a.C., apresenta-nos, em seu tratado conhecido como *Poética*, o que considera a essência da trama. "Um homem encontra-se no estrangeiro há muitos anos; está sozinho e o deus Posêidon o mantém sob vigilância hostil. Em casa, os pretendentes de sua mulher estão esgotando os recursos da família e conspirando para matar seu filho. Então, após enfrentar tempestades e sofrer um naufrágio, ele volta para casa, dá-se a conhecer e ataca os pretendentes: ele sobrevive e os pretendentes são exterminados." Esse resumo conciso é o esqueleto de um poema épico que consiste em 12 109 versos hexâmetros, escritos, provavelmente, em fins do século VIII ou início do VII a.C., por um poeta conhecido nas gerações posteriores como Homero, de quem não nos chegaram informações confiáveis a respeito de sua vida e atividades. Em outras palavras, o poema tem cerca de 2700 anos. Como, o leitor pode muito bem perguntar, a obra sobreviveu tanto tempo? Por quem, para quem, como e em que circunstâncias foi composta? Talvez a melhor maneira de iniciar a exploração de tais questões (ninguém pode prometer uma resposta completa e indiscutível) seja uma abordagem retrospectiva — ou seja, a partir do texto deste livro.

Trata-se de uma tradução do texto grego. A primeira edição impressa de Homero, publicada em Florença em 1488, era composta em uma tipologia que imitava a caligrafia grega da época, com todos os seus ligamentos e suas abreviações complicadas. Os antigos tipógrafos tentavam assemelhar seus livros a manuscritos escritos à mão, pois nos círculos eruditos os livros impressos eram considerados produtos vulgares e inferiores — brochuras baratas, por assim dizer.

Desde 1488, portanto, há uma história ininterrupta do texto impresso de Homero, que difere um pouco de um editor para outro, mas é essencialmente inalterável. Antes disso, sua poesia existia apenas como livro escrito à mão. Tais exemplares manuscritos permaneceram em circulação na Itália por cerca de cem anos antes da primeira edição impressa. Petrarca tentou aprender grego, mas desistiu; Boccaccio conseguiu e instituiu, além disso, em 1360, uma cátedra de grego em Florença. Mas antes de Petrarca, Dante, embora tenha situado Homero em seu limbo de poetas não cristãos, nunca o havia lido, e não poderia tê-lo feito mesmo que houvesse visto o texto. Durante quase mil anos, a partir da queda do Império Romano, o conhecimento do grego praticamente se perdeu na Europa ocidental. No século XIV, ele foi reintroduzido na Itália a partir de Bizâncio, onde um império cristão de língua grega manteve-se desde que Constantino fez da cidade a capital da metade oriental do Império Romano.

INTRODUÇÃO   9

O conhecimento do grego e os manuscritos dos clássicos gregos, Homero inclusive, chegaram à Itália no momento mais oportuno; em maio de 1453, Bizâncio foi tomada pelos turcos otomanos, e o predomínio grego sobre o Oriente chegou ao fim depois de mil anos. Durante sua longa existência, preservou-se, copiou-se e recopiou-se um seleto número de obras-primas gregas da era pré-cristã, tendo Homero um lugar de destaque entre elas. Os precursores diretos da edição impressa de Florença foram os livros manuscritos atados, escritos em velino ou papel, em letra cursiva minúscula, que incluía acentos e pausas para respiração. Esses livros representaram a fase final do processo de cópia à mão que remonta ao mundo antigo. A nova escrita minúscula fora adotada no século ix; por incluir espaços entre as palavras, era mais fácil de ler do que sua antecessora, uma caligrafia que consistia em letras maiúsculas separadas, sem divisão entre as palavras — a escrita padrão do mundo antigo. Do século ii ao século v, o formato e o material dos livros mudaram: o pergaminho, de vida mais longa, substituiu o papiro, e o códice, o formato do nosso livro — cadernos de papel costurados na parte de trás —, substituiu o rolo. No mundo antigo, a *Ilíada* consistia em vários rolos de papiro, com o texto escrito em colunas na face interna. Os rolos não podiam ser muito grandes (ou se quebrariam quando abertos para serem lidos); um longo poema como a *Odisseia* podia consumir até 24 rolos — na realidade, é possível que os assim chamados cantos da versão atual do texto representem a divisão original em rolos de papiro.

Nesse formato, o poema tornou-se conhecido de estudiosos, que o editaram e comentaram em Alexandria, cidade fundada por Alexandre, antes que este se pusesse a caminho de sua épica marcha rumo à Índia em fins do século iv a.C. E foi nesse formato — ainda que, antes, os estudiosos de Alexandria tenham produzido uma edição padrão, com muitas variações de um texto para outro —

que surgiram vários exemplares da obra em todo o mundo grego dos séculos IV e V a.C. Também devia haver textos em circulação no século VI a.C., pois temos conhecimento de recitações oficiais em Atenas e encontramos ecos de Homero nos poetas da época. Por volta do século VII a.C., voltamos à escuridão. Nos poetas desse século (cuja obra sobrevive apenas em fragmentos), há epítetos, expressões e até mesmo fragmentos de versos comuns a Homero. Embora tais poetas — Tirteu, Calino, Álcman e Arquíloco — pudessem estar apenas usando expressões comuns a uma tradição épica como um todo, parece mais provável que esses ecos revelem o conhecimento da obra que conhecemos como pertencente a Homero. Além disso, há um vaso, descoberto na ilha de Ísquia, ao largo da costa de Nápoles, datado de antes de 700 a.C., que possui uma inscrição que parece se referir à famosa taça de Nestor descrita na *Ilíada*. Ecos como esse também são encontrados na arte do início do século VII a.C. — ilustrações de cenas da *Odisseia*, por exemplo, em vasos datados da década de 670 a.C.

Mas não podemos recuar para além de cerca de 700 a.C. Provas materiais referentes a esse período são raras; na realidade, sabemos muito pouco a respeito da Grécia do século VIII a.C., menos ainda, se é que isso é possível, a respeito da Grécia do século IX a.C. Possuímos apenas registros arqueológicos — vasos geométricos, sepulturas, algumas armas. Em virtude da nossa quase total ignorância a seu respeito, esse período da história grega é conhecido como Idade das Trevas.

Tudo que possuímos é a tradição, o que os gregos dos tempos históricos acreditavam saber a respeito de Homero. Heródoto achava que ele havia vivido quatrocentos anos antes, não mais, de sua própria época; isso o situaria no século IX a.C. Aristarco de Alexandria, grande estudioso de Homero, acreditava que o poeta havia vivido cerca de 140 anos depois da guerra de Troia; considerando que a guerra de Troia era em geral datada (em nossos termos) por volta

INTRODUÇÃO

11

de 1200 a.C., o Homero de Aristarco foi muito anterior ao Homero de Heródoto. Apesar das discordâncias quanto à data em que ele viveu, todos acreditavam que ele era cego e, embora alguns o considerassem natural de Quios (um suposto hino homérico menciona um cantor cego oriundo de Quios), outros associam suas origens a Esmirna. Também é geralmente aceito que Homero, embora mencionasse o canto e provavelmente cantasse nas apresentações, foi um poeta que empregou os mesmos meios de composição que seus sucessores do século V a.C. — isto é, a escrita. Mesmo aqueles que achavam que seus poemas fundiram--se para assumir a forma atual apenas muito depois de sua morte (que, por exemplo, a última parte da *Odisseia* é um acréscimo posterior), mesmo aqueles que acreditavam que poetas distintos escreveram a *Ilíada* e a *Odisseia*, os assim chamados separatistas — todos aceitavam que Homero foi um poeta que compôs como todos os poetas subsequentes: com o auxílio da escrita. E assim ocorreu em todos os séculos posteriores até o século XVIII. Pope, cuja tradução da *Ilíada* é a melhor já realizada para o inglês, fala de Homero como se este fosse um poeta como Milton, Shakespeare ou ele mesmo. "É universalmente aceito" — assim começa seu Prólogo — "que HOMERO teve a Imaginação mais notável do que qualquer Escritor." Homero, e isto é um fato consumado, *escreveu.*

Houve apenas um cético no mundo antigo que pensava de forma diferente. Não era grego e sim judeu, Yosef ben Matityahu. Escreveu em grego (para o que, como admite, teve uma pequena ajuda) uma história da rebelião judaica contra o domínio romano no século I e sua violenta repressão por parte do imperador Tito — acontecimentos nos quais havia desempenhado importante papel. Mas também escreveu um panfleto que contrariava a afirmação do escritor grego Apión, de que os judeus não possuíam história para contar, visto que as obras dos historiadores gregos mal os mencionavam. Além de defender a historicidade das Crônicas do

Antigo Testamento, Josefo (para chamá-lo por seu nome grego) contra-atacou ao assinalar que os gregos aprenderam a escrever de forma tardia em termos históricos. Os heróis da guerra de Troia "ignoravam o modo atual de escrever", declarou, e mesmo Homero "não deixou seus poemas por escrito"; suas canções foram "transmitidas de memória" individualmente e "unificadas apenas muito mais tarde".

É verdade (com uma exceção importante, que será discutida mais adiante) que ninguém na *Ilíada* ou na *Odisseia* sabe ler ou escrever. Os escribas de Micenas haviam usado o complexo silabário Linear B — 87 sinais para diferentes combinações de consoantes e vogais. Era um sistema com o qual apenas os escribas profissionais conseguiam lidar; de qualquer forma, todos os vestígios dessa espécie de escrita se perderam com a destruição dos centros de estudos de Micenas no século XII a.C. Os gregos só reaprenderam a escrever muito mais tarde. Dessa vez, apoderaram-se do alfabeto de pouco menos de 25 letras dos fenícios, um povo semítico cujos navios mercantes, navegando a partir das cidades de Tiro e Sídon, na costa palestina, alcançavam todas as ilhas e portos do mar Mediterrâneo. O alfabeto fenício possuía sinais apenas para as consoantes. Os gregos apropriaram-se de seus símbolos (*alfa* e *beta* eram palavras sem sentido em grego, mas seus equivalentes fenícios, *alef* e *bet*, significavam "boi" e "casa"), e ao atribuir algumas letras às vogais criaram o primeiro alfabeto eficaz, um sistema de letras que fornecia um, e apenas um, signo para cada som da língua.

Exatamente quando essa adaptação criativa ocorreu é objeto de controvérsia acadêmica. Alguns dos formatos das letras das primeiras inscrições gregas parecem ter sido copiados de escritos fenícios de data tão remota quanto o século XII a.C. Por outro lado, os primeiros exemplos de escrita alfabética grega, riscados ou pintados em cerâmica quebrada e encontrados em todo o mundo grego, desde Rodes, a leste, até Ísquia, ao largo da costa napolitana, a

INTRODUÇÃO 13

oeste, datam, segundo estimativas arqueológicas, da última metade do século VIII a.C.

Apenas no século XVIII a possibilidade do analfabetismo de Homero foi proposta novamente. O viajante inglês Robert Wood, em seu *Essay on the Original Genius of Homer* [Ensaio sobre o gênio original de Homero] (1769), sugeriu que o poeta era tão analfabeto quanto seus personagens Aquiles e Ulisses. O acadêmico alemão F. A. Wolf desenvolveu a teoria em um discurso erudito intitulado *Prolegomena ad Homerum*, e assim teve início a extensa e complexa Questão Homérica. Pois se Homero era analfabeto, declarou Wolf, não poderia ter escrito poemas tão longos quanto a *Ilíada* e a *Odisseia*; devia ter deixado poemas mais curtos que, preservados pela memória, foram mais tarde (muito mais tarde, na opinião de Wolf) reunidos em algo parecido com a forma que hoje conhecemos. A tese de Wolf foi quase universalmente aceita tão logo foi publicada. Surgiu na hora certa. Quase um século antes disso, o filósofo napolitano Giambattista Vico alegara que os poemas homéricos eram a criação não de um único homem, mas de todo o povo grego. O espírito da época agora tentava encontrar obras de talentos incultos, canções e baladas, expressões da imaginação conjunta de um povo — um contraste com a cultura e literatura artificiais da Idade da Razão. A rebelião romântica estava próxima. Em toda a Europa, estudiosos começaram a reunir, gravar e editar canções populares, baladas e épicos — a *Nibelungenlied* alemã, a *Kalevala* finlandesa, as *Reliques of Ancient English Poetry* de Percy. E foi essa a época que viu a popularidade, sobretudo na Alemanha e na França, de um falso épico poético coletivo: a história de Ossian, herói galês, traduzido do gaélico original e recolhido nas Highlands por James Macpherson. Apesar do fato de Macpherson nunca ter sido capaz de apresentar os originais, "Ossian" foi elogiado por Goethe e Schiller; era o livro favorito de Napoleão Bonaparte. Eles deveriam ter ouvido

Samuel Johnson, que descreveu o livro como "a fraude mais grosseira com que o mundo já se inquietou".

Em tal atmosfera de entusiasmo pela poesia popular, a descoberta de um Homero primitivo foi mais do que bem-vinda. E os estudiosos, convencidos de que a *Ilíada* e a *Odisseia* consistiam em antigos poemas mais curtos reunidos mais tarde por compiladores e editores, voltavam-se com prazer à tarefa de desconstrução, de reconhecer os alinhavos e isolar as "canções" ou "baladas" em sua beleza primitiva, pura. Essa prática manteve-se durante todo o século XIX e adentrou o século XX.

E prosseguiu porque, naturalmente, os estudiosos jamais concordavam no que diz respeito à divisão dos poemas. Isso era compreensível, uma vez que os critérios que empregavam — inconsistência do personagem, desequilíbrio da estrutura, irrelevância do tema ou incidente, imperícia da transição — eram notoriamente subjetivos. A princípio o assunto gerou um vale-tudo indiscriminado; parecia haver quase uma competição para ver quem descobria o maior número de baladas distintas. Karl Lachmann, em meados do século XIX, após afirmar que suas recém-descobertas *Nibelungenlied* eram um mosaico de baladas breves (teoria na qual hoje ninguém acredita), passou a dividir a *Ilíada* em dezoito canções heroicas originais. Teoria semelhante sobre a origem da *Chanson de Roland* foi popular por volta da mesma época. A ideia não era tão impossível quanto hoje parece; de fato, um contemporâneo de Lachmann, o poeta e estudioso finlandês Lönnrot, compilou baladas finlandesas em suas viagens como médico rural às partes mais remotas do país e reuniu-as para formar o grande épico finlandês, a *Kalevala*, poema que, desde então, tem sido o alicerce da consciência nacional finlandesa. Mas os métodos analíticos de Lachmann não produziram nenhum consenso, apenas disputas acadêmicas, conduzidas com o veneno habitual, a respeito da extensão dos fragmentos e de onde exatamente passar a faca.

INTRODUÇÃO 15

A *Ilíada*, na qual a ação confina-se a Troia e à planície troiana e não dura mais que algumas semanas, prestava-se com menos facilidade a tais operações cirúrgicas do que a *Odisseia*, que abrange dez anos e vastos espaços. Não foi difícil para os empolgados analistas detectar épicos originalmente separados e baladas curtas. Havia uma *Telemaquia* (Cantos I-IV), a narrativa do desenvolvimento do tímido jovem príncipe até seu total estabelecimento como homem e guerreiro. Continha o que a princípio eram três baladas distintas do tipo conhecido como *Nostoi* (Retornos) — as viagens e o regresso à pátria de Nestor, Menelau e Agamêmnon. Havia a longa narrativa da viagem de um herói através de mares lendários e distantes, como a saga da nau de Jasão, o *Argo*, um canto, aliás, mencionado na *Odisseia* (XII.70). Incorporado a essa narrativa de viagem havia um canto breve, porém brilhante, a respeito de um escândalo sexual no Olimpo — Ares e Afrodite surpreendidas *in flagrante delicto* por seu furioso marido, Hefesto. É um dos cantos do bardo cego Demódoco, que, na corte de Esquéria, narra também a história da contenda entre Aquiles e Ulisses e outra de Ulisses e do cavalo de madeira que provocou a queda de Troia. Havia, além disso, um *Nostos* integral, o regresso de Ulisses, a acolhida que recebeu e sua vingança contra os pretendentes.

As dimensões exatas desses componentes supostamente distintos e os estágios do processo que conduziu a sua combinação foram (e nos escritos de muitos críticos eminentes ainda são) matéria de especulação e controvérsia. Haveria três poetas principais — um que compôs a essência do épico (as andanças e o regresso de Ulisses), outro que cantou a chegada à maioridade e as viagens de Telêmaco, e um terceiro que uniu os dois e forjou os vínculos que os uniram? Ou haveria apenas dois — o poeta das viagens e do regresso para casa, e o outro que acrescentou a *Telemaquia* e o Canto XXIV (que, seja como for, muitos estudiosos consideram um acréscimo posterior)?

A fraqueza mais evidente dessa linha de argumentação é o fato de a história de Telêmaco não ser tema compatível com um canto heroico; nela nada há de heroico até Telêmaco assumir seu lugar, de lança na mão, ao lado do pai no palácio de Ítaca. Como poema épico distinto, o material dos Cantos I-IV é algo difícil de conceber no contexto histórico — um *Bildungsroman*, a história de um jovem oriundo de uma ilha pobre e atrasada que se impõe em casa e visita a corte sofisticada de dois reinos ricos e poderosos para voltar para casa homem feito. Um tema como esse está a léguas de distância das canções apresentadas pelos bardos na *Odisseia* e na *Ilíada*. Demódoco, na corte de Esquéria, narra a história da disputa entre Ulisses e Aquiles e, mais tarde, a pedido de Ulisses, a do cavalo de madeira que ocasionou a queda de Troia. Fêmio, no palácio de Ítaca, canta o retorno dos aqueus de Troia e as catástrofes que lhes foram impostas por Atena, e quando Penélope pede-lhe que escolha outro tema menciona o conhecimento que possui das "façanhas de homens e deuses, como as celebram os aedos" (I.338). E na *Ilíada*, quando os embaixadores de Agamêmnon pleiteiam com Aquiles que se junte a eles na linha de combate, encontram-no tocando a lira, "cantando os feitos gloriosos/ dos homens" (IX.189--90). Não é fácil inserir um canto exaltando as viagens de Telêmaco no contexto de um público masculino acostumado a narrativas de aventura e feitos de armas. Como começaria o bardo? "Fala-me, Musa, da entrada de Telêmaco na maioridade…"? Parece muito mais provável que a *Telemaquia* tenha sido uma criação do poeta, que decidiu unir uma narrativa de aventuras em mares lendários — uma viagem ocidental nos moldes saga da viagem do *Argo* para o Oriente — com um *Nostos*, o regresso à pátria do herói proveniente de Troia, neste caso para defrontar-se com uma situação tão perigosa quanto a que aguardava Agamêmnon. Essa decisão o obrigou a um desvio radical do processo tradicional de narrativa do canto heroico, e trouxe à tona um problema para o qual a *Telemaquia* era uma solução magistral.

INTRODUÇÃO   17

A narrativa épica em geral anuncia o ponto da história em que ela começa e prossegue em ordem cronológica até o fim. A *Ilíada* principia com o pedido do poeta à Musa: "Canta, ó deusa, a cólera de Aquiles, o filho de Peleu"; ele então lhe diz por onde começar: "desde o momento em que primeiro se desentenderam/ o Atrida, soberano dos homens, e o divino Aquiles" (I.1-7). Ela assim faz, e a história é contada em rigorosa ordem cronológica até o final: "E assim foi o funeral de Heitor, domador de cavalos" (XXIV.804). Na *Odisseia*, quando Ulisses pede a Demódoco, bardo de Esquéria: "Mas muda agora de tema e canta-nos a formosura do cavalo/ de madeira, que Epeu fabricou com a ajuda de Atena" (VIII.492-3), o bardo,

[...] incitado, começou por preludiar o deus,
revelando depois o seu canto. Tomou como ponto de partida
o momento em que tinham embarcado nas naus bem
                                                      construídas
e iniciado a navegação (depois de queimadas as tendas)
os Aqueus. [...]
(VIII.499-503)

E dá prosseguimento à história até a queda de Troia. Mas o prólogo à *Odisseia* renuncia ao tradicional pedido à Musa ou ao poeta para que inicie em determinado ponto. Ela começa, como a *Ilíada*, com um pedido à Musa para que toque um tema — a ira de Aquiles, as andanças de Ulisses, mas em lugar de lhe dizer onde começar — "desde o momento em que primeiro se desentenderam/ o Atrida, soberano dos homens, e o divino Aquiles" — deixa a escolha a seu cargo. "Destas coisas fala-nos agora, ó deusa, filha de Zeus" (I.10). E ela assim o faz. Começa não com a partida de Ulisses de Troia (que é onde ele inicia quando conta sua história aos feácios), mas no vigésimo ano de sua ausência de casa, quando Atena compele Telêmaco a empreender viagem a Pilos e

Esparta e promove a fuga de Ulisses de seu cativeiro de sete anos na ilha de Calipso.

A razão para esse afastamento surpreendente da tradição não é difícil de encontrar. Se o poeta tivesse começado do princípio e observado uma cronologia rígida, teria sido forçado a interromper a sequência da narrativa assim que seu herói houvesse voltado a Ítaca, a fim de explicar a situação extremamente complicada com a qual ele teria de lidar na própria casa. A *Telemaquia* o habilita a preparar o terreno para o retorno do herói e apresentar os protagonistas das cenas finais — Atena, Telêmaco, Penélope, Euricleia, Antino, Eurímaco —, bem como um grupo de atores secundários: Mêdon, o criado que ajudou a educar Telêmaco; Dólio, o criado de Laertes; Haliterses e Mentor, dois anciãos de Ítaca que desaprovavam os pretendentes; o pretendente Liócrito e Fêmio, o bardo de Ítaca. E as descrições das viagens de Telêmaco fazem mais do que mapear seu avanço, sob a orientação de Atena, da timidez provinciana à autoconfiança principesca nas suas interações com reis; elas também nos oferecem duas visões ideais do regresso do herói, muito diferentes do destino reservado a Ulisses — Nestor entre seus filhos, Menelau com a mulher e a filha, ambos governando reinos abastados e súditos leais.

A divisão em cantos separados de poetas distintos não foi a única abordagem usada para dissecar o corpo da *Odisseia*. O século XIX foi o período que testemunhou o nascimento do espírito científico histórico. E também o da história da língua — as disciplinas da linguística. Tudo isso teve influência na questão. Se de fato algumas seções da *Odisseia* fossem mais antigas que outras, deveriam conter atributos linguísticos característicos de um estágio anterior do idioma, e não aqueles encontrados em acréscimos mais recentes. Da mesma forma, as partes mais novas do poema deveriam conter alusões a costumes, leis, objetos e ideias pertencentes ao período histórico mais recente, e vice-versa. No fim do século, surgiu um novo critério para aferir a an-

INTRODUÇÃO

19

tiguidade das diferentes seções do poema — o critério arqueológico. Com as escavações de Heinrich Schliemann em Troia e Micenas e as de Sir Arthur Evans em Cnossos, uma civilização até então desconhecida foi revelada. Se havia alguma historicidade nas descrições de Homero do mundo aqueu que organizou o ataque a Troia, devia ser uma referência a *esse* mundo — um mundo de máscaras de ouro, armas de bronze, palácios e fortificações —, não à Grécia arqueologicamente atingida pela pobreza da Idade das Trevas. Ora, ao encontrar nas descrições de Homero objetos correspondentes a algo escavado em um lugar da Idade do Bronze, o pesquisador poderia datar uma passagem, pois estava claro que com a destruição dos palácios miceniano e minoano todos os vestígios daquele período haviam desaparecido da Grécia. Schliemann e Evans descobriram coisas das quais Heródoto e Tucídides não faziam ideia.

Dentre essas três abordagens, a linguística parecia a mais promissora, a mais propensa a gerar critérios objetivos. Estudos sobre as origens do grego na família indo-europeia de línguas haviam progredido segundo critérios geralmente aceitos e científicos: a história da língua grega e dos dialetos gregos tornara-se uma disciplina exata. A análise linguística do texto certamente confirmaria ou refutaria teorias de estratos anteriores e posteriores nos poemas.

A LÍNGUA DE HOMERO

A língua de Homero é, naturalmente, um problema em si. Uma coisa é certa: trata-se de uma língua que ninguém nunca falou. É uma língua artificial, poética — como propõe o estudioso alemão Witte, "a língua dos poemas homéricos é uma criação de versos épicos". Era também uma língua difícil. Para os gregos da era dourada, o século v a.C., no qual inevitavelmente pensamos quando dizemos "os gregos", o idioma de Homero estava longe de ser claro (eles precisavam aprender o significado de longas listas de palavras obscuras na escola), e era repleto de arcaísmos — no vocabulário, na sintaxe e na gramática — e incongruências: palavras e formas extraídas de diferentes dialetos e estágios distintos de desenvolvimento da língua. Na realidade, ninguém nem sonharia em empregar a linguagem de Homero, à exceção dos bardos épicos, sacerdotes oraculares e parodistas eruditos.

Isso não significa que Homero fosse um poeta conhecido apenas de eruditos e estudantes; pelo contrário, os épicos homéricos eram familiares como as palavras do cotidiano na boca dos gregos comuns. Conservaram sua influência na língua e imaginação dos gregos por sua excelente qualidade literária — a simplicidade, rapidez e objetividade da técnica narrativa, a genialidade e emoção da ação, a grandeza e a tocante humanidade dos personagens — e por conceder aos gregos, de forma memorável, imagens de seus deuses e do saber ético, político e prático de sua tradição cultural. A contextura dos épicos homéricos foi para o período clássico na Grécia o que a dos Mármores de Elgin representou para nós — desgastada pelo tempo, mas falando-nos diretamente: majestosa, impositiva, uma visão da vida para sempre gravada nas formas que parecem ter sido moldadas por deuses e não por homens.

A língua de Homero é também a "criação do verso épico" em sentido estrito: foi criada, adaptada e moldada para ajustar-se à métrica épica, o hexâmetro. Este é um verso, como aponta o nome, de seis unidades métricas, que podem, grosso modo, tanto ser dáctilos (um longo e dois curtos) como espondeus (dois longos) nas quatro primeiras posições, mas deve ser dáctilo e espondeu, nessa ordem, nas últimas duas (raras vezes espondeu e espondeu, nunca espondeu seguido de dáctilo). As sílabas são literalmente longas e curtas; a métrica é baseada no tempo de pronúncia, e não na entonação. Mas a métrica não permite desvios das normas básicas — fenômenos como as variações

INTRODUÇÃO 21

shakespearianas no verso branco, menos ainda as sutilezas de Eliot na prosódia em *The Waste Land*.

Ainda que metricamente sempre regular, ele nunca se torna monótono; sua variedade interna é uma garantia disso. Essa regularidade imposta à variedade é o grande segredo da métrica de Homero, a arma mais poderosa de seu arsenal poético. Independentemente do quanto varie na abertura e no meio, o verso longo termina da mesma forma, estabelece seu efeito hipnótico canto após canto, impondo a objetos, homens e deuses o mesmo padrão da fúria de Aquiles e das viagens de Ulisses, de todos os fenômenos naturais e de todos os destinos humanos.

A métrica propriamente dita exige um vocabulário especial pois muitas combinações de sílabas longas e curtas, comuns à língua falada, não são admitidas no verso — quaisquer palavras com três sílabas curtas consecutivas, por exemplo, quaisquer palavras com uma sílaba curta entre duas longas. Esta dificuldade foi solucionada por meio da livre escolha entre as muitas variações de pronúncia e prosódia proporcionadas pelas diferenças dialetais gregas; a linguagem épica é uma mistura de dialetos. Sob a leve pátina das formas áticas (facilmente removíveis e, é claro, em virtude da importância de Atenas como centro literário e, a seguir, no comércio de livros), há uma combinação indissolúvel de dois dialetos distintos, o eólico e o jônico. Mas as tentativas dos linguistas de usar tal critério para os primeiros (eólicos) e os mais tardios (jônicos) esbarraram no dilema de as formas eólicas e jônicas por vezes surgirem inextricavelmente enredadas no mesmo verso ou meio verso.

As tentativas de dissecar a *Odisseia* em termos históricos não foram mais satisfatórias (a não ser, é claro, para seus autores). Havia de fato passagens que pareciam indicar diferentes origens históricas, mas não são reconhecíveis como anteriores ou posteriores pelo critério da diferença linguística ou da análise estrutural. Ao longo de todo o poema, as armas e armaduras são confeccionadas em bronze — pontas de lanças, pontas de flechas, espadas, capacetes e peitorais; os homens são mortos pelo "bronze impiedoso". Nos palácios mais luxuosos, como os dos deuses ou o do rei Alcino de Esquéria, as banheiras e caldeirões e até mesmo as soleiras do prédio eram feitas de bronze. O ferro, por outro lado, era empregado em machados e enxós; é um elemento tão rotineiro que é constantemente empregado em metáforas e comparações — "coração de ferro", por exemplo. Porém, não há como separar as camadas da Idade do Bronze e da Idade do Ferro; os dois metais estão lado a lado, e mesmo a distinção entre bronze para armas e ferro para ferramentas é muitas vezes ignorada — "é que o ferro atrai o homem" é uma frase proverbial, duas vezes citada por Ulisses (XVI.294, XIX.13), e um homem que está mergulhando ferro incandescente na água é chamado de *chalkeus*, o trabalhador que lida com bronze ou cobre. No início do poema, Atena, disfarçada de Mentes, anuncia que está navegando rumo a Têmese com uma carga de ferro, que pretendia trocar por bronze.

Mas as eras arqueológicas não foram o único assunto a ser tratado pela Musa com despreocupação impensada. Parece haver dois sistemas distintos de casamento no universo da *Odisseia*: em algumas passagens a família da noiva estabelece um dote, mas em outras o pretendente dá presentes valiosos à família da noiva. "É mais provável", afirma um crítico recente da *Odisseia* (West, *Commentary*, I, p. 111), "que os costumes homéricos de matrimônio representem um amálgama de práticas oriundas de diferentes períodos históricos e locais, possivelmente complicados, além disso, por interpretações equivocadas." Eles sem dúvida de pouco servem para datar as passagens nas quais aparecem.

Não é de estranhar, tendo em conta resultados tão frustrantes, que no início do século XX as opiniões tenham começado a se afastar da análise para concentrar-se nas qualidades do poema propriamente dito e enfatizar a unidade da ação principal mais do que as digressões e incon-

INTRODUÇÃO   23

sistências, sobretudo a fim de explorar as elaboradas correspondências de estrutura que muitas vezes vinculam uma cena a outra. A arquitetura do poema é magnífica e sugere vigorosamente a mão de um compositor, mas de fato há certa desigualdade nos detalhes e na execução. O poema contém, em um amálgama indissolúvel, material que parece abarcar, linguística e historicamente, muitos séculos. E inclui longas digressões e algumas inconsistências desconcertantes, certas falhas de construção. Que tipo de poeta o compôs, e de que forma trabalhou?

A resposta foi fornecida por um estudioso norte-americano cujo nome era Milman Parry. Natural da Califórnia e professor assistente em Harvard quando morreu em tenra idade em um acidente envolvendo armas, Parry realizou seu trabalho mais importante em Paris; na verdade, escreveu-o em francês e publicou-o por lá em 1928. A obra só surgiu em inglês em 1971, quando, traduzida por seu filho Adam Parry, passou a fazer parte de sua coleção de estudos homéricos. Seu trabalho só foi reconhecido e totalmente entendido muito depois de sua morte, em 1935, mas, uma vez assimilado, modificou por completo os termos da questão.

O feito de Parry foi provar que Homero era mestre e herdeiro de uma tradição de poesia épica oral que remontava a muitas gerações, talvez até mesmo séculos. O estudioso atraiu atenção para os assim chamados epítetos ornamentais, aquelas qualificações longas e altissonantes que acompanham todas as aparições de um herói, um local ou mesmo um objeto familiar. Ulisses, por exemplo, é "sofredor", "homem de mil ardis", "divino" e "magnânimo"; a ilha de Ítaca é "rochosa", "rodeada pelo mar" e "soalheira"; as naus são "côncavas", "velozes", "bem construídas", para listar apenas alguns dos epítetos, muitas vezes polissilábicos, que os acompanham. Claro que esses epítetos recorrentes foram percebidos antes de Parry, e sua função, entendida. Apresentam, para cada deus, herói ou objeto, uma escolha de epítetos, cada qual com uma métrica distinta. Em outras palavras, o epíteto específico escolhido pelo poeta pode não ter nada a ver, por exemplo, com o fato de Aquiles ser "brilhante" ou ter "pés ligeiros" naquele momento particular do poema — a escolha depende do fato de o epíteto se ajustar à métrica.

Parry insistiu na descoberta de analistas alemães até seu esgotamento lógico e demonstrou que de fato havia um intricado sistema de alternativas métricas para os nomes recorrentes de heróis, deuses e objetos. Era um sistema econômico — raras vezes empregava uma alternativa desnecessária —, mas possuía uma notável esfera de ação: havia uma maneira de encaixar os nomes no verso em quaisquer das formas gramaticais usuais que estes assumiriam. Parry demonstrou que o sistema era mais abrangente e organizado do que se imaginara, e também percebeu o que isso significava. Concluiu que o sistema fora desenvolvido por e para o uso dos poetas orais que *improvisavam*. Em Paris, conheceu especialistas que haviam pesquisado bardos improvisadores analfabetos que ainda se apresentavam na Iugoslávia. E foi até lá para estudar seu trabalho.

Os epítetos homéricos foram criados para atender às demandas da métrica da poesia heroica grega, o hexâmetro dactílico. Oferecem ao bardo improvisador formas distintas de encaixar o nome de seu deus, herói ou objeto em qualquer parte restante do verso depois que ele, por assim dizer, completou a primeira metade (também esta, muito provavelmente, com outra frase feita). Ulisses, por exemplo, é muitas vezes descrito como "sofredor e divino Ulisses" — *pŏlūtlās dīŏs Ŏdūssēus* — um final de verso. No Canto v, Calipso, que manteve Ulisses consigo em sua ilha por sete anos, recebe ordem dos deuses para libertá-lo e o informa de que pode partir. Mas ele desconfia de uma armadilha e estremece. "Assim falou", diz Homero. "Estremeceu" — *hōs phătŏ rīgēsēn dĕ* — e encerra com a fórmula "o sofredor e divino Ulisses" — *pŏlūtlās dīŏs Ŏdūssēus* — para formar um verso hexâmetro. Pouco depois, Calipso pergunta

INTRODUÇÃO   25

a Ulisses como pode preferir sua mulher em casa aos encantos imortais dela, e a resposta diplomática de Ulisses é
introduzida pela fórmula: "Respondendo-lhe assim falou o
astucioso Ulisses" — *tēn d' ăpŏmēibŏmĕnŏs prŏsĕphē*. Mas
o verso não pode terminar com "sofredor e divino Ulisses";
a fórmula é longa demais para esta passagem. Então, nesse
momento, Ulisses deixa de ser "sofredor" e "divino" para
transformar-se em alguma coisa que se adapte ao padrão
métrico: "astucioso" — *pŏlŭmētĭs Ŏdūssēus*. O nome do
herói é especialmente adaptável. Homero emprega duas
grafias diferentes — *Odusseus e Oduseus* —, o que confere
a ele duas identidades métricas. Muitas vezes, no entanto,
o poeta precisa empregar o nome em um caso gramatical
diferente do nominativo — o genitivo *Ŏdŭsēŏs*, por exemplo — e quando isso ocorre, o herói torna-se "irrepreensível" — *Ŏdŭsēŏs ămūmŏnŏs* — ou, com a grafia mais longa
de seu nome, "magnânimo" — *Ŏdūssēŏs mĕgălētŏrŏs*. No
dativo, ele torna-se "divino" — *āntĭthĕō Ŏdŭsēĭ* — ou "ardiloso" — *Ŏdŭsēĭ dăĭphrŏnĭ*. A escolha do epíteto é ditada
pela métrica. Assim que também a ilha de Ítaca é "rochosa", "rodeada pelo mar", "soalheira" ou fica "debaixo do
monte Nérito", dependendo de seu caso gramatical e da
posição no verso; e, sob os mesmos imperativos, os feácios
se fazem presentes como "magnânimos", "célebres pelas
suas naus" ou "amadores do remo". Quanto às naus, objetos tão essenciais à história de Ulisses quanto as lanças
e espadas à de Aquiles, são "côncavas", "velozes", "escuras", "bem construídas" e "recurvas", para citar apenas os
principais epítetos passíveis de serem usados pelo poeta em
qualquer caso gramatical ou posição métrica.

Tal sistema, claramente fruto da capacidade de criação,
do refinamento e da eliminação dos supérfluos ao longo de
gerações, só poderia ser obra de bardos orais, e de fato fenômenos semelhantes, embora infinitamente menos sofisti-
cados, são encontrados na poesia oral, viva ou extinta, em
outras línguas. O sistema, é claro, comportava mais do que

epítetos úteis. Versos inteiros, uma vez afinados à perfeição pelos bardos da tradição, tornavam-se parte do repertório; eles são especialmente visíveis em passagens recorrentes como descrições de sacrifício e refeições comunais. Tais passagens conferem ao cantor tempo para concentrar-se no que vem a seguir e, caso se trate de um poeta oral criativo, elaborar mentalmente as próprias frases enquanto recita sem esforço as fórmulas. Ele é ajudado, além disso, pela natureza formulaica de temas inteiros, extensas cenas-típicas — o armamento do guerreiro para a batalha, o lançamento e a amarração das naus. Existem padrões tradicionais já esperados pela plateia, que o bardo pode até variar, mas não mudar radicalmente.

Há um aspecto da descoberta de Parry, entretanto, que modificou toda a questão da natureza do texto homérico que conhecemos hoje. O bardo oral que faz uso dessa linguagem formulaica não é, como presumiam os estudiosos no século XIX que se debatiam com a questão dos bardos analfabetos, um poeta recitando de cor um texto predeterminado. Ele está improvisando com versos conhecidos, valendo-se de um imenso estoque formulaico de frases, versos e até mesmo cenas inteiras; mas *está* improvisando. E, a cada vez que canta o poema, pode fazê-lo de forma diferente. As linhas gerais permanecem as mesmas, mas o texto, o texto oral, é flexível. O poema é novo a cada vez que é apresentado.

Se a poesia de Homero é o auge de uma longa tradição desse tipo de composição oral, muitos dos problemas que confundiam os analistas estão resolvidos. Ao longo do curso de gerações de tentativas e erros, as fórmulas são introduzidas, rejeitadas ou mantidas por sua utilidade à improvisação, sem levar em conta a consistência linguística ou a precisão histórica. A linguagem dos poetas torna-se um repositório de todas as combinações que se provaram úteis. Não é de admirar que formas eólicas e jônicas apareçam no mesmo verso, que um capacete micênico de presa de javali

INTRODUÇÃO 27

surja em uma passagem da *Ilíada* repleta de formas linguísticas posteriores, que as pessoas na *Odisseia* por vezes deem dotes e por vezes exijam pagamento pela mão de suas filhas, que a cremação e a inumação sejam praticadas lado a lado. À medida que cada nova geração de cantores recria o canto, novas fórmulas são inventadas, e novos temas e cenas introduzidos; reflexos da realidade contemporânea infiltram-se nas descrições dos combates, especialmente nas analogias. Mas a dedicação da poesia épica ao passado e a prolongada função de tanta fraseologia tradicional retarda o processo de modernização e produz o amálgama anistórico de costumes, objetos e formas linguísticas que encontramos no texto homérico que conhecemos hoje.

É destino de grande parte das descobertas novas e valiosas ser desenvolvida para além dos limites da evidência, ou mesmo da probabilidade, e a demonstração de Parry de que a poesia homérica possuía uma base oral não escapou a esse destino. Frases e até mesmo versos inteiros que se repetem com frequência suficiente para qualificar-se como formulaicos são, na realidade, característicos da dicção do poeta, porém não representam mais do que parte dela — cerca de um terço do total. Em uma tentativa de alçar o elemento formulaico a um plano superior, Parry considerou fórmulas as expressões cujo padrão métrico e posição no verso eram idênticos e que continham uma palavra em comum: por exemplo, *tēuchĕ ĕthēkĕ*; *ălgĕ' ĕthēkĕ*; *kŭdŏs ĕthēkĕ* — ele "pôs no mesmo balaio" armas, tristezas e glórias. Não satisfeito com isso, Parry sugeriu, de forma hesitante, a inclusão no sistema de expressões semelhantes, mas que *não* continham uma palavra em comum: *dōkĕn hĕtāirŏ*, por exemplo, e *tēuchĕ kŭnēssĭn* — "ele deu a seu camarada", "ele o deu de comida [aos cães]". Alguns dos seguidores de Parry foram menos hesitantes, e por esta e outras extensões do significado "fórmula" ampliaram o conteúdo herdado dos versos de Homero a 90%. Isso, é claro, deixa muito pouco espaço para Homero como poeta criativo individual. Parece, na realidade, um retorno ao pensamento de Giambattista Vico: os poemas são criação de um povo, de uma tradição, de gerações de bardos anônimos.

Mas o argumento a favor do formulismo total e irrestrito tem pés de barro. O poeta que compõe em uma métrica rigorosa, exigente, é obrigado a repetir combinações sintáticas em posições idênticas e, quanto mais rígida a métrica, maior a incidência de tais padrões repetidos.

As alegações extravagantes a favor da predominância da fórmula na poesia homérica hoje em geral já foram ignoradas, e até mesmo as teses fundamentais de Parry demonstraram necessitar de modificações à luz de análises posteriores. Há muitos casos, por exemplo, em que um epíteto formulaico de fato parece poeticamente funcional em seu contexto. Há casos em que a repetição verbal é tão poeticamente eficaz que deve ser resultado de uma concepção poética, e não obra de um sistema quase mecânico. A investigação cuidadosa de cenas típicas — a cerimônia de sacrifício, o armamento de um guerreiro e assim por diante — revelou que, embora por vezes versos inteiros se repitam em uma cena e outra, não há duas cenas que sejam exatamente iguais. "Cada ocorrência", para citar uma avaliação recente (Edwards, p. 72), "é única, e muitas vezes especificamente adaptada a seu contexto." Até mesmo o conceito básico de economia, a limitação rigorosa dos epítetos de um deus ou herói àqueles necessários em diferentes casos e posições, foi questionado: um estudo recente mostra que em sua análise dos epítetos de Aquiles, por exemplo, Parry considerou apenas as frases que incluíam o nome do herói, ignorando outras formas de identificar Aquiles, tais como "o filho de Peleu" (Shive, *passim*). Tudo isso, juntamente com a escala monumental e a magnífica arquitetura da *Ilíada*, e a complexa estrutura da *Odisseia*, faz com que a imagem de Homero como bardo analfabeto, dependente de fórmulas prontas e cenas fixas para melhorar seu desempenho, seja difícil de aceitar.

INTRODUÇÃO 29

Existe, todavia, um consenso bastante difundido de que Parry tinha razão em uma coisa: o estilo singular de Homero mostra claramente que ele era herdeiro de uma longa tradição de poesia oral. Existe, contudo, um problema que Parry levantou, mas não resolveu: Homero pode, ou não, ter sido tão analfabeto quanto seus precursores, mas em algum momento a *Ilíada* e a *Odisseia* foram escritas. Quando, por quem, com que finalidade e em que circunstâncias isso foi feito?

A data mais provável para a composição da *Ilíada* são os cinquenta anos que se situam entre 725 a.C. a 675 a.C. Para a da *Odisseia*, um pouco mais tarde dentro do mesmo intervalo. É também dessa época que datam os primeiros exemplos da escrita alfabética grega. Teria Homero tirado proveito da nova técnica a fim de registrar para futuros cantores os imensos poemas que havia criado sem o auxílio da escrita? Teria a escrita desempenhado um papel na composição dos poemas? Para ambas as perguntas, o colaborador e sucessor de Parry, Albert Lord, forneceu uma enfática resposta negativa. "As duas técnicas são [...] mutuamente exclusivas [...]. É concebível que um homem tenha sido poeta oral na juventude e tenha feito uso da escrita mais tarde na vida, mas não é possível que tenha sido tanto poeta oral quanto ter usado a escrita em determinado momento de sua carreira" (p. 129). Lord baseou essa afirmação em sua experiência com os poetas orais iugoslavos que entraram em contato com sociedades urbanas alfabetizadas e perderam o dom para a improvisação. Ele concebia Homero como um bardo oral no auge de sua capacidade, que ditava seus poemas a um escriba que havia dominado a nova arte da escrita. Foi naturalmente assim que as canções dos bardos iugoslavos analfabetos foram registradas (por vezes com o auxílio de um equipamento de gravação sofisticado para a época) por Parry e Lord.

Essa explicação não satisfez a todos. A analogia com a Iugoslávia moderna, por exemplo, era falha. Quando os bardos locais aprenderam a ler e escrever, viram-se imediatamente expostos à influência corruptora de jornais, revistas e ficção barata, mas, se Homero aprendeu a escrever em fins do século VIII, dispunha de pouco ou nada para ler. A generalização de Lord a respeito da incompatibilidade das duas técnicas foi questionada por investigadores da poesia oral; em outras partes do mundo (sobretudo na África), eles não encontram tal dicotomia. "A questão principal [...] é a continuidade da literatura oral e escrita. Não existe nenhum abismo profundo entre as duas: elas matizam uma à outra tanto no presente quanto ao longo de muitos séculos de desenvolvimento histórico, e há incontáveis casos de poesia que possuem elementos 'orais' e 'escritos' (Finnegan, p. 24)." Além disso, os exemplares existentes de escrita alfabética do século VIII a.C. e início do século VII a.C. tornam difícil crer que um escriba desse período conseguisse registrar um ditado na velocidade de uma apresentação, ou perto disso: as letras são maiúsculas e separadas, grosseira e arduamente compostas, escritas da direita para a esquerda, ou da direita para a esquerda e da esquerda para a direita em linhas alternadas. Um crítico inclusive chegou a invocar, de forma irreverente, uma imagem de Homero ditando o primeiro verso (ou melhor, o primeiro meio verso) da *Ilíada*: "*Mênin aeide thea...* Você pegou isso?".

Uma explicação diferente para a transição da apresentação oral para o texto escrito foi desenvolvida por Geoffrey Kirk. Os épicos eram a criação de um "monumental compositor" oral, cuja versão impunha-se aos bardos e às plateias como a versão definitiva. Eles "passavam então por pelo menos duas gerações de transmissão por cantores e rapsodistas decadentes e semialfabetizados" (Kirk, *The Iliad: A Commentary*, I, p. XXV) — isto é, artistas que não eram poetas. A objeção de Lord a isso, ao fato de que a memorização não desempenha nenhum papel na tradição oral viva, baseava-se na experiência iugoslava, mas em outros locais — na Somália, por exemplo — poemas bastante longos são recitados de cor por declamadores profissionais que, em muitos casos, são poetas.

INTRODUÇÃO 31

O que nenhuma dessas teorias explica, entretanto, é a imensa extensão do poema. Por que um poeta oral, analfabeto, cuja poesia existe apenas durante sua apresentação diante de uma plateia, criaria um poema tão longo a ponto de levar vários dias para ser declamado? Além disso, se sua poesia existia apenas durante suas apresentações, como ele *conseguiu* criar um poema de tal extensão? Se, por outro lado, ele apresentava diferentes seções do trabalho em momentos e locais distintos, como poderia ter elaborado as variações sobre o tema, as fórmulas e as correspondências estruturais internas que distinguem com tanta intensidade os épicos homéricos dos textos iugoslavos coligidos por Parry e Lord?

Não causa surpresa o fato de que muitos estudiosos recentes nesse campo tenham chegado à conclusão de que a escrita de fato desempenhou um papel na criação desses poemas extraordinários, que os fenômenos característicos do épico oral demonstrados por Parry e Lord são contrabalanceados por características peculiares à composição literária. Eles concebem um poeta oral altamente criativo, mestre do repertório de material e técnica herdados, que usou o novo meio da escrita para produzir, provavelmente ao longo de uma vida, um poema épico de dimensões que ultrapassam a imaginação de seus precursores.

Foi na segunda metade do século VIII a.C. que a escrita passou a ser usada em todo o mundo grego. Homero devia saber de sua existência, mas era evidente que o caráter tradicional de seu material impedia o aparecimento da escrita no mundo inexoravelmente arcaico de seus heróis, que pertenciam a uma época em que os homens eram mais fortes, mais corajosos e maiores do que são hoje, um mundo no qual homens e deuses conversavam frente a frente. Ainda assim, Homero demonstra, em um caso particular, que estava ciente da nova técnica. No Canto VI da *Ilíada*, Glauco conta a história de seu avô Belerofonte, a quem Preto, rei de Argos, enviou com uma mensagem ao rei de Lícia, sogro de Preto; a mensagem instruía o rei a matar o portador: "e deu-lhe para levar sinais ominosos,/ escrevendo muitos e mortíferos numa tabuinha de aba dupla" (vi.168-9). Tem havido muita discussão a respeito da natureza desses sinais, mas a palavra que Homero emprega — *grapsas*, literalmente "raspar" — é mais tarde a palavra usual empregada para "escrever", e *pinax* — "tábua" — é a palavra empregada pelos gregos para descrever as placas de madeira revestidas de cera usadas para mensagens curtas.

Se sabia escrever, no que Homero escrevia? Obviamente, as tabuinhas não seriam adequadas. Não sabemos quando o papiro, o papel do mundo antigo, tornou-se acessível na Grécia, embora saibamos que ele vinha, a princípio, não de sua fonte quase exclusiva, o Egito — que só foi aberto aos comerciantes gregos depois do século vi a.C. —, mas do porto fenício que os gregos chamavam de Biblos (a palavra grega para livro era *biblion*). As evidências arqueológicas das importações fenícias na Grécia datam do século ix a.C., e negociantes fenícios são mencionados na *Ilíada* (xxiii.828) e suas ações, descritas com riqueza de detalhes na *Odisseia*. Mas, mesmo que o papiro não estivesse disponível em grande quantidade, havia outros materiais, como a pele de animais. Heródoto, escrevendo no século v a.C., diz que em sua época os gregos jônicos ainda usavam a palavra *diphtera* — "pele" — quando queriam dizer "livro".

A crueza do sistema de escrita no século viii a.C. significava que escrever era um processo trabalhoso. Se Homero empregou a escrita na composição do poema, é provável que o processo tenha se estendido por muitos anos. Episódios das viagens da *Odisseia* (o Ciclope) ou do retorno de Ulisses (o massacre no salão) precisariam ser aperfeiçoados na apresentação oral, possivelmente combinados com outros episódios para formar unidades mais longas para ocasiões especiais (Ulisses entre os feácios, o mendigo no palácio) e por fim consignados à escrita. Aos poucos, seria forjado um texto completo, detalhadamente redefinido e ampliado por inserções, criando ganchos entre as

INTRODUÇÃO · 33

seções mais longas. Era inevitável que em tal processo, com a escrita sendo uma arte recém-adquirida e os materiais de escrita, o papiro ou o couro, impróprios para a referência cruzada, a versão final contivesse inconsistências. Ninguém, a despeito das repetidas e engenhosas tentativas, jamais conseguiu produzir uma planta convincente do palácio de Ulisses; as pessoas entram e saem de aposentos que parecem mudar de posição de um episódio para o outro. Também há inconsistências na localização dos personagens. No Canto XV, por exemplo, quando Telêmaco e Teoclímeno, o fugitivo que ele colocou sob suas asas, chegam a Ítaca, vão à praia e Teoclímeno vê um falcão carregar um pombo, sinal que este interpreta como uma profecia de vitória para Telêmaco. Porém mais tarde, quando faz referência a esse incidente, diz que viu o falcão enquanto estava "a bordo da nau/ bem construída" (XVII.160-1).

Tais inconsistências são típicas da poesia improvisada em apresentações dramáticas; o milagre é que não existem muitas mais em um poema tão longo e complexo. Embora assinaladas em comentários acadêmicos, hoje raras vezes atrapalham o leitor comum, e é óbvio que as plateias originais de Homero, mesmo que houvessem tido uma tendência crítica, teriam encontrado dificuldade em citar capítulos e versos para dirimir suas dúvidas. Na verdade os ouvintes do poeta não cultivavam uma atitude mental crítica. A palavra que Homero utiliza para descrever a reação da plateia ao maior recital épico na *Odisseia* — a narrativa do herói de suas andanças desde Troia até a corte do rei de Esquéria, em cuja mesa está sentado, tomando parte em um banquete — é *kêlêthmos*, "enlevo". "Assim falou, e todos ficaram em silêncio,/ como que enfeitiçados no palácio cheio de sombras" (XIII.1-2). Muitos séculos mais tarde, no diálogo *Íon* de Platão, um rapsodista, declamador profissional dos épicos homéricos, repete as palavras de Homero ao descrever a reação do público a sua apresentação. "Vejo-os a cada vez, do alto do estrado, chorando e me olhando de maneira terrível, unindo-se a mim em meu assombro ante as palavras ditas."

O que surpreende é que as inconsistências tenham permanecido no texto. Se Homero, como no modelo de Lord, houvesse ditado seu poema, o escriba dificilmente deixaria de notá-las e corrigi-las. Lord, aliás, registra tais correções no decorrer do ditado na Iugoslávia. E parece difícil imaginar versos não corrigidos na explicação proposta por Kirk, de um poema monumental preservado por uma ou duas gerações pela recitação antes de ser registrado. Qualquer rapsodista (e na geração anterior também ele teria sido um poeta oral) teria corrigido os versos sem esforço e não teria visto motivos para não o fazer. Parece haver apenas uma explicação possível para sua sobrevivência: a de que o texto era considerado autêntico, aquelas eram as palavras exatas do próprio Homero. E isso só pode significar que existia uma reprodução escrita.

Isso é pura especulação, claro, assim como todas as outras tentativas de explicar a origem do texto que chegou até nós. Nunca seremos capazes de responder com certeza às perguntas que gera esta hipótese e devemos nos contentar com o fato de um grande poeta ter ordenado os recursos de uma arte tradicional milenar para criar uma coisa nova — as narrativas da cólera de Aquiles e as andanças de Ulisses, que foram os modelos da poesia épica desde então.

A *ODISSEIA* E A *ILÍADA*

Sempre se presumiu que a *Odisseia* tenha sido escrita depois da *Ilíada*. Um crítico antigo, autor do tratado *Sobre o sublime*, considerava a *Odisseia* o resultado da idade avançada de Homero, de "uma mente em declínio; era uma obra que podia ser comparada ao sol poente — a dimensão permanecia, mas sem a força". Ainda assim, ele modera a dureza desse julgamento ao acrescentar: "Estou falando

INTRODUÇÃO 35

de velhice — mas é a velhice de Homero". O que motivou o comentário "sem a força" foi sua clara preferência pelo plano heroico prolongado da *Ilíada* sobre o que ele chama de apresentação "do fabuloso e do incrível" na *Odisseia*, assim como a descrição realista da vida nas propriedades rurais e no palácio dos domínios de Ulisses, a qual, afirma ele, "cria uma espécie de comédia de costumes". É claro que esse julgamento é determinado pela concepção de "sublime" que é o foco do livro do autor, que não acolhe favoravelmente cenas como as apresentadas no Canto XVIII da *Odisseia* — a briga entre os dois mendigos esfarrapados, por exemplo, ou a premiação do vencedor com tripas de cabra fritas recheadas com sangue e gordura.

Sobre o sublime foi escrito por volta do século I d.C., mas uma outra formulação para a relação da *Ilíada* com a *Odisseia* já havia sido proposta no século II a.C. Alguns estudiosos, conhecidos como *chorizontes* — "separatistas" —, afirmaram que a *Odisseia* havia sido composta depois da *Ilíada*, mas por um autor diferente. Essa é a posição adotada também por muitos pesquisadores modernos, que observam diferenças significativas entre os dois poemas não apenas em termos de vocabulário e no emprego da gramática, mas também no que consideram evolução, desde a *Ilíada* até a *Odisseia*, nas concepções e atitudes morais e religiosas. As considerações a respeito da validade dessa evidência entretanto variam, e há aqueles que acham difícil aceitar a ideia do surgimento de dois grandes poetas épicos em tão curto intervalo de tempo.

Dificilmente se pode duvidar que a *Odisseia* tenha sido escrita depois da *Ilíada*. Antes de mais nada, embora pressuponha o conhecimento da plateia não só da saga da guerra de Troia, mas da forma especial como esta foi contada na *Ilíada*, ela prudentemente evita a duplicação desse material. Muitos incidentes da história de Troia são recordados, por vezes em detalhes e em toda a sua extensão, mas todos fora do intervalo de tempo que a *Ilíada* abarca, ocorrendo antes ou depois do período de 41 dias que teve início com a cólera de Aquiles e terminou com o funeral de Heitor. Demódoco, na corte de Esquéria, canta a briga entre Ulisses e Aquiles (incidente não mencionado na *Ilíada* nem, por sinal, em qualquer outra parte na literatura grega existente) e mais tarde menciona o cavalo de madeira que pôs fim ao cerco. No palácio de Ítaca, o tema do menestrel Fêmio é o sofrimento dos heróis a caminho de casa, vindos da guerra. Nestor, em Pilos, conta a Telêmaco como Agamêmnon e Menelau desentenderam-se depois da queda de Troia e rumaram para casa por caminhos separados. Em Esparta, Helena e Menelau contam histórias a respeito de Ulisses em Troia, nenhuma delas familiar à *Ilíada*. Mesmo quando Ulisses encontra os fantasmas de seus companheiros Agamêmnon e Aquiles no Hades, o material pertencente à *Ilíada* é evitado: Agamêmnon conta a história de sua morte nas mãos de sua mulher e do amante desta, Ulisses narra a Aquiles as façanhas heroicas do filho deste, Neoptólemo, e mais tarde conversa com Ájax a respeito da concessão das armas de Aquiles.

Que o poeta da *Odisseia* conhecia a *Ilíada* em sua forma contemporânea também é fortemente sugerido pela continuidade do delineamento de personagens de um poema para o outro. Na *Odisseia*, estão todos mais velhos, os que ainda vivem, mas são reconhecidamente os mesmos homens. Nestor continua régio, meticuloso e prolixo. A generosa reação de Menelau ante a recusa diplomática de Telêmaco da carruagem e dos cavalos com que o primeiro o presenteia evoca sua nobre reação ao pedido de desculpas de Antíloco por sua manobra antiesportiva na corrida de carruagens nos jogos fúnebres de Pátroclo. Helena continua a ser em Esparta, assim como o foi em Troia, uma mulher sensata em situação difícil. E Ulisses ainda é o orador fascinante do qual se recordava Antenor no Canto III da *Ilíada*, com "palavras como flocos de neve em dia de inverno" (III.222); é o "conhecedor de toda a espécie de dolos e

INTRODUÇÃO   37

planos ardilosos" que Helena identificou para Príamo na mesma passagem (III.202). E é o homem "que esconde uma coisa na mente, mas diz outra" (IX.313) — a descrição de Aquiles do tipo de homem que detesta (ele dirige-se a Ulisses, que chegou como embaixador de Agamêmnon). Ulisses continua a ser o líder de pensamento rápido e engenhoso que, por meio da ação imediata, impediu a precipitação em direção às naus causada pela decisão imprudente de Agamêmnon de testar o moral das tropas ao sugerir-lhes que rumassem para casa.

Mas na *Odisseia* ele não é mais um dos muitos heróis que lutam entre os navios atracados na praia e as muralhas de Troia. Está só, primeiramente como almirante de uma pequena frota, depois como capitão de uma nau isolada, e por fim como náufrago agarrado aos escombros do navio. As cenas de suas ações e padecimentos ampliam-se para incluir não apenas as costas e ilhas do mar Egeu e da Grécia continental, mas também, nas falsas narrativas de viagens que ele desfia em seu disfarce como mendigo, Creta, Chipre, Fenícia e Sicília e, nas histórias que conta aos feácios durante o banquete, o mundo desconhecido dos mares ocidentais, repletos de maravilhas e monstros. As naus, que na *Ilíada* atracam na praia atrás de uma paliçada e, com Aquiles fora do combate, enfrentam a fúria do ataque de Heitor, na *Odisseia* retornam ao seu elemento natural, o mar cor de vinho.

OS MARES OCIDENTAIS

Muitos séculos depois de Homero, o florentino Dante Alighieri, que não havia lido Homero e cujas informações a respeito de Ulisses provinham de Virgílio e Ovídio, viu no herói grego a imagem do explorador inquieto, o homem que, descontente com a vida mundana do lar pelo qual ansiou, põe-se mais uma vez a caminho em busca de novos mundos. "Nem o prazer que sentia com meu filho", diz ele no *Inferno*, "nem a reverência por meu pai idoso, nem o amor que devia a Penélope e que deveria tê-la feito feliz prevaleceu à paixão que eu sentia por obter experiência do mundo, dos vícios e do valor humano." Ele zarpa rumo a Gibraltar e lança-se ao Atlântico, seguindo o sol "em direção ao mundo onde ninguém vive". Esse enredo foi levantado no "Ulisses" de Tennyson, em que o herói anuncia seu propósito de "navegar para além do pôr do sol, e do banho/ De todas as estrelas do Ocidente...".

Mas tais visões de Ulisses como explorador incansável, ávido por novos mundos, têm pouco a ver com o Ulisses de Homero, que deseja, acima de tudo, encontrar o caminho de casa e nela permanecer. É verdade, como Homero explica na introdução, que "muitos foram os povos cujas cidades observou,/ cujos espíritos conheceu" (1.3-4); navegando por mares desconhecidos, ele apresenta uma curiosidade tipicamente grega a respeito dos habitantes dos continentes dos quais se aproxima, mas a viagem não é escolha sua. Ele "tanto vagueou,/ depois que de Troia destruiu a cidadela sagrada" (1.1-2), e longe de perseguir a "vivência do mundo",

> [...] foram muitos no mar
> os sofrimentos por que passou para salvar a vida,
> para conseguir o retorno dos companheiros a suas casas.
> (1.3-5)

As andanças de Ulisses pelo Ocidente inspiraram muitas tentativas de traçar seu percurso e identificar seus portos de escala. Essa perseguição ao impossível teve início no mundo antigo, e dela tomamos conhecimento a partir da severa rejeição de tais identificações por parte do grande geógrafo alexandrino Eratóstenes, que afirmou ser capaz de mapear a trajetória das andanças de Ulisses apenas aquele que encontrasse o sapateiro que costurara o saco no qual Éolo confinara os ventos. Isso, obviamente, não dissuadiu os pesquisadores e diletantes modernos de tentar;

INTRODUÇÃO   39

suas suposições vão do possível — Caribdis como a perso-
nificação mítica dos furacões nos estreitos situados entre
a Sicília e a ponta da bota italiana — ao fantástico: a ilha
de Calipso como a Islândia. Segundo um dos investigadores do assunto, "Cerca de setenta teorias foram propostas
desde que Homero escreveu a *Odisseia*, com as locações
limitadas apenas pelos polos Norte e Sul e estendendo-se,
no mundo habitado, da Noruega à África do Sul e das ilhas
Canárias ao mar de Azov" (Clarke, p. 251).

Mas mesmo as identificações que não são claramente ri-
dículas parecem implausíveis à luz das obscuras noções geo-
gráficas de Homero de áreas muito próximas de seu lar. Ele
conhece a costa da Ásia Menor e as ilhas do mar Egeu: Nestor, nos caminhos alternativos que saíam de Troia através do
Egeu, dá a impressão de ser um navegador experiente. Mas
o conhecimento que Homero possui do Egito, onde Menelau
se demorou devido a ventos contrários e onde Ulisses, em
suas narrativas mentirosas, muitas vezes aporta, é no mínimo vago. Menelau descreve a ilha de Faros, a 1,5 km da costa, como distante um dia inteiro da praia se a nau estivesse
navegando com vento de popa. E, quando os personagens
de Homero deslocam-se para a Grécia continental e as ilhas
da costa oeste, a confusão reina. Sua descrição de Ítaca é
tão cheia de contradições que muitos pesquisadores modernos sugeriram Leucas ou Cefalênia como o verdadeiro lar
de Ulisses, e não a ilha que hoje apresenta esse nome. Homero também revela total ignorância da geografia da Grécia continental: Telêmaco e Pisístrato vão de Pilos, na costa
oeste, a Esparta, em uma carruagem puxada por cavalos e
transpõem uma difícil barreira montanhosa que nos tempos
antigos não era cortada por estradas.

Mas a vaga noção que Homero possuía das áreas exter-
nas ao Egeu é apenas uma das objeções à ideia de assinalar
locais no Ocidente para a ilha de Circe e a terra dos lotófagos. Um grande número de ocorrências nas andanças de
Ulisses obviamente se baseia em uma viagem distinta, a via-

gem do *Argo*, que singrou não os mares ocidentais, mas os orientais, com uma tripulação de heróis capitaneados por Jasão. Os lestrígones que atacam as naus de Ulisses com pedras possuem seus congêneres na saga dos argonautas; Circe é irmã de Aetes, guardiã do velo dourado, e o próprio Homero situa sua ilha não no Ocidente, mas no Oriente — onde o sol se ergue. As rochas ingentes são também uma característica da viagem de Jasão, e o poema que a enaltece é explicitamente mencionado por Homero nesse momento. E as sereias se fazem presentes no poema de Apolônio, *Argonautica*, que, embora escrito no século II a.C., seguramente se inspirou no poema anterior, ao qual se refere Homero. O que Homero fez foi transferir episódios de uma viagem épica mítica em águas orientais para os mares ocidentais.

É óbvio que era um imperativo geográfico que, se Ulisses tinha de perder o rumo a caminho de casa, os ventos o levassem para oeste. Mas esse imperativo deve ter sido recebido com entusiasmo por Homero e seu público, pois os primeiros anos do século VIII a.C. viram o começo do que se tornaria um movimento em grande escala de comerciantes gregos e, mais tarde, colonizadores em direção ao Mediterrâneo ocidental. Quando recusa o convite de um jovem feácio para participar de uma competição atlética, Ulisses é desdenhosamente tratado como alguém pouco atlético:

> Pareces-me mais alguém que vai e vem na nau bem
> construída,
> comandante de marinheiros que são eles próprios
> mercadores:
> alguém que só pensa na carga e está sempre muito atento
> aos lucros do regateio. [...]
> (VIII.161-4)

Aos comerciantes logo seguiram os colonizadores. O primeiro povoado parece ter sido Pitecusa, na ilha de Ísquia, na baía de Nápoles; não era uma cidade, mas um entreposto co-

INTRODUÇÃO 41

mercial e data, segundo indícios arqueológicos, de antes de 775 a.C. No ano 700 a.C., havia cidades gregas na Itália: Cuma, no continente em frente a Ísquia; Régio (Reggio Calabria), na ponta da bota italiana; e a proverbialmente rica cidade de Síbaris, mais acima, assim como Taranto, na mesma região. Na ilha vizinha da Sicília, Siracusa e Messina foram fundadas por volta de 725 a.C. Mais tarde viriam os assentamentos na costa meridional da França: Marselha, Antibes e Nice, assim como Cirene, na costa do que é hoje a Líbia.

Muito antes de os primeiros colonizadores se estabelecerem, deve ter havido inúmeras viagens de comerciantes-exploradores, que sem dúvida voltavam com histórias de prodígios e perigos, aumentados no ato da narrativa. Caríbdis, por exemplo, talvez seja uma versão fantástica das correntes e dos tornados por vezes encontrados nos estreitos entre a Sicília e o continente. E, embora o gigantismo do Ciclope e seu único olho qualifiquem-no como mítico, sua economia pastoril e sua ferocidade para com estranhos podem ser uma reminiscência das populações nativas, que se opunham ao desembarque de invasores em suas costas — uma visão demonizada dos nativos, como o Caliban de Shakespeare. *A tempestade* foi escrita em um período semelhante de exploração e, embora Próspero e Ariel tivessem poderes que não são deste mundo, não resta dúvida de que os prodígios da peça são uma reorganização imaginativa das narrativas exageradas de marinheiros e piratas que, durante meio século, percorreram os mares da América Central à procura de terras para colonizar, naus espanholas para abordar, cidades espanholas para saquear, ou compradores espanhóis para seus carregamentos de escravos africanos. Na realidade, sabemos que Shakespeare deve ter lido relatos do naufrágio do *Sea-Venture*, a nau capitânia de uma frota a caminho da colônia da Virgínia, em uma "tempestade terrível e hedionda" ao largo das ilhas Bermudas, da sobrevivência da tripulação e por fim da chegada à colônia — uma série de acontecimentos que um dos relatos chama de "tragicomédia".

E há uma passagem na *Odisseia* que constitui uma clara reminiscência das viagens gregas de exploração no Ocidente. Quando chega à terra dos ciclopes, Ulisses vê uma pequena ilha ao largo da costa, fértil e bem provida de cabras selvagens, porém desabitada. Os ciclopes, explica ele à sua plateia feácia,

> [...] não têm naus de vermelho pintadas,
> nem têm no seu meio homens construtores de naus,
> [...]
> homens esses que teriam feito da ilha um terreno cultivado,
> pois a terra não é má: tudo daria na época própria.
> Há prados junto às margens do mar cinzento,
> bem irrigados e amenos, onde as vinhas seriam imperecíveis.
> A terra é fácil de arar; e na altura certa poder-se-ia ceifar
> excelentes colheitas, de tal forma rico é o solo por baixo.
> (IX.125-35)

É a autêntica voz do explorador a avaliar um local para assentamento.

VIAJANTE

A viagem de Ulisses aos lendários mares ocidentais tem início no mundo real, quando ele deixa as ruínas de Troia a caminho de casa, com as naus carregadas dos despojos oriundos do saque à cidade. Como se tais despojos não lhe bastassem, Ulisses ataca o primeiro povoado com que se depara no caminho, a cidade de Ismaro, na costa da Trácia, no lado oposto a Troia: "aí saqueei a cidade e chacinei os homens./ Da cidade levei as mulheres e muitos tesouros, que dividimos" (IX.40-1). Isso é pura pirataria — Ismaro não era aliada de Troia —, mas obviamente não é uma ação incomum em seu tempo e lugar; um dos epítetos de Ulisses é *ptoliporthos*, "saqueador de cidades".

INTRODUÇÃO 43

Nestor, em Pilos, pergunta educadamente a Telêmaco e Pisístrato se:

> É com destino certo, ou vagueais à deriva pelo mar
> como piratas, que põem suas vidas em risco
> e trazem desgraças para os homens de outras terras?
> (III.72-4)

E Polifemo faz a Ulisses a mesma pergunta (IX.253-5). Foi provavelmente pensando em passagens como estas que Tucídides, escrevendo no século V a.C., ao mencionar as medidas adotadas por Minos para conter a pirataria no Egeu, enfatizou que, nos tempos antigos, "essa era uma ocupação honrosa, e não deplorável. Prova disso [...] são os testemunhos dos antigos poetas, em cujos versos sempre se pergunta aos visitantes recém-chegados se são piratas, pergunta que não implica nenhuma desaprovação de tal ocupação, seja da parte daqueles que respondem com uma negação ou daqueles que pedem essa informação". A pirataria era endêmica no Egeu — um mar de ilhas grandes e pequenas, de costas recortadas repletas de portos escondidos — sempre que não havia uma potência naval central dominante forte o suficiente para contê-la. Muito tempo depois de Minos, no século V, uma frota ateniense, sob o comando de Címon, esvaziou um ninho de piratas na ilha de Ciro. Muitos séculos mais tarde, o jovem Júlio César foi capturado por piratas perto da pequena ilha de Farmacusa, próxima à costa jônica, e mantido como refém. Os mares tornaram-se tão perigosos que em 67 a.C. foi concedida a Cneu Pompeu autoridade suprema para lidar com o problema, e foi o que ele fez ao tripular 270 navios de guerra e mobilizar 100 mil soldados. Sempre que havia um vácuo de poder no Egeu, a pirataria ressurgia; já na década de 1820, corsários árabes sequestraram os habitantes da ilha grega de Citera para serem vendidos no mercado de escravos em Argel.

Citera é a ilha ao largo do cabo Maleia pela qual passou Ulisses em sua tentativa de rumar para norte, em direção a Ítaca, tendo-se desviado para oeste e se afastado da rota por nove dias em razão dos ventos, e penetrado em um mundo de maravilhas e horrores, de gigantes e feiticeiras, deusas e canibais, perigos e tentações. Os relatos de suas chegadas em terra e a forma como foi recebido diferem amplamente em termos de conteúdo e abrangência, mas conectam-se por um tema comum, do qual todos consistem em variações. É um tema fundamental para a *Odisseia* como um todo, predominante não apenas na trajetória errante do herói, mas nos cantos de abertura, que se ocupam de Telêmaco em casa e no exterior, e na última metade do poema, que nos brinda com Ulisses disfarçado de mendigo esfarrapado, por fim em sua pátria e na própria casa. O tema é, de forma concisa, a relação entre o anfitrião e o convidado, em especial a obrigação moral de receber bem e proteger o forasteiro, obrigação imposta à humanidade civilizada por Zeus, do qual um dos muitos atributos é *xeinios*, "hospitaleiro". "É Zeus", diz Ulisses ao Ciclope na caverna deste, "que salvaguarda a honra de suplicantes e estrangeiros" (ix.270).

Zeus é invocado como patrono e agente divino de um código de conduta que ajuda a tornar as viagens possíveis em um mundo de pirataria no mar, ataques ao gado e guerras locais por causa de terra, de rixas anárquicas entre famílias rivais — um mundo desprovido de uma autoridade central que imponha a lei e a ordem. Em um mundo assim, um homem que sai de casa depende da bondade de estranhos. Sem um código de hospitalidade universalmente reconhecido, ninguém se atreveria a viajar para o estrangeiro; sua observância é, portanto, uma questão de interesse próprio. Um de seus componentes quase rituais é o presente de despedida oferecido pelo anfitrião. Assim, quando Atena, na forma de Mentes, despede-se de Telêmaco, este declara:

INTRODUÇÃO   45

possas com um presente na mão voltar para a tua nau:
um presente belo e valioso, que será para ti um tesouro
oferecido por mim, uma dádiva de amigo para amigo.
(1.311-3)

Atena não deseja atribular-se com o presente naquele
instante; pede-lhe que o guarde, para que o leve quando voltar. "E escolhe um belo presente: dele receberás
recompensa condigna" (1.318). A recompensa não é uma
quantia em dinheiro; é a hospitalidade recíproca o presente que Telêmaco receberá quando for visitar Mentes.
Assim Ulisses, na mentira que conta a Laertes no final do
poema, finge ser um homem que o acolheu certa vez em
suas viagens e o encheu de presentes. Este então parou
em Ítaca para visitar Ulisses. O velho diz-lhe que Ulisses
jamais retornou e deve estar morto.

[...] Se o tivesses encontrado vivo em Ítaca,
ele ter-te-ia retribuído o que ofereceste, com excelente
hospitalidade; pois isso é devido a quem primeiro oferece.
(XXIV.284-6)

O presente do anfitrião é um componente tão estabelecido do relacionamento que o hóspede pode até mesmo
pedir outra coisa se o oferecido não for apropriado. Assim
Telêmaco, que recebe de Menelau uma esplêndida carruagem e uma parelha de cavalos, recusa o oferecimento,
"pois cavalos não levarei para Ítaca" (IV.601), onde "não
há amplas estradas nem pradarias" (IV.605). Sua terra "é
terra apascentadora de cabras, mais belas que as terras/
que apascentam cavalos" (IV.606-7). Menelau, longe de
se perturbar, reconhece-lhe na franqueza sinal de berço e
educação aristocráticos — "Por tudo o que dizes é excelente, querido filho, o sangue/ de que provéns" (IV.611-2)
— e oferece-lhe, em vez disso, "uma taça cinzelada, toda
feita de prata,/ mas as bordas são trabalhadas com ouro"

(IV.615-6). A taça, ele continua a explicar, foi presente de um anfitrião, Fêdimo, rei da cidade fenícia de Sídon, em cuja casa se hospedara em sua sinuosa viagem de retorno de Troia.

Ao longo de sua viagem, Ulisses contará com a bondade de estranhos, com sua generosidade como hospedeiros. Alguns deles, como os feácios e Éolo, rei dos ventos, serão perfeitos anfitriões, recepcionando-o prodigamente e despedindo-se com presentes valiosos. Outros serão bárbaros, ameaçando-lhe a vida e tirando a vida de sua tripulação. E outros ainda serão anfitriões inoportunos, adiando a partida do convidado — uma infração ao código. "Não serei eu a reter-te aqui por mais tempo/ se desejas regressar" (XV.68-9), diz Menelau a Telêmaco. "Censuro antes o homem que,/ como anfitrião, ama os hóspedes em demasia" (XV.69-70). E formula a regra de ouro: "Deve estimar-se o hóspede quando está presente,/ e mandá-lo embora quando quer partir" (XV.73-4). Muitos dos anfitriões de Ulisses parecem ter tomado conhecimento apenas da primeira metade dessa exigência. Circe é uma anfitriã encantadora, mas priva seus convidados de sua forma humana e os retém para sempre. Também Calipso poderia ter retido Ulisses para sempre, mas sem obrigá-lo a deixar de ser humano e mantendo-o eternamente jovem. As sereias também o teriam retido para sempre, porém morto. Entretanto, quando chega a hora de despachar o hóspede que está de partida, Calipso e Circe oferecem os obrigatórios presentes. Calipso envia ventos favoráveis que ponham a jangada a caminho, e Circe lhe dá instruções valiosas — como lidar com as sereias, o aviso para não matar o gado do Sol. Também Telêmaco tem de lidar com um anfitrião inoportuno. No caminho de volta de Esparta a Pilos, consegue evitar o que teme ser um atraso intolerável caso fosse ao palácio de Nestor. "Para que o ancião teu pai", diz ele a seu companheiro Pisístrato, "não me retenha à minha revelia/ no palácio, desejoso de ser amável: rapidamente tenho de

INTRODUÇÃO 47

partir" (xv.200-1). Telêmaco retornará a uma casa onde os pretendentes de Penélope representam uma violação pouco comum do código: são convidados indesejados que abusam e consomem os bens de sua relutante anfitriã. Demonstrando absoluto desprezo pela ideia de que andarilhos, mendigos e suplicantes contam com a proteção especial de Zeus, eles brindam com insultos e violência a Ulisses, o mendigo maltrapilho que, como acabarão por descobrir da pior maneira, é seu relutante anfitrião.

O primeiro desembarque de Ulisses após cruzar o cabo Maleia dá-se na terra dos lotófagos, que oferecem a três de seus homens alimento que os teria mantido como convidados permanentes —

> [eles] já não queria[m] voltar para dar a notícia, ou
> regressar para casa;
> mas queriam permanecer ali, [...]
> mastigando o lótus, olvidados do seu retorno.
> (IX.95-7)

— se Ulisses não os houvesse arrastado, aos prantos, de volta às naus. Segundo relata, "não ocorreu aos Lotófagos matar os nossos companheiros" (IX.92), mas seu anfitrião seguinte, o Ciclope, não apenas mata, como devora seis deles. O apelo de Ulisses a Zeus como protetor dos estrangeiros é encarado com desprezo — "Nós, os Ciclopes, não queremos saber de Zeus [...] nem dos outros bem-aventurados" (IX.275-6) — e a solicitação de Ulisses do presente devido aos visitantes é rebatida com a ameaça de que Ulisses seria comido por último, depois de toda a tripulação. Ulisses escapa apenas em virtude da astúcia pela qual é conhecido, mas a fim de enganar o Ciclope tem de ocultar sua identidade e se apresentar como Ninguém.

O logro é indispensável se ele e sua tripulação querem escapar e, embora Ulisses seja mestre em todas as artes do embuste, sua natureza rebela-se contra esse subterfúgio em

48 ODISSEIA

particular. É por seu nome e tudo o que ele significa para si e seus pares que Ulisses luta para seguir vivendo e retornar ao mundo onde é conhecido e honrado. Quando, mais tarde, na corte do rei Alcino, Ulisses revela sua identidade, nos diz, e a seus comensais, não apenas seu nome, mas a reputação que traz consigo. "Sou Ulisses, filho de Laertes, conhecido de todos os homens/ pelos meus dolos. A minha fama já chegou ao céu" (IX.19-20). Ele menciona sua fama de forma totalmente objetiva, como se esta fosse separada dele; suas palavras não são ostentação, mas uma afirmação da reputação, das qualidades e dos feitos aos quais ele precisa manter-se fiel. Uma vez livre da caverna dos ciclopes, ele insiste, com grande risco para si próprio e seu navio, em contar ao Ciclope quem o cegou: "diz que foi Ulisses, saqueador de cidades, filho de Laertes, que em Ítaca tem seu palácio" (IX.504-5). O que habilita Polifemo a invocar a fúria de seu pai, o deus do mar Posêidon, para fazer com que

[...] nunca chegue a sua casa Ulisses,
saqueador de cidades, filho de Laertes, que em Ítaca habita.
Mas se for seu destino rever a família e regressar
ao bem construído palácio e à terra pátria, que chegue tarde
e em apuros, tendo perdido todos os companheiros,
na nau de outrem, e que em casa encontre muitas desgraças.
(IX.530-5)

No porto de escala seguinte de Ulisses, porém, começa a parecer que o pedido de Polifemo não será atendido. Éolo, guardião dos ventos, é um anfitrião generoso e envia seu hóspede a uma viagem mágica — o Vento Oeste soprando sem parar na direção de Ítaca, e todos os outros ventos aprisionados em um saco a bordo da nau. Ao avistar o lar — "vimos homens acendendo fogueiras" (X.30) — Ulisses, que esteve ao leme durante toda a viagem, por fim relaxa. Cai em um sono profundo, o que permite que a tripulação, suspeitando que o saco contenha um tesou-

INTRODUÇÃO   49

ro, abra-o e liberte os ventos. Quando as naus tornam a ser empurradas rumo ao desconhecido, Ulisses defronta-se com a primeira de suas tentações — "se haveria de me lançar da nau para me afogar no mar" (x.51) —, mas decide permanecer vivo, embora um furacão empurre os navios de volta a Eólia, onde o pedido de Ulisses de ajuda adicional é furiosamente rejeitado. Seu encontro seguinte é com os canibais gigantes, os lestrígones, de quem escapa por pouco, mas perde todas as suas outras naus e tripulações. A ilha de Circe confronta-o com outro perigo, do qual escapa com a ajuda do deus Hermes, mas então ela transforma-se em uma tentação. Após renunciar a seu plano de transformar Ulisses e sua tripulação em porcos, Circe torna-se a anfitriã perfeita, entretendo Ulisses em sua cama e a tripulação à mesa de banquetes. Ulisses, se não está enfeitiçado, está decerto seduzido, pois ao final de um ano inteiro de namoricos sua tripulação precisa lembrá-lo de seu dever: "Tresvariado! Lembra-te agora da terra pátria" (x.472). Circe, ao contrário de Calipso, está disposta a libertá-lo, mas diz-lhe que primeiro precisa descer à terra dos mortos para consultar a alma do profeta cego Tirésias.

A imagem de Homero do mundo dos mortos é certamente o modelo para todas as geografias ocidentais posteriores do Inferno, do Livro VI da *Eneida*, de Virgílio, até a maior de todas as visões da vida após a morte, a *Divina comédia*, de Dante. Independentemente da consulta a Tirésias, a visita possui um significado especial para Ulisses. Ao longo de todas as provações de sua viagem para casa, a tentação de encontrar a libertação na morte sempre esteve ao alcance da mão — pelo suicídio, como ocorreu em seu desespero ao afastar-se de Ítaca, ou, de forma mais sutil, em qualquer momento de tensão, ao relaxar por um momento a constante vigilância, a suspeita instantânea, a resiliência e a determinação inesgotáveis que o mantêm vivo. Qualquer pessoa que tenha sido submetida à tensão contínua no combate e, sobretudo, no comando sabe que o cansaço pode induzir um homem a negligenciar suas precauções, a pegar atalhos, a relaxar nem que seja apenas uma vez; é um estado de espírito no qual a morte que daí pode resultar parece, no momento, quase preferível à fadiga física e à tensão mental constantes. Mas, quando Ulisses verifica por si mesmo o que significa estar morto, perde todas as ilusões que possa ter tido de que a morte é melhor do que uma vida de tensão e sofrimento ininterruptos. O mundo dos mortos de Homero é sombrio e desolado; não é local de descanso e esquecimento. As multidões das trevas rondam os animais sacrificados, ansiando pelo gole de sangue que por um momento as devolverá à vida, que lhes restabelecerá a memória e o dom da fala. Aquiles avisa Ulisses, que o felicitara por destacar-se como rei sobre os mortos:

> Não tentes reconciliar-me com a morte, ó glorioso Ulisses.
> Eu preferiria estar na terra, como servo de outro,
> até de homem sem terra e sem grande sustento,
> do que reinar aqui sobre todos os mortos.
> (XI.488-91)

O reino dos mortos tem sido hospitaleiro, mas talvez Ulisses tenha se demorado demais, pois enquanto espera para ver ainda mais fantasmas de heróis famosos,

> [...] surgiram aos milhares
> as raças dos mortos, com alarido sobrenatural; e um
> pálido terror
> se apoderou de mim [...]
> (XI.632-4)

Ele dirige-se à sua nau e volta para Circe, que anuncia:

> Da minha parte, indicar-vos-ei o caminho e cada coisa
> explicarei, para que devido a deliberações malfadadas
> não padeçais com sofrimentos no mar ou em terra.
> (XII.25-7)

INTRODUÇÃO   51

Eles têm ainda de enfrentar as Sereias, escolher entre Cila e Caríbdis, e aportar, opondo-se ao conselho de Circe e contrariando Ulisses, em Trinácia, a ilha onde a tripulação irá abater o gado do Sol e assim selar seu próprio destino. As Sereias representam outra tentação para Ulisses, provavelmente a mais poderosa, pois, se não estivesse amarrado ao mastro, teria ido juntar-se à pilha de cadáveres que as circunda. "Vem até nós, famoso Ulisses", cantam elas, "pois nós sabemos todas as coisas que na ampla Troia/ Argivos e Troianos sofreram pela vontade dos deuses" (XII.184-90). Ulisses é veterano de uma guerra de dez anos; está no caminho de volta a uma sociedade cuja nova geração cresceu em paz. Ninguém o entenderá se mencionar a guerra — é significativo que, uma vez em casa, ele não se refira a esse assunto ao dirigir-se a Telêmaco ou Penélope. Só quem compartilhou a excitação e os horrores da guerra pode conversar com ele a esse respeito. Talvez seja por isso que Menelau diz que teria feito de Ulisses proprietário em suas próprias terras se este houvesse voltado para casa: "ter-nos-íamos visto com frequência, e nada nos separaria no comprazimento da nossa amizade" (IV.178-9). Os laços formados pela camaradagem na ação perigosa e no sofrimento são muito fortes. E é essa a força do apelo das Sereias: "sabemos todas as coisas que na ampla Troia/ Argivos e Troianos sofreram pela vontade dos deuses". Ele ordena a seus marinheiros que o desamarrem, que o deixem ir. Mas fica claro que a canção das Sereias é um convite para viver no passado, o que é uma espécie de morte; a ilha das Sereias está repleta de ossos de homens mortos. Era no mundo dos mortos que ele podia reviver a saga de Troia, com seus companheiros veteranos Aquiles e Agamêmnon. Esses dias já passaram, e ele deve olhar para o futuro, e não para trás, para o passado.

A escolha entre Cila e Caríbdis ainda está para ser feita, mas Ulisses terá de enfrentar a ambas — Cila como capitão de um navio a caminho de Trinácia e Caríbdis como um marinheiro náufrago solitário agarrado aos restos de uma nau no caminho de volta. Resgatado pela deusa Calipso (cujo nome é formado a partir da palavra grega que significa "disfarce", "esconderijo"), Ulisses passa sete anos como prisioneiro em sua ilha: "Por obrigação ele dormia de noite ao lado dela/ nas côncavas grutas: era ela, e não ele, que assim o queria" (v.154-5). Ulisses rejeita a oferta da deusa para torná-lo imortal e imutável, para sempre seu marido. Compelida por Hermes a deixá-lo partir, ela relembra sua oferta e profetiza os sofrimentos e tribulações que ainda o aguardam na viagem para casa:

> Mas se soubesses no teu espírito qual é a medida da desgraça
> que te falta cumprir, antes de chegares à terra pátria,
> aqui permanecerias, para comigo guardares esta casa;
> e serias imortal [...]
> (v.206-9)

Mas ele recusa.

A oferta de Calipso e a recusa de Ulisses constituem um diálogo ímpar na literatura e mitologia gregas. A imortalidade era uma prerrogativa divina, concedida a contragosto. Héracles teve de enfrentar uma morte intensa e torturante para obtê-la e, quando a deusa da Aurora a obteve para Títono, seu amante mortal, esqueceu-se de pedir também que ele nunca envelhecesse. Agora, quando inicia seu percurso todas as manhãs, deixa-o para trás na cama, onde ele jaz inerte, encarquilhado em consequência da idade. Mas Calipso ofereceu-se para tornar Ulisses "imortal, livre para sempre da velhice" (xxiii.336) e convidou-o a viver com ela em um ambiente paradisíaco tão encantador que "depois de no coração se ter maravilhado com tudo, [Hermes] entrou em seguida na gruta espaçosa" (v.76-7) — um lugar diante do qual Hermes, mensageiro de Zeus, "se quedou, maravilhado" (v.75). Tudo isso Ulisses rejeita, embora saiba que a alternativa é fiar-se novamente, dessa

INTRODUÇÃO 53

feita só e em uma nau improvisada, no mar a cujo respeito ele não tem ilusões. "E se algum deus me ferir no mar cor de vinho", anuncia,

> aguentarei:
> pois tenho no peito um coração que aguenta a dor.
> Já anteriormente muito sofri e muito aguentei
> no mar e na guerra: que mais esta dor se junte às outras.
> (v.221-4)

Mais uma proposta para que ele esqueça seu lar e sua identidade é feita e recusada antes que ele alcance Ítaca. Na terra dos feácios, onde é bem recebido e estimado, oferecem-lhe a mão de uma jovem e encantadora princesa em casamento e uma vida de tranquilidade e prazeres em uma sociedade utópica. A oferta é feita não apenas pelo rei, pai da moça —

> Quem me dera — ó Zeus pai, ó Atena, ó Apolo! —
> que fosse assim como tu, e com entendimento como o meu,
> aquele que, aqui ficando, desposasse a minha filha,
>> a quem eu
> chamasse meu genro! Dar-te-ia casa e muitos tesouros,
> se de bom grado ficasses. [...]
> (vii.311-5)

— mas antes também pela própria garota, nas pistas sutis contidas nas instruções que esta fornece a Ulisses sobre como aproximar-se da cidade. Ela faz-lhe um apelo final quando este se dirige ao salão de festas para o banquete no qual mais tarde irá se identificar e contar sua história. "De ti me despeço, ó estrangeiro. Quando chegares à tua terra pátria/ lembra-te de mim: deves-me em primeiro lugar o preço da tua vida" (viii.461-2). Não é em absoluto a despedida resignada que aparenta ser. A palavra que ela emprega para designar o que Ulisses lhe deve — *zôagria* — é um termo da *Ilíada*: "o preço de uma vida". Hefesto

utiliza-o quando Tétis pede-lhe que faça uma nova armadura para Aquiles; ele fará qualquer coisa por ela, posto
que ela lhe salvou a vida uma vez — ele lhe deve *zôagria*.
Por três vezes na *Ilíada*, guerreiros troianos, desarmados
e à mercê do vencedor, usam o verbo a partir do qual o
substantivo é formado para oferecer valiosos resgates em
troca de sua vida. Nausica pressiona firmemente Ulisses
com uma palavra que este compreende à perfeição; ouvira
seu prisioneiro Dolon empregá-la ao suplicar pela própria
vida, súplica esta que lhe foi negada (*Ilíada* x.442-3). Mas
agora, advertido do quanto deve a Nausica, Ulisses evita a
questão com muito tato, tomando o pedido em seu sentido
literal; quando chegar em casa, rezará por ela como uma
deusa imortal pelo resto de seus dias.

Transportando um tesouro maior do que aquele que havia conquistado em Troia e perdido no mar, Ulisses, mergu-
lhado em sono profundo em uma nau mágica feácia, é con-
duzido ao mundo real e aporta, ainda adormecido, na costa
de Ítaca. Quando acorda, não reconhece seu próprio país,
pois Atena ocultou a costa sob um nevoeiro. Temendo que
os feácios o tenham traído, ele repete as perguntas desespe-
rançadas que fez a si mesmo em tantas praias estrangeiras...

Ai de mim, a que terra de homens mortais chego de novo?
Serão eles homens violentos, selvagens e injustos?
Ou serão dados à hospitalidade e tementes aos deuses?
(XIII.200-2)

Ele alcançou, de fato, a mais perigosa de todas as terras.
Para sobreviver a esta última prova, terá de recorrer a todas as qualidades que o apontam como herói — a coragem
e a habilidade marcial do guerreiro que foi em Troia, mas
também a prudência, a astuciosa duplicidade e a paciência
que o levaram a salvo até Ítaca.

INTRODUÇÃO   55

HERÓI

"Como os portões do Hades me é odioso aquele homem/ que esconde uma coisa na mente, mas diz outra." Essas são palavras de Aquiles, o herói da *Ilíada* (IX.312-3), o *chevalier sans peur et sans reproche* da tradição aristocrática grega. Ele as dirige a Ulisses, que chegou como líder de uma delegação ordenada por Agamêmnon e os chefes aqueus para convencer Aquiles a reunir-se a eles no ataque a Troia. São palavras estranhas para iniciar uma resposta ao que parece ser uma generosa oferta de compensação para duras palavras proferidas com raiva, mas Aquiles sabe com quem está falando. Ulisses não disse nenhuma mentira, mas ocultou a verdade. Repetiu literalmente a maior parte da mensagem de Agamêmnon — a longa lista de presentes esplêndidos, a oferta da mão de uma filha em casamento — mas omitiu as reiteradas pretensões de superioridade de Agamêmnon, o rebaixamento de Aquiles a categoria inferior. "Que se domine/ e [...] se submeta a mim, pois sou detentor de mais realeza,/ além de que declaro pela idade ser mais velho do que ele" (IX.158-61).

Para Aquiles, a mentira é absolutamente abominável. Mas para Ulisses é uma segunda natureza, uma questão de orgulho. "Sou Ulisses", anuncia ele aos feácios quando chega a hora de revelar sua identidade, "conhecido de todos os homens/ pelos meus dolos" (IX.19-20). A palavra grega *dolos* tanto pode ser empregada como enaltecimento quanto como ofensa. Atena utiliza o termo quando, disfarçada de pastor jovem e bonito, cumprimenta Ulisses pela intricada mentira que este acaba de lhe contar a respeito de sua identidade e seu passado, e é com essa palavra que Ulisses descreve o cavalo de madeira com o qual conseguiu deixar Troia em chamas. Por outro lado, Atena, Menelau e Ulisses a empregam para descrever a cilada que Clitemnestra armou para Agamêmnon quanto este voltou para casa, e o termo auxilia Homero a descrever o plano dos pretendentes para emboscar e matar Telêmaco em seu retorno de Pilos. Mas, lisonjeiro ou acusatório, o vocábulo sempre implica a presença daquilo que Aquiles rejeita com tanta veemência — a intenção de enganar.

Ulisses possui o talento necessário ao enganador: é um orador persuasivo. Na *Ilíada*, o príncipe troiano Antenor, que ouvira Ulisses quando este chegara a Troia com a delegação, lembrou o contraste entre sua aparência inexpressiva e a poderosa magia de seu discurso. "Mas quando do peito emitia sua voz poderosa,/ [...] então outro mortal não havia que rivalizasse com Ulisses" (III.221-3). E na *Odisseia*, no palácio de Alcino, Ulisses fascina seu anfitrião com a história de suas aventuras. Quando se interrompe, invocando o adiantado da hora, Alcino suplica-lhe que prossiga: "Tens formosura de palavras e um entendimento excelente./ Contaste a história com a perícia de um aedo" (XI.367-8). Em suas viagens a caminho de Esquéria, Ulisses não teve muita oportunidade de dar asas a sua eloquente persuasão; seu dom para a farsa será necessário e integralmente revelado apenas quando por fim alcançar a costa de Ítaca, onde, a fim de sobreviver, terá de desempenhar o papel de mendigo andrajoso. As histórias que conta a Atena, Eumeu, Antino, Penélope e Laertes constituem uma ficção brilhante; narrativas de guerra, pirataria, assassinatos, lutas de extermínio entre famílias e perigos em alto-mar, com um elenco de capitães fenícios mentirosos, aventureiros cretenses e faraós egípcios. São, como afirma Homero, "mentiras semelhantes a verdades", completamente convincentes, precisas, ao contrário da história que ele contou em Esquéria sobre as realidades da vida e da morte no universo do Egeu, mas, ainda assim, mentiras do começo ao fim. E Homero nos faz recordar o contraste entre Ulisses e Aquiles ao fazer com que Ulisses, pouco antes de precipitar-se em um relato esplendidamente falso de seus antecedentes e infortúnios, repita as famosas palavras que Aquiles dirigiu-lhe em Troia: "pois é-me odioso como os

INTRODUÇÃO   57

portões do Hades aquele homem/ que cedendo à pobreza
conta histórias inventadas" (xiv.156-7).

A repetição dessa frase memorável torna explícito o contraste entre os dois heróis, mas Ulisses continua a ser, como
era na *Ilíada*, um guerreiro fiel ao ideal marcial. Terá todo
o prazer em empregar a fraude para obter vitória, mas se
necessário enfrentará perigos mortais sozinho e sem medo.
Na ilha de Circe, quando Euríloco volta para relatar o desa-
parecimento de seus companheiros no interior do palácio da
feiticeira e implora a Ulisses que não vá em seu socorro, mas
que ice velas de imediato, recebe uma recusa desdenhosa:

> Euríloco, fica, pois, neste local onde estás, a comer e a
> beber
> junto da escura nau veloz; mas eu tenho de ir,
> pois recaiu sobre mim uma necessidade onerosa.
> (x.271-3)

Essa necessidade é sua fidelidade a tal reputação, a fama
entre os homens, em prol da qual Aquiles aceitou uma morte prematura. Este é o Ulisses da *Ilíada*, que, encontrando-
-se só e em inferioridade numérica em uma luta encarniça-
da com os troianos, rejeita a ideia de fuga:

> Sei que eles são vis e que fugiram da batalha; por outro lado,
> àquele que é excelente no combate, a esse compete ficar
> sem arredar pé, quer seja atingido, ou outros atinja.
> (xi.408-10)

Ulisses compartilha com Aquiles outra característica da
mentalidade heroica: uma sensibilidade espinhosa para o que
considera falta de respeito da parte dos outros, uma raiva in-
contida contra qualquer insulto a sua posição de herói. Foi
esse o motivo de sua insistência quase fatal em revelar seu
verdadeiro nome a Polifemo: não suportava a ideia de que o
gigante cego nunca viesse a conhecer a identidade ou a fama

de quem o derrotou. Mais cauteloso em meio aos feácios, permanece anônimo, mas por um triz não revela a verdade quando, tratado com desdém por um jovem feácio por sua incapacidade atlética, ele arremessa o disco a grande distância e então desafia a todos — no pugilismo, na luta livre, na corrida e no tiro com arco. "Na verdade", anuncia ele,

> eu sei bem manejar o arco bem polido
> [...]
> Só Filocteto me superava com o seu arco na terra
> dos Troianos, quando nós Aqueus disparávamos as setas.
> (VIII.215-20)

O mais doloroso insulto à sua honra é, certamente, a conduta dos pretendentes; a ocupação de sua casa, que já dura três anos, é uma afronta intolerável, agravada pelo tratamento brutal que lhe conferem quando ele mais uma vez desempenha o papel de Ninguém. E a sublime confiança dos pretendentes no fato de que, mesmo que retornasse, Ulisses enfrentaria uma luta mortal humilhante contra sua superioridade numérica estimula nele uma cólera digna de Aquiles. Quando por fim mata Antino, o mais violento dos pretendentes, e identifica-se — "Ó cães! Vós não pensastes que eu alguma vez regressaria para casa/ de Troia" (XXII.35-6) —, Eurímaco, o mais desonesto deles, oferece a compensação integral pelo que fizeram e muito mais. Ulisses rejeita de forma impetuosa:

> Eurímaco, nem que me désseis todo o vosso patrimônio,
> tudo o que tendes agora e pudésseis reunir de outro lugar,
> nem assim eu reteria as mãos do morticínio, até que
> todos vós pretendentes pagásseis o preço da transgressão.
> (XXII.61-4)

Ouvimos esta nota soar antes na voz de Aquiles, na *Ilíada*, quando este rejeita a oferta de paz de Agamêmnon:

INTRODUÇÃO   59

Nem que me oferecesse dez vezes mais ou vinte vezes mais
do que agora oferece, e que a isso acrescentasse outros dons,
[...]
nem assim Agamêmnon conseguiria convencer o meu
                                                    espírito,
antes que tenha pago todo o preço daquilo que me mói
                                                o coração.
(IX.379-87)

No caso, Aquiles não cobra medida plena de Agamêmnon, mas de Heitor, que matou seu amigo Pátroclo e agora
usa a armadura de Aquiles. Ele mata os guerreiros troianos
um após outro e os conduz para dentro do rio, para que
se afoguem ou morram sob sua impiedosa espada, até que
encontra e mata Heitor, cujo corpo arrasta de volta a seu
acampamento, para que permaneça ali insepulto enquanto
sacrifica troianos capturados a fim de apaziguar o espírito
de Pátroclo, que está morto. A defesa que pratica Ulisses
de sua honra não é menos sangrenta e impiedosa. Apoiado
por seu filho e dois criados leais, mata os 108 jovens aristo-
cratas que assediaram sua mulher; seus criados mutilam e
matam barbaramente Melântio, pastor infiel que insultara
Ulisses; e Telêmaco, que recebe ordem de assassinar com
sua espada as camareiras desleais, opta por recusar-lhes
essa "morte limpa" (XXII.462) e as enforca. Todas as dívi-
das estão pagas. Com sobras.

A vingança de Aquiles termina com um gesto de compaixão, a devolução do corpo de Heitor ao pai deste, Príamo, mas ao fim da *Odisseia* mais sangue é derramado.
Eupites, pai de Antino, lidera parentes dos pretendentes contra Ulisses e seus homens, mas é assassinado por
Laertes quando este adere ao combate. "E a todos teriam
morto", diz Homero (XXIV.528) se Atena não houvesse ordenado a Ulisses que voltasse e tivesse permitido que os
nativos de Ítaca fugissem para salvar a própria vida. A
descrição da batalha final é redigida com frases e fórmu-

las da *Ilíada* do começo ao fim e, quando Ulisses encoraja o filho e recebe garantias de que Telêmaco não irá desonrar sua linhagem, o velho Laertes faz soar a autêntica nota heroica: "Que dia este, queridos deuses! Muito me regozijo!/ O meu filho e o meu neto disputam entre si a valentia!" (XXIV.514-5).

Esse aspecto da *Odisseia* sempre foi desconsiderado ou subestimado. Muito, talvez demasiado, se tenha concluído da amarga rejeição de Aquiles da tentativa de Ulisses de confortá-lo no mundo dos mortos: "Eu preferiria estar na terra, como servo de outro,/ [...]/ do que reinar aqui sobre todos os mortos" (XI.489-91). Suas palavras têm sido interpretadas como uma rejeição ao código heroico do qual, na *Ilíada*, foi ele o grande exemplo. Mas trata-se menos de uma rejeição à glória duradoura pela qual ele consciente e deliberadamente trocou sua vida do que uma colérica repreensão a Ulisses por comparar seu eterno problema com o grande poder de Aquiles entre os mortos. Aquiles sabia ao que estava renunciando quando optou pela morte prematura com glória em lugar de uma vida longa, e é compreensível que as palavras de consolo de Ulisses provoquem uma resposta colérica. Em todo caso, ele passa a pedir notícias do filho Neoptólemo: "Mas fala-me agora do meu filho orgulhoso,/ se partiu para assumir liderança na guerra, ou não" (XI.492-3). Quando ouve a resposta de Ulisses — "Muitos homens chacinou em combate tremendo./ Não seria capaz de contar nem nomear todos" (XI.516-7) — e a narrativa da agressiva coragem de seu filho no cavalo de madeira e de seu retorno a salvo para casa,

> [...] a alma do neto de Éaco de pés velozes
> partiu com largas passadas pelo prado de asfódelos,
> regozijando-se porque lhe falara da proeminência do filho.
> (XI.538-40)

INTRODUÇÃO   61

DEUSES

Ao contrário da *Ilíada*, a *Odisseia* é um épico de base totalmente doméstica. À exceção das viagens — e por vezes
mesmo nelas —, estamos com os pés no chão, seja nas copiosas e frequentes refeições no palácio (Fielding chamou a
Odisseia de "o mais glutão dos épicos") ou na domestici-
dade rural da cabana de Eumeu. No entanto, o poema ba-
seia-se firmemente no que poderíamos chamar de "tempo
heroico", uma época em que os homens eram mais fortes,
mais corajosos e mais eloquentes do que hoje, e as mulheres
mais bonitas, mais poderosas e inteligentes do que têm sido
desde então, e os deuses, tão próximos da vida humana e tão
envolvidos com os indivíduos, seja na afeição ou na raiva,
que intervinham em sua vida e lhes apareciam em pessoa.
A tendência dos críticos modernos de enfatizar o aspecto
singular do heroísmo da *Odisseia*, às custas e muitas vezes
com a exclusão de aspectos reconhecidamente aquilianos da
vingança heroica que finalizam o épico, equipara-se a uma
tendência a perceber novos desenvolvimentos no Olimpo, na
natureza e na ação dos deuses, especialmente Zeus. O que
aconteceu — segundo Alfred Heubeck, em sua ponderada
e valiosa introdução ao *Commentary on Homer's Odyssey*
— foi nada menos que uma "transformação ética": "Com
discernimento e sabedoria, Zeus agora controla o destino
do mundo de acordo com princípios morais, o que, por si só,
gera e preserva a ordem. Falta pouco ao pai dos deuses para
tornar-se o verdadeiro soberano do mundo" (I, p. 23).

Independentemente do fato de que se possa duvidar se
Zeus em algum momento supriu esse pouco que faltava
(mesmo na *Oréstia* sua justiça é problemática), é difícil encontrar provas dessa transformação ética na *Odisseia*. Na
reunião no Olimpo com a qual o poema se inicia, Zeus dis-
cute o caso de Egisto, que, desconsiderando um aviso trans-
mitido por Hermes, seduziu Clitemnestra e, com a ajuda
desta, assassinou Agamêmnon. "Vede bem", diz Zeus,

como os mortais acusam os deuses!
De nós (dizem) provêm as desgraças, quando são eles,
pela sua loucura, que sofrem mais do que deviam!
(1.32-4)

Não há, como aponta o próprio Heubeck, "nada de novo nesse discurso moralizante". Zeus admite que grande parte do sofrimento da humanidade é responsabilidade dos deuses; sua queixa é que os homens aumentam esse sofrimento com suas próprias iniciativas imprudentes.

O conselho no Olimpo apresenta-nos uma situação muito familiar desde a *Ilíada*: deuses opondo-se fortemente uns aos outros com respeito ao destino dos mortais. Na *Ilíada*, Hera e Atena envolvem-se de maneira feroz na destruição de Troia por causa de um insulto a seu orgulho e superioridade — o Julgamento de Páris, o príncipe troiano, que concedeu o prêmio de beleza a Afrodite. Posêidon, irmão de Zeus, está igualmente empenhado na destruição da cidade, pois o rei troiano Laomedonte enganou-o no pagamento pela construção de suas muralhas. Apolo, cujo templo fica na cidadela de Troia, é defensor da cidade, e Zeus, o mediador supremo, é favorável a Troia pela devoção que seus habitantes lhe conferem. O destino da cidade e de suas mulheres e crianças, assim como a vida e a morte dos guerreiros de ambos os lados, são determinados pelo toma lá dá cá dessas vontades divinas em oposição, pelo tipo de aliança, conflito, artifícios e concessões que moldam seus relacionamentos.

Os conflitos raras vezes assumem feição violenta; nas poucas ocasiões em que isso ocorre, os oponentes divinos não estão igualados. Atena luta com Ares e Afrodite e derrota a ambas com facilidade, ao passo que Hera espanca Artêmis como se esta fosse uma garotinha. Mas entre os mais poderosos — Zeus, Hera, Atena, Posêidon, Apolo — o conflito assume formas diferentes: esquivas, ardis, concessões. Quando, nas batalhas climáticas que levaram à morte de Heitor, Posêidon desafia Apolo a lutar, este se recusa:

INTRODUÇÃO 63

[...] Sacudidor da Terra, nunca dirias
que tenho discernimento no espírito, se eu lutasse contra ti
por causa dos mortais que como as folhas ora estão
cheios de viço e comem o fruto dos campos,
[...] ora definham e morrem.
(XXI.462-6)

Os deuses podem proteger um herói ou uma cidade, mas, se essa proteção ameaça gerar uma ruptura entre os grandes poderes, um deles pode bater em retirada. Ou eles podem negociar, como faz Zeus com Hera quando consente, relutante, na queda de Troia. Ele concorda, mas com uma condição:

E outra coisa te direi: tu guarda-a no teu coração.
Quando pela minha parte eu quiser destruir
uma das tuas cidades, onde habitam homens que te são
caros,
não procures reter a minha cólera, mas deixa-me atuar.
(IV.39-42)

E Hera aceita; na verdade, ela oferece-lhe três cidades em vez de uma:

Na verdade são três as cidades que me são mais queridas:
Argos, Esparta e Micenas de amplas ruas. Estas poderás
destruir, quando se tornarem odiosas ao teu coração.
Não estou aqui em sua defesa, nem as quero enaltecer.
(IV.51-4)

Os deuses também podem conseguir o que querem por meio do logro, como faz Hera ao seduzir Zeus e colocá--lo para dormir para que ela e Posêidon arregimentem os aqueus contra o ataque de Heitor.

Todos esses três modelos de diplomacia olímpica reaparecem na *Odisseia*. Ulisses, ao cegar Polifemo, filho de Posêidon, provocou a ira vingativa do deus que governa as ondas. Quando o herói encontra Atena na praia de Ítaca, pergunta-lhe, bruscamente, por que esta o abandonou em suas andanças: "nunca mais te vi, ó filha de Zeus, nem na minha nau te senti/ embarcar, para que afastasses para longe o sofrimento" (xiii.318-9). A resposta da deusa, curta, obviamente constrangida, dividida entre os efusivos elogios ao herói e a retirada da neblina para mostrar a Ulisses que ele de fato está em casa, é um reconhecimento da concessão a uma força superior. "Mas não quis lutar contra Posêidon, irmão de meu pai" (xiii.341), diz ela. E mesmo essa desculpa é evasiva: ela não faz nenhuma tentativa de explicar por que não ajudou Ulisses *antes* que este incorresse na fúria de Posêidon. Só depois de obter a concordância de Zeus ela toma as medidas que conduzem Ulisses de volta a casa. Propõe a Zeus que Ulisses seja libertado de seu confinamento de sete anos na ilha de Calipso, e o faz durante uma reunião no Olimpo da qual Posêidon encontra-se ausente; ele está longe, nos confins da terra, recebendo uma homenagem dos etíopes. Na realidade, Posêidon é enganado; quando retorna e vê Ulisses aproximando-se da costa de Esquéria em sua jangada, fica furioso. "Ah, decerto os deuses mudaram de intenção a respeito/ de Ulisses, enquanto eu estava entre os Etíopes" (v.286-7). Atena não o desafiaria abertamente; ela age por trás de suas costas.

Posêidon sabe que, uma vez que chegue a Esquéria, "está destinado/ que [Ulisses] escape à servidão da dor que sobre ele se abateu" (v.288-9) e que, nesse caso, os feácios o enviarão para casa em uma nau de rapidez sobrenatural, carregada de tesouros maiores do que tudo que ele conseguiu em Troia e perdeu no mar. O poder de Posêidon foi desafiado, sua honra, ofendida, e alguém tem de pagar por isso. Ulisses está agora fora de seu alcance, mas os feácios são outra questão. "Zeus pai, eu nunca mais serei honrado entre os deuses/ imortais", queixa-se ele, "visto que certos mortais não me dão honra alguma:/ os Feácios, que são da

INTRODUÇÃO   65

minha própria linhagem" (XIII.128-30). Zeus assegura-lhe
que não há perda de respeito por ele no Olimpo, e quanto
aos mortais...

> Se algum dos homens, cedendo à violência e à força,
> não te honrar, podes sempre praticar vingança.
> Faz o que quiseres, o que ao coração te aprouver.
> (XIII.143-5)

Posêidon explica seu objetivo:

> [...] Mas agora a bela nau
> dos Feácios, que regressa de transportar Ulisses, quero
> estilhaçar no mar brumoso, para que se abstenham
> e desistam de transportar homens; e a sua cidade
> rodeá-la-ei com uma montanha enorme e circundante.
> (XIII.148-52)

Zeus aprova e sugere um requinte: transformar a nau e,
consequentemente, sua tripulação de 52 jovens — "que já
antes provaram ser os melhores" (VIII.36) — em rocha enquanto os feácios assistem sua chegada ao porto. Posêidon
apressa-se a executar o plano e, ao ver isso, o rei Alcino
reconhece a realização de uma profecia, que também anunciou que a cidade seria rodeada por uma grande montanha.
Ele conduz seu povo ao sacrifício e à oração para Posêidon,
na esperança de obter sua misericórdia e prometendo que
os feácios nunca mais dariam passagem marítima a homens que chegassem a sua cidade.

É o fim da grande tradição feácia de hospitalidade e
ajuda ao estrangeiro e viajante. Essa ação de Zeus lança
uma luz perturbadora na relação entre os ideais humanos
e a conduta divina. Se há um critério moral permanente no
universo da Odisseia, é a assistência, por parte dos ricos e
poderosos, aos estrangeiros, andarilhos e mendigos. Esse
código de hospitalidade é uma moralidade universalmente

reconhecida. E seu agente divino, assim o creem todos os mortais, é o próprio Zeus, Zeus *xeinios*, protetor dos estrangeiros e suplicantes. Seu nome e seu atributo são invocados repetidas vezes por Ulisses, e também por Nausica, o ancião feácio Equeneu, Alcino e Eumeu.

De todos os muitos anfitriões avaliados segundo esse padrão moral, os feácios destacam-se como os mais generosos, não apenas na régia acolhida que proporcionam a Ulisses, como também na rápida condução do herói a sua própria pátria, ajuda que oferecem a todos os viajantes que atingem a costa. E agora são punidos pelos deuses precisamente por esse motivo, visto que sua magnanimidade fez com que Posêidon achasse que sua honra — a delicada sensibilidade à opinião pública que em Aquiles ocasionou dez mil desgraças aos aqueus e levou Ájax ao suicídio, alimentando-lhe a rabugice no Hades — havia recebido um golpe intolerável. Aqueles que o ofenderam têm de ser punidos, ainda que a punição revele a mais completa indiferença ao único código de conduta moral que prevalece no perigoso universo da *Odisseia*. Confrontado com a ira de Posêidon contra os feácios, Zeus, protetor dos estrangeiros, associa-se entusiasticamente a seu poderoso irmão em sua ameaça. Ele não apenas sugere o requinte de transformar a nau em pedra, como aprova a intenção de Posêidon de isolar os feácios para sempre do mar, assentando uma imensa montanha ao redor da cidade.

Isso deixou perplexos alguns tradutores e editores modernos, que preferiram seguir a orientação do antigo editor Aristófanes de Bizâncio. Ao substituir três letras no texto em grego, este fez com que Zeus encerrasse sua fala com as palavras: "mas não cerque a cidade com uma montanha". A aventada petrificação da nau é um suborno para gratificar Posêidon e compensá-lo por uma concessão — os feácios não serão isolados do mar. Zeus *xeinios* corresponde às expectativas de seu título; é um Zeus que experimentou uma transformação ética.

INTRODUÇÃO   67

Não temos registros das explicações que deu Aristófanes para sua leitura; embora estas talvez tenham sido detalhadas em seus comentários sobre o poema, nossa tradição manuscrita preserva apenas o fato de ele havê-la proposto. Ela nos fornece, porém, mais uma informação importante. "Aristarco", menciona a mesma nota que registrou a emenda de Aristófanes, "opõe-se a ele em seus tratados." Aristarco era discípulo de Aristófanes e considerado o mais crítico e correto dos editores alexandrinos — os leitores do *Dunciad* de Pope irão se lembrar de que seu alvo, Richard Bentley, foi descrito como "aquele terrível Aristarco". Portanto, a sugestão já havia sido contestada na Antiguidade pelo mais respeitado editor de Homero. E, ainda que nada nos seja dito sobre as razões de Aristófanes para sugerir a mudança, podemos imaginá-las ao comparar outros exemplos de sua crítica textual. Ele preocupava-se muito, por exemplo, com o decoro, e duvidava da autenticidade de versos nos quais personagens reais desciam abaixo do nível de etiqueta mantido na corte dos Ptolomeus. No Canto VI, no qual Homero faz com que Nausica leve sua roupa para ser lavada fora de casa — "Do tálamo trouxe a donzela as vestes resplandecentes/ e colocou-as em cima do carro bem polido" —, Aristófanes, com uma ligeira alteração, escreveu: "Do tálamo as servas trouxeram as vestes resplandecentes [...]". Princesas não carregam sua própria roupa suja.

Ele demonstra igual preocupação com a civilidade e o decoro quando se ocupa da conduta dos deuses. No Canto XI, quando vê o fantasma de Ariadne, Ulisses a identifica como

[...] filha de Minos
de pernicioso pensamento, a quem outrora Teseu
levou de Creta para o monte da sagrada Atenas,
mas dela não fruiu, pois antes disso Artêmis a matou
em Naxos rodeada pelo mar [...]
(XI.321-5)

Para *ekta*, "matou", Aristófanes adotou *eschen*, "deteve", desonerando Artêmis de um assassinato para o qual nenhum motivo é fornecido. Portanto, no diálogo entre Zeus e Posêidon, ao introduzir uma negativa, Aristófanes torna Zeus, o deus principal, mais compassivo do que Posêidon. Mas não há justificativa para tal alteração. Aliás, há uma boa razão — independentemente do fato de ser óbvia a motivação de Aristófanes — para rejeitá-la por completo. Se o Zeus de Homero houvesse de fato exigido uma modificação radical do plano de Posêidon, alguma reação da parte de seu irmão — aceitação, rejeição ou ao menos reconhecimento — seria indispensável. Mas este não diz uma palavra. Além disso, se a cidade feácia não fosse isolada por uma montanha, permaneceríamos com um fato sem precedentes em Homero, uma profecia não realizada — Alcino menciona por duas vezes a profecia de seu pai de que um dia Posêidon cercaria a cidade com uma montanha. Homero não revela o que aconteceu: quando contemplamos os feácios pela última vez, estão prestes a engajar-se em sacrifícios e orações a Posêidon, na esperança de que este vá poupá-los. Mas uma coisa fica clara: encerraram-se a generosa hospitalidade e a condução dos estrangeiros a seu destino. Um deus forçou essa decisão; sua punição vingativa foi completamente aprovada por Zeus. Zeus pode por vezes agir como protetor dos suplicantes, mendigos e andarilhos, mas as preocupações e concepções humanas de justiça tornam-se insignificantes quando a manutenção do prestígio de um deus poderoso está em xeque. Nesse ínterim, Ulisses, adormecido em uma praia de Ítaca ao lado de seu tesouro, desperta e depara-se com uma paisagem que não reconhece — Atena ocultou-a com neblina. Ele chega à conclusão de que a tripulação feácia largou-o em alguma praia estrangeira:

[...] não cumpriram a palavra.
Que Zeus, deus dos suplicantes, os castigue; ele que todos
os homens observa e castiga quem transgride.

(XIII.212-4)

INTRODUÇÃO   69

Ele não sabe, mas o Zeus dos suplicantes já pagou na mesma moeda. Não por terem quebrado sua promessa, mas por terem cumprido com sua palavra.

Posêidon e Zeus não são os únicos deuses do Olimpo a mostrar indiferença aos códigos de conduta e ao senso de justiça humanos. Mais adiante no poema, Atena associa-se a eles. Há, entre os pretendentes, um homem decente, Anfínomo, que "com as suas palavras/ a Penélope mais agradava, pois era compreensivo" (xvi.397-8). É ele que aconselha os pretendentes a rejeitar a proposta de Antino de emboscar e assassinar Telêmaco em Ítaca, agora que este se esquivou do navio que o esperava em uma emboscada e voltou para casa em segurança. E é Anfínomo que, após a vitória de Ulisses sobre Iro no pugilato, bebe à saúde dele em uma taça dourada e declara: "Sê feliz, ó pai estrangeiro! Que no futuro possas encontrar/ a ventura, pois agora tens na verdade sofrimentos em demasia" (xviii.122-3). O herói tenta salvá-lo do massacre iminente. Previne-o seriamente de que Ulisses logo retornará, está bem próximo de casa, e que haverá derramamento de sangue. Este é um terreno perigoso. Ele chama Anfínomo pelo nome; como aquele mendigo esfarrapado, que tinha acabado de chegar, podia conhecê-lo? Ulisses vai ainda mais longe. "Anfínomo, parece-me que és um homem prudente", diz. "Assim já era também teu pai." É um deslize que ele tenta imediatamente encobrir, apressando-se a acrescentar: "da sua nobre fama ouvi falar" (xviii.125-6). Homero deixou claro o grande risco que Ulisses está correndo ao tentar salvar a vida de Anfínomo, e ressalta sua sinceridade ao fazê-lo rezar pedindo a intervenção divina a favor do pretendente:

[...] que um deus
te leve daqui para tua casa, para que não o encontres
quando esse homem regressar à sua terra pátria amada
(xviii.146-8)

Longe de despachá-lo para casa, um poder divino já proferiu sua sentença: "Também a ele/ Atena atou os pés, para ser chacinado pela lança de Telêmaco" (XVIII.155-6). Anfínomo é o terceiro pretendente a morrer, imediatamente após os dois principais vilões, Antino e Eurímaco.

Quando não estão decidindo o destino dos mortais, os deuses vivem uma vida própria no Olimpo,

> [...] onde dizem ficar a morada eterna
> dos deuses: não é abalada pelos ventos, nem molhada
> pela chuva, nem sobre ela cai a neve. Mas o ar estende-se
> límpido, sem nuvens; por cima paira uma luminosa
> > brancura.
> Aí se aprazem os deuses bem-aventurados, dia após dia.
> (VI.42-6)

Temos uma amostra dessa vida de prazer em uma das narrativas do menestrel Demódoco, no grande salão do palácio feácio — o aprisionamento do casal adúltero Ares e Afrodite na rede dourada confeccionada por Hefesto, o marido ofendido, e sua exposição ao olhar lascivo e ao "riso inexaurível" (VIII.326) dos deuses, que Hefesto convocou para que testemunhassem a traição de sua mulher. (As deusas, segundo somos informados, permanecem modestamente em casa.) O próprio Hefesto, quando convoca os deuses, refere-se ao espetáculo que lhes oferece como "trabalho risível" (VIII.307), e o lado cômico da narrativa evidencia-se quando Apolo pergunta a Hermes se gostaria de trocar de lugar com Ares e recebe a resposta:

> Prouvera que tal acontecesse, soberano Apolo que atiras
> > ao longe!
> Mesmo que fossem três vezes mais as correntes ilimitadas —
> e que vós deuses estivésseis a ver, e todas as deusas:
> mesmo assim gostaria de dormir com a dourada Afrodite.
> (VIII.339-42)

INTRODUÇÃO   71

Este vislumbre da vida particular dos habitantes do Olimpo tem um paralelo na *Ilíada*: o episódio (xiv.153-
-360) no qual Hera, armada com todos os encantos e a magia de Afrodite, seduz Zeus, que está observando a batalha do alto de uma montanha, a fim de fazê-lo dormir e, com Posêidon, reunir os lutadores aqueus contra o ataque vitorioso de Heitor. Zeus é sobrepujado pelo desejo por sua mulher; seu desejo, diz ele, é maior do que tudo que já sentiu em seus acasalamentos com as mulheres mortais, as quais se põe a enumerar em uma longa fala, apropriadamente chamada de "Catálogo de Leporello" após a famosa ária de Mozart em *Don Giovanni*.

Em ambos os épicos, os deuses desfrutam seus prazeres e acalentam suas intrigas no Olimpo, ao passo que, na terra, decidem o destino dos mortais e suas cidades com escassa consideração para com as concepções humanas da justiça divina, sempre que aquilo que está em risco é o interesse ou o prestígio de um deus importante. Os seres humanos podem, aliás, como os pretendentes e a tripulação de Ulisses, ocasionar infortúnios para si mesmos e "sofrem mais do que deviam" (i.34), mas os infortúnios também podem sobrevir àqueles que, como os feácios e Anfínomo, são admiráveis segundo os padrões humanos e, em ambos os casos, é um deus que sela seu destino.

HOMENS E MULHERES

Os dois épicos homéricos são semelhantes em seu modo de ver os deuses olímpicos e sua afirmação do código heroico, mas há uma diferença marcante entre eles. A *Ilíada* celebra as ações e os sofrimentos dos homens na guerra; somente nas metáforas do poema e no escudo de Aquiles obtemos vislumbres ocasionais de um mundo em paz. As poucas mulheres que se fazem presentes — Briseida, Andrômaca, Hécuba, Helena — são figuras secundárias, que não desempenham papel significativo na ação principal. Já a *Odisseia*, embora seu clímax seja a cena do violento combate e do massacre, apresenta-nos um mundo de paz: uma paz sólida e estável em Pilos e Esparta, uma paz turbulenta e ameaçada em Ítaca e, nos perigos e nas tentações das viagens de Ulisses, intervalos de paz — sedutoramente tranquilos com Circe, opressivos com Calipso e benéficos em Esquéria. E, quase por toda parte nesse mundo pacífico, as mulheres, humanas e divinas, têm papéis importantes.

Nas andanças de Ulisses, elas o auxiliam, seduzem ou atrasam. Calipso oferece-lhe a imortalidade e o retém por sete anos, mas produz um vento favorável quando ele parte; Circe tenta conservá-lo para sempre em sua pocilga, o mantém por um ano como amante, mas por fim o ajuda no caminho; as sereias representam sua mais perigosa tentação, mas a ninfa marinha Ino o ajuda a desembarcar em Esquéria, onde Areta e Nausica facilitam-lhe a trajetória. Há presenças femininas mesmo entre os monstros que Ulisses têm de enfrentar: Cila, Caríbdis e a mulher gigantesca — "alta como uma montanha" (x.113) — do rei lestrígone canibal. Na ilha egípcia de Faros, Menelau é salvo por Idoteia, uma deusa menor, filha do Velho do Mar, e em Esparta, Helena tem uma atuação deslumbrante. Em Ítaca, Penélope, até o fim enigmática, é objeto do desejo dos pretendentes e das desconfianças de seu filho, e é ela quem precipita a crise final ao oferecer-se para desposar o pretendente que conseguisse esticar o arco de Ulisses e atirar uma flecha através dos machados. Tampouco Euricleia, em momento algum, deixa de estar no centro das atenções, e obtém total evidência ao lavar os pés de seu senhor e reconhecer a cicatriz que este carrega na coxa. Enquanto isso, a deusa Atena encoraja e apoia Telêmaco em sua jornada e, de Esquéria em diante, ajuda Ulisses e torna-se cúmplice em seus truques e sua aliada na batalha. Além das protagonistas, há um rico elenco de figurantes do sexo feminino: a siciliana que cuida do velho Laertes;

INTRODUÇÃO   73

a ama-seca fenícia que sequestra o jovem príncipe Eumeu para vendê-lo como escravo; Eurínome, a governanta de Penélope; Melântia, a empregada desleal, amante de Antino; Iftima, irmã de Penélope, que lhe aparece em sonhos, e a longa lista de mulheres ilustres que Ulisses vislumbra entre os mortos — Tiro, Antíope, Alcmena, Jocasta, Clóris, Leda, Ifimedeia, Fedra, Prócris, Erífile. É uma visão que tem ecoado ao longo dos séculos, que está por trás do verso mágico de Propércio *"sunt apud infernos tot milia formosarum"* — "tantos milhares de mulheres lindas entre os mortos" — e de "sombras do mundo subterrâneo [...] A branca Íope, a jovial Helena e o restante", — de Campion.

Apenas nos momentos em que a *Odisseia* assume as feições da *Ilíada*, como quando Ulisses, seu filho e dois criados leais enfrentam os pretendentes no salão, as mulheres saem de cena, e mesmo aí Atena acha-se por perto, sustentando o moral do herói e de seu bando, desviando do alvo as lanças dos pretendentes. Em todas as outras partes do poema, as vozes femininas se fazem ouvir a intervalos frequentes e, por vezes, demoradamente. Críticos hostis talvez se sentissem tentados a citar a defesa de suas tragédias, que Aristófanes colocou na boca de "Eurípides" em *As rãs*: "Cada personagem desempenhava seu papel; e falavam todos, a mulher, o escravo, o dono, a jovem e a velha". Na *Ilíada*, as cenas que apresentam homens em contato com mulheres, ainda que memoráveis, são raras — Helena e Páris, Heitor e Andrômaca, Hécuba e Príamo —, mas na *Odisseia* as raras exceções são as cenas das quais as mulheres são excluídas — a luta no salão, o ciclope na gruta. Que realidade histórica, se é que ela existe, está por trás desse mundo imaginário, tão afastado da misoginia rústica de *Os trabalhos e os dias* de Hesíodo, quase da mesma época, nunca saberemos; talvez reflita uma cultura aristocrática jônica como a que, um século mais tarde, assistiu ao nascimento de Safo em Lesbos.

A *Odisseia* deve muito de seu poder de encantar tantas gerações de leitores à sua elegante exploração de algo que a guerra temporariamente suprime ou corrompe — a infinita diversidade da barganha emocional entre homens e mulheres. No tratamento que dispensa a tais relacionamentos, Homero exibe um entendimento da psicologia humana que muitos críticos — sobretudo aqueles que acreditam na autoria múltipla, mas mesmo alguns dos que aceitam um único autor embora lhe neguem o conhecimento da leitura e da escrita — têm relutado em reconhecer. Um bom exemplo é o primeiro contato entre seres humanos de sexo oposto no poema, o diálogo entre Telêmaco e Penélope no Canto I. Ela acaba de pedir ao bardo Fêmio, que entretém os pretendentes com um poema sobre o retorno dos aqueus de Troia, que mude de tom, já que aquele lhe aflige o coração. Telêmaco intervém para lembrá-la de que Fêmio não é o culpado por sua dor; é Zeus quem atribui aos mortais o destino que lhe apraz. Mas conclui com palavras corretamente descritas como "duras":

Minha mãe [...]
Agora volta para os teus aposentos e presta atenção
aos teus lavores, ao tear e à roca; e ordena às tuas servas
que façam os seus trabalhos. Pois falar é aos homens
que compete [...]
(1.346-59)

As mesmas palavras, com "arco" no lugar de "falar", reaparecem muito mais tarde no poema, no Canto XXI (350-3), no qual Penélope insiste, opondo-se a Antino, que Eumeu entregue o arco a Ulisses; e, claro, elas são um eco das palavras de Heitor para Andrômaca em seu último encontro na *Ilíada* — "pois a guerra é aos homens/ todos que compete" (VI.492-3). No Canto XXI, as palavras de Telêmaco são sem dúvida essenciais, pois Penélope tem de ser afastada do salão antes que a luta comece, o que ocorrerá assim que Ulisses estender o arco. Mas os críticos as consideraram impróprias no Canto I; Aristarco chegou inclusive

INTRODUÇÃO   75

a condená-las como uma interpolação. Alguns tradutores modernos (Fitzgerald, por exemplo) as omitiram, e um crítico recente manifestou preocupação pela "crueldade" e a "rudeza adolescente" de Telêmaco. Os versos têm sido muitas vezes defendidos como a primeira manifestação do novo espírito de luta que a visita de Atena instilou em Telêmaco, e, embora isso seja verdade, o fato é que sua grosseria aqui é consistente com o tom de quase todos os demais comentários que Telêmaco dirige a sua mãe ao longo do poema e de grande parte do que diz a respeito dela para outras pessoas.

Sua primeira alusão a ela é, no mínimo, ambígua. Quando Atena pergunta-lhe se é filho de Ulisses, ele responde: "Declara a minha mãe que sou filho de Ulisses,/ embora por mim não o saiba ao certo" (1.215-6). Alguns críticos tentaram explicar essa observação como "curiosa, mas possivelmente convencional" e "uma noção que já deve ter sido um lugar-comum", mas apresentam pouca ou nenhuma evidência dessas circunstâncias. É óbvio que Telêmaco não está sugerindo que sua mãe seja adúltera, e sim apenas expressando a dúvida de não ser um filho digno de seu pai notável. No entanto, poderia ter feito isso sem mencionar a mãe; sua voz exibe um tom ressentido, que torna a se fazer ouvir quando descreve para Atena a situação que está enfrentando em Ítaca:

Por seu lado, ela nem recusa o odioso casamento
nem põe termo à situação; e eles vão devorando a minha
                                                          casa
e rapidamente serei eu quem levarão à ruína.
(1.249-51)

Telêmaco atingiu a maturidade sem a correção e o apoio de um pai, ausência dolorosamente evocada nas palavras que dirige a Atena quando esta, na pessoa de Mentes, encoraja-o a convocar uma assembleia, desafiar os pretendentes e zarpar em busca de notícias de seu pai. "É com amizade, estrangeiro, que me tens estado a falar,/ como de pai para filho" (I.307--8). Telêmaco foi criado por mulheres, Euricleia e Penélope, e era quase inevitável que sua natural revolta adolescente se dirigisse contra sua mãe. O primeiro resultado do movimento de Atena "para animar o seu filho [de Ulisses],/ para lhe insuflar coragem no espírito" (I.88-9) é essa ríspida rejeição à mãe, enquanto ele impõe sua autoridade em casa. Penélope deu ordens a Fêmio: "cessa já esse canto tão triste" (I.340). E escolha algum outro tema. "Pois falar" (*muthos*), diz Telêmaco, "é aos homens/ que compete". E, assim que ela sai, ele anuncia que convocará uma assembleia "para que declare sem rodeios o que tenho a vos dizer" (*muthos*) (I.373). "Desta casa devereis sair. Outros festins preparai,/ devorai os vossos próprios bens, na casa uns dos outros" (I.374-5).

Muito mais tarde, em Esparta, chega Atena para apressar seu regresso a Ítaca; ela o faz sugerindo que Penélope talvez decida casar-se e levar consigo alguns objetos preciosos:

Pois sabes como é o coração no peito de uma mulher:
quer favorecer a casa daquele que a quis desposar;
mas dos filhos do anterior casamento e do marido
já não quer saber, depois que morreu, nem por ele pergunta.
(XV.20-3)

Atena não é um sonho, pois Telêmaco está acordado; ela não está disfarçada como em Ítaca. Telêmaco, porém, não responde à deusa, não reconhece sua presença — é como se nunca a houvesse visto ou ouvido. Esse tratamento incomum de uma epifania divina pode ter sido uma tentativa de Homero de sugerir que Atena estava apenas intensificando na mente de Telêmaco os medos e as suspeitas que já se achavam ali. Ele passara, como nos conta Homero, a noite inteira sem dormir: "a preocupação pelo pai o mantinha acordado" (XV.8). E, quando retorna a Ítaca, a primeira coisa que diz a Eumeu mostra o quão profunda-

INTRODUÇÃO 77

mente enraizadas eram suas suspeitas quanto às intenções da mãe. "Foi por tua causa que aqui vim", diz ele,

> [...] para ouvir da tua boca
> se no palácio permanece ainda a minha mãe, ou se já
> outro homem a desposou, pelo que a cama de Ulisses,
> por falta de quem lá durma, estará repleta de teias de
> > aranha.
>
> (XVI.32-5)

Em seu encontro com Penélope, que chora à medida que fala de seus medos de que ele nunca voltasse vivo — ela sabia da nau que os pretendentes haviam enviado para emboscá-lo —, Telêmaco é descortês; nem sequer lhe responde as perguntas sobre notícias de Ulisses, mas pede-lhe que não desperte suas emoções e a envia para o quarto a fim de banhar-se e rezar; ele tem assuntos a tratar, assuntos de homem. Ela precisa perguntar mais tarde, e em tom hesitante, para que ele relate o que descobriu em Esparta a respeito de seu marido.

Mas nem sempre Penélope é tão submissa. Quando entra no grande salão após Ulisses ter vencido a luta com Iro, repreende o filho por expor o convidado estrangeiro ao risco de lesões corporais. Em sua fala, ouvimos o tom de censura materna que Telêmaco deve ter ouvido muitas vezes e do qual deve ter se ressentido em sua infância e adolescência:

> Telêmaco, as tuas ideias e o teu juízo não são o que eram.
> Quando eras ainda uma criança, eras bastante mais atinado.
> Mas agora que cresceste e chegaste ao limite da juventude,
> [...]
> agora as tuas ideias e o teu juízo não são o que eram!
>
> (XVIII.215-20)

Dessa vez, a réplica de Telêmaco é conciliadora, até mesmo apologética. Ele já não sente necessidade de afirmar-se diante dela; seu pai está em casa e foi-lhe atribuído um papel fundamental no derradeiro ajuste de contas com os pretendentes. Mas ele continua a falar dela pelas costas de forma pouco lisonjeira, como o faz ao dirigir-se a Euricleia após a conversa de uma noite inteira entre marido e mulher:

> Querida ama, tratastes bem o estrangeiro aqui em casa,
> dando-lhe cama e comida, ou jaz por aí, ignorado?
> É assim a minha mãe, embora seja sensata. Sente
> o impulso de tratar bem um homem que não vale nada,
> mas manda embora outro melhor, sem honra alguma.
> (XX.129-33)

E ele a repreende abertamente quando ela se recusa de forma obstinada a reconhecer o mendigo ensanguentado e maltrapilho sentado à sua frente como Ulisses. "Minha mãe", diz ele,

> mãe terrível, dura de coração!
> Por que te manténs distante do meu pai, e não te sentas
> ao lado dele, para lhe falares e dirigires todas as perguntas?
> Nenhuma outra mulher se manteria afastada com tal dureza
> [...]
> Mas o teu coração sempre foi mais duro que uma pedra.
> (XXIII.97-103)

Penélope responde em tom gentil, porém firme; nega-lhe qualquer competência no assunto em questão:

> [...] Mas se ele é
> na verdade Ulisses [...] ele e eu
> nos reconheceremos [...] pois temos
> sinais, que só nós sabemos, escondidos dos outros.
> (XXIII.107-10)

E Ulisses, com um sorriso, despacha Telêmaco.

A atitude de Penélope, tanto para com os pretendentes quanto para com seu marido disfarçado, tem dado origem a muita controvérsia e interpretações variadas. Que ela é fiel a Ulisses convencemo-nos várias vezes, seja quando Anticleia e Agamêmnon asseguram-lhe o fato no mundo dos mortos, ou quando Eumeu faz o mesmo no mundo dos vivos. Quanto a essa questão, nem mesmo Telêmaco pode ter dúvidas. Também fica claro que ela tem feito tudo que pode para evitar o casamento que os pretendentes estão tentando lhe impor. Na acusação que lhe faz diante da assembleia de Ítaca, Antino presta um relutante tributo à sutileza de suas táticas de adiamento — a mortalha para o velho Laertes que ela por três anos tecia em seu grande tear durante o dia e desmanchava à noite à luz de tochas. Mas, embora sua determinação em evitar o casamento seja firme, Penélope não seria humana se não se sentisse lisonjeada com a obsessão dos pretendentes por ela; uma mulher cujo marido acha-se ausente há vinte anos e em cujo retorno ela já quase perdeu as esperanças dificilmente permaneceria indiferente ao galanteio de tantos jovens príncipes. No Canto XVIII, quando Atena a inspira com o desejo "de se mostrar aos pretendentes para lhes pôr/ o coração a esvoaçar de desejo e assim granjear honra maior" (XVIII.160-1), está despertando impulsos que espreitam latentes sob a superfície da mente consciente de Penélope, precisamente enquanto manipula as profundas suspeitas que Telêmaco nutre a respeito das intenções da mãe no Canto XV. A mesma camada obscura de emoções revela-se no sonho dos gansos domésticos mortos pela águia que Penélope relata a Ulisses. No sonho a águia identifica-se como Ulisses e os gansos como os pretendentes, mas não antes que Penélope expresse seu prazer em observar os gansos e seu irrefreável pesar ante seu extermínio. Nesses poucos versos, Homero demonstra mais conhecimento do funcionamento dos sonhos do que encontramos em qualquer parte dos quatro livros da *Interpretação dos sonhos*, escrito por Artemidoro de Daldis no século II da era cristã.

Nenhum desses sentimentos afeta a recusa de Penélope em escolher um marido entre os pretendentes, mas durante sua longa conversa com Ulisses ela revela que decidiu fazê-lo: desposará o pretendente que conseguir esticar o grande arco do marido e atirar uma flecha através dos doze machados enfileirados. Penélope tem bons motivos para ceder à pressão dos pretendentes a essa altura e apresenta-os claramente. Após a descoberta de suas manobras de adiamento com a mortalha, ela alega que não consegue pensar em nenhum outro expediente. Seus pais a estão pressionando para que torne a casar-se, e seu filho se remói impaciente enquanto os pretendentes devoram-lhe a herança; também ele, diz ela, roga-lhe que se vá. Ela já havia revelado a Eurímaco o que Ulisses havia dito quando partiu rumo a Troia:

"E quando vires que o meu filho tiver a barba a despontar,
desposa quem tu quiseres. Então deixa a tua casa."
Assim me falou Ulisses. E agora tudo se cumpre.
(XVIII.269-71)

Para a trama da *Odisseia*, é óbvio que essa decisão é um divisor de águas, o movimento que possibilita o triunfo, havia muito previsto, do retorno do herói. Mas por que, perguntaram-se os críticos, ela decide fazer isso no momento em que seus sonhos anunciam claramente o retorno do marido e o assassinato dos pretendentes, quando Ulisses disfarçado a convenceu de que viu o herói em pessoa havia tempos em Creta e assegurou-lhe que ele fora visto pouco tempo nas cercanias de Tesprócia e achava-se àquela altura a caminho de casa; quando, antes ainda, o profeta Teoclímeno assegurara-lhe que Ulisses na realidade estava em Ítaca, planejando a destruição dos pretendentes? Muitos críticos consideram sua decisão completamente inverossímil. "O poeta", escreve um acadêmico versado e influente (Page, p. 123), "não poderia ter escolhido momento pior para a capitulação de Penélope." Para aqueles que presumem a autoria

INTRODUÇÃO

múltipla do poema, uma explicação simples está ao alcance da mão: a decisão de Penélope tem origem em um enredo alternativo, no qual marido e mulher associam-se em um conluio para ludibriar os pretendentes. Eles encontram fundamento para essa teoria no Canto XXIV, quando a alma do pretendente Anfimedonte conta a Agamêmnon que foi Ulisses, "com grande astúcia", que "ordenou à mulher/ que pusesse à nossa frente o arco e o ferro cinzento" (XXIV.167-8). Mas era natural que os pretendentes assim pensassem, já que Penélope, em um momento crucial, discutiu energicamente com Antino para que Ulisses recebesse permissão de fazer uma tentativa de estender o arco.

Um crítico moderno (Harsh) desenvolveu uma teoria segundo a qual ela na realidade reconhece seu marido no decorrer da longa conversa noturna e, embora fomente o objetivo deste, esconde dele que o identificou. Esta leitura, no entanto, esbarra em um obstáculo intransponível no Canto XXIII, no qual, para a indignação de Telêmaco e a frustração de Ulisses, Penélope recusa-se a reconhecê-lo como seu marido e testa seu conhecimento dos "sinais escondidos" que havia mencionado, sinais "que só nós sabemos, escondidos dos outros" (XXIII.110). Outros críticos sugeriram que, sem reconhecer a identidade do estrangeiro, ela deixou-se impressionar e comover profundamente ante a evidência de que, ao contrário de muitos outros que a abordaram com vislumbres de Ulisses, ele de fato havia visto seu marido. O Ulisses disfarçado, nas palavras de um tradutor sensível e recente (Russo, *Commentary*, III, pp. 11-2), "passou a significar muito mais para Penélope do que normalmente seria possível em um relacionamento entre uma rainha famosa e um estrangeiro itinerante [...] uma intimidade pouco comum e quase inconveniente". Quando vão para camas separadas, um sonha com o outro. "Homero está nos mostrando que Penélope possui algum tipo de percepção intuitiva da presença do marido, mas [...] está ativa em um nível inferior à consciência." Tudo isso a estimula a "arriscar-se, comprometer-se com a vida e as oportunidades da vida após anos de manobras defensivas e calculadas".

Trata-se de uma leitura brilhante e atraente, mas, como muitas outras interpretações, não dá plena conta do fato de Penélope não ter escolha na questão. Ela expôs eloquentemente os motivos pelos quais precisa decidir naquele momento — a pressão de seus pais e a do filho, agravadas pela ameaça à vida de seu filho, exigem decisão imediata. Mas o que propõe não é uma "capitulação". O que os pretendentes exigem é que Penélope, ou seu pai, escolha um deles para marido, "o mais nobre dos aqueus", aquele que "no palácio a corteja e lhe oferece os melhores presentes" (XVI.76-7). No entanto ela os confronta com algo completamente diferente: uma competição, um teste no qual cada um deles deve rivalizar com Ulisses ao retesar o arco e lançar um flecha através dos doze machados. É óbvio que ela está correndo um risco. Quando conta a Ulisses sua decisão, Penélope fala como se o resultado fosse ser o casamento que tem há tanto evitado, e mais tarde, em seu leito, reza para que a morte poupe-a de "alegrar o espírito de um homem pior" (XX.82). Ainda assim, ela deve ter previsto a possibilidade de que nenhum daqueles homens inferiores, jovens que passam seus dias e noites banqueteando-se, divertindo-se com jogos de tabuleiro, dançando, lançando dardo e disco, teria forças para retesar o arco de Ulisses e destreza para atirar uma flecha através da fileira de doze machados. Na verdade, ainda que nutra esperanças secretas de ser bem-sucedido, Antino expressa seu temor de que todos eles fracassem no teste que Penélope lhes impôs:

[...] — esse desafio
tremendo para os pretendentes; pois não penso
que facilmente esse arco polido se deixe armar.
É que nunca houve entre todos os homens alguém
com as qualidades de Ulisses [...]
(XXI.90-4)

INTRODUÇÃO   83

O insucesso dos pretendentes a livraria de seus galanteios; tanto Liodes quanto Eurímaco, os dois pretendentes que fazem uma tentativa e fracassam, falam em cortejar mulheres em outros locais. Seja como for, o insucesso, como afirma Eurímaco, demonstraria a inferioridade deles perante Ulisses — "é uma censura de que ouvirão falar os vindouros" (XXI.255). Seria um golpe fatal para o prestígio dos pretendentes e poderia muito bem voltar a opinião pública de Ítaca contra eles. A jogada surpreendente de Penélope parece mais uma contraofensiva do que uma rendição. Ela contou a Ulisses que após seu trabalho na mortalha de Laertes ter sido desmascarado como fraude, não conseguiu pensar em outra maneira de "fugir ao casamento" (XIX.157) nem encontrar "outro estratagema" (XIX.156). A palavra assim traduzida é *mêtis*; é a palavra que caracteriza Ulisses — ele é *polumêtis*, um homem de muitos estratagemas. Penélope possui a mesma natureza que seu marido, uma companheira respeitável — e adversária. Como demonstra pela *mêtis* que mobiliza contra ele antes de aceitá-lo completamente como seu marido.

Mesmo tendo Ulisses se banhado, trocado os trapos imundos de mendigo por roupas esplêndidas e recebido de Atena a graça e a beleza de um imortal, Penélope continua a sentar-se longe dele, silenciosa. Ele a repreende por sua frieza, empregando palavras que recordam o que Telêmaco disse antes à mãe: "Na verdade o coração dela é feito de ferro" (XXIII.172). Ele ordena a Euricleia que lhe prepare uma cama, separada e exclusiva. A resposta de Penélope mostra que ela está quase convencida: "lembro-me bem como eras/ quando partiste de Ítaca na tua nau de longos remos" (XXIII.175-6), mas mesmo assim insiste em testar o conhecimento dele dos "sinais escondidos" que mencionou ao contestar o acesso de raiva de Telêmaco. Ela ordena a Euricleia que desloque a cama de Ulisses para fora do quarto. Pela primeira e única vez no poema, Ulisses é pego de surpresa. Até aqui, ele sempre foi o calculista, o manipulador, o dissimulador, que jogava com as emoções dos outros, fosse para angariar simpatia ou provocar hostilidade, mas agora Penélope usurpou esse papel. Em uma explosão de fúria — "Mulher, na verdade disseste uma palavra dolorosa!" (XXIII.183) —, ele conta a história da construção da cama e, mesmo que perceba que forneceu a Penélope o sinal que esta estava buscando, ele termina com uma reflexão acusadora:

[...] Mas não sei, ó mulher,
se a minha cama ainda está no lugar onde estava,
ou se alguém a levou, cortando o tronco da oliveira.
(XXIII.202-4)

Penélope está convencida afinal; em lágrimas de alegria, abraça-o enquanto explica sua hesitação:

É que o coração no meu peito sentia sempre um calafrio
                                           quando
pensava que aqui poderia vir algum homem que me
                                       enganasse
com palavras. [...]
(XXIII.215-7)

Homero e seu público não tinham ouvido falar de Martin Guerre, mas conheciam a história de Alcmena e Anfitrião (ambos mencionados na *Odisseia*) — como Zeus adotou a aparência e a personalidade de Anfitrião, que estava sempre distante, em guerra, para manter relações com Alcmena e conceber Héracles. No reino dos mortos, Ulisses toma conhecimento de história semelhante por intermédio de Tiro, enganada por Posêidon, que adotou a forma física de seu amante, o rio Enipeu. Na realidade, quando Euriclea levou-lhe a notícia de que o estrangeiro era Ulisses e que ele havia matado todos os pretendentes, Penélope retrucou: "Querida ama, enlouqueceram-te os deuses — eles

INTRODUÇÃO 85

que podem/ transtornar o juízo a quem tem excelente entendimento" (XXIII.11-2).

Mesmo entre aqueles que acreditam que a *Odisseia* seja obra de um único poeta, deve haver quem duvide que um poeta oral, usando a escrita para elaborar, ao longo de muitos anos, um poema da escala da *Odisseia*, conseguisse mobilizar de forma tão eficaz e sutil a compreensão das emoções que impelem homens e mulheres a se unir e separar. Mas essa identificação com o coração humano, sobretudo o feminino, se faz presente não apenas nas cenas que se passam em Ítaca, mas em todo o poema. Quando Calipso embarca Ulisses em sua viagem de retorno à pátria, por exemplo, não lhe conta que o faz sob coação, por ordem de Zeus, mas aceita o crédito pelo gesto. E, mesmo quando fica claro que ele está decidido a partir, ela não consegue deixar de perguntar-lhe como pode preferir Penélope a sua divina pessoa. Em Esquéria, Nausica consegue, com tato apurado, mas em termos inequívocos, oferecer sua mão em casamento a Ulisses sem se comprometer. E em Esparta, por trás da esplêndida fachada de harmonia conjugal no palácio real, jaz uma realidade de constrangimento e ressentimentos moderados, porém mal reprimidos. Os constrangimentos são revelados de forma indireta no relato autodefensivo de Helena sobre seu encontro com Ulisses durante a guerra travada por sua causa. Ele entrou em Troia, conta ela, disfarçado de mendigo; ela o reconheceu, mas ajudou e protegeu:

> [...] mas alegrou-se
> o meu espírito, pois já o meu coração desejava voltar
> para casa. E lamentei a loucura, que Afrodite me impusera,
> quando me levou para lá da amada terra pátria.
> (IV.259-62)

O ressentimento é evidente na narrativa de Menelau a respeito de Ulisses em Troia; foi Ulisses quem lhes salvou a vida no cavalo de madeira ao detê-los quando Helena, imitando a voz de suas mulheres, exortou-os pelo nome a sair. Além disso, ela estava acompanhada por Deífobo, o segundo príncipe troiano, com quem havia se casado após a morte de Páris.

Alexander Pope fez duas observações a respeito de Homero que os leitores da *Odisseia* deveriam levar em consideração. A primeira é que "Homero costuma ser eloquente em seu Silêncio". E a segunda: "Homero captou todas as Paixões e Emoções secretas do Gênero Humano para equiparar seus Personagens".

O FINAL DA *ODISSEIA*

No verso 296 do Canto XXIII da versão em grego da *Odisseia*, marido e mulher vão alegremente para a cama, a cama que serviu a Penélope como prova da identidade de Ulisses. Sabemos que Aristófanes e Aristarco afirmaram que é esse o final do poema. Não temos suas próprias declarações, e nossas fontes citam duas palavras gregas diferentes para "fim". Uma delas, *peras*, significa algo como "termo" ou "limite", e a outra, *telos*, além de significar "fim" no sentido temporal ou espacial, muitas vezes significa algo como "conclusão", "consumação" — "fim" no sentido aristotélico. Alguns estudiosos modernos entenderam as palavras em sentido literal e declararam que o restante do Canto XXIII e a totalidade do Canto XXIV eram acréscimos posteriores escritos por um poeta distinto, e inferior. Eles não podem, contudo, reivindicar Aristarco como sua fonte autorizada, pois sabemos que este excluiu os versos gregos 310-43 do Canto XXIII (nos quais Ulisses conta a Penélope as histórias de suas viagens) e os versos 1-204 do Canto XXIV (a chegada das almas dos pretendentes ao reino dos mortos). Isso não faria sentido se ele já houvesse determinado que o poema original terminava no verso que colocava Ulisses e Penélope na cama.

Seja como for, o poema não pode terminar aí; restam muitas pontas soltas a serem amarradas, como as consequências

INTRODUÇÃO

do assassinato dos pretendentes; muitas cenas foram cuidadosamente preparadas, como o encontro entre Ulisses e Laertes. O primeiro desses temas foi introduzido já no Canto xx, quando Ulisses discutiu com Atena o plano para matar os pretendentes. Ele estava intimidado com a desvantagem, um homem contra tantos outros, mas isso não é tudo.

> E além disso tenho outra preocupação, ainda maior:
> se eu os matar por tua vontade e pela vontade de Zeus,
> para onde fugirei? Peço-te que reflitas sobre isto.
> (xx.41-3)

É com isso em mente que, mais tarde, nos Cantos xxii e xxiii, com os cadáveres dos pretendentes amontoados no salão, Ulisses pede a Telêmaco que limpe o terreno e providencie música e dança para que os passantes pensem que Penélope por fim escolheu um novo marido. Nenhum boato a respeito da verdade sairá dali antes que Ulisses e seus seguidores tenham partido para a fazenda de seu pai no campo — onde Homero encenará a última de uma série de cenas de reconhecimento. É uma cena para a qual a expectativa do público foi habilmente estimulada: no canto de abertura, Atena-Mentes descreve Laertes isolado no campo, pranteando o filho, tema retomado por Anticleia no mundo dos mortos e por Eumeu em sua cabana. O poema não pode terminar sem um encontro entre pai e filho; esse reencontro é, na realidade, uma das três grandes unidades nas quais consiste o canto final.

A primeira, a descida dos pretendentes ao reino dos mortos, onde encontram Agamêmnon e Aquiles, foi condenada por Aristarco como interpolação. Dessa vez, temos alguma informação a respeito dos motivos de um editor alexandrino para tal opinião: os *scholia*, comentários escritos nas margens dos manuscritos medievais, nos fornecem uma seleção. Alguns deles parecem triviais; o fato de em outras partes do poema Hermes não ser chamado de deus

de Cilene, por exemplo, ou a alegação de que um rochedo branco não é a paisagem apropriada para o mundo dos
mortos. Outros são mais importantes, como a afirmação
de que, em outras partes do texto de Homero, fantasmas
insepultos não têm permissão para cruzar o rio que conduz ao Hades, e os corpos dos pretendentes ainda estão
no salão do palácio de Ulisses. É verdade que, na *Ilíada*, o
fantasma de Pátroclo, que aparece para Aquiles em sonho,
revela-se incapaz de cruzar o rio antes que Aquiles lhe dê
uma sepultura. Mas, na *Odisseia*, Elpenor implora a Ulisses que enterre seu corpo, que foi abandonado na ilha de
Circe, e ele encontra-se no Hades e não faz menção ao rio.
É óbvio que as leis e o território do Hades não são estrita-
mente definidos; eles permanecem um tanto vagos mesmo
em Virgílio — foi Dante quem conferiu ao Inferno uma
lógica rígida e uma geografia fixa.

Independentemente de tais considerações, a descida dos
fantasmas dos pretendentes ao reino dos mortos já havia
sido prevista, no Canto xx, na horripilante visão que aco-
mete Teoclímeno no salão:

O adro está repleto de fantasmas; repleto está o pátio;
para a escuridão do Érebo se precipitam e o sol
desapareceu do céu e tudo cobre a bruma do mal.
(xx.355-7)

E Platão, que viveu muito antes de Aristarco, citou os
versos 6-9 da versão em grego do Canto xxiv na *República*:

as almas, que o seguiram, guinchando.
Tal como no recesso de uma caverna misteriosa os morcegos
esvoaçam e guincham quando um deles cai da rocha
onde se agarram, enfileirados, uns aos outros —
assim guinchavam as almas à medida que desciam.
(xxiv.5-9)

INTRODUÇÃO   89

Tal como Aristarco, Platão propõe suprimi-los, mas não por achar que Homero não os escreveu — pelo contrário. Esta é uma de uma lista de passagens às quais Homero se opõe porque subverterão o moral dos jovens que estão se preparando para a batalha.

> Devemos pedir a Homero [...] que nos perdoe se excluirmos todas as passagens desse tipo. Não porque seja má poesia [...] na verdade, quanto mais se impõem como poesia [...] menos adequadas se revelam para uma plateia de meninos e homens aos quais a liberdade impõe a obrigação de temer mais a escravidão do que a morte.

A longa cena na qual Ulisses revela sua identidade ao pai foi condenada de forma categórica por muitos críticos modernos. A última de suas ficções autobiográficas, a mentira habilmente trabalhada que ele conta a Laertes, foi descrita como "plano bizarro", "crueldade sem sentido" e produto do "hábito da desconfiança" de Ulisses. É óbvio que não se trata de uma questão de real desconfiança; ele nada tem a temer por parte de Laertes, como poderia ter suspeitado que fosse o caso com Penélope. Mas todos esses julgamentos devem ser avaliados à luz não apenas da difícil situação psicológica que Ulisses enfrenta, mas também dos imperativos de Homero como poeta narrativo.

A segunda metade da *Odisseia* é um drama baseado na ocultação e na revelação da identidade do herói, uma série de variações engenhosas da cena do reconhecimento. A primeira, e em muitos sentidos a mais estranha dessas cenas, ocorre na primeira metade do poema, quando Ulisses, esperando que o profeta Tirésias apareça, vê a alma da mãe, Anticleia, que ainda estava viva quando ele partiu para Troia. Ulisses desata a chorar, mas, seguindo à risca as instruções de Circe, não permitirá que ela beba o sangue sacrificial, que lhe conferiria um simulacro de vida, antes de ter notícias de Tirésias. Durante a longa fala do profeta, a alma de Anticleia permanece sentada em silêncio, sem fazer um ruído, sem demonstrar nenhuma emoção. Mas, assim que recebe permissão para beber o sangue, sua memória retorna. "De imediato me reconheceu", diz Ulisses, "e chorando me dirigiu palavras aladas" (XI.153-4). De volta a Ítaca, ele revela sua identidade a seu filho, mas, como isso implica sua transformação por Atena de mendigo andrajoso em um homem bonito e magnificamente vestido, Telêmaco a princípio (assim como Penélope mais tarde) reluta em reconhecê-lo como Ulisses e acha que ele deve ser um deus. O reconhecimento seguinte não foi planejado por Ulisses e poderia despertar suspeitas, mas o velho cão Argos, reconhecendo o dono após vinte anos, está fraco demais para se aproximar e não faz mais do que inclinar as orelhas, abanar a cauda e morrer. O reconhecimento que vem a seguir, a descoberta da cicatriz por parte de Euricleia, poderia ter atrapalhado seus planos, porém ele a obriga a guardar silêncio. Pouco antes do clímax, quando põe as mãos no arco, ele revela sua identidade a Eumeu e ao pastor Filécio, aliciando-os, e a revelação seguinte também é iniciativa sua: depois de matar Antino, ele explica aos pretendentes quem é o que vai lhes acontecer.

Ó cães! Vós não pensastes que eu alguma vez regressaria
para casa
de Troia [...]
Agora sobre vós todos se ataram os nós do morticínio.
(XX.35-41)

Penélope, por sua vez, não consegue aceitar a revelação da identidade de Ulisses, mas, depois que este passa em seu teste, estreita-o com alegria nos braços. Falta apenas o reconhecimento por parte de Laertes.

Não se trata de nenhuma surpresa. Ulisses não só mencionou a Penélope sua intenção de encontrar-se com o pai, como a devastadora tristeza de Laertes pelo filho desapa-

INTRODUÇÃO   91

recido e seu afastamento da sociedade foram descritos em angustiantes detalhes por Atena-Mentes, Anticleia e Eumeu. O tema vem caminhando rumo a um clímax, e as leis da narrativa exigem mais que uma simples declaração e uma alegre aceitação. O dilema do poeta está, na realidade, refletido no texto, colocado na boca de Ulisses. Ao ver o pai, "desgastado pela idade e carregando o fardo da tristeza" (XXIV.234), Ulisses

> deteve-se a chorar, debaixo de uma alta pereira.
> Hesitou no espírito e no coração, se haveria
> de beijar e abraçar o pai, e contar-lhe tudo,
> como regressara à terra pátria; ou se primeiro
> o interrogaria, pondo-o à prova sobre cada coisa.
> (XXIV.235-9)

Como seu herói, Homero decide-se pela segunda alternativa.

Mas a escolha faz sentido, levando em conta as pessoas envolvidas. Laertes é um homem a cujo fardo da idade avançada foi acrescida a perda de seu único filho — desaparecido em combate, sem notícias de quando, onde, como ou mesmo se estava morto. Laertes tornou-se um ermitão, que nunca vai à cidade, diz Atena-Mentes no canto de abertura do poema, sofrendo enquanto se arrasta ao longo da encosta em que se acha seu vinhedo. Anticleia, sua finada mulher, completa o quadro da renúncia à vida civilizada: ele dorme com escravos sobre as cinzas perto do fogo no inverno e sobre as folhas caídas no verão, fomentando sua dor esmagadora. Eumeu conta a Ulisses que o velho reza pedindo a morte enquanto pranteia o filho e a mulher, e que sua reação à notícia da partida de Telêmaco para Pilos foi recusar-se a comer ou beber.

Este é evidentemente um caso que exige um tratamento cuidadoso, já que se trata de arrancar Laertes da prisão de sofrimento e autodegradação na qual se fechou, isolando-

-se do mundo. O que faz Ulisses é trazê-lo de volta à consciência de sua própria dignidade como homem e rei antes de fazer menção ao filho. A primeira parte da conversa, habilmente estruturada, consiste no que Homero chama de "palavras reprovadoras". O adjetivo *kertomiois* em geral é traduzido como "provocador" ou "zombeteiro", e muitas vezes carrega esse significado, mas pelo contexto neste caso ele claramente significa "reprovador", como o faz seu substantivo cognato no Canto I da *Ilíada* (verso 539 da versão em grego), que descreve a acusação indignada de Hera de que Zeus está, como sempre, conspirando contra ela.

As censuras de Ulisses estão longe de ser brandas. Ele observa as roupas remendadas e desprezíveis de Laertes, suas joelheiras de couro, suas luvas de peão e o gorro de couro de cabra. Embora comece por elogiá-lo no trabalho e cumprimentá-lo por detectar traços de realeza sob a aparência sórdida, termina a primeira parte da conversa com uma pergunta deliberadamente formulada para chocá-lo: "és servo de quem? De quem é o pomar que cultivas?" (XXIV.257). Nada poderia fazer com que Laertes percebesse mais rápido a condição humilhante à qual se permitiu descer, e Ulisses agora formula outra pergunta — se está de fato em Ítaca. Pois há tempos fizera amizade e ajudara um homem natural de Ítaca, o filho de Laertes. "Formulando perguntas, despertando lembranças e provocando sentimentos longamente reprimidos", escreve Heubeck em seus comentários magistrais ao Canto XXIV (III, p. 390), "Ulisses força seu pai não apenas a responder às perguntas, mas a fazê-las em contrapartida, e assim, passo a passo, emergir de seu isolamento e apatia autoimpostos". Por fim, ao descobrir que o homem com quem está conversando é Ulisses em pessoa, Laertes pede-lhe um sinal e Ulisses mostra-lhe não apenas a cicatriz que Euricleia reconheceu, como enumera as árvores que seu pai lhe deu quando menino — "treze pereiras,/ dez macieiras e quarenta figueiras" (XXIV.339-40). Laertes lança os braços ao redor do fi-

INTRODUÇÃO 93

lho há muito desaparecido, e os dois partem para a casa da fazenda para reunir-se a Telêmaco.

Não há muito mais a ser dito. Os pais de alguns dos pretendentes mortos — a despeito do aviso de Mêdon de que vira um deus ajudar Ulisses e do lembrete do velho Haliterses de que a culpa cabia a eles mesmos por não terem refreado seus filhos — armam-se e se põem a caminho, liderados por Eupites, pai de Antino, para vingar-se de Ulisses e seu grupo. Somente um homem morre: Eupites, pelas mãos de um Laertes rejuvenescido por Atena. A deusa põe fim à luta e, na forma de Mentor, administra juramentos de ambos os lados como garantia de reconciliação e paz.

O poema se encerra aqui, mas, como na *Ilíada*, já traçou o futuro de seu herói. Tétis, mãe de Aquiles, informa ao filho que este morrerá pouco depois de Heitor, mas Aquiles não renunciará a sua impetuosa decisão de vingar a morte de Pátroclo. Enquanto se prepara para tirar a vida de Licaonte, prevê o fim da sua própria — "Chegará a aurora, a tarde ou então o meio-dia/ em que em combate alguém me privará da vida" (XXI.111-2). Na *Odisseia*, a morte do herói é vaticinada por Tirésias no reino dos mortos. Após matar os pretendentes, diz Tirésias, Ulisses precisa se reconciliar com o deus Posêidon viajando para o interior, levando um remo ao ombro, até alcançar um povo totalmente ignorante a respeito do mar e suas naus. Quando um deles lhe perguntar por que está carregando uma pá de joeirar ao ombro, ele tem de fixar no chão o remo e preparar um excepcional sacrifício — um touro, um carneiro e um javali — para Posêidon. Ao voltar para casa, deve fazer sacrifícios para todos os deuses do Olimpo, um a um. "E do mar sobrevirá para ti", anuncia Tirésias,

> a morte brandamente, que te cortará a vida
> já vencido pela opulenta velhice; e em teu redor
> os homens viverão felizes: é esta a verdade que te digo.
> (XI.134-7)

Prefácio

FREDERICO LOURENÇO

Ulisses é o que faz a santa casa
À deusa que lhe dá língua facunda;
Que se lá na Ásia Troia insigne abrasa,
Cá na Europa Lisboa ingente funda.
LUÍS DE CAMÕES, *Os lusíadas*, VIII.5.

A *Odisseia* de Homero é, depois da Bíblia, o livro que mais influência exerceu ao longo dos tempos no imaginário ocidental. Não é por acaso que a literatura romana começa, no século III a.C., com a tradução para latim da *Odisseia*, tarefa empreendida por Lívio Andronico, que preteriu significativamente a *Ilíada* em favor do poema sobre o retorno de Ulisses. E, embora durante a Idade Média essa influência tenha sido operada por via indireta, principalmente por textos derivados da *Odisseia* (como a *Eneida* de Virgílio e as *Metamorfoses* de Ovídio), o Renascimento, com a nova tradução para latim da *Odisseia* de Leôncio Pilato, que tanto encantou Petrarca e Boccaccio, veio repor a primazia do modelo homérico, a ponto de a *Odisseia* ter acabado por ofuscar qualquer outro poema épico, à exceção talvez da *Eneida*. São portanto sintomáticos os célebres versos de Camões "Cessem do sábio grego e do troiano/ As navegações grandes que fizeram" (*Lusíadas*, I.3): apesar de a *Ilíada* ser, dos dois poemas homéricos, porventura o mais perfeito, é a *Odisseia* que o poeta quinhentista pretende superar.

Vários aspectos desta história haveriam de entrar, de modo indelével, no repertório "culto" da civilização ocidental: a teia de Penélope, as sereias, o ciclope antropófago, Cila e Caríbdis, o saque de Troia por meio do estratagema do cavalo de madeira, a magia de Circe, o amor sufocante de Calipso, a doçura de Nausica. Mas o que nos leva a seguir, com o coração nas mãos, a narrativa ao longo de 24 cantos e 12 mil versos é o elemento-chave que liga esses episódios, o elemento que ao mesmo tempo articula e secundariza tudo com o que, além dele, nos deparamos no poema. Ulisses.

A primeira palavra do poema (em grego) é "homem". Desde o primeiro verso somos convidados a nos identificar com "o homem astuto que muito sofreu", a ver nele a própria consubstanciação da inteligência humana (aqui referida por meio da ideia de "astúcia") e da vocação do ser humano para o infinito sofrimento. O desenrolar da história vai nos ligar ainda mais a essa figura que sofre, mas que também saboreia os prazeres da sensualidade e da aventura. Entretanto, de forma contrária ao modelo posterior de herói pícaro, para Ulisses esses prazeres são acima de tudo entraves.

O primeiro momento, no Canto v, em que somos apresentados ao protagonista é prova evidente disso: na segurança de uma ilha cuja descrição idealizada se repercutirá mais tarde na Ilha dos Amores camoniana, amado por uma deusa que quer lhe oferecer a imortalidade, Ulisses passa os dias na praia olhando para o mar, banhado em lágrimas, atormentado pela nostalgia da sua pobre e rochosa Ítaca, cheio de saudades da mulher e do filho.

Trata-se, portanto, de um herói mais "humano", mais próximo de nós que o colérico e sanguinário Aquiles, ou que o piedoso e cumpridor Eneias. Ulisses mente, mata, sobrevive; abraça as múltiplas experiências que vêm ao seu

PREFÁCIO 97

encontro; conhece o canto das sereias e o leito de Circe; desce ao mundo dos mortos e recebe, mais tarde (ou mais cedo, pela ordem por que nós lemos a história), a oferta de nunca morrer: mas, essencialmente, é uma figura a quem as circunstâncias, e não a sua própria natureza, conferem uma dimensão heroica. É na superação desesperada dos perigos, nas ameaças que lhe surgem na luta pela sobrevivência, que nos identificamos com ele — e de uma maneira primária, inexplicável, que determina por que se tenha sempre projetado em Ulisses a essência do Homem Mediterrânico, logo, pela cultura, do Homem Ocidental.

Daí que se encontrem novos Ulisses em todo tipo de narrativa posterior, desde a literatura até o cinema. E aqui não é só a *Os lusíadas* ou a *Ulisses* de James Joyce que quero me referir. Ulisses é a matriz de grande parte das narrativas modernas de consumo rápido, quer falemos de Indiana Jones ou de ficção científica. Aliás, o autor espanhol Arturo Pérez-Reverte chegou a justificar o seu status de *best-seller* internacional dizendo que "a história que eu queria contar era a história de Ulisses. Todas as minhas personagens são Ulisses, são todos soldados perdidos em território inimigo e num mar hostil" (*Público*, Suplemento Mil Folhas, 2/11/2002).

No entanto, essa figura a quem nós atribuímos o status de homem grego por excelência nem sequer tem um nome grego: *Odusseus* é uma das palavras gregas que, no seu étimo, revelam uma origem não helênica. E a tendência mais recente nos estudos clássicos de expressão anglo-saxônica é de encarar a *Odisseia* sob o prisma de tudo o que, sob o verniz helenizante, é de origem oriental. No seu fascinante livro *The East Face of Helicon*, Martin West oferece uma análise comparativa entre o enredo da *Odisseia* e narrativas épicas do Oriente Próximo, aduzindo semelhanças curiosas entre a epopeia grega e textos hititas, sumérios e acádicos. E, no seu magistral comentário à *Odisseia*, Roger Dawe assinala, em diversas passagens, pontos de contato sugestivos entre o texto homérico e as suas possíveis matrizes orientais. Por vezes, essas aproximações servem para explicar problemas de aparente opacidade no texto grego, como quando Atlas é descrito, no Canto I, como sendo de "pernicioso pensamento" e conhecendo "todas as profundezas" do mar (1.52-3), expressões que não se coadunam com as informações suscetíveis de serem colhidas, na própria mitologia grega, a respeito de Atlas. Todavia, a tradição hitita relata-nos a história de um certo Ullikummi, homem semelhante a uma coluna, que não só conhecia o mar como dele derivava a sua força, chegando a representar uma ameaça para os deuses. Dawe aventa, pois, a hipótese de ser esse "homem-coluna" hitita o modelo do Atlas referido na *Odisseia*.

Além disso, a *Odisseia* tem oferecido terreno favorável para o exercício de diversas modas na hermenêutica literária, desde o estruturalismo até os "estudos de gênero" (houve quem sugerisse que o autor do poema era, na verdade, uma autora...). Um campo, porém, em que a aplicação de um modelo de análise extrínseco pode conduzir a resultados interessantes é o da narratologia, dada a extrema sofisticação do poema em termos de estrutura narrativa — o único aspecto em que ganha claramente da *Ilíada*, epopeia que nos propõe uma narrativa linear. Aliás, o modelo de construção da *Odisseia* foi a tal ponto determinante que condicionou a estrutura dos dois maiores poemas épicos que surgiram depois dela: a *Eneida* e *Os lusíadas*. E, quando Horácio propôs o célebre preceito da narrativa lançada *in medias res* (*Arte poética*, v. 148), era a *Odisseia* que tinha em mente: caso contrário não encontraríamos, nos versos anteriores, uma tradução do proêmio do poema homérico ("*dic mihi, Musa, virum, captae post tempora Troiae/ qui mores hominum multorum vidit et urbes*", vv. 141-2).

Com efeito, a narrativa tem início, logo depois do proêmio, com o Concílio dos Deuses (episódio que se transformaria num lugar-comum épico), durante o qual é repetida

PREFÁCIO 99

a informação de que Ulisses se encontra retido, há vários anos, em Ogígia, a ilha de Calipso. Atena sugere que se envie Hermes a Ogígia "para que rapidamente anuncie/ à ninfa de bela cabeleira a nossa vontade:/ que o paciente Ulisses a sua casa regresse" (1.85-7). É somente após este verso que se dá a reviravolta crucial da *Odisseia*: em vez de continuar pelo caminho até aqui delineado desde os versos iniciais, o poeta põe subitamente na boca de Atena as palavras "a Ítaca irei eu mesma para animar o seu filho". E durante os 2 mil versos seguintes nada mais se diz de Ulisses (a não ser indiretamente): entramos em plena Telemaquia, uma surpresa que nada no proêmio teria feito prever.

Embora inúmeros helenistas tenham se insurgido contra a irrelevância da Telemaquia (Cantos I-IV) — dizendo, não sem alguma razão, que as viagens de Telêmaco constituem uma flagrante interpolação na *Odisseia* "original", atrasando a história que, afinal, nos interessa, ou seja, a de Ulisses —, é fácil seguirmos os argumentos de quem pretenda ver na Telemaquia uma valorização adicional do poema. Por um lado, temos o componente de "romance de formação" *avant la lettre*, já que acompanhamos Telêmaco na transição da adolescência para a idade adulta; por outro, não há dúvida de que a estratégia de nos levar a simpatizar logo de cara com o filho e com a mulher do protagonista irá aprofundar as reações de empatia diante das provações que ainda estão para vir. E é importante que logo de início nos repugne o comportamento dos pretendentes de Penélope, que não só dizimam os bens de Ulisses como desconsideram o seu filho: assim, não nos chocará tanto o castigo sangrento que, no fim do poema, lhes será aplicado (castigo este que, aos olhos modernos, diante do que nos é dito dos crimes praticados pelos pretendentes, não se afigura inteiramente proporcional). Aqui, como em tantos outros momentos da *Odisseia*, vemos um poeta ensaiando técnicas (para não dizer artimanhas, dignas do próprio Ulisses...) que visam única e exclusivamente prender a atenção do ouvinte/leitor.

No Canto V retoma-se o fio que ficara suspenso desde o início do Canto I. Hermes chega a Ogígia, Calipso deixa partir Ulisses e ensina-lhe a construir uma jangada. Será a última navegação "solo" de Ulisses, já que depois da ilha dos feácios (a que aportará, mais morto que vivo, em seguida) só lhe falta uma etapa derradeira para chegar a Ítaca. Curiosamente, depois de o poeta ter colocado na boca de Zeus a declaração explícita de que Posêidon, o deus do mar, abandonará a sua cólera contra Ulisses (I.77), eis que Posêidon desautoriza o rei dos deuses, encolerizando-se. Aliás, depois de lermos o poema todo, verificamos que esta é, na verdade, a única vez que Posêidon se encoleriza contra Ulisses: portanto, quando Zeus afirma que o deus do mar abandonará a sua ira, está se adiantando na história, visto que não houvera ainda ocasião para que a sua fúria se manifestasse.

Um dos muitos exemplos de incoerência causada pela harmonização imperfeita de diferentes versões da história? Ou devemos ver aqui um mero "lapso", algo nada incomum mesmo em autores modernos como Cervantes, que se atrapalhou notoriamente em alguns capítulos de *Dom Quixote* com o célebre problema de Sancho Pança e o burro? No âmbito da poesia homérica, esse tipo de questão raramente pode ser resolvida de modo consensual. Mesmo quando o poeta da *Odisseia* nos diz, no Canto II, que um tal Antifo serviu de jantar ao Ciclope e, no Canto XVII, o coloca em Ítaca, sentado no meio dos amigos, não sabemos ao certo se devemos falar em autorias diferentes, ou em uma das muitas "sonecas" que já Horácio atribuíra ironicamente a Homero ("*indignor quandoque bonus dormitat Homerus*", *Arte poética*, v. 359). A lógica discursiva (ou falta dela) não é o critério mais seguro para a identificação das interpolações; no balanço final, as incoerências que devem pôr o helenista de sobreaviso ocorrem no nível da fonética, da morfologia e do léxico — problemas que, felizmente, não interessam aos leitores desta tradução.

PREFÁCIO 101

A tempestade deixa Ulisses nu e exausto numa praia de Esquéria (ilha dos feácios, de jardins paradisíacos, em que as árvores dão fruto o ano todo), onde é encontrado pela jovem princesa Nausica, em um dos mais delicados e deliciosos episódios do poema.

A jovem aconselha Ulisses a apresentar-se como suplicante no palácio de seu pai, o rei Alcino. No decorrer das festividades oferecidas pelo rei a Ulisses — em que não faltam contendas atléticas e danças, com desconcertante insistência por parte do poeta e do próprio Ulisses no tópico da beleza masculina — somos apresentados ao aedo Demódoco, cantor cego, que entoa perante os convivas a história picante do adultério de Ares e Afrodite e, um pouco mais tarde, a pedido de Ulisses, a história do saque de Troia, episódio épico em que o protagonista é... Ulisses.

Aqui há, da parte do poeta, um jogo arriscado de espelhos e de inverossimilhanças: estamos a assistir a uma recitação épica dentro de uma recitação épica, em que o herói da segunda é o destinatário da primeira, recitação essa de que é simultaneamente o herói... e as coisas complicam-se se dermos crédito à tradição antiga, segundo a qual Homero era cego. Seria Demódoco o autorretrato do poeta? De qualquer forma, nas mãos de um artista menor, uma proximidade tão explosiva entre o poeta épico e a sua personagem dileta poderia ter resultado em descalabro. Aqui funciona plenamente e serve como rampa de lançamento, por assim dizer, para uma das partes mais importantes de todo o poema: a narração das viagens de Ulisses pelo próprio, uma opção de eficácia espantosa, a que Virgílio e Camões não haveriam de permanecer insensíveis.

Nos Cantos IX-XII, Ulisses encanta os convivas do rei Alcino com o relato das aventuras maravilhosas por que passou (onde o leitor de Camões dará certamente pela falta de alguma referência à fundação de Lisboa...). A acumulação de episódios fantásticos, aliada ao fato de o narrador das histórias ser intrinsecamente mentiroso, é outra opção perfeita da parte do poeta. E "opção" é um termo que deve ser entendido com alguma dose de literalidade: a narrativa de Ulisses na primeira pessoa está repleta de vestígios de sedimentos anteriores da tradição épica, em que as viagens teriam constituído uma narração onisciente na terceira pessoa. O que teria levado o poeta da *Odisseia* a alterar a tradição? Teria sentido que não lhe ficaria bem cantar em voz própria coisas tão "pouco épicas" (se tomarmos por modelo a austeridade da *Ilíada*) como lotófagos, lestrígones, feiticeiras que transformam homens em porcos e consultas de necromancia a profetas mortos? Mas por outro lado percebeu que, como "histórias" na boca de Ulisses, essa sequência de fingimentos poéticos tem um efeito sortílego — em que, curiosamente, por intermédio da arte do poeta, "sortílego" adquire contornos inesperados de verossimilhança.

Já em 1893, o grande helenista Richard Jebb colocara a questão deste modo em *The Growth and Influence of Classical Greek Poetry* (p. 25): "o leitor da *Odisseia*, que sente as personagens como sendo reais, não é defraudado desta ilusão quando Circe transforma os companheiros de Ulisses em porcos; ou quando a carne do gado do Sol muge ao ser assada nos espetos; ou quando Posêidon transforma a nau dos feácios em pedra". Para explicar esse fenômeno, Jebb recorre a uma imagem sugestiva, em que a linguagem poética surge como a "roupa" que oculta um "corpo" fictício — corpo este a que as vestes conseguem dar uma ilusão de naturalidade e realismo. Ou seja, a "veste" da linguagem poética por meio da qual os episódios fantásticos da *Odisseia* são descritos encontra-se a tal ponto plasmada no real que, ao "vestir" um conteúdo narrativo intrinsecamente inverossímil, anula pela própria naturalidade do "corte" qualquer desconfiança que se possa sentir quanto à credibilidade do "corpo" que está sendo ocultado pela "roupagem" do discurso poético. Sem que se perca desta noção de vestimenta poética — convém ressalvar —, o aspecto a que muito mais tarde Fiama Hasse Pais Brandão, em *Cenas*

PREFÁCIO 103

vivas (no poema "A Roupa"), daria expressão lapidar, ao dizer-nos que o "velo da roupa é/ o da imaginação".

Note-se também que o argumento de Jebb é ainda mais curioso se recordarmos que, em virtude da sua mescla bizarra de diferentes dialetos do grego (jônico, eólico etc.), a própria língua em que os poemas homéricos foram compostos nunca poderia ter sido reconhecida por nenhum falante do grego como sistema linguístico colado ao mundo real. Apesar do caráter oral da poesia homérica, a língua em que foi composta nunca foi falada.

No meio do Canto XIII, Ulisses acorda em Ítaca, para onde fora trazido pelos amáveis feácios. É aqui que, depois da "Telemaquia" e das "Viagens de Ulisses", começa a terceira parte do poema: a "Vingança de Ulisses". Trata-se da parte mais longa da epopeia. Se, por um lado, nos suscita um sorriso indulgente a transparência com que o poeta se esforça para fazer render o material do modo mais extenso possível, temos necessariamente de nos maravilhar, por outro, com a sempre surpreendente exibição de recursos novos, com a incomparável sutileza na arte do contraste, visível em cada página, e — sobretudo — com o fôlego poético, que permite acumular tensão num longo crescendo de mais de 4 mil versos até à explosão de sangue na chacina do Canto XXII. Abundam momentos inesquecíveis, dos quais não posso deixar de destacar o mais comovente: Ulisses disfarçado de mendigo entrando, após vinte anos de errores, no palácio de Ítaca, onde ninguém o reconhece a não ser o seu velho cão, relegado já moribundo a um monte de esterco. As lágrimas que Ulisses tenta esconder quando percebe que o cão esperou por ele para morrer têm corrido ao longo dos séculos pelas faces de incontáveis leitores do episódio.

Outro episódio (mais previsivelmente) comovente é o do esperado encontro entre Ulisses e Penélope, em que a mulher do "homem astuto" mostra que não fica atrás do marido em argúcia. Quanto à vingança propriamente dita, alguns leitores sentem que há um componente de crueldade e de violência que destoa do humanismo que, apesar de tudo, predomina no poema. No entanto, quando a ama Euricleia quer exultar de alegria sobre os cadáveres dos pretendentes, Ulisses diz-lhe que não é de bom-tom alegrar-se com a morte de outrem. E não é nem preciso dizer que o cantor épico Fêmio, um "colaborador" que pactuara com o regime dos pretendentes, escapa ileso da matança com a sua lira. Homero resolve de antemão, portanto, o problema que viria a colocar-se séculos mais tarde: a arte não pode ser sujeita a um juízo de caráter político.

Assim, não é somente na questão do maior requinte narrativo que a *Odisseia* sobreleva a *Ilíada*. Perpassa no poema um compadecimento mais emotivo pelos problemas humanos: há inúmeras passagens em que o poeta se detém para referir-se a figuras vulneráveis com dificuldades que nos comovem, como por exemplo a escrava doente no Canto xx, cuja debilidade a obriga a trabalhar noite adentro para cumprir as tarefas que lhe foram atribuídas, quando as outras escravas já estão dormindo. Mas, ao mesmo tempo, a inexorabilidade da dor e da morte, que confere um negrume tão insistente à *Ilíada*, dá lugar, na *Odisseia*, a um matiz mais ameno de cores. Pelo menos ficamos com a ideia de que existe uma relação de causa e efeito no sofrimento humano: os homens sofrem porque praticam a injustiça, diz Zeus no momento inicial do Concílio dos Deuses. Por outro lado, parecem ter mais margem de escolha na determinação do rumo das suas vidas: na *Odisseia*, não há um condicionamento tão carregado por parte do Destino na vida dos homens; parece haver mais lugar para opções individuais. Existe uma espécie de abertura dos deuses em relação ao ser humano (nesse aspecto, a ligação entre Atena e Ulisses é especialmente significativa): os desígnios divinos da *Ilíada*, impossíveis de perscrutar, apontam agora para concepções mais "modernas" — para as concepções de crime e castigo, que darão mais tarde, aos tragediógrafos do século v (e aos romancistas russos do século xix), amplo campo de manobra.

PREFÁCIO

Além de apontar em muitos aspectos para o teatro ático do século v (e para os três gêneros: tragédia, comédia e drama satírico), a *Odisseia* pode ser lida como o primeiro romance em verso, como primeira obra de ficção científica ou até como precursora do faroeste no cinema americano. Em *O caminho de Guermantes*, Proust menciona a surpresa de descobrir nas remotas personagens homéricas emoções imediatas de hoje. Da nossa parte, podemos dizer que obras pop cultuadas como as de Tolkien ou Spielberg seriam impensáveis sem a matriz da *Odisseia* por trás. No entanto, continua sendo a recuperação feita do seu conteúdo em momentos marcantes da História por gênios universais como Virgílio e Camões que, no balanço final, nos dá o testemunho decisivo da sua universalidade.

Mas podemos (e devemos) ler a *Odisseia* abstraindo-nos por completo de todos os textos críticos e poéticos que se interpõem entre os "primordiais" versos homéricos e nós. Ler Homero é regressar à origem da Poesia, ao mais essencial da Palavra. No seu conto "Homero" (na coletânea *Contos exemplares*), Sophia de Mello Breyner Andresen define de modo insuperável a poesia da *Odisseia*: "palavras moduladas como um canto, palavras quase visíveis que ocupavam os espaços do ar com a sua forma, a sua densidade e o seu peso. Palavras que chamavam pelas coisas, que eram o nome das coisas. Palavras brilhantes como as escamas dum peixe, palavras grandes e desertas como praias".

Ao apontar para o assombroso despojamento da poesia homérica, o conto "Homero" leva-nos a recapitular a já abordada questão da "roupagem" das palavras na *Odisseia*. Uma poesia, afinal, mais despida que vestida? Ou teríamos na *Odisseia* o fenômeno a que António Franco Alexandre dá voz no sexto poema de *Visitação*?

"A nudez talha no ar/ os seus vestidos."

Nota sobre a tradução

Apesar de vertida do grego e com a máxima fidelidade ao original, esta não é uma tradução arcaizante nem acadêmica. É uma tradução para ser lida pelo prazer de ler. Fiel a esse propósito, resisti à tentação de salpicar o texto com notas, convicto de que o intuito principal que presidiu à composição da *Odisseia* foi o de enlevar e comover os ouvintes por meio de uma história empolgante, maravilhosamente contada. Não tenho dúvida de que notas de teor filológico comprometeriam o enlevo e a comoção que se querem indissociáveis da experiência de ler/ouvir a história do retorno de Ulisses. Além de que é preciso não esquecer que a *Ilíada* e a *Odisseia* são textos orais. Não foram concebidos para a leitura. A forma de recepção do texto, implícita na própria contextura poética, é a audição.

Para aproximar do leitor a dimensão "performativa" de uma emissão/recepção do poema — e porque não acredito que os aedos homéricos recitassem de um jato um Canto inteiro (pois na poesia, como na música, a pausa é tão importante como a emissão de som) —, assinalei o que me pareceu ser o lugar de possíveis pausas retóricas na declamação com um espaço em branco entre os versos, dando assim, aos olhos modernos, a ilusão de o poema estar dividido em estâncias. Por vezes, como no caso das longas exibições de eloquência oratória, essas "estâncias" chegam a ultrapassar os cem versos; outras vezes têm apenas dois ou três. Aqui deixei-me guiar pela minha própria intuição poética e por aquilo que me pareceu favorecer a recepção do poema por parte do destinatário de língua portuguesa.

No seu célebre poema sobre o encontro entre Garcilaso e Isabel Freire, Ruy Belo define a métrica por ele utilizada como "verso aparentemente livre/ mas no fundo apoiado sobre o decassílabo". Se por "decassílabo" substituirmos "hexâmetro" (verso que tem tipicamente entre treze e dezessete sílabas), não estaremos longe da sonoridade almejada pela minha tradução. Claro que a transposição plena do hexâmetro dactílico para português é impossível, dada a inexistência na nossa língua de sílabas longas e breves. Todavia, alguma coisa da paleta sonora do hexâmetro foi possível preservar. O nosso acento tônico pode, por vezes, substituir a posição ocupada, em grego, pela sílaba longa (e.g. "Fála-me, Músa, do hómem astúto..."); e o fato de o hexâmetro clássico não derivar a sua cadência da categoria "rima", mas sim da categoria "ritmo", incentivou-me a cultivar um tipo de verso de extensão moldável, com vincados contornos rítmicos, que do original retivesse alguns ecos da característica "pulsação das sílabas" (no sugestivo dizer de Eugénio de Andrade em *O sal da língua*). Como sucede em toda poesia grega, fazem parte dessa pulsação silábica inevitáveis assonâncias; assim sendo, de vez em quando assumo algumas, nos versos em português, como "rimas" (frequentemente no interior dos versos). No caso de algumas fórmulas, procurei reproduzir, no nível da própria fonética, a musicalidade do original: veja-se, por exemplo, o caso de "*épea pteróenta*", que traduzo por "palavras aladas"; ou "*zeídorosároura*", que traduzo por "terra que dá". No que se refere à semântica, a tradução de certas fórmulas foge ao tradicional para respeitar as mais recentes investigações no domínio da lexicografia grega: por esse motivo, Ítaca não "se vê ao longe", mas é antes "soalheira"; e o herói Menelau não é "excelente no grito de guerra", mas "excelente em auxílio". Todas as repetições e expressões pleonásticas

NOTA SOBRE A TRADUÇÃO

na tradução reproduzem fielmente a estética do original. Procurei respeitar também a estética enunciativa do verso homérico no que concerne à alternância entre versos autocontidos, que formam um enunciado completo, e versos que cavalgam no seguinte. No verso 187 do Canto XIII, cometi a ousadia de partir o verso ao meio, por razões que o leitor facilmente entenderá.

Na maior parte dos casos, foi possível fazer corresponder a cada verso em grego um verso em português. Houve passagens, no entanto, em que tal processo não me pareceu exequível, pelo que optei por desdobrar o enunciado grego. Por conseguinte, esta *Odisseia* em português tem alguns versos a mais que a *Odisseia* em grego; mas significa também que, do conteúdo do original, pouco — diria mesmo nada — se perdeu. Para o leitor a quem interesse o cotejo de ambos os textos, os números na margem esquerda da página indicam a numeração dos hexâmetros gregos a que correspondem os versos em português.

A tradução segue o já consagrado texto crítico estabelecido por T. W. Allen (Oxford, 1917, 2ª edição), embora tenha consultado regularmente a edição de P. von der Mühll (Stuttgart, 1962). Foi de utilidade inestimável o comentário monumental (879 páginas!) de R. D. Dawe (*The Odyssey*, Lewes, 1993).

Há ainda um aspecto que gostaria de deixar registrado. Esta tradução reflete a circunstância de, ao longo dos últimos dez anos, eu ter tido o privilégio de lecionar, na Faculdade de Letras da Universidade de Lisboa, todos os níveis de Grego ministrados pelo Departamento de Estudos Clássicos a alunas e alunos provenientes das mais diversas formações, desde principiantes até formandos em Línguas e Literaturas Clássicas. Aos colegas que me confiaram tal incumbência, e aos estudantes que comigo fizeram esse percurso, deixo aqui expressa uma palavra de gratidão e apreço.

MAPA I

Geografia homérica: Grécia continental

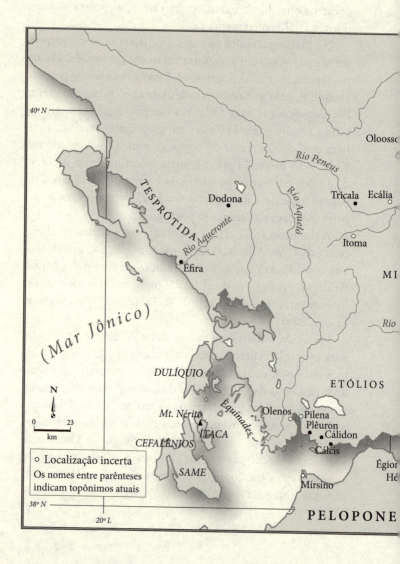

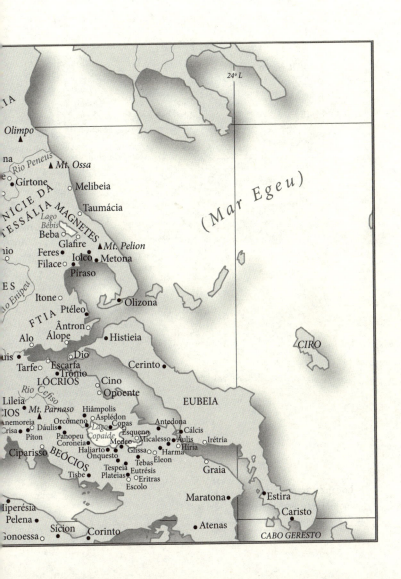

MAPA 2

Geografia homérica: O Peloponeso

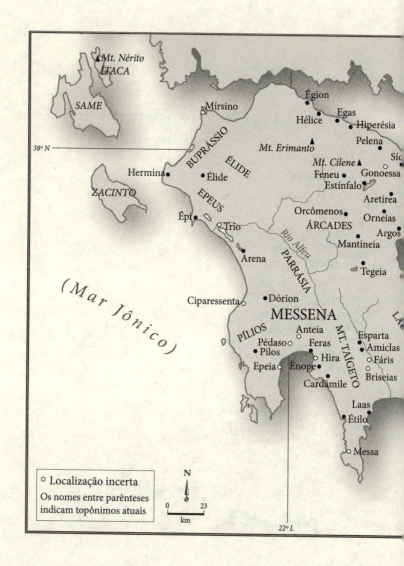

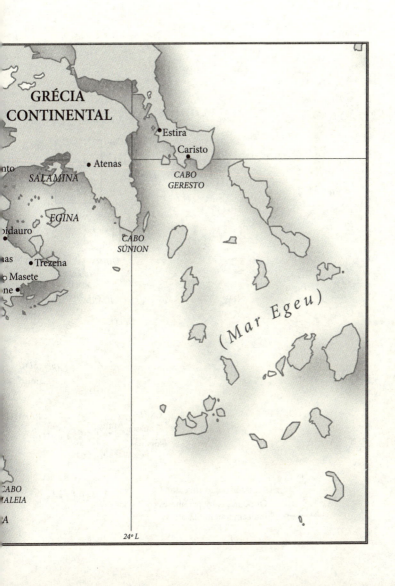

MAPA 3

Geografia homérica:
O Egeu e a Ásia Menor

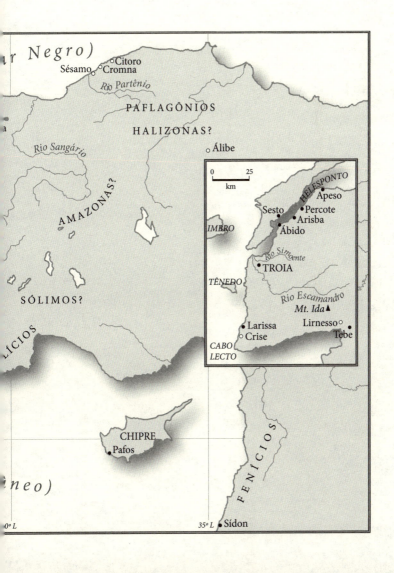

Odisseia

Canto I*

Fala-me, Musa, do homem astuto que tanto vagueou,
depois que de Troia destruiu a cidadela sagrada.
Muitos foram os povos cujas cidades observou,
cujos espíritos conheceu; e foram muitos no mar
os sofrimentos por que passou para salvar a vida,
5   para conseguir o retorno dos companheiros a suas casas.
Mas a eles, embora o quisesse, não logrou salvar.
Não, pereceram devido à sua loucura,
insensatos, que devoraram o gado sagrado de Hipérion,
o Sol — e assim lhes negou o deus o dia do retorno.
10   Destas coisas fala-nos agora, ó deusa, filha de Zeus.

Nesse tempo, já todos quantos fugiram à morte escarpada
se encontravam em casa, salvos da guerra e do mar.
Só àquele, que tanto desejava regressar à mulher,
Calipso, ninfa divina entre as deusas, retinha
15   em côncavas grutas, ansiosa que se tornasse seu marido.
Mas quando chegou o ano (depois de passados muitos outros)
no qual decretaram os deuses que ele a Ítaca regressasse,
nem aí, mesmo entre o seu povo, afastou as provações.
E todos os deuses se compadeceram dele,
20   todos menos Posêidon: e até que sua terra alcançasse,
o deus não domou a ira contra o divino Ulisses.

* Sobre a numeração dos versos, ver "Nota sobre a tradução".

Mas para longe se afastara Posêidon, para junto dos Etíopes,
desses Etíopes divididos, mais remotos dentre os homens:
uns encontram-se onde nasce, outros onde se põe o Sol.
Para lá se afastara Posêidon, para deles receber
25 uma hecatombe de carneiros e de touros;
e aí se deleitou no festim. Quanto aos outros deuses,
no palácio de Zeus Olímpico se encontravam reunidos.
E o primeiro a falar foi o pai dos homens e dos deuses.
Pois ao coração lhe vinha a memória do irrepreensível Egisto,
30 a quem assassinara Orestes, filho de Agamêmnon.
A pensar nele se dirigiu assim aos outros imortais:

"Vede bem como os mortais acusam os deuses!
De nós (dizem) provêm as desgraças, quando são eles,
pela sua loucura, que sofrem mais do que deviam!
35 Como agora Egisto, além do que lhe era permitido,
do Atrida desposou a mulher, matando Agamêmnon
à sua chegada, sabendo bem da íngreme desgraça —
pois lhe havíamos prevenido ao mandarmos
Hermes, o vigilante Matador de Argos:
que não matasse Agamêmnon nem lhe tirasse a esposa,
40 pois pela mão de Orestes chegaria a vingança do Atrida,
quando atingisse a idade adulta e saudades da terra sentisse.
Assim lhe falou Hermes; mas seus bons conselhos o espírito
de Egisto não convenceram. Agora pagou tudo de uma vez."

A Zeus respondeu Atena, a deusa de olhos esverdeados:
45 "Pai de todos nós, mais excelso dos soberanos,
é verdade que esse homem teve a morte que merecia:
e que pereça qualquer outro que igual coisa fizer.
Mas arde-me o espírito pelo fogoso Ulisses,
esse desgraçado, que longe dos amigos se atormenta
50 numa ilha rodeada de ondas no umbigo do mar.
É uma ilha frondosa, onde tem sua morada a deusa
filha de Atlas de pernicioso pensamento — esse que do mar
conhece todas as profundezas e segura ele mesmo

CANTO I   121

as colunas potentes, que céu e terra separados mantêm.
55 Sua filha retém aquele homem desgraçado,
e sempre com palavras implorantes e suaves
o encanta, para que Ítaca olvide; mas Ulisses desejoso
de no horizonte ver subir o fumo da sua terra
tem vontade de morrer — e o teu coração
60 não se comove, Olimpo! Não foi Ulisses
quem junto às naus dos Argivos na vasta Troia
sacrifícios te ofereceu? Contra ele te encolerizas, ó Zeus?"

Em resposta à filha falou Zeus, que comanda as nuvens:
"Que palavra passou além da barreira dos teus dentes?
65 Como me esqueceria eu do divino Ulisses, cujo espírito
supera o de qualquer outro homem e aos deuses imortais,
que o vasto céu detêm, nunca faltou com sacrifícios?
Mas Posêidon, que cerca a terra, sem tréguas se lhe opõe,
por causa do Ciclope a quem Ulisses cegou a vista —
70 ao divino Polifemo, que mais força tem entre todos os
                                                        Ciclopes.
Foi a ninfa Toosa que o deu à luz — a filha de Fórcis,
aquele que rege o mar nunca cultivado —
depois de se unir a Posêidon em côncavas grutas.
Desde esse dia Posêidon, o deus que faz tremer a terra,
75 embora sem matar Ulisses, fá-lo vaguear para longe da
                                                        pátria.
Mas nós aqui presentes acordemos o seu regresso;
e Posêidon deixará a sua ira: contra todos os imortais,
à sua revelia, só, contra todos, lutar não conseguiria."

A Zeus respondeu Atena, a deusa de olhos esverdeados:
80 "Pai de todos nós, mais excelso dos soberanos,
se agrada aos corações dos deuses bem-aventurados
que o sagaz Ulisses regresse a sua casa,
enviemos agora Hermes mensageiro, Matador de Argos,
85 à ilha de Ogígia para que rapidamente anuncie
à ninfa de bela cabeleira a nossa vontade:

que o paciente Ulisses a sua casa regresse.
A Ítaca irei eu mesma para animar o seu filho,
para lhe insuflar coragem no espírito:

90 que convoque a assembleia dos Aqueus de longos cabelos
e sem rodeios se exprima a todos os pretendentes,
que lhe degolam os numerosos rebanhos e o gado
                                        cambaleante.
A Esparta quero enviá-lo e a Pilos arenosa,
para que sobre o regresso do pai amado se informe:

95 uma nobre glória deste modo obterá entre os homens."

Tendo assim falado, em seus pés as belas sandálias calçou,
douradas, imortais, que com as rajadas do vento
a levam sobre o mar e sobre a terra ilimitada.
E pegou numa forte lança de brônzea ponta,

100 pesada, imponente, enorme: com ela fileiras de heróis
                                        subjuga,
contra quem se enfurece de tão poderoso pai nascida.
Lançou-se veloz dos píncaros do Olimpo
e chega a Ítaca, à porta do palácio de Ulisses,
ao limiar do pátio. Na mão a brônzea lança,

105 assemelha-se a deusa a Mentes, soberano dos Táfios.
Encontrou de imediato os arrogantes pretendentes
que nesse momento se deleitavam com o jogo dos dados,
sentados em peles de bois que eles mesmos haviam matado.
Para eles em grandes taças escudeiros e criados

110 água com vinho misturavam; outros lavavam
as mesas com esponjas porosas; e outros ainda
carnes em grande abundância serviam.

O primeiro que a deusa avistou foi Telêmaco divino,
sentado entre os pretendentes com tristeza no coração,

115 imaginando no seu espírito o nobre pai chegando
para causar em toda a casa a dispersão dos pretendentes.
E assim em seu palácio teria honra e primazia.
Sentado no meio dos pretendentes a pensar estas coisas,

CANTO I   123

avista Atena e a ela se dirige, julgando em seu espírito
120 ser vergonhoso para um hóspede ficar parado à entrada.
Acercando-se dela, dá-lhe a mão e dela recebe a brônzea
                                                    lança.
E falando-lhe em alta voz, palavras aladas profere.
"Salve, estrangeiro! Serás estimado em nossa casa;
e depois de teres comido me dirás de que tens necessidade."

125 Falando assim indicou o caminho; seguiu-o Palas Atena.
E quando já se encontravam dentro da alta casa,
encostou contra uma coluna a lança da deusa,
no bem polido guarda-lanças, aí onde estavam muitas outras,
até lanças que ao paciente Ulisses tinham pertencido.
130 Levando a deusa, sentou-a num belo trono trabalhado
e estendeu uma toalha de linho; sob os pés, um pequeno
                                                    banco.
Perto colocou para si um assento ornado,
longe dos pretendentes, não fosse o estrangeiro levado
pelo barulho a desdenhar o repasto entre homens arrogantes.
135 Mas tencionava também interrogá-lo sobre o pai ausente.
Uma serva trouxe um jarro com água para as mãos,
um belo jarro de ouro, e água verteu numa bacia de prata.
E junto deles colocou uma mesa polida.
A venerável governanta veio trazer-lhes o pão,
140 assim como iguarias abundantes de tudo quanto havia.
O trinchador trouxe salvas com carnes variadas,
e colocou junto deles belas taças douradas;
um escudeiro veio depois servir-lhes o vinho.

145 Em seguida entraram os arrogantes pretendentes
e sentaram-se enfileirados em cadeiras e tronos.
Logo os escudeiros lhes verteram água para as mãos,
e junto deles as servas puseram os cestos de pão.
Vieram depois mancebos encher as taças de bebida.
Lançaram mãos às iguarias que tinham à sua frente.
150 E quando os pretendentes afastaram o desejo de comida

124   HOMERO

e bebida, para outras coisas se lhes moveu o espírito:
a música e a dança, belas prendas do festim.
O escudeiro colocou nas mãos de Fêmio uma lira
de insigne beleza — Fêmio a quem a necessidade
obrigava a cantar para os pretendentes.
155 Tangendo a sua lira, deu início ao canto formoso.

Mas Telêmaco falou para Atena de olhos esverdeados,
aproximando a cabeça, para que os outros não ouvissem:
"Hóspede estimado, levarás a mal as palavras que eu
                                                  proferir?
A estes deleitam coisas como a lira e o canto,
160 levianamente, pois devoram, de graça, o sustento de outrem,
de um homem cujos brancos ossos apodrecem à chuva,
ou então jazem no mar, onde as ondas os revolvem.
Se estes o vissem regressar a Ítaca,
todos rezariam para que tivessem pés velozes,
165 mais do que riqueza em ouro e vestimentas.
Àquele destruiu-o um destino maldoso, nem para nós
a consolação existe, nem que algum habitante da terra
dissesse que ele virá: pois para ele jamais chegará o dia do
                                                  retorno.
Mas diz-me agora tu com verdade e sem rodeios:
170 quem és? De onde vens? Fala-me dos teus pais e da tua
                                                  cidade.
Que nau te trouxe? Como te trouxeram
os marinheiros a Ítaca? Quem diziam eles que eram?
Pois não me parece que tenhas chegado a pé.
E diz-me também com verdade, para que eu saiba,
175 se é esta a primeira vez que aqui vens,
ou se és amigo da casa paterna, visto que são muitos
os que a aqui se dirigem: muito dado foi meu pai entre os
                                                  homens."

A ele respondeu a deusa, Atena de olhos esverdeados:
"Então dir-te-ei estas coisas com verdade.

CANTO I

180 Declaro que sou Mentes, filho do fogoso Anquíalo;
dos Táfios que amam seus remos sou eu o soberano.
Agora vim aqui ter com nau e companheiros,
navegando o mar cor de vinho rumo a povos estrangeiros,
para Têmese, em busca de bronze; levo comigo o ferro
                                                        fulgente.
185 Minha nau está fundeada lá para o campo, longe da cidade,
no porto de Reitro, sob o Neio frondoso.
Declaro que um do outro somos amigos de família,
há muito, como poderás saber junto do herói Laertes,
o qual, segundo se diz, já não vem à cidade,
190 mas sofre, afastado no campo, com uma velha por serva
(que a comida e a bebida lhe prepara), depois que cansado
em seus membros regressa a custo pela encosta da sua vinha.
Agora cheguei. Ouvira dizer que estava entre o seu povo
195 o teu pai; mas os deuses o impedem de regressar.
Pois não desapareceu da terra o divino Ulisses,
mas vive ainda, retido no vasto mar,
numa ilha rodeada de ondas, onde homens cruéis,
selvagens, o prendem contra a sua vontade.
200 E agora dar-te-ei esta profecia, que os deuses imortais
no coração me lançaram e que julgo vir a realizar-se,
embora não seja vidente nem conheça augúrios de aves:
não será longo o tempo que longe da pátria amada
permanecerá, nem que correntes de ferro o retenham.
205 Como é de muitos engenhos, conseguirá regressar.
Mas agora diz-me tu, falando sem rodeios,
se, alto como és, na verdade és filho de Ulisses.
Muito a ele te assemelhas no desenho da cabeça,
na beleza dos olhos; pois amiúde estivemos juntos,
210 antes da sua partida para Troia, para onde foram outros,
os melhores dentre os Argivos, em côncavas naus.
Desde então que não vejo Ulisses, nem ele a mim."

Tal resposta deu à deusa o prudente Telêmaco:
"Pois a ti, estrangeiro, direi tudo sem rodeios.

215 Declara a minha mãe que sou filho de Ulisses,
embora por mim não o saiba ao certo:
ninguém da sua filiação pôde nunca saber.
Quem me dera ser filho de um homem feliz,
a quem a velhice viesse encontrar no meio das suas posses!
Mas agora ficarás a saber que é do mais infeliz
220 dentre os mortais que me dizem ser filho."

A ele respondeu a deusa, Atena de olhos esverdeados:
"Não foi anônima a linhagem que os deuses te concederam,
pois, tal como és, Penélope te deu à luz.
Mas agora diz-me tu, falando sem rodeios.
225 Que festim é este? Que reunião? Que tem ela a ver contigo?
É festa ou boda? Não trouxe cada qual o seu próprio manjar!
Com que arrogância ultrajante me parecem eles comer
em tua casa: qualquer homem se encolerizaria ao ver
tais vergonhas, qualquer homem de juízo que por perto
passasse."

230 Tal resposta deu à deusa o prudente Telêmaco:
"Visto que me interrogas, estrangeiro, e informar-te
procuras,
esteve esta casa outrora para ser rica e honrada,
enquanto entre seu povo permanecia aquele homem.
Agora decidiram de outro modo os deuses desfavoráveis,
235 que invisível o fizeram, o mais invisível dentre os homens.
Pois pela sua morte não haveria eu de tanto me entristecer,
se com os camaradas de armas em Troia morresse,
ou nos braços de amigos, atados os fios da guerra.
Todos os Aqueus lhe teriam erguido um túmulo,
240 e teria para o seu filho enorme glória alcançado.
Mas arrebataram-no os ventos das tempestades:
partiu sem rastro nem notícia; e para mim deixou
sofrimento e lamentações. E não é que me lamente
apenas por sua causa: os deuses outros males me deram.
245 Pois todos os príncipes que regem as ilhas,

CANTO I

Dulíquio, Same e a frondosa Zacinto,
e todos quantos detêm poderio em Ítaca rochosa,
todos esses fazem a corte a minha mãe e me devastam a casa.
Por seu lado, ela nem recusa o odioso casamento
250 nem põe termo à situação; e eles vão devorando a minha casa
e rapidamente serei eu quem levarão à ruína."

A ele deu resposta Palas Atena, irada:
"Não há dúvida de que tens necessidade do ausente Ulisses;
ele que poria as mãos nos pretendentes desavergonhados!
255 Prouvera que neste momento aqui viesse e se colocasse
junto do portão, com capacete, escudo e duas lanças,
tal como quando da primeira vez que o vi
bebendo em nossa casa e alegrando-se
no regresso de Éfira, de junto de Ilo, filho de Mérmero.
260 Para lá se dirigira Ulisses em sua nau veloz,
à procura de uma poção mortífera, na qual suas setas
de brônzea ponta embebesse; mas Ilo nada lhe deu,
pois receava os sempiternos deuses,
mas o veneno lhe deu meu pai, que muito o estimava —
265 prouvera que assim munido aos pretendentes ele aparecesse!
Rápido seria o seu destino e amargo o casamento!
Mas tais coisas descansam sobre os joelhos dos deuses,
se regressando se vingará — ou não — em sua casa.
270 A ti recomendo que ponderes como para longe
daqui poderás afastar os pretendentes.
Agora presta atenção e ouve as minhas palavras.
Convoca amanhã a assembleia dos Aqueus
e fala a todos; sejam os deuses testemunhas.
Aos pretendentes ordena que se dispersem;
275 quanto a tua mãe, se o coração a mover a casar-se,
que volte para a casa do seu pai poderoso:
lá lhe farão a boda, lhe trarão oferendas em abundância,
tudo o que deverá acompanhar uma filha bem amada.
A ti darei bons conselhos, se me ouvires com atenção.
280 Equipa com vinte remadores a melhor nau que tiveres,

e parte em busca de notícias do pai ausente;
talvez te fale um homem mortal, ou alguma coisa ouças
de Zeus, que muitas vezes traz notícias aos homens.
Primeiro vai a Pilos para interrogares o divino Nestor;
285 e daí para Esparta, para junto do loiro Menelau.
Dos Aqueus vestidos de bronze foi ele o último a regressar.
Se acerca da sobrevivência e do regresso alguma coisa ouvires,
então, embora aflito, aguentarias mais um ano.
Mas se ouvires dizer que partiu, morreu —
290 nesse caso deves voltar para a tua pátria amada:
um túmulo erige e sobre ele derrama em abundância
as libações devidas; e tua mãe a novo marido oferece.
Depois que tal tiveres feito e cumprido,
no coração e no espírito reflete com cuidado,
295 como em tua casa poderás matar os pretendentes,
seja com dolo ou às claras. Pois não deves entregar-te
a atitudes infantis; já a tua idade tal coisa não permite.
Ou não terás ouvido da fama que granjeou o divino Orestes
entre todos os homens, quando matou o assassino de seu pai,
300 Egisto ardiloso, porque este o pai glorioso lhe matara?
Da tua parte, amigo — vejo como és alto e belo —,
sê corajoso, para que homens ainda por nascer falem bem
de ti.
Mas para a minha veloz nau regressarei agora,
para junto dos companheiros, que estão em cuidado à
minha espera.
305 Pensa no que te diz respeito — e medita sobre as minhas
palavras."

Tal resposta deu à deusa o prudente Telêmaco:
"É com amizade, estrangeiro, que me tens estado a falar,
como de pai para filho, e das tuas palavras nunca me
esquecerei.
Mas fica mais um pouco, embora desejes pôr-te a caminho,
310 para que, depois de te teres banhado e alegrado no teu
coração,

CANTO I 129

possas com um presente na mão voltar para a tua nau:
um presente belo e valioso, que será para ti um tesouro
oferecido por mim, uma dádiva de amigo para amigo."

A ele respondeu a deusa, Atena de olhos esverdeados:
315 "Mais não me detenhas, pois desejo seguir o meu caminho.
E seja qual for o presente que em teu coração me queres
dar,
oferece-o no meu regresso, para poder levá-lo para casa;
e escolhe um belo presente: dele receberás recompensa
condigna."

Tendo assim falado, partiu a deusa de olhos esverdeados,
320 voando como uma ave para o céu; no coração de Telêmaco
inspirara força e coragem; e fê-lo pensar no pai,
mais ainda do que antes. E ele apercebeu-se em seu espírito
e no coração sentiu espanto: soube que ela era um deus.
E logo se dirigiu para junto dos pretendentes, um homem
divino.

325 Cantava para eles o célebre aedo, e eles estavam sentados
em silêncio a ouvir. Do triste regresso dos Aqueus cantava,
do regresso que de Troia Palas Atena lhes infligira.
De seus altos aposentos ouviu o canto sortílego
a filha de Icário, a sensata Penélope.
330 E desceu da sua sala a escada elevada,
não sozinha, pois duas criadas com ela seguiam.
Quando se aproximou dos pretendentes a mulher divina,
ficou junto à coluna do teto bem construído,
segurando à frente do rosto um véu brilhante.
335 De cada lado se colocara uma criada fiel.
Chorando, assim falou ao aedo divino:

"Fêmio, conheces muitos outros temas que encantam os
homens,
façanhas de homens e deuses, como as celebram os aedos.

Uma delas canta agora, enquanto estás aí sentado; e que eles
340 em silêncio bebam o seu vinho. Mas cessa já esse canto
tão triste,
que sempre no meu peito o coração me despedaça,
visto que em mim está entranhada uma dor inesquecível.
Pois vem-me sempre à memória a saudade daquele rosto,
do marido a quem toda a Hélade e Argos celebram."

345 Tal resposta deu à mãe o prudente Telêmaco:
"Minha mãe, por que razão levas a mal que o fiel aedo
nos deleite de acordo com a sua inspiração? Não são
culpados os aedos, mas Zeus: aos homens que por seu pão
trabalham estabeleceu o destino que entendeu.
350 Não é justo levarmos a mal que ele cante a desgraça dos
Dânaos.
Pois os homens apreciam de preferência o canto
que lhes pareça soar mais recente aos ouvidos.
Que o teu espírito e o teu coração ousem ouvir.
Não foi só Ulisses que perdeu o dia do retorno
355 em Troia; também pereceram muitos outros.
Agora volta para os teus aposentos e presta atenção
aos teus lavores, ao tear e à roca; e ordena às tuas servas
que façam os seus trabalhos. Pois falar é aos homens
que compete, a mim sobretudo: sou eu quem manda nesta
casa."

360 Penélope, espantada, regressou para a sua sala
e guardou no coração as palavras prudentes do filho.
Depois de subir até os seus aposentos com as servas,
chorou Ulisses, o marido amado, até que um sono suave
lhe lançasse sobre as pálpebras Atena de olhos esverdeados.

365 Por seu lado levantaram os pretendentes um grande alarido,
e a todos veio o desejo de se deitarem no leito de Penélope.
No meio deles foi o prudente Telêmaco o primeiro a falar:

CANTO I   131

"Pretendentes de minha mãe, homens de força e violência,
por agora nos deleitemos com o banquete; e que não haja
                                                          barulho
370   da parte de ninguém, pois é bom ouvirmos um aedo como
                                                          este,
cuja voz na verdade à dos deuses se assemelha.
Mas amanhã cedo deveremos dirigir-nos à assembleia,
para que declare sem rodeios o que tenho a vos dizer.
Desta casa devereis sair. Outros festins preparai,
375   devorai os vossos próprios bens, na casa uns dos outros.
Se no entanto vos parecer coisa boa e proveitosa
destruir sem desagravo o que a outro pertence,
destruí! Mas da minha parte invocarei os deuses imortais
e queira Zeus que não falte a devida retribuição.
380   Que então pereçais todos sem que haja retaliação!"

Assim falou; e todos os outros os beiços morderam
e olharam admirados para Telêmaco, pela audácia com
                                                          que falou.
Mas a ele respondeu Antino, filho de Eupites.
"Telêmaco, na verdade são os próprios deuses que te ensinam
385   a ser um orador altivo e a falar com descaramento.
Que Zeus, filho de Crono, nunca te faça rei em Ítaca,
coisa que te é devida pela linhagem de teu pai!"

A ele deu resposta o prudente Telêmaco:
"Antino, levarás tu a mal aquilo que eu disse?
390   Até isso eu estaria disposto a receber da parte de Zeus.
Consideras então que não há pior coisa entre os homens?
Não há mal nenhum em ser rei, pois logo se nos enriquece
a casa e dos outros recebemos mais honra e consideração.
Muitos outros príncipes existem entre os Aqueus,
395   em Ítaca rodeada pelo mar, novos e velhos:
um destes poderá reger a ilha, pois o divino Ulisses morreu.
Mas serei eu o soberano da minha casa e dos escravos
que para mim Ulisses obteve como despojos de guerra."

A ele respondeu Eurímaco, filho de Polibo:

400 "Telêmaco, tais coisas descansam sobre os joelhos dos
deuses,
quem dentre os Aqueus será rei em Ítaca rodeada pelo mar.
Os teus bens poderás guardá-los; serás senhor em tua casa.
Que aqui não chegue nenhum homem para à força e à tua
revelia
te arrancar os teus bens, enquanto for Ítaca terra habitada!
405 Mas gostaria agora, meu caro, de te interrogar sobre o
estrangeiro,
de onde ele veio, que terra disse ser a sua,
onde tem os parentes e os campos da sua pátria.
Será que te avisou da chegada do teu pai,
ou terá vindo por motivos de seu próprio proveito?
410 Como de súbito se levantou e foi-se logo embora!
Não se quis dar a conhecer; de condição vil, porém, não
pareceu."

A ele deu resposta o prudente Telêmaco:
"Eurímaco, na verdade já não existe o regresso do meu pai.
Venham de onde vierem, já não acredito em notícias,
415 nem dou crédito a profecias, das que minha mãe procura
saber
quando à sala de banquetes manda chamar um vidente.
Este estrangeiro vinha de Tafo, amigo do meu pai,
dizia ser Mentes, filho do fogoso Anquíalo,
e entre os Táfios que amam seus remos é ele o soberano."

420 Assim falou Telêmaco, mas no coração reconhecera a
deusa imortal.
Quanto aos pretendentes, para os prazeres da dança e da
música
se voltaram, e permaneceram até começar a anoitecer.
E ainda se compraziam quando chegou a negra noite.
Depois, querendo descansar, partiu cada um para sua casa.

CANTO I   133

425 Mas Telêmaco, para onde fora construído o seu quarto,
    por cima do belo pátio, de onde tinha uma vista desafogada,
    para lá se dirigiu, para a cama, refletindo sobre muitas coisas.
    Acompanhou-o de tochas ardentes na mão a fiel Euricleia,
    filha de Ops, que era filho de Pisenor;
430 a ela, jovem ainda, comprara em tempos Laertes,
    pagando com seus bens o preço de vinte bois;
    e honrou-a em sua casa, tal como a fiel esposa honrou,
    e nunca com Euricleia se deitou, temendo a ira da mulher.
    Foi ela que para Telêmaco as tochas ardentes segurou;
    de todas as servas era ela quem mais o amava,
435 pois o amamentara quando era ainda menino.

    Telêmaco abriu as portas do seu quarto bem construído.
    Sentou-se na cama, despiu a túnica macia
    e pô-la depois nas mãos da sagaz anciã.
    E ela, dobrando e alisando a túnica,
440 pendurou-a num prego perto da cama encordoada;
    depois saiu do quarto, fechando a porta com uma tranca
    prateada, que fez deslizar com uma correia de couro.
    E aí, durante toda a noite, embrulhado em lã de ovelha,
    Telêmaco refletiu sobre o curso que lhe traçara Atena.

Canto II

Quando surgiu a que cedo desponta, a Aurora de róseos
dedos,
levantou-se da sua cama o amado filho de Ulisses;
vestindo a roupa, pendurou do ombro uma espada afiada,
e nos pés resplandecentes calçou as belas sandálias.
5 Ao sair do quarto, assemelhava-se a um deus.
Logo ordenou aos arautos de voz penetrante
que chamassem para a assembleia os Aqueus de longos
cabelos.
Aqueles chamaram; e reuniram-se estes com grande rapidez.
Quando estavam já reunidos, todos em conjunto,
10 dirigiu-se Telêmaco à assembleia, segurando na mão
a brônzea lança — mas não ia só: dois galgos o
acompanhavam.
E admirável era a graciosidade que sobre ele derramara
Atena:
à sua passagem todos o olharam com espanto.
Sentou-se no assento de seu pai; os anciãos cederam-lhe o
lugar.

15 Dentre todos foi o herói Egípcio o primeiro a falar,
um homem vergado pela idade, cuja sabedoria era imensa.
Pois o seu amado filho partira com o divino Ulisses
nas côncavas naus para Troia de belos cavalos,
Antifo, o lanceiro, a quem matara o cruel Ciclope

CANTO II   135

20 na sua gruta escavada e dele fizera o seu último manjar.
    Porém tinha mais três filhos: um dava-se com os
                                                    pretendentes,
    Eurínomo; dedicavam-se os outros à lavoura da terra
                                                       paterna.
    Mas era daquele que se lembrava, triste e preocupado.
25 Vertendo lágrimas assim se dirigiu à assembleia:

    "Escutai agora, homens de Ítaca, o que tenho para dizer.
    Nunca houve entre nós uma assembleia
    desde que o divino Ulisses partiu nas côncavas naus.
    Quem nos chama agora? Quem sentiu tal necessidade
    dentre os homens mais novos ou dentre os mais velhos?
30 Será que ouviu a notícia de que sobrevirá um exército, notícia
    que nos comunicaria com clareza, por ter sido o primeiro
                                                        a saber?
    Ou será outro o assunto público sobre o qual quer discursar?
    Parece-me pessoa idônea, abençoada; e que Zeus
    o cubra de benesses, seja qual for o seu intuito."

35 Assim falou; e o filho de Ulisses regozijou-se com o que foi
                                                            dito.
    Não permaneceu sentado, pois fazia tenção de falar.
    Pôs-se de pé no meio da assembleia e na mão lhe colocou
    um cetro o arauto Pisenor, homem aconselhado e prudente.
    Falou dirigindo-se em primeiro lugar ao orador idoso.

40 "Ancião, não está longe, como saberás em breve, quem
    convocou o povo — eu próprio. Pois muito me oprime a dor.
    Não ouvi notícia alguma de que sobrevirá um exército,
                                                        notícia
    que vos comunicasse com clareza, por ter sido o primeiro
                                                        a saber,
    nem há outro assunto público sobre o qual deseje discursar.
45 A necessidade é minha, pois sobre a minha casa se abateu
    uma dupla desgraça: perdi o nobre pai, que entre vós reinou,

um rei manso, como se fosse vosso pai.
Mas a outra desgraça é pior, pois em breve toda a minha
casa
destruirá e a mim tirará os meios de subsistência.
50 Pretendentes importunam a minha mãe à sua revelia,
filhos amados dos homens que aqui têm mais nobreza.
Receiam dirigir-se à casa do pai dela, Icário,
para que este exija as devidas oferendas nupciais
e dê a filha a quem entender, àquele que a ela mais agradar.
55 Em vez disso entram e saem de nossa casa dia após dia
e matam-nos os bois, as ovelhas e as gordas cabras;
banqueteiam-se e bebem-nos o vinho frisante
sem moderação. Vai-se tudo; e não há um homem,
como fora Ulisses, que consiga afastar da casa a ruína.
60 Por nós não podemos; e doravante teremos fama
de sermos desprezíveis e falhos de valor.
Por mim esforçar-me-ia, se tivesse força para isso,
pois foram cometidos atos que ninguém pode aguentar:
além do aceitável foi a minha casa arruinada.
65 Tende vergonha e respeitai aqueles que vivem perto,
os vizinhos! Receai também a cólera divina,
para que não vos castiguem os deuses com tais males
desgostosos.
Rogo-vos por Zeus Olímpico e por Têmis,
que dispersa e convoca as assembleias dos homens,
70 que vos refreeis, amigos, e que me deixeis o meu luto amargo,
a não ser que o meu pai, o nobre Ulisses,
tenha com má vontade prejudicado os Aqueus de belas
joelheiras,
e que em retaliação me prejudicais agora vós com má
vontade,
incitando os pretendentes. Pois para mim melhor seria
75 que vós mesmos me dizimásseis os tesouros e os rebanhos.
Se fosseis vós a devorar-me tudo, alguma recompensa
receberia;
nesse caso dirigir-vos-ia a palavra por toda a cidade,

CANTO II   137

reclamando os meus haveres, até que tudo me fosse
                                            restituído.
Mas agora ao meu coração infligis dores que nada poderá
                                            curar."

80 Assim falou e na sua fúria atirou o cetro ao chão,
    sufocado de lágrimas; e todo o povo sentiu pena dele.
    Todos ficaram em silêncio; ninguém teve coragem
    de responder a Telêmaco com palavras agrestes.
    Porém Antino deu-lhe a seguinte resposta:

85 "Telêmaco descarado, irreprimível na tua fúria, que
                                            vergonhas
    nos lançaste à cara! Será que nos queres censurar?
    Pois fica sabendo que não são os pretendentes os culpados,
    mas a tua querida mãe, sobremaneira astuciosa!
    Na verdade já vamos no terceiro ano — em breve virá o
                                            quarto —
90 em que ela engana os corações dos Aqueus.
    A todos dá esperança e a cada homem manda recados,
    mas o seu espírito está voltado para outras coisas.
    Também este engano congeminou em seu coração:
    colocando um grande tear nos seus aposentos —
95 amplo, mas de teia fina — foi isto que nos veio declarar:

    'Jovens pretendentes! Visto que morreu o divino Ulisses,
    tende paciência (embora me cobiceis como esposa) até
                                            terminar
    esta veste — pois não quereria ter fiado a lã em vão —,
    uma mortalha para o herói Laertes, para quando o atinja
100 o destino deletério da morte irreversível,
    para que entre o povo nenhuma mulher me lance a censura
    de que jaz sem mortalha quem tantos haveres granjeou.'

    Assim falou e os nossos corações orgulhosos consentiram.
    Daí por diante trabalhava de dia ao grande tear,

105 mas desfazia a trama de noite à luz das tochas.
Deste modo durante três anos enganou os Aqueus.
Mas quando sobreveio o quarto ano, volvidas as estações,
uma das mulheres, que tudo sabia, contou-nos o sucedido,
e a encontramos a desfazer a trama maravilhosa.
110 De maneira que a terminou, obrigada, contra sua vontade.
A ti dão os pretendentes a seguinte resposta, para que saibas
em teu coração, e saibam todos os Aqueus:
manda embora a tua mãe e ordena-lhe que case
com quem o pai quiser e de quem ela própria gostar.
115 Mas se ela continuar mais tempo a provocar os filhos dos
Aqueus,
pensando no seu espírito tudo o que Atena lhe concedeu —
o conhecimento de belos lavores, bom senso e astúcias
como nunca se ouviu falar em mulheres antigas, entre
aquelas
que foram outrora dos Aqueus as mulheres de belas tranças,
120 Tiro, Alcmena e Micena da bela coroa;
destas nenhuma pensava de modo semelhante a Penélope.
Mas nisto não pensou ela de modo acertado.
Haverá sempre quem te devore os meios de subsistência e
os haveres
enquanto ela continuar a pensar as coisas que no peito
125 os deuses lhe colocaram. Grande é a fama que para ela
alcançará;
porém a ti só traz pena pela perda dos teus muitos haveres.
Nós é que não iremos para as nossas terras, nem para
outro lugar,
até que ela despose aquele dentre os Aqueus que lhe agradar."

A ele deu resposta o prudente Telêmaco:
130 "Antino, como poderei lançar para fora de casa
aquela que me deu à luz e me criou, estando alhures o meu
pai,
vivo ou morto? Seria terrível para mim pagar um avultado
preço

CANTO II   139

a Icário, se de minha vontade mandasse embora a minha
                                                        mãe.
Males sofrerei às mãos de seu pai, e os deuses enviarão outros,
135   pois minha mãe ao deixar a casa invocará as Erínias
                                                  detestáveis.
E da parte dos homens receberei também censuras.
Assim sendo, nunca proferirei tal palavra.
Se o vosso coração se insurge contra estas coisas,
da minha casa devereis sair. Outros festins preparai;
140   devorai os vossos próprios bens, na casa uns dos outros.
Se no entanto vos parecer coisa boa e proveitosa
destruir sem desagravo o que a outro pertence,
destruí! Mas da minha parte invocarei os deuses imortais
e queira Zeus que não falte a devida retribuição.
145   Que então pereçais todos sem que haja retaliação!"

Assim falou Telêmaco e Zeus que vê de longe enviou
duas águias dos píncaros de uma montanha.
Durante um tempo voaram ambas, levadas pelas rajadas
                                                  de vento,
uma ao lado da outra, de asas bem estendidas.
150   Mas quando sobrevoaram a assembleia repleta de vozes,
esvoaçaram em torvelinho batendo rapidamente com as asas;
e fitaram os rostos de todos com a morte estampada no
                                                  seu olhar.
Depois com as garras atacaram-se uma à outra na cabeça
e no pescoço, desviando-se em seguida para a direita
através das casas e da cidade dos homens ali presentes.
155   Assim que as avistaram, todos pasmaram ao ver as águias,
e refletiram nos seus corações sobre o que estaria para vir.
Para eles falou então o velho herói Haliterses,
filho de Mastor; da sua geração era quem tinha mais perícia
em compreender os voos das aves e dizer o que significavam.
160   E foi assim que lhes falou o herói bem-intencionado:

"Escutai, homens de Ítaca, o que tenho para vos dizer.

Aos pretendentes em especial explico e declaro estas coisas:
na vossa mira rola já uma enorme desgraça; pois Ulisses
não permanecerá longe da família por muito tempo,
165 mas segundo julgo está perto a semear o destino e a morte
para todos os pretendentes — e será também um flagelo
para muitos dos que habitam a ínsula Ítaca.
Antes que tal aconteça, pensemos como detê-los;
mas eles que desistam, pois para eles será isto o melhor.
170 Não é sem experiência que vos dou esta profecia,
mas com seguro conhecimento; e a Ulisses declaro realizar-se
tudo quanto lhe afirmei, quando embarcaram para Ílio
os Argivos e com eles o astucioso Ulisses:
disse-lhe que depois de muito sofrer, de ter perdido
175 todos os companheiros, no vigésimo ano regressaria
sem que ninguém o reconhecesse. É isto que está para
acontecer."

A ele deu reposta Eurímaco, filho de Polibo:
"Ancião, volta para casa e dá profecias aos teus filhos,
não vão eles sofrer algum mal nos dias que estão para vir.
180 Sobre este assunto as minhas profecias valem mais que as
tuas.
Não faltam pássaros a voar para aqui e acolá sob os raios
do sol:
nem todos são aves de agouro. Quanto a Ulisses,
morreu lá longe; e quem me dera que com ele tivesses
também tu perecido! Não estarias com profecias,
185 a incitar Telêmaco na sua fúria, na esperança de obteres
algum favor para a tua casa, se ele assim entendesse.
Agora dir-te-ei uma coisa; coisa que se irá cumprir:
se por saberes muitas coisas antigas incitares
este jovem a sentir-se infeliz e prejudicado,
190 será para ele em primeiro lugar que surgirão dificuldades;
e pouco logrará alcançar por causa disso.
Agora a ti, ancião, infligiremos um tributo que a teu coração
oprimirá pagar; e amarga será a dor que sentirás.

CANTO II   141

A Telêmaco diante de todos ofereço este conselho:
195   que ordene a sua mãe o regresso à casa paterna.
Eles lá farão a boda e darão muitos presentes,
tantos quantos devem acompanhar uma filha amada.
Não penso que antes disso desistam os filhos dos Aqueus
de fazer a sua corte ingrata, visto que não receamos ninguém,
200   nem Telêmaco, que tantas palavras profere,
nem damos importância aos oráculos que tu, ancião,
pronunciares: só te farás ainda mais odiado.
Os bens deste serão de novo devorados sem desagravo,
enquanto ela não desistir de adiar para os Aqueus
205   as suas bodas. Ficaremos à espera dia após dia,
rivais na obtenção daquela excelência que lhe é própria,
nem procuramos outras mulheres com quem poderíamos
casar.”

A ele deu resposta o prudente Telêmaco:
“Eurímaco e vós outros, orgulhosos pretendentes,
210   sobre estes assuntos nem imploro nem falo.
Estas coisas já os deuses sabem e todos os Aqueus.
Mas agora dai-me uma nau veloz e vinte companheiros,
que me acompanhem para onde quer que eu vá.
Pois irei até Esparta e para Pilos arenosa,
215   para me informar sobre o regresso de meu pai ausente;
talvez me fale um homem mortal, ou alguma coisa ouça
de Zeus, que muitas vezes traz notícias aos homens.
Se acerca da sobrevivência e do regresso alguma coisa eu
ouvir,
então, embora aflito, aguentaria mais um ano.
220   Mas se ouvir dizer que partiu, morreu —
nesse caso voltarei para a minha pátria amada:
um túmulo erigirei e sobre ele derramarei em abundância
as libações devidas, e minha mãe a novo marido oferecerei.”

Assim dizendo, sentou-se; e no meio deles se levantou
225   Mentor, que era companheiro do nobre Ulisses,

a quem, ao partir nas suas naus, confiou toda a sua casa:
ao ancião todos deveriam obedecer; e ele tudo deveria
                                                    guardar.
Foi ele que com boa intenção lhes dirigiu a palavra:

"Escutai agora, homens de Ítaca, o que tenho para dizer.
230 Doravante não seja manso e bondoso de sua vontade
nenhum rei detentor de cetro, nem pense coisas justas,
mas seja antes áspero e pratique atos de maldade,
visto que ninguém se lembra do divino Ulisses
entre o povo que ele regia, bondoso como um pai.
235 Não levo a mal aos orgulhosos pretendentes
o fato de praticarem a violência na má vontade da sua mente.
Põem as suas próprias vidas em risco ao dizimarem
com violência os bens de Ulisses, que dizem jamais regressar.
Não! É o resto do povo que censuro, o modo como todos
240 vos sentais em silêncio, evitando abordá-los com discursos
que os refreassem, sendo vós muitos, e eles poucos."

A ele deu resposta Liócrito, filho de Evenor:
"Mentor ridículo, fraco de espírito, que coisa foste dizer,
incitando a que nos refreiem? É difícil para uma maioria
245 de homens lutar nem que seja por um jantar!
E se o próprio Ulisses de Ítaca se lançasse contra
os orgulhosos pretendentes banqueteando-se em sua casa,
e da grande sala escorraçá-los desejasse em seu coração,
não se alegraria a sua mulher, embora dele precisasse,
250 com a sua vinda: pois logo ali ele encontraria a morte,
se combatesse contra um número maior. São vãs as tuas
                                                    palavras!
Mas agora que parta cada um para as suas terras;
competirá a Mentor e Haliterses incentivar a viagem de
                                                    Telêmaco,
visto que são há muito amigos da sua casa paterna.
255 Por mim julgo que notícias serão as que ouvirá aqui sentado,
em Ítaca: não acredito que empreenda esta viagem."

CANTO II   143

Assim falou, dissolvendo rapidamente a assembleia.
Dispersaram-se, cada um para a sua casa;
os pretendentes voltaram para o palácio de Ulisses.

260 Telêmaco afastou-se em direção à orla do mar
e, tendo banhado as mãos na água salgada, invocou Atena:
"Ouve-me, tu que como um deus visitaste ontem
a nossa casa e me ordenaste ir numa nau sobre
o mar brumoso para me informar sobre o regresso
de meu pai há muito desaparecido.
265 Todas estas coisas querem os Aqueus impedir,
sobretudo os pretendentes na sua terrível arrogância."

Assim foi a sua prece; e Atena aproximou-se dele,
semelhante a Mentor no corpo e na voz,
e falando-lhe proferiu palavras aladas:
270 "Telêmaco, no futuro nem covarde nem vil serás,
se na verdade a coragem de teu pai se insuflou em ti,
pois ele era homem para cumprir ato e palavra:
a tua viagem não será inútil nem infrutífera.
Mas se não fores filho dele e de Penélope,
275 não espero que alcances aquilo que tanto desejas.
Poucos são os filhos semelhantes aos pais:
a maior parte são piores; só raros são melhores.
Mas visto que no futuro nem covarde nem vil serás,
nem te abandonou a inteligência de Ulisses,
280 há esperança de que tenhas êxito nestas ações.
Afasta de ti a vontade e o pensamento dos pretendentes,
homens desaconselhados, nem sensatos nem justos.
Não sabem da morte e do negro destino
que já está perto: morrerão todos num só dia.
285 Para ti não será adiada a viagem que tanto almejas;
de tal forma sou amigo da tua casa paterna que equiparei
uma nau veloz e acompanhar-te-ei em pessoa.
Mas agora regressa a casa e junta-te aos pretendentes,
prepara provisões nos recipientes que lhes são próprios:

144   HOMERO

290   vinho em ânforas; e cevada, que é tutano dos homens,
      em fortes alforges; e eu entre o povo companheiros
      reunirei que se ofereçam como voluntários. Naus há
      em abundância em Ítaca rodeada pelo mar, novas e velhas.
      Destas escolherei para ti a mais apropriada:
295   depressa a prepararemos e largaremos para o alto-mar."

      Assim falou Atena, filha de Zeus; nem um minuto mais
      se atrasou Telêmaco, depois que ouviu a voz da deusa.
      Caminhou para casa, triste no seu coração.
      No palácio encontrou os arrogantes pretendentes
300   à entrada, esfolando cabras e chamuscando porcos.
      Rindo-se, Antino veio direito a Telêmaco:
      apertou-lhe a mão e dirigiu-se-lhe pelo nome:

      "Telêmaco, excelso orador, inquebrantável na tua coragem,
      não admitas no coração ações ou palavras más,
305   mas come e bebe comigo, como até aqui fizeste.
      Todas essas coisas os Aqueus te fornecerão,
      uma nau e remadores escolhidos, para que depressa chegues
      à sagrada Pilos para te informares sobre o teu pai."

      A ele deu resposta o prudente Telêmaco:
310   "Antino, é impossível na vossa arrogante companhia
      comer sossegado e animar-me de bom grado.
      Não basta que no passado me dizimastes muitos e valiosos
      bens, ó pretendentes, enquanto eu era ainda criança?
      Agora sou adulto e é pelas palavras de outros
315   que me informo: o coração incha no meu peito
      ao pensar como poderei conduzir-vos a um destino funesto,
      quer indo para Pilos, quer permanecendo entre este povo.
      Irei pois! Nem será vã a viagem de que falo, embora
                                                    navegue
      como passageiro: é que não possuo nau nem remadores —
320   a situação, creio, que mais vos convém."

CANTO II   145

Assim dizendo, tirou imediatamente a mão da de Antino.
Os pretendentes ocupavam-se em toda a casa com o festim.
Troçavam dele e amesquinhavam-no com as suas palavras.
Deste modo falava um dos jovens ali presentes:

325 "Telêmaco está decerto a planejar assassinar-nos.
Trará quem o ajude de Pilos arenosa,
ou então de Esparta, de tal maneira está fora de si.
Ou talvez queira ir a Éfira, essa terra tão rica,
para de lá trazer poções mortíferas,
330 que depois porá numa taça para nos matar a todos."

Outro dos jovens arrogantes assim dizia:
"Quem sabe se, indo ele na côncava nau,
não perecerá durante a viagem, tal como Ulisses?
Só que dessa maneira ainda nos criaria mais dificuldades,
335 pois teríamos de dividir todos os seus bens e dar
o palácio à mãe e a quem com ela casasse."

Assim falavam, mas Telêmaco foi à alta câmara de tesouro
de seu pai, onde jazia amontoado o ouro e o bronze;
havia vestimentas em arcas, e quantidades de perfumado
azeite.
340 Aí estavam também grandes jarros de vinho velho e doce,
bebida divina, livre de qualquer mistura;
os jarros estavam junto à parede, para o caso de Ulisses
regressar um dia à casa, depois de terríveis sofrimentos.
Do lado de fora, as portas duplas fechavam com segurança;
345 e uma governanta andava por lá de dia e de noite,
ela que tudo guardava com mente sabedora,
Euricleia, filha de Ops, filho de Pisenor.
Foi a ela que Telêmaco falou, chamando-a para a câmara.

"Ama, tira-me vinho para alguns jarros, vinho doce,
350 que seja o mais agradável depois daquele que guardas
à espera daquele desafortunado, se é que de alguma parte

146 HOMERO

chegará Ulisses divinamente nascido, tendo escapado à
morte.
Enche doze jarros e apetrecha cada um com tampas.
Põe-me cevada em alforges bem cosidos
355 e vinte medidas de cevada moída.
Mas fica só tu sabendo. Junta todas estas coisas.
Ao cair da noite virei buscar tudo, quando a minha mãe
subir para os seus aposentos, pensando em dormir.
Pois irei a Esparta e a Pilos arenosa para me informar
360 sobre o retorno do amado pai, se é que ouvirei alguma coisa."

Assim falou. Soltou um grito a ama querida, Euricleia,
que lamentando-se lhe dirigiu palavras aladas:
"Que ideia foi essa, querido filho, que te veio à cabeça?
Aonde queres tu ir na vasta terra, sendo filho único
365 e bem amado? Pois ele pereceu longe da pátria,
Ulisses divinamente nascido, em terra estrangeira.
E estes homens, assim que te fores, vão planear maldades,
como matar-te à traição, para dividirem todos estes bens.
Não, fica aqui, junto do que é teu; não tens necessidade
370 de passar por sofrimentos no mar nunca cultivado."

A ela deu resposta o prudente Telêmaco:
"Anima-te, ama, pois isto não acontece sem sanção divina.
Mas jura-me nada dizeres à minha mãe querida,
antes que chegue o décimo primeiro ou o décimo segundo
dia,
375 ou quando ela der pela minha falta ou ouvir que parti,
para que não desfigure o belo rosto com prantos."

Assim disse, e a anciã prestou um solene juramento pelos
deuses.
Mas depois de ter jurado e terminado o juramento,
logo em seguida colocou o vinho em jarros,
380 e pôs a cevada em alforges bem cosidos.
Telêmaco voltou para a sala e juntou-se aos pretendentes.

CANTO II   147

Então pensou outra coisa a deusa, Atena de olhos
                                                    esverdeados.
Semelhante a Telêmaco, percorreu toda a cidade,
e aproximando-se de cada homem, proferia o seu discurso,
385 dizendo que se deveriam reunir ao cair da noite junto à
                                                    nau veloz.
A Noêmon, o glorioso filho de Frônio, pediu
uma nau veloz; este lhe prometeu de boa vontade.
Agora já se pusera o sol e as ruas estavam escuras.
A deusa arrastou a nau para o mar e nela pôs
390 todo o equipamento, que levam as naus bem construídas.
Fundeou-a à entrada do porto; perto estavam reunidos
os nobres companheiros e a deusa incitou cada um.

Então pensou outra coisa a deusa, Atena de olhos
                                                    esverdeados.
Foi para o palácio do divino Ulisses.
395 Aí derramou o doce sono sobre os pretendentes:
levou as suas mentes a vaguear enquanto bebiam
e tirou-lhes bruscamente as taças das mãos.
Por toda a cidade procuraram dormir, e não por muito tempo
ficaram sentados, pois o sono lhes caía sobre as pálpebras.

Mas a Telêmaco falou Atena de olhos esverdeados,
400 chamando-o para fora do bem construído palácio,
semelhante a Mentor no corpo e na voz.
"Telêmaco, já os teus companheiros de belas joelheiras
estão sentados ao remo, aguardando as tuas ordens.
Vamos, para que não atrasemos mais a viagem."

405 Assim dizendo, indicou o caminho Palas Atena
rapidamente; e ele seguiu no encalço da deusa.
E quando chegaram à nau, ao mar,
encontraram na praia os companheiros de longos cabelos.
Para eles falou a força sagrada de Telêmaco:
410 "Vinde, amigos, levemos as provisões; está tudo reunido

no palácio, embora a minha mãe não saiba de nada,
nem nenhuma das servas, a não ser uma, que me ouviu."

Assim dizendo, indicou o caminho; os outros seguiram-no.
Trouxeram tudo para colocar no navio bem construído,
415 do modo como ordenara o querido filho de Ulisses.
Então Telêmaco embarcou na nau; Atena foi à frente
e sentou-se na proa; junto dela se sentou Telêmaco.
Os outros largaram as amarras e, embarcando,
sentaram-se nos bancos dos remadores.
420 Para eles fez soprar Atena de olhos esverdeados um vento
favorável,
um alto Zéfiro a cantar sobre o mar cor de vinho.
E Telêmaco chamou os companheiros, incitando-os
a manejar os instrumentos náuticos; eles seguiram a sua voz.
Levantaram o mastro de pinheiro para a sua posição
425 e ajustaram-no com cordas na concavidade própria;
alçaram também a vela com correias torcidas de couro.
O vento inchou o centro da vela e as ondas de púrpura
cantaram em redor da nau em movimento,
que por cima das ondas apressava o seu caminho.
430 Depois de terem apertado bem as cordas da escura nau veloz,
prepararam taças repletas até cima de vinho
e ofereceram libações aos deuses que são para sempre,
em especial à filha de Zeus de olhos esverdeados.
Toda a noite, pela aurora dentro, a nau seguiu o seu curso.

Canto III

O sol lançou-se no céu de bronze, deixando
a bela superfície da água, para dar luz aos imortais
e aos homens na terra que dá cereais.
Chegaram a Pilos, a cidade bem fundada de Neleu.
Na praia ofereciam-se sacrifícios sagrados de negros touros
a Posêidon de azuis cabelos, que abala a terra.
Havia nove bancadas de quinhentos homens sentados;
à frente de cada uma estavam nove touros para o sacrifício.
Foi depois de terem provado as vísceras e terem assado
as coxas para o deus que os outros aportaram à margem,
descendo e dobrando a vela da nau redonda.
Fundearam-na e desembarcaram na praia.
Da nau desembarcou Telêmaco, com Atena à sua frente.

A ele falou primeiro a deusa, Atena de olhos esverdeados:
"Telêmaco, não deves sentir vergonha; de modo algum!
Pois foi para isto que atravessaste o mar, para saberes notícias
de teu pai: onde o cobriu a terra ou que destino foi o seu.
Agora dirige-te a Nestor, domador de cavalos:
vejamos que conselho guarda escondido no seu peito.
Vai suplicar-lhe em pessoa, para que ele te diga a verdade.
Uma mentira nunca dirá: é demasiado prudente."

À deusa deu resposta o prudente Telêmaco:
"Mentor, como irei? Como deverei cumprimentá-lo?

Não tenho experiência com palavras sutis; é natural
que um jovem se iniba de interrogar um homem idoso."

25 A ele respondeu a deusa, Atena de olhos esverdeados:
"Telêmaco, algumas coisas serás tu a pensar na tua mente;
outras coisas um deus lá porá: na verdade não julgo
que foi à revelia dos deuses que nasceste e foste criado."

Assim dizendo, indicou o caminho Palas Atena
30 rapidamente; e ele seguiu no encalço da deusa.
Chegaram à reunião e às bancadas dos homens de Pilos,
onde Nestor estava sentado com seus filhos; em redor
companheiros assavam carne ou colocavam-na em espetos.
Mas quando viram os estrangeiros, vieram todos juntos
35 para lhes apertar as mãos, para convidá-los a sentarem-se.
O primeiro a chegar junto deles foi Pisístrato, filho de Nestor:
segurou-lhes nas mãos e sentou-os no festim
em peles macias sobre a areia da praia,
junto do pai e de Trasimedes, seu irmão.
40 Serviu-lhes uma dose de vísceras; derramou vinho
numa taça de ouro e, erguendo-a, interpelou
Palas Atena, filha de Zeus detentor da égide:

"Invoca, ó estrangeiro, o soberano Posêidon,
pois dele é a festa que aqui viestes encontrar.
45 Depois de teres feito a libação e orado, como é de justiça,
dá também a este homem a taça de vinho doce
para ele fazer a sua libação; parece-me ser pessoa
que reza aos deuses: todos precisamos dos deuses imortais.
Mas ele é jovem, de idade igual à minha:
50 por isso darei a ti primeiro a taça dourada."

Assim dizendo, colocou-lhe na mão a taça de vinho doce.
Atena regozijou-se com a prudência de um homem tão justo,
porque lhe dera em primeiro lugar a taça dourada.
Depois invocou com afinco o soberano Posêidon:

CANTO III   151

55 "Escuta, Posêidon que abalas a terra, e não te recuses
    a levar a bom termo estes assuntos, para nós que te
                                                    invocamos.
    Em primeiro lugar, confere glória a Nestor e a seus filhos,
    e depois dá justa recompensa aos outros,
    aos homens de Pilos, por esta louvável hecatombe.
60 Concede que Telêmaco e eu próprio regressemos, com tudo
    para o que viemos cumprido, na escura nau veloz."

    Assim orando, assegurou ela própria que tudo se cumprisse.
    Deu a Telêmaco a bela taça de duas asas
    e o querido filho de Ulisses orou da mesma maneira.
65 Assada a carne, tiraram-na dos espetos;
    dividiram as porções e participaram da festa soberba.
    Mas depois de terem afastado o desejo de bebida e comida,
    entre eles falou primeiro Nestor de Gerênia, o cavaleiro:

    "Agora é a melhor altura para interrogar os estrangeiros,
70 perguntando quem são, uma vez que já se deleitaram com
                                                    comida.
    Ó estrangeiros, quem sois? De onde navegastes por
                                            caminhos aquosos?
    É com destino certo, ou vagueais à deriva pelo mar
    como piratas, que põem suas vidas em risco
    e trazem desgraças para os homens de outras terras?"

75 A ele deu resposta o prudente Telêmaco,
    já mais corajoso: pois Atena lhe insuflara coragem no
                                                    coração,
    para que inquirisse a respeito do pai desaparecido
    de modo a que granjeasse fama honrosa entre os homens.

    "Ó Nestor, filho de Neleu, glória valente dos Aqueus,
80 perguntas de onde somos; da minha parte, dir-te-ei.
    Vimos de Ítaca, debaixo do monte Níon.
    O assunto que me traz é privado, não público.

152   HOMERO

Vim pela fama vasta de meu pai (na esperança de que algo
me chegue aos ouvidos), do divino e sofredor Ulisses,
85 que dizem ter combatido a teu lado na cidade dos Troianos.
Sobre todos os outros que contra os Troianos combateram
ouvimos dizer onde cada um encontrou a morte amarga;
mas a morte dele, fê-la o Crônida imperscrutável.
É que ninguém pode dizer ao certo onde morreu,
90 se foi derrotado por inimigos em terra firme,
ou se foi no mar entre as ondas de Anfitrite.
Por isso estou junto dos teus joelhos como suplicante,
para saber se me podes contar como morreu, no caso
de teres visto com teus olhos ou de teres ouvido o relato
95 de algum viajante. Infeliz além de todos o gerou sua mãe.
E peço-te que nem por pena nem vergonha abrandes a tua
                                                palavra,
mas diz-me com clareza tudo o que souberes.
Suplico-te; e se alguma vez meu pai, o nobre Ulisses,
te prometeu e cumpriu alguma ação ou palavra
100 na terra dos Troianos, onde muito sofreram os Aqueus,
lembra-te disso agora em meu benefício: diz-me toda a
                                                verdade."

A ele deu resposta Nestor de Gerênia, o cavaleiro:
"Amigo, visto que me recordaste a dor, que naquela terra
sofremos — nós, os filhos dos Aqueus, indomáveis na
                                                coragem —,
105 tanto pelo que aguentamos nas naus sobre o mar brumoso,
vagueando em busca de despojos para onde nos conduzia
                                                Aquiles,
como pelos combates em torno da grande cidade do rei
                                                Príamo.
Pois aí viriam a morrer os melhores dentre nós.
Aí jaz Ájax belicoso, aí jaz Aquiles;
110 aí Pátroclo, igual dos deuses nos seus conselhos.
Aí jaz o meu querido filho, tão forte quanto irrepreensível,
Antíloco, rápido na corrida e na peleja.

CANTO III

E muitos outros males por cima destes sofremos.
Que homem mortal seria capaz de os enumerar todos?
115 Nem que permanecesses aqui cinco ou seis anos
a perguntar-me sobre os males que sofreram os divinos
                                                    Aqueus!
Antes te terias cansado e regressado a tua casa!
Durante nove anos planejamos a desgraça dos Troianos
com dolos de toda a espécie; coisa que a custo o Crônida
                                                    cumpriu.
120 Lá não havia outro que se comparasse com Ulisses em
                                                    conselho,
porquanto estava o divino Ulisses acima de todos
em dolos de toda a espécie — teu pai, se na verdade és
mesmo seu filho. Mas toma-me o espanto ao contemplar-te.
Pois as tuas palavras são semelhantes às suas; ninguém diria
125 que um homem tão novo falasse com tanto propósito.
Lá, durante aquele tempo, nunca eu e o divino Ulisses
nos contradissemos em público ou em reunião privada,
mas como que de um espírito, com reflexão e bons conselhos,
indicávamos aos Argivos como poderiam agir da melhor
                                                    maneira.
130 Quando saqueamos a alta cidadela de Príamo,
fomos para as naus: um deus dispersou os Aqueus.
Nesse momento Zeus planejou em seu coração
um regresso doloroso para os Argivos,
pois nem todos tinham sido sensatos nem justos.
Destes houve muitos que tiveram um destino terrível devido
135 à ira destruidora da deusa de olhos esverdeados, filha de
                                                    poderoso pai.
Foi ela que abriu conflito entre ambos os filhos de Atreu.
Estes chamaram para a assembleia todos os Aqueus
de modo irresponsável e desordenado ao pôr do sol.
Para lá se dirigiram, pesados de vinho, os filhos dos Aqueus.
140 Ambos explicaram por que tinham convocado o exército.
Então Menelau disse a todos os Aqueus que pensassem
no regresso a casa pelo vasto dorso do mar.

154   HOMERO

Mas de forma alguma agradou a Agamêmnon, que queria
reter o exército para oferecer sagradas hecatombes,
145 para que serenasse a ira terrível de Atena —
estulto! Pois mal sabia ele que não convenceria a deusa:
não é logo que se muda a mente dos deuses que são para
                                                   sempre.
Ambos, de pé, trocaram palavras agrestes. Mas
                                     levantaram-se
com grande estrondo os Aqueus de belas joelheiras,
150 divididos na deliberação que lhes agradava.
Passamos a noite a remoer pensamentos duros
uns contra os outros: Zeus preparava a dor da desgraça.
Ao amanhecer, alguns embarcamos nas naus sobre o mar
                                        divino,
com bens e mulheres de formosa cintura.
155 Metade do exército ficou para trás, permanecendo
onde estava Agamêmnon, filho de Atreu, pastor das hostes.
Nós embarcamos e pusemo-nos a remar; e as naus
                                     navegaram
depressa: um deus serenou o mar cheio de grandes monstros.
Chegados a Tênedo, oferecemos sacrifícios aos deuses,
160 desejosos de voltar para casa. Mas Zeus não queria o
                               nosso regresso,
deus duro, que levantou a discórdia pela segunda vez.
Alguns viraram suas naus recurvas e partiram
com o fogoso soberano Ulisses de matizado pensamento,
honrando assim Agamêmnon, filho de Atreu.
165 Mas com a minha frota de naus prossegui caminho,
pois compreendi o infortúnio que o deus preparava.
Fugiu o belicoso filho de Tideu, incitando os companheiros.
Mais tarde, depois de nós dois, veio o loiro Menelau;
apanhou-nos em Lesbos enquanto planeávamos a longa
                                        viagem:
170 se haveríamos de navegar a norte de Quios rochosa,
em direção à ilha de Psíria, mantendo Quios à nossa
                                 esquerda;

CANTO III

ou se a sul de Quios, junto a Mimas de fortes ventos.
Pedimos ao deus que nos indicasse uma saída;
assim o fez: indicou que navegássemos pelo meio do mar
175 até Eubeia, para que mais rapidamente fugíssemos da
        desgraça.
Levantou-se um vento guinchante e as naus deslizaram
sobre os caminhos piscosos; chegamos de noite a Geresto.
Aí sobre o altar muitas coxas de touros oferecemos
a Posêidon, depois de percorrida tal extensão de mar.
180 Foi no quarto dia que, em Argos, os companheiros
de Diomedes, filho de Tideu, domador de cavalos,
fundearam suas naus recurvas. Mas eu vim para Pilos,
e o vento não abrandou desde que o deus o pusera a soprar.
Assim cheguei, querido filho, sem notícia; nada sei
185 daqueles dentre os Aqueus que se salvaram ou pereceram.
Mas as informações que me chegaram, aqui sentado no
        palácio,
como é de justiça, ouvirás; não as ocultarei.
Diz-se que chegaram bem em casa os Mirmidões de lança
        selvagem,
a quem conduziu o famoso filho do magnânimo Aquiles;
190 chegou bem Filocteto, o glorioso filho de Peante.
Para Creta conduziu Idomeneu todos os companheiros,
todos os que à guerra sobreviveram; e nenhum lhe roubou
        o mar.
Mas vós, lá longe, tudo ouvistes sobre o filho de Atreu,
como chegou em casa, como Egisto lhe deu uma morte
        amarga.
195 Na verdade, pagou o preço de modo doloroso.
Que coisa excelente, quando fica do homem assassinado o
        filho,
uma vez que Orestes castigou o assassino de seu pai,
Egisto ardiloso, porque lhe matara o pai famoso!
Também tu, amigo, pois vejo que és alto e belo,
200 serás valente, para que os vindouros falem bem de ti.”

A ele deu resposta o prudente Telêmaco:
"Ó Nestor, filho de Neleu, grande glória dos Aqueus,
fortemente se vingou aquele, e os Aqueus atribuir-lhe-ão
                                        vasta glória
para que dela saibam homens ainda por nascer.
205 Aprouvesse aos deuses darem-me força igual
para me vingar dos pretendentes e de sua dolorosa
                                        transgressão,
desses insolentes que conspiram para me prejudicar!
Mas não foi essa felicidade que os deuses me fiaram,
nem para mim, nem para meu pai; só me resta aguentar."

210 A ele deu resposta Nestor de Gerênia, o cavaleiro:
"Ó amigo, já que me referes e recordas tais coisas,
dizem que muitos pretendentes da tua mãe planejam
maldades no teu palácio à tua revelia.
Diz-me se és subjugado de modo voluntário, ou se o povo
215 te detesta por influência de algum oráculo?
Quem sabe se Ulisses não virá para se vingar da violência
                                        deles?
Ou se chegará só, ou com todos os Aqueus?
Quisesse Atena de olhos esverdeados estimar-te
como outrora estimou o famoso Ulisses na terra dos
                                        Troianos,
220 quando nós Aqueus sofríamos dificuldades!
Pois nunca vi deuses a estimar abertamente um mortal
como Palas Atena, colocando-se a seu lado.
Se ela assim te estimasse e cuidasse de ti em seu coração,
esquecer-se-iam alguns dos pretendentes do casamento."

225 A ele deu resposta o prudente Telêmaco:
"Ancião, não penso que a tua palavra se possa cumprir,
de tão grande vulto é o que dizes. Estou espantado!
Não esperaria que tal acontecesse, nem que os deuses o
                                        quisessem."

CANTO III   157

A ele respondeu a deusa, Atena de olhos esverdeados:
230 "Telêmaco, que palavra passou além da barreira dos teus
                                                        dentes!
De longe, se assim quisesse, facilmente o deus salvaria um
                                                        mortal.
Por mim quereria antes chegar em casa depois de muitos
sofrimentos e ver o dia do retorno, do que chegar
à minha lareira para ser assassinado, como aconteceu
235 a Agamêmnon devido ao dolo de Egisto e da mulher.
Mas a morte que chega a todos nem os deuses podem afastar
de um homem que lhes é amado, quando o abate
o destino deletério da morte duradoura."

À deusa deu resposta o prudente Telêmaco:
240 "Mentor, não falemos mais destas coisas, embora nos
                                                        preocupem.
Para ele não há regresso verdadeiro, pois a morte já lhe
determinaram os imortais e um negro destino.
Mas agora quero perguntar outra coisa a Nestor,
visto que mais que qualquer outro sabe o que é justo e
                                                        sensato.
245 Três vezes, diz-se, regeu gerações de homens.
A mim parece semelhante a um deus imortal.
Ó Nestor, filho de Neleu, diz-me a verdade!
Como morreu o filho de Atreu, o poderoso Agamêmnon?
Onde estava Menelau? Que assassínio planeou para ele
250 o ardiloso Egisto, quando matou alguém mais forte?
Não estava Menelau na aqueia Argos, mas entre outros
                                                        povos
vagueava, de modo que Egisto, confiante, o matou?"

A ele deu resposta Nestor de Gerênia, o cavaleiro:
"Dir-te-ei então, meu filho, toda a verdade.
255 Tu próprio saberás como as coisas teriam acontecido,
se Egisto tivesse sido encontrado vivo, no palácio,
pelo filho de Atreu, o loiro Menelau, vindo de Troia.

Sobre ele nem mesmo na morte se teria a terra amontoado,
mas cães e aves de rapina o teriam dilacerado
260 enquanto jazia na planície, longe da cidade;
e nenhuma das mulheres aqueias o teria lamentado:
não foi pequeno o ato que concebeu.
Nós estávamos acampados lá em Troia a sofrer na batalha;
enquanto ele, num recesso de Argos apascentadora de
cavalos,
seduzia com palavras a esposa de Agamêmnon.
265 A princípio recusou-se ela a qualquer ato impróprio,
a nobre Clitemnestra, pois tinha bom senso
e tinha junto de si um aedo, a quem ordenara
Agamêmnon que guardasse a mulher quando foi para Troia.
Mas quando por fim o subjugou o destino divino,
270 foi então que Egisto levou o aedo para uma ilha deserta
e lá o deixou para ser alimento e presa de aves de rapina;
e à rainha, embora contra vontade dela, levou-a para casa.
E muitas coxas queimou nos altares sagrados dos deuses,
muitas oferendas colocou, tapeçarias e ouro, depois de ter
cometido
275 o grande ato que nunca esperara em seu coração.
Da nossa parte, navegávamos juntos, vindos de Troia,
o filho de Atreu e eu próprio, ligados por amizade.
Porém quando chegamos ao sagrado Súnion, promontório
de Atenas,
foi aí que Febo Apolo, com suas setas suaves,
280 a vida tolheu ao timoneiro de Menelau,
enquanto nas mãos segurava o leme da rápida nau,
Frôntis, filho de Onetor, o melhor de todos os homens
a conduzir a nau quando sopravam ventos de tempestade.
Ali se deteve Menelau, embora quisesse prosseguir caminho,
285 para enterrar o companheiro e dar-lhe cerimônias fúnebres.
Mas quando, por sua vez, navegando sobre o mar cor de
vinho
em suas côncavas naus, se aproximou dos altos rochedos
de Maleia,

CANTO III 159

então Zeus que vê de longe preparou-lhe um caminho
                                        detestável,
derramando sobre ele rajadas de ventos guinchantes,
290 enviando ondas monstruosas, inchadas como montanhas.
Aí dividiu a frota ao meio, levando algumas naus para Creta,
onde habitam os Cidônios junto às correntes de Jardano.
Há ali um rochedo liso e escarpado até o mar,
do limite de Gortina para o mar brumoso,
295 onde o Noto empurra as ondas enormes até Festo;
e uma rocha pequena corta o caminho a ondas grandes.
Aí chegaram algumas das naus e a custo os homens
                                        escaparam
à morte; mas as ondas despedaçaram as naus contra as
                                        rochas.
Todavia as cinco naus de proas escuras, para o Egito
300 o vento e as ondas as levaram.
Assim Menelau por aí vagueou com suas naus, reunindo
abundantes víveres e ouro, entre homens de estranhos modos.
Enquanto isso Egisto planeava em casa aquelas amarguras.
Reinou sete anos em Micenas rica em ouro,
305 depois que matou o filho de Atreu e subjugou o povo.
Mas no oitavo ano regressou de Atenas, como sua desgraça,
o divino Orestes e matou o assassino de seu pai,
o ardiloso Egisto, porque lhe matara o pai glorioso.
Depois de matá-lo, preparou para os Argivos um festim
310 por ocasião do funeral da mãe odiada e do vil Egisto.
Nesse mesmo dia chegou Menelau excelente em auxílio,
trazendo muitas riquezas: a carga que vinha nas suas naus.
Por isso tu, ó amigo, não te ausentes muito de tua casa,
deixando para trás bens e homens no teu palácio
315 tão insolentes, para que eles não devorem tudo o que é teu
e dividam entre si os teus haveres: em vão teria sido esta
                                        viagem!
Mesmo assim digo-te que te dirijas para junto de Menelau.
É que foi ele quem mais recentemente regressou para casa,
de junto de um povo de onde ninguém em seu coração

160   HOMERO

320   esperaria regressar depois que os ventos da tempestade
      o arrastaram para um mar tão vasto que nem as aves
      dele regressam ao fim de um ano, de tal modo é grande e
                                                     terrível.
      Vai agora com a tua nau e teus companheiros,
      mas se desejas ir por terra, aqui tens carro e cavalos,
325   aqui tens os meus filhos, que te servirão de guias
      até a divina Lacedemônia, onde vive o loiro Menelau.
      Vai suplicar-lhe em pessoa, para que ele te diga a verdade.
      Uma mentira nunca dirá: é demasiado prudente."

      Assim falou. O sol pôs-se e sobreveio a escuridão.
330   No seu meio falou então a deusa, Atena de olhos esverdeados:
      "Ó ancião, tens razão em tudo o que disseste.
      Mas agora cortai as línguas dos touros e misturai o vinho,
      para que, tendo oferecido libações a Posêidon e aos outros
                                                     deuses
      imortais, pensemos em dormir; pois é altura de o fazermos.
335   Já a luz desceu por baixo da escuridão: não fica bem
      permanecermos no festim dos deuses, mas partirmos."

      Assim falou a filha de Zeus: deram ouvidos ao que ela disse.
      Logo os escudeiros lhes verteram água para as mãos;
      vieram depois mancebos encher as taças de bebida.
340   Serviram todos depois de aos deuses terem oferecido uma
                                                     libação.
      Atiraram as línguas para o fogo; levantando-se,
                                          derramaram libações.
      Depois do vinho ofertado e bebido, tanto quanto pedia o
                                                     coração,
      Atena e Telêmaco semelhante aos deuses
      desejavam ambos regressar à côncava nau.
345   Mas Nestor deteve-os e lançou-lhes estas palavras:

      "Que tal coisa impeça Zeus, e todos os deuses imortais,
      que vos dirijais de minha casa para a vossa nau veloz,

CANTO III   161

como se de um pobre sem roupa vos afastásseis,
a quem faltam em casa cobertores e mantas
350 para ele ou seus hóspedes dormirem em conforto.
Em minha casa há cobertores e belas mantas.
Nem irá o querido filho de Ulisses
deitar-se nas tábuas de uma nau, enquanto eu viver,
enquanto ficarem depois de mim filhos no meu palácio
355 para dar hospitalidade a hóspedes, a quem quer que aqui
                                              venha."

A ele respondeu a deusa, Atena de olhos esverdeados:
"Falaste bem, estimado ancião; e fica bem a Telêmaco
que faça como dizes, pois assim é melhor.
Ele irá agora contigo, para dormir no teu palácio.
360 Mas da minha parte voltarei para a nau escura,
para animar os companheiros e contar-lhes tudo.
Pois entre eles sou o único de mais idade:
os outros são mais novos e acompanham-nos por amizade,
todos da mesma idade do magnânimo Telêmaco.
365 Lá me deitarei, na nau escura e côncava.
Mas ao amanhecer irei ter com os magnânimos Caucônios,
onde me devem uma dívida que nem é nova nem pouca.
E tu — visto que a tua casa ele chegou — põe a caminho
Telêmaco num carro com teu filho: dá-lhe cavalos,
370 os mais céleres e mais fortes que tiveres."

Assim falando partiu Atena de olhos esverdeados
na forma de um abutre; o espanto dominou todos.
O ancião maravilhou-se ao ver tal coisa com os olhos.
Apertou a mão de Telêmaco e falou-lhe pelo nome:
375 "Amigo, não serás covarde nem desprovido de valentia,
se na verdade, tão novo, os deuses são teus guias.
Este não foi outro dos que têm morada no Olimpo
que não a filha de Zeus, a gloriosa Tritogênia,
a mesma que honrou teu nobre pai entre os Argivos.
380 Sê favorável, ó soberana, concede-me nobre fama,

162 HOMERO

a mim, a meus filhos, a minha esposa veneranda.
E para ti sacrificarei uma vitela de ampla testa,
indomada, que nunca nenhum homem pôs sob o jugo.
Sacrificá-la-ei com os chifres ornados de ouro."

385 Assim falou, orando; ouviu-o Palas Atena.
Liderou-os Nestor de Gerênia, o cavaleiro,
aos filhos e aos genros, até o belo palácio.
E quando chegaram ao palácio suntuoso do rei,
sentaram-se enfileirados em cadeiras e tronos.
390 À sua chegada misturou-lhes o ancião uma taça
de vinho doce, no décimo primeiro ano,
que a governanta abrira quebrando-lhe o selo.
Foi este o vinho que o ancião misturou, invocando Atena
com muitas libações, a ela, filha de Zeus detentor da égide.

395 Vertidas as libações, beberam quanto lhes pedia o coração;
depois cada um dirigiu-se a sua casa para descansar.
Mas Nestor de Gerênia, o cavaleiro, deitou ali mesmo
Telêmaco, o querido filho do divino Ulisses,
numa cama encordoada sob o pórtico retumbante,
400 e, a seu lado, Pisístrato da bela lança, condutor de homens,
que de seus filhos era o único solteiro no palácio.
Ele próprio dormiu no aposento interior do alto palácio,
e a seu lado a augusta esposa, que lhe preparou a cama.

Quando surgiu a que cedo desponta, a Aurora de róseos
dedos,
405 levantou-se da cama Nestor de Gerênia, o cavaleiro,
e sentou-se nas lajes resplandecentes —
as que se encontravam às suas altas portas,
brancas, brilhantes de cera; fora aqui que se sentara
Neleu, igual dos deuses nos seus conselhos,
410 mas agora, dominado pelo destino, já partira para o Hades.
Aqui se sentou Nestor de Gerênia, guardião dos Aqueus,
de cetro na mão; em seu redor reuniam-se os filhos,

CANTO III 163

vindos de seus quartos: Equefronte, Estrácio,
Perseu e Areto, assim como o divino Trasimedes.
415 Em sexto lugar veio depois o herói Pisístrato,
junto ao qual sentaram o divino Telêmaco.
Para eles começou a falar Nestor de Gerênia, o cavaleiro:

"Depressa, queridos filhos, satisfazei o meu desejo,
para que dos deuses propicie em primeiro lugar Atena,
420 que se me manifestou por ocasião do rico festim do deus.
Que alguém vá à planície buscar uma vitela, e que depressa
o animal até aqui venha, conduzida por um boieiro;
e que outro se dirija à escura nau do magnânimo Telêmaco
e aqui conduza os seus companheiros, lá deixando
                                        somente dois.
425 E que outro ainda chame até aqui o ourives Laerces,
para dourar os chifres da vitela.
Vós outros permanecei aqui; ordenai às servas lá dentro
que preparem um festim no glorioso palácio;
que tragam assentos, lenha para o altar e água límpida."

430 Assim falou e todos se lançaram à obra. Veio a vitela
da planície e da nau veloz e bem construída vieram
os companheiros do magnânimo Telêmaco; veio o ourives
com os seus instrumentos de bronze, acabamentos da sua
                                        arte,
a bigorna, o martelo e a bem-feita tenaz,
435 com que o ouro trabalhava. E veio também Atena, em busca
do sacrifício. O ancião Nestor, condutor de cavalos,
ofereceu o ouro; e o ourives dourou com cuidado os chifres
da vitela, para que a deusa se regozijasse com a oferenda.
Estrácio e Equefronte conduziram pelos chifres a vitela
440 e Areto veio do tálamo trazendo água lustral numa bacia
embutida com flores e, na outra mão, grãos de cevada
                                        num cesto;
e Trasimedes inflexível na guerra trouxe um machado afiado,
pronto para desferir o golpe à vitela. Perseu segurou a bacia

para recolher o sangue. O ancião Nestor, condutor de
cavalos,
445 deu início ao rito com a água lustral e os grãos de cevada,
invocando Atena e atirando ao fogo pelos da cabeça do
animal.
Depois de terem orado e espalhado os grãos de cevada,
logo se aproximou Trasimedes, o corajoso filho de Nestor,
e desferiu o golpe: o machado cortou os músculos do
pescoço,
450 deslassando a força da vitela. Levantaram o grito
as filhas, as noras e a venerada esposa
de Nestor, Eurídice, a mais velha das filhas de Clímeno.
Em seguida os homens levantaram do amplo chão a cabeça
da vitela e logo a degolou Pisístrato, condutor de homens.
455 Dela se derramou o negro sangue, dos ossos fugiu a vida.
Esquartejaram-na de imediato, cortando as coxas
segundo a ordem própria, cobrindo-as com gordura;
e por cima puseram pedaços de carne crua.
O ancião queimou-as nas achas e por cima verteu vinho
frisante.
460 Junto dele os jovens seguravam garfos de cinco dentes.
Queimadas as coxas, provaram as vísceras
e cortaram o resto, fazendo espetadas com os pedaços;
assaram-nas segurando os espetos nas mãos.

Enquanto isso a bela Policasta, filha mais nova de Nestor,
465 filho de Neleu, dava banho em Telêmaco.
Depois que ela o banhou, esfregou com azeite
e o vestiu com bela capa e túnica,
ele saiu do banho igual aos imortais no seu corpo.
Foi-se sentar junto de Nestor, pastor das hostes.

470 Assada a carne, tiraram-na dos espetos
e sentaram-se para comer. Serviram-nos homens excelentes,
que verteram vinho em taças douradas.
Mas depois de terem afastado o desejo de comida e bebida,

CANTO III

entre eles falou primeiro Nestor de Gerênia, o cavaleiro:
475 "Meus filhos, atrelai ao carro cavalos de belas crinas
para Telêmaco, para que prossiga o seu caminho."

Assim falou; eles ouviram e obedeceram.
Depressa atrelaram ao carro os cavalos velozes.
E a governanta colocou no carro pão, vinho
480 e iguarias, das que comem os reis criados por Zeus.
Então Telêmaco subiu para o belo carro
e Pisístrato, filho de Nestor, condutor de homens,
subiu para junto dele e pegou nas rédeas com as mãos.
Com o chicote incitou os cavalos, que não se recusaram
485 a correr para a planície, deixando a alta cidadela de Pilos.
E todo o dia sacudiram o jugo que tinham ao pescoço.

O sol pôs-se e escuros ficaram todos os caminhos.
Chegaram a Feras, a casa de Diocles, filho de Ortíloco,
a quem gerara Alfeu. Aí passaram a noite
490 e foi-lhes oferecida a hospitalidade devida aos hóspedes.

Quando surgiu a que cedo desponta, a Aurora de róseos
dedos,
atrelaram os cavalos e subiram para o carro enfeitado.
Saíram dos portões e do pórtico retumbante.
Com o chicote incitou os cavalos, que não se recusaram
495 a correr para a planície que dá trigo, de onde em seguida
prosseguiram caminho; pois assim os cavalos os levavam.
O sol pôs-se e escuros ficaram todos os caminhos.

Canto IV

Chegaram à ravinosa Lacedemônia cheia de grutas
e o carro conduziram para o palácio do famoso Menelau.
Encontraram-no em casa a oferecer uma festa nupcial
a muitos familiares, pelas bodas do filho e da filha
                                                   irrepreensível.
5 A filha seria enviada para casar com o filho de Aquiles,
domador das fileiras de homens, pois em Troia lhe prometera
pela primeira vez que ofereceria a filha em casamento.
E agora faziam os deuses que tal boda se cumprisse.
Com cavalos e carros mandava a filha, para seguir seu
                                                  caminho
até a célebre cidade dos Mirmidões, cujo rei seria seu esposo.
10 Para o filho, Menelau mandara vir de Esparta a filha de
                                                  Aléctor,
para desposar Megapentes, seu filho muito amado, que
                                                  nascera
de uma escrava: pois a Helena não concederam os deuses
outro filho depois que dera à luz a filha lindíssima,
Hermione, que tinha o aspecto da dourada Afrodite.
15 Assim se banqueteavam no espaçoso e alto palácio
os vizinhos e parentes do famoso Menelau,
regozijando-se. No meio deles cantava o divino aedo,
tangendo a sua lira; e dois acrobatas executavam piruetas
no meio dos convivas para assim dar início às danças.

CANTO IV   167

20 Chegaram com seus cavalos aos portões do palácio
    o herói Telêmaco e o belo filho de Nestor;
    aí estacaram. Ao sair avistou-os o forte Eteoneu,
    ágil escudeiro do famoso Menelau.
    Atravessou o palácio para dar a notícia ao pastor das hostes.
25 E acercando-se do rei, proferiu palavras aladas:

    "Estão aqui dois estrangeiros, ó Menelau criado por Zeus,
    dois homens que parecem da linhagem de Zeus soberano.
    Mas diz-me: deveremos desatrelar os seus velozes cavalos,
    ou mandá-los para casa de outro, que os acolha com
                                                    gentileza?"

30 Com grande irritação lhe respondeu o loiro Menelau:
    "Anteriormente não tinhas por hábito ser tolo, ó Eteoneu,
    filho de Boétoo! Mas agora dizes tolices como uma criança.
    Na verdade tu e eu já comemos muitas vezes à mesa
    de outros homens, no caminho que aqui nos trouxe,
35 na esperança de que Zeus nos aliviasse um dia a dor.
    Desatrela os cavalos dos estrangeiros, e trá-los para que
                                                    comam."

    Assim falou; e Eteoneu apressou-se pelo palácio, chamando
    outros ágeis escudeiros para seguirem atrás dele.
    Tiraram o jugo aos cavalos suados
40 e em seguida foram atá-los nas cavalariças,
    atirando-lhes espelta misturada com a branca cevada.
    Depois encostaram o carro contra as paredes resplandecentes
    e conduziram os hóspedes para dentro do palácio divino.
    Admiraram-se estes ao ver o palácio do rei criado por Zeus.
45 Pois reluzia o brilho do sol e reluzia o brilho da lua
    no alto palácio do famoso Menelau.
    Depois de os olhos terem gozado bem a vista,
    foram tomar banho em banheiras polidas.
    Depois que as servas os banharam e ungiram com azeite,
50 atiraram-lhes por cima do corpo capas de lã e túnicas.

168   HOMERO

Sentaram-se em seguida ao lado de Menelau, filho de Atreu.
Uma serva trouxe um jarro de ouro com água para as mãos,
um belo jarro de ouro, e água verteu numa bacia de prata.
E junto deles colocou uma mesa polida.
55 A venerável governanta veio trazer-lhes o pão,
assim como iguarias abundantes de tudo quanto havia.
O trinchador trouxe salvas com carnes variadas,
e colocou junto deles belas taças douradas.
Ao cumprimentá-los, assim lhes disse o loiro Menelau:

60 "Alegrai-vos com a comida! Depois de terdes partilhado
do jantar, perguntar-vos-emos quem sois dentre os homens.
Pois em vós não se perdeu a linhagem dos progenitores,
mas sois da raça daqueles que são reis, detentores de cetros.
Nenhum homem vil poderia ter gerado filhos como vós."

65 Assim falou; e com as mãos pegou no gordo lombo assado
do boi e pô-lo diante deles, como sinal de grande honra.
E eles lançaram mãos às iguarias que tinham à sua frente.
Quando afastaram o desejo de comida e bebida,
então falou Telêmaco ao filho de Nestor, aproximando
70 dele a cabeça, para que os outros não ouvissem:

"Filho de Nestor, que encantas o meu coração,
repara bem no brilho do bronze em todo o palácio ecoante:
no brilho de ouro, âmbar, prata e marfim!
Assim será o interior da corte de Zeus Olímpico,
75 tal é a abundância. Olho para tudo dominado pelo espanto."

Enquanto isto dizia, ouviu-o o loiro Menelau;
e falando dirigiu-lhes palavras aladas:

"Queridos filhos, com Zeus nenhum mortal pode competir.
Imortal é o seu palácio e imortais são os seus haveres.
80 Mas dos homens, alguns rivalizariam comigo em riqueza;
outros não. Pois é verdade que após sofrimentos e errâncias

CANTO IV   169

trouxe para casa as riquezas nas naus, no oitavo ano.
Andei perdido por Chipre, pela Fenícia e pelo Egito;
cheguei aos Etíopes, aos Erembos e aos Sidônios;
85 estive na Líbia, onde os cordeiros nascem já com chifres,
pois lá as ovelhas dão à luz os cordeiros três vezes por ano.
Amo e pastor nunca têm falta de queijo, carne ou doce leite,
porque os rebanhos dão leite para a ordenha durante todo
                                                        o ano.
90 Enquanto eu vagueava por essas terras reunindo muito
                                                    sustento,
outro me assassinou o irmão sem que ninguém soubesse,
à traição, devido ao estratagema da esposa amaldiçoada.
Por isso não me regozijo com as riquezas de que sou senhor.
Isto talvez ouvistes dos vossos pais, quem quer que sejam:
95 foi muito o que sofri e perdi uma grande casa,
bem fornecida e recheada de muitos e excelentes tesouros.
Quem me dera que pudesse viver em casa com um terço
daquela riqueza e que permanecessem salvos aqueles que
                                                     depois
pereceram na ampla Troia, longe de Argos apascentadora
                                              de cavalos!
100 E embora por todos eles eu chore e me lamente
muitas vezes, sentado aqui no nosso palácio —
ora deleitando o meu espírito com o pranto,
ora parando, pois depressa se chega ao limite do choro —
por todos eles não choro eu tanto, ainda que entristecido,
105 como por um homem, que me faz odiar tanto o sono
como a comida, quando nele penso: pois nenhum dos Aqueus
sofreu como Ulisses sofreu e aguentou. Mas o destino
dele foi a desgraça; para mim fica o luto inesquecível
por ele, porque está desaparecido há muito tempo;
110 e nem sabemos se vive ou se morreu. Lamentá-lo-ão
o velho Laertes e a sensata Penélope, assim como
Telêmaco, que ele deixou, recém-nascido, em casa."

Assim disse; e Telêmaco sentiu vontade de chorar pelo pai.

170   HOMERO

Ao ouvir falar do pai caíram-lhe lágrimas das pálpebras,
115 e levantando a capa purpúrea cobriu os olhos
com ambas as mãos. Menelau apercebeu-se dele
e refletiu em seguida no espírito e no coração
se haveria de deixar que fosse o próprio Telêmaco a falar
do pai, ou se o deveria interrogar e pôr à prova.

120 Enquanto refletia sobre isto no coração e no espírito,
do seu alto tálamo perfumado surgiu Helena,
semelhante a Artêmis da roca dourada. Com ela veio também
Adraste, que lhe colocou um assento ornado;
Alcipe trouxe um tapete de lã macia;
125 e Filo trouxe um cesto de prata, que lhe oferecera
Alcandre, esposa de Polibo, que habitava a egípcia
Tebas, onde nas casas jaz a maior quantidade de riqueza.
Foi ele que deu a Menelau duas banheiras de prata,
duas trípodes e dez talentos de ouro. Além disto,
130 ofereceu sua esposa a Helena presentes lindíssimos:
uma roca dourada e um cesto provido de rodas,
prateado, com as bordas decoradas com ouro.
Foi este cesto que trouxe Filo, a serva, e colocou-o
junto da rainha, repleto de fio bem fiado; e sobre ele
135 estava deitada a roca, com lã cor da escura violeta.
Sentou-se Helena no trono, sob o qual estava um banco
para os pés; e logo interrogou o marido com estas palavras:

"Sabemos, ó Menelau criado por Zeus, quem estes homens
declaram ser, que a nossa casa chegaram? Deverei disfarçar
140 ou dizer a verdade? Mas o coração impele-me a falar.
Afirmo que nunca vi pessoa tão parecida com outra,
quer homem, quer mulher (olho dominada pelo espanto!),
como este jovem com o filho do magnânimo Ulisses,
Telêmaco, que ainda recém-nascido deixou em casa
145 aquele homem, quando por causa da cadela que eu sou
vós Aqueus fostes para Troia, com a guerra audaz no
espírito."

CANTO IV   171

Respondendo-lhe assim falou o loiro Menelau:
"Apercebo-me agora da semelhança que apontas.
Assim eram os pés dele; assim eram as mãos.
150 A expressão nos olhos, a cabeça e o cabelo.
E mesmo agora, quando eu falava de Ulisses
e referia tudo o que ele sofreu por minha causa,
o rapaz deixou cair lágrimas amargas,
e com a capa purpúrea o rosto cobriu."

155 A ele deu resposta Pisístrato, filho de Nestor:
"Atrida Menelau, criado por Zeus, condutor de hostes!
Este é mesmo o descendente de quem dizes.
Mas é cauteloso e envergonha-se no coração de aqui chegar
pela primeira vez e de se mostrar atrevido à tua frente.
160 É que a tua voz nos encanta como se fosse a de um deus.
Mandou-me Nestor de Gerênia, o cavaleiro, que com ele
fizesse esta viagem: pois ele estava desejoso de te ver,
para que de algum modo o animasses com atos ou palavras.
Muitas são as dores que no palácio sofre um filho
165 na ausência do pai, quando não há ninguém que o ajude,
como sucede agora com Telêmaco: o pai partiu e no povo
não há outros que se disponham a afastar a desgraça."

Respondendo-lhe assim falou o loiro Menelau:
"Ah, como me é caro o homem cujo filho aqui chegou
170 a minha casa, esse homem que por mim tanto sofreu!
Pensava eu que se ele regressasse o estimaria mais
do que a todos os Argivos, se a nós dois tivesse concedido
o retorno das naus velozes Zeus Olímpico, que vê ao longe.
Ter-lhe-ia dado em Argos uma cidade para ele habitar,
175 e um palácio ter-lhe-ia construído, depois que o tivesse
trazido de Ítaca com as suas riquezas, com o seu filho
e com todo o seu povo, esvaziando uma cidade daqueles
que lá viviam e em mim viam o seu soberano.
Vivendo aqui perto, ter-nos-íamos visto com frequência,
e nada nos separaria no comprazimento da nossa amizade,

180 até que nos cobrisse a nuvem negra da morte.
Mas o próprio deus terá sentido inveja de tudo isto,
e determinou que só Ulisses ficasse privado do regresso."

Assim falou; e em todos acordou o desejo de chorar.
Chorou a Argiva Helena, nascida de Zeus;
185 chorou Telêmaco; e Menelau, filho de Atreu;
nem o filho de Nestor manteve os olhos isentos de lágrimas.
Pois recordava no coração o irrepreensível Antíloco,
a quem matara Mêmnon, o belo filho da Aurora.
Pensando nele, proferiu palavras aladas:

190 "Filho de Atreu, muitas vezes afirmou o ancião Nestor
que o teu entendimento supera o de outros homens,
quando se falava de ti no palácio e nos interrogávamos
uns aos outros. Agora, se possível, deixa-te convencer por
                                   mim,
pois não me apraz chorar depois do jantar, além de que
                                   em breve
195 chegará a Aurora que cedo desponta. Não há mal em
                                   chorar-se
qualquer um dos mortais que na morte tenha encontrado
                                   seu destino.
Esta é a única homenagem que aos pobres mortais
                                   podemos prestar:
cortar o cabelo e deixar cair do rosto uma lágrima.
Na verdade, morreu-me o irmão, que não era o mais covarde
200 dos Argivos; porventura tê-lo-ás conhecido. Da minha parte,
nunca o conheci nem vi: mas acima dos outros dizem que
Antíloco foi excelente na corrida e como guerreiro."

Respondendo-lhe assim falou o loiro Menelau:
"Amigo, disseste aquilo que teria dito e feito
205 um homem sagaz — um mais velho que tu.
Tal é o pai que te gerou, e por isso falas com prudência.
Facilmente reconhecível é o filho de um homem a quem

CANTO IV   173

o Crônida tenha destinado a ventura no casamento e na
                                                    procriação
de filhos: foi assim que a Nestor concedeu que ao longo de
                                                          todos
210 os seus dias envelhecesse com saúde no seu palácio,
e que seus filhos fossem perspicazes e excelentes lanceiros.
Mas poremos cobro ao pranto que agora sobreveio.
Pensemos de novo na nossa refeição; e que os servos
nos vertam água para as mãos. Ao nascer do sol haverá
215 mais palavras para Telêmaco e eu próprio trocarmos."

Assim falou; e verteu-lhes água para as mãos Asfálion,
ágil escudeiro do famoso Menelau,
e lançaram mãos às iguarias que tinham à sua frente.

Foi então que ocorreu outra coisa a Helena, filha de Zeus.
220 No vinho de que bebiam pôs uma droga que causava
a anulação da dor e da ira e o olvido de todos os males.
Quem quer que ingerisse esta droga misturada na taça,
no decurso desse dia, lágrima alguma não verteria:
nem que mortos jazessem à sua frente a mãe e o pai;
225 nem que na sua presença o irmão ou o filho amado
perante seus próprios olhos fossem chacinados pelo bronze.
Tais drogas para a mente tinha a filha de Zeus,
drogas excelentes, que lhe dera Polidamna, a esposa egípcia
de Ton, pois aí a terra que dá cereais faz crescer grande
230 quantidade de drogas: umas curam quando misturadas;
mas outras são nocivas. Lá cada homem é médico;
seus conhecimentos superam os dos outros homens,
porque são todos da raça de Peéon.
Misturada a droga, ordenou que se servisse o vinho.
Então proferiu Helena as seguintes palavras:

235 "Atrida Menelau, criado por Zeus, e vós que aqui estais,
filhos de homens nobres! Ora a um, ora a outro,
dá Zeus o bem e o mal; pois tudo ele pode.

174   HOMERO

Sentai-vos agora na sala, comprazei-vos com o festim
e deleitai-vos com discursos: por mim, algo direi de
                                                  adequado.
240 Não poderei contar nem narrar todas as coisas
que o sofredor Ulisses padeceu.
Mas que feitos praticou e aguentou aquele homem forte
na terra dos Troianos, onde vós Aqueus desgraças sofrestes!
Desfigurando o seu próprio corpo com golpes horríveis,
245 pôs sobre os ombros uma veste que o assemelhava a um
                                                  escravo
e entrou na cidade de ruas largas e de homens inimigos.
Ocultou-se por meio da parecença com um mendigo,
que em nada se lhe assemelhava junto às naus dos Aqueus.
Mas assemelhando-se a ele entrou na cidade dos Troianos.
250 A todos passou despercebido. Só eu o reconheci apesar do
                                                  disfarce,
e interroguei-o — mas ele, manhoso, desconversou.
Mas depois que lhe dei banho e o ungi com azeite,
depois que o vestira com roupas e jurara um grande
                                                  juramento
de não revelar a identidade de Ulisses aos Troianos
255 antes que chegasse às naus velozes e às tendas,
então me contou qual era o plano dos Aqueus.
E após ter morto muitos Troianos com a sua longa espada,
voltou para junto dos Argivos, trazendo importantes notícias.
Nesse momento começaram as Troianas a chorar; mas
                                                  alegrou-se
260 o meu espírito, pois já o meu coração desejava voltar
para casa. E lamentei a loucura, que Afrodite me impusera,
quando me levou para lá da amada terra pátria,
deixando a minha filha, o tálamo matrimonial e o marido,
a quem nada faltava, quer em beleza, quer em inteligência."

265 Respondendo-lhe assim falou o loiro Menelau:
"Tudo contaste, minha esposa, segundo a ordem apropriada.
Já tive ocasião de conhecer os conselhos e pensamentos

CANTO IV   175

de muitos heróis, pois viajei longamente sobre a terra.
Mas nunca com os olhos vi eu nada que se comparasse
270 com o amável coração do sofredor Ulisses.
Que feitos praticou e aguentou aquele homem forte
dentro do cavalo polido, em que estávamos todos nós,
os melhores dos Argivos, para trazer o destino da morte
                                                    aos Troianos!
Tu entretanto te aproximaste, decerto enviada por um deus
275 que queria conceder toda a honra aos Troianos.
E Deífobo semelhante aos deuses vinha logo atrás de ti.
Três vezes contornaste a côncava cilada, sentindo-a com o
                                                             tato,
e chamavas alto pelos reis dos Dânaos, dizendo os seus
                                                           nomes
e imitando a voz das esposas de todos os Argivos.
280 Então eu, o filho de Tideu e o divino Ulisses
estávamos ali sentados e ouvíamos como chamavas.
Nós dois estávamos desejosos de nos levantarmos
e de sairmos; ou então de responder lá de dentro.
Mas Ulisses impediu-nos e reteve-nos, à nossa revelia.
285 Todos os filhos dos Aqueus se mantiveram em silêncio;
só Ânticlo queria responder à tua voz.
Mas Ulisses tapou-lhe a boca com grande firmeza,
utilizando as suas mãos fortes; e assim salvou todos os
                                                         Aqueus.
Assim o reteve, até que Palas Atena te levasse para longe."

290 A ele deu resposta o prudente Telêmaco:
"Atrida Menelau, criado por Zeus, condutor de hostes!
O que é mais doloroso é que nada disso afugentou dele
a morte terrível, nem que ele tivesse um coração de ferro.
Mas agora manda-nos para a cama, para que nos possamos
295 deitar e assim fruir do sono docemente."

Assim falou; e Helena, a Argiva, ordenou às servas
que armassem camas debaixo do pórtico e que sobre elas

176 HOMERO

pusessem cobertores purpúreos e estendessem mantas,
e que lá colocassem capas de lã em que eles se envolvessem.
300 As servas saíram da sala com tochas acesas nas mãos
e fizeram as camas; um escudeiro conduziu os estrangeiros.
E ali dormiram, no pórtico do palácio,
o herói Telêmaco e o belo filho de Nestor.
Mas o Atrida deitou-se no aposento interior do alto palácio;
305 e junto dele, Helena de longos vestidos, divina entre as
mulheres.

Quando surgiu a que cedo desponta, a Aurora de róseos
dedos,
levantou-se da sua cama Menelau, excelente em auxílio;
vestindo a roupa, pendurou do ombro uma espada afiada,
e nos pés resplandecentes calçou as belas sandálias.
310 Ao sair do quarto, assemelhava-se a um deus.
Foi sentar-se junto de Telêmaco, a quem chamou pelo nome:

"Que necessidade te trouxe até aqui, ó herói Telêmaco,
sobre o dorso do mar para a divina Lacedemônia?
É assunto público ou privado? Diz-me a verdade."

315 A ele deu resposta o prudente Telêmaco:
"Atrida Menelau, criado por Zeus, condutor de hostes!
Vim na esperança de que soubesses notícias de meu pai.
Devoram-me a casa; os ricos campos estão a ser arruinados;
tenho a casa cheia dos meus inimigos, que constantemente
320 me degolam os numerosos rebanhos e o gado cambaleante:
os pretendentes de minha mãe, terríveis na sua insolência.
Por isso estou junto dos teus joelhos como suplicante,
para saber se me podes contar como ele morreu, no caso
de teres visto com teus olhos ou de teres ouvido o relato
325 de algum viajante. Infeliz além de todos o gerou sua mãe.
E peço-te que nem por pena nem vergonha abrandes a tua
palavra,
mas diz-me com clareza tudo o que souberes.

CANTO IV   177

Suplico-te; e se alguma vez meu pai, o nobre Ulisses,
te prometeu e cumpriu alguma ação ou palavra
330 na terra dos Troianos, onde muito sofreram os Aqueus,
lembra-te disso agora em meu benefício: diz-me toda a
                                                    verdade."

Indignado lhe respondeu então o loiro Menelau:
"Ah, na verdade é na cama de um homem magnânimo
que esses pretendem dormir, sendo eles sem valor algum!
335 Tal como a corça, que na toca de um possante leão
deita os gamos ainda não desmamados
e por montes e vales vai errando em busca
de pastagem, e depois disso chega o leão à toca
para fazer desabar sobre os gamos um destino cruel —
340 assim Ulisses fará desabar sobre eles um cruel destino.
Quem dera — ó Zeus pai, ó Atena, ó Apolo! —
que com a mesma força com que se levantou outrora
na bem fundada Lesbos em luta contra Filomelides,
e o derrubou no pugilato perante o aplauso dos Aqueus —
345 quem dera que assim Ulisses surgisse entre os pretendentes!
Rápido seria o seu destino e amargo o casamento!
Mas nisto que me interrogas e suplicas, não desviarei
as palavras para outras coisas, nem te ludibriarei.
Antes de tudo: do que me disse o infalível Velho do Mar,
350 disso nada te ocultarei nem tentarei esconder.
Estava eu no Egito, desejoso de regressar; mas retinham-me
os deuses, porque não lhes oferecera apropriadas hecatombes.
Querem sempre os deuses que cumpramos os seus desígnios.
Ora existe uma ilha no meio do mar muito encrespado
355 defronte do Egito: chamam-lhe a ilha de Faros.
Dista do continente o que navegaria uma côncava nau
num dia, quando tem por trás um vento guinchante.
Ali há um porto de bom ancoradouro, de onde os homens
lançam naus recurvas para o mar alto, depois de se terem
360 abastecido de água negra. Aí me retiveram os deuses vinte
                                                    dias:

não sopraram os ventos marítimos que levam as naus
rapidamente sobre o vasto dorso do mar.

E todos os víveres se teriam gasto e toda a força dos homens,
se um dos deuses se não tivesse apiedado de mim,
salvando-me:

365 Idoteia, filha de Proteu, o poderoso Velho do Mar.
Pois a ela muito comovi o coração. Apareceu-me
quando eu vagueava só, longe dos meus companheiros,
que davam sempre volta à ilha, pescando com recurvos
anzóis,
uma vez que a fome lhes apertava os estômagos.

370 Ela chegou ao pé de mim e disse-me estas palavras:

'És tolo, ó estrangeiro, e desprovido de inteligência,
ou será por tua vontade que te deleitas a sofrer tais dores?
Há muito que estás retido na ilha, incapaz de ver como
as coisas acabarão; e os teus companheiros estão
desanimados.'

375 Assim falou; e eu, tomando a palavra, dei-lhe esta resposta:
'Digo-te — sejas tu qual das deusas que tu fores —
que não é por minha vontade que estou retido, mas porque
ofendi os deuses imortais, que o vasto céu detêm.
Mas diz-me agora tu (pois tudo sabem os deuses)
380 qual dos imortais aqui me prende e impede de prosseguir.
Fala-me do meu retorno, como deverei seguir pelo mar
piscoso.'

Assim falei; e logo me respondeu Idoteia, divina entre as
deusas:
'A ti, estrangeiro, tudo direi com verdade e sem rodeios.
Costuma aqui vir o infalível Velho do Mar,
385 Proteu, o imortal Egípcio, que do mar conhece
todas as profundezas, como vassalo que é de Posêidon.
Ele é, segundo dizem, o pai que me gerou e deu vida.
Se conseguisses de alguma maneira preparar-lhe uma cilada

CANTO IV
179

e apanhá-lo, ele dir-te-ia tudo sobre o caminho e a extensão
390 do percurso; sobre como deverás seguir pelo mar piscoso.
Ele te dirá também, ó tu criado por Zeus, se quiseres,
que desgraças ou que venturas aconteceram em tua casa,
enquanto te ausentaste para seguires caminho tão longo e
doloroso.'

Assim falou; e eu, tomando a palavra, dei-lhe esta resposta:
395 'Diz-me tu como prepararei a cilada ao ancião divino,
não vá ele ver-me primeiro e logo me evitar.
É difícil para um mortal dominar um deus.'

Assim falei; e logo me respondeu Idoteia, divina entre as
deusas:
'A ti, estrangeiro, tudo direi com verdade e sem rodeios.
400 Assim que o sol tiver chegado ao meio do céu,
da água salgada sai para aqui o infalível Velho do Mar,
com o sopro do Zéfiro, coberto de negras algas.
Ao sair do mar deita-se em seguida em côncavas grutas;
e em seu redor as focas, progênie das lindas ondas salgadas,
405 se deitam a dormir, tendo emergido do mar cinzento;
e acre é o cheiro a maresia que trazem do fundo do mar.
A esse lugar te conduzirei quando surgir a Aurora,
para vos deitar em fila; tu escolherás dos companheiros
três homens, os melhores que tiveres nas naus bem
construídas.
410 Agora contar-te-ei todas as manhas daquele ancião.
Primeiro há de contar e verificar as focas.
Depois de as ter verificado e contado cinco a cinco,
deitar-se-á no meio delas como um pastor com as suas
ovelhas.

Assim que o virdes reclinar-se para repousar,
415 pensai imediatamente na força e na coragem:
retende-o, pois ele quererá esquivar-se com afinco.
Tudo tentará e assumirá todas as formas conhecidas
de tudo o que se mexe na terra: até água e fogo ardente.

Vós devereis agarrá-lo e segurá-lo com ainda mais força.
420 Mas quando finalmente ele te falar e interrogar
sob a forma com que pela primeira vez o vistes,
então, ó herói, deverás desistir da força e deixá-lo:
pergunta-lhe qual dos deuses se encoleriza contra ti;
pergunta-lhe sobre o teu regresso pelo mar piscoso.'

425 Assim falando, mergulhou no meio da rebentação do mar.
Eu voltei para as naus, para o lugar onde estavam na areia;
e muitas coisas revolvi no coração, enquanto caminhava.
Mas quando cheguei à nau e à orla do mar,
preparamos a ceia; sobreveio depois a noite imortal.
430 E na praia nos deitamos então para dormir.
Quando surgiu a que cedo desponta, a Aurora de róseos
dedos,
caminhei ao longo da orla do mar de amplos caminhos,
dirigindo muitas preces e súplicas aos deuses; e levei os três
companheiros em que confiava para qualquer aventura.
435 Enquanto isso, Idoteia mergulhara sob o vasto peito do mar
e trouxera das profundezas as peles de quatro focas,
recentemente esfoladas. Concebeu um dolo contra o pai.
Escavara concavidades na areia do mar; e aí estava sentada
à nossa espera. Quando nos aproximamos dela,
440 mandou-nos deitar em fila, e sobre cada um atirou uma pele.
Então ter-se-ia a cilada revelado insuportável, pois o fedor
repugnantíssimo das focas criadas no mar nos enojava.
Na verdade, quem quereria deitar-se com uma criatura do
mar?
Mas Idoteia salvou-nos ao proporcionar uma grande benesse:
445 sob as narinas de cada um pôs a divina ambrosia,
tão perfumada que anulava o cheiro das focas.
Toda a manhã ali esperamos com coração paciente.
Vieram depois as focas todas juntas
e deitaram-se enfileiradas ao longo da praia.
450 Ao meio-dia emergiu o Velho do Mar, que ali encontrou
as gordas focas: verificou todas e contou-lhes o número.

CANTO IV   181

Contou-nos também a nós como focas, sem suspeitar
que havia algum dolo; em seguida deitou-se.
Atiramo-nos então a ele com um grito e o seguramos
455 com as mãos; mas o Velho não se esqueceu das artimanhas:
transformou-se primeiro num leão barbudo;
depois numa serpente, num leopardo e num enorme javali;
depois em água molhada e numa árvore de altas folhas.
Nós o seguramos com persistência, de espírito paciente.
460 Mas quando se cansou o Velho sabedor de coisas tão
                                                   perigosas,
então me interrogou e proferiu as seguintes palavras:

'Qual dos deuses, ó filho de Atreu, te aconselhou a esperares
por mim, armando uma cilada? De que precisas?'

Assim falou; e eu, tomando a palavra, dei-lhe esta resposta:
465 'Tu já sabes, ó ancião; porque tentas desviar-me com
                                                   perguntas?
Sabes há quanto tempo estou retido nesta ilha; sabes que não
encontro sinal de salvação e que o meu coração se desanima.
Mas diz-me agora tu (pois tudo sabem os deuses)
qual dos imortais aqui me prende e impede de prosseguir.
470 Fala-me do meu retorno, como deverei seguir pelo mar
                                                   piscoso.'

Assim falei; e ele, respondendo, disse-me estas palavras:
'Porém a Zeus e a todos os outros deuses deverias
ter oferecido sacrifícios antes de embarcar, para que depressa
chegasses à tua pátria, navegando sobre o mar cor de vinho.
475 Não é teu destino veres os familiares e chegares a tua casa
bem fornecida e à tua terra pátria antes de teres ido
para o Nilo no Egito, o rio alimentado pelo céu:
aí junto às suas águas deverás oferecer sacras hecatombes
aos deuses imortais, que o vasto céu detêm.
480 Só nessa altura te darão os deuses o caminho que desejas.'

182   HOMERO

Assim falou; e no peito se me despedaçou o coração,
porque me mandava atravessar o mar brumoso
até o Egito, caminho longo e árduo.
Mesmo assim tomei a palavra e lhe respondi:

485 'Tudo isto cumprirei, ó ancião, como tu ordenas.
Mas diz-me agora tu com verdade e sem rodeios,
se com suas naus regressaram incólumes todos os Aqueus,
todos os que Nestor e eu deixamos, quando partimos de
                                                            Troia?
Ou houve alguém que tenha morrido na nau de morte cruel,
490 ou nos braços de um amigo, atados os fios da guerra?'

Assim falei; e ele, respondendo, disse-me estas palavras:
'Atrida, por que me interrogas sobre estas coisas?
Não te compete compreender nem conhecer a minha mente.
E digo que não ficarás muito tempo sem chorar, quando tudo
495 souberes; pois muitos deles morreram e muitos ficaram
                                                            para trás.
Mas só dois soberanos dos Aqueus de brônzea armadura
morreram no regresso; quanto à guerra, tu próprio estiveste lá.
Há outro que talvez ainda viva, embora retido no vasto mar.
Ájax encontrou a morte no meio das suas naus de longos
                                                            remos.
500 Primeiro foi Posêidon que o atirou contra os grandes
rochedos de Giras, mas depois salvou-o do mar.
E teria fugido à morte, embora detestado por Atena,
se não tivesse cometido um ato insensato, proferindo
uma palavra ufanosa: disse que era à revelia dos deuses
que escapara ao grande abismo do mar.
505 Posêidon ouviu-o a falar assim de modo tão ousado
e logo pegou no tridente com suas mãos poderosas:
bateu no rochedo de Giras, partindo-o ao meio.
Uma parte permaneceu no seu lugar; mas a outra caiu no mar:
aquela em que Ájax estava sentado quando se lhe obnubilou
510 o espírito: e foi levado para as profundezas ilimitadas do mar.

CANTO IV   183

Foi aí que morreu afogado, depois de ter bebido a água
                                                         salgada.
Quanto a teu irmão, fugiu ao destino, evitando-o
nas côncavas naus, pois salvou-o a excelsa deusa Hera.
Mas quando estava prestes a aproximar-se da elevação
515   escarpada da Maleia, foi apanhado por uma tempestade
que o levou, gemendo profundamente, sobre o mar piscoso
até o derradeiro promontório, onde anteriormente vivera
Tiestes, mas onde vivia agora Egisto, filho de Tiestes.
Quando também daí lhe foi outorgado um bom regresso
520   (mudaram de novo os deuses a direção do vento) e em casa
chegou, foi com alegria que Agamêmnon pisou a pátria:
tocando na terra, beijou-a; e copiosamente lhe caíram
lágrimas quentes dos olhos, porque vira, feliz, a sua terra.
Vira-o porém da sua atalaia o vigia que ali postara
525   o ardiloso Egisto, tendo-lhe prometido uma recompensa
de dois talentos de ouro. Durante um ano ali vigiara com
                                                         receio
de que Agamêmnon passasse sem ser visto e fizesse alguma
corajosa façanha. O vigia foi dar a notícia ao pastor das
                                                         hostes.
Imediatamente pensou Egisto numa artimanha traiçoeira.
530   Escolhendo os vinte melhores homens dentre o povo,
fê-los armar uma emboscada; mas do outro lado preparou
um festim. Então saiu Egisto para receber Agamêmnon,
o pastor das hostes, com carros e cavalos, planejando embora
coisas vergonhosas. Trouxe-o para casa, insciente da
                                                         desgraça;
535   e depois que Agamêmnon jantou, Egisto matou-o como a
                                                         um boi.
Nenhum dos companheiros do Atrida foi poupado;
nenhum de Egisto: todos foram chacinados no palácio.'

Assim falou; e no peito se me despedaçou o coração.
Chorei, sentado na areia, e o meu espírito já não queria
540   viver nem contemplar a luz do sol.

Mas depois que me cansei de chorar e de me contorcer,
assim me disse o infalível Velho do Mar:

'Não chores tanto tempo sem cessar, ó filho de Atreu,
pois não descobriremos que traga algum alívio. Em vez disso
545 tenta agora regressar depressa para a tua terra pátria.
Pode ser que encontres Egisto ainda vivo, se Orestes não tiver
se antecipado, matando-o: nesse caso, ao funeral poderás
assistir.'

Assim falou; e no peito me senti de novo reconfortado
no espírito e no coração, apesar do grande sofrimento.
550 E falando dirigi-lhe palavras aladas:

'Sobre estes já estou informado. Fala-me agora do terceiro
homem,
desse que ainda vive, mas é retido no vasto mar —
ou será que morreu? Quero saber, apesar do meu sofrimento.'

Assim falei; e ele, respondendo, disse-me estas palavras:
555 'É o filho de Laertes, que tem sua morada em Ítaca.
Vi-o numa ilha a verter lágrimas copiosas,
no palácio da ninfa Calipso, que à força lá o retinha.
E assim ele não pode regressar à sua terra pátria,
pois não tem naus equipadas com remos, nem tripulação
560 que o possa transportar sobre o vasto dorso do mar.
Mas para ti, ó Menelau criado por Zeus, não está destinado
que morras em Argos apascentadora de cavalos;
para os Campos Elísios nos confins da terra
os imortais te levarão, para lá onde vive o loiro Radamanto
565 e a vida para os homens é da maior suavidade.
Não há neve, nem grandes tempestades nem sequer chuva,
mas o Oceano faz soprar as brisas do Zéfiro guinchante
para trazer aos homens o deleite da frescura.
Tens Helena por mulher: para os deuses, és genro de Zeus.'

CANTO IV   185

570   Assim falando mergulhou no meio da rebentação do mar.
      Voltei para as naus com os meus divinos companheiros,
      revolvendo no coração pensamentos tenebrosos.
      Quando chegamos à nau e à orla do mar,
      preparamos o jantar; e depois sobreveio a noite imortal.
575   Deitamo-nos para dormir na praia junto ao mar.
      Quando surgiu a que cedo desponta, a Aurora de róseos
                                                        dedos,
      primeiro que tudo arrastamos as naus para o mar divino;
      colocamos os mastros e as velas nas naus bem construídas;
      depois embarcamos e os homens sentaram-se aos remos.
580   Sentados em filas, percutiram com os remos o mar cinzento.
      Voltamos para o rio egípcio, alimentado pelo céu;
      aí fundeamos as naus e ofereci sacras hecatombes.
      Depois que fiz cessar a ira dos deuses que são para sempre,
      erigi um túmulo a Agamêmnon, para que inexaurível fosse
585   a sua fama. Tendo cumprido estas coisas, regressei para casa;
      os deuses fizeram soprar um vento favorável e depressa
      me trouxeram à amada terra pátria. Fica agora tu no palácio,
      até que chegue o décimo primeiro ou o décimo segundo dia;
      nessa altura despedir-me-ei de ti com presentes gloriosos:
590   três cavalos e um carro bem polido. Além disso dar-te-ei
      uma linda taça, para verteres libações aos deuses imortais,
      e para ao longo de toda a tua vida te lembrares de mim."

      A ele deu resposta o prudente Telêmaco:
      "Atrida, não me retenhas aqui durante muito tempo.
595   Decerto permaneceria ao teu lado um ano inteiro,
      sem que me viesse a saudade da pátria ou da família.
      Maravilhosamente me deleito quando ouço as tuas palavras.
      Mas os meus companheiros se agitariam na sagrada Pilos,
      no caso de tu aqui me reteres algum tempo.
600   Quanto ao presente que me queres dar, que seja um valioso
      objeto, pois cavalos não levarei para Ítaca, mas deixá-los-ei
      aqui para tu gozares. Tu és rei de uma vasta planície,
      onde há abundância de lótus, junça, espelta e trigo;

186   HOMERO

e da branca cevada de espiga larga.

605 Em Ítaca não há amplas estradas nem pradarias:
é terra apascentadora de cabras, mais bela que as terras
que apascentam cavalos. Nenhuma das ilhas serve para
conduzir
cavalos; nenhuma é rica em pradarias. Todas descem
para o mar, escarpadas a pique; e Ítaca mais do que as
outras."

Assim falou; sorriu Menelau, excelente em auxílio,
610 e acariciou-o com a mão. Depois falou-lhe pelo nome e disse:

"Por tudo o que dizes é excelente, querido filho, o sangue
de que provéns. Trocarei os teus presentes; posso fazê-lo.
Dos presentes que jazem como tesouros na minha casa,
dar-te-ei o que é mais belo e precioso:
615 dar-te-ei uma taça cinzelada, toda feita de prata,
mas as bordas são trabalhadas com ouro,
obra de Hefesto. Deu-me o herói Fêdimo,
rei dos Sidônios, quando me acolheu em sua casa,
numa altura em que por lá viajava. Agora quero dá-la a ti."

620 Assim falavam, trocando estas palavras um com outro.
Enquanto isso os celebrantes do banquete vieram para o
palácio.
Conduziam ovelhas e traziam consigo um vinho viril.
Suas esposas de lindos penteados trouxeram o pão.
Deste modo se ocupavam no palácio a preparar o festim.

625 Por sua vez, os pretendentes estavam à frente do palácio
de Ulisses,
deleitando-se com o lançamento do disco e o arremesso de
dardos
em local aplanado, cheios de insolência, como era seu
costume.
Estavam ali sentados Antino e o divino Eurímaco,

CANTO IV

187

que lideravam os pretendentes: pois em valor eram os
melhores.

630 Aproximou-se deles Noêmon, filho de Frônio,
e interrogando Antino assim lhe disse:

"Antino, sabemos ou não sabemos todos no nosso espírito
quando regressará Telêmaco de Pilos arenosa?
Partiu na minha nau; e agora tenho necessidade dela
635 para fazer a travessia até a ampla Élide, onde tenho doze
éguas que amamentam robustas mulas ainda indômitas.
Destas gostaria de trazer uma para a domesticar."

Assim falou; e os pretendentes ouviram, espantados.
Não pensavam que ele tivesse ido para Pilos, terra de Neleu;
640 julgavam-no nas suas terras, com os rebanhos ou com o
porqueiro.
Falou-lhe então Antino, filho de Eupites:

"Diz-me a verdade. Quando foi e que rapazes levou com ele?
Eram jovens escolhidos de Ítaca, ou trabalhadores e servos
dele?
Também isso poderia ele muito bem ter feito!
645 E diz-me agora isto, com verdade, para que eu saiba:
se foi à força que ele te levou a escura nau; ou se foi
de livre vontade que lhe deste, porque ele a pedira?"

A ele deu resposta Noêmon, filho de Frônio:
"Dei-lhe a nau de bom grado. E outro teria feito o mesmo,
650 se fosse abordado por um homem como ele, com tantas
preocupações no coração. Esquivarmo-nos a dar é difícil.
Os jovens que com ele seguiram são os melhores da terra,
além de nós; e com eles vi também embarcar Mentor,
ou um deus em tudo com aspecto de Mentor.
655 Disto me admiro, pois ainda hoje, ao nascer do sol,
vi aqui o divino Mentor, que antes embarcara para Pilos!"

Assim falou e foi em seguida para casa de seu pai.
Mas iraram-se os corações orgulhosos dos outros dois.
Logo obrigaram os pretendentes a sentar-se e a parar
660 os desportos. Entre eles falou Antino, filho de Eupites,
irritado: tinha o coração cheio de negra raiva
e os olhos assemelhavam-se a fogo faiscante.

"Amigos, esta viagem foi uma grande façanha que Telêmaco
conseguiu: pensávamos que nunca seria capaz de fazê-la.
665 À revelia de nós todos, o rapaz partiu sem mais nem menos,
equipando assim uma nau e escolhendo os melhores jovens
entre o povo. Ele já começa a ser um flagelo; mas que Zeus
lhe destrua a força toda, antes que chegue à idade adulta!
Dai-me agora uma nau veloz e vinte companheiros,
670 para que lhe possa armar uma cilada, esperando o momento
em que ele passar o estreito entre Ítaca e a rochosa Samos:
que seja bem triste a viagem que fez por causa do pai."

Assim falou; e todos o incitaram, louvando as suas palavras.
Levantaram-se de imediato e dirigiram-se à casa de Ulisses.

675 Porém a Penélope não haveriam de passar despercebidos
os planos que os pretendentes congeminavam no espírito.
Foi o arauto Mêdon que lhe contou, ele que ouvira os planos
quando estava no pátio — e eles lá dentro a tecerem o seu
dolo.
Atravessou o palácio para dar a notícia a Penélope.
680 Ao transpor a soleira da porta, foi isto que lhe disse a rainha:

"Arauto, porque te mandam aqui os presunçosos
pretendentes?
Foi para dizeres às servas do divino Ulisses que interrompam
os seus lavores, para lhes preparar agora um festim?
Que seja esta a última vez que eles aqui jantam como
pretendentes,
685 ou então apenas para gozar a companhia uns dos outros —

CANTO IV   189

vós que sempre vos aqui reunis para destruir toda a riqueza
que pertence ao fogoso Telêmaco! De vossos pais não ouvistes
anteriormente, ainda crianças, que gênero de homem
era Ulisses entre todos aqueles que vos deram a vida?
690 Nem ouvistes que ele nada de mal fez, nem disse, a ninguém
do povo, como é a prática dos soberanos divinos?
Pois a uns odeiam os reis, estimando embora outros.
Porém Ulisses nunca tratou mal nenhum homem.
Mas o vosso coração e os vossos atos vergonhosos
695 estão à vista: não há gratidão pelas benesses do passado."

Respondeu-lhe então Mêdon, ciente do que era sensato:
"Quem dera, ó rainha, que fosse isso a coisa pior!
Mas há algo de muito maior e muito mais doloroso
que os pretendentes congeminam; que o Crônida nunca
700 tal coisa permita! Pois querem matar Telêmaco à chegada
com o bronze afiado. Na verdade, ele foi em busca
de notícias do pai à sacra Pilos e à divina Lacedemônia."

Assim falou; logo o coração e os joelhos da rainha
                                        perderam a força.
Durante muito tempo não proferiu palavra alguma; os olhos
705 encheram-se de lágrimas. O ímpeto da voz ficou retido.
Mas por fim conseguiu encontrar a voz e assim respondeu:

"Arauto, por que se ausentou o meu filho? Que necessidade
tinha ele de embarcar em naus velozes, que são corcéis do mar
para os homens e atravessam vastas extensões de água?
710 Foi para que entre os homens nem ficasse o seu nome?"

Respondeu-lhe então Mêdon, ciente do que era sensato:
"Não sei se foi um deus que o incitou, ou se foi de moto
                                        próprio
que decidiu ir a Pilos, para que se informasse sobre o regresso
de seu pai — ou então sobre o fim que lhe deu o destino."

190 HOMERO

715 Assim dizendo, atravessou o palácio de Ulisses.
Tomou-a então uma dor dilacerante: já não lhe aprazia
sentar-se em nenhuma das cadeiras que havia no palácio.
Em vez disso sentou-se na soleira do esplêndido aposento,
chorando deploravelmente. Em seu redor choravam também
720 todas as servas que, novas e velhas, lá estavam em casa.
A elas disse Penélope, chorando copiosamente:

"Ouvi-me, amigas! A mim deu o Olimpo mais dores
do que a qualquer das mulheres que comigo nasceram e
foram criadas.
Há muito que perdi o valoroso esposo de coração de leão,
725 o melhor entre os Dânaos por toda a espécie de excelência.
A sua fama é vasta na Hélade e no meio de Argos.
Mas agora os ventos das tempestades raptaram do palácio,
sem notícia, o meu filho amado; e eu nem ouvi dizer que
partia!
E vós, desgraçadas, não pensastes em me acordar da cama,
730 embora no coração soubésseis perfeitamente
quando ele partiu na côncava nau escura!
Se eu tivesse ouvido dizer que ele queria seguir esse
caminho,
ele aqui teria ficado, por muito que quisesse partir,
ou então ter-me-ia deixado morta no palácio.
735 Mas que alguém se apresse agora a chamar o velho Dólio
(o servo que me deu meu pai quando estava para aqui vir;
esse que trata do meu jardim viçoso) para que vá depressa
contar tudo a Laertes, sentando-se a seu lado.
Talvez Laertes teça no coração algum estratagema,
740 saindo em grande lamentação à frente desse povo
que quer destruir a sua linhagem e a do divino Ulisses."

Respondendo-lhe assim falou a querida ama Euricleia:
"Minha senhora, mata-me tu com o bronze afiado,
ou deixa-me viver no palácio; mas não me calarei.
745 De tudo eu sabia; dei-lhe os víveres que me pediu,

CANTO IV   191

pão e vinho doce. Mas com um grande juramento fez-me
                                                    ele jurar
que nada te diria, antes que chegasse o décimo segundo dia;
porque se desses pela falta dele ou ouvisses dizer que partira,
começarias a chorar e a desfigurar o teu lindo rosto.
750   Vai antes tomar banho e veste o corpo com roupa lavada;
depois sobe para os teus mais altos aposentos com as servas
e reza a Atena, filha de Zeus, detentor da égide.
Pois ela poderá ainda salvá-lo da morte.
E não apoquentes um velho já apoquentado: não penso
                                                    que a raça
755   de Arcésio seja de todo detestada pelos bem-aventurados.
Haverá certamente quem no futuro deterá
o alto palácio e os campos férteis que estão longe."

Assim falando, acalmou o choro e estancou as lágrimas
                                                    dos olhos.
Penélope tomou banho e vestiu o corpo com roupa lavada.
760   Depois subiu até os mais altos aposentos com as servas
e, colocando grãos de cevada num cesto, assim rezou a
                                                    Atena:

"Ouve-me, ó Atrítona, filha de Zeus, detentor da égide!
Se alguma vez no palácio o astucioso Ulisses
queimou para ti gordas coxas de boi ou de carneiro,
765   recorda agora essas coisas e salva o meu filho amado;
afasta dele os pretendentes insuportáveis na sua insolência."

Assim falando, gritou alto; e a deusa ouviu a sua prece.
Mas os pretendentes levantaram um grande alarido.
E assim falava um dos jovens arrogantes:
770   "A rainha muito cortejada está a preparar a nossa boda;
nada sabe do assassínio que preparamos para o filho."
Assim falava; mas nenhum deles sabia o que estava para vir.

Tomando a palavra, a eles falou então Antino:

192   HOMERO

"Tresloucados! Evitai todas as palavras sobremaneira
             arrogantes,
775 não vá alguém contar o que se passa lá dentro da casa.
Levantemo-nos antes em silêncio para pormos em prática
o plano que agradou aos corações de todos nós."

Assim falando, escolheu os vinte melhores homens,
que se dirigiram à nau veloz e à orla do mar.
780 Primeiro arrastaram a nau para a água funda;
depois colocaram o mastro e a vela na escura nau
e ajustaram os remos com correias torcidas de couro,
cada coisa pela ordem certa, e alçaram a branca vela.
Os altivos escudeiros trouxeram as armas.
785 Ancoraram a nau na água e depois desembarcaram
para jantar na praia, à espera que chegasse a noite.

No seu alto aposento estava deitada a sensata Penélope
sem alimento, pois não quisera provar comida ou bebida.
Na mente refletia se à morte escaparia o filho irrepreensível,
790 ou se seria assassinado pelos arrogantes pretendentes.
Tal como hesita um leão receoso perante os caçadores
que em seu redor apertam o círculo do engano —
assim hesitava a rainha, quando chegou o sono suave.
Reclinou-se a dormir; todos os seus membros se
             descontraíram.

795 Foi então que pensou outra coisa Atena, a deusa de olhos
             esverdeados.
Criou um fantasma, que assemelhou ao corpo de uma mulher,
Iftima, filha do magnânimo Icário,
a quem desposara Eumelo, que vivia em Feras.
Mandou o fantasma para a casa do divino Ulisses,
800 para junto de Penélope, que chorava e se lamentava, .
para que desistisse do pranto e do choro lacrimejante.
Entrou no quarto pela correia da tranca,
postou-se junto à cabeça de Penélope e assim disse:

CANTO IV 193

"Tu dormes, Penélope, entristecida no teu coração?
805 Os deuses que vivem sem dificuldades não querem
que tu chores nem te lamentes, pois ainda regressará
o teu filho. Nenhuma ofensa ele cometeu contra os deuses."

Falando-lhe assim respondeu a sensata Penélope,
suavemente adormecida junto às portas dos sonhos:
810 "Por que aqui vieste, ó minha irmã? Anteriormente não
                                                    tinhas
o hábito de aqui vires, pois vives num palácio lá longe.
Dizes-me para desistir do choro e do pranto abundante
que me atormenta o coração e o espírito.
Mas há muito que perdi o valoroso esposo de coração de leão,
815 o melhor entre os Dânaos por toda a espécie de excelência.
A sua fama é vasta na Hélade e no meio de Argos.
E agora partiu meu filho amado numa côncava nau —
tolo, que nada sabe dos esforços ou das assembleias de
                                                    homens!
Por ele choro eu ainda mais do que pelo outro:
820 por ele tremo e tenho medo, não vá ele sofrer alguma coisa
lá na terra para onde foi, ou no mar.
Muitos inimigos conspiram contra ele,
desejosos de matá-lo, antes que volte à pátria."

A ela deu resposta o pálido fantasma:
825 "Tem coragem: não sintas demasiado medo no teu espírito.
Pois com ele vai um guia, a quem outros homens
pedem para estar ao seu lado: ela é poderosa,
Palas Atena. E tem pena do teu sofrimento:
foi ela que me mandou aqui para te dizer isto."

830 Respondendo-lhe assim falou a sensata Penélope:
"Se és uma deusa ou se ouviste a voz de uma deusa,
fala-me também daquele homem sofredor:
diz-me se ainda vive e contempla a luz do sol,
ou se já morreu e está já na mansão de Hades."

835 A ela deu resposta o pálido fantasma:
"Não, sobre ele nada te direi diretamente,
se vive ou se morreu: é inútil dizer palavras de vento."

Assim dizendo, desapareceu o fantasma pela fechadura
da porta e misturou-se com o sopro do vento. Acordou
840 do sono a filha de Icário: sentia o coração reconfortado:
ao seu encontro no negrume da noite viera uma clara visão.

Por sua vez, embarcaram os pretendentes e navegaram
por caminhos aquosos, revolvendo no espírito a íngreme
desgraça de Telêmaco. Há uma ilha no meio do mar salgado,
845 entre Ítaca e Samos rochosa: Astéride. Não é grande, mas
tem portos de ambos os lados, com bons ancoradouros.
E foi aí que os Aqueus armaram a cilada.

Canto v

Do leito onde se deitava junto do orgulhoso Titono
surgiu a Aurora, para trazer a luz aos deuses e aos homens.
Os deuses estavam sentados em concílio; entre eles,
Zeus, que troveja nas alturas, o maior e mais poderoso.
5   Aos deuses falava Atena das muitas desgraças de Ulisses, delas
recordada; preocupava-a que ele estivesse na gruta da ninfa.

"Zeus pai e vós outros bem-aventurados que sois para
sempre!
Doravante não seja manso e bondoso de sua vontade
nenhum rei detentor de cetro, nem pense coisas justas,
10   mas seja antes áspero e pratique atos de maldade,
visto que ninguém se lembra do divino Ulisses
entre o povo que ele regia, bondoso como um pai.
Pois ele jaz agora numa ilha, em grande sofrimento,
no palácio da ninfa Calipso, que à força o retém.
15   E assim ele não pode regressar à sua terra pátria,
pois não tem naus equipadas de remos, nem tripulação
que o possa transportar sobre o vasto dorso do mar.
E agora os pretendentes conspiram para matar o filho amado
no seu regresso; pois partiu para saber notícias do pai
20   para Pilos arenosa e para a divina Lacedemônia."

Em resposta à filha falou Zeus, que comanda as nuvens:
"Que palavra passou além da barreira dos teus dentes?

Não foste tu própria que concebeste tal plano,
para que deles se vingasse Ulisses no seu regresso?
25 Guia tu Telêmaco com sabedoria, pois tens esse poder:
que inteiramente ileso ele regresse à terra pátria;
mas que os outros voltem na nau privados do seu propósito."

Assim falou; depois disse a Hermes, seu filho amado:
"Hermes, visto que em tudo és o nosso mensageiro,
30 declara a nossa vontade à ninfa de belas tranças —
o retorno do sofredor Ulisses. Que ele regresse,
mas sem a ajuda de homens mortais ou de deuses.
Numa jangada bem atada aguentará sofrimentos
e no vigésimo dia chegará à fértil Esquéria,
35 à terra dos Feácios, que são parentes dos deuses.
Eles o honrarão como se fosse um deus
e mandá-lo-ão numa nau para a amada terra pátria.
E bronze lhe darão, ouro e belas tapeçarias:
mais tesouros que Ulisses teria trazido de Troia,
40 se incólume tivesse regressado com sua parte dos despojos.
Assim é seu destino que reveja os familiares
e que chegue ao alto palácio da sua terra pátria."

Assim falou; e não desobedeceu Hermes, Matador de Argos.
Logo em seguida em seus pés calçou as belas sandálias,
45 douradas, imortais, que com as rajadas do vento
o levam sobre o mar e sobre a terra ilimitada.
Pegou na vara com que enfeitiça os olhos dos homens
a quem quer adormecer; ou então a outros acorda do sono.
Segurando-a na mão, lançou-se no voo o forte Matador
                                                    de Argos.
50 Do alto éter chegou à Piéria e logo sobrevoou o mar:
apressou-se por cima das ondas como uma gaivota,
que nos abismos terríveis do mar nunca cultivado
umedece as espessas penas em busca de peixe.
Deste modo voou Hermes por cima das ondas.

CANTO V   197

55 Mas quando chegou por fim à ilha longínqua,
    trocou pela terra firme o mar cor de violeta,
    para que chegasse à grande gruta, onde vivia
    a ninfa de belas tranças. E encontrou-a lá dentro.
    Ardia um grande fogo na lareira, e ao longe,
60 por toda a ilha, se sentia o perfume a lenha de cedro
    e incenso, enquanto ardiam. Ela cantava com linda voz;
    e com lançadeira dourada trabalhava ao seu tear.

    Em torno da gruta crescia um bosque frondoso
    de álamos, choupos e ciprestes perfumados,
65 onde aves de longas asas faziam os seus ninhos:
    corujas, falcões e tagarelas corvos marinhos,
    aves que mergulham no mar em busca de sustento.
    E em redor da côncava gruta estendia-se uma vinha:
    uma trepadeira no auge do seu viço, cheia de cachos.
70 Fluíam ali perto quatro nascentes de água límpida,
    juntas umas das outras, correndo por toda a parte;
    e floriam suaves pradarias de aipo e de violeta.
    Até um imortal, que ali chegasse, se quedaria,
    só para dar prazer ao seu espírito com tal visão.
75 E aí se quedou, maravilhado, o Matador de Argos.

    Depois de no coração ter se maravilhado com tudo,
    entrou em seguida na gruta espaçosa. Ao contemplá-lo,
    não pôde Calipso, divina entre as deusas, deixar de
                                              reconhecê-lo:
    pois não é hábito dos deuses imortais serem desconhecidos
80 uns dos outros, apesar de apartadas as suas moradas.
    Porém Hermes não encontrou na gruta o magnânimo Ulisses:
    na praia estava ele sentado, a chorar no lugar de costume,
    torturando o coração com lágrimas, tristezas e lamentos.
    E com os olhos cheios de lágrimas fitava o mar nunca
                                              cultivado.
85 A Hermes assim falou Calipso, divina entre as deusas,
    depois que o sentara num trono resplandecente:

"Diz-me, ó Hermes da vara dourada, por que razão aqui
vieste
como hóspede honrado? Antes não eram frequentes as
tuas visitas.
Exprime a tua intenção, pois manda-me o coração cumpri-la
90 (se for susceptível de cumprimento e cumpri-la eu puder).
Mas chega-te mais à frente, para saciar a fome e a sede."

Assim falando, colocou a deusa à sua frente uma mesa
carregada de ambrosia, misturando depois o rubro néctar.
Por sua vez comeu e bebeu o mensageiro, Matador de Argos.
95 Depois de ter comido e satisfeito o coração com ambrosia,
tomou a palavra e assim se dirigiu à deusa:

"Como deusa me perguntas a mim, um deus, por que vim.
Falar-te-ei com verdade, visto que assim o exiges.
Foi Zeus que aqui me mandou, mas à minha revelia.
100 Pois quem atravessaria de sua livre vontade tal extensão
de água salgada? Aqui nem há uma cidade de homens,
que oferecesse aos deuses sacrifícios e sacras hecatombes.
Mas não é possível a outro deus ultrapassar ou frustrar
o pensamento de Zeus, detentor da égide.
105 Diz ele que tens aqui o mais infeliz de todos os homens
que em torno da cidadela de Príamo combateram
durante nove anos e, no décimo ano, a saquearam,
partindo em seguida para casa. Mas no mar ofenderam
Atena, que lhes mandou maus ventos e ondas ingentes.
110 Pereceram então todos os outros valentes companheiros;
mas ele foi para aqui trazido pelas ondas e pelo vento.
Zeus quer que rapidamente te despeças desse homem.
Pois não é seu destino aqui perecer longe de quem ama;
determinam os fados que ele reveja parentes e amigos
115 e que regresse a seu alto palácio e à sua terra pátria."

Assim falou. Estremeceu Calipso, divina entre as deusas.
E falando dirigiu-lhe palavras aladas:

CANTO V 199

"Sois cruéis, ó deuses, e os mais invejosos de todos!
Vós que às deusas levais a mal que com homens mortais
120 partilhem seu leito, quando algum a escolhe por amante!
Assim sucedeu quando a Aurora de róseos dedos amou
Órion: muito rancor sentistes, vós que viveis sem
dificuldades,
até que Artêmis do trono dourado com suas suaves setas
o matou em Ortígia. Assim sucedeu quando à sua paixão
125 cedeu Deméter de belas tranças: a Iásion se uniu em leito
de amor,
deitados em terra três vezes arada. Mas Zeus apercebeu-se
depressa e logo o atingiu e matou com um relâmpago
candente.
E assim sucede agora comigo: sentis rancor, ó deuses,
porque me deito com um homem mortal.
130 Mas fui eu que o salvei, quando ele aqui chegou sozinho,
montado numa quilha, pois Zeus estilhaçara a nau
com um relâmpago candente no meio do mar cor de vinho.
Tinham perecido todos os outros valentes companheiros;
mas ele foi para aqui trazido pelas ondas e pelo vento.
135 Amei e alimentei Ulisses: prometi-lhe que o faria imortal
e que ele viveria todos os seus dias isento de velhice.
Mas não é possível a outro deus ultrapassar ou frustrar
o pensamento de Zeus, detentor da égide.
Que Ulisses parta — se é isso que Zeus quer e exige —
140 pelo mar nunca cultivado. Mas não serei eu a dar-lhe
transporte: não tenho naus providas de remos nem tripulação
que possa levá-lo sobre o vasto dorso do mar.
Mas de boa vontade dar-lhe-ei conselhos: nada ocultarei
para que inteiramente ileso ele regresse à terra pátria."

145 À deusa deu resposta o mensageiro, Matador de Argos:
"Manda-o então embora. Receia a ira de Zeus.
E que contra ti ele não se encolerize no futuro."

Assim falando, partiu o forte Matador de Argos.

200 HOMERO

Para junto do magnânimo Ulisses se dirigiu a excelsa ninfa,
150 depois que ouviu a mensagem de Zeus.
Encontrou-o sentado na praia, os olhos nunca enxutos
de lágrimas; gastava-se-lhe a doçura de estar vivo,
chorando pelo retorno. E já nem a ninfa lhe agradava.
Por obrigação ele dormia de noite ao lado dela
155 nas côncavas grutas: era ela, e não ele, que assim o queria.
Mas de dia ficava sentado nas rochas e nas dunas,
torturando o coração com lágrimas, tristezas e lamentos.
E com os olhos cheios de lágrimas fitava o mar nunca
cultivado.
De pé, junto dele, falou-lhe Calipso, divina entre as deusas:

160 "Vítima do destino, não chores mais. Não gastes assim
a tua vida. Com boa vontade vou mandar-te embora.
Vai agora com um machado de bronze cortar grandes troncos
para fazeres uma ampla jangada. Sobre ela fixa uma
plataforma,
a parte mais elevada do casco que te levará sobre o mar
brumoso.
165 E eu te darei pão, água e rubro vinho que alegra o coração,
para assim manter longe de ti a fome e a sede.
E roupas te darei também; e enviarei ainda um vento
favorável,
para que inteiramente ileso tu regresses à terra pátria,
se é isso que querem os deuses, que o vasto céu detêm.
170 Mais poderosos são eles do que eu, para determinar e
cumprir."

Assim falou. Estremeceu o sofredor e divino Ulisses;
e falando dirigiu-lhe palavras aladas:
"Não é na despedida que estás a pensar, ó deusa, mas
noutra coisa.
Tu que me dizes para atravessar numa jangada o abismo
do mar,
175 perigoso e temível — coisa que nem conseguem velozes naus,

CANTO V   201

embora elas se regozijem com o vento favorável de Zeus!
Contra a tua vontade é que não embarcarei em jangada
                                                    alguma
a não ser que tu, ó deusa, ouses jurar um grande juramento:
que não prepararás para mim qualquer outro sofrimento."

180 Assim falou; sorriu Calipso, divina entre as deusas,
e acariciou-o com a mão. Depois falou-lhe pelo nome e disse:
"Na verdade és mesmo rápido e excelente entendedor
para te ter ocorrido proferir uma tal palavra.
Tomo por testemunhas a terra e o vasto céu por cima dela
185 e a Água Estígia que se precipita nas profundezas —
juramento maior e mais terrível para os deuses imortais! —
que não prepararei para ti qualquer outro sofrimento.
Não, o que penso e aconselho é aquilo que pensaria
em proveito próprio, se tal necessidade se abatesse sobre mim.
190 As minhas intenções são bondosas; no peito não tenho
um coração de ferro. Também sei sentir compaixão."

Assim falou. Partiu à frente Calipso, divina entre as deusas,
caminhando depressa; e ele seguiu no seu encalço.
Chegaram à côncava gruta, a deusa e o homem.
195 Ulisses sentou-se no trono de onde há pouco Hermes
se levantara; e a ninfa pôs-lhe à frente coisas abundantes
para comer e beber, das que se alimentam os homens
                                                    mortais.
Depois sentou-se diante do divino Ulisses,
e as servas serviram-lhe ambrosia e néctar.
200 Lançaram mãos às iguarias que tinham à sua frente.
E depois de afastarem o desejo de comida e bebida,
quem começou a falar foi Calipso, divina entre as deusas:

"Filho de Laertes, criado por Zeus, Ulisses de mil ardis!
Então para tua casa e para a amada terra pátria
205 queres agora regressar? Despeço-me e desejo-te boa sorte.
Mas se soubesses no teu espírito qual é a medida da desgraça

que te falta cumprir, antes de chegares à terra pátria,
aqui permanecerias, para comigo guardares esta casa;
e serias imortal, apesar do desejo que sentes de ver
210 a esposa por que anseias constantemente todos os dias.
Pois eu declaro na verdade não ser inferior a ela,
de corpo ou estatura: não é possível que mulheres
compitam em corpo e beleza com deusas imortais."

Respondendo-lhe assim falou o astucioso Ulisses:
215 "Deusa sublime, não te encolerizes contra mim. Eu próprio
sei bem que, comparada contigo, a sensata Penélope
é inferior em beleza e estatura quando se olha para ela.
Ela é uma mulher mortal; tu és divina e nunca envelheces.
Mas mesmo assim quero e desejo todos os dias
220 voltar para casa e ver finalmente o dia do meu regresso.
E se algum deus me ferir no mar cor de vinho, aguentarei:
pois tenho no peito um coração que aguenta a dor.
Já anteriormente muito sofri e muito aguentei
no mar e na guerra: que mais esta dor se junte às outras."

225 Assim falou. O sol pôs-se e sobreveio a escuridão.
Foram ambos para o recesso interior da côncava gruta,
onde gozaram o prazer do amor. Depois dormiram juntos.
Quando surgiu a que cedo desponta, a Aurora de róseos
dedos,
Ulisses vestiu depressa uma capa e uma túnica;
230 e a própria ninfa pôs um vestido de fio de prata,
sutil e gracioso; na cintura atou um cinto
de ouro e sobre a cabeça colocou um véu.

Então Calipso voltou o espírito para o regresso de Ulisses.
Deu-lhe um grande machado, bem ajustado às mãos,
235 brônzeo e afiado de ambos os lados, com um belo
cabo de oliveira, que estava fixo de modo seguro.
Deu-lhe em seguida uma bem polida enxó; depois foi
à frente, indicando o caminho, até o extremo da ilha,

CANTO V   203

onde cresciam altas árvores: álamos, choupos
e pinheiros tão grandes que chegavam ao céu;
240 árvores secas de seiva, que flutuariam facilmente.
Mas depois de lhe ter mostrado onde cresciam as árvores,
voltou para a sua gruta Calipso, divina entre as deusas.
Ulisses cortou a madeira e rápido lhe correu o trabalho.
Cortou vinte árvores e logo as desbastou com o bronze.
245 Alisou-as com perícia e endireitou-as com a ajuda de um fio.
Enquanto isso veio trazer-lhe trados Calipso, divina entre
                                                          as deusas.
Tudo Ulisses perfurou e depois ajustou as madeiras
umas às outras, martelando as cavilhas e as travessas.
Equivalente ao tamanho de uma ampla nau de carga
250 torneada por um homem entendedor de carpintaria
era a ampla jangada que Ulisses construiu. Montou a coberta
com vigas perto umas das outras; e terminou a construção
da jangada revestindo-a com tábuas compridas.
Em seguida fez o mastro e uma verga que se lhe ajustava;
255 fez ainda um leme, com que pudesse dirigir a jangada.
Uma proteção fabricou com vimes entrelaçados,
como defesa contra as ondas; e no fundo espalhou caruma.
Enquanto isso veio trazer-lhe vestes Calipso, divina entre
                                                          as deusas,
para que delas fizesse as velas — e fê-las com arte.
260 Atou os braços, as driças e as escotas; e com alavancas
conseguiu arrastar a jangada para o mar divino.

Sobreveio o quarto dia e já tudo estava pronto.
No quinto dia, Calipso mandou-o embora da ilha,
depois de lhe dar banho e de vesti-lo com roupas perfumadas.
265 Na jangada colocou a deusa um odre de escuro vinho;
e outro, um odre grande, de água. Num alforge de pele
pôs comida e muitas coisas que alegram o coração.
Fez soprar um vento suave e sem perigo; e a esse vento,
com grande regozijo, Ulisses desfraldou as velas.
270 Sentou-se e com o leme dirigiu a jangada de modo

competente; e o sono não se abateu sobre as suas pálpebras
enquanto olhava para as Plêiades, para o Boieiro que desce
tarde no horizonte e para a Ursa, a que chamam Carro,
cujo curso revolve sempre no mesmo lugar, fitando Órion.
275 Dos astros só a Ursa não mergulha nas correntes do Oceano.
Era esta a constelação que lhe dissera Calipso, divina
                                            entre as deusas,
que mantivesse do lado esquerdo enquanto navegava.
Durante dezessete dias navegou sobre o mar;
e ao décimo oitavo dia apareceram as montanhas sombrias
280 da terra dos Feácios, na zona da ilha que dele menos distava.
E a terra parecia um escudo no meio do mar brumoso.

Mas vindo de junto dos Etíopes o poderoso Sacudidor da
                                                    Terra,
das montanhas dos Sólimos viu Ulisses à distância, pois
                                            lhe surgira
diante da vista, navegando sobre o mar. Muito se irou o deus;
285 abanou a cabeça e assim falou ao seu próprio coração:

"Ah, decerto os deuses mudaram de intenção a respeito
de Ulisses, enquanto eu estava entre os Etíopes.
E agora está perto da terra dos Feácios, onde está destinado
que escape à servidão da dor que sobre ele se abateu.
290 Mas ainda o perseguirei pelo caminho do sofrimento."

Assim dizendo, reuniu as nuvens; e segurando na mão
o tridente, encrespou o mar. Incitou de todos os lados
toda a espécie de ventos e escondeu com nuvens
tanto a terra como o mar. A noite caiu a pique do céu.
295 Colidiram o Euro e o Noto e o Zéfiro guinchante
e o Bóreas nascido no céu, que fazia rolar uma onda gigante.
Então se enfraqueceram os joelhos e o coração de Ulisses;
e desesperado assim disse ao seu magnânimo coração:

"Ai, pobre de mim! O que estará para me acontecer?

CANTO V

300 Receio que seja verdade tudo o que me disse a deusa:
pois ela me declarou que, antes de chegar à terra pátria,
no mar teria eu muito que sofrer. Tudo isso agora se cumpre,
tais são as nuvens com que Zeus coroa o vasto céu.
E agitou também o mar, fazendo colidir as rajadas
305 de toda a espécie de ventos. A morte escarpada está
garantida.
Ó três e quatro vezes bem-aventurados os Dânaos,
que morreram na ampla Troia para fazer um favor aos
Atridas!
Quem me dera que com eles tivesse também eu perecido
naquele dia em que contra mim investiam com brônzeas
lanças
310 os Troianos, pelejando em torno de Aquiles já morto.
Teria tido ritos fúnebres e minha fama teriam espalhado
os Aqueus.
Meu destino é agora ser tomado por uma morte deplorável."

Não tinha acabado de proferir estas palavras quando o
atingiu
de cima a onda gigante, precipitando-se com força terrível.
E imediatamente a jangada redemoinhou em torvelinho.
315 Ele próprio caiu ao mar, afastado da jangada; deixou cair
o leme da mão. Partira-se o mastro ao meio devido à força
terrível das rajadas da tempestade; e lá longe no mar caíram
a verga e a vela. Debaixo de água ficou Ulisses bastante
tempo,
320 pois não conseguia voltar à tona devido ao ímpeto da onda.
Além de que pesavam as roupas que lhe dera a divina
Calipso.
Finalmente voltou à tona e da boca cuspiu a amarga água
salgada, que escorria abundantemente da sua cabeça.
Mesmo assim, em apuros, não se esqueceu da jangada,
325 mas esforçou-se para a alcançar nas ondas e agarrou-a,
sentando-se em cima dela para assim escapar ao termo da
morte.

A forte ondulação levava consigo a jangada em várias
direções.
Tal como no outono o Bóreas arrasta cardos e acantos
pela planície e ao rolarem se juntam uns aos outros —
330 assim os ventos arrastavam a jangada pelo mar em várias
direções.
Ou o Noto a lançava ao Bóreas para ser ele a arrastá-la;
ou então o Euro a atirava ao Zéfiro para se lançar atrás dela.

Foi então que o viu a filha de Cadmo, Ino de belos
tornozelos —
chamava-se agora Leucoteia quem antes fora de fala
humana:
335 no mar salgado granjeara da parte dos deuses uma honra
divina.
Apiedou-se, comovida, de Ulisses, que tanto sofria.
E semelhante a um mergulhão emergiu do mar;
pousou na jangada e a Ulisses dirigiu estas palavras:

"Vítima do destino, por que razão Posêidon, o Sacudidor
da Terra,
340 assim quis o teu sofrimento, semeando tais desgraças?
Por outro lado não te destrói, embora encolerizado.
Mas faz agora como te digo; pareces-me bom entendedor.
Despe já essas roupas e deixa que a jangada seja levada
pelos ventos; e nadando com os braços esforça-te para
345 alcançares a terra dos Feácios, onde é teu destino salvares-te.
Toma agora este véu imortal e ata-o debaixo do peito:
Não tenhas medo: nada irás sofrer e não te afogarás.
Mas assim que com as mãos tiveres tocado a terra firme,
desata de novo o véu e atira-o para o mar cor de vinho,
350 para longe da terra, voltando as tuas costas."

Assim dizendo, o véu lhe ofereceu a deusa
e mergulhou de novo no mar agitado de ondas,
semelhante a um mergulhão; e escondeu-a a escura onda.

CANTO V 207

Então refletiu o sofredor e divino Ulisses
355 e disse, desanimado, ao seu magnânimo coração:

"Ai, pobre de mim! Será de novo um dos imortais a tecer
um dolo, dizendo-me para abandonar a jangada?
Mas não me deixarei ainda convencer, pois longe está
a terra que vi com os olhos, onde ela disse que me salvaria.
360 Não, é isto que farei; isto parece-me a melhor coisa:
enquanto as madeiras permanecerem bem atadas,
aqui ficarei e enfrentarei os sofrimentos.
Mas quando as ondas tiverem estilhaçado a jangada,
então tentarei nadar, visto que não há outra solução melhor."

365 Enquanto Ulisses refletia no coração e no espírito, fez surgir
uma onda gigante Posêidon, Sacudidor da Terra, uma onda
terrível e perigosa, que se arqueava por cima dele e o levava.
Tal como um vento forte espalha um monte de palha seca,
atirando-a por aqui, por ali e por todos os lados —
370 assim a onda espalhou as pranchas da jangada. Mas Ulisses
subiu para uma das pranchas, como se montasse num cavalo,
e despiu as roupas que lhe oferecera a divina Calipso.
Em seguida estendeu e atou sob o peito o véu
e atirou-se à água, de mãos estendidas, preparado
375 para nadar. Viu-o o poderoso Sacudidor da Terra.
Abanou a cabeça e assim disse ao seu próprio coração:

"Vai agora pelo mar: irás ainda sofrer muitas dificuldades,
até que no meio de homens criados por Zeus te possas
                                                      imiscuir.
Mas não penso que te queixes da insuficiência das tuas
                                                      dores!"

380 Assim falando, o deus incitou seus cavalos de belas crinas
e foi para Egas, na Samotrácia, onde tem o glorioso palácio.

Foi então que ocorreu outra coisa a Atena, filha de Zeus.

Impediu os caminhos dos outros ventos, a todos ordenando
que cessassem e se acalmassem. Mas fez soprar o rápido
Bóreas;
385 diante dele rebentaram as ondas, para que se pudesse
imiscuir entre os Feácios que amam seus remos Ulisses,
criado por Zeus, fugindo assim à morte e à desgraça.

Durante duas noites e dois dias foi levado à deriva pelas
escuras
ondas; e muitas vezes diante do coração lhe surgiu a morte.
390 Mas quando o terceiro dia trouxe a Aurora de belas tranças,
foi então que parou a ventania; sobreveio uma calmaria
sem sopro de vento. Viu que já estava perto da terra ao olhar
de relance em frente, enquanto o elevava uma grande onda.
Tal como é bem-vindo um sinal de vida no pai que os filhos
395 viram acamado e sofrendo grandes dores durante muito
tempo,
definhando, e já quase o tocara a divindade detestável,
mas depois os deuses o libertam da sua doença —
assim a Ulisses a terra e as árvores pareciam uma amável
visão.
E nadou com mais afinco, desejoso de pôr pé em terra firme.

400 Quando entre ele e a terra havia só a distância de um grito,
ouviu o barulho retumbante do mar contra os rochedos.
É que as enormes ondas rebentavam na terra firme
com terrível bramido; e contra tudo lançavam espuma
salgada.
Não havia portos onde as naus se abrigassem, nem enseadas.
405 Projetavam-se promontórios, arribas e rochedos.
Então se enfraqueceram os joelhos e o coração de Ulisses;
desesperado assim disse ao seu magnânimo coração:

"Ai, pobre de mim! Agora que além da esperança Zeus
me deu a ver a terra, e aqui cheguei tendo atravessado
410 este abismo, não se vê maneira de sair do mar cinzento!

CANTO V   209

Do lado de fora estão ásperos rochedos, em torno dos quais
as ondas bramam com fragor; a rocha é escarpada
e o mar chega mesmo até a terra. Não é possível apoiar-me
em ambos os pés, para assim escapar à desgraça.
415 Tenho medo que ao tentar sair da água uma grande onda
me atire contra o penedo rochoso; assim será vão o esforço.
Mas se eu continuar a nadar em frente, na esperança
de chegar a praias com ondulação lateral ou portos de mar,
receio que de novo me arrebata o vento da tempestade
420 e que me leve, com profundos gemidos, para o mar piscoso,
ou que algum deus do mar mande contra mim um monstro
temível, daqueles que cria em grande número a famosa
                                                      Anfitrite.
Sei como me quer fazer sofrer o famoso Sacudidor da Terra."

Enquanto pensava estas coisas no espírito e no coração,
425 uma grande onda atirou-o contra a costa rochosa.
Teria ficado com a pele esfolada e os ossos partidos,
se isto não lhe tivesse posto na mente Atena de olhos
                                                      esverdeados:
ao ser violentamente arrastado, agarrou-se com as mãos
a uma rocha e aí ficou, gemendo, enquanto recuou a onda.
430 Assim escapou a esta onda; mas no refluxo ela atingiu-o
de novo, e o arrastou para longe, para o alto-mar.
Tal como quando um polvo é arrancado da sua furna,
às espessas lapas ficam agarradas partes dos tentáculos —
assim das suas mãos audazes se esfolaram partes da pele
435 contra as rochas. E de novo o cobriu a onda enorme.
Ter-se-ia afogado o infeliz Ulisses para lá do que lhe
                                                      estava destinado,
se reflexão rápida não lhe tivesse dado Atena de olhos
                                                      esverdeados.
Desviando-se de onde a rebentação batia contra a costa,
nadou em paralelo, olhando para a terra, na esperança
440 de chegar a praias com ondulação lateral e portos de mar.

HOMERO

À medida que nadava veio ter à foz de um rio
de lindo fluir, que lhe pareceu o lugar mais indicado,
pois não tinha rochas e encontrava-se abrigado do vento.
Percebeu que era um rio e logo lhe dirigiu esta prece:

445 "Ouve-me, soberano, quem quer que sejas! De ti me
                                         aproximo
como de alguém que muito desejo, fugindo do mar e das
                                         ameaças
de Posêidon. Até aos deuses imortais é venerando aquele
dentre os homens que chega depois de vaguear, como eu
                                         agora
chego junto da tua corrente e dos teus joelhos, depois de
                                         dores
450 incontáveis. Compadece-te, ó soberano! Sou teu suplicante."

Assim falou. De imediato o deus fluvial fez cessar a corrente,
reteve as ondas e espalhou a calmaria; assim o trouxe a salvo
até a embocadura do rio. Então deram de si os joelhos
e as possantes mãos de Ulisses. O mar esmagara-o.
455 Todo o corpo estava dolorido e água salgada corria-lhe
da boca e das narinas. Jazia sem fôlego, incapaz de falar,
incapaz de se mexer. Apoderara-se dele um cansaço
                                    descomunal.
Quando voltou a si e ao peito regressou o alento,
desprendeu do corpo o véu da deusa marinha e deixou
460 que caísse no rio que fluía em direção ao mar.
Uma onda forte levou-o na corrente e de imediato Ino
recebeu o véu nas mãos. E afastando-se do rio, Ulisses
ajoelhou-se num canavial e beijou a terra que dá cereais.
Mas desanimado assim disse ao seu magnânimo coração:

465 "Ai, pobre de mim, o que estará para me acontecer?
Se aqui junto ao rio mantiver vigília durante a noite,
receio que a cruel geada e o fresco orvalho vençam,
na fraqueza em que estou, o meu espírito estafado.

CANTO V   211

E do rio soprará logo de manhã um vento frio.
470 Mas se eu subir esta elevação até o bosque sombrio
e lá me deitar entre os densos arvoredos na esperança
de afastar o frio e a fadiga, receio que ao dormir docemente
me exponha como presa para as feras selvagens."

Enquanto assim pensava, foi isto que lhe pareceu melhor:
475 dirigir-se para o bosque. Encontrou-o perto da água
em lugar bem visível. Aí, entrou debaixo de dois arbustos
nascidos da mesma raiz: uma oliveira brava e uma mansa.
Por entre estes arvoredos não penetravam os úmidos ventos,
nem através deles o sol conseguia lançar seus raios,
480 nem a chuva lá entrava, tal era a densidade com que estavam
entrelaçados um no outro. Debaixo deles se escondeu
Ulisses e logo com as mãos tratou de fazer uma cama
larga, pois ali não havia falta de folhas caídas —
seriam suficientes para dois ou três homens
485 em estação invernosa, por muito frio que fizesse.
Olhando para a cama, alegrou-se o sofredor e divino Ulisses:
deitou-se no meio dela e pôs folhas por cima do corpo.
Tal como no campo um homem que não tem vizinhos
                                                    esconde
uma brasa ardente na negra cinza, salvaguardando desse
                                                      modo
490 a semente do fogo, para que não tenha de o avivar de
                                                outro lugar —
assim estava Ulisses coberto pelas folhas. E Atena derramou
sobre os seus olhos o sono para depressa o aliviar da fadiga
de tantos esforços, cobrindo-lhe as pálpebras completamente.

Canto VI

Ali ficou a dormir o sofredor e divino Ulisses,
vencido pelo sono e pelo cansaço. Mas Atena
foi à cidade populosa dos Feácios, que antes
tinham habitado na espaçosa Hipereia, perto
5   dos Ciclopes, homens de terrível insolência,
que continuamente os pilhavam por serem mais fortes.
Foi de lá que os trouxe o divino Nausito e os estabeleceu
em Esquéria, longe dos homens que comem pão.
Em torno da cidade construíra um muro; edificara casas,
10   templos dos deuses e procedera à divisão das terras.
Mas agora, vencido pelo destino, estava já no Hades;
o rei era Alcino, cujos conselhos igualavam os dos deuses.

No palácio real entrou Atena, a deusa de olhos esverdeados,
para preparar o regresso do magnânimo Ulisses.
15   Entrou no tálamo de belos adornos, onde dormia
uma donzela que na forma e na beleza igualava as deusas.
Era Nausica, filha do magnânimo Alcino, e com ela
dormiam duas servas, ambas belas como Graças, cada uma
do seu lado da ombreira. As portas luzentes estavam
fechadas.

20   Como um sopro de vento foi a deusa até a cama da jovem;
postou-se junto à cabeceira, e dirigiu-lhe a palavra,
assemelhando-se à filha de Dimante, de naus famosas.

CANTO VI   213

Era uma jovem da idade de Nausica, que lhe deleitava
o coração. Sob esta forma falou Atena de olhos esverdeados:

25   "Nausica, como teve tua mãe uma filha tão distraída?
Tuas roupas resplandecentes estão por aí sem serem tratadas.
Porém está próximo o teu casamento: nesse dia não serás
                                                                              só tu
a precisar de estar bem vestida, mas os que te acompanham.
É por coisas como estas que se espalha entre os homens
30   a boa fama, que vem dar alegria ao pai e à excelsa mãe.
Vamos pois lavar a roupa, assim que surgir a Aurora.
Irei contigo para te ajudar, para que trates rapidamente
da roupa: é que não permanecerás virgem por muito tempo.
Já nesta terra são teus pretendentes os mais nobres de todos
35   os Feácios (raça de onde provém a tua própria linhagem).
Logo pela manhã vai pedir a teu pai famigerado
que ponha à tua disposição um carro de mulas,
para levares as cintas, as vestes e as mantas de cor brilhante.
Para ti será melhor este transporte do que ires a pé,
40   pois os tanques ainda ficam a grande distância da cidade."

Assim falando, partiu Atena, a deusa de olhos esverdeados,
em direção ao Olimpo, onde dizem ficar a morada eterna
dos deuses: não é abalada pelos ventos, nem molhada
pela chuva, nem sobre ela cai a neve. Mas o ar estende-se
45   límpido, sem nuvens; por cima paira uma luminosa
                                                                        brancura.
Aí se aprazem os deuses bem-aventurados, dia após dia.
Para lá subiu a deusa de olhos esverdeados, depois de falar
                                                                        à donzela.

Logo sobreveio a Aurora de belo trono, que acordou
Nausica das lindas vestes. O sonho que tivera admirava-a;
50   e foi pela casa para contá-lo aos pais: ao pai amado
e à mãe. Encontrou ambos lá dentro do palácio.
A mãe estava sentada à lareira na companhia das servas,

214 HOMERO

fiando lã, purpúrea como o mar; quanto ao pai,
encontrou-o a sair para a assembleia — onde se reuniria
55 com reis gloriosos — para a qual o convocaram os Feácios.
Acercando-se do querido pai, assim falou Nausica:

"Querido pai, não queres mandar aparelhar um carro
alto e de boas rodas, para que eu possa levar as lindas
roupas ao rio, as que agora estão por aí todas sujas?
60 Aliás a ti também fica bem, quando vais com os príncipes
deliberar na assembleia, vestires no corpo roupa lavada.
Além de que tens cinco filhos a viver no teu palácio:
dois já casaram; mas três são mancebos na flor da idade,
que querem vestir sempre roupa lavada quando vão
65 dançar. É nestas coisas todas que eu tenho de pensar."

Assim falou, pois envergonhava-se de mencionar, à frente
do pai amado, núpcias que ainda estavam a despontar.
Mas ele compreendeu tudo e respondeu-lhe deste modo:

"Não te proibirei as mulas, minha filha, nem outra coisa!
Vai. Para ti irão agora os servos aparelhar um carro
70 alto e de boas rodas, equipado por cima com uma capota."

Assim falando, chamou os servos, que logo lhe obedeceram.
Montaram lá fora o carro de mulas de boas rodas;
depois trouxeram as mulas e atrelaram-nas ao carro.
Do tálamo trouxe a donzela as vestes resplandecentes
75 e colocou-as em cima do carro bem polido.
A mãe pôs num cesto toda a espécie de comida que alegra
o coração; pôs também iguarias, e vinho verteu num odre
de pele de cabra. A donzela subiu então para o carro.
Azeite suave deu-lhe ainda a mãe num frasco dourado,
80 para que com ele se esfregasse, juntamente com as suas
servas.
Nausica pegou no chicote e nas rédeas resplandecentes;
com uma chicotada puseram-se a caminho. Ouviam-se

CANTO VI

os cascos das mulas enquanto prosseguiam com rapidez.
Levavam-na a ela e à roupa; mas não ia sozinha,
pois com Nausica iam também as servas.

85 Quando chegaram à corrente lindíssima do rio —
lá onde estavam os tanques bem providos de água abundante,
que brotando por baixo lavava as roupas, por sujas que
                                                    estivessem —
aí todas elas desatrelaram as mulas do carro e levaram-nas
ao longo do rio cheio de redemoinhos para pastarem
90 a erva doce como mel. Do carro tiraram então as roupas
com suas próprias mãos e levaram-nas até a escura água.
Pisaram-nas nos compartimentos escavados, depressa
e sem descanso. Depois que lavaram e tiraram as nódoas
à roupa toda, estenderam-na em filas na praia, onde
95 a rebentação das ondas deixava limpos os seixos.
E depois de tomarem banho e de se ungirem com azeite,
comeram a sua refeição junto às margens do rio,
enquanto esperavam que as roupas secassem ao sol.

Depois que Nausica e as servas se deleitaram com a comida,
100 despiram os véus e começaram a brincar com uma bola.
Foi Nausica de alvos braços que deu início ao canto.
E tal como Artêmis, a arqueira, se desloca pelas montanhas,
pela cordilheira do Taígeto ou então pelo Erimanto,
comprazendo-se com a caça ao javali ou às corças velozes,
105 e com ela brincam as ninfas, filhas de Zeus detentor da égide,
habitantes do campo, e Leto se regozija no espírito;
pois por cima das outras levanta Artêmis a cabeça e a testa,
sendo facilmente reconhecível, embora todas sejam belas —
assim entre as suas servas se destacava Nausica.

110 Mas no momento em que estava prestes a voltar para casa
e a atrelar de novo as mulas e a dobrar as belas roupas,
foi então que pensou outra coisa Atena, a deusa de olhos
                                                    esverdeados,

para que Ulisses acordasse e visse a donzela de lindo rosto;
ela que o levaria depois para a cidadela dos Feácios.
115 A princesa atirou a bola na direção de uma das servas;
mas nela não acertou: a bola foi parar ao fundo redemoinho.
Então gritaram todas; e assim acordou o divino Ulisses.
Sentou-se e assim refletiu no espírito e no coração:

"Ai de mim, a que terra de homens mortais chego de novo?
120 Serão eles homens violentos, selvagens e injustos?
Ou serão dados à hospitalidade e tementes aos deuses?
Ressoou aos meus ouvidos o grito feminino de donzelas.
Talvez de ninfas, que habitam os escarpados píncaros
das montanhas, as nascentes dos rios ou as pradarias.
125 Será que estou perto de homens dotados de fala?
Mas coragem: eu próprio farei a experiência de ver."

Assim falando, saiu dos arvoredos o divino Ulisses.
Com sua mão possante quebrou um ramo cheio de folhas
para segurar junto ao corpo e assim tapar os membros
genitais.
130 Saiu como um leão criado na montanha, confiante na sua
pujança,
cujos olhos fulminam apesar da chuva e do vento, e que se
mete
entre vacas ou ovelhas ou corças selvagens, pois assim a fome
lhe manda, a ponto de chegar ao redil e atacar os
rebanhos —
135 assim se preparava Ulisses para irromper no meio das
donzelas
de lindos cabelos, apesar de estar nu. Sobreviera a
necessidade.

Mas aos olhos delas, horrível era o seu aspecto,
empastado de sal;
e fugiram todas, cada uma para seu lado, ao longo das dunas.
Só a filha de Alcino permaneceu: pois em seu peito

CANTO VI

140 pusera Atena a coragem; dos seus membros tirara o receio.
Estacou diante dele. E Ulisses refletiu se haveria de endereçar
súplicas à donzela de lindo rosto, agarrando-lhe os joelhos,
ou se deveria antes ficar onde estava e suplicar-lhe com doces
palavras, para que ela lhe desse roupas e indicasse a cidade.
145 Enquanto pensava foi isto que lhe pareceu mais proveitoso:
suplicar-lhe do lugar onde estava com doces palavras, com
medo
de que ao agarrar-lhe os joelhos o coração da jovem se
zangasse.
De imediato proferiu um discurso doce, mas proveitoso:

"Ajoelho-me perante ti, ó soberana. Serás deusa, ou mulher?
150 Se és uma das deusas, das que o vasto céu detêm,
é a Artêmis, à filha do grande Zeus, que mais
aproximadamente
te assemelho, pela beleza, pelas proporções e pela altura.
Mas se és uma mulher mortal, das que na terra habitam,
três vezes bem-aventurados são teu pai e tua excelsa mãe;
155 três vezes bem-aventurados os teus irmãos! Será constante
a alegria que no seu coração eles sentem por tua causa,
quando veem um caule florido como tu a entrar na dança.
Por sua vez é mais bem-aventurado de todos aquele homem,
que com os presentes nupciais te levar para sua casa.
160 Nunca com os olhos vi outra criatura mortal como tu,
homem ou mulher: é reverência que sinto quando olho
para ti.
Outrora vi junto do altar de Apolo em Delos
o novo rebento de uma palmeira que se erguia no ar
(pois aí me dirigira, e comigo seguiam muitos outros,
165 num caminho em que desgraças seriam o meu destino):
igualmente ao ver a palmeira se alegrou o meu coração,
porque nunca vira a sair da terra uma árvore semelhante.
Assim me espanto e me admiro perante ti; mas receio
tocar-te os joelhos, pois é penoso o mal que me sobreveio.
170 Ontem, no vigésimo dia, consegui fugir ao mar cor de vinho.

218   HOMERO

Durante esse tempo as ondas e rajadas de vento me levaram
da ilha de Ogígia. Agora uma divindade me traz a esta costa,
porventura para que novo mal eu padeça; pois não penso
que cesse ainda. Antes disso cumprirão os deuses muitas
coisas.
175 Mas tu, ó soberana, compadece-te: é a ti em primeiro lugar
que me dirijo após tantos sofrimentos. Não conheço ninguém
dos outros homens, que esta cidade e esta terra detêm.
Mostra-me a cidadela, dá-me um farrapo para vestir,
no caso de algum teres usado para atar as roupas ao aqui
vires.
180 E que a ti os deuses concedam tudo o que teu coração deseja:
um marido e uma casa. Que a ambos deem igual modo de
sentir,
essa coisa excelente! Pois nada há de melhor ou mais valioso
do que quando, sintonizados nos seus pensamentos, numa
casa
habitam um homem e uma mulher. Inveja causam aos
inimigos,
185 e alegrias a quem os estima. Acima de tudo, eles próprios
ouviram..."
[.............. *lacuna* ....]

A ele deu resposta Nausica de alvos braços:
"Estrangeiro, não pareces ser vil nem falho de entendimento.
É o próprio Zeus Olímpico que aos homens dá a ventura,
tanto aos bons como aos maus, a cada um, conforme entende.
190 A ti, ao que parece, deu este destino; forçoso é que o aceites.
Mas agora, visto que chegaste à nossa terra e à nossa cidade,
não terás falta de roupa, nem de qualquer outra das coisas
dadas
a um desventurado suplicante que diante de nós compareça.
Mostrar-te-ei a cidadela e dir-te-ei o nome deste povo:
195 são os Feácios que detêm esta terra e esta cidade.
Eu sou a filha do magnânimo Alcino, no qual
estão investidos o poder e a força dos Feácios."

CANTO VI   219

Assim falou; em seguida dirigiu-se às servas de belas tranças:
"Minhas servas, não vos afasteis. Para onde fugis, por
                                                    terdes visto
200   este homem? Não pensais certamente que se trate de um
                                                        inimigo!
Homem mortal não há, nem haverá, a tal ponto ousado,
que chegue à terra dos Feácios com intenções hostis.
Pois pelos deuses imortais somos especialmente estimados.
Longe habitamos, remotos, no mar repleto de ondas;
205   não há outros povos que conosco tenham associação.
Mas este homem infeliz até aqui vagueou: dele deveremos
                                                    tratar,
pois é de Zeus que vêm todos os estrangeiros e mendigos;
e qualquer dádiva, embora pequena, é bem-vinda.
Portanto ao estrangeiro, ó servas, dai comida e bebida;
210   e banhai-o no rio, em local protegido do vento."

Assim falou. Pararam e chamaram umas pelas outras.
Levaram Ulisses para um lugar abrigado, conforme ordenara
Nausica, filha do magnânimo Alcino.
Como roupa para vestir deram-lhe uma capa e uma túnica;
215   azeite suave lhe ofereceram ainda num frasco dourado.
Disseram-lhe para se banhar nas correntes do rio.
Mas às servas disse então o divino Ulisses:

"Servas, afastai-vos para além, para que seja eu próprio
a lavar o sal do meu corpo e a esfregar-me com azeite.
220   Na verdade, já há muito tempo que não sinto azeite na pele!
Mas na vossa presença não me lavarei. Envergonho-me
de estar nu no meio de moças de belas tranças."

Assim falou. Elas afastaram-se e foram dizer à princesa.
Com água do rio lavou o sal do seu corpo o divino Ulisses;
225   o sal que lhe cobria os ombros largos e as costas; e da cabeça
enxaguou os salgados vestígios do mar nunca cultivado.
Depois de ter se lavado todo e ungido com azeite,

220   HOMERO

vestiu as roupas que lhe dera a donzela solteira.
Foi então que Atena, filha de Zeus, o fez mais alto
230 de aspecto — e também mais forte. Da cabeça fez crescer
um cabelo encaracolado, cujos caracóis pareciam jacintos.
Tal como derrama ouro sobre prata um artífice,
a quem Hefesto e Atena ensinaram toda a espécie
de técnicas, e assim faz uma obra graciosa — assim a deusa
235 derramou a graciosidade sobre a cabeça e os ombros de
                                                        Ulisses.
Em seguida ele foi sentar-se junto à orla do mar,
resplandecente de graça e beleza. Maravilhou-se a donzela,
e assim disse às suas servas de belas tranças:

"Escutai, ó servas de alvos braços, aquilo que vos direi.
240 Não é à revelia dos deuses, que o Olimpo detêm,
que este homem se imiscui agora entre os divinos Feácios.
Primeiro, com toda a franqueza, pareceu-me repulsivo;
mas agora parece um dos deuses, que o vasto céu detêm.
Quem me dera que um tal homem pudesse chamar-se
245 meu marido, aqui vivendo, e gostando de aqui ficar!
Mas ao estrangeiro, ó servas, dai comida e bebida."

Assim falou; elas ouviram e logo lhe obedeceram.
À frente de Ulisses colocaram comida e bebida.
Então bebeu e comeu o sofredor e divino Ulisses,
250 sofregamente: pois fazia muito que estava em jejum.

Foi então que pensou noutra coisa Nausica de alvos braços.
Dobrou a roupa e pô-la no carro excelente.
Atrelou as mulas de fortes cascos e subiu para o carro.
Acenou a Ulisses e assim lhe dirigiu a palavra:

255 "Põe-te agora a caminho, ó estrangeiro, em direção à cidade,
para que te indique a casa de meu pai fogoso, onde te
                                                        prometi
vires a conhecer quantos são nobres entre todos os Feácios.

CANTO VI   221

Mas faz assim como digo: não me pareces falho de
                                           entendimento.
Enquanto nós atravessamos os campos e lavouras dos
                                            homens,
260   segue rapidamente com as servas atrás das mulas e do carro.
Serei eu a indicar o caminho.
Mas quando chegarmos à cidade, em redor da qual se eleva
uma alta muralha, há um belo porto de ambos os lados,
com estreita passagem no meio, onde se veem naus recurvas:
265   do povo cada um ali tem lugar para fundear a sua nau.
Verás a ágora no local onde está o belo templo de Posêidon;
a ágora é feita de blocos de pedra ajustados uns aos outros.
É aí que eles se ocupam com o equipamento das escuras naus,
com cabos e velas; é aí que com a plaina alisam os remos.
270   Pois aos Feácios não interessam os arcos e as flechas,
mas sim velas, remos de embarcações e recurvas naus,
com que se regozijam quando atravessam o mar cinzento.
Destes homens quero evitar os comentários maldosos,
não vá algum caluniar-me. Há uns presunçosos entre o povo;
275   desses, um dos mais grosseiros poderia bem dizer:

'Quem é aquele que Nausica traz com ela, um estrangeiro
tão alto e bem-apessoado? Onde o terá ela encontrado?
Será ele o esposo dela. Deverá ser alguém que naufragou,
um estrangeiro de muito longe, já que nós não temos
                                            vizinhos.
280   Ou será antes um deus que tenha descido do céu, em resposta
às suas preces? Ela tê-lo-á como marido todos os seus dias!
Melhor assim, que tenha ido buscar o noivo a outro lugar,
pois já se percebeu que ela liga pouco para os Feácios aqui
                                            da terra,
embora aqui não lhe faltem muitos e belos pretendentes.'

285   Assim falarão; e isso constituiria para mim uma censura.
Pois também eu criticaria uma jovem que assim procedesse;
que sendo ainda vivos tanto o pai como a mãe andasse

222 HOMERO

metida com homens estranhos, antes do dia do casamento.
Estrangeiro, ouve bem as minhas palavras, para que depressa
290 obtenhas de junto do meu pai o transporte para o teu
regresso.
Encontrarás o belo bosque de Atena perto do caminho:
um bosque de choupos. Aí verás uma nascente e um prado.
Neste local fica a propriedade e a vinha viçosa de meu pai,
que da cidade fica à distância de um grito.
295 Senta-te aí e espera algum tempo, até que nós cheguemos
à cidade e entremos no palácio de meu pai.
Quando julgares que chegamos e entramos já em casa,
dirige-te à cidade dos Feácios e lá pergunta pela casa
de meu pai, o magnânimo Alcino.
300 É facilmente reconhecível: até uma criança te poderia
lá levar, porque as casas dos Feácios não são construídas
como o palácio de Alcino, o herói.
Quando te cercarem os edifícios e o pátio,
vai depressa para a grande sala, onde encontrarás
305 a minha mãe: ela senta-se à lareira, à luz do fogo,
e fia lã, purpúrea como o mar, maravilha de se ver!,
reclinada contra uma coluna. As servas sentam-se à sua
volta.
Aí, contra a mesma coluna, está o trono de meu pai,
onde se senta como um imortal a beber o seu vinho.
310 Passa apenas por ele; atira-te antes aos joelhos da minha mãe,
para os abraçares, para que vejas o dia do teu regresso,
depressa regozijando-te, apesar de teres vindo de tão longe.
Se ela te acolher com gentileza no seu coração,
há esperança de que revejas a família e regresses
315 à tua casa bem construída e à tua terra pátria."

Assim falando, incitou as mulas com o luzente chicote;
e elas rapidamente se afastaram das correntes do rio.
Correram bem, os seus cascos bem coordenados.
Nausica conduziu o carro de tal forma que quem ia a pé,
as servas

CANTO VI   223

320   e Ulisses, a podia acompanhar. Usou o chicote com
                                                          prudência.

O sol pôs-se e chegaram ao bosque famoso,
consagrado a Atena, onde se sentou o divino Ulisses.
Logo dirigiu uma prece à filha do grande Zeus:
"Escuta, ó Atritona, filha de Zeus, detentor da égide!
325   Ouve-me agora, visto que antes não me ouviste
quando naufragava, quando o famoso Sacudidor da Terra
me oprimia. Faz que os Feácios se compadeçam de mim."

Assim rezou. E ouviu-o a deusa, Palas Atena.
Mas não surgiu diante dele, cara a cara, por respeito
330   para com o irmão do pai, que furiosamente se encolerizava
contra o divino Ulisses, até que ele chegasse a sua casa.

Canto VII

Deste modo, naquele lugar, rezou o sofredor e divino Ulisses.
Enquanto isso a força das mulas trouxera a princesa à cidade.
Quando chegou ao glorioso palácio de seu pai,
fez parar as mulas no pátio; e em seu redor vieram ter
5   os irmãos de aspecto divino, que do carro desatrelaram
as mulas e depois levaram as roupas para dentro.
Quanto à própria Nausica, foi para o tálamo; aí acendeu
o fogo a velha de Apire, aia do tálamo, Eurimedusa.
Outrora fora trazida de Apire por naus recurvas;
10   escolheram-na como presente para Alcino, porque
todos os Feácios ele regia; e o povo o ouvia como a um deus.
Fora ela que amamentara no palácio Nausica de alvos braços.
E foi ela que acendeu o fogo e lhe preparou o jantar.

Então Ulisses pôs-se a caminho da cidade. Sobre ele Atena
15   derramara um denso nevoeiro, para assim o ajudar,
não fosse algum dos magnânimos Feácios encontrá-lo
no caminho e interrogá-lo, desafiando-o a dizer quem era.
Mas quando estava prestes a entrar na cidade aprazível,
apareceu-lhe no caminho Atena, a deusa de olhos
                                            esverdeados,
20   sob a forma de uma virgem que segurava um cântaro.
Postou-se junto dele. Dirigiu-lhe esta pergunta o divino
                                               Ulisses:
"Filha, poderias indicar-me o caminho para o palácio

CANTO VII   225

de Alcino, que dos homens desta terra é o rei?
É que chego aqui como um estrangeiro que muito sofreu,
25   vindo de terra longínqua. Aqui não conheço nenhum
dos homens que esta cidade e esta terra detêm."

A ele respondeu Atena, a deusa de olhos esverdeados:
"Nesse caso eu te indicarei, ó pai estrangeiro, como pedes,
a casa, visto que Alcino é vizinho do meu pai irrepreensível.
30   Mas caminha em silêncio; eu mostrar-te-ei o caminho.
Não olhes para nenhum homem nem coloques perguntas.
Esta população não é muito amiga de estrangeiros,
nem é seu costume dar as boas-vindas a quem chega de longe.
É um povo que confia apenas nas suas rápidas naus velozes,
35   nas quais atravessa o abismo do mar, por graça do
                                                    Sacudidor da Terra.
Pois suas naus são rápidas como uma flecha ou um
                                                    pensamento."

Assim falando, indicou o caminho Palas Atena,
rapidamente; e ele seguiu no encalço da deusa.
Não o reconheceram os Feácios célebres pelas suas naus,
40   enquanto caminhava através da cidade; não o permitiu
Atena de belas tranças, terrível deusa: bem-intencionada,
sobre ele derramara um nevoeiro sobrenatural.
Maravilhou-se Ulisses com os portos e as naus recurvas;
com as ágoras dos próprios heróis e com as grandes
45   e altas muralhas, providas de paliçadas, maravilha de se ver!
Mas quando chegaram ao palácio resplandecente do rei,
tais palavras disse Atena, a deusa de olhos esverdeados:

"Aqui, ó pai estrangeiro, está a casa que me mandaste
apontar-te. Encontrarás reis criados por Zeus lá dentro
50   a banquetear-se. Entra; e que nada receie o teu coração.
Pois um homem corajoso sai-se melhor em todas as coisas,
mesmo quando a uma terra chega como estrangeiro.
A primeira pessoa que encontrares na sala será a rainha:

seu nome é Areta, e provém da mesma linhagem
55 daqueles que geraram o rei Alcino.
Posêidon, o Sacudidor da Terra, gerou primeiro Nausito,
que nasceu de Peribeia de excepcional beleza entre as
mulheres,
filha mais nova do magnânimo Eurimedonte,
que outrora foi rei dos orgulhosos Gigantes.
60 Mas ele trouxe a desgraça ao seu povo. Também ele morreu.
A Peribeia se uniu Posêidon e gerou um filho,
o magnânimo Nausito, que foi rei dos Feácios.
E Nausito gerou Rexenor e Alcino.
Mas a Rexenor, ainda sem filho varão, matou Apolo do arco
65 de prata no palácio; casara-se recentemente, e deixou uma
filha,
Areta. Foi ela que Alcino escolheu como esposa;
e honrou-a, como poucas mulheres na terra são honradas,
todas as que em suas casas estão sob alçada dos maridos.
Ela é, e sempre foi, honrada além do que estava destinado,
70 pelos queridos filhos, pelo próprio Alcino e pelo povo:
eles contemplam a rainha como se fosse uma deusa,
e como tal a cumprimentam quando atravessa a cidade.
Pois a ela não falta de modo algum entendimento:
dirime contendas, mesmo entre homens desavindos.
75 Se ela te estimar com gentileza no seu coração,
há esperança de que revejas a família e regresses
à tua casa bem construída e à tua terra pátria."

Assim dizendo, partiu Atena, a deusa de olhos esverdeados,
pelo mar nunca cultivado; deixou a amável Esquéria
80 e chegou a Maratona e a Atenas de ruas largas,
entrando na casa robusta de Erecteu. Mas Ulisses
aproximou-se do palácio glorioso de Alcino. Aí, de pé,
muito se lhe revolveu o coração, antes de transpor o limiar
de bronze:
pois reluzia o brilho do sol e reluzia o brilho da lua
85 no alto palácio do magnânimo Alcino.

CANTO VII

De bronze eram as paredes que se estendiam daqui para ali,
até o lugar mais afastado da soleira; e a cornija era de cor
azul.
De ouro eram as portas que se fechavam na casa robusta,
e na brônzea soleira viam-se colunas de prata.
90 Prateada era a ombreira e de ouro era a maçaneta da porta.
De cada lado estavam cães feitos de ouro e de prata,
que fabricara Hefesto com excepcional perícia
para guardarem o palácio do magnânimo Alcino:
eram imortais e todos os seus dias eram isentos de velhice.
95 Lá dentro, aqui e acolá, estavam tronos encostados contra
a parede,
desde a soleira até o aposento mais escondido; e sobre eles
estavam mantas delicadas, bem tecidas: trabalhos de mulher.
Aí os príncipes dos Feácios tinham por hábito sentar-se
a beber e a comer, pois tinham de tudo em abundância.
100 Mancebos dourados estavam de pé junto aos bem construídos
altares, segurando nas mãos tochas ardentes, assim
iluminando as noites para os convivas sentados no banquete.

E cinquenta servas tem Alcino dentro do palácio:
delas há umas que moem o fruto dos cereais nos moinhos;
105 outras fabricam tecidos aos teares e sentam-se a fiar lã,
girando as rocas, que se agitam como folhas de um alto
choupo.
E dos fios de linho escorre o líquido azeite.

Tal como os Feácios são os mais sabedores de todos os
homens
sobre como navegar uma nau veloz sobre o mar, assim as
mulheres
110 têm a perícia dos teares; pois a elas em especial deu Atena
o conhecimento de gloriosos trabalhos e boa sensatez.

Fora do pátio, começando junto às portas, estendia-se
o enorme pomar, com uma sebe de cada um dos lados.

228   HOMERO

Nele crescem altas árvores, muito frondosas,
115   pereiras, romãzeiras e macieiras de frutos brilhantes;
figueiras que davam figos doces e viçosas oliveiras.
Destas árvores não murcha o fruto, nem deixa de crescer
no inverno nem no verão, mas dura todo o ano.
Continuamente o Zéfiro faz crescer uns, amadurecendo
outros.
120   A pera amadurece sobre outra pera; a maçã sobre outra
maçã;
cacho de uvas sobre outro cacho; figo sobre figo.

Aí está também enraizada a vinha com muitas videiras:
parte dela é em local plano de temperatura amena,
seco pelo sol; na outra, homens apanham uvas.
125   Outras uvas são pisadas. À frente estão uvas verdes
que deixam cair a sua flor; outras se tornam escuras.

Junto à última fila da vinha crescem canteiros de flores
de toda a espécie, em maravilhosa abundância.
Há duas nascentes de água: uma espalha-se por todo
130   o jardim; do outro lado, a outra flui sob o limiar do pátio
em direção ao alto palácio: dela tirava o povo a sua água.
Tais eram os belos dons dos deuses em casa de Alcino.

Ali, de pé, se maravilhou o sofredor e divino Ulisses.
Mas depois de com tudo ter se admirado no coração,
135   transpôs rapidamente a soleira e entrou no palácio.
Encontrou os príncipes e conselheiros dos Feácios
a verter libações das taças em honra do Matador de Argos,
que vê ao longe: para ele vertiam libações em último
lugar, quando lhes parecia ser já altura de dormir.
Atravessou a grande sala o sofredor e divino Ulisses,
140   envolto na névoa que sobre ele derramara Atena,
para chegar junto de Areta e do rei Alcino.
Em torno dos joelhos da rainha lançou Ulisses os braços:
nesse preciso momento se evaporou a névoa sobrenatural.

CANTO VII

Todos ficaram em silêncio, ao verem um homem estranho,
e maravilhavam-se ao olhá-lo. Ulisses fez então a sua prece:

"Areta, filha de Rexenor semelhante aos deuses!
Chego junto de ti e do teu esposo como suplicante, tendo
                                                          muito
sofrido, e junto também destes convivas, a quem queiram
os deuses conceder a ventura enquanto viverem, e que
                                                      cada um
deixe para os seus filhos uma grande fortuna em sua casa.
Mas a mim dai-me transporte, para que chegue depressa à
                                                          pátria,
pois já há muito que sofro desgraças longe da minha família."

Assim falou; e foi sentar-se na lareira, no meio das cinzas,
junto ao fogo. E todos permaneceram em silêncio.
Finalmente falou entre eles o velho herói Equeneu,
um dos anciãos do povo dos Feácios; era hábil nas palavras,
pois muitas e antigas eram as coisas que ele sabia.
Com boa intenção assim se dirigiu aos outros:

"Alcino, não é esta a melhor maneira (nem sequer fica bem)
de receber um estrangeiro, assim no chão, no meio das
                                                        cinzas.
Os outros estão aqui à espera de ouvir a tua palavra.
Levanta dali o estrangeiro e senta-o num trono decorado
com prata, e ordena aos escudeiros que misturem o vinho,
para que a Zeus que lança o trovão ofereçamos libações:
pois é ele que segue no encalço dos venerandos suplicantes.
E que a governanta lhe dê uma ceia do que houver lá dentro."

Quando o ouviu a força sagrada de Alcino,
pegou na mão do fogoso e astucioso Ulisses:
levantou-o da lareira e sentou-o num trono luzente,
do qual se levantara seu filho, o bondoso Laodamas;
era ele, muito amado, que se sentava junto do pai.

230   HOMERO

Uma serva trouxe um jarro com água para as mãos,
um belo jarro de ouro; e água verteu numa bacia de prata.
E junto dele colocou uma mesa polida.
175 A venerável governanta veio trazer-lhe o pão,
assim como iguarias abundantes de tudo quanto havia.
Então bebeu e comeu o sofredor e divino Ulisses.
Depois falou ao escudeiro a força sagrada de Alcino:

"Pontono, mistura o vinho na taça e serve-o a todos aqui
180 na sala, para que vertamos libações a Zeus que lança o
trovão
e que segue no encalço dos venerandos suplicantes."

Assim falou; e Pontono misturou o vinho doce como mel
e serviu-o a todos em taças, tendo vertido primeiro uma
libação.
Depois de terem invocado os deuses e bebido quanto desejava
185 seu coração, a eles se dirigiu Alcino, assim dizendo:

"Ouvi, ó príncipes e conselheiros dos Feácios,
o que o coração no peito me move a vos dizer.
Agora que vos banqueteastes, voltai a vossas casas para
repousar.
Ao surgir da Aurora convocaremos maior número de
anciãos,
190 para recebermos o estrangeiro aqui no palácio e sacrificarmos
aos deuses belas vítimas; depois pensaremos no seu
transporte,
para que o estrangeiro sem sofrimento e sem dor chegue
acompanhado por nós à sua terra pátria rapidamente,
regozijando-se, apesar de aqui ter chegado de tão longe.
195 E não deverá ele padecer entretanto qualquer sofrimento,
até que regresse à sua terra; mas depois disso terá
de aguentar tudo o que o destino e as terríveis Fiadoras
lhe fiaram à nascença, quando o deu à luz sua mãe.
Porém se ele for um dos imortais, descido do céu,

CANTO VII

₂₀₀ outra coisa doravante estarão os deuses a planejar:
é que antes sempre se nos revelaram de forma clara,
quando oferecíamos as gloriosas hecatombes; e eles,
conosco sentados, conosco participavam do banquete.
E se alguém de nós, caminhando só pela estrada, encontrar
₂₀₅ um dos deuses, eles não se ocultam, visto que são parentes
nossos, como são os Ciclopes e os selvagens Gigantes."

Respondendo-lhe assim falou o astucioso Ulisses:
"Alcino, pensa antes noutra coisa! Pois não tenho
semelhança com os imortais, que o vasto céu detêm,
₂₁₀ quer pelo corpo quer pela natureza, mas sim com os mortais.
Quem conhecerdes entre os homens com maior fardo
de desgraças, a esse me assemelho nos meus sofrimentos.
E longamente eu vos poderia contar todos os males,
todos os que por vontade divina eu tive de aguentar.
₂₁₅ No entanto deixai-me jantar, apesar da minha tristeza.
Pois nada existe de mais detestável do que o estômago,
que à força obriga o homem a pensar em comida,
mesmo quando oprimido com tristeza no espírito,
como agora me sinto oprimido; mas de modo incessante
₂₂₀ me recorda o estômago a comida e a bebida, fazendo-me
esquecer tudo o que sofri, exigindo que o encha.
Quanto a vós, apressai-vos ao surgir da Aurora
para levardes este desgraçado para a sua terra pátria,
depois de tantos males. E que a vida me abandone quando
₂₂₅ eu tiver visto os meus haveres, os meus servos e o alto
palácio."

Assim falou e todos louvaram as suas palavras, insistindo
no transporte do estrangeiro, uma vez que falara na
medida certa.
Depois de terem vertido libações e bebido tanto quanto lhes
pedia o coração, cada um foi descansar para sua casa.
₂₃₀ Na sala de banquetes ficou o divino Ulisses; junto dele
ficaram sentados Areta e Alcino semelhante aos deuses.

As servas levantaram tudo o que tinha servido ao jantar.
Entre eles quem falou primeiro foi Areta de alvos braços:
reconhecera a capa e a túnica, assim que olhara para as belas
235 roupas de Ulisses, pois com suas servas ela própria as tecera.
Então falando dirigiu-lhe palavras aladas:

"Estrangeiro, deixa-me colocar-te primeiro esta pergunta.
Quem és tu? E quem te ofereceu as roupas que vestes?
Não disseste que foi vagueando pelo mar que aqui chegaste?"

240 Respondendo-lhe assim falou o astucioso Ulisses:
"Seria difícil, ó rainha, narrar os males de modo contínuo,
visto que os deuses celestes me castigaram.
Mas responderei àquilo que interrogas e perguntas.
Ogígia é uma ilha lá longe no meio do mar.
245 Aí vive a filha de Atlas, a ardilosa Calipso
de belas tranças, terrível deusa. Nenhum dos deuses
com ela se relaciona, nem nenhum dos homens mortais.
Mas o destino me levou até a lareira da deusa, sozinho;
pois com seu relâmpago incandescente Zeus me atingira
250 a nau veloz, e a estilhaçara no meio do mar cor de vinho.
Foi então que pereceram todos os valentes companheiros,
mas eu fiquei agarrado à quilha da nau recurva e fui levado
durante nove dias. Quando sobreveio a décima noite negra,
fizeram os deuses que eu chegasse à ilha de Ogígia, onde vive
255 Calipso de belas tranças, terrível deusa. Ela acolheu-me;
com gentileza me estimou e alimentou. Prometeu-me
a imortalidade, para que eu vivesse sempre isento de velhice.
Mas nunca convenceu o coração dentro do meu peito.
Aí fiquei durante sete anos, e sempre umedecia
260 com lágrimas as vestes imortais que me dera Calipso.
Mas quando, volvido o seu curso, chegou o oitavo ano,
foi então que ela me ordenou e incitou a partir,
ou por ordem de Zeus, ou porque assim ela pensara.
Mandou-me embora numa jangada bem atada, e deu-me
265 muitas coisas: pão, vinho doce, e vestes imortais.

CANTO VII   233

Fez soprar um vento favorável, suave e sem perigo.
Durante dezessete dias naveguei sobre o mar;
no décimo oitavo dia apareceram as montanhas sombrias
da vossa terra: alegrou-se à sua vista o coração deste homem
270 malfadado: pois na verdade eu estava prestes a sofrer algo
de terrível que contra mim mandara Posêidon, Sacudidor
                                                    da Terra.
Agitou os ventos, assim atando o meu percurso; encrespou
o mar de modo indizível, a ponto de as ondas não deixarem
que eu fosse levado, gemendo sem cessar, pela jangada,
275 que seria despedaçada pela tempestade. Mas eu atravessei
a nado o grande abismo do mar, até que atingisse
a vossa terra, levado pelo vento e pelo mar.
Mas ao tentar sair da água, as ondas atiravam-me contra
                                                    a costa,
contra os grandes rochedos, lugar que nada tinha de
                                                    aprazível.
280 Recuei e pus-me de novo a nadar, até que cheguei
a um rio, que me pareceu o melhor lugar:
livre de rochas; abrigado do vento.
Reunindo todas as minhas forças, saí da água; e logo
sobreveio a noite imortal. Afastando-me do rio pelo céu
285 alimentado, deitei-me num canavial, pondo folhas
por cima do corpo; e sobre mim derramou o deus um sono
sem limites. Aí dormi no meio das folhas, de coração pesado,
durante toda a noite, durante a manhã e até o meio-dia.
O sol ia a caminho do ocaso quando o sono doce me deixou.
290 Então vi as servas da tua filha a brincar na praia;
e no meio delas vi a própria, semelhante a uma deusa.
Dirigi-lhe súplicas e ela não se revelou falha de compreensão:
não se esperaria tal coisa de alguém tão novo,
pois os jovens são sempre irresponsáveis.
295 Mas ela deu-me pão suficiente e vinho frisante;
lavou-me no rio e deu-me estas vestes que vedes.
Em tudo isto, a despeito das tristezas, vos disse a verdade."

234 HOMERO

Tomando então a palavra, a ele deu resposta Alcino:
"Estrangeiro, houve uma coisa em que não pensou bem
300 a minha filha, porquanto aqui te não trouxe com as servas,
para esta casa, quando foi a ela que primeiro dirigiste
súplicas."

Respondendo-lhe assim falou o astucioso Ulisses:
"Não censures, ó herói, a tua filha irrepreensível.
De fato ela me disse para a seguir com as servas:
305 fui eu que não quis, por receio e por vergonha,
não fosse teu coração encolerizar-se à vista de tal coisa.
Pois nós, as raças de homens na terra, somos rápidos na ira."

Tomando então a palavra, a ele deu resposta Alcino:
"Estrangeiro, o coração que tenho no peito não se zanga
310 em vão. Nada há de melhor em tudo que a justa medida.
Quem me dera — ó Zeus pai, ó Atena, ó Apolo! —
que fosse assim como tu, e com entendimento como o meu,
aquele que, aqui ficando, desposasse a minha filha, a
quem eu
chamasse meu genro! Dar-te-ia casa e muitos tesouros,
315 se de bom grado ficasses. Mas contra a tua vontade nenhum
dos Feácios te reterá. Que tal coisa nunca agrade a Zeus pai!
Indicarei, para que saibas, quando faremos o teu transporte:
amanhã. Nessa altura te deitarás, dominado pelo sono,
e eles te levarão pelos seus remos no mar calmo, para que
320 chegues à tua pátria e à tua casa, ou aonde quererás ir,
mesmo que seja mais longe que a Eubeia, terra que dizem
ser a mais longínqua aqueles dentre o nosso povo que a
viram,
quando transportaram o loiro Radamanto
para visitar Títio, o filho da Terra.
325 Até lá eles foram, e sem esforço fizeram a viagem:
no mesmo dia em que partiram, voltaram a casa.
Também tu ficarás a saber como são superiores as minhas
naus,

CANTO VII   235

como os nossos jovens são os melhores a percutir o mar
                                              com remos."

Assim falou; e alegrou-se o sofredor e divino Ulisses.
330 Proferiu uma prece e falou ao deus, chamando-o pelo nome:

"Zeus pai! Que se cumpram todas as coisas que Alcino
acaba de dizer! E que na terra que dá cereais seja sua fama
inexaurível! E que eu possa regressar à minha pátria."

Foi isto que eles disseram, falando um ao outro.
335 E Areta de alvos braços ordenou à servas
que armassem uma cama debaixo do pórtico e que sobre ela
pusessem cobertores purpúreos e estendessem mantas,
e que lá colocassem capas de lã em que ele se envolvesse.
As servas saíram da sala com tochas acesas nas mãos.
340 Depois de terem se esforçado para fazer a cama,
vieram para junto de Ulisses e assim lhe disseram:
"Vai agora descansar, ó estrangeiro: a cama está feita."

Assim disseram; e a Ulisses pareceu bem ir repousar.
E naquele lugar dormiu o sofredor e divino Ulisses,
345 numa cama encordoada sob o pórtico retumbante.
Alcino dormiu no aposento interior do alto palácio,
e a seu lado a augusta esposa, que lhe preparou a cama.

Canto VIII

Quando surgiu a que cedo desponta, a Aurora de róseos
dedos,

levantou-se do seu leito a força sagrada de Alcino;
levantou-se Ulisses, criado por Zeus, saqueador de cidades.
Foi a força sagrada de Alcino que conduziu os Feácios
5   até a ágora, que fora construída perto de onde estavam as
naus.

Para lá se dirigiram, sentando-se em assentos polidos,
uns ao lado dos outros. E pela cidade foi Palas Atena,
sob a forma do arauto do fogoso Alcino,
preocupada com o retorno do magnânimo Ulisses,
10   pelo que abordou cada cidadão e assim lhe disse:

"Ide agora, ó príncipes e conselheiros dos Feácios,
até a ágora, para saberdes notícias do estrangeiro,
que veio há pouco para a casa do fogoso Alcino,
tendo vagueado pelo mar. De corpo parece um deus!"

15   Assim falando, estimulou a força e a coragem de cada um.
Depressa se encheram de homens os assentos da ágora
com aqueles que se reuniam; e muitos se maravilharam
ao ver o fogoso filho de Laertes. Pois sobre ele Atena
derramara na cabeça e nos ombros uma beleza invulgar,
20   fazendo-o mais alto e mais musculoso aos olhos de quem
o fitava, para que assim fosse estimado por todos os Feácios,

CANTO VIII 237

e lhes parecesse digno de admiração e respeito, quando
o pusessem à prova em muitas contendas atléticas.
Assim que todos se juntaram e reuniram, para eles
25 falou então Alcino, proferindo estas palavras:

"Ouvi, ó príncipes e conselheiros dos Feácios,
o que o coração no peito me move a vos dizer.
Este estrangeiro, cujo nome não sei, chegou errante
a minha casa, vindo do lado da Aurora ou do ocaso.
30 Pede que o transportemos; suplica tal segurança.
Como no passado fizemos, concedamos-lhe transporte.
Pois não há homem, que venha ter ao meu palácio,
que lá permaneça a lamentar-se por falta de transporte.
Arrastemos portanto uma escura nau até o mar divino,
35 que nunca antes tenha navegado; e cinquenta e dois
mancebos
escolhei dentre o povo, que já antes provaram ser os
melhores.
Assim que tiverdes todos os remos atados nas bancadas,
desembarcai, para que rapidamente prepareis um banquete,
indo para o meu palácio. A todos darei generosa
hospitalidade.
40 Aos mancebos é isto que ordeno. Quanto aos outros —
vós, reis, detentores de cetro — vinde agora ao meu belo
palácio, para que mostremos ao estrangeiro a nossa estima.
Que ninguém se recuse! E chamai ainda o divino aedo,
Demódoco, pois a ele concedeu o deus o dom de nos
45 deleitar, quando aquilo canta que lhe inspira o coração."

Assim dizendo, indicou o caminho; e seguiram-no os reis
detentores de cetro. O arauto foi buscar o divino aedo.
Dirigiram-se os cinquenta e dois mancebos escolhidos,
como lhes fora ordenado, para a orla do mar nunca cultivado.
50 E quando chegaram à nau e à orla do mar,
arrastaram primeiro a nau para a água funda;
depois colocaram o mastro e a vela na escura nau

e ajustaram os remos com correias de couro,
cada coisa pela ordem certa. Içaram a branca vela
55 e ancoraram a nau na água funda.

Depois dirigiram-se ao grande palácio do fogoso Alcino.
Os pórticos, os pátios e os edifícios estavam repletos de
homens
que ali se reuniam: eram muitos, tanto novos como velhos.
Em sua honra Alcino degolou em sacrifício doze ovelhas,
60 oito javalis de brancas presas e dois bois de passo
cambaleante.
Esfolaram e esquartejaram os animais; fizeram um
aprazível festim.

Chegou depois o arauto, trazendo pela mão o exímio aedo,
a quem a Musa muito amava. Dera-lhe tanto o bem como
o mal.
Privara-o da vista dos olhos; mas um doce canto lhe
concedera.
65 Para ele colocou Pontono um trono com decorados de prata
no meio dos convivas, recostando-o contra uma alta coluna.
Num prego pendurou a lira de límpido som, perto da cabeça
do aedo; mostrou-lhe depois o arauto como a ela chegaria
com as mãos. E junto dele colocou um belo cesto e uma mesa,
70 assim como uma taça de vinho, para que bebesse quando
desejasse.

E todos lançaram mãos às iguarias que tinham à sua frente.
Mas depois de afastarem o desejo de comida e bebida,
a Musa inspirou o aedo a cantar as célebres façanhas de
heróis:
era um canto cuja fama chegara já ao vasto céu —
75 a contenda entre Ulisses e Aquiles, filho de Peleu.
O tema era como outrora se injuriaram no banquete divino
com palavras violentas; e Agamêmnon, soberano dos
homens,

CANTO VIII 239

se regozijou no espírito, ao injuriarem-se os mais nobres
dos Aqueus.
Pois assim lhe dera Febo Apolo uma indicação oracular,
80 na sagrada Delfos, quando transpôs a soleira de pedra
para interrogar o deus. E daí rolou o início da desgraça
para Troianos e Dânaos, por vontade do grande Zeus.

Era isto que cantava o celebérrimo aedo. Mas Ulisses
com suas mãos possantes pegou na capa de púrpura
85 e com ela cobriu a cabeça, escondendo o belo rosto.
Sentia vergonha dos Feácios porque das pálpebras lhe
corriam
lágrimas: na verdade, cada vez que o aedo fazia uma pausa,
Ulisses limpava as lágrimas e tirava a capa da cabeça;
e com a taça de asa dupla oferecia libações aos deuses.
90 Mas quando o aedo retomava o canto, quando lhe pediam
para voltar a cantar os Feácios, visto que as suas palavras
os deleitavam, Ulisses tapava de novo a cabeça para chorar.
De todos os outros conseguiu ocultar as lágrimas;
só Alcino se apercebeu e reparou no que sucedia,
95 pois estava sentado perto dele e ouviu-o a suspirar.
Logo declarou aos Feácios que amam seus remos:

"Escutai, ó príncipes e conselheiros dos Feácios!
O coração já nos saciaram o banquete e a lira,
que acompanha o abundante festim.
100 Agora saiamos lá para fora para celebrarmos jogos
atléticos, para que o estrangeiro conte depois aos amigos,
quando chegar em casa, como nós somos excelentes
no pugilato, na luta, nos saltos e nas corridas."

Assim dizendo, indicou o caminho e todos o seguiram.
105 O arauto pendurou no prego a lira de límpido som;
pegou na mão de Demódoco e levou-o para fora da sala,
pelo mesmo caminho que tinham seguido os outros
príncipes dos Feácios, para se admirarem com os jogos.

240   HOMERO

Foram para a ágora, e seguiu uma multidão imensa,
110 aos milhares. Levantaram-se muitos e nobres mancebos:
levantaram-se Acroneu e Oquíalo e Elatreu;
Nauteu e Primneu e Anquíalo e Eretmeu;
Ponteu e Proreu e Tôon e Anabiseneu;
Anfíalo, filho de Polineu, filho de Técton;
115 e Euríalo, semelhante a Ares destruidor de homens,
filho de Náubolo, que pela beleza do corpo era o melhor
de todos os Feácios, além do irrepreensível Laodamas.
Levantaram-se os três filhos do irrepreensível Alcino:
Laodamas, Hálio e Clitoneu, semelhante aos deuses.

120 Em primeiro lugar competiram na corrida.
Desde a marca da partida foi-lhes traçado um curso.
Todos correram depressa, levantando a poeira da planície.
Mas entre eles o melhor foi o irrepreensível Clitoneu.
A distância de uma parelha de mulas em terra arável:
era essa a distância entre ele e os outros, quando
125 chegou onde estava o povo, ficando os outros para trás.

Em seguida competiram na luta dolorosa.
Aqui foi Euríalo o melhor de todos os príncipes.
Nos saltos distinguiu-se Anfíalo, mais que qualquer outro.
No lançamento do disco, o melhor de longe foi Elatreu.
130 E no pugilato ganhou Laodamas, belo filho de Alcino.
Mas depois que todos deleitaram o espírito com jogos,
entre eles falou Laodamas, o filho de Alcino:

"Amigos, perguntemos agora ao estrangeiro se conhece
ou aprendeu contendas atléticas. De corpo não é mau:
135 reparai nas coxas e nas pernas; em ambos os braços;
no pescoço possante, na grande força. E juventude
não lhe falta, apesar de atormentado por tantas desgraças.
Pois eu não penso haver coisa mais terrível que o mar
para abater um homem, por muito forte que seja."

CANTO VIII 241

Tomando a palavra, assim lhe respondeu Euríalo:
"Laodamas, aquilo que disseste foi na medida certa.
Vai agora desafiá-lo, falando-lhe publicamente."

Logo que ouviu esta resposta o belo filho de Alcino,
colocou-se no meio de todos e assim disse a Ulisses:
"Agora vem também tu, ó pai estrangeiro, experimentar
qualquer contenda atlética, se porventura sabes alguma.
Para mim tens aspecto de atleta. Na vida não há maior glória
para o homem do que os feitos alcançados pelos pés e
pelos braços.
Experimenta pois qualquer coisa, e afasta as dores do
espírito!
A tua viagem não será adiada: já está lançada a nau
que te levará; e a tripulação está já pronta."

Respondendo-lhe assim falou o astucioso Ulisses:
"Laodamas, por que me desafiais, para fazerdes troça de
mim?
No espírito tenho mais sofrimentos que contendas atléticas,
eu que no passado muito padeci e muitos males aguentei.
Agora estou sentado no meio da vossa ágora, ansiando
pelo meu regresso, como suplicante do rei e de todo o povo."

A ele deu resposta Euríalo, insultando-o cara a cara:
"Não, estrangeiro, a mim não dás impressão de seres um
homem
conhecedor de contendas atléticas — das que praticam
homens.
Pareces-me mais alguém que vai e vem na nau bem
construída,
comandante de marinheiros que são eles próprios
mercadores:
alguém que só pensa na carga e está sempre muito atento
aos lucros do regateio. De atleta de fato não tens nada."

165 Fitando-o com uma expressão fechada, respondeu o
astucioso Ulisses:
"Estrangeiro, não foram bonitas as tuas palavras. Pareces
desvairado.
Mas afinal é verdade que nem a todos os homens os deuses
concederam os dons da beleza, compreensão e eloquência.
Pois ao homem que é inferior pelo aspecto físico,
170 beleza dão os deuses às suas palavras, de forma que outros
o contemplam com prazer, porque fala sem hesitação,
com doçura e pudor; e assim é preeminente entre o povo
reunido, e na cidade todos o fitam como se fosse um deus.
Por seu lado, outro homem — um cuja beleza iguala a dos
deuses:
175 só que as palavras dele não foram coroadas com a
grinalda da graça.
É o teu caso, excepcional como és na beleza; pois nem um
deus
te faria mais belo do que és. De inteligência porém és
desprovido.
Encolerizaste o coração no meu peito, falando de modo
áspero
e sem medires as palavras. Não sou inexperiente em
contendas
180 atléticas, como tu afirmas; mas entre os melhores me contava,
quando podia confiar na minha juventude e nos meus braços.
Mas agora domina-me a dor e a desgraça. Sofri muito,
tanto nas guerras dos homens como nas ondas do mar.
Mas mesmo assim, apesar disso, participarei dos vossos
jogos.
185 Pois provocaste-me com o teu discurso e feriste-me o
coração."

Assim falando, levantou-se de repente, ainda vestido com
a capa,
e agarrou num disco maior e mais grosso (e em não
pequena medida

CANTO VIII   243

mais pesado) do que os discos que tinham lançado os Feácios.
Dando voltas com o corpo, lançou-o da mão possante.
190 O disco zumbiu no voo; e no chão se agacharam
os Feácios de longos remos, famosos pelas suas naus,
sob o ímpeto do lançamento. Voou o disco além das marcas
de todos, acelerando com ligeireza a partir da mão de Ulisses.
Com corpo de homem, Atena marcou o lugar, declarando:

195 "Até um cego, ó estrangeiro, distinguiria a tua marca
pelo tato, visto que se não mistura com as outras,
mas está muito à frente. Anima-te com esta contenda!
Nenhum dos Feácios poderia igualar ou ultrapassar-te."

Assim falou; e regozijou-se o sofredor e divino Ulisses,
200 contente porque alguém por ele torcia no meio da multidão.
E então, já mais aliviado, assim disse aos Feácios:

"Vede agora se atingis isto, rapazes! Penso ser capaz
de lançar outro tão longe — ou mais longe ainda!
Se algum de vós sentir vontade no coração e no espírito,
205 que aqui venha para ser posto à prova, pois muito me irastes!
Seja luta, pugilato ou corrida: não me importo.
Que seja qualquer um dos Feácios, à exceção de Laodamas:
ele é meu anfitrião; quem combateria contra quem o estima?
Desprovido de juízo e de valor é o homem
210 que desafia para contendas atléticas quem o recebe
em terra estrangeira: em tudo só a si mesmo se prejudica.
Mas dentre todos os outros, nenhum eu menosprezarei nem
recusarei; mas quero conhecê-los, posto à prova, corpo a
                                                          corpo.
Nada há em que eu seja fraco, nas contendas atléticas dos
                                                         homens.
215 Na verdade, eu sei bem manejar o arco bem polido:
era sempre eu o primeiro a atirar e acertar contra a multidão
de inimigos, embora muitos companheiros estivessem
ao meu lado e atirassem com seus arcos contra os homens.

Só Filocteto me superava com o seu arco na terra
220 dos Troianos, quando nós Aqueus disparávamos as setas.
Mas de todos os outros declaro ser eu o melhor:
de todos quantos são mortais e se alimentam de pão.
Porém não quereria rivalizar com homens do passado,
com Héracles ou com Êurito da Ecália,
225 que até com os imortais competiram como arqueiros.
Foi por isso que logo morreu o grande Êurito: à velhice
não chegou no seu palácio. Encolerizado, Apolo
matou-o, porque ousara desafiá-lo com seu arco.
A lança atiro eu mais longe do que outro atira uma seta.
230 Na corrida é que receio poder vencer-me algum dos Feácios,
pois fui quebrantado pela força de muitas ondas;
e na embarcação onde seguia faltavam mantimentos,
pelo que meus membros estão agora amolecidos."

Assim falou; e todos permaneceram em silêncio.
235 Foi Alcino o único a tomar a palavra, dizendo:

"Estrangeiro, não é com falta de gentileza que nos dizes
tais coisas, mas antes porque queres realçar a excelência
de que és dotado, ofendido como foste por aquele homem
que te insultou no meio dos jogos. Não teria amesquinhado
240 a tua excelência quem com decência soubesse falar.
Mas ouve agora as minhas palavras, para que as possas
relatar a outro herói, quando em teu palácio te banqueteares
na companhia da tua mulher e dos teus filhos,
recordado da nossa excelência e das façanhas que até agora
245 Zeus nos concedeu, já desde o tempo dos nossos pais.
Pois não somos irrepreensíveis no pugilato nem na luta;
mas corremos com rapidez e somos exímios marinheiros.
A nós sempre caro é o festim, assim como a lira, as danças,
as mudas de roupa, os banhos quentes e a cama.
250 Agora, todos vós que sois os melhores bailarinos dos Feácios,
dai início à dança! Para que o estrangeiro conte aos amigos
quando chegar em casa como somos superiores aos outros

CANTO VIII   245

na navegação, na corrida, na dança e no canto!
E que alguém vá imediatamente buscar para Demódoco
255 a lira de límpido som, que ficou algures no meu palácio."

Assim falou Alcino, semelhante aos deuses; levantou-se
o arauto para trazer do palácio do rei a lira cinzelada.
Levantaram-se em seguida nove oficiais, escolhidos do povo,
que tudo nas contendas atléticas bem organizavam.
260 Nivelaram o piso para a dança e demarcaram um belo
                                                    recinto.
Aproximou-se o arauto, trazendo a lira de límpido som
para Demódoco, que se colocou no meio; e em seu redor
se posicionaram mancebos na floração da juventude,
exímios bailarinos, que o solo sagrado percutiram com os
                                                    pés.
265 Maravilhou-se Ulisses, encandeado com os passos
                                      faiscantes dos pés.

Foi então que, tangendo a sua lira, Demódoco começou
o belo canto dos amores de Ares e Afrodite da linda coroa.
Cantou como primeiro fizeram amor na casa de Hefesto
às ocultas; e muitos presentes lhe deu Ares, desonrando o
                                                    leito
270 nupcial do soberano Hefesto; porém a este veio dar a notícia
o Sol, que os vira na cama, deitados na união do seu amor.

Quando Hefesto ouviu a notícia que lhe feriu o coração,
foi para a sua forja, remoendo no espírito fundos
                                      pensamentos.
Sobre um suporte colocou uma grande bigorna e forjou
                                                    correntes
275 impossíveis de quebrar ou deslaçar, para que ficassem bem
                                                    firmes.
Depois que forjou esta armadilha, encolerizado contra Ares,
foi para o tálamo, onde estava o leito que lhe era tão caro.
Deixou pender em círculo as correntes da cabeceira da cama;

246 HOMERO

e muitas correntes suspendeu das vigas do teto, finas
280 como teias de aranha: ninguém as notaria, nem mesmo
algum dos deuses bem-aventurados, tão enganosas elas eram.

Depois de colocar toda a armadilha em torno da cama,
fingiu que ia para Lemnos, a bem fundada cidade,
que de todas as terras era de longe a sua preferida.
285 E não foi uma vigília cega, a de Ares das rédeas douradas:
pois assim que viu partir Hefesto, o famoso artífice,
foi logo para casa do muito famigerado Hefesto,
desejoso de se entregar ao amor de Citereia da linda coroa.
Ela acabara de regressar de junto do pai, o poderoso Crônida;
290 acabara de se sentar. Ares entrou pela casa adentro,
pegou-lhe na mão e assim lhe disse, tratando-a pelo nome:

"Vamos para a cama, meu amor, para gozarmos o nosso
prazer.
Hefesto não está entre os deuses, mas foi para fora — decerto
para Lemnos, para visitar os Síntias de fala selvagem."

295 Assim falou; e grata lhe pareceu a ideia de se deitar com ele.
Foram para a cama e aí se deitaram. Por cima deles caíram
as correntes bem executadas do pensativo Hefesto.
Não conseguiam mexer os membros nem levantar-se;
e em breve reconheceram que dali não havia fuga.
300 Aproximou-se deles então o famoso deus ambidestro,
tendo voltado para trás, antes de chegar a Lemnos:
pois o Sol mantivera vigília e lhe dera o aviso.
Dirigiu-se para sua casa, de coração entristecido,
e postou-se junto aos portões, dominado pela ira feroz.
305 Lançou gritos horripilantes, berrando a todos os deuses:

"Zeus pai, e todos vós bem-aventurados que sois para
sempre!
Vinde para aqui, para verdes um trabalho risível e
insuportável;

CANTO VIII   247

para verdes como Afrodite, filha de Zeus, me desonra
por ser coxo, dando o seu amor a Ares detestável,
310 porque é belo e bem-feito de corpo, ao passo que nasci
estropiado; e a culpa disso é exclusivamente dos meus pais,
que me geraram — quem me dera nunca ter nascido!
Mas vereis onde aqueles dois se deitaram em amor:
na minha cama, enquanto eu fico a olhar, desesperado.
315 Mas não penso que eles queiram ficar deitados mais tempo,
por muito que se amem; rapidamente perderão o desejo
de estar deitados. E em vez disso o dolo e as correntes
os manterão amarrados, até que o pai me devolva tudo,
todos os presentes nupciais que ofereci por causa desta
                                                    cadela:
320 é bela a filha de Zeus, mas não consegue conter o desejo."

Assim falou. Reuniram-se os deuses na casa com chão de
                                                    bronze.
Chegou Posêidon, o Sacudidor da Terra, e o Auxiliador
Hermes; chegou o soberano que atua ao longe, Apolo.
As deusas, mais femininas, ficaram por pudor cada uma
                                              em sua casa.
325 Mas junto aos portões estavam os deuses, doadores de
                                              boas coisas:
e um riso inexaurível brotou da parte dos deuses
                                        bem-aventurados,
ao verem o artifício que concebera o pensativo Hefesto.
Entre eles um assim dizia, olhando de soslaio para outro:

"'Não prosperam as más ações!' 'O Lento apanha o Rápido!'
330 Ora como no caso de Hefesto: tão lento, conseguiu apanhar
Ares, o mais rápido de todos os deuses que o Olimpo detêm,
pelo artifício, sendo coxo! Ares terá de pagar por este
                                              adultério."

Estas coisas diziam, falando uns para os outros.
A Hermes disse então o soberano Apolo, filho de Zeus:

248   HOMERO

335 "Hermes, filho de Zeus, Mensageiro, Doador de Boas Coisas!
Será que mesmo apesar das fortes correntes gostarias
de dormir naquele leito, ao lado da dourada Afrodite?"

A ele deu resposta o Mensageiro, Matador de Argos:
"Prouvera que tal acontecesse, soberano Apolo que atiras
ao longe!
340 Mesmo que fossem três vezes mais as correntes ilimitadas —
e que vós deuses estivésseis a ver, e todas as deusas:
mesmo assim gostaria de dormir com a dourada Afrodite."

Assim falou, e o riso brotou entre os deuses imortais.
Mas Posêidon não se riu. Suplicava constantemente
345 a Hefesto de famosos trabalhos para que soltasse Ares.
E falando dirigiu-lhe palavras aladas:

"Solta-o. E eu prometo que ele pagará, como pretendes,
toda a recompensa que aprouver aos deuses imortais."

A ele deu resposta o famigerado deus ambidestro:
350 "Posêidon, Sacudidor da Terra, não me mandes fazer isso.
Não vale de nada a garantia garantida por quem nada vale.
Como é que eu te constrangeria na presença dos deuses
imortais
se Ares partisse, evitando tanto as correntes como a dívida?"

A ele deu resposta Posêidon, o Sacudidor da Terra:
355 "Hefesto, mesmo que Ares evite a dívida, fugindo
para longe, eu te farei o pagamento em vez dele."

A ele deu resposta o famigerado deus ambidestro:
"Não me ficaria bem recusar-me a fazer como dizes."

Assim dizendo, a força de Hefesto soltou as correntes.
360 E assim que se viram libertos das correntes (tão fortes que
eram!),

CANTO VIII 249

de imediato se levantaram ambos. Ares foi para a Trácia.
Mas para Chipre se dirigiu Afrodite, deusa dos sorrisos;
foi para Pafos, pois aí tem seu templo e seu perfumado altar.
Aí as Graças a banharam e a ungiram com azeite imortal,
365 o azeite que faz resplandecer os deuses que são para sempre;
e vestiram-na com belas vestes, maravilha de se ver!

Assim cantou o célebre aedo. E Ulisses deleitou-se
no seu espírito enquanto o ouvia; deleitaram-se também
os Feácios de longos remos, famosos pelas suas naus.

370 Foi então que Alcino ordenou a Hálio e Laodamas
que dançassem só os dois, pois com eles ninguém competia.
Logo em seguida tomaram nas mãos uma esfera formosa,
purpúrea, que para eles fabricara o fogoso Polibo:
um deles atirava a esfera em direção às nuvens sombrias,
375 inclinando-se para trás; o outro dava um grande salto
e facilmente a apanhava, antes que seus pés tocassem a terra.
Depois que se saciaram de atirar a esfera em linha vertical,
começaram os dois a dançar na terra provedora de dons,
passando sempre a esfera de um para o outro; os outros
mancebos
380 no recinto batiam palmas e tremendo foi o alarido que se
levantou.

A Alcino dirigiu então a palavra o divino Ulisses:
"Alcino poderoso, excelente entre todos os povos!
De serem teus bailarinos os melhores de todos te ufanaste!
Cumprem-se as tuas palavras: ao vê-los me domina o
espanto."

385 Assim falou; e regozijou-se a força sagrada de Alcino.
Imediatamente falou aos Feácios, que amam seus remos:

"Ouvi, ó príncipes e conselheiros dos Feácios!
O estrangeiro parece-me um homem de grande sensatez.

Ofereçamos-lhe um presente de hospitalidade apropriado.
390 Nesta terra são em número de doze os reis principais
que reinam e dão ordens; eu próprio sou o décimo terceiro.
Que cada um dos doze traga uma capa bem lavada
e uma túnica; e que traga um talento de ouro valioso.
Reunamos aqui depressa estas coisas, para que nas mãos
395 o estrangeiro as possa levar, contente, quando for jantar.
E que Euríalo profira palavras em sinal de desagravo
e ofereça um presente: o que disse antes não foi na medida
certa."

Assim falou e todos louvaram e secundaram as suas palavras.
Cada um mandou um escudeiro ir buscar as oferendas.
400 Em seguida foi Euríalo a tomar a palavra, assim dizendo:

"Alcino poderoso, excelente entre todos os povos,
darei ao estrangeiro um sinal de desagravo, como mandas.
Dar-lhe-ei esta espada, toda de bronze, com punho de prata;
a bainha que a envolve é como um redemoinho de marfim
405 recém cortado: será para ele uma oferenda de grande valor."

Assim dizendo, pôs nas mãos de Ulisses a espada de prata;
e falando dirigiu-lhe palavras aladas:
"Salve, ó pai estrangeiro. Se foi proferida alguma palavra
terrível, que agora a levem os ventos da tempestade.
410 E que os deuses te concedam rever a tua mulher e regressar
à tua terra, pois há muito que sofres dores, longe da família."

Respondendo-lhe assim falou o astucioso Ulisses:
"Também te saúdo, amigo; que os deuses te deem a ventura.
E que no futuro nunca te venha a saudade desta espada,
415 porque a mim foi dada em sinal de desagravo pelo que
disseste."

Assim falou; e dos ombros pendurou a espada de prata.
O sol pôs-se. Vieram trazer-lhe os gloriosos presentes,

CANTO VIII

que altivos escudeiros levaram para o palácio de Alcino.
Receberam-nos os filhos do irrepreensível Alcino,
420 que colocaram junto da mãe veneranda os lindíssimos
regalos.
Indicou o caminho a força sagrada de Alcino,
e todos foram sentar-se em tronos elevados.
Então declarou a Areta a força de Alcino:

"Minha esposa, traz aqui uma bela arca, a melhor que tiveres.
425 Nela põe tu própria uma capa bem lavada e uma túnica.
E para o estrangeiro ponde ao lume uma caldeira: aquecei
água, para que depois de tomar banho ele contemple
todos os presentes
que aqui jazem, trazidos pelos irrepreensíveis Feácios;
que depois se deleite com o jantar, ao som do hino cantado.
430 Da minha parte, dar-lhe-ei esta lindíssima taça que me
pertence,
feita de ouro, para que se lembre de mim todos os dias da
sua vida,
quando oferecer libações em sua casa a Zeus e aos outros
deuses."

Assim falou; e Areta ordenou às servas que pusessem ao lume
uma trípode enorme o mais rapidamente que conseguissem.
435 Colocaram sobre o fogo ardente a trípode para aquecer água:
nela verteram água para o banho; por baixo puseram lenha.
O fogo cobriu a barriga da trípode e a água ficou quente.
Enquanto isso Areta trouxe do tálamo para o estrangeiro
uma arca lindíssima, e nela colocou as belas oferendas:
440 as roupas e o ouro, que os Feácios tinham oferecido.
Lá dentro pôs ela própria uma capa e uma bela túnica;
e falando dirigiu-lhe palavras aladas:

"Olha agora para a tampa e ata depressa uma corda,
não vá alguém prejudicar-te no caminho, quando voltares
445 a dormir um doce sono navegando na nau escura."

Assim que ouviu estas palavras o sofredor e divino Ulisses,
logo ajustou a tampa e rapidamente atou um nó complicado:
era um nó que outrora lhe ensinara a excelsa Circe.
Logo em seguida veio a governanta dizer-lhe para se lavar
450 na banheira: e foi com alegria que no seu coração ele
                                       contemplou
a água quente para o banho, visto que tal tratamento
não recebera com frequência, desde que de Calipso de lindos
cabelos deixara a casa, onde fora tratado como um deus.

Depois que as servas o banharam e o ungiram com azeite,
455 sobre os ombros lhe lançaram uma bela capa e uma túnica.
Saiu do banho e foi se juntar aos homens, que bebiam
o seu vinho. E Nausica, dotada da beleza dos deuses,
encostou-se a uma coluna perto da ombreira da sala:
olhou maravilhada para Ulisses, mirando-o com os olhos.
460 E falando dirigiu-lhe palavras aladas:

"De ti me despeço, ó estrangeiro. Quando chegares à tua
                                  terra pátria,
lembra-te de mim: deves-me em primeiro lugar o preço da
                                  tua vida."

Respondendo-lhe assim falou o astucioso Ulisses:
"Nausica, filha do magnânimo Alcino!
465 Que Zeus, esposo tonitruante de Hera, me permita
voltar a minha casa para que veja o dia do meu regresso!
A ti rezarei então como a uma deusa todos os dias
da minha vida: pois a ti devo o fato de estar vivo."

Assim dizendo, foi sentar-se num trono junto do rei Alcino.
470 Estavam já a servir as porções de carne e a misturar o vinho.
Chegou um escudeiro, trazendo pela mão o excelente aedo:
Demódoco, honrado pelo povo. Sentou-o no meio
dos convivas, recostando-o contra uma alta coluna.
Então ao escudeiro falou o astucioso Ulisses, cortando

CANTO VIII 253

475 uma fatia — ficava ainda a maior parte — da carcaça
de um javali de brancas presas, entremeada de gordura:

"Escudeiro, leva esta fatia de carne e vai dá-la a Demódoco,
para ele comer. Mostrar-lhe-ei o meu apreço, apesar do
                              que sofro.
Pois entre todos os homens que estão na terra, os aedos
480 granjeiam honra e reverência: a eles ensinou a Musa
o canto porque estima as tribos dos aedos."

Assim falou; e o escudeiro pegou na carne e pô-la nas mãos
do herói Demódoco, que a recebeu, regozijando-se no
                              espírito.
Lançaram mãos às iguarias que tinham à sua frente.
485 Mas depois que afastaram o desejo de comida e bebida,
a Demódoco disse então o astucioso Ulisses:

"Demódoco, a ti louvo eu mais que a qualquer outro homem,
quer tenha sido a Musa a ensinar-te, quer o próprio Apolo.
É com grande propósito que cantas o destino dos Aqueus —
490 tudo o que os Aqueus fizeram, sofreram e padeceram —
como se lá tivesses estado ou o relato ouvido de outrem.
Mas muda agora de tema e canta-nos a formosura do cavalo
de madeira, que Epeu fabricou com a ajuda de Atena:
o cavalo que o divino Ulisses levou para a acrópole pelo dolo,
495 depois de o ter enchido com os homens que saquearam Ílio.
Se estas coisas me contares na medida certa,
direi a todos os homens que na sua benevolência
o deus te concedeu a dádiva do canto inspirado."

Assim falou; e o aedo, incitado, começou por preludiar o
                              deus,
500 revelando depois o seu canto. Tomou como ponto de partida
o momento em que tinham embarcado nas naus bem
                              construídas
e iniciado a navegação (depois de queimadas as tendas)

os Aqueus. Outros, sob o comando do glorioso Ulisses,
estavam na ágora dos Troianos, escondidos dentro do
cavalo.
Pois os próprios Troianos o tinham arrastado para a
acrópole.
505 E ali estava o cavalo, enquanto os cidadãos se sentavam à
volta,
discutindo de modo prolixo e confuso. Três planos lhes
agradaram:
ou rachar a madeira oca com o bronze impiedoso;
ou arrastá-lo até o cimo da cidade e atirá-lo para as rochas;
ou deixá-lo ficar como oferenda encantadora para os
deuses —
510 e foi isto o que acabou mais tarde por acontecer,
pois era seu destino perecerem, quando a cidade circundasse
o grande cavalo de madeira, dentro do qual estavam sentados
os melhores dos Aqueus para trazer aos Troianos a morte
e o destino.

E cantou como os filhos dos Aqueus saquearam a cidade,
515 entornando-se para fora do cavalo, deixando a oca cilada.
Cantou como por caminhos diferentes arrasaram a
íngreme cidade;
mas Ulisses dirigiu-se, como se fosse Ares, à casa de Deífobo,
na companhia de Menelau semelhante aos deuses:
aí se diz que Ulisses ousou a mais terrível das lutas,
520 de que saiu vencedor com o auxílio da magnânima Atena.

Foi este o canto do celebérrimo aedo. Mas Ulisses derretia-se
a chorar: das pálpebras as lágrimas umedeciam-lhe o rosto.
Tal como chora a mulher que se atira sobre o marido
que tombou à frente da cidade e do seu povo, no esforço
525 de afastar da cidadela e dos filhos o dia impiedoso,
e ao vê-lo morrer, arfante e com falta de ar, a ele se agarra,
gritando em voz alta, enquanto atrás dela os inimigos
lhe batem com as lanças nas costas e nos ombros

CANTO VIII 255

para a arrastar para o cativeiro, onde terá trabalhos e dores,
530 e murchar-lhe-ão as faces com o pior dos sofrimentos —
assim Ulisses deixava cair dos olhos um choro aflitivo.

De todos os outros conseguiu ocultar as lágrimas;
só Alcino se apercebeu e reparou no que sucedia,
pois estava sentado perto dele e ouviu-o a suspirar.
535 Logo declarou aos Feácios que amam seus remos:

"Escutai, ó príncipes e conselheiros dos Feácios!
Que Demódoco não tanja agora a lira de límpido som,
pois nem a todos tem este canto o condão de agradar.
Desde que demos início ao banquete e o divino aedo
540 começou a cantar, desde então não parou de chorar
e de se lamentar o estrangeiro. A dor abateu-se sobre ele.
Que o canto cesse, para que todos nos alegremos,
anfitriões e hóspede, pois é muito melhor assim.
Foi em honra do estrangeiro que preparamos tudo isto:
545 o transporte e os presentes que lhe damos com amizade.
Um estrangeiro e suplicante é como um irmão
para o homem que atinja o mínimo do bom senso.
Assim, da tua parte não escondas com intenção calculista
aquilo que te quero perguntar. Ficar-te-ia melhor falares.
550 Diz-me o nome pelo qual te tratam tua mãe e teu pai,
assim como todos os que habitam perto da tua cidade.
Pois entre os homens não há ninguém que não tenha nome,
seja ele de condição vil ou nobre, uma vez que tenha nascido:
mas os pais dão sempre um nome aos filhos, quando nascem.
555 E diz-me qual é a tua terra, qual é a tua cidade, para que
até lá
as nossas naus te transportem, discernindo o percurso por
si sós.
É que os Feácios não têm timoneiros, nem têm lemes,
como é hábito entre as naus dos outros; mas as próprias naus
compreendem os pensamentos e os espíritos dos homens,
560 e conhecem as cidades e férteis campos de todos,

256   HOMERO

atravessando o abismo do mar rapidamente, ocultadas
por nuvens e nevoeiro. Nunca receiam que algo de mal
lhes aconteça, nem nunca têm medo de se perder.
Mas há uma coisa: ouvi-a da boca de meu pai,
565 Nausito. Afirmou que Posêidon se encolerizava
contra nós, porque damos a todos transporte seguro.
Disse que viria o dia em que uma nau bem construída
dos Feácios, ao regressar de um transporte sobre o mar
                              brumoso,
seria atingida por Posêidon, e ocultada atrás de uma
                          grande montanha.
570 Assim falou o ancião. Estas coisas o deus cumprirá,
ou deixará por cumprir, conforme lhe aprouver ao coração.
Mas diz-me agora tu com verdade e sem rodeios,
por onde vagueaste, a que terras de homens chegaste;
fala-me deles e das cidades que eles habitam,
575 tanto dos que eram ásperos e selvagens como dos justos;
fala-me dos que acolhiam bem os hóspedes, tementes aos
                                deuses.
E diz-me por que choras e te lamentas no coração
quando ouves falar da desgraça dos Dânaos Argivos e de Ílio.
Foram os deuses os responsáveis: fiaram a destruição para
                            os homens,
580 para que também os vindouros tivessem tema para os seus
                                cantos.
Será que algum parente teu tombou em Ílio, um valente
que era teu genro ou teu sogro (os parentes que mais
                          próximos
são do nosso sangue e da nossa linhagem)? Ou então
um camarada de armas, que te encantava, nobre?
585 Pois de modo algum é inferior a um irmão
o camarada conhecedor da sensatez."

Canto ix

Respondendo-lhe assim falou o astucioso Ulisses:
"Alcino poderoso, excelente entre todos os povos,
na verdade é coisa bela ouvirmos um aedo
como este, cuja voz se assemelha à dos deuses.
5   Pois afirmo que não há na vida finalidade mais bela
do que quando a alegria domina todo o povo,
e os convivas no palácio ouvem o aedo sentados
em filas; junto deles estão mesas repletas
de pão e de carnes; e o serviçal tira vinho puro
10   do vaso onde o misturou, e serve-o a todos em taças.
É isto que me parece a melhor coisa de todas.

Mas o teu espírito voltou-se para as minhas desgraças,
para que eu chore e me lamente ainda mais.
Que coisa te contarei primeiro? Que coisa no fim?
15   Pois muitas foram as desgraças que me deram os Olímpicos.
Agora direi em primeiro lugar o meu nome, para que fiqueis
a sabê-lo, e para que no futuro, tendo fugido ao dia
                                                   impiedoso,
eu possa ser vosso anfitrião, embora seja longe a minha casa.

Sou Ulisses, filho de Laertes, conhecido de todos os homens
20   pelos meus dolos. A minha fama já chegou ao céu.
É na soalheira Ítaca que habito. Nela há uma montanha:
o Nérito, coberto de árvores agitadas pelo vento, bem visível.

Em redor de Ítaca estão outras ilhas perto umas das outras:
Dulíquio, Same e a frondosa Zacinto. A própria Ítaca não
se eleva
25 muito acima do nível do mar; está virada para a escuridão
do ocaso;
mas as outras ilhas apontam para a Aurora, para a luz.
É uma ilha áspera, mas boa criadora de mancebos.
Nada vejo de mais doce do que a vista da nossa terra.

Na verdade reteve-me Calipso, divina entre as deusas,
30 em suas côncavas grutas, ansiosa que me tornasse seu marido.
De igual modo me reteve no seu palácio Circe,
a Enganadora de Eeia, ansiosa que me tornasse seu marido.
Mas nunca persuadiram o coração no meu peito.
Por isso nada é mais doce que a pátria ou os progenitores,
35 ainda que se habite numa casa cheia de riquezas
em terra estrangeira, longe de quem nos deu a vida.
Mas contar-vos-ei o meu regresso muito doloroso:
o regresso que Zeus me impôs desde que parti de Troia.

De Ílio fui levado pelo vento até os Cícones,
40 até Ismaro: aí saqueei a cidade e chacinei os homens.
Da cidade levei as mulheres e muitos tesouros, que dividimos
para que por mim ninguém visse sonegada a parte que lhe
cabia.
Aí dei ordens no sentido de fugirmos com passo veloz;
mas eles, na sua grande insensatez, não quiseram obedecer.
45 Ali ficaram a beber muito vinho; e muitas ovelhas
sacrificaram
junto à praia e gado de chifres recurvos com passo
cambaleante.
Enquanto isso os Cícones foram chamar outros Cícones,
que eram seus vizinhos, mas mais numerosos e valentes
que eles.
Viviam no continente e eram peritos em combater o inimigo
50 montados em cavalos e, se tal se afigurasse necessário, a pé.

CANTO IX

Chegaram em número igual ao das folhas e das flores
na primavera, qual nuvem de guerreiros! Foi então
que o destino malévolo de Zeus se postou ao nosso lado
(homens terrivelmente condenados!), para padecermos
muitas dores. Combateram e lutaram junto das côncavas
                                                     naus;
55   de ambos os lados voavam lanças de brônzea ponta.
Enquanto era ainda de manhã e crescia em força o dia
                                                  sagrado,
repelimo-los sem dali arredar pé, embora eles fossem mais.
Mas quando o sol trouxe a hora de desatrelar os bois,
então prevaleceram os Cícones, subjugando os Aqueus.
60   E de cada nau pereceram seis camaradas de belas joelheiras,
embora nós, os outros, conseguíssemos fugir à morte e ao
                                                   destino.

Daí navegamos em frente, entristecidos no coração,
mas aliviados por termos escapado à morte,
apesar de terem perecido os companheiros.
E não deixei que avançassem as naus recurvas antes que
                                                  alguém
65   chamasse três vezes pelos nomes dos infelizes companheiros
que tinham morrido na planície, chacinados pelos Cícones.

Mas contra as naus atirou Zeus, que comanda as nuvens,
o Bóreas em tempestade sobrenatural; com nuvens ocultou
a terra e o mar. A noite desceu a pique do céu.
70   Algumas das naus foram arrastadas em sentido lateral;
esfarraparam-se-lhes as velas devido à violência do vento.
Recolhemos então as velas, receando a destruição,
e remamos apressadamente em direção ao continente.
Aí jazemos continuamente durante duas noites e dois dias,
75   devorando o coração com dores e cansaço.
Mas quando a Aurora de belas tranças trouxe o terceiro dia,
colocamos os mastros, içamos as brancas velas e sentamo-nos
nos bancos, enquanto o vento e o timoneiro guiavam a nau.

260   HOMERO

E incólume teria eu regressado à minha terra pátria,
80 se me não tivessem desviado do curso as ondas, a corrente
e o Bóreas quando circunavegava Maleia, para lá de Citera.

Durante nove dias fui levado por ventos terríveis
sobre o mar piscoso. Ao décimo dia desembarcamos
na terra dos Lotófagos, que comem alimento floral.
85 Aí pisamos a terra firme e tiramos água doce.
E logo os companheiros jantaram junto às naus velozes.
Mas depois de termos provado a comida e a bebida,
mandei sair alguns companheiros para se informarem
acerca dos homens que daquela terra comiam o pão.
90 Escolhi dois homens, mandando um terceiro como arauto.
Partiram de imediato e introduziram-se no meio dos
                                                              Lotófagos.
E não ocorreu aos Lotófagos matar os nossos companheiros;
em vez disso, ofereceram-lhes o lótus, para que o comessem.
E quem entre eles comesse o fruto do lótus, doce como mel,
95 já não queria voltar para dar a notícia, ou regressar para
                                                              casa;
mas queriam permanecer ali, entre os Lotófagos,
mastigando o lótus, olvidados do seu retorno.
À força arrastei para as naus estes homens a chorar,
e amarrei-os aos bancos nas côncavas naus.
100 Porém aos outros fiéis companheiros ordenei
que embarcassem depressa nas rápidas naus,
não fosse alguém comer o lótus e esquecer o regresso.
Eles embarcaram logo e sentaram-se nos bancos. E cada um
no seu lugar, percutiram com os remos o mar cinzento.

105 Dali navegamos em frente, entristecidos no coração.
Chegamos à terra dos Ciclopes arrogantes e sem lei
que, confiando nos deuses imortais, nada semeiam
com as mãos nem aram a terra; mas tudo cresce
e dá fruto sem se arar ou plantar o solo:
110 trigo, cevada e as vinhas que dão o vinho a partir

CANTO IX   261

dos grandes cachos que a chuva de Zeus faz crescer.
Para eles não há assembleias deliberativas nem leis;
mas vivem nos píncaros das altas montanhas
em grutas escavadas, e cada um dá as leis à mulher
115 e aos filhos. Ignoram-se uns aos outros.

Ora existe uma ilha fértil, que se estende além do porto;
da terra dos Ciclopes não fica perto nem longe.
É bem arborizada e nela vivem cabras selvagens
em número ilimitado, pois não há veredas humanas
120 que as desincentivem, nem lá vão ter caçadores
que sofrem trabalhos nos cimos das montanhas.
Também não há rebanhos, nem terra cultivada;
mas permanece sem ser semeada e arada, isenta
de homens, alimentando as cabras balidoras.
125 É que os Ciclopes não têm naus de vermelho pintadas,
nem têm no seu meio homens construtores de naus,
que bem construídas naus lhes construíssem — naus que
                                                    dessem
conta das suas necessidades, chegando às cidades dos homens,
tal como os homens atravessam o mar, visitando-se uns
                                                    aos outros;
130 homens esses que teriam feito da ilha um terreno cultivado,
pois a terra não é má: tudo daria na época própria.
Há prados junto às margens do mar cinzento,
bem irrigados e amenos, onde as vinhas seriam imperecíveis.
A terra é fácil de arar; e na altura certa poder-se-ia ceifar
135 excelentes colheitas, de tal forma rico é o solo por baixo.

Há um porto com bom ancoradouro, onde não são precisas
amarras, âncoras de pedra ou cordas atadas à proa;
mas é possível ali aportar e esperar que o espírito
dos marinheiros os incite a largar, quando sopram as brisas.
140 Junto à cabeça do porto flui uma água brilhante,
uma fonte sob as cavernas, com álamos a toda a volta.
Aí foi ter a nossa navegação e algum dos deuses nos guiou

através da escuridão da noite, pois nada se via em frente.
Havia um denso nevoeiro à roda das naus; e nem a lua
145 no céu brilhava, mas ocultava-se atrás das nuvens.
Não podíamos contemplar a ilha com os nossos olhos,
nem víamos as grandes ondas a rebentar na praia
antes que conseguíssemos trazer as naus até a costa.
Depois de termos trazido as naus para a praia, descemos
150 todas as velas e desembarcamos na orla do mar.
Aí adormecemos, à espera da Aurora divina.

Quando surgiu a que cedo desponta, a Aurora de róseos
dedos,
percorremos a ilha, maravilhando-nos com o que víamos.
E as Ninfas, filhas de Zeus detentor da égide, puseram a
correr
155 as cabras montesas, para darem uma refeição aos
companheiros.
Logo tiramos das naus os arcos recurvos e os longos dardos;
e formando três grupos, partimos para a caça.
Deu-nos o deus uma caçada para satisfazer o coração.
Comigo seguiam doze naus: ora a cada uma das naus
160 calharam em sorte nove cabras. Só a mim deram dez.

Todo o dia, até o pôr do sol, nos banqueteamos,
sentados a saborear a carne abundante e o doce vinho.
Pois das naus não se esgotara ainda o rubro vinho:
tínhamos suficiente, porque cada tripulação ficara
165 com muitos jarros quando saqueamos a cidade dos Cícones.
Olhamos então para a terra dos Ciclopes, ali tão perto,
e vimos fumaça a subir; ouvimos vozes, deles e dos rebanhos.
O sol pôs-se e sobreveio a escuridão.
E na praia nos deitamos a dormir.

170 Quando surgiu a que cedo desponta, a Aurora de róseos
dedos,
reuni os companheiros e assim falei para todos:

CANTO IX   263

'Ficarão agora aqui alguns de vós, ó fiéis companheiros,
enquanto eu, na minha nau, com os outros, irei indagar,
a respeito dos homens desta terra, quem eles são:
175 se são arrogantes e selvagens, ou se prezam a justiça;
se recebem bem os hóspedes e se são tementes aos deuses.'

Assim dizendo, embarquei na nau, ordenando aos outros
que embarcassem também eles, e soltassem as amarras.
Eles embarcaram logo e sentaram-se nos bancos. E cada um
180 no seu lugar, percutiram com os remos o mar cinzento.
Mas quando chegamos ao lugar que estava ali perto,
ali, perto da costa, vimos uma gruta ao pé do mar:
uma gruta elevada, coberta de loureiros; muitos rebanhos,
tanto de ovelhas como de cabras, ali dormiam. Em volta
185 fora construído um alto recinto com pedras metidas na terra
e com grandes pinheiros e carvalhos de copas elevadas.

Aí dormia um homem monstruoso, que sozinho apascentava
os seus rebanhos, à distância, sem conviver com ninguém:
mantinha-se afastado de todos e não obedecia a lei alguma.
190 Fora criado assim: um monstro medonho. Não se
             assemelhava
a quem se alimente de pão, mas antes ao cume cheio de
             arvoredos
de uma alta montanha, que à vista se destaca dos outros.

Dei ordens a alguns dos meus fiéis companheiros
para que ficassem junto à nau para a guardarem.
195 Depois, escolhendo os doze melhores, pus-me a caminho.
Comigo levava um odre de pele de cabra, cheio de vinho
escuro e doce, que me dera Máron, filho de Evanteu,
sacerdote de Apolo, o deus tutelar de Ismaro,
porque lhe protegêramos por respeito a esposa e o filho.
200 Habitava no bosque frondoso de Febo Apolo
e a mim ofereceu presentes gloriosos:
deu-me sete talentos de ouro bem trabalhado

e uma taça para misturar vinho, toda de prata;
e vinho, ainda, com que encheu doze jarros:
205 vinho doce, sem mistura, bebida divina!
Dele não tinham conhecimento os servos da casa;
mas somente Máron; a esposa amada; e uma só governanta.
Quando surgia a ocasião para beberem o rubro vinho, doce
como mel, enchia-se uma taça, a que se misturava vinte de
água;
210 e um aroma suave, divino, se evolava da cratera:
nesse momento não haveria prazer em abdicar da bebida!
Foi com este vinho que enchi o grande odre; e víveres pus
também num saco. Pois de repente o meu espírito orgulhoso
pressentiu que encontraríamos um homem vestido de grande
215 violência, selvagem, desconhecedor de leis e de justiça.

Chegamos rapidamente à gruta, mas não o encontramos
lá dentro; é que apascentava no campo os gordos rebanhos.
Entramos no antro e tudo miramos, espantados.
Havia cestos cheios de queijos; e os currais estavam
220 apinhados de cordeiros e cabritos, todos separados,
cada um em seu lugar: os que tinham nascido primeiro;
os que vieram depois; e os recém-nascidos. Havia vasilhas
bem-feitas, cheias de coalho; baldes e tigelas para a ordenha.
Antes de mais, suplicaram-me os companheiros para
levarmos
225 alguns queijos e fugir; depois, que rapidamente
conduzíssemos
dos currais para as naus os cordeiros e os cabritos, para
com eles
navegarmos sobre o mar salgado. Mas não me
persuadiram —
mais proveitoso teria sido se o tivessem feito! — porque eu
queria vê-lo a ele, e dele receber os presentes da hospitalidade.

230 Mas quando ele apareceu, não foi amável para com os
companheiros.

CANTO IX   265

Em seguida fizemos lume e oferecemos um sacrifício.
Comemos alguns queijos e ficamos dentro do antro,
sentados, à espera que ele chegasse. Trouxe um peso
descomunal de lenha seca, como ajuda para o jantar.
235 Atirou-a para o chão e a caverna ecoou com o estrondo.
Aterrorizados, juntamo-nos depressa no recesso do antro.
Ele conduziu os gordos animais para dentro da ampla gruta,
todos os que ordenhava; os machos deixou lá fora,
os carneiros e os bodes, no recinto com alta vedação.
240 Então levantou e colocou no lugar a enorme pedra
que servia de porta: nem vinte e dois carros de quatro
rodas seriam capazes de levantá-la, tal era o tamanho
da rocha que ele ajustara como porta à entrada.

Depois sentou-se a ordenhar as ovelhas e as cabras balidoras,
245 uma de cada vez; debaixo de cada uma pôs a cria dela.
A seguir coalhou metade do alvo leite, recolhendo-o
em cestos entretecidos; depois pô-lo de parte.
A outra metade colocou em vasilhas, para tomar
e beber, quando chegasse a hora do seu jantar.
250 Depois que se afadigara, desempenhando estas tarefas,
avivou o lume. Avistou-nos. E assim nos perguntou:

'Estrangeiros, quem sois? De onde navegastes por
                                        caminhos aquosos?
É com destino certo, ou vagueais à deriva pelo mar
como piratas, que põem as suas vidas em risco
255 e trazem desgraças para os homens de outras terras?'

Assim falou; e logo se nos despedaçou o coração,
com medo da voz profunda e do ser monstruoso.
Apesar disso respondi-lhe, proferindo estas palavras:

'Somos Aqueus que desde Troia andamos à deriva
260 sobre o grande abismo do mar, devido a toda a espécie de
                                                        ventos.

266   HOMERO

Queremos voltar a casa, mas seguimos em vez disso
outro caminho. É Zeus, porventura, que assim o quer.
Declaramos ter feito parte do exército de Agamêmnon,
filho de Atreu, cuja fama é agora a mais excelsa debaixo
                                                        do céu,
265 pois saqueou uma grande cidade e matou muitos homens.
Mas nós chegamos junto de ti como suplicantes,
esperando que nos dês hospitalidade; ou que de outro modo
sejas generoso conosco: pois tal é a obrigação dos anfitriões.
Respeita, ó amigo, os deuses: somos teus suplicantes.
270 É Zeus que salvaguarda a honra de suplicantes e estrangeiros:
Zeus Hospitaleiro, que segue no encalço de hóspedes
                                                        venerandos.'

Assim falei; e ele respondeu logo, com coração impiedoso:
'És tolo, estrangeiro, ou chegas aqui de muito longe,
se me dizes para recear ou honrar os deuses.
275 Nós, os Ciclopes, não queremos saber de Zeus detentor da
                                                        égide,
nem dos outros bem-aventurados, pois somos melhores
                                                        que eles.
Nem eu alguma vez, só para evitar a ira de Zeus, te pouparia
a ti ou aos teus companheiros. Só se eu quisesse.
Mas diz-me onde fundeaste a tua nau bem construída:
280 na extremidade da ilha, ou aqui ao pé? Quero saber.'

Assim falou, pondo-me à prova. Mas eu já sabia muito.
Ele não me apanhou. Respondi-lhe com palavras manhosas:

'A minha nau foi estilhaçada por Posêidon, Sacudidor da
                                                        Terra,
que a atirou contra as rochas aqui na costa da tua ilha,
                                                        depois
285 de trazê-la junto do promontório. Foi o vento que a
                                                        impeliu do mar.
Mas eu com estes homens fugi à morte escarpada.'

CANTO IX   267

Assim falei. Do seu coração impiedoso não veio qualquer
                                                                resposta,
mas levantou-se de repente e lançou mãos aos meus
                                                          companheiros.
Agarrou dois deles e atirou-os contra o chão como se fossem
290 cãezinhos. Os miolos espalharam-se pelo chão, molhando
                                                              a terra.
Depois cortou-os aos bocados e preparou o seu jantar.
Comeu-os como um leão criado na montanha: nada deixou,
mas comeu as vísceras, a carne, os ossos e o tutano.
Nós chorávamos, levantando as mãos para Zeus,
295 ao vermos tais atos cruentos; dominava-nos o desespero.
Depois que o Ciclope encheu a sua enorme barriga
de carne humana, bebeu leite puro, sem mistura.
Em seguida deitou-se na gruta no meio das ovelhas.
Pensei então no meu espírito magnânimo aproximar-me
300 dele e desembainhar a espada afiada de junto da coxa,
e feri-lo no peito, entre o fígado e o diafragma, tateando
com a mão. Mas um segundo impulso reteve-me.
Ali teríamos todos encontrado a morte escarpada,
pois com as mãos não seríamos capazes de afastar
305 da alta entrada a rocha monumental que ele lá pusera.
Esperamos, a chorar, que chegasse a divina Aurora.

Quando surgiu a que cedo desponta, a Aurora de róseos
                                                              dedos,
ele avivou o fogo e ordenhou as belas ovelhas e cabras,
uma de cada vez; e debaixo de cada uma pôs a cria dela.
310 Depois que se afadigara, desempenhando estas tarefas,
de novo agarrou dois homens e deles fez a sua refeição.
Tendo comido, conduziu para fora do antro os gordos
                                                          rebanhos,
afastando sem dificuldade a pedra da porta; e logo a repôs,
como quem sobre uma aljava coloca uma tampa.
315 Fazendo muito barulho, o Ciclope foi com os gordos
                                                          rebanhos

268 HOMERO

para o monte. Eu ali fiquei, revolvendo no fundo do coração
como poderia vingar-me dele, se Atena ouvisse a minha prece.

E aquilo que no coração me pareceu ser melhor foi isto.
Havia ali junto do curral um grande tronco de oliveira
320 verde, que ele cortara para depois o usar como cajado,
quando secasse. Ao olharmos para o tronco pareceu-nos
tão grande como o mastro de uma escura nau de vinte remos,
uma nau de carga, que atravessa o vasto abismo do mar.
Assim era o seu tamanho, de comprimento e largura.
325 Aproximei-me do tronco e dele cortei a extensão de uma
braça,
que dei aos companheiros, para fazerem o alisamento.
Enquanto eles alisavam o tronco, eu fiquei em pé a aguçar
a ponta, endurecendo-a em seguida no fogo ardente.
Depois escondi o tronco debaixo do esterco que estava
330 espalhado na gruta em grandes quantidades.
Ordenei aos companheiros que lançassem as sortes,
para ver quem ousaria ajudar-me a levantar o tronco
para o fazer girar no olho, quando sobre o Ciclope se abatesse
o doce sono. E a sorte calhou àqueles que eu próprio teria
335 escolhido: eram quatro, mas comigo passávamos a cinco.

Ao cair da tarde voltou ele, com os rebanhos de linda lã.
Logo conduziu para a ampla gruta os gordos rebanhos —
todos os animais: nenhum deixou no recinto com alta
vedação,
ou porque suspeitava alguma coisa, ou porque um deus
lhe dissera.
340 Levantou e voltou a pôr no lugar a grande pedra da porta
e sentou-se a ordenhar as ovelhas e as cabras balidoras,
uma de cada vez; e debaixo de cada uma pôs a cria dela.
Depois que se afadigara, desempenhando estas tarefas,
de novo agarrou dois homens e deles fez a sua refeição.
345 Então aproximei-me do Ciclope e dirigi-lhe a palavra,
segurando

CANTO IX

na mão uma tigela com motivos de hera, cheia de escuro
vinho:

'Ó Ciclope, olha, bebe este vinho! Já que devoras carne
humana,
então fica a saber como era a bebida que trazíamos na
nossa nau.
Trazia-te este vinho como libação, esperando que te
apiedasses
350 de mim e me mandasses para casa. Mas estás louco,
insuportável!
Homem cruel! Como é que no futuro virão outros homens
aqui ter, visto que o teu procedimento vai além do absurdo?'

Assim falei. Ele pegou na taça e bebeu. Maravilhosamente
se alegrou,
ao beber o vinho doce. E pediu logo para beber uma
segunda vez.

355 'Dá-me mais, com generosidade! E já agora diz-me o teu
nome,
para que te dê um presente de hospitalidade que te alegrará.
Entre os Ciclopes, a terra que dá cereais produz
vinho em grandes cachos, que a chuva de Zeus faz crescer.
Mas esta bebida é ambrosia misturada com néctar.'

360 Assim falou; e de novo lhe ofereci o vinho frisante.
Três vezes lhe dei de beber; três vezes esvaziou a tigela,
na sua estupidez. Depois que o vinho deu a volta ao Ciclope,
assim lhe falei, socorrendo-me de palavras doces como mel:

'Ó Ciclope, perguntaste como é o meu nome famoso. Vou
dizer-te,
365 e tu dá-me o presente de hospitalidade que prometeste.
Ninguém é como me chamo. Ninguém chamam-me
a minha mãe, o meu pai, e todos os meus companheiros.'

270 HOMERO

Assim falei; e ele respondeu logo, com coração impiedoso:
'Será então Ninguém o último que comerei entre os teus
370 companheiros: será esse o teu presente de hospitalidade.'

Falou e logo em seguida caiu para trás, e ali ficou deitado
com o grosso pescoço de banda; e dominou-o o sono,
que tudo conquista. Vinho e bocados de carne humana
saíram-lhe como vômito da boca. Arrotou, embriagado.
375 Então fui eu quem enfiou o tronco debaixo das brasas,
para que ficasse quente; e todos os companheiros
incitei, para que nenhum perdesse a coragem.
Quando o tronco de oliveira estava prestes a pegar fogo
(apesar de verde), começou a refulgir de modo terrível.
380 Então fui eu que o tirei do fogo; estavam os companheiros
à minha volta e um deus insuflou-nos uma grande coragem.
Tomaram o tronco de oliveira, aguçado na ponta,
e enterraram-no no olho do Ciclope, enquanto eu apoiava
contra o tronço o meu peso e fazia com que girasse,
385 como o homem que fura com a broca a viga da nau,
enquanto os que estão embaixo o fazem dar voltas
sem cessar com uma correia que giram de ambos os lados:
assim nós tomamos o tronco em brasa e o giramos
no seu olho e o sangue correu quente em toda a volta.
As pálpebras por cima e as sobrancelhas estavam queimadas
390 pela pupila em chamas, cujas raízes crepitavam enquanto
ardiam.
Tal como quando o ferreiro mergulha um grande machado
ou picareta em água fria para beneficiar o ferro de ambos
os lados —
era assim que fervilhava o olho com o tronco de oliveira.

395 O Ciclope dava gritos lancinantes, e toda a rocha da
caverna ressoou.
Recuamos, aterrorizados, enquanto ele arrancava o tronco
do olho, imundo e coberto de abundante sangue.
Depois lançou o tronco para longe e, perdido de fúria,

CANTO IX 271

chamou alto pelos Ciclopes que viviam ali ao pé,
400 em cavernas nos píncaros ventosos.

Eles ouviram os gritos e ali vieram ter de todas as direções;
em pé junto à gruta perguntavam-lhe que mal padecia:

'Que se passa, Polifemo, para gritares desse modo
na noite imortal, tirando-nos assim o sono?
405 Será que algum homem mortal te leva os rebanhos,
ou te mata pelo dolo e pela violência?'

De dentro da gruta lhes deu resposta o forte Polifemo:
'Ó amigos, Ninguém me mata pelo dolo e pela violência!'

Então eles responderam com palavras aladas:
410 'Se na verdade ninguém te está a fazer mal e estás aí sozinho,
não há maneira de fugires à doença que vem de Zeus.
Reza antes ao nosso pai, ao soberano Posêidon.'

Assim dizendo, foram-se embora. E ri-me no coração,
porque os enganara o nome e a irrepreensível artimanha.
415 Mas o Ciclope, gemendo, cheio de terríveis dores,
tateava com as mãos até afastar a pedra da porta.
Ali se sentou, junto à porta, de braços estendidos,
na esperança de apanhar algum de nós que tentasse sair atrás
das ovelhas. Tão estulto era que assim pensava apanhar-me.
420 Mas eu deliberei como tudo poderia correr da melhor forma,
se eu encontrasse para mim e para os companheiros a fuga
da morte. Teci todos os dolos e todas as artimanhas,
em defesa da vida: pois avizinhava-se uma grande desgraça.
E de todas pareceu-me esta a melhor deliberação.

425 O Ciclope tinha carneiros bem alimentados, de espessa lã,
animais grandes e belos, de lã escura da cor das violetas.
Estes eu atei uns aos outros sem dizer nada com os vimes
em que o Ciclope, esse monstro sem lei alguma, dormia.

HOMERO

Juntei três carneiros: o do meio carregava com um homem,
430 mas os outros dois do lado de fora protegiam os
                                                  companheiros.
Três ovelhas levavam um homem. Mas da minha parte —
pois o carneiro pareceu-me melhor que todas as ovelhas —
agarrei-me às costas dele e enrosquei-me debaixo da lanzuda
barriga, todo torcido, mas agarrado com as mãos
435 à lã admirável, com o coração cheio de paciência.
E assim esperamos, gemendo, pela Aurora divina.

Quando chegou a que cedo desponta, a Aurora de róseos
                                                  dedos,
os machos dos rebanhos saíram apressados para pastar,
mas as fêmeas baliam nos currais, porque não foram
                                                  ordenhadas.
440 Na verdade, tinham as tetas inchadas de leite. Mas o amo,
cheio de dores terríveis, tateava os dorsos de todas as ovelhas,
à medida que passavam à sua frente. Mas o estulto não
                                                  percebeu
que os companheiros estavam atados debaixo das ovelhas.
Em último lugar, foi o carneiro que saiu, carregado com o
                                                  peso
445 da lã — e com o meu, na grande esperteza do meu
                                                  estratagema.
Sentindo-lhe o dorso, assim falou o forte Polifemo:

'Querido carneiro, porque sais assim em último lugar
da gruta? Nunca ficaste para trás entre as ovelhas,
mas eras sempre o primeiro a pastar a branda flor da erva,
450 com grandes passadas; o primeiro a chegar às correntes do
                                                  rio;
e o primeiro a mostrar como ansiavas por regressar à casa
ao fim da tarde. Mas agora és o último. Será que sentes
saudades do olho do teu amo, que um homem mau cegou
com os seus miseráveis companheiros, depois de me ter
455 domado o espírito com vinho — Ninguém, que afirmo

CANTO IX
273

não ter ainda escapado à morte? Se ao menos fosses capaz
de sentir o que eu sinto, e de obteres a capacidade
de falar, para me dizeres onde ele se esconde da minha fúria!
Então ele teria os miolos todos espalhados pela gruta afora,
depois que eu o tivesse apanhado, e o meu coração sentiria
460 algum alívio dos males que Ninguém me veio trazer.'

Assim dizendo, deixou o carneiro sair pela porta.
E quando eles estavam a alguma distância da gruta e do
recinto,
fui eu o primeiro a largar o carneiro, e logo os desatei a eles.
Depressa conduzimos as ovelhas lanzudas, bem gordas,
465 olhando muitas vezes para trás, até chegarmos à nau.
E alegraram-se os outros companheiros quando nos viram,
porque tínhamos fugido à morte; mas choraram a morte
dos outros.
Porém não os deixei chorar: com um movimento do sobrolho,
proibi cada um. Ordenei-lhes que fizessem embarcar
470 as muitas ovelhas de bela lã e que navegassem sobre o mar
salgado.
Eles embarcaram logo e sentaram-se nos bancos. E cada um
no seu lugar, percutiram com os remos o mar cinzento.
Quando eu estava já à distância de um grito,
então falei ao Ciclope com palavras provocadoras:

475 'Ó Ciclope, parece que não eram os amigos de um homem
fraco
que tinhas a intenção de devorar cruentamente na tua
gruta escavada.
Os teus atos nefandos tinham mesmo de se abater sobre ti,
ó malvado, que não hesitaste em comer os hóspedes em
tua casa.
Zeus e os outros deuses fizeram recair sobre ti a sua
vingança.'

480 Assim falei e ele se encolerizou ainda mais no coração.

274 HOMERO

Arrancou o cimo de uma alta montanha
e atirou-o contra a nau de proa escura.
Por pouco não acertou no leme.
O mar agitou-se quando nele caiu a rocha.
485 O refluxo, como se fosse a maré, levou logo a nau
do mar em direção à terra, atirando-a sobre a praia.

Então lancei mão a uma vara comprida, e para longe
impeli a nau; incitando os companheiros, ordenei-lhes
com um aceno que remassem, para que fugíssemos
490 da terrível desgraça. Eles por sua vez remaram com afinco.
Mas quando chegamos ao dobro da distância anterior,
chamei pelo Ciclope. E à minha volta os companheiros
tentavam impedir-me, falando-me com doces palavras:

'Teimoso, por que queres provocar a ira de um selvagem?
495 Ainda agora ele atirou um projétil ao mar que fez a nau
voltar à costa! Pensamos que íamos morrer ali!
E se ele tivesse ouvido a voz de algum de nós,
teria atirado um penedo para esmagar as nossas cabeças
e as vigas da nau, tal é a força com que lança.'

500 Assim falaram, mas não persuadiram o meu magnânimo
coração.
Dei-lhe então esta réplica, enfurecido no meu coração:
'Ó Ciclope, se algum homem mortal te perguntar
quem foi que vergonhosamente te cegou o olho,
diz que foi Ulisses, saqueador de cidades,
505 filho de Laertes, que em Ítaca tem seu palácio.'

Assim falei. Ele deu um grito de dor e respondeu:
'Ah, afinal sobre mim se abateu a profecia há muito
proferida!
Pois havia aqui um vidente, homem alto e bom,
Telemo, filho de Êurimo, que era excelente na profecia,
510 e aqui chegou à velhice como vidente dos Ciclopes.

CANTO IX   275

Foi ele que me disse que estas coisas se cumpririam no
                                                    futuro,
e que pela mão de Ulisses eu haveria de perder a vista.
Fiquei sempre à espera de ver aqui chegar
um homem alto e belo, vestido de enorme força.
515 Mas agora é um homem pequeno e insignificante
que me cegou, depois de me ter dominado pelo vinho.
Mas chega aqui, ó Ulisses, para que te dê presentes de
                                             hospitalidade
e recomende ao Sacudidor da Terra que te conceda boa
                                                   viagem.
Pois sou filho dele e ele declara ser o meu pai.
520 E será ele a curar-me, se assim lhe aprouver; pois não o fará
nenhum homem mortal nem nenhum dos deuses
                                         bem-aventurados.'

Assim falou. E a resposta que lhe dei foi esta:
'Quem me dera ser capaz de te privar da vida
e de te mandar para a mansão de Hades!
525 Pois nem mesmo Posêidon curará o teu olho.'

Assim falei; e ele invocou logo o soberano Posêidon,
levantando as mãos em direção ao céu cheio de astros:

'Ouve-me, Posêidon de cabelos azuis, Sacudidor da Terra!
Se na verdade sou teu filho, e se declaras ser meu pai,
530 concede-me que nunca chegue a sua casa Ulisses,
saqueador de cidades, filho de Laertes, que em Ítaca habita.
Mas se for seu destino rever a família e regressar
ao bem construído palácio e à terra pátria, que chegue tarde
e em apuros, tendo perdido todos os companheiros,
535 na nau de outrem, e que em casa encontre muitas desgraças.'

Assim rezou; e ouviu-o o deus de cabelos azuis.
Porém o Ciclope levantou uma rocha ainda maior
e lançou-a, pondo no lançamento a sua força ilimitada.

276 HOMERO

Foi ter um pouco atrás da nau de proa escura,
540 e por pouco não acertava no leme.
O mar agitou-se quando nele caiu a rocha.
No entanto a onda impeliu a nau até chegarmos à costa.

Atingimos a ilha, onde tinham ficado todas juntas as outras
bem construídas naus; à volta delas os companheiros
545 estavam sentados a chorar, continuamente à espera
que voltássemos. Levamos a nau para cima da areia
e nós próprios desembarcamos depois na praia.
Tiramos os rebanhos do Ciclope da côncava nau e
dividimo-los,
para que por mim ninguém visse sonegada a parte que lhe
cabia.
550 Mas o carneiro foi-me oferecido, à parte, pelos companheiros
de belas joelheiras, quando dividiram os rebanhos.
Na praia o sacrifiquei a Zeus Crônida, deus da nuvem azul,
soberano de todos, queimando as coxas.
Mas ele não aceitou o sacrifício, pois planejava já
como poderiam perecer todas as minhas naus
555 bem construídas e todos os fiéis companheiros.

Todo o dia, até o pôr do sol, nos banqueteamos,
sentados a saborear a carne abundante e o doce vinho.
Quando o sol se pôs e sobreveio a escuridão,
deitamo-nos a dormir na orla do mar.

560 Quando surgiu a que cedo desponta, a Aurora de róseos
dedos,
acordei os meus companheiros, ordenando-lhes
que embarcassem e soltassem as amarras.
Eles embarcaram logo e sentaram-se nos bancos. E cada um
no seu lugar, percutiram com os remos o mar cinzento.
565 Daí continuamos a navegar, de coração triste; aliviados
por ter
fugido à morte, tendo embora perdido os companheiros.

Canto x

Aportamos à ilha de Eólia, onde vivia
Éolo, filho de Hipotas, caro aos deuses imortais,
numa ilha flutuante: em seu redor havia muralhas
de bronze inquebrantável e íngreme era o rochedo.

5   Doze são os filhos que lhe nasceram no palácio,
seis filhas e seis filhos na flor da idade.
Foi lá que deu aos filhos as filhas como esposas.
Estes banqueteiam-se sempre junto do pai amado
e da mãe honrosa; e à sua frente estão iguarias incontáveis.
10   De dia o palácio ecoa de cantos; enche-o o cheiro a comida.
De noite, deitam-se junto das esposas veneradas
em cobertores, em camas encordoadas.

Foi ao palácio e à cidade destes que aportamos.
Durante um mês me estimou e interrogou Éolo sobre tudo:
15   Ílio, as naus dos Argivos e o retorno dos Aqueus.
E eu tudo lhe contei pela ordem correta.
Mas quando lhe pedi para partir e para que me indicasse
o caminho, de modo algum se recusou: preparou a partida.
Deu-me um saco feito da pele de um boi de nove anos
20   que ele próprio esfolara, em que atou os caminhos
dos ventos turbulentos: pois fizera-o o Crônida guardião
                               dos ventos,
podendo estancá-los ou incitá-los, conforme lhe aprouvesse.

Na minha côncava nau atou o saco com corda de prata
fulgente, para que não escapasse nenhum sopro, nem o
                                                    mais leve.
25 E para mim fez que se levantasse o sopro do Zéfiro,
para que levasse à sua frente as naus e os homens. Mas tal
                                                    não estava
prestes a se cumprir. Perdeu-nos a irreflexão e a loucura.

Durante nove dias navegamos de dia e de noite;
ao décimo apareceram-nos os campos da nossa pátria —
30 estávamos tão perto que vimos homens acendendo fogueiras.
Sobre o meu cansaço se derramou então um doce sono,
pois ficara sempre com o manejo da vela, nem o cedera a
                                                    outro,
para que mais depressa chegássemos à nossa pátria.

Mas os companheiros trocaram palavras uns com os outros,
35 dizendo que eu trazia para casa ouro e prata,
presentes de Éolo, o filho magnânimo de Hipotas.
Assim dizia um deles, olhando de soslaio para o outro:

'Como ele é estimado e honrado entre todos os homens,
seja qual for a terra a que aporta!
40 De Troia traz os mais finos tesouros,
ao passo que nós, que fizemos a mesma viagem,
regressamos para casa de mãos vazias.
E agora Éolo lhe deu estes presentes, por amizade:
vejamos rapidamente o que são,
45 que quantidade de ouro e de prata há no saco.'

Assim falaram e prevaleceram os maus conselhos.
Abriram o saco — e para fora se precipitaram todos os ventos.
A tempestade agarrou a nau e levou-os a chorar
para o mar alto, para longe da pátria. Da minha parte
50 acordei e refleti no meu nobre coração
se haveria de me lançar da nau para me afogar no mar,

CANTO X 279

ou aguentar em silêncio, permanecendo entre os vivos.
Mas aguentei e permaneci; cobrindo a cabeça, deitei-me
no convés. Mas as naus foram levadas pelo sopro malévolo
da tempestade para a ilha de Éolo; choraram alto os
                                        companheiros.

Desembarcamos em terra firme e fomos em busca de água.
Em seguida jantaram os companheiros junto às naus velozes.
Depois que provamos da comida e da bebida,
levei comigo um arauto e um companheiro
e fui ao palácio esplendoroso de Éolo; encontrei-o
banqueteando-se com a esposa e com os filhos.
Entrando no palácio, sentamo-nos na soleira
junto às portas; eles, espantados, perguntaram-nos:

'Como vieste aqui ter, Ulisses? Que espírito malévolo te
                                        fez mal?
Pusemos-te a caminho com cuidado amigo, para que
                                        chegasses
à tua pátria, a tua casa, onde te é agradável estar.'

Assim falaram, mas eu, entristecido, respondi:
'Meus companheiros maldosos e um sono cruel
me perderam; ajudai-nos, amigos; tendes esse poder.'

Assim falei, endereçando-lhes brandas palavras,
mas eles ficaram em silêncio. Falou então o pai:
'Retira-te já da nossa ilha, ó mais desprezível dos mortais!
Não me é lícito ajudar ou pôr no seu caminho
um homem detestado pelos deuses bem-aventurados.
Vai-te! Chegas aqui como alguém odiado pelos deuses.'

Assim falando expulsou-me, a mim que me lamentava, da
                                        sua casa.
Dali continuamos a navegar, tristes no coração.
De tanto remar estava o espírito dos homens cansado,

280 HOMERO

por culpa nossa: pois já não soprou vento que nos ajudasse.
80 Navegamos durante seis dias, de dia e de noite,
e no sétimo chegamos à alta cidadela de Lamo,
a Telépilo dos Lestrígones, onde um pastor chama
outro ao recolher do gado, e este responde-lhe à saída.
Aí um homem que não dormisse ganharia dois salários:
85 um deles apascentando bois; o outro, brancas ovelhas.
Pois perto são os caminhos do dia e da noite.

Aí chegamos ao porto excelente, rodeado por rochedos
escarpados, sem interrupção, de ambos os lados;
e projetam-se promontórios em posição oposta,
90 juntando-se numa boca de estreita entrada.
Por aí todos entraram com suas naus recurvas,
que fundearam juntas no côncavo porto;
pois ali não entrava onda alguma, grande ou pequena:
em redor reinava sempre uma calmaria luminosa.

95 Só eu fundeei cá fora a minha escura nau,
junto à praia, atando as amarras a uma rocha.
Subi para uma elevação rochosa e aí me pus de pé.
Dali não se viam trabalhos de bois ou de homens,
mas vimos fumaça a elevar-se da terra.
100 Então enviei alguns companheiros para se informarem
sobre quem eram os homens, que desta terra comiam o pão:
escolhi dois homens e ainda, como terceiro, um arauto.
Eles seguiram o caminho plano, por onde carros
traziam lenha para a cidade das altas montanhas.

105 À entrada da cidade encontraram uma jovem a tirar água,
a filha corpulenta do lestrígone Antífates,
que descera até a bela nascente de água viva de Artácia,
de onde transportavam água para a cidade.
Chegando-se ao pé dela, perguntaram-lhe
110 quem era o rei daquele povo, e que povo era, a quem ele regia.
E ela logo lhes indicou a alta mansão de seu pai.

CANTO X   281

Quando chegaram ao esplendoroso palácio, viram
uma mulher alta como uma montanha e horrorizaram-se.
Ela chamou de imediato da ágora o glorioso Antífates,
115   seu marido, que lhes preparou uma terrível desgraça.
Agarrando um dos companheiros, dele fez a sua refeição;
mas os outros dois fugiram em direção às naus.
Pela cidade levantou Antífates um grito; e quando o ouviram
os corpulentos Lestrígones, acorreram de todos os lados,
120   aos milhares, não semelhantes a homens, mas a gigantes.
Dos rochedos arremessaram contra nós pedregulhos enormes;
ouviam-se entre as naus barulhos horríveis, de homens
                                                            moribundos
e de naus esmagadas. E arpoando os homens como peixes,
os Lestrígones levaram para casa o seu repugnante jantar.

125   Enquanto decorria a matança no porto de água profunda,
desembainhei a espada afiada que tinha junto à coxa
e cortei as amarras da nau de proa escura.
Logo dei ordem aos companheiros para que se lançassem
aos remos, de modo a que fugíssemos da desgraça.
130   Todos agitaram o mar com seus remos, receando a morte;
fugiu felizmente a minha nau das rochas iminentes
para o mar alto; mas as outras pereceram onde ficaram.
Daí continuamos a navegar, de coração triste; aliviados
                                                               por ter
fugido à morte, tendo embora perdido os companheiros.

135   Aportamos à ilha de Eeia, onde vivia
Circe de belas tranças, terrível deusa de fala humana,
irmã de Eetes de pernicioso pensamento.
Ambos foram gerados pelo Sol, que dá luz aos mortais,
tendo por mãe Perse, filha do Oceano.
140   Aí fundeamos em silêncio a nau junto à praia,
num porto próprio para naus, e algum deus nos guiou.
Desembarcamos e ali permanecemos dois dias e duas noites,
consumindo o coração com cansaço e tristeza.

282   HOMERO

Mas quando a Aurora de belas tranças trouxe o terceiro dia,
145 agarrei na minha lança e numa espada afiada
e subi depressa desde a nau até uma elevação de larga vista,
para ver se discernia trabalhos de homens ou se ouvia as
                                                    suas vozes.
Subi para uma elevação rochosa e aí me pus de pé:
discerni fumaça a subir da terra de amplos caminhos,
150 do palácio de Circe, através dos arvoredos do bosque.
Refleti em seguida no espírito e no coração se haveria
de aí me dirigir para me informar, assim que vi a fumaça.
Enquanto pensava, pareceu-me ser melhor voltar
primeiro para a nau veloz e para a praia, de modo a dar
                                                    de comer
155 aos companheiros, para que fossem eles a partir para se
                                                    informar.

Mas enquanto caminhava, e estando já perto da nau recurva,
um deus se apiedou da minha solidão e mandou
ao meu encontro um enorme veado de altos chifres,
que vinha da sua pastagem no bosque em direção ao rio
160 para beber; oprimia-o a força do sol.
Acercando-me dele, acertei-lhe no meio do dorso:
a lança de bronze trespassou-lhe o corpo
e caiu no chão com um mugido; dele se evolou a vida.
Coloquei-me em pé sobre o veado e tirei
165 a lança de bronze; depois deixei-o jazendo no chão.
Em seguida apanhei vimes e pequenos ramos;
e entretecendo uma corda bem torcida com o comprimento
de uma braça, atei os pés do animal enorme
e voltei à nau escura levando-o aos ombros:
170 apoiava-me na lança, pois não conseguia segurá-lo no ombro
com a mão; era na verdade um animal de grande porte.
Junto à nau atirei-o para o chão e animei os companheiros
com doces palavras, dizendo individualmente a cada um:

'Amigos, apesar dos sofrimentos não desceremos ainda

CANTO X   283

175 até a mansão de Hades, antes que chegue o dia do nosso
                                                           destino.
Mas agora, visto que na nau veloz temos ainda comida e
                                                            bebida,
pensemos em comer, para que não definhemos devido à
                                                             fome.'

Assim falei e eles de imediato obedeceram às minhas
                                                         palavras.
Descobriram os rostos e junto ao mar nunca cultivado
                                                    admiraram-se
180 à vista do veado; era na verdade um animal de grande porte.
Depois que saciaram os olhos com a vista,
lavaram as mãos e prepararam um soberbo festim.
Durante o resto do dia, até o pôr do sol,
banqueteamo-nos com carne abundante e vinho doce.
185 Quando o sol se pôs e sobreveio a escuridão,
deitamo-nos para descansar junto à orla do mar.

Quando surgiu a que cedo desponta, a Aurora de róseos
                                                           dedos,
reuni os homens e assim falei para todos:
'Escutai as minhas palavras, companheiros que tanto
                                                        sofrestes.
190 Amigos, não sabemos onde é a escuridão, onde é a aurora,
nem onde desce sob a terra o sol que dá luz aos mortais,
nem onde nasce; mas pensemos rapidamente se nos resta
algum expediente. Da minha parte, não julgo.
Pois tendo subido a uma elevação rochosa observei
195 a ilha, que o mar infinito cerca como uma grinalda.
A ilha em si não é elevada e no meio vi com os olhos
fumaça a subir por entre os arvoredos do bosque.'

Assim falei, e logo se lhes despedaçou o coração
ao recordarem os atos do lestrígone Antífates
200 e a violência do magnânimo Ciclope, devorador de homens.

Choraram alto e verteram lágrimas copiosamente.
Mas de nada serviram as suas lamentações.
Dividi em dois grupos os companheiros de belas joelheiras:
para cada grupo nomeei um chefe.
205 De um grupo assumi a liderança; do outro, o divino Euríloco.
Em seguida agitamos as sortes num capacete de bronze
e logo saltou para fora a sorte do magnânimo Euríloco.
Partiu e com ele foram vinte e dois companheiros,
chorando; deixaram-nos para trás, gemendo.

210 Numa clareira do bosque encontraram o palácio de Circe,
de pedra polida, num local de bela vista.
Em redor estavam lobos da montanha e leões,
que ela enfeitiçara com drogas malévolas.
Porém os animais não atacaram os homens, mas puseram-se
215 de pé, dando as boas-vindas, as longas caudas abanando.
Tal como quando cães saltam em torno do dono quando
chega ao festim, porque sempre lhes dá guloseimas —
assim saltavam em torno dos homens lobos de fortes garras
e leões; e eles aterrorizaram-se, vendo as feras temíveis.
220 Estancaram à porta da deusa de belas tranças,
e ouviram de dentro Circe a cantar com voz melodiosa,
enquanto se dedicava à trama imperecível da sua tecelagem,
sutil, graciosa e brilhante, como são as tapeçarias das deusas.
Entre eles falou então Polites, condutor de homens,
225 que dos companheiros me era o mais caro e mais leal:

'Amigos, alguém lá dentro trabalha num grande tear:
canta melodiosamente e todo o chão ressoa:
é deusa ou mulher. Chamemos depressa por ela.'

Assim falou; e eles chamaram, elevando a voz.
230 Ela saiu logo, abrindo as portas resplandecentes,
e convidou-os a entrar; e eles, inscientes, entraram todos.
Só Euríloco ficou para trás, desconfiando de algum logro.
Circe sentou-os em assentos e cadeiras

CANTO X   285

e serviu-lhes queijo, cevada e pálido mel
235 com vinho de Pramno; mas misturou na comida
drogas terríveis, para que se esquecessem da pátria.

Depois que lhes deu a poção e eles a beberam,
bateu-lhes com a vara, para logo os encurralar nas pocilgas.
Eles tinham cabeças, voz, cerdas e aspecto de porcos,
240 mas o seu espírito não mudou: permaneceu como era.
E choravam, encurralados, enquanto Circe lhes lançava
bolotas, sementes e o fruto da cerejeira para comerem,
coisas de que se alimentam os porcos que dormem no chão.

Euríloco veio a correr para a escura nau veloz,
245 para me dar notícia dos companheiros e de seu destino cruel.
Mas não conseguia proferir palavra alguma, embora
                                                    quisesse,
de tal forma era grande a dor que lhe atingira o coração.
Os olhos encheram-se de lágrimas e só cuidava de se
                                                    lamentar.
Quando nós, espantados, colocamos perguntas,
250 então contou-nos a desgraça dos outros companheiros:

'Fomos pelos arvoredos, como ordenaste, ó glorioso Ulisses.
Numa clareira do bosque encontramos o palácio de Circe,
de pedra polida, num local de bela vista.
Lá dentro alguém se dedicava à tecelagem, cantando
255 melodiosamente. Era deusa ou mulher; e eles chamaram
                                                    por ela.
Saiu logo, abrindo as portas resplandecentes,
e convidou-os a entrar; e eles, inscientes, entraram todos.
Só eu fiquei para trás, desconfiando de algum logro.
Agora sumiram-se; nenhum deles voltou
260 a aparecer, embora eu tenha ficado à espera muito tempo.'

Assim falou; e eu pendurei dos ombros uma grande espada
de bronze, incrustada de prata; peguei também no arco.

286   HOMERO

Disse-lhe que me conduzisse pelo mesmo caminho.
Mas ele, agarrando-se aos meus joelhos, suplicou-me,
265 e lamentando-se dirigiu-me palavras aladas:

'Não me leves à força, ó tu criado por Zeus, mas deixa-me
                                                    aqui.
Pois sei que nem tu próprio regressarás, nem trarás nenhum
dos companheiros. Fujamos depressa com estes
que aqui estão: assim ainda afastaríamos o dia da desgraça.'

270 Assim falou; e eu, tomando a palavra, respondi-lhe deste
                                                    modo:
'Euríloco, fica, pois, neste local onde estás, a comer e a beber
junto da escura nau veloz; mas eu tenho de ir,
pois recaiu sobre mim uma necessidade onerosa.'

Assim dizendo, afastei-me da nau e da praia.
275 Quando entre os sagrados arvoredos estava prestes a chegar
ao grande palácio de Circe das muitas poções mágicas,
veio ao meu encontro Hermes da vara dourada,
semelhante a um jovem com a primeira barba a despontar,
altura em que a juventude tem mais encanto.
280 Apertando-me a mão, dirigiu-me a palavra:

'Aonde, ó infeliz, vais só por estes montes, sem conheceres
o lugar? Os teus companheiros estão encurralados
como porcos em casa de Circe, em pocilgas escondidas.
Será que vieste para soltá-los? Digo-te que não regressarás,
285 mas ficarás também tu, onde estão os outros.
Mas eu te libertarei das desgraças. Salvar-te-ei.
Leva esta droga potente para o palácio de Circe:
afastará da tua cabeça o dia da desgraça.
Vou contar-te agora todos os dolos mortíferos de Circe.
290 Irá preparar para ti uma poção e porá drogas na comida:
mas não será capaz de te enfeitiçar, pois a droga
que te darei não o permitirá. E dir-te-ei mais:

CANTO X   287

quando Circe tentar conduzir-te com a sua vara comprida,
desembainha a espada de junto da tua coxa e lança-te
295 contra Circe, como se a quisesses matar.
Ela ficará cheia de medo e oferecer-te-á a sua cama.
Da tua parte, não recuses a cama da deusa,
para que ela te solte os companheiros e trate bem de ti.
Mas ordena-lhe que jure o grande juramento dos deuses:
300 que não preparará para ti qualquer outro sofrimento,
não vá ela tirar-te coragem e virilidade quando estiveres nu.'

Assim falando, o Matador de Argos deu-me a erva,
arrancando-a da terra, e explicou-me a sua natureza.
A raiz era negra, mas a flor era como leite.
305 Os deuses chamam-lhe móli e desenterrá-la é difícil
para homens mortais; porque aos deuses tudo é possível.
Em seguida subiu Hermes da ilha frondosa
para o alto Olimpo; eu caminhei para a casa de Circe,
enquanto revolvia muitas coisas no coração.
310 Estanquei junto à porta da deusa de belas tranças.
Ali de pé, chamei por ela; e a deusa ouviu a minha voz.
Saiu logo, abrindo as portas resplandecentes,
e convidou-me a entrar; acompanhei-a, preocupado.
Levou-me para dentro e trouxe-me um trono incrustado
315 de prata, bem trabalhado; pôs-me um banco para os pés.
Preparou uma poção numa taça dourada, para que eu
                                                    bebesse,
mas misturou-lhe uma droga com espírito malévolo.
Porém depois que me deu, e eu a bebi, não me enfeitiçou.
Então batendo-me com a vara, proferiu as seguintes palavras:
320 'Vai para a pocilga e deita-te com os outros companheiros!'

Assim falou; mas eu, desembainhando a espada afiada de
                                                    junto
da coxa, lancei-me contra Circe, como se a quisesse matar.
Ela, com um grito, desviou-se e abraçou-me os joelhos;
lamentando-se, dirigiu-me palavras aladas:

288 HOMERO

325 'Quem és e de onde vens? Que cidade é a tua? Quem são
teus pais?
Estou espantada por teres bebido a poção sem ficares
enfeitiçado.
Nenhum homem jamais resistiu a esta droga depois que a
bebesse
e que ela lhe passasse a barreira dos dentes.
Mas a tua mente não pode ser enfeitiçada.
330 És na verdade o astuto Ulisses, que sempre me disse
aportar aqui um dia o Matador de Argos, da vara dourada,
regressando de Troia na sua escura nau veloz.
Mas repõe a tua espada, pois iremos agora
para a nossa cama, para que nos unamos em amor
335 e possamos confiar um no outro.'

Assim falou; e eu dei-lhe a seguinte resposta:
'Ó Circe, como podes pedir-me para ser agradável contigo?
Tu que no teu palácio transformaste os meus amigos em
porcos,
e a mim aqui reténs, ordenando-me que vá
340 para o tálamo e que suba para a tua cama,
de modo a tirares-me coragem e virilidade quando estiver nu.
Fica sabendo que não subirei para a tua cama,
a não ser que tu, ó deusa, ouses jurar um grande juramento:
que não prepararás para mim qualquer outro sofrimento.'

345 Assim falei; e ela jurou logo, como lhe ordenara.
E depois que jurou e pôs termo ao juramento,
foi então que subi para a cama lindíssima de Circe.

Enquanto isso as servas afadigavam-se no palácio:
eram quatro que ela tinha como servas dentro de casa.
350 Eram elas filhas de fontes, de bosques
e de sagrados rios que correm em direção ao mar.
Uma delas atirou para cima das cadeiras belas mantas
de púrpura, colocando debaixo mantas de linho.

CANTO X   289

Outra chegou às cadeiras mesas prateadas
355   e em cima pôs cestos de ouro.
A terceira misturou vinho doce numa tigela
de prata, e distribuiu taças douradas.
A quarta trouxe água e acendeu lume
sob a grande trípode, até que a água aquecesse.

360   Assim que a água ferveu no caldeirão de bronze,
sentou-me no banho e lavou-me com água da trípode;
misturando-a a meu gosto, derramou-a sobre os meus
                                                    ombros
até me tirar dos membros todo o cansaço que sentia.
Depois que me banhou, esfregou com azeite
365   e me vestiu com bela capa e túnica,
levou-me para dentro e trouxe-me um trono incrustado
de prata, bem trabalhado; pôs-me um banco para os pés.
Uma serva trouxe um jarro com água para as mãos,
um belo jarro de ouro, e água verteu numa bacia de prata.
370   E junto de mim colocou uma mesa polida.
A venerável governanta veio trazer o pão,
assim como iguarias abundantes de tudo quanto havia.
Mandou-me comer; mas tal não me agradou ao coração:
fiquei sentado, a pensar noutras coisas, com mau agouro
                                                    no espírito.

375   Quando Circe reparou que eu estava assim sentado,
sem estender as mãos para a comida, dominado pela dor,
aproximou-se e disse palavras aladas:

'Ulisses, porque te sentas assim como um mudo,
devorando o teu próprio coração, sem tocares em comida
380   nem bebida? Será que receias outro dolo? Não deves,
pois jurei-te um poderoso juramento.'

Assim falou; e eu dei-lhe a seguinte resposta:
'Ó Circe, quem é o homem, que seja sensato,

que ousaria provar da comida e da bebida,
385 antes da libertação dos companheiros, antes de os ver?
Pois se queres mesmo que eu coma e beba,
solta-os, para que veja com os olhos os fiéis companheiros.'

Assim falei; e Circe saiu do palácio segurando a vara na mão;
abriu as portas da pocilga e conduziu-os para fora,
390 na forma de porcos com nove anos de idade.
Eles ficaram parados à sua frente; ela caminhou
entre eles, ungindo cada um com outra droga.
Dos seus membros caíram as cerdas, que antes
o feitiço detestável de Circe fizera crescer.
395 Transformaram-se de novo em homens, mais novos que
antes,
muito mais belos e mais altos de se ver.
Reconheceram-me e cada um me apertou a mão;
sobre eles desceu um choro saudoso; foi terrível
como a casa ressoou: até a deusa se compadeceu.

400 Acercando-se de mim, disse então Circe, divina entre as
deusas:
'Filho de Laertes, criado por Zeus, Ulisses de mil ardis,
vai agora para a nau veloz, para a orla do mar.
Primeiro arrastai a nau para terra firme;
equipamento e bens guardai em grutas.
405 Depois regressa e traz contigo os fiéis companheiros.'

Assim falou; e obedeceu-lhe o meu coração orgulhoso.
Fui para a nau veloz, para a orla do mar.
Encontrei em seguida na nau veloz os fiéis companheiros,
lamentando-se e vertendo lágrimas copiosas.
410 Tal como quando vitelas encurraladas num campo saltam
em torno das vacas ao regressarem das pastagens
e já não as retém o curral enquanto correm em torno
das mães, mugindo sem parar — assim aqueles homens,
logo que me viram, derramaram lágrimas, pois parecia-lhes

CANTO X 291

⁴¹⁵ que tinham chegado à sua pátria, à própria cidade
da áspera Ítaca, onde nasceram e foram criados.
Chorando, dirigiram-me palavras aladas:

'À tua chegada, ó tu criado por Zeus, alegramo-nos
⁴²⁰ como se tivéssemos chegado a Ítaca, nossa pátria!
Mas conta-nos a desgraça dos outros companheiros.'

Assim falaram; e eu respondi-lhes com palavras brandas:
'Primeiro arrastemos a nau para terra firme,
e guardemos equipamento e bens em grutas.
⁴²⁵ Depois apressai-vos e vinde todos comigo,
para que vejais os companheiros no sagrado palácio de Circe,
bebendo e comendo: têm tudo em abundância.'

Assim falei; e eles obedeceram logo às minhas palavras.
Só Euríloco tentou refrear os outros companheiros;
⁴³⁰ e assim falou, dirigindo-lhes palavras aladas:

'Infelizes! Aonde vamos? Por que vos enamorais destas
desgraças?
Vamos para o palácio de Circe, para que ela
nos transforme em porcos, lobos ou leões,
para guardarmos à força a sua grande casa?
⁴³⁵ Foi o que aconteceu com o Ciclope, quando em sua morada
entraram os nossos companheiros, e com eles o audaz
Ulisses!
Pereceram por causa da loucura deste homem.'

Assim falou; e eu refleti no meu coração
se haveria de desembainhar a espada de junto da coxa
⁴⁴⁰ e cortar-lhe a cabeça, fazendo-a cair ao chão,
embora fosse meu parente próximo; mas um a um
os companheiros procuraram amansar-me com palavras
doces:

292   HOMERO

'Ó tu criado por Zeus, deixemos este homem, se permitires,
ficar aqui junto à nau para guardá-la;
445 leva-nos agora tu até o sagrado palácio de Circe.'

Assim falando, subiram de junto da nau e da praia.
Nem Euríloco ficou ao pé da côncava nau, mas veio
conosco; pois receava a severidade da minha censura.

Enquanto isso, no seu palácio, Circe banhara com gentileza
450 os demais companheiros e ungira-os com azeite;
vestira-os com túnicas e capas de lã.
Encontramos todos a banquetear-se no palácio.
Mas quando se viram e reconheceram uns aos outros,
choraram, lamentando-se; e em redor ecoou toda a casa.
455 Acercando-se de mim, disse então Circe, divina entre as
                                                        deusas:

'Filho de Laertes, criado por Zeus, Ulisses de mil ardis,
não levanteis agora tal abundante lamento! Eu própria
conheço as dores que sofrestes no mar piscoso,
e as maldades que vos fizeram homens hostis em terra firme.
460 Mas agora alimentai-vos de comida e bebei vinho,
até que tenhais de novo no peito um coração
como quando pela primeira vez deixastes a terra pátria,
a áspera Ítaca; pois agora estais murchos e cansados,
sempre recordados dos difíceis errores, nem sentem
465 os vossos espíritos qualquer alegria, visto que tanto
                                                        sofrestes.'

Assim falou; e os nossos corações orgulhosos consentiram.
E todos os dias até perfazer um ano ali ficamos,
comendo carne em abundância e bebendo vinho suave.
Mas quando passou um ano e as estações completaram
470 seu ciclo, diminuindo os meses e aumentando os dias,
chamaram-me os fiéis companheiros e disseram:

CANTO X   293

'Tresvariado! Lembra-te agora da terra pátria,
se te está destinado que te salves e chegues
ao teu alto palácio e à tua terra pátria!'

475 Assim falaram; e o meu coração orgulhoso consentiu.
E durante todo o dia até o pôr do sol ficamos ali sentados,
comendo carne em abundância e bebendo vinho suave.
Mas depois que se pôs o sol e sobreveio a escuridão,
deitaram-se na grande sala cheia de sombras.
480 Da minha parte, subi para a cama lindíssima de Circe
e supliquei-lhe pelos joelhos; a deusa ouviu a minha voz.
E falando proferi palavras aladas:

'Ó Circe, cumpre agora aquilo que me prometeste,
de me mandares para casa; pois o espírito me impele,
485 assim como o dos outros companheiros, que me atormentam
o coração chorando em meu redor, quando não estás
presente.'

Assim falei; e logo me respondeu Circe, divina entre as
deusas:
'Filho de Laertes, criado por Zeus, Ulisses de mil ardis,
contra vossa vontade não fiqueis em minha casa!
490 Mas tendes primeiro que cumprir outra viagem
e descer à morada de Hades e da temível Perséfone,
para consultardes a alma do tebano Tirésias,
o cego adivinho, cuja mente se mantém firme.
Só a ele, na morte, concedeu Perséfone o entendimento,
495 embora os outros lá esvoacem como sombras.'

Assim falou; dentro de mim se despedaçou o meu coração.
Chorei sentado na cama; e o meu coração não queria
viver nem contemplar a luz do sol.
Mas depois que me saciei de chorar e de me retorcer,
500 então respondi-lhe, dizendo o seguinte:
'Ó Circe, quem nos conduzirá por esse caminho?

Ao Hades em nau escura nunca foi nenhum homem.'
Assim falei; respondeu-me Circe, divina entre as deusas:
'Filho de Laertes, criado por Zeus, Ulisses de mil ardis!
505 Que não te preocupe o desejo de um piloto para a nau,
mas levantando o mastro, alça a vela branca
e fica sentado: pois levá-la-á o sopro do Bóreas.
E quando atravessares a corrente do Oceano,
onde há uma praia baixa e os bosques de Perséfone,
510 grandes álamos e choupos que perdem seu fruto,
aí deixa a nau junto ao Oceano de redemoinhos profundos,
e vai tu próprio para a mansão bolorenta de Hades.
Aí para o Aqueronte fluem o Flegetonte
e o Cocito, que é afluente da Água Estígia;
515 aí há uma rocha, onde confluem os rios retumbantes.
Daí, ó herói, te deverás aproximar, como digo,
e cavar uma vala de um cúbito em ambas as direções,
e nela deverás verter uma libação para todos os mortos,
primeiro de leite e mel, depois de vinho doce,
520 e em terceiro lugar de água, polvilhando com branca cevada.
Oferece muitas súplicas às cabeças destituídas de força
dos mortos,
jurando que ao chegares a Ítaca sacrificarás uma vitela estéril,
a melhor que tiveres, e que numa pira porás coisas nobres;
e a Tirésias em separado oferecerás um bode,
525 todo negro, o melhor dos vossos rebanhos.
Depois de com preces teres suplicado às gloriosas raças
dos mortos,
então sacrifica um bode e uma negra ovelha, virando
para o Érebo as suas cabeças, mas tu próprio olhando
para trás,
como que te lançando para as torrentes do rio; virão depois
530 ao teu encontro muitas almas dos mortos.
Ordena então aos teus companheiros que esfolem
as ovelhas, que ali jazem degoladas pelo bronze impiedoso,
e que as queimem, dirigindo preces aos deuses,
a Hades poderoso e à temível Perséfone.

CANTO X 295

535 Tu próprio, desembainhando a espada afiada de junto da
coxa,
fica ali sentado: não permitas que as cabeças destituídas
de força
dos mortos se cheguem ao sangue, antes de interrogares
Tirésias.
Então virá ao teu encontro o adivinho, ó condutor das hostes,
que te indicará o caminho, a distância da viagem
540 e o teu regresso, como navegarás sobre o mar piscoso.'

Assim falou; e logo sobreveio a Aurora de trono dourado.
Circe lançou sobre mim capa e túnica;
e a própria ninfa pôs um vestido de fio de prata,
sutil e gracioso; na cintura atou um cinto
545 de ouro e sobre a cabeça colocou um véu.

Fui pelo palácio incitando os companheiros
com doces palavras, dizendo individualmente a cada um:
'Cessai agora de colher a melhor flor do doce sono.
Ponhamo-nos a caminho. Tudo me disse Circe soberana.'
550 Assim falei; e obedeceu-lhes o orgulhoso coração.
Mas nem dali pude conduzir os companheiros sem baixas.

Havia um muito jovem, Elpenor, que não era demasiado
corajoso na guerra nem muito seguro de entendimento;
longe dos companheiros no palácio sagrado de Circe,
555 procurando o fresco da noite, se deitara, pesado de vinho.
Ouvindo a agitação e o barulho dos companheiros
a movimentarem-se, levantou-se de repente: esqueceu-se
em seu espírito de descer pelo longo escadote,
caindo de cabeça do telhado; das vértebras se lhe partiu
560 o pescoço e para o Hades desceu a alma.

À chegada deles, assim disse aos companheiros:
'Pensais porventura que é para casa, para a terra amada
que regressamos: mas outro foi o caminho que Circe indicou,

para a mansão de Hades e da temível Perséfone,
565 para interrogar a alma do tebano Tirésias.'

Assim falei; e logo se despedaçou o seu coração.
Sentando-se onde estavam, choraram e arrancaram
os cabelos; mas foram em vão as lamentações.
Quando nos dirigíamos para a nau veloz, para a orla do mar,
570 entristecidos e vertendo copiosas lágrimas,
Circe, desaparecendo, atou à escura nau um bode
e uma negra ovelha, passando facilmente à nossa frente.
Pois quem poderá, contra a vontade de um deus,
contemplá-lo com os olhos, à sua partida ou à sua vinda?

Canto XI

Quando chegamos à nau e à orla do mar,
arrastamos primeiro a nau para a água divina.
Pusemos na nau escura o mastro e as velas;
embarcamos as ovelhas, depois embarcamos
5 também nós, vertendo lágrimas copiosas.
Atrás da nau de proa escura soprava um vento
favorável que enchia a vela, excelente amigo, enviado por
Circe de belas tranças, terrível deusa de fala humana.

Sentamo-nos a pôr em ordem o equipamento em toda a nau,
10 que o vento e o timoneiro mantinham no seu caminho.
E com as velas desfraldadas a nau seguiu,
durante todo o dia, o seu percurso sobre o mar.
O sol pôs-se e escuros ficaram todos os caminhos.

A nau chegou às margens do Oceano de correntes profundas.
Aí ficam a terra e a cidade dos Cimérios,
15 sempre debaixo de nevoeiro e de nuvens: nunca
os contempla o sol resplandecente com seus raios,
nem quando sobe para o céu cheio de estrelas,
nem quando regressa do céu para a terra.
Mas uma noite terrível se estende sobre os mortais infelizes.

20 Levamos a nau para terra, e dela tiramos as ovelhas.
Fomos para junto da torrente do Oceano,

para chegarmos ao lugar de que falara Circe.
Aí Perimedes e Euríloco seguraram as vítimas;
e eu, desembainhando a espada afiada de junto da coxa,
25 cavei uma vala de um cúbito em ambas as direções,
e em seu redor verti uma libação para todos os mortos,
primeiro de leite e mel, depois de vinho doce,
e em terceiro lugar de água, polvilhando com branca cevada.
Ofereci muitas súplicas às cabeças destituídas de força dos
mortos,
30 jurando que ao chegar a Ítaca sacrificaria uma vitela estéril,
a melhor que tivesse, e que numa pira poria coisas nobres;
e que a Tirésias em separado ofereceria um bode,
todo negro, o melhor dos nossos rebanhos.
Depois de com preces ter suplicado às raças dos mortos,
35 tomando as ovelhas, degolei-as por cima da vala,
e o negro sangue turvo correu; e vieram
do Érebo as almas dos mortos que partiram:
noivas e rapazes que nunca casaram e cansados anciãos;
virgens cujo coração conhecera um desgosto recente;
40 e muitos, também, feridos por lanças de bronze,
varões tombados em combate, com armaduras
ensanguentadas.
Todos vinham para a vala de todas as direções,
com alarido sobrenatural; e o pálido terror me dominou.

Ordenei então aos meus companheiros que esfolassem
45 as ovelhas, que ali jaziam degoladas pelo bronze impiedoso,
e que as queimassem, dirigindo preces aos deuses,
a Hades poderoso e à temível Perséfone.
Eu próprio, desembainhando a espada afiada de junto da
coxa,
fiquei ali sentado: não permiti que as cabeças destituídas
de força
50 dos mortos se chegassem ao sangue, antes de interrogar
Tirésias.

CANTO XI

Primeiro veio a alma do meu companheiro Elpenor.
Pois não fora ainda sepultado sob a terra de amplos
caminhos.
O corpo tínhamos deixado no palácio de Circe,
sem o termos chorado ou sepultado: outras tarefas premiam.
55 Chorei quando o vi e compadeci-me no coração;
falando, dirigi-lhe palavras aladas:
'Elpenor, como vieste ter a esta escuridão nebulosa?
A pé chegaste mais depressa do que eu na nau escura.'

Assim falei; e ele com um gemido respondeu às minhas
palavras:
60 'Filho de Laertes, criado por Zeus, Ulisses de mil ardis!
Perdeu-me a desgraça vinda dos deuses — e o vinho
desmedido.
Tendo me deitado no palácio de Circe, esqueci-me
em meu espírito de descer pelo longo escadote,
caindo de cabeça do telhado; das vértebras
65 se partiu o meu pescoço e para o Hades desceu a alma.
Agora suplico-te por aqueles que deixamos para trás,
que já não estão conosco, pela tua esposa e pelo teu pai,
que te criou, e por Telêmaco, que deixaste só no teu palácio;
pois sei que ao saíres daqui, da mansão de Hades,
70 aportarás na ilha de Eeia na tua nau bem construída.
Aí, senhor, te peço que te lembres de mim!
Não me deixes sem ser chorado e sepultado
quando regressares para casa, para que não me torne
contra ti
uma maldição dos deuses. Queima-me com a armadura
75 que me resta e eleva-me um túmulo junto ao mar cinzento,
para que saibam os vindouros deste homem infeliz.
Faz isto por mim: e fixa sobre o túmulo o remo
com que em vida remei junto dos meus companheiros.'

Assim falou; a ele dei então a seguinte resposta:
80 'Estas coisas, ó infeliz, farei e cumprirei.'

E ficamos ali sentados, a trocar tristes palavras,
eu com a espada por cima do sangue, enquanto do outro lado
o fantasma do meu companheiro disse muitas coisas.

A alma da minha mãe falecida aproximou-se então de mim,
85 Anticleia, filha do magnânimo Autólico,
que eu deixara viva quando parti para Ílio sagrada.
Rompi a chorar assim que a vi e comoveu-se o meu coração.
Mas nem a ela permiti que do sangue se aproximasse,
embora fosse intensa a minha dor, antes de interrogar
Tirésias.

90 Veio então a alma do tebano Tirésias, segurando
um cetro de ouro; reconheceu-me e disse:
'Filho de Laertes, criado por Zeus, Ulisses de mil ardis,
Por que aqui vens, ó desgraçado, tendo deixado
a luz do sol, para ver os mortos e o lugar isento de prazer?
95 Mas afasta-te da vala, desvia a tua espada afiada,
para que eu beba o sangue e te diga a verdade.'

Assim falou; e eu retirei a espada incrustada de prata
e meti-a na bainha; e depois que bebeu do negro sangue,
tais palavras me dirigiu o adivinho irrepreensível:

100 'Procuras saber do doce regresso, ó glorioso Ulisses,
mas o deus fá-lo-á difícil; pois não julgo que fugirás
ao deus que abala a terra, que acumulou cólera
no coração porque lhe cegaste o querido filho.
Ainda assim podereis regressar, embora muitos males
sofrendo,
105 se refreares o teu espírito e o dos companheiros
quando pela primeira vez fundeares a nau bem construída
na ilha de Trinácia, fugindo ao mar cor de violeta,
e encontrares a pastar os bois e as robustas ovelhas
do Sol, que tudo vê e tudo ouve.
110 Se deixares o gado incólume e pensares no regresso,

CANTO XI   301

poderes chegar a Ítaca, embora muitos males sofrendo.
Mas se lhe fizerdes mal, então prevejo a desgraça,
tanto para a nau como para os companheiros; e se tu próprio
escapares, regressarás tarde, tendo perdido todos os
                                                    companheiros,
115 na nau de outrem; e sofrimentos encontrarás em casa:
homens arrogantes, que os bens te devoram,
fazendo a corte à tua esposa divina e oferecendo presentes.
Mas na verdade vingar-te-ás da sua violência ao chegares.
Porém quando no teu palácio tiveres matado os pretendentes,
120 quer por dolo ou às claras com o bronze afiado,
deverás partir com um remo de bom manejo,
até que chegues junto daqueles que o mar não conhecem,
homens que na comida não misturam o sal,
nem conhecem as naus de bordas vermelhas,
125 nem os remos de bom manejo, que às naus dão asas.
E dar-te-ei um sinal claro, que não te escapará:
quando outro viandante te encontrar e te disser
que ao belo ombro levas uma pá de joeirar,
então deverás fixar no chão o remo de bom manejo,
130 oferecendo belos sacrifícios ao soberano Posêidon,
um carneiro, um touro, um javali que acasalou com porcas;
depois regressa a casa e oferece sagradas hecatombes
aos deuses imortais, que o vasto céu detêm,
a todos por ordem; e do mar sobrevirá para ti
135 a morte brandamente, que te cortará a vida
já vencido pela opulenta velhice; e em teu redor
os homens viverão felizes: é esta a verdade que te digo.'

Assim falou; a ele dei então a seguinte resposta:
'Tirésias, o fio destas coisas fiaram-no os deuses.
140 Mas diz-me agora tu com verdade e sem rodeios:
vejo aqui a alma de minha mãe falecida.
Está sentada em silêncio junto do sangue e nem
ousou olhar para o filho nem dirigir-lhe a palavra.
Diz, senhor, como poderá ela reconhecer-me?'

302   HOMERO

145 Assim falei; e ele tomando a palavra respondeu-me deste
                                                          modo:
     'Dir-te-ei uma palavra fácil, que porei no teu espírito.
     Àquele, dentre os mortos que partiram, que permitires
     aproximar-se do sangue, esse falar-te-á com verdade;
     porém quem recusares de novo se retirará.'

150 Tendo assim falado, voltou para a mansão de Hades
     a alma de Tirésias soberano, depois que as profecias
                                                       declarou.
     Eu permaneci onde estava, até que se aproximou a minha
                                                          mãe
     e bebeu do negro sangue turvo. De imediato me reconheceu,
     e chorando me dirigiu palavras aladas:

155 'Meu filho, como vieste ter sob a escuridão nebulosa,
     tu que estás vivo? É difícil para os vivos contemplar tais
                                                       coisas,
     pois no meio estão grandes rios e torrentes medonhas,
     o Oceano, antes de mais, que ninguém pode transpor
     a pé, mas somente se possuir uma nau bem construída.
160 Será que aqui chegas após longos errores de Troia,
     com nau e companheiros? Não terás ainda aportado
     a Ítaca — nem viste em teu palácio a tua mulher?'

     Assim falou; a ela dei então a seguinte resposta:
     'Minha mãe, foi a necessidade que me trouxe ao Hades,
165 para interrogar a alma do tebano Tirésias.
     Pois ainda não cheguei perto da Acaia, nem a minha terra
     pisei; mas tenho sempre vagueado em desespero,
     desde que fui com o divino Agamêmnon
     para Ílio de belos cavalos, para lutar contra os Troianos.
170 Mas diz-me agora tu com verdade e sem rodeios:
     como te venceu o destino da morte de prolongada tristeza?
     Foi longa a doença, ou foi Artêmis, a arqueira,
     que te visitou e matou com suas setas brandas?

CANTO XI 303

Fala-me do meu pai e do meu filho, que deixei:
175 assistem-lhes ainda os direitos que eram meus, ou detém-nos
outro homem, por dizerem que não regressarei?
Fala-me da intenção e do espírito da mulher que desposei,
se permanece junto do filho e mantém tudo guardado,
ou se já alguém a desposou, o melhor dos Aqueus?'

180 Assim falei; e logo respondeu a excelsa minha mãe:
'Na verdade ela permanece de coração sofredor
em teu palácio; e desesperadas se desgastam
as noites, mas também os dias, enquanto chora.
Os direitos que eram teus nenhum homem detém,
185 mas das propriedades trata agora Telêmaco incontestado,
e banqueteia-se nos festins, que a um legislador compete
partilhar, pois todos o convidam. E teu pai permanece
em seus campos, sem vir à cidade; não possui colchões,
nem lençóis, nem bons cobertores para a sua cama,
190 mas fica no inverno onde dormem os servos na casa,
nas cinzas junto ao fogo, e vis são as roupas que põe no
corpo.
Mas quando chega o verão e a abundante estação dos frutos,
com folhas caídas, no terreno inclinado das suas vinhas,
aí coloca por toda a parte a sua cama humilde.
195 Jaz na sua tristeza e grande é a dor em seu espírito,
enquanto anseia pelo teu regresso: chegou a velhice difícil.
Foi assim que eu pereci e enfrentei o meu destino:
não foi a arqueira de vista arguta que no palácio
me visitou e matou com suas setas brandas,
200 nem me assolou qualquer doença, das que muitas vezes
tiram a vida aos membros com sofrimento desgastante.
Mas foi a saudade de ti e dos teus conselhos, glorioso Ulisses;
a saudade da tua brandura de coração: foi a saudade de ti
que me tirou a vida doce como mel.'

Assim falou; e, ponderando no coração, pretendi
205 então abraçar a alma da minha mãe falecida.

Três vezes me lancei para ela, dizendo-me o espírito
que a abraçasse! Três vezes ela se evolou dos meus braços
como sombra ou sonho; a minha dor tornou-se mais aguda
e falando-lhe proferi palavras aladas:

210 'Minha mãe, por que não esperas por mim quando quero
segurar-te, para que até na mansão de Hades nos abracemos
e nos deleitemos à nossa vontade com frígidos lamentos?
Será este um fantasma que me mandou a altiva Perséfone,
para que eu chore e me lamente ainda mais?'

215 Assim falei; e logo respondeu a excelsa minha mãe:
'Ai de mim, ó filho, desgraçado entre todos os homens!
Não é Perséfone, filha de Zeus, que te defrauda:
é a lei que está estabelecida para os mortais, quando morrem.
Pois os músculos já não seguram a carne e os ossos,
220 mas vence-os a força dominadora do fogo ardente,
quando a vida abandona os brancos ossos
e a alma, como um sonho, batendo as asas se evola.
Mas tu volta rapidamente para a luz! E mantém presentes
estas coisas, para que depois as possas contar a Penélope.'

225 Enquanto trocávamos estas palavras, chegaram
as mulheres, pois mandara-as a altiva Perséfone:
todas as que tinham sido esposas e filhas de nobres.
Juntaram-se em bandos em torno do negro sangue,
enquanto eu deliberava como interrogar cada uma delas.
230 No meu espírito surgiu então a melhor deliberação:
desembainhando a longa espada de junto da forte coxa,
não deixei que bebessem ao mesmo tempo o negro sangue.
Aproximaram-se, uma após a outra; cada uma declarou
o seu nascimento e eu interroguei todas.

235 Vi primeiro Tiro, de nobre ascendência,
que declarou ter sido filha do irrepreensível Salmoneu,
e esposa de Creteu, filho de Éolo.

CANTO XI   305

Enamorara-se ela de um rio, o divino Enipeu,
que é o mais belo de todos os rios da terra;
240 e seus passos levavam-na para junto das belas águas do
                                                        Enipeu.
Assemelhando-se ao rio, Posêidon, o deus que segura e
                                              sacode a terra,
deitou-se com ela, na foz do rio cheio de redemoinhos.
Uma onda purpúrea elevou-se junto deles como uma
                                                    montanha:
arqueando-se, ocultou o deus e a mulher mortal,
245 a quem o deus desatou a cinta virginal, sobre ela
                                            derramando o sono.
Depois que o deus levou a seu termo os atos do amor,
pegou-lhe na mão e foi isto que lhe disse:

'Rejubila, ó mulher, neste amor! Pois passado um ano,
darás à luz filhos gloriosos: não são estéreis os amores
250 dos deuses. Tu cria e cuida desses filhos!
Agora volta para casa; nada reveles nem me nomeies.
Mas fica sabendo que sou Posêidon, que sacode a terra.'

Assim dizendo, mergulhou no mar marulhante.
E ela concebeu e deu à luz Pélias e Neleu.
255 Ambos se tornariam fortes escudeiros do grande Zeus:
Pélias na ampla região de Iolco, foi senhor de muitos
rebanhos; Neleu teve sua morada em Pilos arenosa.
Mas para Creteu gerou outros filhos esta rainha entre as
                                                    mulheres:
Éson, Feres e Amitaon, condutor de carros de cavalos.

260 Depois dela vi Antíope, filha de Asopo,
que se ufanava de ter dormido nos braços de Zeus,
a quem deu dois filhos, Anfíon e Zeto,
que primeiro fundaram a cidade de sete portas Tebas
e as muralhas lhe puseram, visto que sem elas não podiam
265 viver na ampla Tebas, poderosos embora fossem.

Depois dela vi Alcmena, esposa de Anfitrião,
que concebeu Héracles imbatível, coração de leão,
depois de se ter unido aos abraços do grande Zeus.
E vi Mégara, a filha de Creonte de coração altivo,
270 a quem desposou o filho incansável de Anfitrião.

E vi a mãe de Édipo, a bela Epicasta,
que cometeu um ato tremendo na ignorância da mente,
casando com o próprio filho: e ele, que matara o pai,
com ela casou — mas com tempo os deuses deram a conhecer
275 estas coisas; e com sofrimento reinou na bela Tebas
sobre os Cadmeus, devido aos desígnios fatais dos deuses.
Ela é que desceu para o Hades de fortes portões,
tendo atado um alto nó do cimo do teto, estrangulada
pela própria desgraça; mas para ele deixou os sofrimentos
280 sem fim que infligem as Erínias maternas.

Vi também a bela Clóris, que outrora Neleu desposou
por causa da sua beleza, trazendo incontáveis presentes:
era a filha mais nova de Anfíon, filho de Iaso,
que reinou pela força em Orcômeno, terra dos Mínias.
285 Foi ela rainha de Pilos e ao esposo deu filhos gloriosos,
Nestor, Crômio e o excelente Periclímeno;
e além destes deu à luz a bela Pero, maravilha dos homens:
com ela todos os que viviam em volta queriam casar.
Mas Neleu não a dava, a não ser àquele que conseguisse
290 conduzir de Filace o gado de chifres recurvos e de amplas
frontes
do poderoso Íficles — gado difícil de conduzir.
Só Melampo, o adivinho irrepreensível, se comprometeu
a levá-lo; mas atou-o um áspero destino dos deuses,
duras correntes e boieiros do campo.
Mas quando os meses e os dias se cumpriram
295 e de novo veio o ano, volvidas as estações,
foi nessa altura que Íficles poderoso o soltou:
proferiu todos os oráculos; e o desígnio de Zeus se cumpriu.

CANTO XI

Vi depois Leda, a esposa de Tíndaro,
que a Tíndaro deu dois filhos de ânimo rijo,
300 Castor, o domador de cavalos, e Pólux, o pugilista.
A terra que dá vida cobre-os, embora estejam vivos:
pois mesmo no mundo subterrâneo recebem honras de Zeus,
vivendo e morrendo em dias alternados.
Assim uma honra receberam igual à dos deuses.

305 Depois dela vi Ifimedeia, esposa de Aloeu,
que costumava dizer que se deitara com Posêidon.
Deu à luz dois filhos, mas tiveram vida curta:
Oto semelhante aos deuses e o famoso Efialtes,
os homens mais altos que a terra que dá cereais
310 alimentou e de longe os mais belos, depois de Órion.
Com nove anos de idade tinham nove cúbitos
de largura e nove braças de altura.
Contra os imortais no Olimpo ameaçaram trazer
a confusão da guerra impetuosa.
315 Planejaram colocar a Ossa em cima do Olimpo, e sobre a
                                                        Ossa
o Pélion de florestas trementes, para que o céu pudesse ser
                                                        escalado.
Isto teriam cumprido, se tivessem chegado ao limite da
                                                        juventude.
Mas o filho de Zeus, que Leto de belos cabelos deu à luz,
matou-os aos dois, antes que a penugem florescesse
320 sob as têmporas e com barba lhes cobrisse o queixo.

Vi Fedra e Prócris e a bela Ariadne, filha de Minos
de pernicioso pensamento, a quem outrora Teseu
levou de Creta para o monte da sagrada Atenas,
mas dela não fruiu, pois antes disso Artêmis a matou
325 em Naxos rodeada pelo mar, devido ao testemunho de
                                                        Dioniso.
Vi também Mera e Clímene e a detestável Erífile,
que recebeu ouro em troca da vida do esposo.

308 HOMERO

Mas eu não seria capaz de enumerar e nomear
todas as filhas e esposas de heróis que vi, antes que passasse
330 toda a noite imortal. Mas agora é hora de dormir, quer me
dirija
para a nau veloz para junto da tripulação, quer fique aqui.
Aos deuses e a vós competirá tratar do meu transporte."

Assim falou; e todos permaneceram em silêncio,
dominados pelo sortilégio, no palácio cheio de sombras.
335 Entre eles foi Areta de alvos braços a primeira a falar:

"Feácios, como vos parece ser este homem,
pelo aspecto, pela força e pelo espírito que tem dentro?
É meu hóspede, embora cada um de vós partilhe desta honra.
Não vos appresseis a mandá-lo embora, nem poupeis presentes
340 a quem deles tanto precisa; pois muitas são as riquezas
que pela vontade dos deuses tendes nos vossos palácios."

Falou-lhes então o velho herói Equeneu,
que era dos mais antigos entre os anciãos dos Feácios:
"Amigos, acertadas e não longe do nosso entendimento
345 são as palavras da sagaz rainha: a elas demos ouvidos.
Mas tanto o ato como a palavra dependem de Alcino."

A ele deu Alcino a seguinte resposta:
"Vale na verdade a palavra da rainha, enquanto eu
for vivo e reinar sobre os Feácios, amadores do remo.
350 Que o hóspede, embora desejando o regresso, aguente
permanecer conosco até amanhã, altura em que terei
confirmado toda a nossa oferta; o transporte dirá respeito
a todos, sobretudo a mim; pois meu é o poder nesta terra."

Respondendo-lhe assim falou o astucioso Ulisses:
355 "Alcino poderoso, excelente entre todos os povos,
mesmo que me ordenasses ficar aqui mais um ano,
organizasses o meu transporte e me desses gloriosas ofertas,

CANTO XI

seria isso que eu quereria; pois seria mais vantajoso
regressar à pátria amada com a mão mais cheia:
360 assim seria mais respeitado e estimado entre
todos os homens que me verão chegar a Ítaca."

A ele deu Alcino a seguinte resposta:
"Ulisses, não julgamos ao contemplar-te que sejas mentiroso
ou tecelão de falsidades, como aqueles que a terra negra
365 cria em grandes números, espalhados por toda a parte,
inventando mentiras de coisas que nunca ninguém viu.
Tens formosura de palavras e um entendimento excelente.
Contaste a história com a perícia de um aedo,
os tristes sofrimentos dos Argivos e os teus.
370 Mas diz-me agora tu com verdade e sem rodeios,
se viste algum dos teus divinos companheiros, que contigo
foram para Ílio e lá o seu destino encontraram.
Esta noite é longa, maravilhosamente longa; não chegou
a hora de dormir no palácio: conta pois os feitos
maravilhosos!
375 Por mim aguentaria até chegar a divina Aurora, se te
dispusesses
a contar, aqui no palácio, todas as tuas desgraças."

Respondendo-lhe assim falou o astucioso Ulisses:
"Alcino poderoso, excelente entre todos os povos,
existe uma hora para abundantes palavras e uma hora
para o sono.
380 Mas se ainda desejais ouvir mais, não me recusaria
a contar outras coisas ainda mais lamentáveis, desgraças
dos meus companheiros, que pereceram depois — aqueles
que
fugiram do terrível grito de guerra dos Troianos para depois
morrerem no regresso, devido à vontade de uma mulher má.

385 Depois de a sacra Perséfone ter dispersado em várias
direções as almas femininas das mulheres,

aproximou-se a alma triste de Agamêmnon, filho de Atreu.
Em seu redor outras se congregavam; e outros havia que
em casa
de Egisto com ele foram assassinados e seu destino
encontraram.
390 Reconheceu-me assim que bebeu do negro sangue.
Chorou alto e verteu logo copiosas lágrimas,
estendendo para mim as mãos, desejoso de me tocar.
Mas nele já não havia força ou vigor, tal como
tinha anteriormente nos seus membros flexíveis.
395 Rompi a chorar assim que o vi e comoveu-se o meu coração.
Falando proferi palavras aladas:

'Atrida glorioso, Agamêmnon soberano dos homens,
como te venceu o destino da morte de prolongada tristeza?
Terá sido Posêidon que te venceu embarcado nas naus,
400 depois de ter incitado uma pródiga rajada de ventos cruéis?
Terão sido homens hostis a fazer-te mal em terra firme,
enquanto lhes dizimavas o gado e as ovelhas de bela lã,
ou lhes fazias guerra para ficares com a cidade e as
mulheres?'

Assim falei; e ele tomando a palavra respondeu-me deste
modo:
405 'Filho de Laertes, criado por Zeus, Ulisses de mil ardis,
não foi embarcado nas naus que Posêidon me venceu,
depois de ter incitado uma pródiga rajada de ventos cruéis;
nem foram homens hostis a fazer-me mal em terra firme:
foi Egisto que, desencadeando a minha morte e o meu
destino,
410 me matou com a ajuda da mulher detestável (depois de me
convidar
para sua casa, depois de me oferecer um banquete), como
quem mata
um boi na manjedoura; e assim morri uma morte lamentável
e à minha volta foram os companheiros chacinados

CANTO XI   311

sem piedade, como se fossem porcos de brancos dentes,
cuja matança tem lugar na casa de um homem rico e
                                                                                    poderoso
₄₁₅   por ocasião de uma festa nupcial, banquete ou alegre festim.
Já assististe à chacina de muitos homens,
quer tenham sido mortos em isolado ou na violenta refrega;
mas no teu coração terias sentido compaixão ao ver aquilo,
como jazíamos no palácio junto às taças e às mesas repletas,
₄₂₀   e todo o chão estava encharcado de sangue.
Dos gritos o mais terrível foi o da filha de Príamo,
Cassandra, morta pela ardilosa Clitemnestra,
enquanto se agarrava a mim; e eu, jazendo no chão,
tentava erguer os braços, mas deixei-os cair, moribundo,
₄₂₅   sobre a espada. A cadela afastou-se e, embora eu estivesse já
a caminho do Hades, ela não quis fechar-me as pálpebras
nem a boca. Pois é certo que nada há de mais vergonhoso
que uma mulher que põe tais ações no espírito,
como o ato ímpio que aquela preparou,
₄₃₀   causando a morte de seu legítimo marido. Pois eu pensava
que regressava para casa, bem querido para os filhos
e para os meus servos. Ela é que, pensando coisas terríveis,
derramou vergonha sobre si própria e sobre as mulheres
vindouras — mesmo sobre aquela que praticar o bem.'

₄₃₅   Assim falou; a ele dei então a seguinte resposta:
'Ai, Zeus de ampla vista detestou na verdade
a descendência de Atreu, por causa das intrigas femininas,
desde o início! Muitos perecemos devido a Helena;
e contra ti estendeu Clitemnestra o dolo enquanto estavas
                                                                                    ausente.'

₄₄₀   Assim falei; e ele tomando a palavra respondeu-me deste
                                                                                    modo:
'Por causa disto, nunca sejas amável com a tua mulher!
Não lhe declares todo o pensamento que tiveres,
mas diz-lhe só alguma coisa, ocultando o resto.

Mas não será da tua esposa, ó Ulisses, que virá a morte,
445 pois prudente e bem-intencionada na sua mente
é a filha de Icário, a sensata Penélope.
Na verdade a deixamos como jovem esposa
quando partimos para a guerra, com um menino ao peito,
muito pequeno ainda, que agora se senta no meio dos
homens,
450 próspero: vê-lo-á o pai amado ao chegar a casa,
e ele abraçará o pai, como deve ser.
Mas a mulher não me deixou saciar os olhos
com a vista do meu filho; antes disso me matou.
E outra coisa te direi, e tu guarda-a no teu espírito:
455 às ocultas, e não abertamente, deves fundear a nau
na terra pátria: já não se pode confiar nas mulheres.
Mas diz-me agora tu com verdade e sem rodeios:
ouvistes dizer que está vivo o meu filho?
Será que vive em Orcômeno, ou em Pilos arenosa?
460 Ou talvez com Menelau na ampla Esparta?
Pois não morreu na terra o divino Orestes.'

Assim falou; a ele dei então a seguinte resposta:
'Atrida, porque me perguntas? Pois não sei
se vive ou se morreu; e fica mal dizer palavras de vento.'

465 Enquanto ali estávamos a trocar estas tristes palavras,
lamentando-nos e vertendo lágrimas copiosas,
aproximou-se a alma de Aquiles, filho de Peleu,
e as de Pátroclo e do irrepreensível Antíloco;
e também a de Ájax, que na beleza e no corpo superava
470 os outros Dânaos, com a exceção do irrepreensível filho de
Peleu.
Reconheceu-me a alma de Aquiles de pés velozes, neto de
Éaco,
e chorando dirigiu-me palavras aladas:

'Filho de Laertes, criado por Zeus, Ulisses de mil ardis,

CANTO XI 313

homem duro! Que coisa ainda maior irás congeminar?
475 Como ousaste descer até o Hades, onde moram os mortos
sem entendimento, fantasmas de mortais estafados?'

Assim falou; a ele dei então a seguinte resposta:
'Aquiles, filho de Peleu, de longe o mais forte dos Aqueus!
Vim para consultar Tirésias, para o caso de me dar
480 algum conselho sobre como poderei regressar a Ítaca
                                                    rochosa.
Pois ainda não cheguei perto da Acaia, nem a minha terra
pisei; mas sofro sempre desgraças, ao passo que não foi,
nem será, nenhum homem mais bem-aventurado que tu, ó
                                                    Aquiles!
Pois antes, quando eras vivo, nós Argivos te dávamos honras
485 iguais às dos deuses; e agora reinas poderosamente sobre
                                                    os mortos,
tendo vindo para aqui: não te lamentes por teres morrido,
                                                    ó Aquiles.'

Assim falei; e ele tomando a palavra respondeu-me deste
                                                    modo:
'Não tentes reconciliar-me com a morte, ó glorioso Ulisses.
Eu preferiria estar na terra, como servo de outro,
490 até de homem sem terra e sem grande sustento,
do que reinar aqui sobre todos os mortos.
Mas fala-me agora do meu filho orgulhoso,
se partiu para assumir liderança na guerra, ou não.
Fala-me do irrepreensível Peleu, se algo soubeste:
495 se é ainda detentor de honra entre os numerosos Mirmidões,
ou se agora na Hélade e na Ftia o desconsideram,
porque lhe retém as mãos e os pés a velhice.
Pois não estou eu para lhe prestar auxílio sob os raios
do sol, com a força que outrora foi minha na ampla Troia,
500 quando dizimei a hoste excelente em defesa dos Argivos.
Prouvera que por uma hora pudesse regressar a casa de
                                                    meu pai!

Então faria da força temível das minhas mãos invencíveis
objeto de ódio para quem o violenta e afasta da honra
devida.'

Assim falou; a ele dei então a seguinte resposta:
505 'Do irrepreensível Peleu nada pude saber;
mas quanto a Neoptólemo, teu filho querido,
dir-te-ei toda a verdade, como me ordenas.
Fui eu que na minha côncava nau recurva o trouxe de Ciro
para se juntar à hoste dos Aqueus de belas joelheiras.
510 E quando tomávamos deliberações junto à cidade de Troia,
era sempre o primeiro a falar e nunca se enganava nas
palavras.
Só o divino Nestor e eu próprio o ultrapassávamos.
Quando lutávamos com o bronze na planície de Troia,
nunca ficava para trás na confusão de homens,
515 mas precipitava-se para a frente, cedendo a ninguém em
força.
Muitos homens chacinou em combate tremendo.
Não seria capaz de contar nem nomear todos
os que da hoste matou em defesa dos Argivos.
Mas que guerreiro foi o filho de Télefo que ele matou com
o bronze,
520 o herói Erípilo! E junto dele foram mortos muitos camaradas
dentre os Ceteus, por causa dos presentes de uma mulher.
Foi ele o homem mais belo que vi, a seguir a Mêmnon divino.
Quando descemos para o cavalo de madeira, que Epeu
fabricara,
nós, os melhores dos Argivos, e tudo a mim fora confiado,
525 tanto o abrir como o fechar da porta da nossa bem
construída
emboscada, então os comandantes e conselheiros dos Dânaos
limpavam as lágrimas dos olhos, sentindo os membros a
tremer.
Mas nunca vi com os meus olhos o teu filho
empalidecer no seu lindo rosto, nem limpar das faces

CANTO XI

530 as lágrimas; em vez disso suplicou-me muitas vezes
para descer do cavalo, manejando sempre o punho da espada
e a lança pesada de bronze, no intuito de fazer mal aos
                                                    Troianos.
Depois que saqueamos a íngreme cidadela de Príamo,
embarcou na sua nau com a parte da recompensa que lhe
                                                    era devida,
535 incólume, pois não fora ferido pelo bronze afiado,
nem apunhalado em combate corpo a corpo, como sucede
muitas vezes na guerra: pois Ares campeia no desvario.'

Assim falei; e a alma do neto de Éaco de pés velozes
partiu com largas passadas pelo prado de asfódelos,
540 regozijando-se porque lhe falara da proeminência do filho.

As outras almas dos mortos que partiram estavam de pé
a lamentar-se, contando as desgraças uma a uma.
Só a alma de Ájax, filho de Télamon, permaneceu
afastada, ressabiada por causa da vitória que eu venci
545 na contenda junto às naus pelas armas de Aquiles,
que sua mãe veneranda designara como prêmio.
Dirimiram a contenda jovens Troianos e Palas Atena.
Quem me dera nunca ter ganho aquele prêmio!
Tal era a figura que a terra cobriu por causa destas coisas —
550 a de Ájax! Ele a quem foram concedidas façanhas e beleza
superiores às dos outros Dânaos, à exceção do filho de Peleu.
Dirigi-me então a ele com doces palavras:

'Ájax, filho do irrepreensível Télamon, nem mesmo na morte
estás disposto a esquecer a raiva contra mim por causa
                                                    das armas
555 malditas, que os deuses mandaram como flagelo aos Argivos?
Tal foi a fortaleza de que ficaram privados.
Nós Aqueus lamentamos continuamente a tua morte,
assim como lamentamos Aquiles, filho de Peleu.
Não há outro responsável a não ser Zeus, que muito

560 se enfureceu contra a hoste de lanceiros dos Dânaos
e por isso determinou o teu destino.
Mas aproxima-te, senhor, para que ouças as minhas palavras
e o meu discurso: domina a ira e o teu coração orgulhoso.'

Assim falei; mas ele não me respondeu e desapareceu
para o Érebo com as outras almas dos mortos que partiram.
565 Aí, embora ressentido, talvez me tivesse falado, ou eu a ele.
Mas desejava o coração no meu peito contemplar
outras almas dos mortos que partiram.

Foi então que vi Minos, o filho glorioso de Zeus, com o cetro
dourado na mão, a julgar os mortos, sentado,
570 enquanto outros interrogavam o rei sobre questões de justiça,
sentados e em pé, na mansão de amplos portões de Hades.
Depois dele avistei o enorme Órion
reunindo, no prado de asfódelo, animais
que ele próprio matara nos montes solitários;
575 tinha na mão uma clava de bronze inquebrantável.

Vi também Títio, filho da magnificente Gaia,
estendido no chão: o seu corpo cobria nove jeiras
e dois abutres, um de cada lado, lhe rasgavam o fígado,
mergulhando os bicos nos seus intestinos; e com as mãos
580 ele não os afugentava; pois violara Leto, consorte de Zeus,
quando se dirigia para Delfos através do belo Panopeu.

Vi Tântalo a sofrer grandes tormentos,
em pé num lago: a água chegava-lhe ao queixo.
Estava cheio de sede, mas não tinha maneira de beber:
585 cada vez que o ancião se baixava para beber,
a água desaparecia, sugada, e em volta dos seus pés
aparecia terra negra, pois um deus tudo secava.
Havia árvores altas e frondosas que deixavam pender seus
                                                    frutos,
peras, romãs e macieiras de frutos resplandecentes;

CANTO XI 317

590 doces figos e azeitonas luxuriantes.
Mas quando o ancião estendia as mãos para os frutos,
arrebatava-os o vento para as nuvens sombrias.

Vi Sísifo a sofrer grandes tormentos,
tentando levantar com as mãos uma pedra monstruosa.
595 Esforçando-se para empurrar com as mãos e os pés,
conseguia levá-la até o cume do monte; mas quando ia
a chegar ao ponto mais alto, o peso fazia-a regredir,
e rolava para a planície a pedra sem vergonha.
Ele esforçava-se de novo para a empurrar: dos seus membros
600 escorria o suor; e poeira da sua cabeça se elevava.

Depois dele avistei o vigoroso Héracles —
o seu fantasma, pois ele próprio entre os deuses imortais
se compraz no festim e tem como mulher Hebe de belos
tornozelos,
filha do grande Zeus e de Hera de sandálias douradas.
605 Em seu redor ouvia-se o clamor dos mortos, como aves
que esvoaçam, aterrorizadas, em todas as direções; e ele,
semelhante à escura noite, com o arco desnudo e uma seta
sobre a corda, olhava com expressão terrível, pronto para
atirar.
Medonho era o talabarte em volta do peito, uma faixa de
ouro,
610 onde estavam trabalhadas maravilhosas imagens:
ursos e javalis e leões de olhos faiscantes;
conflitos, batalhas, mortes e a chacina de homens.
Que o criador de tal objeto nunca outro possa criar,
aquele que submeteu tal talabarte à sua arte!
615 Reconheceu-me aquele, assim que me viu com os olhos,
e chorando proferiu palavras aladas:

'Filho de Laertes, criado por Zeus, Ulisses de mil ardis,
ó desgraçado! Também tu arrastas um destino infeliz,
o mesmo que outrora eu aguentei sob os raios do sol?

318 HOMERO

620 Eu era filho de Zeus, por sua vez filho de Crono, mas tive
sofrimentos incomensuráveis; a um homem muito inferior
tive de prestar serviço, que me impôs pesados trabalhos.
Uma vez até para cá me mandou, para trazer o cão de Hades.
Pensava que não havia trabalho mais dificultoso que este.
625 Mas eu levei o cão, trazendo-o da mansão de Hades.
Hermes me acompanhou e Atena de olhos esverdeados.'

Assim falando, regressou para a mansão de Hades,
mas eu permaneci firme, para o caso de se aproximar
algum dos heróis, que morreram em tempos passados.
630 Teria visto ainda outros homens, que queria ver,
como Teseu e Pirito, gloriosos filhos de deuses.
Porém antes que tal acontecesse, surgiram aos milhares
as raças dos mortos, com alarido sobrenatural; e um
pálido terror
se apoderou de mim, não fosse a temível Perséfone enviar-me
635 da mansão de Hades a monstruosa cabeça da Górgona.

Em seguida fui para a nau e ordenei aos companheiros
que embarcassem e soltassem as amarras.
Eles embarcaram depressa e sentaram-se nos bancos.
A nau foi levada pela onda da corrente do Oceano:
640 primeiro remamos; depois sobreveio um vento favorável.

Canto XII

Quando a nau deixou a corrente do rio Oceano,
chegou às ondas do mar de amplos caminhos
e à ilha de Eeia, onde da Aurora que cedo desponta
estão a morada, os lugares das suas danças e o nascer do Sol.
5   Foi aí que aportamos, trazendo a nau para a areia;
e nós próprios desembarcamos na praia,
onde adormecemos à espera da Aurora divina.

Quando surgiu a que cedo desponta, a Aurora de róseos
                                             dedos,
mandei os companheiros ao palácio de Circe,
10 para de lá trazerem o morto, o falecido Elpenor.
Depressa cortamos achas, lá onde está o promontório
                                             derradeiro,
e fizemos o funeral, chorando lágrimas copiosas.
Depois que se queimou o morto com as suas armas,
preparamos um túmulo e sobre ele uma lápide;
15 e em cima fixamos o remo de bom manejo.

Assim nos ocupávamos; mas, vindos do Hades, a Circe
não passamos despercebidos: arranjou-se depressa e veio
ao nosso encontro. E com ela vinham servas trazendo
pão, carne em abundância e frisante vinho tinto.
20 Em pé no meio de nós, assim falou a divina entre as deusas:

'Homens duros, que descestes vivos à mansão de Hades,
homens de dupla morte! Pois os outros só morrem uma vez.
Mas agora comei pão e bebei vinho ao longo
deste dia: ao surgir da Aurora, partireis.
25 Da minha parte, indicar-vos-ei o caminho e cada coisa
explicarei, para que devido a deliberações malfadadas
não padeçais com sofrimentos no mar ou em terra.'

Assim falou; e consentiram os nossos orgulhosos corações.
Durante o resto do dia, até o pôr do sol,
30 banqueteamo-nos com carne abundante e vinho doce.
Quando se pôs o sol e sobreveio a escuridão,
eles deitaram-se junto das amarras da nau.
Mas Circe, levando-me pela mão, sentou-me longe
dos queridos companheiros; deitando-se ao meu lado,
35 tudo quis saber; e eu tudo lhe contei, pela ordem certa.
Depois tais palavras me dirigiu a excelsa Circe:

'Todas estas coisas foram cumpridas; mas ouve agora
aquilo que te direi, e um deus te recordará.
Às Sereias chegarás em primeiro lugar, que todos
40 os homens enfeitiçam, que delas se aproximam.
Quem delas se acercar, insciente, e a voz ouvir das Sereias,
ao lado desse homem nunca a mulher e os filhos
estarão para se regozijarem com o seu regresso;
mas as Sereias o enfeitiçam com seu límpido canto,
45 sentadas num prado, e à sua volta estão amontoadas
ossadas de homens decompostos e suas peles marcescentes.
Prossegue caminho, pondo nos ouvidos dos companheiros
cera doce, para que nenhum deles as ouça.
Mas se tu próprio quiseres ouvir o canto,
50 deixa que, na nau veloz, te amarrem as mãos e os pés
enquanto estás de pé contra o mastro; e que as cordas sejam
atadas ao mastro, para que te possas deleitar com a voz
das duas Sereias. E se a eles ordenares que te libertem,
então que te amarrem com mais cordas ainda.

CANTO XII   321

55 Depois que os companheiros tiverem remado para longe
                                                              delas,
    já não te passarei a contar de modo contínuo
    como será a direção do teu caminho, mas tu próprio
    terás de decidir: mas eu te direi as alternativas.
    Há de um lado rochas ameaçadoras e contra elas
60 bate o estrondo das grandes ondas da azul Anfitrite.
    Errantes é como lhes chamam os deuses bem-aventurados.
    Por ali nem passam criaturas aladas, nem mesmo as tímidas
    pombas, que a ambrosia levam a Zeus pai:
    uma delas arrebata sempre a pedra lisa.
65 O Pai envia depois outra para manter o seu número.
    Por ali nunca passou nau alguma de homens que depois
                                                              voltasse,
    mas juntamente com as tábuas das naus são corpos humanos
    levados pelas ondas do mar e pelas procelas de fogo
                                                              destruidor.
    Por ali só passou uma nau preparada para o alto-mar,
70 a nau *Argo*, conhecida de todos, vinda da terra de Aetes.
    E até essa teria o mar lançado contra as rochas ingentes,
    se por amor a Jasão a deusa Hera não tivesse feito passar
                                                              a nau.
    Os dois rochedos: um deles chega ao céu
    com seu pico pontiagudo e cobre-o uma nuvem azulada.
75 Nunca a nuvem se afasta nem se vê céu limpo
    em torno do pico, no verão ou no outono.
    Nenhum homem mortal o poderia escalar,
    nem que tivesse vinte mãos e vinte pés.
    Pois o rochedo é liso, como se tivesse sido polido.
80 E no meio do rochedo há uma gruta nebulosa,
    virada para oeste, para o Érebo: e é para aí que devereis
    apontar a vossa côncava nau, ó glorioso Ulisses.
    Nem um homem de grande força conseguiria
    com o arco atirar uma seta para a gruta escavada!
85 É nela que habita Cila, ladrando de modo danado.
    Embora a sua voz não seja mais forte que a de um cão

322   HOMERO

recém-nascido, ela é um monstro terrível e ninguém
se alegraria ao vê-la, nem mesmo um deus.
Pois ela tem no total doze pernas delgadas
90 e seis pescoços muito longos e, sobre cada um,
uma horrível cabeça, cada uma com três filas de dentes
grossos e cerrados, cheios da negra morte.
Até a cintura está escondida na gruta,
mas eleva as cabeças para fora do terrível abismo
95 para aí se pôr à pesca, procurando perto do rochedo
golfinhos, cães marinhos e criaturas ainda maiores,
das que aos milhares cria no mar a marulhante Anfitrite.
De junto dela nunca nenhum marinheiro fugiu
ileso na sua nau: pois cada uma das suas cabeças
100 arrebata um homem da nau de proa escura.
Verás, Ulisses, que o outro rochedo é mais baixo:
ficam perto um do outro; a distância é o voo de uma flecha.
Nele há uma grande figueira, com frondosa folhagem.
Mas por baixo a divina Caríbdis suga a água escura.
105 Três vezes por dia a vomita; três vezes a suga com barulho
                                                                    terrível.
Que lá não estejas quando sugar a água! Pois ninguém
te poderia salvar da desgraça, nem mesmo o deus que
                                                                    abala a terra.
Antes te deves aproximar de perto do rochedo de Cila,
navegando depressa, pois é preferível lamentares a morte
110 de seis companheiros na nau do que a morte de todos.'

Assim falou; a ela dei então a seguinte resposta:
'Peço-te, ó deusa, que me digas com verdade se seria possível
fugir da mortífera Caríbdis e repelir também a outra,
quando fizesse dos companheiros a sua presa.'

115 Assim falei; e tal resposta me deu a divina entre as deusas:
'Homem duro, que só pensas em atos de guerra
e esforços! Não sabes ceder aos deuses imortais?
Ela não é mulher mortal, mas um flagelo imorredouro,

CANTO XII   323

terrível, áspero, selvagem — e imbatível!
120 Não há defesa alguma e o melhor é fugir dela.
Pois se te demoras para te armares junto do rochedo,
receio que ela voltará ao ataque com igual número
de cabeças e leve novamente outros tantos homens.
Rema antes com toda a força e chama por Crateis,
125 mãe de Cila, que a deu à luz como flagelo para os mortais.
Ela impedirá a filha de fazer uma nova investida.
Depois chegarás à ilha de Trinácia, onde pastam
em grande número as vacas e as robustas ovelhas do Sol:
sete manadas de bois e igual número de belos rebanhos,
130 cada um com cinquenta ovelhas; estas não têm crias,
nem morrem nunca; e são deusas as suas pastoras,
ninfas de belos cabelos, Faetusa e Lampécia,
que a divina Neera deu à luz para Hipérion, o Sol.
Depois de tê-las dado à luz e criado, sua excelsa mãe
135 mandou-as para a ilha de Trinácia para morarem longe
e guardarem os bois de chifres recurvos de seu pai.
Se deixares o gado incólume e pensares no regresso,
podereis chegar a Ítaca, embora muitos males sofrendo.
Mas se lhe fizerdes mal, então prevejo a desgraça,
140 tanto para a nau como para os companheiros; e se tu próprio
escapares, regressarás tarde, tendo perdido todos os
                                        companheiros.'

Assim falou; logo sobreveio a Aurora de trono dourado
e subiu pela ilha acima Circe, divina entre as deusas.

Mas eu fui para a nau e incitei os companheiros
145 a embarcarem e a soltarem as amarras.
Eles embarcaram depressa e sentaram-se nos bancos;
sentados por ordem, percutiram com os remos o mar
                                        cinzento.
Atrás da nau de proa escura soprava um vento
favorável que enchia a vela, excelente amigo, enviado por
150 Circe de belas tranças, deusa terrível de fala humana.

324   HOMERO

Sentamo-nos a pôr em ordem o equipamento em toda a nau,
que o vento e o timoneiro mantinham no seu caminho.

Falei então aos companheiros, com tristeza no coração:
'Amigos, não é justo que apenas um ou dois conheçam
155 os oráculos que proferiu Circe, divina entre as deusas.
Falarei, para que todos saibamos se morreremos
ou se, evitando a morte e o destino, conseguiremos fugir.
Primeiro foi o som das Sereias divinamente inspiradas
e seu prado florido que nos aconselhou a evitar.
160 Disse para ser só eu a ouvi-las: devereis amarrar-me
com ásperas cordas, para que fique onde estou,
de pé junto ao mastro; e que as cordas sejam atadas ao
                                                        mastro.
E se eu implorar e vos ordenar que me liberteis,
devereis amarrar-me com mais cordas ainda.'

165 Assim falando expliquei cada coisa aos companheiros.
Enquanto isso chegou rapidamente a nau bem construída
à ilha das duas Sereias, pois soprava um vento favorável.
Mas de repente o vento parou: sobreveio uma calmaria
sem vento e um deus adormeceu as ondas.
170 Levantaram-se os companheiros e recolheram a vela,
guardando-a na côncava nau, e em seguida se sentaram
                                                        nos bancos
e embranqueceram o mar com os remos de polido pinheiro.
Com o bronze afiado cortei pedaços de um grande círculo
de cera e amassei-os com as minhas mãos fortes.
175 Logo se aqueceu a cera por causa da grande pressão
e dos raios do soberano filho de Hipérion, o Sol.
Besuntei depois com a cera os ouvidos dos companheiros.
Eles ataram-me na nau as mãos e os pés, estando eu de pé
contra o mastro; e ao próprio mastro ataram as cordas.
180 Sentaram-se e percutiram com os remos o mar cinzento.
Quando estávamos à distância de alguém, gritando, se
                                                        poder

CANTO XII

fazer ouvir, a rápida nau navegando depressa não passou
despercebida às Sereias, que entoaram o seu límpido canto:

'Vem até nós, famoso Ulisses, glória maior dos Aqueus!
185 Para a nau, para que nos possas ouvir! Pois nunca
por nós passou nenhum homem na sua escura nau
que não ouvisse primeiro o doce canto das nossas bocas;
depois de se deleitar, prossegue caminho, já mais sabedor.
Pois nós sabemos todas as coisas que na ampla Troia
190 Argivos e Troianos sofreram pela vontade dos deuses;
e sabemos todas as coisas que acontecerão na terra fértil.'

Assim disseram, projetando as suas belas vozes;
e desejou o meu coração ouvi-las: aos companheiros
ordenei que me soltassem, indicando com o sobrolho;
mas eles caíram sobre os remos com mais afinco.
195 De imediato Perimedes e Euríloco se levantaram
para me atar com mais cordas, ainda mais apertadas.
Depois que passamos a ilha, e já não ouvíamos
a voz, nem o canto, das Sereias, os fiéis companheiros
tiraram a cera com que os ouvidos lhes besuntara
200 e a mim libertaram-me das amarras.

Mas quando nos afastamos da ilha, logo em seguida
vi fumaça e uma grande onda; ouvi um som profundo.
Das mãos dos camaradas aterrorizados voaram os remos,
que ruidosamente foram arrastados na torrente; e a nau
estancou,
205 quando deixaram de manejar com as mãos os remos polidos.
Mas eu fui pela nau incitando os companheiros
e a cada um ia dirigindo doces palavras:

'Amigos, de males como este não somos nós desconhecedores:
e este mal que nos assola não é maior do que quando
210 o Ciclope nos encurralou à força na sua caverna escavada.
Até daí, devido à minha valentia, deliberação e presciência,

326 HOMERO

conseguimos fugir; e destas qualidades penso ainda
lembrar-me!
Agora, àquilo que eu disser, obedeçamos todos.
Deveis sentar-vos nos bancos: com os remos percuti
215 as ondas fundas do mar, na esperança de que Zeus
nos conceda fugir, escapando a esta desgraça.
A ti, timoneiro, dou esta ordem — e guarda-a
no coração, pois és tu que estás ao leme da côncava nau:
desta fumaça e da ondulação mantém a nau afastada;
220 aponta para o rochedo, antes que a vejas precipitar-se
para o outro lado, lançando-nos a todos na morte.'

Assim falei; e obedeceram rapidamente às minhas palavras.
Mas não disse nada de Cila, desgraça irremediável,
não fossem eles com o medo deixar de remar
225 para se protegerem juntos sob a coberta da nau.
Foi então que me esqueci da dolorosa ordem de Circe,
que me proibira de me armar. Mas quando
vestira a resplandecente armadura e pegara com as mãos
em duas compridas lanças, fui para a proa da nau,
230 pois de lá esperava ver Cila, habitante do rochedo,
que haveria de trazer sofrimento para os meus companheiros.
Mas em parte alguma a vi; fadigaram-se meus olhos
enquanto olhava em todas as direções para a rocha nebulosa.

Navegamos então para os estreitos, gemendo.
235 De um lado estava Cila; do outro, a divina Caríbdis
sugava de modo terrível a água salgada do mar.
E quando a vomitava, fervilhava toda remexida,
como um caldeirão por cima de um grande fogo;
e alta caía a espuma sobre os picos de ambos os rochedos.
240 Mas quando voltava a sugar a água salgada,
parecia toda revolta por dentro; em redor do rochedo
soava um barulho terrível e a terra se tornava visível,
negra de areia. Deles se apoderou o pálido terror.

CANTO XII 327

Para Cila olhamos com medo da morte, enquanto
245 ela arrebatou seis companheiros da côncava nau,
os que eram melhores pela força dos seus braços.
Enquanto eu velava pela nau veloz e pelos outros,
vi os seus pés e os seus braços a serem alçados:
gritaram por mim e chamaram-me pelo nome,
250 pela última vez, na angústia do seu coração.
Tal como um pescador num promontório lança a isca
para apanhar pequenos peixes, descendo numa cana
comprida
o chifre de um boi campestre e, depois de apanhar o peixe,
o alça palpitante para fora — assim estrebuchavam eles
255 ao serem içados para o rochedo.
E ali à sua porta os devorou enquanto gritavam
e estendiam para mim as mãos na luta de morte.
Foi a coisa mais terrível que vi com os olhos
de tudo quanto padeci nos caminhos do mar.

260 Depois de termos escapado aos rochedos, a Caríbdis temível
e a Cila, chegamos em seguida à ilha imaculada do deus.
Aí estavam as belas vacas de ampla fronte
e as robustas ovelhas de Hipérion, o Sol.
Ainda me encontrava na escura nau e no alto-mar,
265 mas já ouvia o mugido das vacas a serem encurraladas
e o balido das ovelhas; então lembrei-me das palavras
do adivinho cego, do tebano Tirésias,
e de Circe de Eeia, que muito me recomendou
evitar a ilha do Sol, que aos mortais traz o deleite.
270 Assim falei aos companheiros, com tristeza no coração:

'Escutai as minhas palavras, companheiros que tanto
sofrestes, para que vos transmita os oráculos de Tirésias
e de Circe de Eeia, que muito me recomendou
evitar a ilha do Sol, que aos mortais traz o deleite:
275 pois é lá que reside o pior perigo de todos.
Continuai remando a escura nau para longe da ilha.'

Assim falei; e logo se despedaçou seu coração.
Então me respondeu Euríloco com palavras amargas:

'És duro, Ulisses! Tens força em demasia, nem o teu corpo
280 sente cansaço: na verdade, tudo em ti é de ferro,
tu que não permites aos companheiros vencidos pelo cansaço
e pelo sono desembarcar aqui nesta ilha rodeada pelo mar,
onde poderíamos preparar uma refeição saborosa;
mas mandas-nos assim vaguear pela rápida noite dentro,
285 afastando-nos da ilha em direção ao mar brumoso.
Da noite vêm os ventos ruinosos, que as naus destroem.
Como é que alguém fugiria à morte escarpada,
se sobreviesse de repente uma rajada de tempestade,
quer do Noto quer do Zéfiro pernicioso, os ventos
290 que despedaçam mais naus à revelia dos deuses soberanos?
Agora obedeçamos antes à escura noite,
preparemos a refeição junto da nau veloz:
ao surgir da aurora embarcamos e largamos para o alto-mar.'

Assim falou Euríloco e os companheiros concordaram.
295 Compreendi então que algum deus planejava o mal;
e falando dirigi-lhe palavras aladas:

'Euríloco, quereis forçar-me, a mim que estou só.
Peço-vos no entanto que jureis um grande juramento:
que no caso de encontrarmos uma manada de bois
300 ou um grande rebanho de ovelhas, ninguém na sua loucura
matará vaca alguma, ou ovelha; mas que vos contenteis
com a comida, que a nós ofereceu Circe imortal.'

Assim falei; e eles juraram fazer como ordenei.
Depois que juraram e puseram termo ao juramento,
305 fundeamos a bem construída nau num côncavo porto,
perto de uma fonte de água doce; da nau desembarcaram
os companheiros e com perícia prepararam a refeição.
Depois que afastaram o desejo de comida e bebida,

CANTO XII 329

choraram ao recordar-se dos queridos companheiros
310 que, arrebatando-os da côncava nau, Cila devorara.
Enquanto choravam sobreveio o sono suave.
Quando veio a terceira parte da noite, volvidos os astros,
Zeus que amontoa as nuvens incitou um vento a soprar
como tempestade sobrenatural, e com nuvens escondeu
315 a terra e o mar: do céu se precipitou a noite.

Quando surgiu a que cedo desponta, a Aurora de róseos
dedos,
arrastamos a nau para uma côncava gruta, lá onde
estão das ninfas os assentos e lugares das suas danças.
Depois convoquei uma reunião e assim lhes falei:

320 'Amigos, na nau veloz temos comida e bebida:
abstenhamo-nos pois do gado, para nada virmos a sofrer.
São estas as vacas e as robustas ovelhas de um deus terrível —
o Sol, que tudo vê e tudo ouve.'

Assim falei; e consentiram seus orgulhosos corações.
325 Durante um mês soprou o Noto sem cessar, nem sobreveio
qualquer outro vento, além do Noto e do Euro.
Enquanto não lhes faltou cereal e rubro vinho,
abstiveram-se do gado, na ânsia de se salvarem.
Mas quando da nau todos os víveres desapareceram,
330 à força percorreram a ilha em demanda de caça, peixe e aves:
o que às mãos lhes viesse, pescando com recurvos anzóis,
porque a fome lhes apertava o estômago.
Fui sozinho pela ilha acima, para rezar aos deuses,
para que algum deles me indicasse um caminho.
335 E quando atravessei a ilha para me afastar dos
companheiros,
lavei as mãos num lugar abrigado do vento
e dirigi preces a todos os deuses que o Olimpo detêm;
mas sobre os meus olhos eles derramaram o sono.

330 HOMERO

Aos companheiros enquanto isso dava Euríloco um mau
conselho:
340 'Ouvi as minhas palavras, vós que tanto sofrestes!
Para os pobres mortais todas as mortes são odiosas,
mas morrer à fome é o mais desgraçado dos destinos.
Sacrifiquemos as melhores vacas do Sol
aos deuses imortais, que o vasto céu detêm.
345 Se alguma vez regressarmos a Ítaca, a nossa terra pátria,
logo para Hipérion, o Sol, construiremos um templo,
e lá deporemos muitas e valiosas oferendas.
Mas se o deus contra nós se encolerizar por causa das vacas
de chifres direitos e a nau quiser destruir, e se tal consentirem
350 os outros deuses, por mim prefiro morrer de um trago no
mar,
do que definhar lentamente numa ilha deserta.'

Assim falou Euríloco; e os outros companheiros
concordaram.
De imediato levaram dali de perto as melhores vacas do Sol,
pois não longe da nau de escura proa pastavam
355 as belas vacas de chifres recurvos e de ampla fronte.
Posicionaram-se em torno delas e rezaram aos deuses,
colhendo as tenras folhas de um alto carvalho, pois
branca cevada já não havia na nau bem construída.
Depois de terem rezado, degolado e esfolado,
360 cortaram as coxas e cobriram-nas com dupla camada
de gordura e sobre elas colocaram pedaços de carne crua.
Não tinham vinho para derramar sobre o sacrifício
flamejante:
verteram água e assaram todas as vísceras no lume.
Queimadas as coxas, provaram as vísceras
365 e cortaram o resto, fazendo espetadas com os pedaços.

Foi então que dos meus olhos fugiu o sono suave,
e caminhei para a nau veloz, para a orla do mar.
Quando já estava bastante perto da nau recurva,

CANTO XII   331

cercou-me o doce aroma a gordura quente.
370 Gemendo, assim gritei aos deuses imortais:
'Zeus pai, e vós outros deuses que sois para sempre!
Para minha ruína me adormecestes com sono desapiedado,
ficando os companheiros a cometer um ato tremendo.'

Depressa chegou como mensageiro a Hipérion, o Sol,
375 Lampécia de longa veste: suas vacas tínhamos nós matado.
Logo exclamou aos deuses imortais, irado no coração:

'Zeus pai, e vós outros deuses que sois para sempre!
Vingai-vos dos companheiros de Ulisses, filho de Laertes,
que na sua insolência me mataram o gado, no qual eu sempre
380 me deleitava quando subia para o céu repleto de astros
e quando de novo à terra do céu regressava.
Se deles não receber expiação condigna,
irei para o Hades e lá brilharei para os mortos.'

A ele deu resposta Zeus que amontoa as nuvens:
385 'Sol, continua a brilhar para os imortais e para
os homens mortais na terra que dá cereais.
Em breve, com o raio fulgurante, a nau veloz
despedaçarei no meio do mar cor de vinho.'

(Estas coisas ouvi eu a Calipso de bela cabeleira:
390 disse ela que as ouvira a Hermes, o mensageiro.)

Quando cheguei à nau e à orla do mar,
repreendi-os um a um, mas remédio algum
conseguimos encontrar: as vacas estavam já mortas.
Aos companheiros logo os deuses mostraram prodígios:
395 rastejavam as peles, a carne nos espetos mugia,
tanto a assada como a crua: ouvia-se como que a voz de gado.

Durante seis dias banquetearam-se os fiéis companheiros,
tendo levado o melhor gado do Sol.

332 HOMERO

Mas quando Zeus Crônida nos trouxe o sétimo dia,
400 o vento deixou de soprar com força de tempestade,
e logo embarcamos e apontamos para o alto-mar,
tendo colocado o mastro e alçado a branca vela.
Depois de nos afastarmos da ilha, já não víamos
terra alguma: só víamos céu e mar.
405 Então colocou o Crônida uma nuvem negra
sobre a côncava nau, e debaixo da nau se escureceu o mar.
Navegou durante pouco tempo, pois logo sobreveio
o Zéfiro guinchante com grande rajada de tempestade.
A força do vento quebrou as cordas do mastro,
410 ambas: o mastro caiu para trás, e todo o equipamento
caiu no porão; na proa da nau, o mastro atingiu a cabeça
do timoneiro e partiram-se os ossos do seu crânio.
Como um mergulhador caiu da coberta
e a vida abandonou-lhe os ossos.

415 Zeus trovejou e, ao mesmo tempo, atingiu a nau com um
                                                          raio.
Toda ela estremeceu, atingida pelo relâmpago de Zeus.
Encheu-se de fumaça de enxofre e da nau caíram os
                                                  companheiros.
Como corvos marinhos foram levados em redor da nau
                                                  escura
pelas ondas; e um deus lhes retirou o regresso a casa.
420 Eu percorria o convés da nau, até que a ondulação soltou
os flancos da quilha e as ondas a levaram, desfeita.
O mastro foi arrancado da quilha: mas fora-lhe atada
uma tira feita de pele de boi e com ela
amarrei ambos, a quilha e o mastro,
425 e sentado neles fui levado por ventos terríveis.

Em seguida deixou o Zéfiro de soprar com rajada de
                                                  tempestade
e sobreveio o Noto, trazendo-me sofrimento ao coração,
pois teria agora de regressar à terrível Caríbdis.

CANTO XII   333

Toda a noite fui levado; e ao nascer do sol
430 cheguei ao rochedo de Cila e à terrível Caríbdis,
que sugou logo a água salgada do mar.
Mas eu, saltando em direção à alta figueira,
agarrei-me a ela como um morcego; mas não conseguia
pôr os pés em posição firme, nem subir para a árvore,
435 pois as raízes estavam longe e inalcançáveis eram os longos
e altos ramos que sobre Caríbdis projetavam sua sombra.
Ali fiquei pendurado até que ela vomitasse de novo
o mastro e a quilha; e grande foi a minha alegria quando
apareceram, embora tarde — à hora em que é costume
440 levantar-se da assembleia para o jantar aquele que as
                                                    contendas
de jovens dirima: foi a essa hora que surgiram os destroços
de Caríbdis. De cima larguei as mãos e os pés,
e caí ruidosamente no meio dos longos destroços.
Sentei-me neles e pus-me a remar com as mãos.
445 O pai dos deuses e dos homens não me deixou ver
Cila; de outro modo nunca teria fugido à morte escarpada.

Daí fui levado durante nove dias; quando veio a décima noite,
os deuses trouxeram-me a Ogígia, onde vive Calipso
de belas tranças, deusa terrível de fala humana,
450 que cuidou de mim e me amou. Mas por que contar esta
                                                    história?
Já a contei ontem, no teu palácio, a ti e à tua robusta mulher.
Detesto repetir aquilo que já foi contado com clareza."

Canto XIII

Assim falou, e todos ficaram em silêncio,
como que enfeitiçados no palácio cheio de sombras.
Então lhe disse Alcino, tomando a palavra:

"Ulisses, agora que vieste ter ao meu alto palácio
5 de brônzeo chão, não julgo que serás de novo
para aqui trazido, depois de tudo o que sofreste.
E a cada um de vós declaro o seguinte, a todos
quantos bebeis o vinho frisante dos Anciãos
no meu palácio e escutais o aedo:
10 numa arca polida guardaram-se para o estrangeiro
vestes, ouro maravilhosamente trabalhado e muitas outras
oferendas — todas as que os conselheiros dos Feácios aqui
trouxeram. Ofereçamos ainda uma grande trípode
e um caldeirão, cada um de nós; do povo reuniremos
15 o reembolso: pois seria difícil ser só um a oferecer."

Assim falou Alcino; e a eles foi agradável o discurso.
Depois, querendo descansar, partiu cada um para sua casa.
Quando surgiu a que cedo desponta, a Aurora de róseos dedos,
apressaram-se até a nau, carregando o bronze viril.
20 O poderoso e divino Alcino foi ele mesmo pela nau,
colocando os objetos debaixo dos bancos, para ninguém
da tripulação se sentir incomodado, quando começasse a
remar.

CANTO XIII   335

Em seguida foram para o palácio de Alcino e prepararam
                                                um festim.

Para eles sacrificou o poderoso e divino Alcino um boi
25 a Zeus da nuvem azul, filho de Crono, soberano de todos.
Assadas as coxas, banquetearam-se com um soberbo
                                                banquete,
regozijando-se; e no meio deles cantou o divino aedo,
Demódoco, honrado pelo povo. Mas Ulisses virava
muitas vezes a cabeça para o sol que tudo ilumina,
30 desejoso de ver o ocaso: pois só pensava no regresso.
Tal como o homem que anseia pelo jantar, para quem todo
o dia dois bois cor de vinho puxaram no campo o sólido
                                                arado,
e aprazivelmente desceu a luz do sol para que cuide
do jantar e fracos se tornam seus joelhos —
35 assim aprazível foi para Ulisses o pôr do sol.
E logo falou aos Feácios amigos do remo
e especialmente a Alcino disse o seguinte:

"Alcino poderoso, excelente entre todos os povos!
Vertidas as libações, ponde-me a caminho e alegrai-vos!
40 Já se cumpriram as coisas que desejava o meu coração:
um transporte e dons amáveis; que me abençoem
os deuses celestes e que ao regressar a casa encontre
a esposa irrepreensível e os familiares incólumes.
Pela vossa parte alegrai-vos com as vossas mulheres
45 e vossos filhos: que os deuses vos concedam toda
a excelência; que mal algum se insinue entre o povo."

Assim falou; e todos louvaram o estrangeiro e quiseram
pô-lo no seu caminho, porque tão bem dosara as palavras.
Então falou o poderoso Alcino ao arauto:
50 "Pontono, mistura o vinho na taça e serve-o a todos
aqui na sala, para que invocando Zeus pai
ponhamos o estrangeiro a caminho da sua terra pátria."

336 HOMERO

Assim falou; e Pontono misturou o vinho doce como mel
e a todos o serviu: aos deuses bem-aventurados,
55 que o vasto céu detêm, derramaram libações do lugar
onde estavam sentados. Levantou-se o divino Ulisses
e colocou nas mãos de Areta uma taça de duas asas;
falando dirigiu-lhe palavras aladas:

"De ti me despeço, ó rainha, para todo o sempre,
60 até a velhice e a morte que aos mortais sobrevêm.
Regressarei a minha casa; mas tu regozija-te neste palácio
com os teus filhos, com o teu povo e com Alcino, o rei."

Assim falando, pisou o limiar o divino Ulisses.
O poderoso Alcino mandou com ele um arauto
65 para levá-lo à nau veloz e à orla do mar.
E Areta mandou com ele mulheres servidoras:
uma delas levava uma capa bem lavada e uma túnica;
à outra ordenou que levasse uma arca forte;
outra foi encarregada de levar pão e rubro vinho.
70 Quando chegaram à nau e à orla do mar,
logo estas coisas os nobres acompanhantes receberam
e guardaram na côncava nau, assim como a comida e a
bebida.
Para Ulisses estenderam uma manta e um lençol de linho
no convés da côncava nau, para que dormisse descansado
75 junto à popa; ele embarcou e deitou-se em silêncio.
Eles sentaram-se nos bancos, cada um no seu lugar,
ordenadamente; e soltaram a amarra da pedra perfurada.
Assim que se inclinaram para trás e o mar percutiram
com os remos, caiu um sono suave sobre as pálpebras de
Ulisses;
80 um sono do qual se não acorda, dulcíssimo, semelhante à
morte.

Quanto à nau, tal como na planície quatro cavalos atrelados
se precipitam todos ao mesmo tempo debaixo dos golpes

CANTO XIII

do chicote e levantando bem alto as patas percorrem o
caminho —
assim levantava a proa e para trás ficava a grande onda
85 cor de púrpura, espumando no mar marulhante.
A nau seguia com segurança; e nem o falcão, a mais leve
de todas as aves, poderia tê-la acompanhado.
Avançando com leveza, a nau cortou as ondas do mar,
transportando um homem cujos conselhos igualavam
90 os dos deuses, que já sofrera muitas tristezas no coração,
que atravessara as guerras dos homens e as ondas dolorosas,
mas que agora dormia em paz, esquecido de tudo quanto
sofrera.

Quando surgiu o astro mais fulgente de todos,
que anuncia a luz da Aurora que cedo desponta,
95 aproximou-se da ilha a nau preparada para o alto-mar.

Há em Ítaca um porto dito de Fórcis, o velho do mar:
nele dois promontórios se projetam em saliências rochosas,
íngremes do lado do mar, mas inclinados para o porto,
impedindo as ondas levantadas pelos ventos terríveis
100 de fora; lá dentro, sem amarras, estão fundeadas
as naus bem construídas, quando atingem o ancoradouro.
No cabeço deste porto está uma oliveira de esguias folhas,
e perto dela há uma gruta aprazível e sombria,
consagrada às ninfas que têm por nome Náiades.
105 Lá dentro estão taças e ânforas de pedra;
as abelhas também lá guardam o seu mel.
Há compridos teares de pedra, onde as ninfas
tecem tramas de púrpura, maravilha de se ver!
No interior existem nascentes de água inesgotável
110 e duas portas: uma virada a norte, por onde entram
os homens; e outra a sul, que os homens evitam:
pois essa é caminho dos deuses imortais.

Para este porto remaram, pois já o conheciam.

338 HOMERO

Ao chegar à terra firme, a nau percorreu pela praia metade
115 do seu comprimento, de tal modo era impelida pelos braços
dos remadores que, desembarcando da nau de bancos bem
construídos, primeiro levantaram Ulisses da côncava nau,
e com ele a manta e o lençol de linho tal como estavam;
deitaram-no na areia, ainda dominado pelo sono
120 e tiraram da nau os presentes que os orgulhosos Feácios
lhe deram à sua partida, graças à magnânima Atena.
Colocaram os presentes junto ao tronco da oliveira,
longe do caminho, não aparecesse algum viandante,
antes de Ulisses acordar, que dos presentes se apoderasse.

125 Em seguida regressaram à sua pátria; mas o deus que abala
a terra as ameaças não olvidara que contra o divino Ulisses
lançara; e procurou saber a deliberação de Zeus:
"Zeus pai, eu nunca mais serei honrado entre os deuses
imortais, visto que certos mortais não me dão honra alguma:
130 os Feácios, que são da minha própria linhagem.
Pois eu declarara que Ulisses iria sofrer muitas desgraças
antes de para casa regressar, embora não lhe tirasse o
                                                                  retorno
por inteiro, depois de tu o teres prometido e confirmado.
Agora eles o trouxeram a dormir numa nau veloz pelo mar
135 e o deixaram em Ítaca; e deram-lhe esplêndidos presentes,
quantidades de bronze, de ouro e de vestes tecidas,
mais do que alguma vez Ulisses teria trazido de Troia,
se tivesse regressado incólume com a sua parte dos despojos."

A ele deu resposta Zeus, que amontoa as nuvens:
140 "Sacudidor da Terra de vasto poder, o que foste dizer!
A ti não desonram os deuses; seria terrível atirar
com desonras a quem é o mais velho e o melhor entre nós.
Se algum dos homens, cedendo à violência e à força,
não te honrar, podes sempre praticar vingança.
145 Faz o que quiseres, o que ao coração te aprouver."

CANTO XIII 339

A ele deu resposta Posêidon, que abala a terra:
"Teria logo feito como dizes, ó deus da nuvem azul,
mas receio e evito sempre a tua ira. Mas agora a bela nau
dos Feácios, que regressa de transportar Ulisses, quero
150 estilhaçar no mar brumoso, para que se abstenham
e desistam de transportar homens; e a sua cidade
rodeá-la-ei com uma montanha enorme e circundante."

A ele deu resposta Zeus, que amontoa as nuvens:
"Caro irmão, o que me parece melhor é isto:
155 quando da cidade estiverem todos a fitar a nau
no seu percurso, transforma-a em pedra perto da praia,
em pedra semelhante a uma nau veloz, para que todos se
espantem:
e rodeia-lhes a cidade com uma montanha enorme e
circundante."

Quando ouviu estas palavras Posêidon que abala a terra,
160 foi para Esquéria, onde habitam os Feácios, e aí esperou.
Aproximou-se a nau preparada para o alto-mar, navegando
rapidamente; e dela se aproximou o deus que abala a terra
e transformou-a em pedra, enraizando-a no fundo do mar
com um golpe da mão; e em seguida partiu.

165 Entre eles proferiram palavras aladas
os Feácios de longos remos, famosos pelas suas naus.
E assim falava um, olhando de soslaio para outro:
"Ai de mim, quem estancou no mar a nau veloz
quando regressava para casa? Estava à vista de todos!"
170 Assim falava alguém, sem saber como tudo se cumprira.
Mas Alcino, tomando a palavra, falou no meio deles:

"Ah, na verdade vêm ao meu encontro os oráculos há muito
proferidos pelo meu pai, que afirmou estar Posêidon contra
nós irado, porque transportamos, inocentes, todos os
homens.

340   HOMERO

175 Declarou outrora que regressando um dia uma bela nau
dos Feácios de transportar alguém, no mar brumoso
seria estilhaçada e uma grande montanha nos rodearia a
                                                    cidade.
Assim falou o ancião; e agora tudo isto se cumpriu.
Mas agora, àquilo que eu disser, obedeçamos todos.
180 Cessai o transporte de mortais, quando à nossa cidade
vier ter alguém; e a Posêidon sacrificaremos doze touros
escolhidos, para que de nós se digne apiedar-se
e a cidade não nos rodeie com uma grande montanha."

Assim falou; eles sentiram medo e prepararam os touros.
185 Fizeram suas preces a Posêidon soberano
os príncipes e conselheiros do povo dos Feácios,
em pé em torno do altar.

Acordou então o divino Ulisses,
que dormia na sua terra pátria, embora a não reconhecesse,
pois estava fora há tanto tempo e à sua volta a deusa
190 Palas Atena, filha de Zeus, derramara uma neblina
para torná-lo irreconhecível e para lhe explicar tudo
                                                    primeiro —
não fossem a esposa, os cidadãos e os amigos reconhecê-lo
antes de ele castigar toda a transgressão dos pretendentes.
Por isto todas as coisas pareciam estranhas ao soberano:
195 os caminhos contínuos; os portos, ancoradouros de todos;
os rochedos escarpados e as árvores frondosas.
Levantou-se e olhou, de pé, para a terra pátria.
Em seguida gemeu e, batendo com as mãos nas coxas,
lamentou-se e proferiu as seguintes palavras:

200 "Ai de mim, a que terra de homens mortais chego de novo?
Serão eles homens violentos, selvagens e injustos?
Ou serão dados à hospitalidade e tementes aos deuses?
Para onde levarei todas estas riquezas? E eu, para onde
vaguearei agora? Prouvera que com os Feácios tivesse

CANTO XIII 341

205 permanecido! Ter-me-ia depois dirigido para outro
dos reis poderosos, que me estimasse e ajudasse a regressar.
Mas agora não sei onde pôr as riquezas, nem as poderei
aqui deixar, com receio de que alguém se apodere delas.
Na verdade, não me parecem sensatos nem justos
210 os príncipes e conselheiros dos Feácios,
que me trouxeram a uma terra estranha, quando disseram
que me trariam à soalheira Ítaca: não cumpriram a palavra.
Que Zeus, deus dos suplicantes, os castigue; ele que todos
os homens observa e castiga quem transgride.
215 Mas agora quero ver e contar as riquezas, para o caso
de terem levado alguma coisa na côncava nau."

Assim falando, contou as belas trípodes, as caldeiras,
o ouro e as belas vestimentas tecidas; destas coisas
nada lhe faltou; mas lamentou a terra pátria,
220 caminhando ao longo da praia do mar marulhante,
e chorou muitas lágrimas. Dele se aproximou então Atena,
semelhante no corpo a um jovem, pastor de ovelhas,
mas muito gentil, como são os filhos de príncipes.
Nos ombros trazia uma capa bem-feita, dobrada.
225 Nos pés luzentes calçava sandálias e na mão tinha uma lança.
Alegrou-se Ulisses ao ver a deusa e dela se aproximou.
Falando dirigiu-lhe palavras aladas:

"Amigo, visto seres o primeiro que encontro nesta terra,
saúdo-te! E que não venhas ao meu encontro com má
                                                    intenção,
230 mas salva este tesouro, salva-me a mim! Pois suplico-te
como se fosses um deus e teus joelhos abraço.
Diz-me isto com verdade, para que saiba.
Que terra é esta? Que povo? Quem aqui habita?
É uma ilha soalheira, ou a praia de um continente
235 de terra fértil que contra o mar descansa?"

A ele deu resposta Atena, a deusa de olhos esverdeados:

"És ignorante, ó estrangeiro, ou chegas de longe,
se procuras saber que terra é esta! Pois anônima
ela não é — e sem dúvida muitos o sabem,
240 tanto os que habitam para os lados da aurora e do sol,
como os que estão para trás, na escuridão sombria.
É uma ilha rochosa e pouco própria para carros de cavalos;
não é especialmente acanhada, mas também não é extensa.
Nela cresce cereal em grande quantidade e produz-se
245 o vinho; tem sempre chuva e o florescente orvalho.
É terra boa para apascentar cabras e bois; há árvores
de toda a espécie e não faltam reservas de água.
Por tudo isto, ó estrangeiro, o nome de Ítaca até a Troia
chegou — terra segundo dizem, que fica longe da Acaia."

250 Assim falou; e regozijou-se o sofredor e divino Ulisses,
alegrando-se com a terra pátria, segundo o que lhe dissera
Palas Atena, filha de Zeus, detentor da égide.
E falando dirigiu-lhe palavras aladas,
embora não lhe dissesse a verdade, mas reteve o discurso,
255 revolvendo no peito um pensamento de grande astúcia:

"De Ítaca já eu ouvira falar, até na ampla Creta,
do outro lado do mar; e agora aqui vim ter
com estes tesouros. Mas outros tantos junto dos meus filhos
deixei quando fugi, depois que matei Orsíloco de pés velozes,
260 o filho amado de Idomeneu, que na ampla Creta
superava com os rápidos pés todos os homens alimentados
a cevada, porque queria roubar-me todos os despojos
de Troia, pelos quais sofrera tristezas no coração,
atravessando as guerras dos homens e as ondas dolorosas,
265 porque ao pai não fiz o favor de servir como subalterno
na terra de Troia, mas comandei eu próprio outros soldados.
Feri-o com a lança de bronze quando regressava do campo,
esperando-o no caminho com um companheiro.
Uma noite escura cobria o céu, e nenhum homem
270 nos viu, mas desapercebido lhe tirei a vida.

CANTO XIII

Depois que o matei com o bronze afiado,
fui logo para a nau e aos excelentes Fenícios dirigi súplicas,
prometendo-lhes os despojos que lhes agradassem.
Pedi-lhes para embarcar e para me levarem até Pilos,
275 ou até a divina Élide, onde os Epeus detêm o poder.
Mas na verdade a força do vento afastou-os do caminho,
contra a sua vontade: não era sua intenção ludibriar-me.
Dali viemos ter a este lugar, já de noite.
Remamos para dentro do porto, sem nos lembrarmos
280 sequer do jantar, embora dele muito precisássemos!
Desembarcamos da nau e deitamo-nos todos.
Caiu sobre mim, cansado como estava, um doce sono;
da sua parte, tiraram da côncava nau os meus bens
e colocaram-nos na areia, onde eu estava a dormir.
285 Eles partiram para a terra bem populada de Sídon,
mas eu fiquei para trás, com tristeza no coração."

Assim falou; e sorriu Atena, a deusa de olhos esverdeados,
acariciando-o com a mão; transformou-se numa mulher
alta e bela, conhecedora dos mais gloriosos trabalhos.
290 E falando dirigiu-lhe palavras aladas:

"Interesseiro e ladrão seria aquele que te superasse
em todos os dolos, mesmo que um deus viesse ao teu
                                          encontro!
Homem teimoso, de variado pensamento, urdidor de
                                          enganos:
nem na tua pátria estás disposto a abdicar dos dolos
295 e dos discursos mentirosos, que no fundo te são queridos.
Mas não falemos mais destas coisas, pois ambos somos
versados em enganos: tu és de todos os mortais o melhor
em conselho e em palavras; dos imortais, sou eu a mais
                                          famosa
em argúcia proveitosa. Mas tu não reconheceste
300 Palas Atena, a filha de Zeus — eu que sempre
em todos os trabalhos estou ao teu lado e por ti velo.

344 HOMERO

Até por todos os Feácios te fiz bem-querido.
Agora vim até aqui para contigo tecer um plano astucioso;
para ocultar os tesouros, que te deram os excelentes Feácios
305 por minha vontade e deliberação quando para casa
regressaste;
e para te falar dos males requeridos pelo destino, que terás
de sofrer no teu bem construído palácio; mas é forçoso
que os sofras, e nada digas a nenhum homem ou mulher:
que tendo vagueado aqui voltaste; mas em silêncio deverás
310 sofrer muitas dores e submeter-te à violência dos homens."

Respondendo-lhe assim falou o astucioso Ulisses:
"Ao mortal que te encontre é difícil, ó deusa, reconhecer-te,
por muito sabedor que seja; pois a tudo te assemelhas.
Mas isto eu sei: que já antes para mim foste benévola,
315 quando em Troia combatíamos, nós os filhos dos Aqueus.
Mas depois que saqueamos a íngreme cidadela de Príamo,
embarcamos nas naus e um deus dispersou os Aqueus:
nunca mais te vi, ó filha de Zeus, nem na minha nau te senti
embarcar, para que afastasses para longe o sofrimento.
320 Não: sempre com pensamento pesado no coração
vagueei, até que os deuses me libertassem da desgraça.
Mas antes na terra fértil dos Feácios me encorajaste
com palavras e foste tu própria a conduzir-me à cidade.
Agora pelo teu pai te suplico: não me parece na verdade
325 que tenha chegado a ínsula Ítaca; mas ando às voltas
noutra terra. E julgo que foi para me provocar
que disseste aquilo, para me pores à prova.
Diz-me se é verdade que cheguei à minha pátria amada."

A ele deu resposta Atena, a deusa de olhos esverdeados:
330 "No teu peito está sempre algum pensamento:
por isso não consigo deixar-te na tua tristeza,
porque és facundo, arguto e prudente. Com que facilidade
outro homem, regressando depois de ter andado perdido,
se teria precipitado para o palácio, para ver mulher e filhos!

CANTO XIII   345

335 Mas tu não desejas saber nem inquirir, antes de teres
sondado a tua mulher, que tal como dantes permanece
sentada no teu palácio; e lamentosos se lhe definham
os dias e as noites, enquanto derrama lágrimas.
Da minha parte nunca duvidei disto, mas no coração
340 sabia que regressarias, tendo perdido todos os companheiros.
Mas não quis lutar contra Posêidon, irmão de meu pai,
que contra ti armou o coração, encolerizado
porque o querido filho lhe cegaste.
Agora mostrar-te-ei esta terra, Ítaca, para que acredites.
345 Aqui estamos no porto de Fórcis, o velho do mar:
ali está o cabeço do porto, e ali a oliveira de esguias folhas,
e perto dela uma gruta aprazível e sombria,
consagrada às ninfas que têm por nome Náiades.
E esta é a gruta abobadada, onde tu muitas
350 hecatombes irrepreensíveis oferecias às ninfas.
Além é o monte Nérito, vestido de bosques."

Assim falando, a deusa dispersou o nevoeiro e a terra
                                                    apareceu.
Alegrou-se em seguida o sofredor e divino Ulisses,
regozijando-se com a sua terra; e beijou o solo doador de
                                                    cereais.
355 Logo ergueu as mãos e dirigiu preces às ninfas:

"Ninfas Náiades, filhas de Zeus, nunca julguei poder
ver-vos de novo! Mas agora vos saúdo com orações
amáveis; e dar-vos-ei oferendas, como dantes,
se, benévola, a filha de Zeus que conduz as hostes
360 me deixar viver e trouxer à idade adulta o meu filho amado."

A ele deu resposta Atena, a deusa de olhos esverdeados:
"Tem coragem, não deixes que tais coisas te preocupem.
Ponhamos agora os teus tesouros no recesso mais recôndito
do antro sagrado, onde possam ficar a salvo.
365 E falemos nós sobre como levar tudo a bom termo."

346 HOMERO

Assim dizendo, a deusa entrou na gruta nebulosa,
procurando os recessos na rocha; e Ulisses trouxe
para dentro todos os tesouros: ouro, bronze inflexível
e bem tecidas roupas, que lhe tinham dado os Feácios.
370 Todas estas coisas escondeu, e uma pedra sobre a entrada
colocou Palas Atena, filha de Zeus, detentor da égide.
Sentaram-se então os dois junto ao tronco da sacra oliveira
e planearam a morte para os pretendentes arrogantes.
A primeira a falar foi Atena, a deusa de olhos esverdeados:

375 "Filho de Laertes, criado por Zeus, Ulisses de mil ardis!
Pensa como poderás pôr as mãos nos pretendentes sem
vergonha,
que há três anos se assenhorearam do teu palácio,
fazendo a corte à tua mulher e oferecendo presentes.
Sempre em seu coração lamenta que não regresses:
380 a todos dá esperança e a cada homem manda recados,
mas o seu espírito está voltado para outras coisas."

Respondendo-lhe assim falou o astucioso Ulisses:
"Ah, na verdade eu estava prestes a sofrer o triste destino
de Agamêmnon, filho de Atreu, no meu palácio,
385 se tu, ó deusa, me não tivesses tudo dito, pela ordem certa!
Mas agora tece um plano, para que os possa castigar.
E tu fica ao meu lado, inspirando-me abundante coragem,
tal como quando de Troia despimos o véu fulgente.
Se ao meu lado quisesses ficar, ó deusa de olhos esverdeados,
390 contigo eu lutaria contra três vezes cem homens,
ó deusa soberana, se me concedesses o teu auxílio."

A ele deu resposta Atena, a deusa de olhos esverdeados:
"Decerto ao teu lado estarei: não te perderei de vista,
quando com tal esforço estivermos ocupados; e pessoas
395 haverá que com seu sangue e miolos sujarão a vasta terra —
entre os pretendentes, que os bens te devoram.
Mas agora far-te-ei irreconhecível para todos os mortais.

CANTO XIII

347

Engelharei a linda pele sobre os teus membros musculosos
e da tua cabeça destruirei os loiros cabelos; vestir-te-ei
400 com farrapos que repugnância causam a quem os vir.
Obnubilarei os teus olhos, outrora tão belos,
para que tenhas mau aspecto perante todos os pretendentes,
a tua mulher e o filho, que no palácio deixaste.
Antes de mais nada vai ter com o porqueiro,
405 guardião dos teus porcos, porém leal para contigo;
ele que estima o teu filho e a constante Penélope.
Encontrá-lo-ás sentado junto dos porcos, que ele leva
a comer ao pé da Rocha do Corvo, perto da fonte de Aretusa.
Aí comem as bolotas de que gostam e bebem a negra água,
410 coisas que nos porcos criam uma gordura florescente.
Aí deves ficar; e interroga-o sobre tudo,
enquanto eu vou para Esparta de belas mulheres
para chamar Telêmaco, teu querido filho, ó Ulisses,
que foi à ampla Lacedemônia informar-se junto de Menelau
415 se sobre ti havia alguma notícia e se ainda serias vivo."

Respondendo-lhe assim falou o astucioso Ulisses:
"Por que não o avisaste, tu que no espírito tudo sabes?
Foi para que também ele vagueasse no mar nunca cultivado,
sofrendo desgraças, enquanto outros lhe devoram os bens?"

420 A ele deu resposta Atena, a deusa de olhos esverdeados:
"Da parte que lhe toca, não fiques preocupado.
Fui eu própria que o guiei, para que granjeasse uma fama
excelente ao fazer a viagem; não sofre nada, mas está
seguro no palácio do Atrida, com tudo em abundância.
425 Decerto estão jovens numa escura nau a fazer-lhe
uma emboscada, desejosos de matá-lo, antes que chegue à
pátria.
Mas não julgo que tal aconteça: antes disso terá a terra
coberto
alguns dos pretendentes, que os bens te devoram."

348   HOMERO

Assim falando, Atena tocou-lhe com a sua vara.
430 Engelhou a linda pele sobre os membros musculosos
e da cabeça destruiu os loiros cabelos; em todo o corpo
lhe pôs a pele de um ancião já muito idoso;
obnubilou-lhe os olhos, outrora tão belos.
Vestiu-o com outras roupas, vis, esfarrapadas,
435 e uma túnica rasgada, imunda, negra de sujo fumo.
Pôs-lhe sobre os ombros a pele esfolada de veado veloz,
deu-lhe um bastão e um alforge miserável,
cheio de buracos e suspenso de uma correia torcida.
Depois de as coisas terem combinado entre eles, partiram;
440 e a deusa foi para a divina Lacedemônia,
para buscar o filho de Ulisses.

Canto XIV

Porém Ulisses subiu do porto por caminhos agrestes,
através de um terreno arborizado por cima das serras,
até o lugar onde lhe dissera Atena que encontraria
o divino porqueiro, que dentre os servos que Ulisses adquirira
era quem mais velava pelas suas propriedades.

5 Encontrou-o sentado à frente da casa, lá onde tinha
construído o recinto, num terreiro de larga vista,
belo e amplo a toda a volta; este recinto tinha o próprio
porqueiro construído para os porcos do amo ausente,
sem conhecimento da rainha e do ancião Laertes.
10 Com grandes pedras o construíra; ali plantara a pereira
                                                        selvagem.
Do lado de fora fixara muitas estacas de ambos os lados,
bem juntas, tendo cortado a madeira negra de um carvalho.
No interior do recinto fizera doze pocilgas, umas perto
                                                        das outras,
como leitos para as porcas; em cada uma delas estavam
15 encurraladas cinquenta porcas deitadas no chão:
fêmeas que deram à luz; pois os machos estavam fora,
em número reduzido, porque iam sendo dizimados
pelos pretendentes semelhantes aos deuses, que os comiam:
o porqueiro mandava sempre o melhor dos porcos
20 engordados, cujo número era de trezentos e sessenta.

350 HOMERO

Junto deles dormiam quatro cães, ferozes como animais
selvagens, a quem criara o porqueiro, condutor de homens,
que estava agora a ajustar aos seus pés umas sandálias,
cortando o couro de boa cor. Quanto aos outros servos,
25   tinham partido em várias direções com os porcos,
três ao todo; o quarto servo fora enviado à cidade, contra
a sua
vontade, para levar um porco aos pretendentes arrogantes,
para que sacrificando-o satisfizessem o seu desejo de carne.

De repente os cães ululantes avistaram Ulisses,
30   e atiraram-se a ele a ladrar; mas Ulisses, na sua argúcia,
sentou-se logo, deixando cair da mão o bastão que levava.
Ali, junto às suas pocilgas, teria sofrido dores desfiguradoras;
mas o porqueiro seguiu-os depressa com passos rápidos:
precipitou-se porta fora, deixando cair das mãos o couro.
35   Chamou os cães e pô-los a correr em todas as direções
com o arremesso de pedras; e assim falou ao amo:

"Ancião, na verdade os cães te teriam dilacerado
num ápice, e sobre mim terias derramado censuras.
Tanto mais que outras dores me deram já os deuses:
40   é por um amo igual aos deuses que choro enquanto
aqui fico, criando gordos porcos para outros comerem,
enquanto aquele, sabe-se lá se necessitando de comida,
vagueia pelas terras e cidades de homens estrangeiros,
no caso de ainda ser vivo e contemplar a luz do sol.
45   Mas anda, ancião; vamos agora para o casebre,
para depois de satisfazeres o desejo de comida e bebida
me contares de onde és e as desgraças que sofreste."

Assim falando conduziu-o ao casebre o divino porqueiro,
fê-lo sentar, espalhando espessa caruma no chão
50   e por cima a pele de uma cabra selvagem e lanzuda,
em que dormia, grande e peluda; e Ulisses alegrou-se
pelo modo como fora recebido, e falando-lhe assim disse:

CANTO XIV   351

"Que Zeus e os outros deuses imortais te deem, estrangeiro,
tudo o que mais desejas, visto que com gentileza me
                                                    acolheste."

55   Foi então, ó porqueiro Eumeu, que lhe deste esta resposta:
     "Estrangeiro, não tenho o direito (mesmo que um pior que tu
     aqui viesse!) de desconsiderar um estrangeiro: pois de Zeus
     vêm todos os estrangeiros e mendigos; e a nossa oferta,
     embora pequena, é dada de bom grado. São assim as coisas
60   entre os servos, sempre receosos, quando mandam amos
     novos; pois os deuses ataram na verdade o regresso daquele
     que me teria estimado e oferecido uma propriedade:
     uma casa, um terreno e uma mulher muito cortejada —
     coisas que um rei benevolente costuma dar a um criado
65   que por ele muito se tenha esforçado, e cujo trabalho um deus
     faz prosperar, como prospera o trabalho com que me
                                                    esforço.
     Por isso ter-me-ia o amo recompensado, se aqui tivesse
                                                    envelhecido.
     Mas morreu — e quem me dera que morresse Helena e toda
     a sua laia, visto que os joelhos dissolveu a muitos homens!
70   Por causa da honra de Agamêmnon também o meu amo foi
     para Ílio de belos cavalos, para combater contra os
                                                    Troianos."

     Assim dizendo, apanhou depressa a túnica com um cinto
     e foi para as pocilgas, onde encurralara as famílias dos
                                                    leitões.
     De lá tirou dois leitões e ambos sacrificou;
75   chamuscou e cortou-os e pôs a carne em espetos.
     Depois de tudo assado, trouxe a carne e pô-la diante de
                                                    Ulisses,
     ainda quente nos espetos, polvilhando com branca cevada.
     Depois numa taça cinzelada com hera misturou o vinho
                                                    doce.
     Sentou-se defronte de Ulisses e disse para encorajá-lo:

352 HOMERO

80 "Come, estrangeiro, o que os criados têm para oferecer,
carne de leitão: pois os gordos porcos são os pretendentes
que os comem, sem se preocuparem com a ira dos deuses.
Os deuses bem-aventurados não gostam de atos injustos,
mas apreciam a justiça e as boas ações dos homens.
85 Homens hostis e ímpios, que vão para uma terra
estrangeira, onde Zeus lhes concede despojos de piratas,
e com as naus repletas regressam a suas casas —
até esses sentem no espírito o medo da vingança divina.
Mas estes aqui sabem qualquer coisa, ou ouviram a voz
90 de um deus, da morte amarga do meu amo, pois não querem
fazer a corte como deve ser, nem regressar a casa, mas
destroem
calmamente os bens com insolência, sem poupança alguma.
Todas as noites e todos os dias que vêm de Zeus,
não sacrificam apenas uma ou duas vítimas.
95 Consomem-nos o vinho, tirando-o com insolência.
O meu amo tinha bens em abundância; mais que outro
herói qualquer, quer no escuro continente,
quer em Ítaca: não, nem vinte homens juntos
tinham uma tal fortuna. Para ti vou enumerá-la:
100 doze manadas de gado no continente; igual número de
ovelhas,
outros tantos porcos e igual número de rebanhos errantes
de cabras, que pastores de fora e cá da terra apascentam.
Aqui na ilha pastam onze rebanhos errantes de cabras,
rebanhos guardados por homens de confiança.
105 Cada um deles leva todos os dias um animal do rebanho,
aquela dentre as gordas cabras que lhe parecer a melhor.
Da minha parte guardo e crio estas porcas, e escolho
o melhor dos porcos para mandar aos pretendentes."

Assim falou; e Ulisses comeu a carne e bebeu o vinho,
110 avidamente, em silêncio, planejando a desgraça dos
pretendentes.
Mas depois que jantou e satisfez o coração com comida,

CANTO XIV 353

o porqueiro encheu a taça, de que costumava beber,
com vinho até cima; Ulisses tomou-a e alegrou-se no coração.
Falando dirigiu-lhe palavras aladas:

115 "Amigo, quem foi que te comprou com os seus haveres?
Segundo dizes, um homem bastante rico e poderoso.
Dizes que ele pereceu por causa da honra de Agamêmnon.
Conta-me, para o caso de eu conhecer alguém assim.
Zeus e os outros deuses imortais saberão se poderei
120 trazer-te alguma notícia por tê-lo visto: pois já muito viajei."

A ele deu resposta o porqueiro, condutor de homens:
"Ancião, nenhum viandante que aqui chegasse com notícias
dele seria capaz de persuadir a mulher e o filho amado,
pois de qualquer maneira os viandantes necessitados de
comida
125 mentem, sem qualquer vontade de dizer a verdade.
Qualquer um que porventura chegue à terra de Ítaca
vai logo contar à minha senhora uma história inventada.
Ela recebe-o com gentileza e tudo lhe pergunta
e, lamentando-se, das suas pálpebras caem lágrimas,
130 como é próprio na mulher, quando lá longe lhe morreu o
esposo.
Depressa tu, ó ancião, inventarias uma história,
se alguém te oferecesse uma capa e uma túnica para vestires.
Quanto ao meu amo, já os cães e as rápidas aves de rapina
a carne lhe rasgaram dos ossos; já a alma lhe saiu do corpo.
135 Ou então foram os peixes no mar a comê-lo e os ossos
ficaram nalguma praia, envoltos em muita areia.
Assim morreu ele longe, estabelecendo o luto daí por diante
a quem o estimava, a mim especialmente: pois nunca amo
tão bom encontrarei, por muito longe que procurasse,
140 nem que voltasse à casa de meu pai e de minha mãe,
onde vim ao mundo e por eles fui criado.
E porém não é por eles que me lamento, ainda que meus
olhos

os desejassem ver de novo, regressando à terra pátria!
Não, é de Ulisses ausente que a saudade me aperta.
145 Mas envergonho-me de pronunciar o seu nome,
pois está ausente — tanto ele me estimou no seu coração!
Chamo-lhe amigo honrado, embora esteja longe daqui."

A ele deu resposta o sofredor e divino Ulisses:
"Amigo, visto que tudo enjeitas, nem queres afirmar
150 que ele regressará, o teu coração permanece incrédulo.
Mas eu dir-te-ei, não de qualquer maneira, mas jurando,
que regressará Ulisses; e que eu receba a recompensa
da boa notícia, quando ele chegar e regressar para casa.
Veste-me com capa e túnica, belas vestimentas.
155 Antes disso, por muito que precise, nada aceitarei,
pois é-me odioso como os portões do Hades aquele homem
que cedendo à pobreza conta histórias inventadas.
Seja minha testemunha Zeus, acima de todos os deuses,
e esta mesa hospitaleira e a lareira do irrepreensível Ulisses
160 a que cheguei: tudo o que digo se cumprirá.
No decurso deste mês chegará aqui Ulisses:
entre o quarto minguante e a lua nova
voltará para casa e vingar-se-á de todos aqueles
que lhe desonraram a mulher e o filho glorioso."

165 Foi então, ó porqueiro Eumeu, que lhe deste esta resposta:
"Ancião, não te darei recompensa de tão boa notícia,
nem para casa regressará Ulisses; mas bebe calmamente,
e pensemos noutras coisas: não me lembres isso.
Pois o meu coração no peito se enche de tristeza,
170 quando alguém me recorda o meu amo bondoso.
Deixemos o teu juramento; e que Ulisses possa regressar
como eu o desejo e também Penélope, o ancião Laertes
e Telêmaco, semelhante aos deuses. Agora é pelo filho que me
lamento sem cessar, aquele que Ulisses gerou, Telêmaco;
175 quando os deuses o fizeram crescer como uma vergôntea,
pensei que entre os homens ele não seria pior que seu pai

CANTO XIV   355

querido, excepcional na beleza e no corpo;
mas depois algum dos imortais ou algum homem
lhe prejudicou o entendimento, e partiu para a sacra Pilos
180 para saber notícias do pai. Agora os orgulhosos pretendentes
o esperam numa emboscada, para que sem nome desapareça
de Ítaca a linhagem vinda de Arcísio, semelhante aos deuses.
Mas não falemos agora dele, quer seja apanhado na
                                                      emboscada,
quer consiga escapar pela mão do filho de Crono.
185 Mas conta-me tu, ó ancião, as desgraças que sofreste:
diz-me tudo com verdade, para que eu saiba.
Quem és? De onde vens? Fala-me dos teus pais e da tua
                                                      cidade.
Que nau te trouxe? Como te trouxeram
os marinheiros a Ítaca? Quem diziam eles que eram?
190 Pois não me parece que tenhas chegado a pé."

Respondendo-lhe assim falou o astucioso Ulisses:
"Dir-te-ei então estas coisas com toda a sinceridade.
Se tivéssemos comida e vinho doce para o tempo
que aqui estamos no teu casebre, para jantarmos
195 em sossego enquanto outros cumprissem o seu trabalho,
então facilmente te falaria sem cessar um ano inteiro,
contando as desgraças que sofri no coração,
e todas as coisas juntas que aguentei por vontade dos deuses.

Declaro que da ampla Creta provém a minha linhagem;
200 sou filho de homem rico; e muitos outros filhos
nasceram e foram criados no seu palácio, filhos legítimos
de sua esposa; é que a mãe que me deu à luz era concubina
comprada, mas igual aos filhos legítimos me estimou
Castor, filho de Hílax, de quem declaro ser filho.
205 Era ele honrado entre os Cretenses como um deus,
pela felicidade, pela riqueza e pelos filhos gloriosos.
Mas o destino da morte levou-o para a mansão de Hades
e seus filhos orgulhosos dividiram os haveres,

e para tal lançaram as sortes.

210 A mim deram uma parte muito pequena e uma casa.
Desposei porém uma mulher de família rica
pelo meu valor, pois eu não era desonesto
e muito menos covarde. Agora toda a força me deixou:
mas penso que ao olhares para mim lhe reconheces os
vestígios,
215 embora me domine grande quantidade de sofrimento.
A coragem foram Ares e Atena que me deram, assim como
a capacidade de dispersar fileiras de homens; e quando
escolhia
os melhores guerreiros para uma emboscada, semeando o
mal
para o inimigo, nunca o coração indomável imaginava a
morte,
220 mas era sempre eu o primeiro a saltar; e com a lança
matava o inimigo que com seus pés fugia à minha frente.
Na guerra eu era assim. Mas nunca gostei da lavoura,
nem de cuidar da casa onde são criados ótimos filhos;
gostei sempre de naus com remos, de guerras,
225 de lanças polidas e de setas — coisas terríveis,
diante das quais outros homens ficam arrepiados.
Mas um deus fê-las agradáveis ao meu espírito:
homens diferentes se comprazem com diferentes trabalhos.

Antes de embarcarem para Troia os filhos dos Aqueus,
230 nove vezes comandei homens e naus de rápida navegação
contra homens estrangeiros; e muito proveitosa foi a
minha sorte.
De tudo levava o que queria, e mais ainda me cabia em sorte.
Deste modo a minha casa enriqueceu rapidamente
e tornei-me temido e honrado entre os Cretenses.
235 Mas quando Zeus de larga vista planeou o caminho
detestável,
que haveria de dissolver os joelhos a tantos homens,
então me mandaram e ao famoso Idomeneu

CANTO XIV   357

comandar as naus até Ílio; e não havia meio
de recusar, pois a voz do povo nos obrigava.
240   Ali combatemos durante nove anos, nós, filhos dos Aqueus;
e ao décimo ano saqueamos a cidade de Príamo e voltamos
para casa nas naus; mas um deus dispersou os Aqueus.
Para mim, desgraçado, Zeus congeminara algo de terrível.

Durante um mês fiquei em casa, comprazendo-me
245   com os filhos, a esposa e a riqueza; mas depois para o Egito
quis o meu coração navegar, tendo as naus equipado
com os meus companheiros semelhantes a deuses.
Nove naus equipei; e depressa se reuniu a tripulação.
Durante seis dias os fiéis companheiros comigo
250   se banquetearam; e eu lhes dei muitas vítimas
para oferecerem aos deuses e para lhes servirem de refeição.
No sétimo dia largamos da ampla Creta e navegamos
com o Bóreas, vento forte e favorável, facilmente,
como se por uma corrente fôssemos arrastados.
255   Nenhuma das naus sofreu dano, mas ilesos e livres de doença
nos sentávamos, enquanto o vento e os timoneiros
                                        guiavam as naus.

Ao quinto dia chegamos ao Nilo de belas correntes,
e lá no rio egípcio fundeamos as naus recurvas.
Ali ordenei aos fiéis companheiros
260   que ficassem nas naus e que as naus guardassem;
aos espias mandei que subissem até as atalaias.
Mas os companheiros, cedendo à insolência e levados
pela sua força, devastaram os belos campos dos Egípcios,
levando as mulheres e as crianças ainda pequenas
265   e matando os homens. Depressa chegou a notícia à cidade.
Ao nascer do dia, acudindo aos gritos, vieram:
e toda a planície se encheu de infantaria, de cavalos
e do choque do bronze. Mas Zeus que arremessa o trovão
lançou contra os companheiros um pânico vil; e nenhum
                                        foi capaz

270 de enfrentar o inimigo, pois de todos os lados nos cercava
a desgraça.
Em seguida muitos de nós eles mataram com o bronze afiado;
e outros levaram vivos para a cidade, para trabalharem à
força.
No meu espírito o próprio Zeus colocou este pensamento
(oxalá tivesse morrido ali e encontrado o meu destino
275 no Egito, pois tinha mais sofrimento pela frente!):
nesse momento tirei da cabeça o elmo bem cinzelado,
e o escudo dos ombros, e a lança larguei da mão.
Fui então até o carro de cavalos do rei: segurei
e beijei-lhe os joelhos; e ele salvou-me e apiedou-se de mim:
280 puxando-me para o carro, levou-me a chorar para o palácio.
Muitos contra mim investiam com as suas lanças de freixo,
desejosos de me matar (pois estavam encolerizados),
mas o rei afastou-os, porque tinha em consideração a ira
de Zeus Hospitaleiro, que muito se indigna com más ações.

285 Lá permaneci durante sete anos; e muita riqueza acumulei
entre os Egípcios, pois todos me ofereceram presentes.
Mas quando foi altura de sobrevir o oitavo ano,
foi então que chegou um homem fenício, enganador,
uma doninha, que já muito mal praticara entre os homens.
290 Sobre mim prevaleceu com os seus enganos, a ponto de
partirmos
para a Fenícia, onde ele tinha a sua casa e os seus bens.
Ali permaneci com ele durante um ano inteiro.
Mas quando os meses e os dias chegaram a seu termo
e de novo, volvido o ano, vieram as estações, para a Líbia
295 me mandou numa nau preparada para o alto-mar,
tendo planejado mentiras, para que com ele eu levasse
uma carga; mas na verdade queria vender-me a bom preço.
Fui com ele na nau, já de sobreaviso, mas à força.
A nau foi levada pelo Bóreas, vento forte e favorável,
300 pelo meio do mar, para lá de Creta; mas Zeus quis a sua
desgraça.

CANTO XIV   359

Quando deixamos Creta, já não víamos
terra alguma: só víamos céu e mar.
Então colocou o Crônida uma nuvem negra
sobre a côncava nau, e debaixo da nau se escureceu o mar.
305 Zeus trovejou e, ao mesmo tempo, atingiu a nau com um
                                           raio.
Toda ela estremeceu, atingida pelo relâmpago de Zeus.
Encheu-se de fumaça de enxofre e da nau caíram os
                                    companheiros.
Como corvos marinhos foram levados em redor da nau
                                    escura
pelas ondas; e um deus lhes tirou o regresso a casa.
310 Mas para mim, que tanto no coração sofria, o próprio Zeus
me pôs nas mãos o terrífico mastro da nau de proa escura,
para que ainda assim eu conseguisse fugir da desgraça.
Agarrei-me a ele e fui levado por ventos terríveis.
Durante nove dias fui levado; e à décima noite escura
315 uma onda enorme me arrastou até a terra dos Tesprócios.
Ali o rei dos Tesprócios, o herói Fídon, me acolheu,
sem exigir resgate; pois me encontrara o seu amado filho
vencido pelo frio e pelo cansaço, e para casa me levara
pela mão, até chegar ao palácio de seu pai,
320 onde me vestiram com uma capa e uma túnica.

Foi aí que ouvi falar de Ulisses: pois o rei afirmou que o
                                    recebera
como hóspede e o estimara, estando ele a caminho da sua
                                    pátria.
E mostrou-me os tesouros que Ulisses reunira:
bronze, ouro e ferro trabalhado com muito esforço.
325 Até a décima geração teriam alimentado qualquer outro,
de tal qualidade eram as riquezas depositadas no palácio
                                    do rei.
Quanto a Ulisses, disse que a Dodona se dirigira, para lá
ouvir do alto carvalho do deus a vontade de Zeus
sobre como poderia regressar à terra fértil de Ítaca

360 HOMERO

330 depois de tão longa ausência, às claras ou disfarçado.
E jurou na minha presença, enquanto vertia libações no
palácio,
que tinha uma nau preparada e a tripulação pronta,
que à amada terra pátria o transportariam. Foi primeiro a
mim
que pôs no seu caminho, pois calhou ali aportar uma nau
335 de Tesprócios que partia para Dulíquio, rica em trigo.
Disse-lhes que me transportassem com gentileza
para o rei Acasto; mas a eles aprouve uma deliberação má
a meu respeito, para que eu chegasse ao sofrimento da dor.

Quando para longe da terra navegou a nau preparada
para o alto-mar,
340 logo congeminaram o dia da minha escravização.
Despiram-me da minha roupa, da capa e da túnica,
e puseram-me no corpo outra roupa, horrível, e uma túnica:
estes andrajos esfarrapados, que podes ver com teus olhos.
Ao fim da tarde chegaram aos campos da soalheira Ítaca:
345 amarraram-me na nau bem construída
com uma corda torcida; eles próprios desembarcaram
e na praia comeram rapidamente o seu jantar.
Mas os deuses desfizeram facilmente as minhas amarras.
Tapando a cabeça com a capa esfarrapada, deslizei
350 pela prancha alisada e entrei na água até o peito
e logo comecei a nadar, usando as mãos como remos,
e em pouco tempo me tinha livrado deles.
Subi depois para o lugar onde há um bosque frondoso,
e ali me agachei a tremer. Eles com grandes gritos
355 iam e vinham; mas como não lhes pareceu haver proveito
em procurar mais tempo, embarcaram novamente
na côncava nau; quanto a mim, os deuses me esconderam
facilmente; e à propriedade me vieram trazer de um homem
compreensivo: pois parece que é meu destino viver."

360 Foi então, ó porqueiro Eumeu, que lhe deste esta resposta:

CANTO XIV 361

"Ó pobre estrangeiro, na verdade me comoveste o coração,
dizendo tais coisas: tudo o que sofreste e viajaste!
Mas há uma parte que para mim não está certa, nem me
poderás
convencer a respeito de Ulisses: que necessidade tens tu,
365 na tua situação, de mentir em vão? Da minha parte sei bem,
quanto ao regresso do meu amo, que é detestado
por todos os deuses: não o mataram em Troia,
nem nos braços de amigos, atados os fios da guerra.
Todos os Aqueus lhe teriam erguido um túmulo,
370 e teria para o seu filho enorme glória alcançado.
Mas arrebataram-no os ventos das tempestades.
Eu vivo à parte, aqui com os porcos; à cidade
nunca vou, a não ser que me chame a sensata Penélope
para lá ir, quando chega de algum lado uma notícia.
375 Então todos se sentam em torno do estrangeiro,
tanto aqueles que lamentam a ausência do amo,
como aqueles que se comprazem em devorar-lhe os bens.
Mas a mim não me agrada perguntar nem inquirir,
desde que um homem da Etólia me enganou com a sua
história:
380 assassinara um homem e tinha vagueado por toda a terra;
depois veio ter à minha casa e eu o acolhi com gentileza.
Afirmou que vira Ulisses em casa de Idomeneu, em Creta,
onde reparava as naus, estilhaçadas pelas tempestades.
Disse que ele viria no verão ou no outono, trazendo
385 grandes riquezas, com os divinos companheiros.
Agora tu, ó ancião que muito sofreste: uma divindade aqui
te trouxe; não tentes agradar-me nem enfeitiçar-me com
mentiras.
Não será por isso que te demonstrarei estima e respeito,
mas por medo de Zeus Hospitaleiro, e por ter pena de ti."

390 Respondendo-lhe assim falou o astucioso Ulisses:
"Na verdade tens um coração incrédulo no peito,
visto que nem jurando te convenci nem persuadi.

Mas agora façamos um acordo: e no futuro serão
testemunhas para ambos os deuses que o Olimpo detêm.
395 Se de fato o teu amo regressar a esta casa,
dá-me como roupa uma capa e uma túnica e arranja-me
transporte para Dulíquio, para onde desejo ir.
Mas se o teu amo não regressar tal como eu digo,
então atiça contra mim os servos e que me lancem de um
rochedo,
400 para que de futuro outro mendigo se coíba de mentir."

A ele deu então resposta o divino porqueiro:
"Estrangeiro, eu ganharia uma excelente fama e grande valor
entre os homens, tanto agora como no futuro,
convidando-te para o meu casebre e dando-te hospitalidade,
405 para depois te matar, privando-te da vida amada!
Com pronto fervor rezaria então a Zeus Crônida!
Mas agora é a hora do jantar; em breve chegarão os meus
companheiros, para prepararmos no casebre um jantar
saboroso."

Enquanto assim falavam um com o outro,
410 aproximaram-se os porcos e os homens que deles tratavam.
Fecharam as porcas no lugar onde costumavam dormir
e espantoso foi o alarido dos porcos ao serem encurralados.
Então o divino porqueiro falou aos companheiros, dizendo:

"Trazei o melhor porco, para que o sacrifique em honra
415 do estrangeiro que vem de longe; e tiraremos também
proveito,
pois muito temos aguentado pelos porcos de brancas presas,
que depois outros vêm comer sem qualquer desagravo."

Assim falando, foi rachar lenha com o bronze afiado,
enquanto os outros trouxeram um gordo porco de cinco anos.
420 Puseram-no perto da lareira; nem o porqueiro se esqueceu
dos deuses imortais: pois era homem de bons pensamentos.

CANTO XIV 363

Como primícia atirou para o fogo pelos da cabeça
do porco de brancas presas e rezou a todos os deuses
para que o pensativo Ulisses a sua casa regressasse.
425 Levantou os braços e feriu o porco com um pau
de carvalho, que pusera de parte quando rachava a lenha;
a alma do porco deixou-o. Degolaram e chamuscaram-no.
Depressa o esquartejaram. O porqueiro pôs pedaços
de carne crua, começando pelas pernas, com rica gordura,
e pô-los ao lume, depois de os polvilhar com farinha.
430 Cortaram o resto da carne e puseram-na em espetos;
assaram-na com cuidado e dos espetos a tiraram;
depois atiraram com os pedaços ao monte para os cestos.
O porqueiro levantou-se para dividir a carne, pois sabia
o que era justo. Cortando a carne, dividiu-a em sete doses.
435 A primeira pôs de lado para as ninfas e Hermes, filho de
Maia,
com uma prece; as outras doses distribuiu por cada um.
Ulisses ele honrou com o lombo contínuo do porco
de brancas presas, alegrando assim o coração do amo.

E falando assim lhe disse o astucioso Ulisses:
440 "Que sejas tão caro, ó Eumeu, a Zeus pai como és a mim,
visto que na minha miséria me honraste com tantas boas
coisas."

Foi então, ó porqueiro Eumeu, que lhe deste esta resposta:
"Come, ó estranho hóspede, e alegra-te com aquilo
que tens à frente; o deus dá uma coisa e retém outra,
445 tal como lhe apraz: pois tudo lhe é possível."

Assim falando sacrificou as primícias aos deuses que são
para sempre.
Depois de verter uma libação de vinho frisante, pôs a taça
nas mãos
de Ulisses, saqueador de cidades, que se sentou diante da
parte

364   HOMERO

que lhe cabia. Foi Mesáulio que serviu o pão — ele que
450 o porqueiro comprara sozinho, na ausência do amo,
sem conhecimento da rainha e do ancião Laertes.
Comprara-o aos Táfios, com o seu próprio dinheiro.
Lançaram mãos às iguarias que tinham à sua frente.
Mas quando afastaram o desejo de comida e bebida,
455 Mesáulio levantou o pão da mesa; e para a cama
se apressaram, saciados de carne e de pão.

Veio a noite: horrível, sem lua; Zeus choveu toda a noite
e o Zéfiro, sempre chuvoso, soprou com força.
Entre eles falou então Ulisses, para pôr à prova o porqueiro.
460 Queria saber se porventura despiria a capa para lhe dar,
ou se mandaria a outro que o fizesse, visto que tanto o
                                                    estimara.

"Ouvi-me agora, Eumeu, e vós outros companheiros todos!
Quero contar uma história ufanosa, pois o vinho me impele,
o vinho louco, que leva até o homem sério a cantar e a rir-se
465 com moleza: fá-lo levantar-se para dançar e leva-o
a proferir palavras que seria melhor ficarem por dizer.
Porque primeiro levantei a voz, nada vos ocultarei.
Quem me dera ser jovem e ter a força tão firme
como quando conduzimos uma emboscada até Troia!
470 Comandavam Ulisses e Menelau, filho de Atreu;
e com eles era eu o terceiro comandante: eles assim
o ordenaram. Mas quando chegamos à cidade e à íngreme
muralha, nos densos arvoredos à volta da cidade,
por entre os pântanos juncosos, nos deitamos perto
475 das muralhas. Sobreveio a noite, horrível, quando caiu
o Bóreas, gelada; de cima caiu a neve como geada,
fria, e formaram-se nos escudos cristais de gelo.
Ali todos tinham capas e túnicas, e dormiam
sossegados, com os escudos por cima dos ombros.
480 Mas eu, ao partir, deixara a capa junto dos companheiros —
imprevidente! É que não pensara que viria a sentir frio,

CANTO XIV   365

mas vim só com o escudo e com um cinto resplandecente.
Quando chegou a terceira parte da noite, volvidos os astros,
então falei a Ulisses, que estava perto de mim, dando-lhe
485 uma cotovelada; e ele de imediato ouviu com toda a atenção:

'Filho de Laertes, criado por Zeus, Ulisses de mil ardis!
Já não estarei por muito tempo entre os vivos, pois o frio
me mata! Não tenho capa: algum deus me ludibriou
para só vestir a túnica. Agora não há fuga possível.'

490 Assim falei; e logo no espírito ele preparou um plano,
pois era homem para combater e para pensar.
Falando em voz baixa, assim me disse:
'Agora cala-te, para que nenhum dos Aqueus te ouça.'
Em seguida apoiou a cabeça no cotovelo e disse o seguinte:
495 'Escutai-me, amigos! Veio-me no sono um sonho dos deuses.
Demasiado nos afastamos das naus. Oxalá alguém
fosse dizer a Agamêmnon, pastor das hostes,
que mandasse vir mais homens de junto das naus!'

500 Assim falou; e logo se levantou Toas, filho de Andrêmon.
Atirou ao chão a capa cor de púrpura, e foi a correr
até as naus; e eu deitei-me na capa dele de bom grado,
até que surgisse a Aurora de trono dourado.
Quem me dera ser jovem e ter a força tão firme!
505 Algum dos porqueiros aqui na propriedade me daria uma
                                                         capa,
por gentileza e por respeito para com um homem de bem.
Mas agora desconsideram-me por causa dos farrapos que
                                                        visto."

Foi então, ó porqueiro Eumeu, que lhe deste esta resposta:
"Ó ancião, é irrepreensível a história que contaste.
510 Não disseste palavra que estivesse fora do lugar ou fosse
                                                         inútil.
Por isso não te faltará roupa ou qualquer outra coisa

daquilo que é justo um suplicante receber — pelo menos
agora.
Amanhã de manhã terás de te haver com os teus farrapos.
Aqui não há muitas capas nem mudanças de túnica:
515 pois cada homem só tem uma roupa.
Mas quando voltar o filho amado de Ulisses,
ele te dará como roupa uma capa e uma túnica,
e providenciará o transporte para onde queira ir o teu
coração."

Assim falando se levantou e fez a cama para Ulisses
520 perto da lareira, atirando peles de cabra e de ovelha.
Aí se deitou Ulisses; e sobre ele o porqueiro atirou
uma capa grande e grossa, que ele guardava como muda
de roupa, para o caso de surgir uma tempestade terrível.
Ali Ulisses dormiu, e os jovens dormiram ao seu lado.
525 Porém o porqueiro não gostava daquela cama, longe dos
porcos,
mas preparou-se para sair; e Ulisses alegrou-se
por tão bem ele cuidar dos bens do amo ausente.
Primeiro pendurou dos ombros fortes uma espada afiada;
depois vestiu uma capa grossa, para se proteger do vento,
530 e pegou na pele de uma cabra grande e bem gorda.
Levou também uma lança afiada, para afastar cães e homens,
e foi dormir para o lugar onde dormiam os porcos de
brancas presas,
debaixo de uma côncava rocha, que o protegia do vento.

Canto xv

Porém Palas Atena foi até a ampla Lacedemônia,
para lembrar ao glorioso filho do magnânimo Ulisses
o retorno do pai e para o incitar a pôr-se a caminho.
Encontrou Telêmaco e o belo filho de Nestor
5 a dormir no pátio do famoso Menelau,
mas só o filho de Nestor estava vencido pelo sono suave.
Não se apoderara o doce sono de Telêmaco, mas ao longo
da noite imortal a preocupação pelo pai o mantinha
acordado.
De pé junto dele, assim falou Atena, a deusa de olhos
esverdeados:

10 "Telêmaco, não te fica bem estares longe de casa por mais
tempo,
deixando para trás no teu palácio riquezas e homens tão
insolentes, não vão eles dividir e devorar todos os teus
haveres,
ao mesmo tempo que terás feito uma viagem em vão.
Mas pede agora a Menelau, excelente em auxílio, para te pôr
15 a caminho, para ainda encontrares em casa tua mãe
irrepreensível.
Já o pai e os irmãos a pressionam a casar-se
com Eurímaco: pois ele supera todos os outros pretendentes
nos presentes que oferece e já aumentou o valor dos dons
nupciais.

368   HOMERO

Cuida que do palácio ela não leve algum objeto, à tua revelia.
20 Pois sabes como é o coração no peito de uma mulher:
quer favorecer a casa daquele que a quis desposar;
mas dos filhos do anterior casamento e do marido
já não quer saber, depois que morreu, nem por ele pergunta.
Mas tu vai agora pôr os teus bens sob a alçada
25 daquela dentre as tuas servas que te parecer a melhor,
até que os deuses te indiquem uma esposa radiante.
E outra coisa te direi, e tu guarda-a no coração:
entre os pretendentes há certos nobres que de propósito
te estão a fazer uma emboscada entre Ítaca e Samos rochosa,
30 desejosos de te matar, antes que chegues à pátria amada.
Mas não julgo que tal aconteça: antes disso terá a terra
coberto
alguns dos pretendentes, que os bens te devoram.
Longe das ilhas mantém a nau bem construída
e navega também de noite: enviar-te-á um vento favorável
35 aquele dentre os imortais que te guarda e te estima.
Quando chegares à primeira praia de Ítaca,
manda a nau e toda a tripulação para a cidade.
Mas tu deverás em primeiro lugar visitar o porqueiro,
que trata dos teus porcos e que muito te estima.
40 Aí fica de noite; depois manda-o à cidade
para levar a notícia à sensata Penélope
de que estás salvo e chegaste bem de Pilos."

Assim dizendo, subiu para o alto Olimpo.
Telêmaco acordou do sono suave o filho de Nestor
45 com um movimento do seu pé, e assim lhe disse:
"Acorda, Pisístrato, filho de Nestor, e traz os cavalos de casco
não fendido e atrela-os ao carro, para nos pormos a
caminho."

A ele deu resposta Pisístrato, filho de Nestor:
"Telêmaco, por muito que queiramos, não podemos
50 viajar pela escuridão da noite; mas em breve virá a Aurora.

CANTO XV 369

Espera até que com presentes para pôr no carro
chegue o filho de Atreu, o famoso lanceiro Menelau,
que com palavras amáveis se despedirá de nós.
Daquele se lembra sempre o hóspede todos os seus dias:
55 do homem hospitaleiro, que o tenha recebido com gentileza."

Assim falou; e logo surgiu a Aurora do trono dourado.
Ao pé deles chegou então Menelau, excelente em auxílio,
levantando-se da cama, de junto de Helena de belos cabelos.
Quando o querido filho de Ulisses viu Menelau,
60 apressou-se a vestir uma túnica luzente e a atirar
uma grande capa em torno dos fortes ombros;
depois foi para a porta e, colocando-se perto de Menelau,
assim lhe disse Telêmaco, querido filho do divino Ulisses:

"Atrida Menelau, criado por Zeus, condutor de hostes!
65 Já é altura de nos mandares para a nossa pátria amada.
Na verdade já o meu coração deseja regressar para casa."

A ele deu resposta Menelau, excelente em auxílio:
"Telêmaco, não serei eu a reter-te aqui por mais tempo,
se desejas regressar; censuro antes o homem que,
70 como anfitrião, ama os hóspedes em demasia, ou então
em demasia os odeia: o melhor em tudo é a moderação.
Fica igualmente mal incitar a partir um hóspede
que não quer regressar, como reter quem deseja partir.
Deve estimar-se o hóspede quando está presente,
e mandá-lo embora quando quer partir.
75 Mas espera até que eu traga belos presentes para pôr no
                                                    carro,
para os veres com teus olhos; direi também às servas para
                                                    no palácio
prepararem uma refeição com aquilo que lá existe em
                                                    abundância.
Vantagem dupla — fama, glória e proveito — traz, a quem
                                                    viaja,

jantar antes de percorrer a terra vasta e ilimitada.
80 Mas se quiseres viajar pela Hélade até meio de Argos,
para que eu possa ir contigo, atrelarei para ti os cavalos
e conduzir-te-ei às cidadelas dos homens; e ninguém
nos porá a caminho de mãos vazias, mas algo nos darão
para levarmos: uma bela trípode de bronze ou uma caldeira;
85 uma parelha de mulas ou uma taça dourada."

A ele deu resposta o prudente Telêmaco:
"Atrida Menelau, criado por Zeus, condutor de hostes!
Desejo agora regressar ao que é meu: pois não deixei,
ao partir, ninguém para velar pelos meus haveres;
90 e receio que na busca de meu pai divino eu pereça,
ou que do meu palácio se perca algum tesouro valioso."

Quando isto ouviu Menelau, excelente em auxílio,
imediatamente ordenou à sua esposa e às servas que no
palácio
preparassem uma refeição com aquilo que lá existia em
abundância.
95 Dele se acercou Eteoneu, filho de Boétoo, que acabara
de se levantar da cama, pois não vivia longe dali.
Menelau, excelente em auxílio, ordenou-lhe que fizesse lume
e que assasse carne; ele ouviu e não desobedeceu.
Quanto a Menelau, foi para a perfumada câmara de tesouro,
100 mas não foi sozinho: com ele foram Helena e Megapentes.
Quando chegaram à sala onde jaziam os tesouros,
pegou o Atrida numa taça de asa dupla e disse ao filho,
Megapentes, que trouxesse uma bacia de prata.
Helena estava junto às arcas, onde se encontravam as vestes
105 de trabalho matizado, que ela própria fizera.
Uma destas tirou Helena, divina entre as mulheres:
a que era mais bela, mais variegada e mais ampla;
refulgia como um astro, por baixo das outras vestes.
Foram depois pelo palácio, até chegarem onde estava
110 Telêmaco; a ele disse então o loiro Menelau:

CANTO XV   371

"Telêmaco, que um regresso, como no espírito o desejas,
te conceda Zeus, o esposo tonitruante de Hera.
Dos presentes que jazem como tesouros na minha casa,
dar-te-ei o que é mais belo e mais precioso:
115 dar-te-ei uma taça cinzelada, toda feita de prata,
mas as bordas são trabalhadas com ouro,
obra de Hefesto. Deu-me o herói Fêdimo,
rei dos Sidônios, quando me acolheu em sua casa,
a mim que por lá viajava. A ti quero dá-la."

120 Assim falando, o herói Atrida lhe colocou nas mãos
a taça de asa dupla; e o forte Megapentes trouxe
a bacia refulgente de prata e pô-la diante dele.
E aproximou-se Helena de lindo rosto, segurando
nas mãos a veste; e falando assim lhe dirigiu a palavra:

125 "A ti, querido filho, ofereço este presente, recordação
das mãos de Helena, para no dia do teu desejado casamento
a tua noiva vestir. Que até lá a veste seja guardada no palácio
pela tua mãe amada. Quanto a ti, que chegues bem
à tua bela casa e à tua terra pátria."

130 Assim falando pôs-lhe a veste nas mãos; e ele a recebeu, feliz.
No carro arrumou os presentes o herói Pisístrato,
olhando para tudo, maravilhado no seu coração.
Em seguida levou-os para a casa o loiro Menelau
e ambos se sentaram em leitos e tronos.
135 Uma serva trouxe um jarro com água para as mãos,
um belo jarro de ouro, e água verteu numa bacia de prata.
E junto deles colocou uma mesa polida.
A venerável governanta veio trazer-lhes o pão,
assim como iguarias abundantes de tudo quanto havia.
140 O filho de Boétoo trinchou e repartiu a carne;
foi o filho do famoso Menelau que serviu o vinho.
Lançaram mãos às iguarias que tinham à sua frente.
E quando afastaram o desejo de comida e de bebida,

Telêmaco e o belo filho de Nestor atrelaram
145 os cavalos e subiram para o carro enfeitado.
Saíram pelo portão do pátio ecoante.
Atrás deles veio o loiro Menelau, filho de Atreu;
trazia na mão direita uma taça dourada com vinho doce,
para verterem uma libação antes de partirem.
150 Diante dos cavalos brindou-os e disse:

"Sede felizes, jovens! E levai a Nestor, pastor das hostes,
a minha saudação; pois para mim ele foi como um pai,
quando em Troia combatíamos, nós, os filhos dos Aqueus."

A ele deu resposta o prudente Telêmaco:
155 "Tudo lhe contaremos, como dizes, ó tu criado por Zeus,
quando lá chegarmos. E quem me dera que
ao chegar a Ítaca eu encontrasse Ulisses em sua casa!
Contar-lhe-ia como recebi tanta gentileza da tua parte,
além de muitos tesouros — muitos e valiosos."

160 Enquanto falava voou do lado direito um pássaro:
uma águia, segurando nas garras um ganso branco,
ave amestrada do pátio; e seguiam atrás gritando
homens e mulheres. A águia voou perto deles, mas depois
foi para a direita, diante dos cavalos. E eles à sua vista
165 se regozijaram; todos se alegraram no espírito.
Para eles tomou a palavra Pisístrato, filho de Nestor:
"Diz agora, ó Menelau criado por Zeus, condutor das
                                                     hostes,
se foi para ti, ou para nós dois, que o deus enviou o sinal."

Assim falou; e Menelau, caro a Ares, refletiu sobre
170 como poderia com compreensão interpretar o sinal.
Mas quem tomou a palavra foi Helena, de longos vestidos:

"Ouvi-me! Interpretarei o oráculo com a inspiração que
                                                   no espírito

CANTO XV   373

me lançarem os imortais, tal como penso poder vir a
                                                    cumprir-se.
Tal como a águia, vinda da montanha, onde nasceu e deixará
175   descendência, arrebatou o ganso criado em casa —
assim Ulisses, após muitos sofrimentos e errores,
regressará para casa para lá se vingar; ou então já regressou
para casa, onde semeia já a desgraça para todos os
                                                    pretendentes."

A ela deu resposta o prudente Telêmaco:
180   "Que assim queira Zeus, o esposo tonitruante de Hera.
Então eu te dirigiria preces, como se fosses uma deusa."

Assim falou; e os cavalos incitou com o chicote, que depressa
se lançaram pela planície, correndo através da cidade.
E todo o dia sacudiram o jugo que tinham ao pescoço.
185   O sol pôs-se e escuros ficaram todos os caminhos.
Chegaram a Feras, a casa de Diocles, filho de Ortíloco,
a quem gerara Alfeu. Aí passaram a noite
e foi-lhes oferecida a hospitalidade devida aos hóspedes.

Quando surgiu a que cedo desponta, a Aurora de róseos
                                                    dedos,
190   atrelaram os cavalos e subiram para o carro enfeitado.
Saíram dos portões e do pórtico retumbante.
Com o chicote incitou os cavalos, que não se recusaram a
                                                    correr.
Depressa chegaram à íngreme cidadela de Pilos;
e então disse Telêmaco ao filho de Nestor:

195   "Filho de Nestor, poderias fazer e cumprir um favor
que te peço? Pois declaramos a nossa amizade pela amizade
dos nossos pais; além disso somos da mesma idade.
Esta viagem nos unirá ainda mais em igual entendimento.
Não me leves à nau, ó tu criado por Zeus, mas deixa-me
                                                    aqui,

200 para que o ancião teu pai não me retenha à minha revelia
no palácio, desejoso de ser amável: rapidamente tenho de
partir."

Assim falou; e o filho de Nestor deliberou no seu coração
como poderia com lealdade fazer e cumprir o favor.
Enquanto pensava, foi isto que lhe pareceu mais proveitoso:
205 guiar os cavalos para a nau veloz e para a orla do mar.
Na proa da nau colocou os belíssimos presentes,
as vestes e o ouro, que oferecera Menelau.
Encorajando Telêmaco, proferiu palavras aladas:

"Apressa-te agora a embarcar com todos os companheiros,
210 antes que eu chegue em casa e tudo conte ao ancião.
Pois conheço-lhe bem tanto o coração como o espírito:
sente tudo com tanta força que não te deixará partir,
mas aqui virá em pessoa para te buscar; e não julgo que
em vão voltará para trás; zangado, sim, de toda a maneira!"

215 Assim falando guiou os cavalos de belas crinas
para a cidade de Pilos e depressa chegou ao palácio.
Mas Telêmaco incitou os companheiros, dizendo-lhes:
"Ponde todo o equipamento, ó companheiros, na escura nau
e embarcai, para que prossigamos a nossa viagem."
220 Assim falou; eles ouviram e logo obedeceram.
Embarcaram rapidamente e sentaram-se aos remos.

Enquanto assim se esforçava e rezava, oferecendo a Atena
um sacrifício junto da proa, aproximou-se dele um homem
de uma terra longínqua, fugitivo de Argos por ter matado
outro.
225 Era vidente e descendia da linhagem de Melampo,
que habitara outrora em Pilos mãe de muitos rebanhos;
homem rico, que em Pilos vivera à grande num palácio.
Viera ter depois a terra estrangeira, fugindo da pátria
e do magnânimo Neleu, o mais nobre de todos os homens,

CANTO XV   375

230   que durante um ano lhe reteve à força uma grande fortuna.
      Enquanto isso Melampo jazia no palácio de Fílaco, preso
      com correntes amargas, sofrendo dores ingentes
      por causa da filha de Neleu e da grave loucura
      que no espírito lhe pusera a deusa, a áspera Erínia.
235   Mas ele fugira à desgraça e conduzira de Filace os bois
      de profundos mugidos para Pilos, fazendo incidir a vingança
      sobre o divino Neleu pelo ato sem vergonha; e trouxe
      para casa a donzela para esposa do irmão. Da sua parte,
      foi para outra terra, para Argos apascentadora de cavalos.
240   Pois aí estava destinado que vivesse, reinando sobre os
                                                        Argivos.
      Aí desposou uma mulher e construiu um alto palácio.
      Gerou Antífates e Mâncio, fortes mancebos.
      Antífates gerou o magnânimo Oicleu;
      e Oicleu gerou Anfiarau, incitador das hostes,
245   que no coração amaram Zeus detentor da égide e Apolo,
      com todo o gênero de amor; mas não chegou ao limiar da
                                                        velhice,
      pois morreu em Tebas, por causa dos dons de uma mulher.
      Foram seus filhos Alcmeon e Anfíloco.
      Da sua parte, Mâncio gerou Polifides e Clito.
250   Ora Clito foi arrebatado pela Aurora de trono dourado,
      por causa da sua beleza, para que vivesse com os imortais.
      Mas Apolo fez um vidente do excelente Polifides,
      o melhor de todos os mortais, depois da morte de Anfiarau.
      Mudou-se para Hiperésia, desentendido com o pai:
255   aí viveu e profetizava para todos os mortais.

      Era pois o filho deste, Teoclímeno de seu nome,
      que de Telêmaco se aproximara. Encontrou-o
      vertendo libações e rezando junto da escura nau veloz
      e falando dirigiu-lhe palavras aladas:

260   "Amigo, visto que te encontro a sacrificar neste lugar,
      suplico-te pela oferta e pelo deus, e ainda pela tua cabeça

376 HOMERO

e pela cabeça dos companheiros que te seguem!
Diz-me com verdade o que te pergunto, sem nada ocultares:
Quem és? Onde é a tua cidade? Quem são teus pais?"

265 A ele deu resposta o prudente Telêmaco:
"Falar-te-ei, ó estrangeiro, com toda a verdade.
Nasci em Ítaca e meu pai é Ulisses — se alguma vez
existiu, pois pereceu devido a um destino amargo.
Por sua causa aqui vim com os companheiros e a escura nau,
270 para me informar sobre o pai há muito desaparecido."

Então lhe deu resposta o divino Teoclímeno:
"De igual modo estou eu longe da pátria, porque matei
um parente: muitos irmãos tem ele e familiares em Argos
apascentadora de cavalos, eles que regem os Aqueus.
275 É para escapar da morte às suas mãos e à negra desgraça
que fujo, uma vez que é meu destino errar entre os homens.
Mas leva-me na tua nau, já que na minha fuga te supliquei,
para que eles não me matem: julgo que estou a ser
perseguido."

A ele deu resposta o prudente Telêmaco:
280 "A ti, que queres embarcar, de forma alguma afastarei da
nau:
vem conosco e serás bem tratado, com aquilo que tivermos."

Assim falando, dele recebeu a lança de bronze,
e deitou-a no convés da nau recurva.
Ele próprio embarcou na nau preparada para o alto-mar.
285 Em seguida sentou-se na popa, e junto dele
se sentou Teoclímeno. A tripulação largou as amarras.
E Telêmaco chamou os companheiros, incitando-os
a manejar os instrumentos náuticos; eles seguiram a sua voz.
Levantaram o mastro de pinheiro para a sua posição
290 e ajustaram-no com cordas na concavidade própria;
alçaram também a vela com correias torcidas de couro.

CANTO XV 377

Enviou-lhes um vento favorável Atena, a deusa de olhos
                                              esverdeados,
soprando impetuosamente através do ar, para que depressa
a nau fizesse o seu percurso pela água salgada do mar.
295 Navegaram junto a Crouno e Cálcis de belas correntes.

O sol pôs-se e escuros ficaram todos os caminhos.
A nau chegou a Feas, propulsionada pelo vento de Zeus;
passou ao longo da Élide divina, onde reinam os Epeus.
Dali Telêmaco apontou na direção das Ilhas Pontiagudas,
300 refletindo se iria escapar à morte, ou se seria tomado.

Porém no casebre jantavam Ulisses e o divino porqueiro;
e com eles jantavam também os outros homens.
Quando afastaram o desejo de comida e de bebida,
entre eles falou Ulisses para pôr à prova o porqueiro:
305 queria ver se com gentileza o convidaria a ficar
ali na propriedade, ou se o enxotaria para a cidade.

"Ouve-me agora, Eumeu, e vós outros companheiros!
Ao romper do dia quero ir para a cidade mendigar,
para não te causar despesa, nem aos teus companheiros.
310 Dá-me bons conselhos e manda comigo um guia,
que até lá me conduza; depois através da cidade irei sozinho
necessariamente; talvez alguém me dê uma côdea ou de
                                              beber.
E chegando ao palácio do divino Ulisses,
talvez conte as minhas notícias à sensata Penélope,
315 imiscuindo-me entre os arrogantes pretendentes,
para ver se me darão de jantar, pois comida não lhes falta.
Poderia logo começar a servi-los naquilo que quisessem.
Pois isto te direi: tu ouve e presta atenção:
graças a Hermes mensageiro, que aos trabalhos
320 de todos os homens dá fama e beleza, quando se trata
de servir, não há mortal que comigo se compare,
pois sei bem fazer fogo e sei rachar lenha;

sei assar e trinchar a carne; sei servir o vinho: conheço
todo o serviço que os inferiores prestam aos nobres."

325 Foi então, ó porqueiro Eumeu, que, comovido, lhe disseste:
"Ai de mim, estrangeiro, por que veio tal pensamento
ao teu espírito? Deves desejar muito lá morrer,
se te queres misturar com os pretendentes,
cuja violência e arrogância chega ao férreo céu!
330 Os criados deles não são como tu, mas são
rapazes novos, bem vestidos com capas e túnicas,
com os cabelos e belos rostos sempre bem apresentados:
são estes que os servem. E as mesas polidas
estão repletas de pão, carne e vinho.
335 Não, fica aqui. Ninguém se incomoda com a tua presença,
nem eu, nem nenhum dos companheiros, que comigo vivem.
Mas quando voltar o filho amado de Ulisses,
ele te dará como roupa uma capa e uma túnica,
e providenciará o transporte para onde queira ir o teu
coração."

340 A ele deu resposta o sofredor e divino Ulisses:
"Prouvera, ó Eumeu, que do mesmo modo a Zeus pai
fosses caro
como a mim, porque cerceaste meus errores e dores amargas.
Para os mortais nada é pior que não ter onde dormir;
contudo por causa do estômago maldito muitos homens
sofrem
345 desgraças, quando se lhes impõe a errância, a tristeza e a dor.
Mas agora, visto que me dizes para aguardar o teu amo,
fala-me pois da mãe do divino Ulisses
e do pai, que ele deixou para trás no limiar da velhice:
será que ainda vivem sob os raios do sol,
350 ou já morreram e na mansão de Hades estão agora?"

A ele deu resposta o porqueiro, condutor de homens:
"A ti, estrangeiro, falarei sem rodeios.

CANTO XV   379

Laertes ainda vive, mas a Zeus reza sempre
que do corpo lhe destrua a vida, lá no seu palácio.
355 Pois muito chora ele pelo filho ausente e pela sagaz esposa
                                                          legítima,
cuja morte mais que qualquer outra coisa o entristeceu
e trouxe até a velhice prematura.
Mas ela morreu de tristeza pelo seu filho glorioso,
de morte tão dolorosa que assim não morra ninguém
360 que aqui viva como amigo ou que seja amável para comigo.
Enquanto ela era viva, embora muito combalida,
era-me agradável ir até lá perguntar por ela,
porque me criara juntamente com Ctímene de longos
                                                          vestidos,
sua nobre filha, que deu à luz como a mais nova dos seus
                                                          filhos.
365 Com ela fui criado, e pouco menos a mãe me honrava.
Mas quando chegamos ambos à bela flor da juventude,
mandaram-na para Same e muitos presentes nupciais
                                             receberam por ela;
mas a mim deu como roupa uma capa e uma túnica,
lindas vestes, e deu-me também sandálias para os pés.
370 Mandou-me trabalhar para o campo; porém no seu coração
mais ainda me estimava. Agora já não tenho estas coisas,
mas os deuses bem-aventurados fazem prosperar o que faço:
disso tenho comido, bebido e oferecido a quem merece.
Da rainha é que não é possível ouvir palavra doce,
375 ou ato, desde que a desgraça se abateu sobre a casa.
Homens insolentes! Mas os servos desejam muito
falar na presença da rainha e informar-se de tudo:
gostariam de comer e beber e depois alguma coisa levar
de volta para o campo, coisa que sempre alegra os servos."

380 Respondendo-lhe assim falou o astucioso Ulisses:
"Ah, como devias ser jovem, ó porqueiro Eumeu,
quando para tão longe foste apartado da tua pátria e dos
                                                          teus pais.

380 HOMERO

Mas diz-me agora tu com verdade e sem rodeios:
terá sido saqueada uma cidade de amplas ruas, habitada
385 por homens, onde viviam teu pai e tua excelsa mãe?
Ou quando estavas só com as ovelhas ou com os bois
ter-te-ão homens hostis raptado e trazido nas suas naus
para o palácio deste amo, que por ti pagou um bom preço?"

A ele deu resposta o porqueiro, condutor de homens:
390 "Estrangeiro, visto que me perguntas estas coisas,
fica agora em silêncio e deleita-te, bebendo o teu vinho
sentado. As noites são maravilhosamente longas e existe
o momento certo para dormir e para ouvir; nem tu precisas,
antes da hora certa, de te deitares: o sono excessivo faz mal.
395 Quanto aos outros, que aquele cujo coração assim lhe
                                            mandar
vá dormir; e que logo ao amanhecer do dia almoce
e siga para as pastagens os porcos do amo.
Nós dois ficaremos no casebre a comer e a beber
e a alegrarmo-nos com os sofrimentos um do outro,
400 recordando-os: na verdade compraz-se com as suas dores
o homem que muito tenha sofrido e vagueado.
Dir-te-ei então aquilo que perguntaste e quiseste saber.
Existe uma ilha com o nome de Síria, se é que ouviste
                                          falar dela:
fica mais acima de Ortígia, onde se situam as viragens do sol.
405 Não é uma ilha populosa, mas mesmo assim a terra é boa:
rica em manadas, em rebanhos, em vinho e em trigo.
A fome nunca assola o povo, nem se abate qualquer outra
doença odiosa sobre os desgraçados mortais;
mas quando envelhecem na cidade as raças dos homens,
410 chega Apolo do arco de prata juntamente com Artêmis
e visitando-os com as suas setas suaves os leva a morrer.
Na ilha há duas cidades e tudo está dividido entre elas.
Sobre ambas as cidades reinava o meu pai,
Ctésio, filho de Órmeno, semelhante aos imortais.
415 Ali chegaram certos Fenícios, celebrados pelas suas naus:

CANTO XV   381

meliantes, que traziam mil quinquilharias na nau escura.
Ora havia em casa de meu pai uma mulher fenícia,
bela, alta e conhecedora de gloriosos trabalhos.
Foi ela que os manhosos Fenícios seduziram.
420 Primeiro, enquanto lavava roupa, um deles se deitou
com ela em amor junto à côncava nau, pois isto enfeitiça
o espírito das mulheres, mesmo das que praticam boas ações.
Depois perguntou-lhe quem era e de onde vinha;
e ela, indicando o alto palácio de meu pai, respondeu:

425 'Declaro que nasci em Sídon, rica em bronze,
e que sou filha de Aribante, que transbordava de riqueza.
Mas foram Táfios, piratas, que me raptaram
quando regressava do campo e para aqui me trouxeram,
para o palácio daquele homem que por mim pagou bom
                                                                           preço.'

430 Então disse o homem que com ela se deitara às ocultas:
'Agora podes voltar conosco à tua casa,
para veres de teu pai e de tua mãe o alto palácio;
e para os veres a eles também: pois ainda vivem e são ricos.'

A ele falou a mulher, em resposta ao que fora dito:
435 'Isto poderia acontecer se vós, ó marinheiros, quisésseis
comprometer-vos com um juramento a levar-me de volta a
                                                                           casa.'

Assim falou e todos juraram, tal como ela pedira.
Depois que juraram e puseram termo ao juramento,
entre eles falou a mulher, em resposta ao que fora dito:

440 'Calai-vos agora, e que nenhum de vós me dirija a palavra,
se por acaso nos encontrarmos aqui na rua
ou junto à fonte, para evitarmos que alguém vá ao palácio
dizer ao ancião e que ele, desconfiado, me prenda
com correntes dolorosas e para vós planeje a morte.

445 Retende no espírito as minhas palavras e apressai o comércio.
Quando tiverdes a nau repleta de víveres,
mandai depressa ao palácio um mensageiro.
Levarei todo o ouro que me cair debaixo das mãos.
E outra coisa ainda eu pagaria pela minha viagem:
450 no palácio sou ama de um rapaz, filho do meu amo.
É um rapaz desembaraçado, que me acompanha quando saio.
Por mim trá-lo-ia até a nau: pois por ele lucraríeis um preço
enorme, se o vendêsseis a homens de estranha fala.'

Assim falando, prosseguiu caminho até o belo palácio.
455 Eles permaneceram na nossa terra durante um ano inteiro,
e muito lucro e víveres reuniram na côncava nau.
Quando a nau se encontrava preparada para regressar,
enviaram um mensageiro, para levar o recado à mulher.
Chegou então à casa de meu pai um homem ardiloso
460 com um colar de ouro, que tinha também contas de âmbar.
Na grande sala ficaram minha excelsa mãe e suas servas
a admirar nas mãos o colar, contemplando-o com os olhos.
Ofereceram um preço. Mas ele deu em silêncio um sinal à
mulher.
Depois de lhe ter dado o sinal, foi para a côncava nau.
465 Ela pegou-me pela mão e levou-me do palácio para fora de
portas.
Encontrou no átrio as taças e as mesas dos celebrantes
do banquete, homens que a meu pai estavam sujeitos,
e que tinham partido para a assembleia, para o debate
público.
Ela agarrou depressa três taças e, escondendo-as na roupa,
470 levou-as; e eu segui-a na minha insciente estultícia.
O sol pôs-se e escuros ficaram todos os caminhos.
Caminhando rapidamente chegamos ao famigerado porto,
onde se encontrava a nau veloz dos Fenícios, que logo
embarcaram e iniciaram a navegação pelos úmidos
caminhos,
475 tendo-nos feito também embarcar. Zeus enviou-lhes o vento.

CANTO XV   383

Durante seis dias navegamos de dia e de noite.
Mas quando Zeus Crônida fez nascer o sétimo dia,
Artêmis, a arqueira, atingiu a mulher com uma das suas
                                                        setas:
tombou de repente no convés, como uma ave marinha.
480 Atiraram-na borda fora, como manjar para peixes e focas.
Eu fiquei sozinho, a lamentar-me no meu coração.
O vento e as ondas trouxeram-nos a Ítaca,
onde Laertes me comprou com o seu próprio dinheiro.
Foi deste modo que esta terra viram meus olhos."

485 A ele deu então réplica Ulisses, criado por Zeus:
"Eumeu, moveste-me o coração e o espírito,
contando-me assim tudo quanto sofreste no coração.
Contudo a ti deu Zeus, ao lado do mal, também o bem,
visto que após os teus sofrimentos vieste ter ao palácio
490 de um homem bom, que te dá comida e bebida
com amabilidade; e vives bem, ao passo que eu aqui chego
depois de vaguear por muitas cidades de mortais."

Foram estas as coisas que disseram um ao outro.
Depois deitaram-se para dormir, mas por pouco tempo.
495 Depressa chegou a Aurora de belo trono. Aproximando-se
da terra firme, os companheiros de Telêmaco dobraram a
                                                        vela
e fizeram descer o mastro, remando até chegarem ao
                                                ancoradouro.
Atiraram para fora os pesos de pedra e ataram as amarras.
Eles próprios desembarcaram na praia, preparando
500 a refeição e misturando o vinho frisante.
Depois que afastaram o desejo de comida e bebida,
para eles começou a falar o prudente Telêmaco:

"Levai agora vós a escura nau até a cidade.
Da minha parte irei até os campos visitar os pastores.
505 À tarde, depois de ter passado em revista as minhas terras,

descerei à cidade; ao nascer do sol dar-vos-ei como
recompensa
um excelente festim de carne e de vinho doce de beber."

A ele falou em seguida o divino Teoclímeno:
"E eu, querido filho, para onde irei? Em que palácio,
510 dos que regem Ítaca rochosa, deverei apresentar-me?
Irei para a casa que a ti e à tua mãe pertence?"

A ele deu resposta o prudente Telêmaco:
"Noutras circunstâncias convidar-te-ia para a nossa casa,
pois lá não falta aquilo de que um hóspede precisa. Mas
para ti
515 seria pior, visto que estarei ausente; e minha mãe não te veria,
pois raramente aparece em casa à frente dos pretendentes,
mas prefere trabalhar, recolhida, ao seu tear.
Mas indicar-te-ei outro homem, para casa de quem poderás ir:
Eurímaco, filho glorioso do fogoso Polibo,
520 que os homens de Ítaca consideram como um deus.
Pois ele é de longe o homem mais nobre e aquele que quer
desposar a minha mãe e receber as honras de Ulisses.
Mas Zeus Olímpico, que está no céu, sabe
se antes da boda não virá primeiro o dia da vingança."

525 Enquanto falava voou do lado direito uma ave,
um falcão, o veloz mensageiro de Apolo. Nas garras
segurava uma pomba, que depenava, deixando cair as penas
no chão entre a nau e o lugar onde estava Telêmaco.
Teoclímeno chamou-o à parte, longe dos companheiros,
530 apertou-lhe a mão e assim lhe disse, tratando-o pelo nome:

"Telêmaco, não foi sem a ajuda de um deus que a ave voou
à nossa direita: percebi, assim que a vi, que era uma ave de
agouro.
Não há linhagem em Ítaca com mais realeza que a tua:
sim, vós sereis poderosos para sempre."

CANTO XV   385

535 A ele deu resposta o prudente Telêmaco:
"Ah, estrangeiro, prouvera que tal palavra se cumprisse!
Então ficarias a saber o que é amizade e de mim receberias
muitos presentes, a ponto de te chamarem bem-aventurado!"

Assim falando, voltou-se para Pireu, seu fiel companheiro:
540 "Pireu, filho de Clítio, és tu que de todos os companheiros
que comigo foram para Pilos em tudo me obedeces.
Leva agora este estrangeiro para o teu palácio
e mostra-lhe amizade e estima, até a minha chegada."

Respondeu-lhe então Pireu, célebre lanceiro:
545 "Telêmaco, mesmo que aqui fiques muito tempo, dele tratarei
bem, pois não nos falta com que acolher um hóspede."

Assim falando, embarcou na nau e ordenou aos
                                        companheiros
que embarcassem também e soltassem as amarras.
Eles embarcaram depressa e sentaram-se aos remos.
550 Telêmaco calçou nos pés belas sandálias
e pegou na forte lança com bronze afiado na ponta,
que estava no convés da nau. Soltaram as amarras.
Largando, navegaram para a cidade, como ordenara
Telêmaco, o filho amado do divino Ulisses.
555 Os pés levaram-no, caminhando depressa, até que chegou
ao cercado, onde estavam os porcos incontáveis, no meio
dos quais dormia o bom porqueiro, fiel aos seus amos.

Canto XVI

Enquanto isso no casebre Ulisses e o divino porqueiro
tinham feito lume, ao nascer do sol, para preparar o almoço,
depois da partida dos pastores com as varas de porcos.
Em torno de Telêmaco saltaram os cães amigos de ladrar,
5   mas não ladraram à sua chegada. Apercebeu-se o divino
                                   Ulisses
dos cães a saltar e aos ouvidos lhe chegou o som dos passos.
Logo dirigiu a Eumeu palavras aladas:

"Eumeu, deverá ser um companheiro teu que se aproxima,
ou outra pessoa conhecida, visto que os cães não ladram,
10   mas saltam em seu redor. Ouço o som dos seus passos."

Não acabara ainda de proferir a palavra, já o seu filho amado
se encontrava na soleira da porta: e levantou-se o porqueiro,
espantado, e das suas mãos caíram os recipientes nos quais
estava a misturar vinho frisante. Foi ao encontro do amo,
15   beijou-lhe a testa, os lindos olhos e ambas as mãos.
Dos olhos vertia lágrimas abundantes.
Como um pai que afetuosamente abraça o filho
chegado de terra estrangeira após uma ausência de dez anos,
filho único, filho querido, que muitas preocupações lhe
                                    dera —
20   assim o divino porqueiro abraçou Telêmaco semelhante
                                    aos deuses,

CANTO XVI   387

beijando-o repetidamente, como alguém que à morte
                                                              escapara.
E chorando dirigiu-lhe palavras aladas:

"Chegaste, Telêmaco, luz doce! Nunca pensei voltar
a ver-te, desde que decidiste partir para Pilos.
25 Mas entra, querido filho, para que o coração eu deleite
contemplando-te, a ti que agora chegas de terras estrangeiras.
Na verdade não é com frequência que visitas o campo
e os pastores, mas ficas na cidade; pois agrada-te
olhar para a companhia detestável dos pretendentes."

30 A ele deu resposta o prudente Telêmaco:
"Assim será, ó paizinho! Foi por tua causa que aqui vim,
para te ver com os meus olhos e para ouvir da tua boca
se no palácio permanece ainda a minha mãe, ou se já
outro homem a desposou, pelo que a cama de Ulisses,
35 por falta de quem lá durma, estará repleta de teias de
                                                              aranha."

Respondeu-lhe então o porqueiro, condutor de homens:
"Não duvides, ela permanece de coração dolorido
no teu palácio; e desesperadas se desgastam
as noites, mas também os dias, enquanto chora."

40 Assim falando, recebeu dele a brônzea lança.
Telêmaco entrou, transpondo a soleira de pedra.
À sua entrada, do assento se levantou o pai, Ulisses.
Mas Telêmaco do outro lado refreou-o e disse:
"Fica sentado, estrangeiro; sentar-nos-emos noutro
45 assento aqui no casebre; temos aqui quem no-lo dará."

Assim falou; e Ulisses, recuando, voltou a sentar-se.
Para Telêmaco tinha já o porqueiro espalhado
caruma verde e colocado por cima um velo:
aí se sentou em seguida o querido filho de Ulisses.

388   HOMERO

À sua frente o porqueiro pôs um prato com as carnes
50 que tinham ficado da refeição anterior;
e colocando rapidamente o pão em cestos,
misturou o vinho doce numa taça cinzelada com hera.
Depois foi sentar-se defronte do divino Ulisses.
Lançaram mãos às iguarias que tinham à sua frente.
55 E quando afastaram o desejo de comida e bebida,
Telêmaco dirigiu a palavra ao divino porqueiro:

"De onde, ó paizinho, chegou o estrangeiro? Como o
                            trouxeram
os marinheiros a Ítaca? Quem diziam eles que eram?
Pois não me parece que ele tenha chegado a pé."

60 Foi então, ó porqueiro Eumeu, que lhe deste esta resposta:
"A ti, filho, direi tudo com verdade e sem rodeios.
Declara ele ser originário da ampla Creta
e diz ter vagueado em grandes errâncias pelas cidades
dos mortais, pois um deus assim lhe fiou esse destino.
65 Agora da nau de certos Tesprócios até aqui fugiu,
para o meu casebre. Ponho-o nas tuas mãos.
Faz como entenderes, pois ele declara-se teu suplicante."

A ele deu resposta o prudente Telêmaco:
"Eumeu, atinge-me no coração a palavra que proferiste.
70 Como poderei eu receber o estrangeiro na minha casa?
Sou jovem e não posso ainda confiar nas minhas mãos
para me defenderem de alguém que inicie uma altercação.
Minha mãe tem no espírito o coração dividido:
não sabe se há de ficar comigo a tomar conta da casa,
75 venerando o leito do marido e a opinião do povo,
ou se deverá seguir o mais nobre dos Aqueus
que no palácio a corteja e lhe oferece os melhores presentes.
Mas no que toca a este estrangeiro, uma vez que aqui veio
                                ter,
dar-lhe-ei capa e túnica, belas vestimentas, assim como

CANTO XVI   389

80 uma espada de dois gumes e sandálias para os pés.
Providenciarei o transporte para onde o seu coração
queira ir; mas, se quiseres, fica com ele aqui no casebre
e trata dele: mandarei roupas e toda a comida, para que ele
não constitua a tua ruína e a de teus companheiros.
85 Mas não permitirei que venha ao palácio, para se imiscuir
entre os pretendentes, por causa da sua vergonhosa
insolência.
Receio que façam troça dele: isso seria para mim penoso.
É difícil mesmo para um homem corajoso conseguir alguma
coisa no meio de muitos, quando são eles os mais fortes."

90 Falou-lhe então o sofredor e divino Ulisses:
"Amigo — pois é lícito que eu dê a minha resposta —,
ao ouvir-te sinto qualquer coisa a devorar-me o coração,
tais são as vergonhas que, segundo dizeis, os pretendentes
praticam no palácio à tua revelia, sem respeito pela pessoa
95 que és. Diz-me se te deixas subjugar de bom grado, ou se és
detestado pelo povo, por terem ouvido o oráculo de um deus,
ou se censuras alguma coisa aos teus irmãos, em cuja defesa
um homem confia, mesmo que tenha surgido um grande
conflito.
Quem me dera ser tão jovem quanto os meus sentimentos,
100 ou então ser filho de Ulisses — ou até o próprio Ulisses!
(Possa ele regressar das suas errâncias, pois ainda há
esperança.)
Que imediatamente um estranho me cortasse a cabeça
se eu não me tornasse o flagelo desses homens,
entrando pelo palácio de Ulisses, filho de Laertes!
105 Se a mim, sozinho, me subjugassem pelo seu número,
preferiria morrer assassinado no meu próprio palácio
a contemplar atos tão vergonhosos, como
hóspedes a serem maltratados, mulheres servas a serem
arrastadas com descaramento pelo belo palácio,
110 vinho a ser desperdiçado e pão a ser devorado
sem mais nem menos, de forma ilimitada e interminável."

A ele deu resposta o prudente Telêmaco:
"Então para ti, ó estrangeiro, falarei sem rodeios.
Não é o povo que pelo seu ódio me causa dificuldades;
115 e nada tenho a censurar a irmãos, em cuja defesa
um homem confia, mesmo que tenha surgido um grande
conflito.
Deste modo individualizou o filho de Crono a nossa
linhagem:
Arcésio gerou Laertes como filho único, e Ulisses foi filho
único
de seu pai; por sua vez, a mim gerou Ulisses como filho único
120 no palácio; mas deixou-me e nunca de mim tirou proveito.
É por isso que agora estão inimigos incontáveis em minha
casa,
todos os príncipes que regem as ilhas,
Dulíquio, Same e a frondosa Zacinto,
e todos quantos detêm poderio em Ítaca rochosa,
125 todos esses fazem a corte a minha mãe e me devastam a
casa.
Por seu lado, ela nem recusa o odioso casamento
nem põe termo à situação; e eles vão devorando a minha
casa
e rapidamente serei eu quem levarão à ruína.
Mas tais coisas descansam sobre os joelhos dos deuses.
130 Paizinho, vai agora rapidamente e diz à fiel Penélope
que estou salvo e que cheguei bem de Pilos.
Da minha parte, ficarei aqui; e tu regressa em seguida,
depois de lhe teres dado a notícia — mas só a ela: que
mais ninguém
saiba, pois muitos dos Aqueus me querem fazer mal."

135 Foi então, ó porqueiro Eumeu, que lhe deste esta resposta:
"Compreendo o alcance do que dizes: falas a bom
entendedor.
Mas agora diz-me tu com verdade e sem rodeios,
se deverei fazer percurso idêntico para dar a notícia ao pobre

CANTO XVI

Laertes, que durante um tempo, embora lamentando Ulisses,
140 ainda se dedicava à lavoura e juntamente com os servos
comia e bebia em casa, quando assim lhe aprazia.
Porém desde o dia em que foste na tua nau para Pilos,
diz-se que ele já não come nem bebe como antes,
nem se interessa pelos campos, mas com prantos e lamentos
145 está sentado a chorar, enquanto a carne desaparece dos
seus ossos."

A ele deu resposta o prudente Telêmaco:
"É mais doloroso, mas apesar disso deixá-lo-emos, a despeito
da nossa preocupação: se fosse possível aos mortais escolher
tudo, primeiro escolheríamos o regresso de meu pai.
150 Não, tu deverás dar o recado e voltar logo em seguida:
não andes a vaguear pelos campos em busca de Laertes.
Diz antes à minha mãe que mande uma serva — a
governanta,
rapidamente e em segredo. Ela levará a notícia ao ancião."

Assim disse e incitou o porqueiro a partir. Este pegou nas
sandálias
155 com as mãos, calçou-as e pôs-se a caminho da cidade.
Não passou despercebido a Atena que Eumeu se afastara
do casebre, pois logo se aproximou, assemelhando-se no
corpo
a uma mulher bela e alta, conhecedora de gloriosos trabalhos.
Colocou-se de pé à entrada do casebre, visível apenas para
Ulisses.
160 Mas Telêmaco não a viu nem se apercebeu da sua presença,
porque não é a todos que os deuses aparecem com evidência.
Mas viu-a Ulisses e viram-na os cães, que sem ladrar se
retiraram
a ganir, amedrontados, para o outro lado da propriedade.
A deusa deu-lhe sinal com o sobrolho; o divino Ulisses
165 percebeu e saiu da sala; foi até o grande muro do recinto
e colocou-se junto dela. A ele falou em seguida Atena:

"Filho de Laertes, criado por Zeus, Ulisses de mil ardis!
Agora conta ao teu filho o teu segredo e não o ocultes,
para que depois de terdes planejado a morte e o destino
170 dos pretendentes vos dirijais à cidade famosa; não estarei
longe de ti, pois da minha parte estou preparada para a
refrega."

Assim disse e logo com a vara dourada lhe tocou Atena.
Primeiro vestiu-lhe o peito com uma capa e uma túnica
bem lavada: aumentou-lhe a estatura e restituiu-lhe a
juventude.
175 De novo ficou moreno, encheram-se-lhe as faces
e a barba escureceu em torno do seu queixo.
Tendo operado a transformação, a deusa partiu. E Ulisses
voltou para o casebre. Maravilhou-se o seu filho amado:
estarrecido, desviou os olhos, com medo que fosse um deus.
180 E falando dirigiu-lhe palavras aladas:

"Muito diferente, ó estrangeiro, me pareces tu agora:
as roupas que vestes são outras; e outra é a tua pele.
Na verdade és um dos deuses que o vasto céu detêm.
Sê compassivo, para que te possamos oferecer sacrifícios
185 e presentes de ouro bem cinzelado; rogo-te que nos poupes."

A ele deu resposta o sofredor e divino Ulisses:
"Não sou um deus. Por que me assemelhas aos imortais?
Sou o teu pai, aquele por causa de quem tanto gemeste
e tantas dores sofreste, subjugado pela violência daqueles
homens."

190 Assim falando beijou o filho; e das suas faces uma lágrima
caiu para o chão, pois até aí as tinha retido corajosamente.
Mas Telêmaco — não acreditava que se tratasse do pai —
voltou a tomar a palavra e respondendo-lhe assim disse:

"Tu não és Ulisses, o meu pai. És um deus que me enfeitiças,

CANTO XVI   393

195 para que depois eu chore e sofra ainda mais.
Não há homem mortal que consiga tal proeza pela sua
inteligência, a não ser que um deus viesse em seu auxílio,
para facilmente à sua vontade o fazer novo ou velho.
Mesmo agora eras um velho, vestido de farrapos.
200 Agora pareces um dos deuses que o vasto céu detêm."

Respondendo-lhe assim falou o astucioso Ulisses:
"Telêmaco, não te fica bem pasmares-te em demasia
por teres teu pai de volta, nem ficares assim surpreendido.
Para este lugar nunca virá mais nenhum Ulisses:
205 esse homem sou eu; e depois de muito sofrer e vaguear
chego à minha pátria no vigésimo ano depois que parti.
Tudo isto é obra de Atena que comanda as hostes,
que me dá a forma que entende: pois é capaz
de fazer de mim um mendigo, ou então de me transformar
210 num jovem com belas roupas em cima do corpo.
É tão fácil para os deuses que o vasto céu detêm
enaltecerem como rebaixarem um homem mortal."

Assim falando, sentou-se; e Telêmaco abraçou
o nobre pai, chorando e vertendo lágrimas.
215 E do coração de ambos surgiu o desejo de chorar.
Gemeram alto, os seus gritos mais agudos que os
de corvos marinhos ou abutres de recurvas garras, a quem
os lavradores roubaram as crias antes de lhes crescerem as
                                                                    asas:
assim deploravelmente dos seus olhos se derramavam as
                                                              lágrimas.
220 E a luz do sol ter-se-ia posto sobre o seu pranto,
se Telêmaco não tivesse subitamente falado ao pai:

"Com que nau, querido pai, te trouxeram os marinheiros
para Ítaca? Quem disseram eles que eram?
Pois não me parece que tenhas vindo a pé."

225 A ele deu resposta o sofredor e divino Ulisses:
"Pois a ti, meu filho, direi toda a verdade.
Trouxeram-me Feácios, famosos pelas suas naus,
que transportam quem quer que chegue à terra deles.
Sobre o mar me transportaram a dormir numa nau veloz,
230 deixando-me em Ítaca; ofereceram-me esplêndidos presentes,
bronze, ouro e vestimentas tecidas. Este tesouro
está guardado em grutas, por vontade dos deuses.
Agora para aqui vim devido aos conselhos de Atena,
para que deliberemos sobre a chacina dos inimigos.
235 Diz-me então o número dos pretendentes,
para que eu saiba quantos são — e quem são.
Depois refletirei no meu irrepreensível coração
se seremos capazes de lhes fazer frente sozinhos,
ou se precisaremos da ajuda de outros."

240 A ele deu resposta o prudente Telêmaco:
"Ó pai, sempre ouvi falar da tua grande fama,
que és lanceiro tanto pela força das mãos como pela agudeza
do espírito; mas aquilo de que falas é enorme! Estou
                                        espantado.
Não seria possível dois homens combater contra tantos
                                        valentes!
245 Pois os pretendentes não são uma dezena, nem duas dezenas,
mas muitas mais: depressa saberás o seu número.
De Dulíquio são cinquenta e dois jovens seletos,
e para os servir trouxeram ainda seis escudeiros;
de Same são vinte e quatro homens;
250 de Zacinto são vinte jovens Aqueus;
da própria Ítaca são doze, todos eles nobres,
e com eles está Mêdon, o arauto, e o divino aedo,
assim como dois escudeiros, peritos em trinchar carne.
Se enfrentarmos todos eles dentro do palácio,
255 receio que a tua vingança se torne amaríssima e dolorosa.
Diz se consegues pensar em algum aliado,
que nos ajudasse a ambos de todo o coração."

CANTO XVI   395

A ele deu resposta o sofredor e divino Ulisses:
"Então dir-te-ei: e tu presta atenção e ouve.
260 Considera também se para nós dois serão suficientes
Atena e Zeus pai, ou se me deverei lembrar de outro aliado."

A ele deu resposta o prudente Telêmaco:
"Excelentes são esses dois aliados, que tu referes:
mas é nas nuvens mais excelsas que têm seu assento;
265 e regem os outros homens, assim como os deuses imortais."

A ele deu resposta o sofredor e divino Ulisses:
"Não será durante muito tempo que se manterão longe
da furiosa refrega, quando entre nós e os pretendentes
a força de Ares será posta à prova no meu palácio.
270 Mas tu volta para casa ao surgir da Aurora,
e junta-te aos arrogantes pretendentes.
Mais tarde o porqueiro levar-me-á para a cidade:
terei o aspecto de um mendigo desgraçado e idoso.
Se eles me desconsiderarem lá em casa, que aguente
275 o teu querido coração enquanto estou a ser maltratado,
mesmo se me arrastarem ao longo da sala pelos pés
até a porta, ou me atirarem coisas. Se vires isso, aguenta.
Claro que lhes deves dizer para parar a loucura,
convencendo-os com palavras doces; mas eles não te darão
280 ouvidos, pois está já perto o dia da sua desgraça.
E outra coisa te direi — e tu retém-na no teu espírito:
quando Atena de muitos conselhos me inspirar,
far-te-ei sinal com a cabeça; e tu, assim que te aperceberes,
deverás retirar da sala todas as armas de guerra
285 e guardá-las no recesso da câmara mais alta do palácio.
E quando os pretendentes derem pela falta e te
                                                    questionarem,
deverás responder-lhes com palavras suaves, dizendo:

'Tirei-as para longe da fumaça, pois já não se assemelham
às armas que Ulisses deixou quando partiu para Troia,

290 mas estão todas sujas, uma vez que o hálito do fogo lhes
　　　　　　　　　　　　　　　　　　　　　chegou.
Além de que há outra coisa de maior peso, que no espírito
me colocou o Crônida: o receio que, alterados pelo vinho,
surja entre vós um conflito e que vos possais ferir,
cobrindo assim de vergonha o festim e a corte
que fazeis a minha mãe: é que o ferro atrai o homem.'

295 Mas para nós dois deixa duas espadas e duas lanças,
e dois escudos de pele de boi para segurarmos,
de modo a que possamos lançar-nos a eles para os agarrar.
Palas Atena e Zeus conselheiro enfeitiçarão os pretendentes.
E outra coisa te direi — e tu retém-na no teu espírito:
300 se na verdade és meu filho e do nosso sangue,
que ninguém fique a saber que Ulisses está em casa:
que nem Laertes saiba, nem o porqueiro,
nem qualquer um dos servos, nem Penélope.
Tu e eu averiguaremos o comportamento das servas.
305 E poremos também à prova alguns dos servos,
para verificarmos quem no coração nos é fiel,
e quem te desconsidera, sendo tu a pessoa que és."

Respondendo-lhe assim falou o filho glorioso:
"Pai, penso que no futuro ficarás a conhecer o meu coração:
310 não verás debilidades a que possa ser sujeito.
Mas não penso que este plano será proveitoso
para nós dois: peço-te pois que reflitas.
Demoradamente e em vão irás averiguar o comportamento
de cada um, visitando as propriedades; mas enquanto isso
315 no palácio os pretendentes, descansados, te desgastam
os haveres arrogantemente e sem qualquer contemplação.
Mas em relação às servas concordo que deves averiguar
quais delas te desonraram e quais estão isentas de culpa.
Quanto aos homens nos campos, eu não quereria que agora
os averiguássemos, mas que deixássemos esse trabalho
　　　　　　　　　　　　　　　　　　　　para depois,

CANTO XVI   397

320 no caso de reconheceres algum sinal de Zeus portador da
                                                         égide."

Assim falavam um com o outro, dizendo estas coisas.
Enquanto isso chegou a Ítaca a nau bem construída,
que de Pilos trouxera Telêmaco e todos os companheiros.
Estes, quando chegaram ao porto de águas fundas,
325 arrastaram a escura nau para a praia, enquanto
animados escudeiros os aliviaram do peso do equipamento,
levando depois para casa de Clítio os presentes lindíssimos.
Enviaram um arauto ao palácio de Ulisses
para levar a notícia à sensata Penélope
330 de que Telêmaco estava no campo e que ordenara
que a nau seguisse para a cidade, não fosse a nobre rainha
sentir receio no seu coração e verter uma lágrima carinhosa.
Foi assim que se encontraram o arauto e o divino porqueiro,
ambos com o mesmo recado para dar à senhora.
335 E quando chegaram à casa do divino Ulisses,
falou o arauto no meio de todas as servas:
"Nesta altura, ó rainha, já regressou o teu querido filho."
Colocando-se de pé perto de Penélope, o porqueiro
contou-lhe todas as coisas que Telêmaco lhe mandara.
340 E depois de ter contado tudo o que tinha para dizer,
voltou para os porcos, deixando o pátio e o palácio.

Mas os pretendentes ficaram tristes e desanimados
no seu coração. Saíram do palácio, transpuseram
o grande muro do pátio e aí se sentaram junto aos portões.
345 O primeiro a falar foi Eurímaco, filho de Polibo:

"Amigos, esta viagem foi uma grande façanha que Telêmaco
conseguiu: pensamos que nunca seria capaz de fazê-la.
Mas lancemos ao mar a melhor nau escura que tivermos,
e reunamos os melhores remadores, para rapidamente irmos
350 dizer aos outros que voltem depressa para casa."

398   HOMERO

Ainda não acabara de proferir a palavra, quando Anfínomo,
mudando de lugar, viu uma nau no porto de águas fundas
e homens a dobrar a vela enquanto outros seguravam os
                                               remos.
Riu-se aprazivelmente e assim disse aos companheiros:
355   "Já não é preciso mandarmos recado: ali estão eles.
Ou foi um deus que os avisou, ou então foram eles
que avistaram a nau de Telêmaco, mas sem conseguir
                                            apanhá-la."

Assim falou; levantaram-se todos e foram até a orla do mar.
Os outros arrastaram rapidamente a nau escura para a praia
360   e animados escudeiros os aliviaram do peso do equipamento.
Foram todos juntos para o local da assembleia, mas a
                                       mais ninguém
permitiram que com eles se sentasse, fosse novo ou velho.
Para eles falou então Antino, filho de Eupites:

"Ah, vede como os deuses salvaram aquele homem da morte!
365   Dia após dia estiveram vigias sentados nos píncaros ventosos,
sempre a espreitar; e a seguir ao pôr do sol nunca passávamos
a noite em terra, mas para o mar alto navegávamos
na nau veloz para lá esperarmos a Aurora divina.
Preparamos essa cilada para Telêmaco, para o apanharmos
370   e logo matarmos. Enquanto isso algum deus o fez
                                       regressar a casa.
Mas aqui mesmo preparemos um destino amargo
para Telêmaco; e que desta vez não possa fugir! Não penso
que enquanto ele viver o nosso esforço possa dar resultados.
Pois ele é sensato tanto nas decisões como no espírito,
375   e o povo já não nos mostra preferência alguma.
Mas ide, antes que ele convoque a assembleia dos Aqueus:
não julgo que ele admita qualquer protelamento,
pois estará encolerizado, e levantando-se dirá a todos
que congeminamos contra ele a morte escarpada,
380   mas não o apanhamos. E não nos louvarão

CANTO XVI 399

quando ouvirem falar das nossas más ações.
Oxalá não nos façam mal nem nos exilem da nossa terra,
obrigando-nos a viajar até terra estrangeira.
Antecipemo-nos, matando-o no campo, longe da cidade,
ou no caminho; e fiquemos com os seus haveres,
385 dividindo-os equitativamente entre nós, embora a casa
deva ficar para a mãe dele e para aquele que com ela casar.
Mas se não vos agrada este plano, mas preferis
que ele viva e goze todos os haveres paternos,
então cessemos de lhe devorar a bela riqueza,
390 encontrando-nos aqui, mas que cada um volte para sua casa,
e de lá faça a sua corte e ofereça presentes; e ela desposará
aquele que oferecer mais e se lhe afigurar o noivo destinado."

Assim disse; e todos permaneceram em silêncio.
Entre eles tomou então a palavra Anfínomo,
395 o filho glorioso de Niso, filho do rei Arécias.
De Dulíquio, terra rica em trigo e verdejante,
liderara os pretendentes: era ele que com as suas palavras
a Penélope mais agradava, pois era compreensivo.
Bem-intencionado, dirigiu-se à assembleia:

400 "Amigos, da parte que me toca não quereria assassinar
Telêmaco: é terrível matar alguém de sangue real.
Mas interroguemos primeiro a vontade dos deuses.
Se os decretos do grande Zeus assim o quiserem,
serei eu mesmo a matá-lo e encorajarei todos os outros.
405 Mas se os deuses assim não quiserem, peço-vos que
                                                    desistais."

Assim falou Anfínomo, e a todos agradou o discurso.
Levantaram-se em seguida e foram para o palácio de Ulisses.
Quando lá chegaram, sentaram-se em tronos polidos.

Foi então que ocorreu outra coisa à sensata Penélope:
410 mostrar-se aos pretendentes, arrogantes na sua insolência.

É que ouvira falar no palácio da planejada morte do filho:
foi Mêdon, o arauto, que lhe dissera, ele que ouvira os
planos.
Dirigiu-se à sala, acompanhada pelas suas servas.
Quando se aproximou dos pretendentes a mulher divina,
415 ficou junto à coluna do teto bem construído,
segurando à frente do rosto um véu brilhante.
Falou a Antino, repreendendo-o pelo nome:

"Antino insolente e maldoso! E é a ti que consideram
em Ítaca, entre os homens da tua idade, o melhor
420 em conselhos e palavras! Mas tu estás longe de ser essa
pessoa.
Louco! Porque congeminas a morte e o destino de Telêmaco?
Não queres saber de suplicantes, que têm Zeus por
testemunha?
Que coisa ímpia — preparar a desgraça de outrem!
Não sabes tu do momento em que a este palácio veio o teu
pai,
425 fugitivo, aterrorizado com medo do povo? Muito irados
estavam,
porque ele se associara a piratas Táfios e prejudicara
os Tesprócios, que eram nossos aliados.
Queriam matar o teu pai e arrancar-lhe o coração,
para depois arrasarem toda a sua grande propriedade.
430 Mas Ulisses impediu isso, retendo-os, embora estivessem
fora de si.
É agora a casa de Ulisses que destróis, fazendo a corte à
mulher
e planejando a morte do filho. A mim trazes grande
sofrimento!
Mas ordeno-te que cesses e digas aos outros que façam o
mesmo."

A ela deu resposta Eurímaco, filho de Polibo:
435 "Filha de Icário, sensata Penélope!

CANTO XVI   401

Anima-te; não deixes que tais coisas te preocupem.
Não vive, viverá ou nascerá sequer esse homem,
que deite as mãos a Telêmaco, o teu filho,
enquanto eu for vivo e contemplar a luz na terra.
440 Assim te falarei, e é assim que acontecerá:
depressa se derramará o negro sangue desse homem
devido à minha lança, visto que Ulisses saqueador de cidades
me sentou muitas vezes ao colo, me deu carne assada
para as mãos e levou à minha boca o rubro vinho.
445 Por isso Telêmaco é para mim o mais caro de todos os
                                                                homens;
e a ele digo que não receie a morte, pelo menos da parte
dos pretendentes. À dos deuses é que ninguém pode escapar."

Assim falou, para a animar, embora planejasse ele próprio
a morte de Telêmaco. Ela subiu para os seus aposentos
450 e chorou Ulisses, o marido amado, até que um sono suave
lhe lançasse sobre as pálpebras Atena de olhos esverdeados.

Ao fim da tarde voltou o porqueiro para junto de Ulisses
e Telêmaco, que estavam ocupados a preparar a ceia,
tendo sacrificado um porco de um ano de idade.
455 Mas aproximou-se Atena e com a vara tocou em Ulisses,
filho de Laertes, e de novo o transformou num velho,
pondo-lhe no corpo vestes esfarrapadas, receando
que o porqueiro o reconhecesse e à sensata Penélope
fosse contar a notícia, sem a reter no coração.

460 Em primeiro lugar foi Telêmaco que lhe falou:
"Chegaste, divino Eumeu. Que há de novo na cidade?
Já regressaram os arrogantes pretendentes da emboscada,
ou estão à minha espera, para me matar no caminho para
                                                                casa?"

Foi então, ó porqueiro Eumeu, que lhe deste esta resposta:
465 "Não cuidei de andar pela cidade a inquirir sobre tais coisas;

o meu coração mandou-me regressar rapidamente
para cá, assim que transmiti a notícia. Veio ao meu encontro
o rápido mensageiro dos teus companheiros,
o arauto, que foi o primeiro a dar a notícia à tua mãe.
470 E outra coisa sei, pois vi-a com os meus olhos:
encontrava-me já mais acima da cidade, no monte de
Hermes,
a caminhar, quando vi uma nau veloz a chegar
ao nosso porto; nela havia muitos homens,
e estava repleta de escudos e de lanças de dois gumes.
475 Pensei que fossem eles, mas não tive a certeza."

Assim falou; e sorriu a força sagrada de Telêmaco,
olhando com
os olhos na direção do pai; mas evitou olhar para o
porqueiro.
Quando puseram termo ao esforço de preparar o jantar,
comeram e nada lhes faltou naquele festim compartilhado.
480 Depois que afastaram o desejo de comida e bebida,
pensaram em descansar; e acolheram o dom do sono.

Canto XVII

Quando surgiu a que cedo desponta, a Aurora de róseos
dedos,
foi então que nos seus pés calçou as belas sandálias
Telêmaco, filho amado do divino Ulisses.
Pegou na forte lança, bem ajustada às suas mãos,
5   e apressou-se rumo à cidade, assim dizendo ao seu
porqueiro:

"Paizinho, fica sabendo que vou à cidade para me mostrar
a minha mãe, pois receio que ela não desista
da triste lamentação e do pranto lacrimejante
antes que me veja em pessoa. Mas isto te ordeno:
10   leva o pobre estrangeiro até a cidade, para que lá
mendigue o seu sustento. Quem quiser dar-lhe-á
uma côdea e de beber. Não me posso preocupar
com todos os homens, pois tenho os meus sofrimentos.
Se o estrangeiro se zangar com isto, pior será
15   para ele. Por mim prefiro dizer logo a verdade."

Respondendo-lhe assim falou o astucioso Ulisses:
"Amigo, não tenho grande desejo de aqui permanecer.
Ao mendigo é melhor mendigar seu sustento na cidade
do que no campo; irá dar-me quem quiser.
20   Pois já não tenho idade para ficar numa propriedade
e obedecer em tudo às ordens de um capataz.

404 HOMERO

Prossegue teu caminho. Este, a quem deste a ordem,
                                         levar-me-á,
assim que eu me tiver aquecido à lareira e sentido o calor
                                         do sol.
É que as roupas que visto são farrapos: tenho medo de
                                         sucumbir
25 à geada logo pela manhã. É longe, dizeis vós, até a cidade."

Assim falou; e Telêmaco saiu da propriedade, dando
                                         rápidos passos
com os pés, enquanto semeava a desgraça dos pretendentes.
Quando chegou ao bem construído palácio,
guardou a lança, encostando-a contra uma alta coluna.
30 E transpondo a soleira de pedra, entrou em casa.
A primeira pessoa a vê-lo foi a ama Euricleia,
que estava a pôr velos de lã em cima de tronos embutidos.
Rompendo em lágrimas, veio logo ter com ele. Em seu redor
se reuniram as outras servas do sofredor Ulisses que,
                                         enquanto
35 o abraçavam, lhe beijavam a cabeça e os ombros.

Então saiu dos seus aposentos a sensata Penélope,
semelhante a Artêmis ou à dourada Afrodite;
rompendo em lágrimas, atirou os braços em torno do filho,
beijando-lhe a cabeça e os lindos olhos.
40 E chorando proferiu palavras aladas:

"Chegaste, Telêmaco, luz doce! Nunca pensei voltar
a ver-te, desde que foste em segredo para Pilos
numa nau, à minha revelia, para algo saberes do teu pai.
Mas diz-me agora se porventura o avistaste."

45 A ela deu resposta o prudente Telêmaco:
"Minha mãe, não me faças chorar, nem me agites no peito
o coração por ter fugido a custo à morte escarpada.
Vai antes tomar banho e veste o corpo com roupa lavada;

CANTO XVII

depois sobe para os teus mais altos aposentos com as servas
50 e jura a todos os deuses que oferecerás hecatombes,
se de algum modo Zeus permitir que se cumpra a retaliação.
Mas eu irei para o lugar da assembleia, para chamar
um estrangeiro que veio comigo de Pilos.
Fi-lo ir à frente com os meus divinos companheiros,
55 pedindo a Pireu que o levasse para sua casa, o honrasse
com gentileza e o estimasse, até a minha chegada."

Assim falou. Mas as palavras da mãe não chegaram a
bater asas.
Tomou banho e vestiu o corpo com roupa lavada.
Depois jurou a todos os deuses que lhes ofereceria
hecatombes,
60 se de algum modo Zeus permitisse o cumprimento da
retaliação.

Em seguida saiu Telêmaco da grande sala do palácio,
segurando a lança; com ele iam dois galgos.
E admirável era a graciosidade que sobre ele derramara
Atena:
à sua passagem todos o olharam com espanto.
65 Em seu redor se juntavam os arrogantes pretendentes,
falando-lhe com respeito, mas cheios de más intenções.
Porém ele evitou a multidão numerosa, mas lá onde
estavam sentados Mentor, Antifo e Haliterses,
que desde o princípio eram amigos da casa paterna,
70 aí foi sentar-se. E eles o interrogaram sobre tudo.
A eles se juntou então Pireu, famoso pela sua lança,
trazendo até a ágora o estrangeiro através da cidade.
Telêmaco não permaneceu longe do seu hóspede,
mas foi ter com ele. E assim lhe falou Pireu:

75 "Telêmaco, manda depressa servas a minha casa, para que eu
possa devolver os presentes que te ofereceu Menelau."

A ele deu resposta o prudente Telêmaco:
"Pireu, nós não sabemos como as coisas se passarão.
Se no meu palácio os arrogantes pretendentes
80 me matarem às escondidas para dividirem os bens paternos,
eu preferiria que tu ficasses com os presentes, em vez de
um deles.
Mas se eu semear para eles as sementes da morte e do
destino,
poderás então trazê-los, rejubilando, ao teu amigo
rejubilante."

Assim dizendo, levou para casa o estrangeiro muito sofredor.
85 Quando chegaram ao palácio bem construído,
depuseram as capas em assentos e tronos
e foram para as polidas banheiras, onde tomaram banho.
Depois que as servas os banharam e ungiram com azeite,
atiraram-lhes por cima do corpo capas de lã e túnicas.
90 Saindo do banho, sentaram-se em assentos.
Uma serva trouxe um jarro de ouro com água para as mãos,
um belo jarro de ouro, e água verteu numa bacia de prata.
E junto deles colocou uma mesa polida.
A venerável governanta veio trazer-lhes o pão,
95 assim como iguarias abundantes de tudo quanto havia.
E Penélope veio sentar-se junto à entrada da sala,
recostada contra uma cadeira, fiando delicados fios de lã.
Eles lançaram mãos às iguarias que tinham à sua frente.
Depois que afastaram o desejo de comida e bebida,
100 foi assim que lhes começou a falar a sensata Penélope:

"Telêmaco, irei agora para o meu alto aposento,
para repousar na minha cama, que se tornou um leito de
pranto,
sempre umedecido com lágrimas, desde o dia em que Ulisses
partiu com os filhos de Atreu para Ílio. Mas não quiseste
ainda,
105 antes de os arrogantes pretendentes entrarem em casa,

CANTO XVII   407

contar-me a verdade sobre o retorno de teu pai — se algo
                                                            ouviste."

A ela deu resposta o prudente Telêmaco:
"Nesse caso, ó minha mãe, dir-te-ei a verdade.
Fomos a Pilos visitar Nestor, pastor das hostes,
110 que me recebeu no seu alto palácio e gentilmente
me estimou, tal como se fosse um pai que acolhe
o filho acabado de chegar de terras estrangeiras. Foi assim
que ele amavelmente me recebeu com seus filhos gloriosos.
Mas sobre o sofredor Ulisses, se vivo ou morto,
115 nada disse ter ouvido de nenhum homem mortal.
Para junto do Atrida, o famoso lanceiro Menelau,
me enviou, dando-me cavalos e um carro bem articulado.
Aí vi Helena, a Argiva, em prol da qual muito
sofreram Troianos e Argivos devido à vontade divina.
120 Logo me perguntou Menelau, excelente em auxílio,
em busca de que coisa teria eu vindo à divina Lacedemônia.
Da minha parte disse-lhe de imediato toda a verdade.
Então, tomando a palavra, assim me respondeu ele:

'Ah, na verdade é na cama de um homem magnânimo
125 que esses pretendem dormir, sendo eles sem valor algum!
Tal como a corça, que na toca de um possante leão
deita os gamos ainda não desmamados
e por montes e vales vai errando em busca
de pastagem, e depois disso chega o leão à toca
130 para fazer desabar sobre os gamos um destino cruel —
assim Ulisses fará desabar sobre eles um cruel destino.
Quem dera — ó Zeus pai, ó Atena, ó Apolo! —
que com a mesma força com que se levantou outrora
na bem fundada Lesbos em luta contra Filomelides,
135 e o derrubou no pugilato perante o aplauso dos Aqueus —
quem dera que assim Ulisses surgisse entre os pretendentes!
Rápido seria o seu destino e amargo o casamento!
Mas nisto que me interrogas e suplicas, não desviarei

as palavras para outras coisas, nem te ludibriarei.
140 Antes de tudo: do que me disse o infalível Velho do Mar,
disso nada te ocultarei nem tentarei esconder.
Disse ele que vira Ulisses em grande sofrimento numa ilha,
no palácio da ninfa Calipso, que à força lá o retinha.
E assim ele não pode regressar à sua terra pátria,
145 pois não tem naus providas de remos, nem tripulação
que o pudesse transportar sobre o vasto dorso do mar.'

Assim falou o Atrida, o famoso lanceiro Menelau.
Depois disto, iniciei a viagem de regresso; e um vento
favorável
me enviaram os imortais, que depressa me trouxeram à
pátria."

150 Assim falou; e o coração comoveu-se no peito da mãe.
No seu meio tomou então a palavra o divino Teoclímeno:

"Ó esposa veneranda de Ulisses, filho de Laertes!
Isto é coisa que Menelau não sabe ao certo: ouve então
as minhas palavras, pois agora profetizarei sem nada ocultar.
155 Seja minha testemunha Zeus, acima de todos os deuses,
e esta mesa hospitaleira e a lareira do irrepreensível Ulisses,
a que cheguei: Ulisses encontra-se já na sua pátria,
sentado ou a rastejar, e informa-se sobre todos os crimes,
semeando a morte para todos os pretendentes:
160 tal foi o prodígio que presenciei a bordo da nau
bem construída, e logo o declarei a Telêmaco."

A ele deu resposta a sensata Penélope:
"Ah, estrangeiro, prouvera que tal palavra se cumprisse!
Então ficarias a saber o que é amizade e de mim receberias
165 muitos presentes, a ponto de te chamarem bem-aventurado!"

Assim falaram entre si, dizendo estas coisas.
Os pretendentes estavam à frente do palácio de Ulisses,

CANTO XVII   409

deleitando-se com o lançamento do disco e o arremesso de
                                                            dardos
em local aplanado, cheios de insolência, como era seu
                                                          costume.
170 Mas quando chegou a hora de jantar e de todos os lados
regressavam do campo os rebanhos, trazidos por aqueles
que tinham essa tarefa, então disse Mêdon (que dentre os
                                                           arautos
era o que mais lhes agradava e estava sempre presente nas
                                                     suas festas):

"Jovens, visto que já deleitastes o espírito com desportos,
175 vinde para dentro de casa, para que preparemos o jantar.
Pois não é coisa má jantar-se na hora apropriada."

Assim falou; e eles, levantando-se, obedeceram às suas
                                                         palavras.
Quando entraram na casa bem construída,
depuseram as capas em assentos e tronos.
180 Sacrificaram então grandes ovelhas e gordas cabras;
sacrificaram porcos engordados e uma vitela da manada,
assim preparando a refeição. Enquanto isso do campo
para a cidade se apressavam Ulisses e o divino porqueiro.
Falou primeiro o porqueiro, condutor de homens:

185 "Estrangeiro, visto que estás desejoso de ir hoje à cidade,
como comandou meu amo — embora por mim teria
                                                        preferido
que tivesses ficado a tomar conta da propriedade;
mas respeito e tenho receio do meu amo, não vá ele
                                                      censurar-me
depois, uma vez que severas são as censuras dos soberanos —
190 apressemo-nos: o dia está quase a chegar ao fim,
e ao fim da tarde sentirás ainda mais o frio."

Respondendo-lhe assim falou o astucioso Ulisses:

"Compreendo o alcance do que dizes: falas a bom
entendedor.
Vamos: e tu serás o meu guia ao longo do caminho.
195 Dá-me porém um bastão, se tens um já cortado,
para me apoiar: segundo dizes é árduo o caminho."

Assim falou; e sobre os ombros lançou o miserável alforge,
cheio de buracos, dependurado de uma corda torcida.
Eumeu ofereceu-lhe um bastão que lhe agradava.
200 Partiram os dois; os cães e os pastores ficaram para trás,
a tomar conta da propriedade; e o porqueiro levou para a
cidade
o amo com o aspecto de um pobre mendigo, triste e idoso,
apoiado
no seu bastão; e horríveis eram os farrapos que lhe
serviam de roupa.

Mas quando na sua caminhada por veredas rochosas
205 estavam próximos da cidade, tendo chegado à fonte
bem-feita de águas correntes onde os cidadãos buscavam
água —
fonte essa que ali fora posta por Ítaco, Nérito e Polictor,
em torno da qual havia um bosque de choupos alimentados
pela água a toda a volta, e do alto corria a água fresca
210 de uma rocha; e em cima fora esculpido um altar
das Ninfas, onde todos os viandantes ofereciam sacrifícios:
foi aí que os encontrou Melântio, filho de Dólio,
quando levava as cabras, as melhores de todos os rebanhos,
para o jantar dos pretendentes; seguiam-no dois pastores.
215 Assim que os viu, procurou logo um conflito, dirigindo-lhes
palavras injuriosas e desavergonhadas, encolerizando Ulisses:

"Ora vede como um asqueroso vem trazer outro asqueroso.
Como sempre, um deus junta o semelhante ao seu semelhante.
Para onde, ó porqueiro miserável, levas tu essa criatura
nojenta,

CANTO XVII   411

220 esse estorvo de mendigo, para vir impingir-se ao jantar?
Pois este é homem para esfregar os ombros em muitas
                                                      portas,
mas para pedir restos — não espadas e caldeirões.
Se me desses este homem para tomar conta dos meus redis,
varrendo as pocilgas e levando rebentos verdes aos cabritos,
225 pôr-se-ia a beber o soro do queijo, para ficar com as coxas
                                                      gordas.
E porque já aprendeu maus hábitos, não quererá
ocupar-se com trabalho honesto; em vez disso prefere andar
pela terra a mendigar, para encher a sua barriga insaciável.
Mas dir-te-ei uma palavra, palavra que se cumprirá:
230 se ele entrar no palácio do divino Ulisses,
em torno da sua cabeça muitos bancos a voar pela casa,
arremessados pelas mãos de homens, lhe ferirão as costelas."

Assim falou; e ao passar, na sua estultícia, atingiu Ulisses
na virilha com um pontapé; mas não o fez tombar no
                                                      caminho,
235 pois Ulisses manteve-se firme, pensando se haveria de lhe
                                                      saltar
em cima e à paulada o privar da vida, ou se deveria antes
pegar nele pelas orelhas e esmagar-lhe a cabeça contra o
                                                      chão.
Mas aguentou e conteve-se. O porqueiro olhou para Melântio
e censurou-o, levantando as mãos e rezando em voz alta:

240 "Ninfas desta fonte, filhas de Zeus! Se alguma vez Ulisses
assou para vós coxas, envoltas em rica gordura,
de borregos ou de cabritos, concedei o que vos peço:
que aquele homem, o meu amo, regresse, trazido por um
                                                      deus!
Rapidamente poria a voar todas essas finezas
245 com que te pavoneias na tua insolência, cirandando
pela cidade, enquanto os pastores dão cabo dos rebanhos."

412 HOMERO

A ele respondeu Melântio, cabreiro de cabras:
"Ah, como fala o cão, na sua tola esperteza!
Levá-lo-ei numa escura nau bem construída
250 para longe de Ítaca: far-me-á ganhar muito dinheiro.
Prouvera que Apolo do arco de prata atingisse hoje
Telêmaco no palácio, ou então que os pretendentes
o matassem, pois o regresso de Ulisses se perdeu lá longe."

Assim falando, deixou-os a caminhar lentamente.
255 Melântio prosseguiu caminho e chegou depressa ao
palácio do rei.
Assim que entrou, sentou-se no meio dos pretendentes,
defronte de Eurímaco, aquele que mais o estimava.
Servos puseram à sua frente uma porção de carne
e a venerável governanta veio trazer-lhe o pão.

260 Chegados ao palácio, Ulisses e o divino porqueiro
pararam: a toda a volta se ouvia o som da lira cinzelada,
pois Fêmio estava a dedilhar acordes, antes de cantar.
Ulisses segurou na mão do porqueiro e disse:

"Eumeu, este é sem dúvida o belo palácio de Ulisses:
265 reconhece-se com facilidade, mesmo entre muitos outros.
Há vários edifícios; o pátio está rodeado por um muro
com ameias e os duplos portões estão bem trabalhados.
Não há homem algum que o possa desprezar.
Apercebo-me de que dentro da casa estão muitos homens
270 a banquetear-se, dado o cheiro a carne que se eleva; ressoa
a voz
da lira, que os deuses criaram para fazer parte do festim."

Foi então, ó porqueiro Eumeu, que lhe deste esta resposta:
"Facilmente percebeste, pois em todas as coisas és de rápido
entendimento. Mas pensemos como as coisas correrão.
275 Ou entras tu primeiro no palácio bem construído
e te juntas aos pretendentes, ficando eu aqui fora;

CANTO XVII 413

ou então, se preferires, fica tu aqui e eu irei à tua frente.
Mas não hesites durante muito tempo, não vá alguém ver-te
e atirar-te objetos ou bater-te. Pensa bem nisto."

280 Respondendo-lhe assim falou o sofredor e divino Ulisses:
"Compreendo o alcance do que dizes: falas a bom
                                                    entendedor.
Mas vai tu à frente; eu ficarei para trás, aqui neste lugar.
Estou habituado a levar pancada e a apanhar com coisas
                                                    em cima.
O meu coração aguenta: pois já muito sofri no mar
285 e na guerra. Que isto agora se junte ao que já aguentei.
Um estômago cheio de fome é que nenhum homem pode
                                                    esconder,
coisa terrível, que muitos males traz aos mortais.
É por causa da fome que as naus de belos bancos são
                                                    lançadas
no mar nunca cultivado, trazendo flagelos a pobres
                                                    desgraçados."

290 Assim falaram entre si, dizendo estas coisas.
E um cão, que ali jazia, arrebitou as orelhas.
Era Argos, o cão do infeliz Ulisses; o cão que ele próprio
criara, mas nunca dele tirou proveito, pois antes disso partiu
para a sagrada Ílio. Em dias passados, os mancebos
                                                    tinham levado
295 o cão à caça, para perseguir cabras selvagens, veados e lebres.
Mas agora jazia e ninguém lhe ligava, pois o dono estava
                                                    ausente:
jazia no esterco de mulas e bois, que se amontoava junto
                                                    às portas,
até que os servos de Ulisses o levassem como estrume para
                                                    o campo.
300 Aí jazia o cão Argos, coberto das carraças dos cães.
Mas quando se apercebeu que Ulisses estava perto,
começou a abanar a cauda e baixou ambas as orelhas;

só que já não tinha força para se aproximar do dono.
Então Ulisses olhou para o lado e limpou uma lágrima.
305 Escondendo-a discretamente de Eumeu, assim lhe disse:

"Eumeu, que coisa estranha que este cão esteja aqui no
esterco.
Pois é um lindo cão, embora eu não consiga perceber ao certo
se tem rapidez que condiga com o seu belo aspecto,
ou se será apenas um daqueles cães que aparecem às mesas,
310 que os príncipes alimentam somente pela sua figura."

Foi então, ó porqueiro Eumeu, que lhe deste esta resposta:
"É na verdade o cão de um homem que morreu.
Se ele tivesse o aspecto e as capacidades que tinha
quando o deixou Ulisses, ao partir para Troia,
315 admirar-te-ias logo com a sua rapidez e a sua força.
Não havia animal no bosque, que ele perseguisse,
que dele conseguisse fugir: e de faro era também excelente.
Mas está agora nesta desgraça: o dono morreu longe,
e as mulheres indiferentes não lhe dão quaisquer cuidados.
320 Pois os servos, quando os amos não lhes dão ordens,
não querem fazer o trabalho como deve ser:
Zeus que vê ao longe retira ao homem metade do seu valor
quando chega para ele o dia da sua escravização."

Assim dizendo, entrou no palácio bem construído
325 e foi logo juntar-se na sala aos orgulhosos pretendentes.
Mas Argos foi tomado pelo negro destino da morte,
depois que viu Ulisses, ao fim de vinte anos.

Foi o divino Telêmaco o primeiro a ver o porqueiro
quando entrou no palácio; e rapidamente com um aceno
330 o chamou para si. Eumeu procurou em volta e pegou
num banco para se sentar — o banco onde se sentava
quem trinchava muitas carnes para os pretendentes
que se banqueteavam no palácio. Pegou pois no banco

CANTO XVII

e colocou-o junto à mesa de Telêmaco;
e aí se sentou o porqueiro. O escudeiro pôs-lhe
335 à frente um prato de carne; e para ele tirou pão do cesto.

Logo a seguir a Eumeu, entrou Ulisses no palácio,
com o aspecto de um pobre mendigo, triste e idoso, apoiado
no seu bastão; e horríveis eram os farrapos que lhe
serviam de roupa.
Sentou-se na soleira de freixo, do lado de dentro da porta,
340 reclinado contra a ombreira de cipreste, que outrora
um carpinteiro polira com perícia e endireitara com um fio.
Então Telêmaco chamou a si o porqueiro e falou-lhe,
tirando do lindo cesto um pão inteiro e toda a carne
que conseguia segurar com as suas duas mãos:

345 "Dá estas coisas ao estrangeiro e diz-lhe que deverá
pedir esmola a todos os pretendentes, um a um.
A vergonha não é boa companheira do homem precisado."

Assim falou; e o porqueiro foi logo, assim que ouviu a ordem;
e chegando perto de Ulisses proferiu palavras aladas:
350 "A ti, ó estrangeiro, dá Telêmaco estas coisas; e ordena-te
que peças esmola a todos os pretendentes, um a um.
Diz que a vergonha não é boa companheira do homem
precisado."

Respondendo-lhe assim falou o astucioso Ulisses:
"Zeus soberano! Que Telêmaco seja feliz entre os homens,
355 e que tudo alcance que o seu coração deseja!"

Assim dizendo, recebeu a comida com ambas as mãos
e colocou-a aos seus pés, no alforge miserável.
Comeu enquanto o aedo cantava no palácio.
Mas depois de ter jantado, e depois de o aedo ter terminado
360 o seu canto, surgiu entre os pretendentes um grande alarido.
E Atena chegou perto de Ulisses, filho de Laertes,

416   HOMERO

e incitou-o a imiscuir-se entre os pretendentes para pedir
bocados de pão, pelo que veria quais eram justos e quais o
não eram.
Mas mesmo que o fossem, ela não salvaria nenhum da sua
desgraça.
365 Ulisses começou pelo lado direito a pedir pão a cada um,
estendendo a todos a mão, como se fosse havia muito
mendigo.
Eles compadeceram-se e deram-lhe qualquer coisa,
surpreendidos,
perguntando uns aos outros quem seria e de onde viria
aquele homem.

Para eles falou então Melântio, cabreiro de cabras.
370 "Escutai-me, ó pretendentes da excelsa rainha,
a respeito deste estrangeiro! Já antes o tinha visto.
Foi o porqueiro que aqui o trouxe, mas sobre o homem
nada sei, nem sei de onde diz ser originário."

Assim falou; e Antino repreendeu o porqueiro, dizendo:
375 "Ó porqueiro bem conhecido, por que trouxeste até a cidade
este homem? Não temos nós vagabundos que cheguem,
mendigos inoportunos, que nos estragam os festins?
Ou queixas-te de que há aqui homens a devorar o sustento
do teu soberano — para depois trazeres ainda mais este?"

380 Foi então, ó porqueiro Eumeu, que lhe deste esta resposta:
"Antino, apesar de seres nobre, não são belas as tuas
palavras.
Quem é que vai ele próprio chamar outro, um estrangeiro,
de outra terra, a não ser que se trate de um demiurgo:
um vidente, um médico, um carpinteiro de madeira,
385 ou um aedo divino, que com o seu canto nos deleita?
Estes homens são sempre convidados na terra ilimitada.
Agora um mendigo ninguém convidaria como despesa
para si próprio. Mas tu, de todos os pretendentes, és sempre

CANTO XVII

río

390 ríspido com os servos de Ulisses, sobretudo comigo.
Mas eu não me importo, enquanto no palácio viverem
a sensata Penélope e o divino Telêmaco."

A ele deu resposta o prudente Telêmaco:
"Fica calado. Não gastes palavras a responder àquele homem.
Antino tem esse mau costume, de provocar sempre conflitos
395 com as suas palavras displicentes, incitando outros a fazer
o mesmo."

Em seguida dirigiu a Antino palavras aladas:
"Antino, tão amável para comigo! Como pai para filho,
visto que me mandas escorraçar o estrangeiro do palácio
com palavras agressivas. Que o deus nunca permita tal coisa!
400 Tira tu qualquer coisa para lhe dares. Não regateio: ordeno-te.
E não te preocupes com a minha mãe, nem com nenhum
dos servos que estão no palácio do divino Ulisses.
Só que não é este o pensamento que tens no teu peito:
preferes comer como um alarve a dar de comer a quem não
tem."

405 Falando deu-lhe Antino a seguinte resposta:
"Telêmaco, excelso orador, inquebrantável em coragem,
que coisa foste dizer! Se todos os pretendentes lhe derem
o que lhe darei, durante três meses manter-se-á longe da casa!"

E enquanto falava agarrou no banco que estava debaixo da
mesa,
410 no qual costumava descansar os belos pés quando comia.
Porém todos os outros deram qualquer coisa, enchendo o
alforge
com pão e pedaços de carne. E Ulisses estava prestes a
dirigir-se
de novo à soleira, sem ter tido de pagar o que provara dos
Aqueus,
quando se postou junto de Antino, e assim lhe disse:

415 "Amigo, dá-me qualquer coisa. Pois aos meus olhos não
                                                    pareces
o mais vil dos Aqueus, mas o mais nobre: tens aspecto de rei.
Por isso, mais do que os outros, deves dar-me uma porção
melhor de comida; e eu celebrar-te-ei pela terra ilimitada.
Também eu vivi outrora entre os homens, em casa própria:
420 homem rico, em casa abastada. E muito dei eu a viandantes,
fossem eles quem fossem, cada um com a sua necessidade.
Servos também eu tinha em grande número e todas as coisas
em abundância, com que se vive bem e se é considerado rico.
Mas Zeus Crônida estilhaçou tudo — assim lhe aprouve;
425 ele que me deixou ir para o Egito com piratas muito
                                                    viajados,
um longo percurso, para que lá encontrasse a minha
                                                    desgraça.
Lá no rio egípcio fundeamos as naus recurvas.
Ali ordenei aos fiéis companheiros
que ficassem nas naus e que as naus guardassem;
430 aos espias mandei que subissem até as atalaias.
Mas os companheiros, cedendo à insolência e levados
pela sua força, devastaram os belos campos dos Egípcios,
levando as mulheres e as crianças ainda pequenas
e matando os homens. Depressa chegou a notícia à cidade.
435 Ao nascer do dia, acudindo aos gritos, vieram:
e toda a planície se encheu de infantaria, de cavalos
e do choque do bronze. Mas Zeus que arremessa o trovão
lançou contra os companheiros um pânico vil; e nenhum
                                                    foi capaz
de enfrentar o inimigo, pois de todos os lados nos cercava
                                                    a desgraça.
440 Em seguida muitos de nós eles mataram com o bronze
                                                    afiado;
e outros levaram vivos para a cidade, para trabalharem à
                                                    força.
A mim deram-me a um estrangeiro que com eles se
                                                    encontrou,

CANTO XVII 419

para me levar para Chipre: era Dmetor, filho de Iaso, rei
de Chipre.
É daí que agora venho, sofrendo muitas agruras."

445 Então respondeu-lhe Antino com estas palavras:
"Mas que deus te trouxe aqui como flagelo, para estragar
a festa?
Afasta-te para ali, para o meio da sala, para longe da
minha mesa.
Ou depressa irás parar a um Egito, a uma Chipre bem
amargos.
Na verdade és um mendigo atrevido e desavergonhado.
450 Chegas ao pé de cada um a pedir: e eles dão-te tudo
de mãos largas, pois não há constrangimento nem escrúpulo
quando se trata de oferecer o que é de outro,
quando à frente de cada um há comida em abundância."

Recuando um pouco lhe disse então o astucioso Ulisses:
"Ah, não condiz a tua inteligência com a tua beleza!
455 Do que é teu, nem um grão de sal darias a um suplicante,
tu que agora estás sentado à mesa de outrem e nem um pouco
de pão me quiseste dar, quando à tua frente tens tanta
comida."

Assim falou. E Antino encolerizou-se ainda mais no coração;
fitou-o com sobrolho carregado e disse palavras aladas:
460 "Agora é que não atravessarás em segurança a sala
para saíres, tu que te atreves a lançar injúrias!"

Assim dizendo agarrou no banco e atirou-o contra o ombro
direito de Ulisses, contra a omoplata. Mas Ulisses manteve-se
firme como uma rocha: não o fez vacilar o arremesso de
Antino.
465 Abanou a cabeça em silêncio; fundos e tenebrosos eram
os seus pensamentos. Voltou à soleira, onde se sentou e
pousou

420   HOMERO

o alforge bem fornecido; depois disse assim aos
                                              pretendentes:

"Ouvi-me agora, ó pretendentes da famigerada rainha!
Direi aquilo que o coração no peito me impele a dizer.
470 Não causa dor ao espírito nem é vergonha alguma
quando um homem é ferido em combate, pela defesa
da sua propriedade, quer se trate de bois ou de brancas
                                                   ovelhas.
Mas Antino bateu-me por causa da minha pobre barriga,
coisa terrível que aos homens traz muitas desgraças.
475 Mas se aos mendigos assistem deuses e Fúrias vingadoras,
que sobre Antino se abata o termo da morte, antes de
                                                   casar!"

A ele respondeu Antino, filho de Eupites:
"Come em silêncio, estrangeiro, aí sentado; ou vai-te embora.
Estes jovens ainda te arrastam através da casa, por causa
                                                   do que dizes,
480 pelos braços ou pelos pés, e depois esfolar-te-ão o corpo
                                                   todo."

Assim falou, mas muito indignados ficaram todos os outros.
Era deste modo que um dos mancebos orgulhosos lhe falava:

"Antino, fizeste mal em bater no infeliz viandante.
Insensato! E se ele é na verdade um dos deuses do céu?
485 Pois os deuses, assemelhando-se a estranhos de terras
estrangeiras, sob todas as formas, visitam as cidades
para verem a insolência e a justiça dos homens."

Assim falavam os pretendentes, mas Antino não ligou.
Porém Telêmaco sentia no coração uma dor enorme
490 porque bateram no pai, embora não permitisse
que nenhuma lágrima lhe caísse das pálpebras até o chão.
Abanou a cabeça em silêncio; fundos e tenebrosos eram

CANTO XVII 421

os seus pensamentos. E Penélope, quando ouviu que alguém
fora agredido na sala, disse no meio das suas servas:
"Que também Antino seja atingido por Apolo do arco
famoso."

495 E Eurínome, uma governanta, respondeu-lhe assim:
"Oxalá se cumprissem todas as nossas preces:
nem um deles chegaria a ver a Aurora de belo trono."

A ela deu resposta a sensata Penélope:
"Ama, todos eles são odiosos! E maus são os seus planos.
500 Mas, mais do que os outros, é Antino igual à escura morte.
Um pobre estrangeiro arrasta-se pela casa a pedir
esmolas, pois é a necessidade que a tal o obriga.
Todos lhe dão qualquer coisa para encher o alforge,
mas Antino atira-lhe um banco contra o ombro!"

505 Assim falou Penélope entre as suas servas, sentada
no tálamo; Enquanto isso jantava o divino Ulisses.
Penélope mandou chamar o divino porqueiro e disse:

"Vai, divino Eumeu, e diz ao estrangeiro que venha
até aqui, para que o cumprimente e lhe pergunte
510 se porventura sobre o sofredor Ulisses alguma coisa ouviu
dizer, ou se o viu com os olhos: parece ter viajado muito."

Foi então, ó porqueiro Eumeu, que lhe deste esta resposta:
"Quem me dera, ó rainha, que os Aqueus se calassem.
As coisas que ele diz! Enfeitiçará o teu querido coração.
515 Há três noites que ele está comigo; três dias passou comigo
no casebre, pois foi primeiro para junto de mim que chegou
quando fugiu da nau; mas não contou ainda as dores todas.
Ouvi-lo é olhar para um aedo, que para os mortais canta
palavras cheias de saudade, que os deuses lhe ensinaram,
520 e todos desejam ardentemente ouvi-lo, cada vez que canta —
assim o estrangeiro me enfeitiçou, sentado no meu casebre.

422   HOMERO

Diz que é há muito tempo amigo de família de Ulisses,
habitante de Creta, de onde é originária a raça de Minos.
De lá veio aqui ter, sofrendo muitas desgraças,
525   como algo que rola sempre em frente. Diz que ouviu notícias
de Ulisses: estará vivo, na terra fértil dos Tesprócios,
e para casa trará um grande tesouro."

A ele deu resposta a sensata Penélope:
"Vai chamá-lo para aqui, para que me fale cara a cara.
530   Quanto aos outros, que se sentem às portas ou dentro de casa
com os seus desportos, visto que estão de coração alegre.
Pois os haveres deles estão lá nas suas casas, incólumes,
pão e doce vinho: é isso que comem os servos deles.
Mas andam para trás e para a frente todos os dias
535   para aqui sacrificarem bois, ovelhas e gordas cabras.
Regozijando-se, bebem o vinho frisante sem moderação.
Dizimam assim toda esta riqueza, e não há aqui um homem,
como era Ulisses, para afastar a ruína desta casa.
Mas se Ulisses voltasse, tendo regressado à terra pátria,
540   depressa ele e o filho castigariam as insolências destes
                                                                                    homens."

Assim falou. Logo em seguida, Telêmaco deu um grande
                                                                                    espirro,
e toda a casa ecoou subitamente. Penélope riu-se
e rapidamente dirigiu a Eumeu palavras aladas:

"Vai agora e chama para aqui o estrangeiro.
545   Viste como o meu filho espirrou depois de tudo o que eu
                                                                                    disse?
Por isso não ficará por cumprir a morte dos pretendentes,
de todos: nem um escapará à morte e ao destino.
E outra coisa te direi; e tu guarda-a no coração:
se eu achar que o mendigo diz coisas verdadeiras,
550   dar-lhe-ei como roupa uma capa e uma túnica, belas vestes."

CANTO XVII   423

Assim falou; e o porqueiro afastou-se depois de ouvir as
                                                    palavras.
Postou-se junto de Ulisses e dirigiu-lhe palavras aladas:

"Pai estrangeiro, chama-te a sensata Penélope,
mãe de Telêmaco. O coração impele-a a informar-se
555 sobre o esposo, embora já muitas dores tenha sofrido.
Se ela achar que tu dizes coisas verdadeiras,
vestir-te-á com uma capa e uma túnica, roupas de que muito
precisas. O pão mendigá-lo-ás por toda a ilha,
para encheres a barriga: irá dar-te quem quiser."

560 Respondendo-lhe assim falou o sofredor e divino Ulisses:
"Eumeu, rapidamente direi coisas verdadeiras
à filha de Icário, à sensata Penélope.
Sei tudo sobre ele: o nosso sofrimento é comum.
Mas tenho medo deste bando de agressivos pretendentes,
565 cuja arrogância e violência bradam ao férreo céu.
Mesmo agora, quando passava pela casa, este homem
me bateu e me deu como presa à dor;
nem Telêmaco nem qualquer outro o impediu.
Por isso pede a Penélope, embora desejosa de me ouvir,
570 que permaneça no palácio até o pôr do sol:
que nessa altura ela me interrogue sobre o retorno do esposo,
dando-me um lugar junto à lareira. De fato são pobres as
                                                    minhas
roupas; mas tu já sabes. Foi primeiro a ti que dirigi súplicas."

Assim falou; e o porqueiro afastou-se depois de ouvir as
                                                    palavras.
575 Ao pisar a soleira da porta falou-lhe Penélope:

"Não o trazes, ó Eumeu? Qual é a intenção do viandante?
Será que tem medo excessivo de alguém, ou sente outro
constrangimento aqui em casa? Mendigo tímido é mau
                                                    mendigo."

Foi então, ó porqueiro Eumeu, que lhe deste esta resposta:
580 "Ele sabe medir as palavras, com isso qualquer um
concordaria;
é sua intenção evitar as desconsiderações de homens
insolentes.
Mas manda dizer para tu esperares pelo pôr do sol.
E a ti, ó rainha, fica muito melhor falares com o homem
sozinha, para que sejas só tu a ouvir as suas palavras."

585 A ele deu resposta a sensata Penélope:
"Não é irrefletido, o estrangeiro. Projeta bem como as coisas
se poderiam passar. Na verdade, não há homens mortais
mais capazes do que estes de praticar insolências na sua
loucura."

Assim falou Penélope. O porqueiro voltou para junto
590 dos pretendentes, depois de ter explicado tudo.
Rapidamente dirigiu a Telêmaco palavras aladas,
aproximando dele a cabeça, para que os outros não
ouvissem:

"Amigo, vou-me embora para tomar conta dos porcos e
de tudo
lá no recinto, teu e meu sustento. Toma tu conta das
coisas aqui.
595 Protege-te primeiro a ti próprio, e reflete bem no coração,
não vá sobrevir algum mal. Muitos destes Aqueus têm más
intenções; que Zeus os destrua antes que nos prejudiquem!"

A ele deu resposta o prudente Telêmaco:
"Assim será, paizinho. Vai depois de teres jantado.
600 Volta de manhã com belos animais para o sacrifício.
As coisas aqui serão preocupação minha e dos imortais."

Assim falou; e o porqueiro voltou a sentar-se no assento
polido.

CANTO XVII

Depois de satisfazer o coração com comida e bebida,
regressou aos seus porcos, deixando a sala e o palácio
605 cheio de convivas. Estes deleitavam-se com a dança
e o canto, pois chegara já o fim do dia.

Canto XVIII

Foi então que chegou um mendigo lá da terra, que na cidade
de Ítaca mendigava seu sustento. Era conhecido pelo
                                estômago
insaciável: comia e bebia sem cessar. Faltava-lhe força
e energia, mas de corpo parecia um homem possante.
5   Seu nome era Arneu, pois assim lhe chamara a excelsa mãe
desde o nascimento. Mas os rapazes de Ítaca chamavam-lhe
Iro, porque levava recados sempre que lhe era pedido.
Chegara com a intenção de expulsar Ulisses da sua
                                própria casa;
e injuriando-o proferiu palavras aladas:

10 "Põe-te a andar, ó velhote, daí da porta, antes que sejas
arrastado pelos pés. Não vês que todos me piscam o olho,
incitando-me a arrastar-te? Cá por mim tenho vergonha.
Vá, desaparece, senão a nossa contenda ainda acaba em
                                murros."

Fitando-o com sobrolho carregado, respondeu o astucioso
                                Ulisses:
15 "Sossega, criatura, que nada fiz nem disse que te
                              prejudicasse.
Nem levo a mal que alguém te dê esmola, mesmo que seja
                                muita.
Esta soleira tem espaço para ambos, pelo que não precisas

CANTO XVIII   427

de ter inveja do que outros recebem. Pareces-me ser um
                                                          mendigo
como eu: na verdade, são os deuses que concedem a
                                                          prosperidade.
20 Mas não insistas na luta com as mãos, pois posso zangar-me
e apesar de ancião tingirei o teu peito e os teus beiços de
                                                          sangue.
Claro que se tal acontecesse amanhã teria mais sossego,
pois não me parece que voltarias uma segunda vez
aqui ao palácio de Ulisses, filho de Laertes."

25 Encolerizado respondeu-lhe então Iro, o mendigo:
"Ah, como o porco imundo se põe com palavreado, qual
                                                          velhota
em torno do seu forno! Mas eu sei como tratar-lhe da saúde,
esmurrando-o com ambas as mãos: dos maxilares cair-lhe-ão
                                                          por terra
os dentes todos, como a um porco que se põe a comer as
                                                          colheitas.
30 Vá, apanha os teus trapos, para que todos vejam como
                                                          combatemos.
Mas como poderias tu lutar contra um homem mais novo?"

Deste modo, na soleira polida, debaixo das altas portas,
se injuriavam com grande força e empenho.
Apercebeu-se deles a força sagrada de Antino,
35 que se riu aprazivelmente e assim disse aos pretendentes:

"Amigos, nunca aconteceu coisa semelhante —
que um deus trouxesse para esta casa tal divertimento!
O estrangeiro e Iro desafiam-se um ao outro
para desatarem à pancada: vamos lá espicaçá-los."

40 Assim falou; e todos se levantaram, rindo às gargalhadas.
Reuniram-se em torno dos dois mendigos esfarrapados.
E entre eles falou Antino, filho de Eupites:

428　　　　　　　　　HOMERO

"Ouvi, orgulhosos pretendentes, o que tenho para vos dizer:
temos aqui ao lume tripas de cabra para a ceia,
45　que recheamos com sangue e gordura.
Àquele dos dois que vencer e mostrar ser o melhor,
daremos a escolher as tripas que preferir. E doravante
será ele a jantar sempre conosco, nem permitiremos
que outro mendigo a nós se junte para mendigar."

50　Assim falou Antino; e as suas palavras agradaram aos outros.
Falou-lhes então com intuito manhoso o astucioso Ulisses:

"Meus amigos, não há maneira de um homem mais velho,
e combalido, lutar contra um mais novo. Só que a minha
　　　　　　　　　　　　　　　　　　　　barriga
malfazeja incita-me a lutar, para que seja vencido por ele.
55　Mas agora devereis jurar todos um ingente juramento:
que nenhum de vós tenha a presunção de favorecer Iro,
golpeando-me com mão pesada, para que ele me vença à
　　　　　　　　　　　　　　　　　　　　força."

Assim disse: e todos juraram como ele pedira.
E depois que juraram e puseram termo ao juramento,
60　falou entre eles a força sagrada de Telêmaco:

"Estrangeiro, se o teu coração e o teu espírito te impelem
a afastar este mendigo, não receies nenhum dos Aqueus
aqui presentes, pois quem te bater terá de lutar com um
　　　　　　　　　　　　　　　　　　　　mais forte.
Sou eu o teu anfitrião, e com isto estão de acordo os príncipes
65　Antino e Eurímaco, ambos homens prudentes."

Assim falou; e todos louvaram as suas palavras.
Ulisses apanhou os farrapos para cingir os membros genitais,
mostrando as coxas belas e musculosas; apareceram os largos
ombros, os peitorais e os braços imponentes. Aproximou-se
70　Atena, que aumentou os músculos do soberano do povo.

CANTO XVIII 429

Todos os pretendentes ficaram espantados a olhar;
e assim falava um, olhando para o seu vizinho:

"Não tarda que Iro tenha de mudar o nome para Desaire,
tais são as coxas que o velho mostrou ao tirar os farrapos."

75 Assim falavam; mas a coragem de Iro estava muito abalada.
Mesmo assim os servidores apanharam-lhe a roupa à força
e levaram-no, aterrorizado. As carnes tremiam-lhe nos
membros.
A ele falou Antino, tratando-o pelo nome:

"Agora, ó fanfarrão, teria sido melhor que nunca tivesses
existido,
80 se tremes perante este homem e tens medo dele a esse ponto.
Um homem já velho, acabrunhado por tantos sofrimentos!
Mas uma coisa te direi — coisa que se irá cumprir:
se este te vencer e mostrar ser dos dois o melhor,
mandar-te-ei para o continente, empurrando-te para uma
escura nau,
85 para junto do rei Équeto, mutilador de todos os homens.
Ele cortar-te-á o nariz e as orelhas com o bronze impiedoso
e arrancar-te-á os testículos para os dar a comer, crus, aos
cães."

Assim falou; e os membros de Iro tremeram ainda mais.
Levaram-nos para o meio; ambos ergueram as mãos.
90 Então refletiu o sofredor e divino Ulisses
se haveria de lhe bater de modo a que a vida o deixasse ao
cair,
ou se haveria de lhe dar um murro leve que apenas o
estatelasse
no chão; enquanto pensava, foi isto que lhe pareceu melhor:
bater-lhe de leve, para que os Aqueus não reparassem nele.
95 Ao levantarem as mãos, Iro bateu-lhe no ombro direito,
mas Ulisses atingiu-o no pescoço, debaixo da orelha,

e estilhaçou-lhe os ossos: da boca de Iro correu logo o rubro
sangue. Caiu no chão com um mugido e rangeu os dentes,
esperneando com os pés contra a terra. Mas os pretendentes
100 orgulhosos, levantando as mãos, morriam de rir. Então
Ulisses
agarrou nele pelos pés e arrastou-o pela porta através do
pátio,
até chegar aos portões. Aí o sentou, reclinado contra
o muro do pátio. Pôs-lhe o bastão nas mãos
e falando dirigiu-lhe palavras aladas:

105 "Senta-te aí agora como espantalho para porcos e cães.
E para de te armares em senhor junto de estranhos e mendigos,
pois és um desgraçado: cuida mas é de não arranjares
desgraça maior."

Assim falou; e sobre os ombros lançou o miserável alforge,
cheio de buracos, dependurado de uma corda torcida.
110 Voltou então à soleira e sentou-se. Os pretendentes entraram
a rir aprazivelmente, brindando-o com estas palavras:

"Ó estrangeiro, que Zeus e os outros deuses imortais
te deem aquilo que mais queres e mais desejas no coração!
Tu que puseste termo à mendicância daquele insaciável
115 cá na ilha: pois em breve o mandaremos para o continente,
para o rei Équeto, mutilador de todos os homens."

Assim falaram; e Ulisses regozijou-se com o bom agouro.
Antino colocou à sua frente uma grande dose de tripas,
recheadas de sangue e gordura; e Anfínomo tirou
120 do cesto dois pães e ofereceu-os a Ulisses.
Brindando-o com a taça dourada, assim disse:

"Sê feliz, ó pai estrangeiro! Que no futuro possas encontrar
a ventura, pois agora tens na verdade sofrimentos em
demasia."

CANTO XVIII   431

Respondendo-lhe assim falou o sofredor e divino Ulisses:
125 "Anfínomo, parece-me que és um homem prudente.
Assim já era também teu pai: da sua nobre fama ouvi falar.
Era Niso de Dulíquio, um homem valente e abastado.
Diz-se que por ele foste gerado. A mim pareces ser de
                                                   trato gentil.
Por isso dir-te-ei uma coisa: presta bem atenção e ouve.
130 A Terra não alimenta nada de mais frágil que o homem,
de tudo quanto na terra respira e rasteja.
O homem não pensa vir a sofrer o mal no futuro,
enquanto os deuses lhe concedem valor e joelhos resistentes.
Mas quando os deuses bem-aventurados lhe dão sofrimentos,
135 também isto ele aguenta com tristeza e coração paciente.
Pois o estado de espírito dos homens que habitam a terra
                                                       depende
do dia que lhes é trazido pelo pai dos homens e dos deuses.
Outrora também eu estava para ser ditoso entre os homens;
mas cometi más ações, cedendo à violência e à força,
140 confiado no meu pai e nos meus irmãos.
Por isso, que nenhum homem seja alguma vez injusto!
Que resguarde em silêncio o que os deuses lhe concederem.
Que depravações vejo os pretendentes a querer praticar!
Esbanjam a riqueza de outro homem e desrespeitam-lhe
145 a mulher. Pois digo que esse homem não estará longe
da pátria e dos familiares. Está muito perto. Mas que um
                                                         deus
te leve daqui para tua casa, para que não o encontres
quando esse homem regressar à sua terra pátria amada.
Pois não julgo que seja sem sangue que ele e os pretendentes
150 se despedirão, quando ele estiver debaixo do seu teto."

Assim falou. Vertendo uma libação, bebeu o vinho doce
e logo devolveu a taça às mãos do comandante do povo.
Mas Anfínomo atravessou a casa com tristeza no coração,
cabisbaixo: pois sentia um mau agouro no seu espírito.
155 Mas mesmo assim não fugiu ao destino. Também a ele

Atena atou os pés, para ser chacinado pela lança de
Telêmaco.
E Anfínomo voltou a sentar-se, na cadeira de que se
levantara.

Foi então que Atena, a deusa de olhos esverdeados,
no espírito da filha de Icário, a sensata Penélope,
160 colocou a ideia de se mostrar aos pretendentes, para lhes pôr
o coração a esvoaçar de desejo e assim granjear honra maior,
do que até aqui conseguira, da parte do esposo e do filho.
Rindo-se sem razão aparente, assim disse Penélope à
governanta:

"Eurínome, ainda que nunca antes o tenha sentido, deseja
agora
165 meu coração que me mostre aos pretendentes, odiosos
embora sejam.
E a meu filho quereria dizer uma palavra que lhe fosse
proveitosa:
que não se imiscua constantemente entre os arrogantes
pretendentes,
que se dirigem a ele com cortesia, mas depois lhe querem
mal."

A ela deu resposta Eurínome, a governanta:
170 "Tudo o que disseste, minha filha, foi na medida certa.
Vai lá falar com o teu filho sem nada ocultares,
depois de teres lavado o corpo e posto unguento na cara.
Pois não fica bem ires assim como estás, com a cara
marcada de lágrimas; não serve de nada chorares sem parar.
175 O teu filho já chegou à idade que sempre rezaste aos deuses
que ele atingisse: a idade em que começa a crescer a barba."

A ela deu resposta a sensata Penélope:
"Eurínome, não tentes convencer-me, por muito que
me ames, a lavar o corpo e a esfregar-me com unguento.

CANTO XVIII   433

180 A minha beleza, essa, os deuses que o Olimpo detêm
     a destruíram, desde o dia em que ele partiu nas côncavas
                                                          naus.
     Mas diz a Antônoe e a Hipodâmia que venham aqui ter,
     para que junto de mim se posicionem na sala de banquetes:
     não me mostrarei sozinha aos homens; tenho vergonha."

185 Assim falou; e a anciã atravessou a casa para ir dizer
     às mulheres que viessem ter com a rainha.

     Foi então que ocorreu outra coisa a Atena, a deusa de
                                              olhos esverdeados.
     Derramou o doce sono sobre a filha de Icário, que dormiu
     recostada, com todos os seus membros descontraídos,
190 em cima da cama. Enquanto isso lhe outorgava a deusa
                                                          divina
     dons imortais, para que com ela os Aqueus se maravilhassem.
     Primeiro limpou-lhe o rosto com a Beleza — com a Beleza
     ambrosial, que a própria Citereia usa como unguento,
     quando se junta à dança deslumbrante das Graças.
195 E fê-la mais alta e de porte mais avantajado;
     fê-la mais branca que o recém cortado marfim.
     Após ter feito tudo isto, partiu a divina entre as deusas.
     E da sala vieram as duas servas de alvos braços;
     aproximaram-se, cochichando. Então se evolou o doce sono.
200 Penélope esfregou as faces com as mãos e disse:

     "Ah, na minha tristeza um sono brando se apoderou de mim!
     Prouvera que neste momento a sacra Artêmis me desse
     uma morte suave, para que não mais eu gastasse a vida
     com tristeza no coração, cheia de saudade da excelência
205 do esposo amado, que era o melhor de todos os Aqueus."

     Assim dizendo, saiu do alto aposento cheio de luz,
     não sozinha, pois duas servas com ela seguiam.
     Quando se aproximou dos pretendentes a mulher divina,

434 HOMERO

ficou junto à coluna do teto bem construído,
210 segurando à frente do rosto um véu brilhante.
De cada lado se colocara uma criada fiel.
Então se enfraqueceram os joelhos dos pretendentes;
o desejo enfeitiçou todos eles; e todos no coração
pediam aos deuses que pudessem dormir com Penélope.
Mas ela falou a Telêmaco, seu filho amado:

215 "Telêmaco, as tuas ideias e o teu juízo não são o que eram.
Quando eras ainda uma criança, eras bastante mais atinado.
Mas agora que cresceste e chegaste ao limite da juventude,
e poderias ser apelidado de filho de homem rico,
por seres alto e bonito, por alguém que viesse de longe —
220 agora as tuas ideias e o teu juízo não são o que eram!
Que coisa aconteceu aqui nesta sala!
Deixaste que um estrangeiro fosse agredido!
Como seria se a esse estrangeiro, sentado aqui em casa,
acontecesse algum mal ao ser agressivamente arrastado?
225 Sobre ti, entre os homens, é que cairia a vergonha!"

Tal resposta deu à mãe o prudente Telêmaco:
"Minha mãe, não te censuro o fato de estares zangada.
Mas eu reflito no meu espírito e estou ciente de tudo,
tanto das coisas más como das boas. Antes eu não passava
230 de uma criança. Mas não posso planejar tudo com sensatez:
estes homens aqui sentados me atrapalham, pois cada um
tem as suas intenções maldosas, e não há ninguém que me
ajude.
Mas digo-te que o arrufo entre Iro e o estrangeiro não acabou
como teriam querido os pretendentes: o estrangeiro foi
mais forte.
235 Quem me dera — ó Zeus pai!, ó Atena!, ó Apolo! —
que os pretendentes aqui no nosso palácio mostrassem
submissão com as cabeças de banda, uns no adro,
outros dentro de casa, e que se enfraquecessem os membros
de cada um, como Iro está ali sentado junto aos portões,

CANTO XVIII   435

240 de cabeça pendente, como um homem embriagado;
     nem consegue se levantar, nem voltar para casa, ou para
     onde quiser, porque se esvaiu a força dos seus membros."

     Eram estas as palavras que diziam entre si.
     Mas Eurímaco falou assim a Penélope:

245 "Filha de Icário, sensata Penélope!
     Se todos os Aqueus da jônica Argos te vissem,
     terias amanhã ainda mais pretendentes a banquetearem-se
     no vosso palácio, pois superas todas as mulheres
     em beleza, estatura e excelente entendimento."

250 A ele deu resposta a sensata Penélope:
     "Eurímaco, toda a minha excelência de beleza e de corpo
     destruíram os imortais, quando para Ílio embarcaram
     os Argivos, e com eles o meu esposo, Ulisses.
     Se ele regressasse para tomar conta da minha vida,
255 maior e mais bela seria a minha fama. Mas agora sofro,
     tais são os males que me deram os deuses.
     Na verdade, quando ele deixou a amada terra pátria,
     na mão me pegou pelo pulso e estas palavras me disse:

     'Mulher, não penso que nós Aqueus de belas joelheiras
260 regressemos de Troia todos ilesos às nossas casas.
     Pois diz-se que os Troianos são homens aguerridos:
     lanceiros, peritos no arco e na flecha, e condutores
     de cavalos velozes, que rapidamente dirimam
     a grande contenda de uma guerra, na qual
     se peleja em igualdade de circunstâncias.
265 Por isso não sei se o deus me fará regressar,
     ou se morrerei em Troia. Presta atenção a estas coisas:
     trata bem do meu pai e da minha mãe aqui no palácio,
     como agora, mas mais ainda depois de eu partir.
     E quando vires que o meu filho tiver a barba a despontar,
270 desposa quem tu quiseres. Então deixa a tua casa.'

436 HOMERO

Assim me falou Ulisses. E agora tudo se cumpre.
Virá a noite em que serei confrontada com bodas odiosas,
desgraçada de mim!, a quem Zeus tirou a felicidade.
Mas esta dor amarga se apoderou do meu coração:
275 pois antes não era assim o hábito dos pretendentes.
Aqueles que queriam desposar a filha de um homem rico
rivalizavam entre si, oferecendo bois e robustas ovelhas:
davam um banquete aos amigos da jovem cortejada
e a ela ofereciam eles os mais valiosos presentes.
280 Não devoravam sem desagravo o sustento de outrem."

Assim falou; e regozijou-se o coração do sofredor e divino
Ulisses,
porque ela tirava presentes dos pretendentes, encantando-lhes
o coração com doces palavras — embora com outra intenção.

A ela deu resposta Antino, filho de Eupites:
285 "Filha de Icário, sensata Penélope!
Os presentes que qualquer dos Aqueus aqui queira trazer
deverás aceitar: nunca fica bem recusar uma oferta.
Mas nós não iremos para as nossas terras ou qualquer
outro lugar
até que tu cases com aquele que for o melhor entre os
Aqueus."

290 Assim falou Antino; e as palavras agradaram aos outros.
Cada um mandou um escudeiro ir buscar os seus presentes.
Para Antino trouxe o escudeiro uma lindíssima veste,
bem bordada, apetrechada com doze pregadeiras, todas
feitas de ouro, e com colchetes de bela curvatura.
295 Para Eurímaco foi trazido um colar muito trabalhado,
de ouro, com peças de âmbar que reluziam como o sol.
Para Euridamante trouxeram os servos um par de brincos,
de que pendiam, à semelhança de amoras, três contas
graciosas.
Da casa de Pisandro, filho de Polictor, trouxe o escudeiro

CANTO XVIII   437

300 uma gargantilha, adereço da mais esplendorosa beleza.
Assim os Aqueus trouxeram belos presentes, um após o
                                                    outro.
Para o seu alto aposento foi a mais divina entre as mulheres;
e as servas levaram para cima os maravilhosos presentes.

Voltaram-se então os pretendentes para o prazer da dança
305 e do canto aprazível; e assim ficaram até o fim da tarde.
Ainda se deleitavam quando sobreveio a escuridão
                                                    crepuscular.
Então colocaram três braseiros na sala de banquetes,
para dar iluminação; em volta puseram lenha seca,
boa para queimar, havia pouco rachada pelo bronze.
310 No meio puseram tochas; e uma de cada vez fizeram
lume as servas do paciente Ulisses. Porém às servas
disse então o próprio astucioso Ulisses, criado por Zeus:

"Servas de Ulisses, vosso amo há muito ausente!
Ide para os aposentos onde está a venerável rainha.
315 Fiai lá com ela, fazendo girar o fuso, e tentai animá-la,
sentadas na sala dela; ou então cardai lã com as mãos.
Cá por mim tratarei de dar iluminação a estes homens.
Mesmo que eles queiram esperar pela Aurora de belo trono,
não me vencerão: pois sou aquele homem que tudo aguenta."

320 Assim falou, mas as servas riram-se olhando umas para as
                                                    outras.
Desabridamente o repreendeu Melântia de belo rosto,
a filha de Dólio; criara-a Penélope, dando-lhe carinho
como se fosse sua filha, e oferecendo-lhe brinquedos.
Apesar disso, no espírito não se compadecia de Penélope,
325 mas amava Eurímaco e com ele costumava dormir em amor.
Ralhou com Ulisses, dirigindo-lhe palavras de censura:

"Estrangeiro desgraçado, estás completamente fora do teu
                                                    juízo!

438   HOMERO

Não queres ir dormir para a forja de algum ferreiro,
nem para outro abrigo — mas pões-te aqui com palavreado,
330 falando com descaramento à frente de tantos homens,
sem medo no coração! Deves estar bêbedo! Ou será que
és sempre assim — e por isso dizes essas palermices?
Enlouqueceste por teres derrotado Iro, aquele vagabundo?
Vê lá se não aparece aí outro mais forte que Iro,
335 que com mãos mais rijas te esmurre essa cabeça toda
e te escorrace da casa bem salpicado com sangue!"

Fitando-a com a expressão carregada, respondeu o
                                        astucioso Ulisses:
"Cala-te, ó cadela. Vou já contar a Telêmaco o que disseste.
Quando ele aqui chegar vai te cortar toda em pedacinhos."

340 Assim falou; as palavras puseram as mulheres em debandada.
Atravessaram a casa e deslassaram-se os membros de cada
                                                    uma,
devido ao medo: pois pensavam que ele falava a verdade.
Ele postou-se junto dos braseiros ardentes, tratando da luz
enquanto olhava para todos; outras coisas se revolviam
345 no seu coração, coisas que não ficariam sem cumprimento.

Porém Atena não permitiu de modo algum que os arrogantes
pretendentes se abstivessem de comportamentos ultrajantes,
para que a dor penetrasse ainda mais fundo no coração de
                                                    Ulisses.
Entre eles começou a falar Eurímaco, filho de Polibo,
350 fazendo troça de Ulisses para divertir os companheiros:

"Ouvi-me, ó pretendentes da prestigiosa rainha,
para que eu diga o que o coração me move a dizer.
Não foi à revelia dos deuses que este homem veio ter
à casa de Ulisses: parece que vem dele mesmo a luz das
                                                    tochas.
355 Da careca, é claro, pois ele não tem cabelo!"

CANTO XVIII   439

Depois Eurímaco dirigiu-se a Ulisses, saqueador de cidades:
"Estrangeiro, quererias ser meu empregado, se eu te
                                                    contratasse
para a minha propriedade longínqua (tens jeira assegurada),
para apanhares as pedras dos muros e plantares as altas
                                                    árvores?
360 Dar-te-ia de comer o ano inteiro, e roupa para vestires,
assim como sandálias para tu calçares nos pés.
Mas como só aprendeste a ser malandro, não quererás
cansar-te com trabalho; preferes andar a pedir pela terra,
para que assim possas alimentar essa barriga insaciável."

365 Respondendo-lhe assim falou o astucioso Ulisses:
"Eurímaco, quem me dera que tu e eu pudéssemos competir
na primavera, quando chegam os dias compridos, num
                                                    descampado
cheio de erva; eu teria na mão uma foice recurva, e tu
                                                    outra igual;
e que houvesse muita erva, para nos pormos à prova,
370 em jejum até chegar a escuridão da noite.
Ou então que houvesse bois para conduzir, os melhores;
fulvos e grandes, ambos bem alimentados de erva,
da mesma idade, com igual força que ainda não esmorecera;
e que houvesse um campo de quatro hectares, com solo fértil:
375 então verias se eu sou ou não capaz de arar direito!
Ou então que hoje o Crônida atirasse contra nós uma guerra,
e eu tivesse um escudo e duas lanças e um capacete
todo feito de bronze, bem ajustado às minhas têmporas:
então me verias a pelejar na linha da frente, e não te porias
380 com discursos para me humilhares por causa da minha
                                                    barriga.
Mas és um homem violento, de disposição cruel.
Porventura julgas-te alguém de muito importante,
porque convives com meia dúzia de homens sem grande
                                                    valor.
Mas se Ulisses regressasse à sua terra pátria, rapidamente

385 estas portas, apesar de tão amplas, revelar-se-iam demasiado
estreitas, quando para fora delas te lançasses em fuga."

Assim falou; e muito se enfureceu Eurímaco no coração.
　　　　　　　　　　　　　　　　　　　　Fitou Ulisses
com a expressão carregada e dirigiu-lhe palavras aladas:

"Miserável! Levas um castigo, não tarda: põe-te aqui
　　　　　　　　　　　　　　　　　　　　com palavreado,
390 falando com descaramento à frente de tantos homens,
sem medo no coração! Deves estar bêbedo! Ou será que
és sempre assim — e por isso dizes essas palermices?
Enlouqueceste por teres derrotado Iro, aquele vagabundo?"

Assim dizendo, agarrou num banco. Mas Ulisses sentou-se
395 junto aos joelhos de Anfínomo de Dulíquio, com receio
de Eurímaco, que acabou por acertar no serviçal,
no braço direito. O jarro caiu no chão com grande estrondo;
o serviçal gritou de dor e caiu por terra, de costas.
Levantou-se um alarido entre os pretendentes na sala
400 cheia de sombras; e assim diziam uns para os outros:

"Prouvera que o estrangeiro tivesse morrido nas suas
　　　　　　　　　　　　　　　　　　　　errâncias,
antes de aqui chegar. Assim nunca teria trazido esta
　　　　　　　　　　　　　　　　　　　　confusão.
Mas agora ocupamo-nos com rixas por causa de mendigos:
não há prazer no festim, pois prevalece o que há de pior."

405 Entre eles falou então a força sagrada de Telêmaco:
"Tresvariados! Estais loucos e já não sois capazes de
　　　　　　　　　　　　　　　　　　　　esconder
o que comestes e bebestes! Decerto é um deus que vos
　　　　　　　　　　　　　　　　　　　　espicaça.
Mas agora que já vos banqueteastes, ide para vossas casas
　　　　　　　　　　　　　　　　　　　　para

CANTO XVIII   441

repousardes — quando quiserdes, pois não ponho
                  ninguém fora."

410 Assim falou; e todos os outros morderam os beiços,
e olharam admirados para Telêmaco, pela audácia com
                  que falara.
Falou-lhes então, tomando a palavra, Anfínomo,
o glorioso filho de Niso, filho do soberano Arécias:

"Amigos, em resposta ao que é dito com justiça não há
                  homem
415 que se deva irar, para logo retorquir com termos injuriosos.
Não agridais mais o estrangeiro, nem nenhum dos servos
que se encontram no palácio do divino Ulisses.
Que o serviçal verta vinho nas taças, para que ofereçamos
libações. Depois vá cada um para sua casa repousar.
420 Quanto ao estrangeiro: deixemo-lo aqui na casa de Ulisses.
Será Telêmaco a tomar conta dele: foi para a casa dele que
                  veio."

Assim falou; e a todos agradaram as suas palavras.
Foi Múlio, o arauto de Dulíquio, que para eles
misturou o vinho: era escudeiro de Anfínomo.
425 Serviu o vinho a todos; e aos deuses bem-aventurados
ofereceram libações; beberam depois o vinho doce como mel.
E depois de terem feito libações e bebido tanto quanto
lhes pedia o coração, foi cada um para sua casa descansar.

Canto XIX

Porém na sala de banquetes ficou ainda o divino Ulisses,
para planejar com a ajuda de Atena a morte dos pretendentes.
De imediato disse a Telêmaco palavras aladas:

"Telêmaco, é preciso guardar as armas de guerra lá dentro,
5   todas elas; e aos pretendentes deverás falar com palavras
inocentes, quando derem pela falta das armas. Diz-lhes:

'Tirei-as para longe da fumaça, pois já não se assemelham
às armas que Ulisses deixou quando partiu para Troia,
mas estão todas sujas, uma vez que o hálito do fogo lhes
                    chegou.
Além de que há outra coisa de maior peso, que no espírito
10   me colocou um deus: o receio de que, alterados pelo vinho,
surja entre vós um conflito e que vos possais ferir,
cobrindo assim de vergonha o festim e a corte
que fazeis a minha mãe: é que o ferro atrai o homem.'"

Assim falou; e Telêmaco obedeceu ao pai amado.
15   Chamando a ama Euricleia, assim lhe disse:

"Ama, faz como eu digo e fecha as mulheres nos seus
                    quartos,
enquanto eu guardo na câmara de tesouros as belas armas
de meu pai, que para aqui estão, manchadas pela fumaça,

CANTO XIX 443

desde que partiu meu pai. Nessa altura eu era uma criança.
20 Mas agora quero guardá-las onde lhes não chegue o hálito
do fogo."

Respondendo-lhe assim falou a querida ama Euricleia:
"Quem me dera, ó filho, que sempre te viesse à ideia
cuidar da casa e olhar por todos os tesouros.
Mas quem irá buscar e aqui trazer-te uma tocha, se não
deixas
25 que as servas, que poderiam trazer luz, caminhem à tua
frente?"
A ela deu resposta o prudente Telêmaco:
"Este estrangeiro. Não admito que fique sem trabalhar
quem recebe a minha comida, por muito que tenha
vagueado."

Assim falou. Mas as palavras dela não chegaram a bater asas.
30 Fechou à chave as portas da bem construída sala de
banquetes.
Então se levantaram os dois, Ulisses e o filho glorioso,
e levaram para dentro os capacetes, os escudos cravejados
e as lanças pontiagudas. À frente deles, Palas Atena segurava
uma lamparina dourada, espalhando maravilhosa
luminescência.

35 Imediatamente se dirigiu Telêmaco a seu pai:
"Pai, é um grande prodígio o que veem meus olhos.
As paredes da sala de banquetes e o belo espaço do teto;
as traves de pinheiro e as sublimes colunas lá muito em cima
parecem aos meus olhos iluminadas por fogo ardente!
40 Está presente um dos deuses, que o vasto céu detêm."

Respondendo-lhe assim falou o astucioso Ulisses:
"Não digas nada. Não penses agora. Não faças perguntas.
Assim atuam os deuses, que o Olimpo detêm.
Vai agora descansar; eu ficarei por aqui. Tenho ainda

444   HOMERO

45 de provocar as servas e a tua mãe, para que rompendo
em lágrimas ela me coloque todas as perguntas."

Assim falou; e Telêmaco atravessou a sala de banquetes
debaixo das tochas ardentes em direção ao quarto,
onde costumava dormir, quando sobrevinha o sono suave.
50 Aí se deitou agora e ficou à espera da Aurora divina.
Porém na sala de banquetes ficou ainda o divino Ulisses,
para planejar com a ajuda de Atena a morte dos pretendentes.

Foi então que do seu tálamo saiu a sensata Penélope,
semelhante a Artêmis ou à dourada Afrodite.
55 Puseram-lhe uma cadeira para ela se sentar junto à lareira,
onde costumava sentar-se; uma cadeira com espirais de prata
e marfim, que outrora fabricara o artífice Icmálio,
pondo por baixo um banco para os pés, que fazia
parte da cadeira; e sobre o assento fora atirado
um grande velo de lã. Aí se sentou a sensata Penélope.
60 Dos seus aposentos vieram então as servas de alvos braços,
que levantaram a comida abundante, as taças e as mesas,
onde tinham comido e bebido os homens arrogantes.
Atiraram as brasas dos braseiros para o chão, e apinharam
sobre eles mais lenha abundante, para dar luz e calor.

65 Mas Melântia voltou novamente a repreender Ulisses:
"Estrangeiro, ainda aqui estás para nos aborreceres
de noite, cirandando pela casa para espiares as mulheres?
Põe-te a andar, miserável! O jantar já te chega.
Ou preferes sair depois de apanhares com a tocha?"

70 Fitando-a com a expressão carregada, respondeu o astucioso
                                                              Ulisses:
"Por que me agrides assim, ó criatura, com tanta violência?
É porque estou todo sujo, e vestido de horríveis farrapos,
e mendigo aqui na terra? É a necessidade que me obriga.
Homens assim são os mendigos e os vagabundos.

CANTO XIX   445

75 Também eu vivi outrora entre os homens, em casa própria:
    homem rico, em casa abastada. E muito dei eu a viandantes,
    fossem eles quem fossem, cada um com a sua necessidade.
    Servos também eu tinha em grande número e todas as coisas
    em abundância, com que se vive bem e se é considerado rico.
80 Mas Zeus Crônida estilhaçou tudo — assim lhe aprouve.
    Por isso, ó mulher, que tu nunca percas toda essa beleza
    excepcional, graças à qual te destacas das outras servas,
    não vá a tua senhora sentir nojo de ti e se encolerizar,
    ou Ulisses aqui chegar: pois ainda há essa esperança.
85 Mas mesmo que tenha morrido e já não volte mais,
    existe um filho, que por vontade de Apolo é como ele:
    Telêmaco. A ele não passam despercebidas neste palácio
    as mulheres abusadoras. Já não é uma criança."

    Assim falou; e ouviu-o a sensata Penélope,
90 que repreendeu a serva, tratando-a pelo nome:

    "Não passas despercebida, ó cadela atrevida e
                                   desavergonhada!
    Meteste-te numa grande confusão, que pagarás com a tua
                                   cabeça.
    Sabes perfeitamente — pois tu própria ouviste-me dizê-lo —
    que eu queria interrogar o estrangeiro sobre o meu marido
95 no meu palácio; pois sinto-me fortemente abalada."

    Falou depois à governanta Eurínome, assim dizendo:
    "Eurínome, traz para aqui uma cadeira e sobre ela põe um
                                   velo,
    para que o estrangeiro, sentando-se, me conte a sua história
    e me ouça a mim: pois quero interrogá-lo sobre tudo."

100 Assim falou; e Eurínome trouxe e colocou depressa
    uma cadeira bem polida, e sobre ela lançou um velo.
    Na cadeira se sentou então o sofredor e divino Ulisses.
    Entre eles quem começou a falar foi a sensata Penélope:

"Estrangeiro, esta pergunta te coloco eu em primeiro lugar.
105 Quem és e de onde vens? Qual é a tua cidade? Quem são
teus pais?"

Respondendo-lhe assim falou o astucioso Ulisses:
"Senhora, não há homem mortal em toda a terra ilimitada
que te pudesse censurar. A tua fama chegou já ao vasto céu,
à semelhança do rei irrepreensível que, temente aos deuses,
110 reina sobre muitos homens valentes e promulga decisões
que são justas: a terra escura dá trigo e cevada, as árvores
ficam carregadas de fruta e os rebanhos estão sempre
a parir crias; o mar proporciona muitos peixes em
consequência
do bom governo. Sob a sua alçada o povo prospera.
115 Por isso interroga-me tu, aqui no teu palácio, sobre tudo —
menos sobre a minha origem e terra pátria, para não encheres
o meu coração com ainda mais tristezas ao recordar-me
delas.
Pois sou alguém que muito sofreu. Mas não há necessidade
de eu me sentar a chorar e lamentar na casa de outrem,
120 visto que é mau estarmos sempre a chorar sem parar —
não vá alguma das tuas servas censurar-me, ou tu própria,
dizendo que estou alagado em lágrimas por causa do vinho."

Então lhe deu esta resposta a sensata Penélope:
"Estrangeiro, toda a minha excelência de beleza e de corpo
125 destruíram os imortais, quando para Ílio embarcaram
os Argivos, e com eles o meu esposo, Ulisses.
Se ele regressasse para tomar conta da minha vida,
maior e mais bela seria a minha fama. Mas agora sofro,
tais são os males que me deram os deuses.
130 Pois todos os príncipes que regem as ilhas,
Dulíquio, Same e a frondosa Zacinto,
e todos os que habitam a ínsula Ítaca,
todos esses me fazem a corte e me devastam a casa.
Por isso não ligo a estrangeiros ou suplicantes

CANTO XIX   447

¹³⁵ ou arautos: todos esses que são demiurgos.
Pela saudade de Ulisses se me derrete o coração.
Os pretendentes insistem nas bodas, mas eu ato um fio
de mentiras. Primeiro um deus me pôs no espírito a ideia
da veste; e coloquei nos aposentos um grande tear para tecer,
¹⁴⁰ amplo mas de teia fina, e assim declarei aos pretendentes:

'Jovens pretendentes! Visto que morreu o divino Ulisses,
tende paciência (embora me cobiceis como esposa) até
                                                       terminar
esta veste — pois não quereria ter fiado a lã em vão —,
uma mortalha para o herói Laertes, para quando o atinja
¹⁴⁵ o destino deletério da morte irreversível,
para que entre o povo nenhuma mulher me lance a censura
de que jaz sem mortalha quem tantos haveres granjeou.'

Assim falei e os seus orgulhosos corações consentiram.
Daí por diante trabalhava de dia ao grande tear,
¹⁵⁰ mas desfazia a trama de noite à luz das tochas.
Deste modo durante três anos enganei os Aqueus.
Mas quando sobreveio o quarto ano, volvidas as estações,
gastaram-se os meses e os dias cumpriram o seu termo.
Foi então que com ajuda das minhas servas — cadelas
                                                       tontas! —
¹⁵⁵ eles me apanharam, e com altos gritos me repreenderam.
Tive pois de acabar a veste, embora não quisesse, à força.
Agora já não consigo fugir ao casamento, nem encontro
outro estratagema. Insistem os meus pais para que eu volte
a casar; e preocupa-se o meu filho, ciente de que outros
¹⁶⁰ lhe devoram os haveres. Na verdade ele já é um homem,
capaz de governar uma casa, à qual Zeus cede honrarias.
Mas conta-me qual é a tua linhagem e de onde vens.
Não nasceste de pedra nem de lendário carvalho."

Respondendo-lhe assim falou o astucioso Ulisses:
¹⁶⁵ "Ó esposa veneranda de Ulisses, filho de Laertes!

448 HOMERO

Insistes em perguntar-me sobre a minha linhagem?
Então falar-te-ei dela; mas entregas-me a mais dores
do que aquelas que já tenho. É sempre assim, quando um
            homem
está há tanto tempo longe da sua terra como é agora o
            meu caso,
170   tendo vagueado por muitas cidades de homens, padecendo
            muito.
Mas responderei ao que perguntas e pretendes saber.
Há uma terra, Creta, que fica no meio do mar cor de vinho.
É bela e fértil, rodeada pelo mar. Nela habitam muitos
homens, incontáveis; e existem nela noventa cidades.
175   Numas, mistura-se a língua das outras: pois nelas há
Aqueus, magnânimos Cretenses autênticos, Cidônios,
Dórios divididos em três grupos e divinos Pelasgos.
Destas cidades há uma, Cnossos: é grande e nela reinou
Minos, interlocutor do grande Zeus, desde os nove anos.
180   Foi ele o pai de meu pai, o magnânimo Deucalião.
Ora Deucalião gerou-me a mim e ao soberano Idomeneu.
Mas Idomeneu partira nas naus recurvas para Ílio
com os Atridas. Tenho o nome famoso de Éton.
Sou o mais novo; Idomeneu era melhor e mais velho.
185   Foi em Creta que vi Ulisses e lhe dei hospitalidade.
É que até Creta o arrastara a violência do vento,
a caminho de Troia, desviando-o além da Maleia.
Fundeou as naus em Amniso, onde está a gruta de Ilitia:
é um porto difícil e a custo ele escapara à tempestade.
190   De imediato foi à cidade e perguntou por Idomeneu.
Afirmou ser amigo dele, estimado e respeitado.
Mas era já o décimo ou décimo primeiro dia
desde que Idomeneu partira para Ílio nas naus recurvas.
Portanto fui eu a levá-lo e a recebê-lo no palácio,
195   oferecendo-lhe generosamente de quanto havia em casa.
E para os companheiros que com ele seguiam reuni
de junto do povo cevada e vinho frisante, assim como
bois para o sacrifício, para que saciassem os corações.

CANTO XIX

Aí ficaram os divinos Aqueus durante doze dias.
200 O Bóreas violento os retinha, não lhes permitindo pôr-se
de pé em terra. Algum deus o incitara a tal violência.
Ao décimo terceiro dia caiu o vento; eles fizeram-se à vela."

Deste modo assemelhava Ulisses muitas mentiras a verdades.
E ela, enquanto ouvia, vertia uma torrente de lágrimas,
a ponto de parecer que o próprio rosto se derretia.
205 Como a neve se derrete nas montanhas mais elevadas,
quando o Euro aquece o que o Zéfiro fez nevar,
e a neve, ao derreter, faz aumentar o caudal dos rios —
assim se derretiam suas belas faces em torrente de lágrimas,
chorando pelo marido, que estava à sua frente.
210 Ulisses sentiu pena no coração da mulher que chorava;
mas nas pálpebras manteve os olhos imóveis, como se fossem
de ferro ou de chifre; e pelo dolo ocultou as lágrimas.
Depois de ela se ter saciado com o pranto de lágrimas
copiosas,
de novo lhe dirigiu a palavra em resposta ao que fora dito:

215 "Agora, estrangeiro, tenho de te pôr à prova, para averiguar
se na verdade com os divinos companheiros deste
hospitalidade
ao meu marido lá no teu palácio, conforme afirmas.
Diz-me como eram as roupas que ele tinha no corpo;
diz-me como ele era e como eram os seus companheiros."

220 Respondendo-lhe assim falou o astucioso Ulisses:
"Senhora, é difícil dizer ao certo, após tanto tempo.
É já o vigésimo ano desde que ele chegou
e depois partiu da minha pátria. Mesmo assim
tentarei dizer-te como o imagino no meu coração.
225 Vestia uma capa de lã purpúrea o divino Ulisses,
de dobra dupla; tinha uma pregadeira de ouro, duplamente
perfurada. A parte da frente estava maravilhosamente
trabalhada:

450 HOMERO

com as patas dianteiras um cão segurava um gamo
                                             mosqueado
que se contorcia, coisa que a todos causava admiração;
230 pois embora sendo de ouro, o cão agarrava o veado,
estrangulando-o, enquanto este tentava fugir, agitando as
                                             patas.
Reparei na túnica reluzente que lhe cobria o corpo:
era delicada como a pele seca de uma cebola,
muito macia, e resplandecia como o sol. Muitas foram
235 as mulheres que o olhavam com admiração!
E outra coisa te direi; e tu põe-na no teu coração:
não sei se estas eram as roupas que Ulisses trazia de casa,
ou se lhe foram dadas por alguém quando embarcou,
ou ainda se foram oferecidas por algum anfitrião entre
240 os muitos amigos de Ulisses. Poucos Aqueus eram como ele.
Da minha parte, dei-lhe uma espada de bronze e uma capa
de dobra dupla, purpúrea, assim como uma túnica franjada.
Com todas as honras me despedi dele na nau bem
                                             construída.
Acompanhava Ulisses um escudeiro, pouco mais velho
                                             que ele.
245 Dir-te-ei também, para que saibas, como ele era.
Tinha ombros arredondados, pele morena, cabelo
                                             encaracolado.
Chamava-se Euríbates. A ele mostrava Ulisses mais estima
do que aos outros, porque tinha a mesma maneira de pensar."

Assim falou; e a Penélope veio o desejo de chorar ainda mais,
250 porquanto reconhecera os sinais que Ulisses indicara.
Depois de ela se ter saciado com o pranto de lágrimas
                                             copiosas,
em seguida lhe dirigiu a palavra em resposta ao que fora dito:

"Estrangeiro, tu que antes foste objeto de comiseração,
serás agora no meu palácio estimado e respeitado!
255 Pois fui eu própria que lhe dei as roupas de que falas;

CANTO XIX 451

fui eu que as dobrei e trouxe do tálamo, juntando-lhes
a brilhante pregadeira como adereço. Mas nunca lhe darei
as boas-vindas por ele ter regressado à terra pátria.
Foi um destino maligno que levou Ulisses na côncava nau
260 para ver Ílio-a-Malévola, essa cidade inominável."

Respondendo-lhe assim falou o astucioso Ulisses:
"Ó esposa veneranda de Ulisses, filho de Laertes!
Não estragues mais a beleza do teu rosto; não derretas
o coração a chorar pelo teu marido. Na verdade,
265 não te censuro, pois qualquer mulher chora que tenha perdido
o marido legítimo, a quem deu filhos pela união do amor;
até um marido diferente de Ulisses, que se diz ser semelhante
aos deuses. Mas cessa, e ouve antes as minhas palavras.
Dir-te-ei agora com verdade, sem nada te ocultar,
270 como recentemente vim a saber do regresso de Ulisses:
ele encontra-se na terra fértil dos Tesprócios; está vivo.
Além disso trará consigo muitos e valiosos tesouros,
solicitados por entre o povo. Mas perdeu os companheiros
assim como a côncava nau no mar cor de vinho,
275 vindo da ilha de Trinácia. Pois quiseram-lhe mal
Zeus e o Sol, porque os companheiros mataram os bois.
Por isso todos eles pereceram no mar marulhante.
As ondas fizeram-no chegar, montado na quilha da nau,
à terra dos Feácios, que são da linhagem dos deuses.
280 Eles estimaram-no como se ele fosse um deus;
ofereceram-lhe muitos presentes e deram-lhe transporte,
para que chegasse ileso em casa. E Ulisses já aqui estaria,
se não lhe tivesse parecido melhor ao coração procurar
mais riquezas, vagueando pela ampla terra.
285 Sobre o proveito sabe Ulisses mais que qualquer homem:
aí não há ninguém que com ele possa competir.
Foi isso que me disse Fídon, rei dos Tesprócios.
E jurou na minha presença, enquanto vertia libações no
                                                    palácio,
que tinha uma nau preparada e a tripulação pronta,

450 HOMERO

290 que à amada terra pátria o transportariam. Foi primeiro a
                                                 mim
que pôs no meu caminho, pois calhou ali aportar uma nau
de Tesprócios que partia para Dulíquio, rica em trigo.
E mostrou-me os tesouros que Ulisses reunira:
bronze, ouro e ferro trabalhado com muito esforço.
295 Até a décima geração teriam alimentado qualquer outro,
de tal qualidade eram as riquezas depositadas no palácio
                                              do rei.
Quanto a Ulisses, disse que a Dodona se dirigira, para lá
ouvir do alto carvalho do deus a vontade de Zeus
sobre como poderia regressar à terra fértil de Ítaca
depois de tão longa ausência, às claras ou disfarçado.
300 Por isso te digo: ele está são e salvo, e aqui aportará
brevemente; não será por muito mais tempo
que ficará longe da pátria. E dar-te-ei um juramento.
Seja minha testemunha Zeus, acima de todos os deuses,
e a lareira do irrepreensível Ulisses a que cheguei.
305 Todas as coisas que te disse se cumprirão.
No decurso deste mês chegará aqui Ulisses,
entre o quarto minguante e a lua nova."

A ele deu resposta a sensata Penélope:
"Ah, estrangeiro, prouvera que tal palavra se cumprisse!
310 Então ficarias a saber o que é amizade e de mim receberias
muitos presentes, a ponto de te chamarem bem-aventurado!
Mas é isto que o meu coração prefigura; e assim será:
nem Ulisses regressará a sua casa, nem tu obterás
transporte, pois cá em casa já não há ninguém que dê ordens,
315 como Ulisses as dava — se é que ele alguma vez existiu! —,
para dar as boas-vindas ou o transporte a hóspedes
                                            estimados.
Mas agora, ó servas, lavai o estrangeiro e fazei a cama dele:
ponde uma cabeceira, capas e mantas luzentes, para que
                                            ele possa
esperar, bem agasalhado, pela Aurora de trono dourado.

CANTO XIX 453

320 Ao nascer do dia dai-lhe banho e ungi-o com azeite,
para que sentado ao lado de Telêmaco possa jantar
na sala de banquetes. E pior será para quem dentre eles
o insultar, ofendendo-lhe o coração; nesta casa tal pessoa
já não conseguirá mais nada, por muito que se encolerize.
325 De que modo, ó estrangeiro, ficarás tu a saber se entre as
mulheres
eu me destaco pela compreensão sensata da inteligência,
se todo sujo e vestido com farrapos te sentas a jantar
na sala de banquetes? Os homens são seres de vida breve.
Ao homem áspero que alberga ásperos pensamentos,
330 todos os mortais rogam pragas e dores enquanto for vivo;
depois de morto todos fazem troça dele. Mas tratando-se
de um homem irrepreensível que alberga irrepreensíveis
pensamentos,
a sua fama levam-na estrangeiros por toda a parte,
para todos os homens: e muitos louvarão o seu nome."

335 Respondendo-lhe assim falou o astucioso Ulisses:
"Ó esposa veneranda de Ulisses, filho de Laertes!
São-me odiosas capas e mantas luzentes, desde que deixei
as montanhas de Creta, cobertas de neve,
à medida que navegava na nau de longos remos.
340 Deitar-me-ei como já passei muitas noites sem dormir:
pois muitas são já as noites em que dormi numa cama
desconfortável, à espera da divina Aurora de belo trono.
Também não me apraz nem anima a ideia do lava-pés:
não quero que nos meus pés toque nenhuma das mulheres
345 que desempenham tarefas aqui no teu palácio,
a não ser que tenhas alguma anciã, que saiba o que é sensato,
e que tenha sofrido no espírito tantas desgraças como eu.
A uma mulher assim eu permitiria que me tocasse nos pés."

A ele deu reposta a sensata Penélope:
350 "Caro estrangeiro, nunca veio ter a minha casa um homem
de terras longínquas tão prudente, ou tão amável, como tu.

454　　　　　　　　　　　　　　　　　　　　　HOMERO

As tuas palavras revelam grande sensibilidade e sensatez.
Tenho uma serva velha, muito compreensiva,
que amamentou e criou o meu pobre marido,
355　recebendo-o nos braços no dia em que a mãe o deu à luz.
Ela te lavará os pés, embora esteja já diminuída pela idade.
Anda lá, ó sensata Euricleia, levanta-te agora:
lava os pés de quem tem a idade do teu amo. Serão assim
os pés e as mãos de Ulisses; pois rapidamente
360　os homens envelhecem em circunstâncias adversas."

Assim falou; e a anciã cobriu a cara com as mãos.
Deixou cair lágrimas quentes, e assim se lamentou:

"Ai de mim, meu rico filho! Não te posso ajudar! Apesar
de seres
temente aos deuses, Zeus te detestou mais que aos outros
homens!
365　Nunca nenhum mortal queimou para Zeus que lança o trovão
tantas gordas coxas ou tantas perfeitas hecatombes
como tu lhe ofereceste, rezando para que chegasses
com saúde à velhice e visses crescer o teu filho glorioso.
Mas agora só a ti ele tirou o dia do regresso.
370　Se calhar também dele fazem pouco outras mulheres
em terras estrangeiras, quando chega a um palácio famoso,
tal como estas cadelas todas fizeram pouco de ti.
É para evitares os insultos e as desconsiderações delas
que não as deixas lavar-te os pés. Mandou-me então a mim,
375　que tenho boa vontade, a filha de Icário, a sensata Penélope.
Por isso te lavarei os pés, tanto pela própria Penélope
como por ti, pois tenho o coração dentro do peito
remexido de tristeza. Mas ouve agora isto que eu digo.
Já cá vieram ter muitos estrangeiros cansados, mas digo-te
380　que como tu nunca vi nenhum que se parecesse
tanto, pelo corpo e pela voz, com Ulisses."

Respondendo-lhe assim falou o astucioso Ulisses:

CANTO XIX   455

"Ó anciã, o mesmo dizem todos os que com os olhos
nos viram: dizem que ele e eu somos muitos parecidos,
385 como tu própria reparaste e acabaste de dizer."

Assim falou; e a anciã pegou na bacia resplandecente
em que ia lavar os pés; nela verteu abundante água fria
e, em seguida, juntou a água quente. Mas Ulisses foi
sentar-se perto da lareira e logo se virou para a escuridão.
390 É que sentia um agouro no coração: receava que ela
reparasse na cicatriz — e assim tudo seria revelado.
Ela aproximou-se e começou a lavar o amo. De imediato
reconheceu a cicatriz, que outrora deixara um javali de
                                              brancas presas,
quando Ulisses fora ao Parnaso visitar Autólico e os filhos
                                                       deste.

395 Fora Autólico o pai valente da mãe de Ulisses, ele que todos
superava em furtos e perjúrios. Um deus lhe dera tal dom:
Hermes. Pois para ele queimara Autólico gratas coxas
de bezerros e cabritos; e por isso Hermes o acompanhava.
Chegando uma vez Autólico à terra fértil de Ítaca,
400 encontrara o filho recém-nascido da sua filha.
E Euricleia pusera-lhe a criança ao colo, depois que acabara
de jantar, e assim lhe dissera, tratando-o pelo nome:

"Autólico, encontra tu um nome para pôr ao filho
da tua querida filha; muito rezou ela para que nascesse."

405 Em resposta lhe dissera então Autólico:
"Meu genro e minha filha! Ponde o nome que vou dizer.
Chego aqui depois de ter causado sofrimentos a muitos,
a homens e a mulheres, em toda a terra que nos dá sustento.
Por isso que seja Ulisses o seu nome. Da minha parte,
410 quando ele chegar à idade adulta e vier para o Parnaso,
para a casa da família materna, onde tenho os meus haveres,
dar-lhe-ei uma parte e ele regressará rejubilante."

456   HOMERO

Por essa razão se deslocara Ulisses, para receber os belos
presentes.
Tanto Autólico como os filhos de Autólico lhe apertaram
415 a mão e o cumprimentaram com doces palavras.
E Anfiteia, mãe da mãe de Ulisses, abraçou Ulisses
e beijou-lhe a cabeça e os dois lindos olhos.
Autólico chamou os filhos gloriosos para prepararem
a refeição: eles ouviram-no chamar, e imediatamente
420 trouxeram um boi com cinco anos de idade,
que prepararam e esfolaram, esquartejando-o em seguida.
Cortaram as postas com perícia e puseram-nas em espetos;
depois assaram bem a carne e distribuíram as porções.
Durante todo o dia, até o pôr do sol, banquetearam-se;
425 e de nada sentiram os seus corações a falta naquele festim.
Quando o sol se pôs e sobreveio a escuridão, deitaram-se
para descansar e aceitaram o dom do sono.

Quando surgiu a que cedo desponta, a Aurora de róseos
dedos,
foram à caça os filhos de Autólico com os seus cães,
430 e com eles foi também o divino Ulisses.
Subiram a íngreme montanha vestida de bosques,
o Parnaso, e depressa chegaram às ravinas ventosas.
O sol começava a lançar seus raios sobre os campos,
erguendo-se do Oceano com fundas correntes de brando
fluir.
435 Os caçadores chegaram a uma clareira. À frente foram os
cães,
farejando os rastros, e no seu encalço foram os filhos
de Autólico; atrás deles, seguiu o divino Ulisses, já perto
dos cães,
brandindo a lança que projetava uma grande sombra.

E ali, nos densos arvoredos, se escondia um enorme javali.
440 Por entre estes arvoredos não penetravam os úmidos ventos,
nem através deles o sol conseguia lançar seus raios,

CANTO XIX   457

nem a chuva lá entrava, tal era a densidade dos ramos.
E lá dentro havia grande abundância de folhas caídas.
Em volta do javali ouviram-se os passos de cães e homens,
445 que se precipitavam contra ele. Da toca saiu então o javali
para os enfrentar: as cerdas do dorso estavam eriçadas
e lançava fogo do seu olhar. E ali estacou, perto deles.

O primeiro a lançar-se foi Ulisses, levantando a lança
comprida
com a mão possante, desejoso de trespassá-lo.
Mas o javali antecipou-se e feriu-o acima do joelho,
450 atirando-se de lado. Com a presa arrancou
um grande pedaço de carne, embora não chegasse ao osso.
Mas Ulisses atingiu-o, acertando-lhe na espádua direita:
a ponta da lança brilhante trespassou-o completamente
e caiu no chão com um grunhido; dele se evolou a vida.
455 Os queridos filhos de Autólico ocuparam-se da carcaça,
e depois trataram sabiamente da ferida do divino Ulisses.
Fizeram estancar o negro sangue com uma encantação.
A seguir foram todos para o palácio do pai amado.

E depois que Autólico e os filhos de Autólico
460 o curaram, deram-lhe gloriosos presentes e mandaram-no,
contente, para Ítaca, a pátria amada. Lá o pai e a excelsa mãe
se regozijaram com a chegada do filho e lhe perguntaram
como obtivera a cicatriz. E Ulisses contou-lhes como
465 numa caçada o ferira um javali com a branca presa,
tendo subido o Parnaso com os filhos de Autólico.

Esta cicatriz, reconheceu-a a anciã ao tocá-la
com as palmas das mãos, ao tomar-lhe a perna.
Na bacia deixou cair a perna e o bronze ressoou.
470 Desequilibrou-se e no chão se entornou a água.

Ao espírito da anciã vieram ao mesmo tempo alegria e
tristeza.

458 HOMERO

Os olhos encheram-se de lágrimas; a voz ficou presa na
                                                    garganta.
Tocou no queixo de Ulisses e logo lhe dirigiu estas palavras:

"És Ulisses, meu querido filho! E eu que não te reconheci,
475 antes de tocar com as minhas mãos no corpo do amo!"

Assim falou; e os seus olhos apontaram para Penélope,
querendo indicar-lhe que regressara a casa o marido amado.
Mas Penélope nem olhou para ela nem se apercebeu,
pois Atena lhe desviara a mente. Porém Ulisses
480 agarrou com a mão direita na garganta da velha;
com a outra mão puxou-a para junto dele e disse:

"Ama, queres matar-me? Foste tu que me amamentaste,
com o teu próprio peito. Agora, depois de padecer
muitas desgraças, chego à terra pátria no vigésimo ano.
485 Mas já que percebeste o que um deus te pôs no espírito,
cala-te, para que mais ninguém no palácio se aperceba.
E isto te direi agora, coisa que se cumprirá: se em meu
benefício um deus subjugar os orgulhosos pretendentes,
não te pouparei, embora tenhas sido minha ama; e com
490 as demais servas te matarei aqui no palácio."

Respondendo-lhe assim falou a sensata Euricleia:
"Meu filho, que palavra passou além da barreira dos teus
                                                    dentes!
Sabes como é a minha força, firme e teimosa.
Resistirei como se fosse feita de dura pedra ou de ferro.
495 Mas dir-te-ei outra coisa: tu guarda-a no teu peito: se em teu
benefício um deus subjugar os orgulhosos pretendentes,
enumerar-te-ei os nomes das servas aqui no palácio,
das que te desonraram e das que estão isentas de culpa."

Respondendo-lhe assim falou o astucioso Ulisses:
500 "Ama, por que serás tu a nomeá-las? Não há necessidade.

CANTO XIX 459

Eu próprio quero observá-las, para conhecer cada uma.
Não, retém as palavras pelo silêncio e deixa tudo aos deuses."

Assim falou; e a anciã atravessou a sala de banquetes
para buscar água para o lava-pés, pois a outra se entornara.
505 Depois que o lavou e ungiu com azeite abundante,
de novo Ulisses aproximou a cadeira do fogo
para se aquecer, escondendo a cicatriz com os farrapos.

Entre eles falou primeiro a sensata Penélope:
"Estrangeiro, há só mais uma coisa pequena que quero
perguntar.
510 Pois está quase na hora do suave descanso, pelo menos
para quem se entrega ao sono doce, apesar de acabrunhado.
Mas a mim deu o deus um sofrimento ilimitado.
De dia as minhas alegrias são o pranto e a lamentação,
enquanto dou atenção aos meus trabalhos e aos das servas.
515 Porém quando chega a noite e todos vão dormir,
então fico deitada na cama, e preocupações agudas
se concentram em torno do meu coração palpitante.
Tal como a filha de Pandáreo, o rouxinol da verdura,
canta entre as densas folhagens das árvores
520 a sua bela melodia ao renascer da primavera;
ela que com trinados gorjeia um canto modulado,
lamentando o filho, o querido Ítilo (filho do rei Zeto),
que outrora, sem querer, matara com o bronze —
assim se agita o meu coração para trás e para a frente,
525 pois não sei se hei de ficar com o meu filho e tomar conta
da minha riqueza, das servas e do alto palácio,
respeitando o leito do marido e a vontade do povo;
ou se deva seguir aquele dentre os Aqueus que for o melhor,
que faz a corte no palácio e oferece incontáveis presentes
nupciais.
530 Enquanto o meu filho era uma criança irresponsável,
não queria que me casasse, deixando assim a casa do marido.
Mas agora já é adulto; já chegou ao limite da juventude:

agora pede-me que abandone o palácio, porque está
preocupado com os haveres que os Aqueus lhe devoram.
535 Ouve agora este sonho e interpreta-o para mim!
Cá em casa tenho vinte gansos que saem da água
para comer trigo: com eles me alegro quando os vejo.
Mas da montanha veio uma grande águia de bico recurvo,
que se atirou aos pescoços dos gansos, matando-os a todos.
540 Eles jaziam aos montes no palácio, mas a águia voltou
para o éter divino. Eu chorava, embora estivesse a sonhar.
À minha volta se reuniam as mulheres de belos cabelos
                                        dos Aqueus,
enquanto eu chorava convulsivamente, porque uma águia
                                        matara
os meus gansos. Mas a águia regressou; e pousada no alto
545 de uma viga fez parar o meu choro com voz de homem
                                        mortal:

'Anima-te, ó filha de Icário, cuja fama chega longe!
Isto não é um sonho, mas uma visão verdadeira,
que se cumprirá. Os gansos são os pretendentes,
e eu, que antes fui a águia, agora regresso como marido,
550 que fará que se abata sobre os pretendentes um terrível
                                        destino.'

Assim falou; e depois largou-me o sono doce como mel.
Vi que os gansos continuavam no palácio, debicando
o trigo do comedouro, como sempre fizeram."

Respondendo-lhe assim falou o astucioso Ulisses:
555 "Senhora, não é possível interpretar o sonho interpretando-o
de modo diverso daquilo que te disse o próprio Ulisses.
Ele disse como tudo acabará. Para todos os pretendentes
virá a destruição: nenhum deles escapará à morte e ao
                                        destino."

A ele deu resposta a sensata Penélope:

CANTO XIX

560 "Estrangeiro, sabes bem que os sonhos são impossíveis
e confusos; nem sempre tudo se cumpre entre os homens.
São dois os portões dos sonhos destituídos de vigor:
um é feito de chifres; o outro, de marfim.
Os sonhos que passam pelos portões de marfim talhado
565 são nocivos e trazem palavras que nunca se cumprem.
Mas os que saem cá para fora dos portões de chifre polido,
esses trazem coisas verdadeiras, quando um mortal os vê.
Penso que no meu caso não foi de lá que veio o sonho
horrível,
embora bem-vindo tivesse sido para o meu filho e para mim!
570 Agora outra coisa te direi; tu guarda-a no teu espírito: está
perto
a malfadada aurora, que me afastará da casa de Ulisses.
Estabelecerei pois um concurso, o dos machados,
que o meu esposo enfileirava na sala de banquetes,
como costelas de nau em construção, doze ao todo.
575 Colocando-se à distância, fazia passar uma seta pelo meio
deles.

Proporei este concurso aos pretendentes.
Quem com mais facilidade armar o arco nas mãos
e fizer passar a seta pelo meio dos doze machados,
a esse eu seguirei, e deixarei esta casa da minha vida
580 de casada: uma casa bela, cheia de riquezas;
que sempre recordarei, penso, até em sonho."

Respondendo-lhe assim falou o astucioso Ulisses:
"Ó esposa veneranda de Ulisses, filho de Laertes!
Não adies mais este concurso no teu palácio,
585 pois o astucioso Ulisses virá aqui ter antes que
esses homens tenham armado o arco polido
e feito passar a seta pelo meio do ferro."

A ele deu resposta a sensata Penélope:
"Se quisesses, ó estrangeiro, sentar-te ao meu lado
590 no palácio para me encantares, nunca o sono se derramaria

sobre os meus olhos. Mas os homens não podem ficar
sem dormir: para cada coisa indicaram os imortais
a altura certa na terra que dá cereais.
Eu subirei agora até o meu alto aposento para me
595 deitar na cama — na minha cama de lamentações,
sempre umedecida com lágrimas, desde que Ulisses partiu
para ver Ílio-a-Malévola, essa cidade inominável.
Aí me deitarei. Mas tu deita-te aqui dentro de casa:
poderás pôr algo no chão, ou as servas te farão a cama."

600 Assim dizendo, subiu para o alto aposento reluzente;
mas não ia sozinha, pois com ela iam também as suas aias.
E quando chegou ao alto aposento com as aias,
chorou Ulisses, o esposo amado, até que um sono suave
sobre as pálpebras lhe lançasse Atena, a deusa de olhos
esverdeados.

Canto XX

Porém no adro do palácio se deitou o divino Ulisses.
Pôs no chão uma pele não curtida de boi e por cima muitos
velos de ovelha, das que continuamente matavam os Aqueus.
Já deitado, veio Eurínome atirar-lhe por cima uma manta.
5 E aí ficou Ulisses, incapaz de dormir, a planejar no coração
a desgraça dos pretendentes. E de dentro do palácio saíram
as servas que com os pretendentes costumavam ter relações.
Riam-se entre elas, em ambiente de alegria e boa disposição.

Mas o coração de Ulisses revoltou-se no seu peito.
10 E muito refletiu no espírito e no coração, se haveria
de ir atrás delas e dar logo a morte a cada uma,
ou se as deixaria dormir com os arrogantes pretendentes
uma última e derradeira vez. Rosnou no seu íntimo,
como a cadela que rosna ao pé dos seus cachorros
15 e vê um homem que não conhece e a ele se quer atirar —
assim rosnou Ulisses no seu íntimo por causa das más ações.
Batendo no peito, assim se dirigiu ao próprio coração:

"Aguenta, coração: já aguentaste coisas muito piores,
no dia em que o Ciclope de força irresistível devorou
20 os valentes companheiros. Mas tu aguentaste, até que
a inteligência te tirou do antro onde pensavas morrer."

Assim falou, interpelando o coração no próprio peito.

E o coração aguentou, mantendo-se em obediência
completa. Ele é que dava voltas e voltas na cama.
25   Tal como o homem à frente de um grande fogo ardente
revolve um enchido recheado de sangue e gordura
sem parar, na sua ânsia de que asse rapidamente —
assim Ulisses se revolvia na cama, pensando como
haveria de pôr as mãos nos desavergonhados pretendentes,
30   um homem contra muitos. Aproximou-se dele Atena,
tendo descido do céu. De corpo parecia uma mulher.
Postou-se junto da sua cabeça e disse-lhe estas palavras:

"Por que estás acordado, ó homem perseguido pelo
                                                destino?
Aqui tens a tua casa, aqui tens a mulher e o filho:
35   um rapaz que qualquer um quereria ter como filho."

Respondendo-lhe assim falou o astucioso Ulisses:
"Tudo o que disseste, ó deusa, foi na medida certa.
Mas ao espírito e ao coração me vêm preocupações:
como porei as mãos nos desavergonhados pretendentes,
40   um homem só, quando eles são muitos lá dentro.
E além disso tenho outra preocupação, ainda maior:
se eu os matar por tua vontade e pela vontade de Zeus,
para onde fugirei? Peço-te que reflitas sobre isto."

A ele falou então Atena, a deusa de olhos esverdeados:
45   "Homem duro! Outro confiaria em amigo mais fraco,
um que é mortal e não é dotado de muitas ideias.
Mas eu sou uma deusa, que sempre por ti mantenho
vigília em todos os teus trabalhos. Agora dir-te-ei isto:
se cinquenta exércitos de homens mortais estivessem
50   contra nós, desejosos de nos matar em combate,
mesmo assim lhes levarias os bois e os rebanhos robustos.
Entrega-te agora ao sono. É coisa desagradável passar toda
uma noite sem dormir. Estás prestes a sair do sofrimento."

CANTO XX   465

Assim dizendo, sobre as pálpebras lhe derramou o sono.
55 E para o Olimpo regressou Atena, divina entre as deusas.

Quando o dominou o sono, deslassando as preocupações
do coração, acordou a esposa conhecedora de coisas sensatas.
Chorou sentada em cima da cama de cobertores macios.
E depois de ter saciado com lágrimas o coração,
60 a Artêmis dirigiu primeiro uma prece a mais divina das
                                                        mulheres:

"Artêmis, deusa excelsa, filha de Zeus! Quem me dera
que agora atirasses uma seta contra o meu peito;
ou então que me arrebatasse uma tempestade
e me levasse pelos caminhos cheios de brumas
65 até a foz do Oceano, o rio que flui em sentido contrário.
Também as tempestades arrebataram as filhas de Pandáreo:
os pais tinham sido mortos pelos deuses; e elas ficaram
como órfãs no palácio. Tratava delas a divina Afrodite,
dando-lhes queijo, doce mel e vinho suave; e Hera
70 lhes concedeu beleza e sabedoria superior à de todas
as mulheres; e deu-lhes estatura a sacra Artêmis, ao passo
que Atena lhes outorgou a perícia nos gloriosos trabalhos.
Mas quando Afrodite divina subia para o alto Olimpo
para pedir para as donzelas o termo de uma boda pujante,
75 dirigindo-se a Zeus que lança o trovão, que tudo sabe
(tanto a ventura como a desventura dos homens mortais),
foi então que as tempestades arrebataram as donzelas,
dando-as às Fúrias detestáveis, para serem suas criadas.
Quem me dera que assim me tirassem da vista humana
80 os deuses do Olimpo, ou que me matasse Artêmis,
para que eu morresse a pensar em Ulisses e passasse para
                                                        debaixo
da terra odiosa sem nunca alegrar o espírito de um
                                                        homem pior.
É uma desgraça suportável chorar de dia, com grande
tristeza no coração, porque depois sobrevém de noite

o sono: é que o sono, quando cobre as pálpebras,
85   tudo nos faz esquecer, tanto as coisas boas como as más.
Mas o deus faz que sonhos maus venham ao meu encontro.
Esta noite dormiu ao meu lado alguém que parecia ele,
com o aspecto que ele tinha quando partiu com o exército:
e alegrei-me porque não pensava que fosse um sonho:
90   pensava finalmente que se tratava da realidade."

Assim falou; e logo sobreveio a Aurora de trono dourado.
Mas enquanto Penélope chorava, ouviu-a o divino Ulisses,
que em seguida ficou na dúvida: pois dava-lhe a impressão
de que ela o reconhecera, e estava ali, perto da sua cabeça.
95   Apanhou a manta e os velos em que dormira, e colocou-os
em cima de uma cadeira na sala. Para fora de casa levou
a pele de boi e pô-la no chão. Levantou as mãos para Zeus:

"Zeus pai, se é pela vossa vontade que vós, deuses, me
                                                      trouxestes
por terra e mar até a minha pátria, depois de tantos maus
                                                      tratos,
100   que eu receba, da parte de quem já está acordado dentro
                                                      de casa,
um sinal — e que cá fora eu receba também um sinal de
                                                      Zeus."

Assim rezou. Ouviu-o Zeus, cujo pensamento abrange tudo.
E logo trovejou do resplandecente Olimpo, por cima
das nuvens. Regozijou-se então o divino Ulisses.
105   E perto da casa foi uma moleira a proferir presságio favorável,
lá do lugar onde estavam os moinhos do pastor do povo.
Nestes moinhos trabalhavam ao todo doze servas,
que moíam a cevada e o trigo, tutano dos homens.
As outras dormiam; já tinham moído o que lhes competia.
110   Só esta não parara ainda, porque de todas era a mais fraca.
Parou de moer e disse palavras que eram um presságio
                                                      para o amo:

CANTO XX

"Zeus pai, que és soberano dos homens e dos deuses,
trovejaste bem alto lá do céu cheio de astros.
No entanto não há nuvens! Mostras a alguém um prodígio.
115 Concede também a esta desgraçada que se cumpra o que
disser:
que seja este o último dia que os pretendentes se alegram
com os seus deliciosos festins na casa de Ulisses;
esses que deram cabo dos meus membros com dores
que fazem mal ao coração, enquanto vou moendo farinha.
Que seja esta a última vez que participam num banquete!"

120 Assim falou; e regozijou-se com o presságio o divino Ulisses,
com o trovão de Zeus. Pois era sua intenção castigar os
culposos.

Foi então que saíram as outras servas do belo palácio de
Ulisses;
todas juntas avivaram na lareira o fogo que nunca esmorecia.
E levantou-se da cama Telêmaco, semelhante aos deuses;
125 vestindo a roupa, pendurou do ombro uma espada afiada,
e nos pés resplandecentes calçou as belas sandálias.
Pegou na forte lança, de brônzea ponta, e colocou-se
junto à soleira, de onde falou assim a Euricleia:

"Querida ama, tratastes bem o estrangeiro aqui em casa,
130 dando-lhe cama e comida, ou jaz por aí, ignorado?
É assim a minha mãe, embora seja sensata. Sente
o impulso de tratar bem um homem que não vale nada,
mas manda embora outro melhor, sem honra alguma."

Respondendo-lhe assim falou a sensata Euricleia:
135 "Nisto, ó filho, não censures quem não é censurável.
Ele esteve lá sentado a beber vinho, quanto ele quis.
De comida disse ele não ter fome. Ela perguntou-lhe.
Mas quando ele se lembrou da cama e do descanso,
ela mandou as servas fazer-lhe uma cama.

468   HOMERO

140 Mas ele, tão desgraçado e abandonado pelo destino,
não quis dormir numa cama debaixo dos cobertores,
mas sobre uma pele de boi não curtida e velos de ovelha
dormiu no adro, e nós atiramos-lhe uma manta por cima."

Assim falou. E Telêmaco atravessou o palácio,
145 de lança na mão; com ele seguiam dois galgos.
Foi até a ágora, juntar-se aos Aqueus de belas joelheiras.

Chamou as outras servas a mulher excelente,
Euricleia, filha de Ops, filho de Pisenor:

"Despachai-vos todas, umas a varrer e salpicar a casa,
150 outras a atirar sobre os tronos bem-feitos tapetes
de púrpura. Que outras limpem as mesas com esponjas,
e lavem as taças para misturar o vinho e as taças
bem torneadas de asa dupla. Outras irão agora à fonte
buscar água; e que a tragam o mais depressa possível.
155 Pois os pretendentes não se manterão longe da sala,
mas chegarão cedo: hoje é uma festa para todos!"

Assim falou; e elas obedeceram às palavras ouvidas.
Vinte delas foram à fonte de água escura; e as outras
ocuparam-se da lida da casa com grande habilidade.
160 Em seguida entram os servos dos Aqueus, que logo
racharam lenha com perícia; as mulheres voltaram
enquanto isso da fonte. Depois delas veio o porqueiro,
trazendo três porcos, os melhores de toda a vara.
Deixou-os a pastar no belo recinto do pátio,
165 e dirigiu-se a Ulisses com palavras doces:

"Estrangeiro, os Aqueus já te olham com melhores olhos,
ou ainda te desconsideram no palácio, como antes?"

Respondendo-lhe assim falou o astucioso Ulisses:
"Prouvera, ó Eumeu, que os deuses castigassem o insolente

CANTO XX 469

170 e violento comportamento que eles mostram em casa
alheia, sem terem qualquer medida da vergonha."

Foram estas as coisas que diziam entre si.
Aproximou-se então Melântio, o cabreiro de cabras,
trazendo as melhores cabras de todos os rebanhos para
175 o jantar dos pretendentes; com ele vinham dois pastores.
Atou as cabras debaixo do pórtico ecoante,
e dirigiu-se a Ulisses com palavras insultuosas:

"Estrangeiro, ainda aqui estás, a estorvar dentro de casa,
pedindo esmolas? Não queres sair daqui para fora?
180 Já estou a ver que não nos despediremos, tu e eu,
sem uns bons murros, pois é de forma desavergonhada
que pedes esmola. Além de que há outros jantares de
Aqueus."

Assim falou; mas não lhe deu resposta o astucioso Ulisses.
Abanou a cabeça, com pensamentos terríveis no fundo do
coração.

185 Depois destes chegou um terceiro, Filécio, condutor de
homens:
trazia para os pretendentes uma vitela estéril e gordas cabras,
que barqueiros tinham transportado do continente (esses que
também transportam homens, se com eles forem ter).
Atou os animais debaixo do pórtico ecoante,
190 e aproximou-se do porqueiro com estas palavras:

"Quem é este estrangeiro, ó porqueiro, que chegou há pouco
a nossa casa? De que linhagem de homens declara ele ser
originário? Quem são os parentes? Qual é a sua pátria?
Vítima do destino! Na verdade, de corpo parece um rei.
195 Mas os deuses dão a tristeza àqueles que muito vagueiam,
mesmo fiando para reis o fio da dolorosa desventura."

Assim dizendo, aproximou-se de Ulisses e deu-lhe a mão.
E falando dirigiu-lhe palavras aladas:

"Salve, ó pai estrangeiro! Que no futuro a ventura
200 venha ao teu encontro, apesar de agora muito sofreres.
Zeus pai, nenhum deus é mais destrutivo que tu.
Não sentes compaixão dos homens, apesar de os teres criado:
envolves-nos na miséria e nos sofrimentos dolorosos.
Comecei a suar assim que te vi, e encheram-se-me os olhos
205 de lágrimas, recordado de Ulisses: pois também ele, penso,
estará vestido com tais farrapos, vagabundo entre os homens,
se é que vive e contempla a luz do sol.
Mas se morreu e está já na mansão de Hades,
ai de ti, ó irrepreensível Ulisses, que me mandaste tomar
210 conta dos bois, ainda rapaz, na terra dos Cefalênios!
Agora os bois são em número incontável; não haveria
outra maneira de a raça dos bois de ampla fronte
crescer como espigas de trigo para outro homem!
Mas agora são estranhos que me mandam trazer o gado
para eles comerem; não ligam para o jovem no palácio,
215 nem tremem diante da ira dos deuses: querem é dividir
entre eles os haveres do amo há muito ausente.
É este o pensamento que dá muitas voltas ao coração
no meu peito: não me ficava bem partir, estando vivo o filho,
para outra terra, levando os meus bois para junto
220 de homens estrangeiros; mas causa-me calafrios ficar aqui
a sofrer, tratando de gado que pertence a outros.
Na verdade, eu já teria há muito fugido para junto
de outro rei poderoso, visto que as coisas aqui estão
insuportáveis; mas ainda penso naquele desgraçado,
225 se ainda virá causar a dispersão dos pretendentes no
palácio."

Respondendo-lhe assim falou o astucioso Ulisses:
"Boieiro, visto que não me pareces um homem vil ou falho
de perspicácia (vejo que tens sensatez no teu espírito),

CANTO XX 471

isto te direi e confirmarei com um grande juramento:
230 que seja minha testemunha Zeus, acima de todos os deuses,
e esta mesa hospitaleira e a lareira do irrepreensível Ulisses,
a que cheguei: enquanto tu aqui estás, chegará a casa Ulisses;
e verás com teus olhos, se quiseres, a chacina dos
pretendentes,
que agora neste palácio se dão ares de senhores."

235 A ele deu resposta o homem boieiro de bois:
"Que tal palavra, ó estrangeiro, possa cumprir o Crônida.
Conhecerias como é a minha força, como são as minhas
mãos."

Então rezou Eumeu a todos os deuses, pedindo
que ao palácio regressasse o sagaz Ulisses.
240 Foram estas as coisas que disseram entre si.

Porém os pretendentes estavam reunidos para assassinar
Telêmaco.
Mas uma ave de agouro apareceu do lado esquerdo,
uma águia que voava alto, segurando uma tímida pomba.
Então entre eles tomou Anfínomo a palavra e disse:

245 "Amigos, este nosso plano — a matança de Telêmaco —
não reverterá a nosso favor. Pensemos antes num festim."

Assim falou Anfínomo; e a todos agradaram as suas palavras.
Foram para casa do divino Ulisses, onde despiram as capas
e as colocaram sobre assentos e tronos.
250 Sacrificaram grandes ovelhas e gordas cabras;
sacrificaram porcos engordados e a vitela da manada.
Assaram e distribuíram as vísceras, e nas taças misturaram
o vinho. Foi o porqueiro a oferecer as taças, e o pão
foi distribuído por Filécio, condutor de homens,
255 em belos cestos. E o serviçal era Melântio.

472   HOMERO

Lançaram mãos às iguarias que tinham à sua frente.
Mas Telêmaco, pensando no que seria vantajoso,
sentou Ulisses na sala, perto da soleira de pedra;
e pôs-lhe um banco velho e uma mesa pequena.
260 Deu-lhe uma dose de vísceras e depois verteu
vinho numa taça dourada, dizendo estas palavras:

"Senta-te aí entre os homens a beber o teu vinho.
Eu próprio afastarei de ti os insultos e os murros
de todos os pretendentes, visto que isto aqui não é
265 uma casa pública: é o palácio de Ulisses, e foi para mim
que ele o herdou. E vós, pretendentes, refreai o espírito:
que não haja insultos nem murros; que não surjam conflitos."

Assim falou; e todos os outros morderam os beiços
e olharam admirados para Telêmaco, pela audácia com
                                                    que falou.
270 Mas a ele respondeu Antino, filho de Eupites:

"Embora desagradável, aceitemos, ó Aqueus, o discurso
de Telêmaco. Na verdade é com ameaças que nos fala —
mas porque Zeus Crônida não permitiu que o calássemos
aqui no palácio, apesar de ele falar com voz bem penetrante."

275 Assim falou Antino; mas Telêmaco não ligou para as suas
                                                    palavras.
Enquanto isso arautos conduziam pela cidade a sagrada
                                                    hecatombe
dos deuses; e os Aqueus de longos cabelos estavam a reunir-se
no bosque cheio de sombras de Apolo, que acerta ao longe.

Depois de terem assado a carne e de a terem tirado dos
                                                    espetos,
280 distribuíram as porções e deleitaram-se com o glorioso festim.
E aqueles que distribuíam as porções deram a Ulisses
uma dose igual à que receberam os outros, pois assim

CANTO XX   473

ordenara Telêmaco, filho amado do divino Ulisses.
Porém Atena não permitiu de modo algum que os arrogantes
285 pretendentes se abstivessem de comportamentos ultrajantes,
para que a dor penetrasse mais fundo no coração de Ulisses.

Havia entre os pretendentes um homem sem lei alguma.
Seu nome era Ctesipo e tinha morada em Same.
Confiante na sua fabulosa riqueza, fazia a corte
290 à esposa de Ulisses, que há muito estava ausente.
Foi ele que então falou entre os pretendentes:

"Escutai, orgulhosos pretendentes, aquilo que vou dizer.
O estrangeiro recebeu há muito a sua dose, justa,
a que lhe competia; pois não fica bem privar-se do que
295 merecem os convidados de Telêmaco, que aqui chegam.
Não, também eu darei ao estrangeiro um presente
                                                        hospitaleiro,
que ele poderá dar como gorjeta à serva que lhe der banho,
ou a outro dos servos aqui na casa do divino Ulisses."

Assim falando, atirou com força o casco de um boi,
300 que tirara do cesto ali ao pé. Não acertou em Ulisses,
que evitou o arremesso inclinando a cabeça com um sorriso
sardônico e amargo. O casco de boi foi acertar na parede.
Telêmaco repreendeu então Ctesipo com estas palavras:

"Ctesipo, que coisa tão proveitosa para o teu coração!
305 Nem sequer acertaste no estrangeiro, pois ele próprio
evitou o arremesso. De outro modo ter-te-ia eu trespassado
com a minha espada afiada e o teu pai teria de tratar
do teu funeral em vez do teu casamento. Que ninguém
nesta casa ostente comportamentos vergonhosos!
Pois agora vejo e apercebo-me de todas as coisas, tanto
310 as boas como as más: antes não passava de uma criança.
Não obstante, aguentamos a vista de tudo isto:
o sacrifício de ovelhas, o consumo de vinho e de pão.

474 HOMERO

É difícil um homem só resistir a muitos. Agora peço-vos
que não continueis a prejudicar-me com a vossa hostilidade.
315 Mas se é vosso desejo assassinar-me com o bronze,
até isso eu preferiria: seria melhor para mim morrer
do que assistir constantemente a todos estes ultrajes —
estrangeiros agredidos; servas arrastadas
de modo vergonhoso através do belo palácio."

320 Assim falou; e todos os outros ficaram em silêncio.
Tardiamente tomou a palavra Agelau, filho de Damastor:

"Amigos, contra um homem que diz coisas justas ninguém
se deveria encolerizar com palavras agressivas.
Não mostremos mais violência ao estrangeiro nem a nenhum
325 dos servos que estão aqui na casa do divino Ulisses.
E a Telêmaco e à sua mãe eu diria uma palavra amável,
na esperança de que encontre boa vontade nos vossos
corações.
Enquanto no vosso espírito permaneceu a esperança
de que o sagaz Ulisses pudesse regressar à casa dele,
330 não se poderia lançar-vos a censura de ficardes à espera,
retendo os pretendentes em casa, pois tal ter-se-ia revelado
mais proveitoso, para o caso de Ulisses regressar a sua casa.
Mas agora é evidente que nunca mais regressará.
Portanto tu deverás sentar-te ao pé da tua mãe
335 e dizer-lhe para casar com aquele que lhe oferece melhores
presentes, para que possas gozar a herança paterna,
comendo e bebendo, enquanto ela trata da casa de outro."

A ele deu resposta o prudente Telêmaco:
"Não, por Zeus, ó Agelau, pelas dores do meu pai,
340 que algures longe de Ítaca pereceu ou vagueia,
não atraso o casamento da minha mãe, mas digo-lhe
que case com quem ela quiser; também eu dou presentes.
Mas tenho vergonha de mandá-la embora de casa
contra a vontade dela; que o deus nunca permita tal coisa!"

CANTO XX

345 Assim falou Telêmaco. E entre os pretendentes provocou
Palas Atena um riso inexaurível, desviando-lhes o espírito.
E não era com as próprias bocas que se riam, mas com
outras.
E a carne que comiam estava alagada de sangue, e de
lágrimas
se encheram os seus olhos e no seu íntimo chorava o coração.

350 Então entre eles tomou a palavra o divino Teoclímeno:
"Ah, desgraçados! Que mal sofreis? A noite encobre
as vossas cabeças, os vossos rostos, e até os vossos joelhos
por baixo! Ardem os gritos de dor, cheias de lágrimas estão
as vossas faces, e manchadas de sangue as paredes e o teto.
355 O adro está repleto de fantasmas; repleto está o pátio;
para a escuridão do Érebo se precipitam e o sol
desapareceu do céu e tudo cobre a bruma do mal."

Assim falou; e todos se riram dele, muito divertidos.
Entre eles falou Eurímaco, filho de Polibo:

360 "Desvairado é este hóspede que chegou há pouco de fora.
Depressa, ó rapazes, levemo-lo para fora de casa,
para ágora, já que ele pensa que é de noite aqui dentro!"

A ele deu então resposta o divino Teoclímeno:
"Eurímaco, não me dês guias para o meu caminho.
365 Tenho olhos e ouvidos e dois bons pés; e no peito
tenho um espírito que não foi criado de qualquer maneira.
Será com esses que irei para fora desta casa, pois antevejo
a desgraça que vem ao vosso encontro: a ela não escapará
nenhum de vós, pretendentes, que no palácio de Ulisses
370 praticais tais violências na arrogância da loucura."

Assim dizendo, saiu da bem construída sala de banquetes
e foi ter a casa de Pireu, que com gentileza o acolheu.

476 HOMERO

Mas os pretendentes olhavam uns para os outros e tentavam
provocar Telêmaco, fazendo troça daquele que convidara.
375 Assim lhe dizia um dos jovens insolentes:

"Telêmaco, ninguém tem mais azar que tu com os hóspedes!
Pois tens para aqui este mendigo imundo e nojento,
sempre a querer vinho e comida, que não sabe fazer nada,
nem na guerra, nem na paz: é somente um fardo para a terra.
380 E o outro levantou-se e pôs-se a proferir profecias!
Não, faz antes como dizemos, será mais proveitoso:
atiremos os estrangeiros para uma nau com muitos remos
e mandemo-los para a Sicília, como escravos, por um bom
preço!"

Assim falavam os pretendentes; mas ele não ligou para o
que diziam,
385 sempre com os olhos no pai, à espera do momento
em que poria as mãos nos pretendentes sem vergonha.

Perto deles tinha colocado o seu belo assento
a filha de Icário, a sensata Penélope.
E ouviu na sala as palavras de cada um.

390 Tinham os pretendentes preparado o festim com gargalhadas:
uma refeição aprazível, pois tinham sacrificado muitos
animais.
Mas nenhuma refeição podia ser mais desgraciosa do que
aquela
que uma deusa e um homem forte estavam prestes a
oferecer-lhes.
Mas tinham sido os pretendentes a planejar, primeiro,
atos repugnantes.

Canto XXI

Ora no espírito da filha de Icário, a sensata Penélope,
lançou esta ideia Atena, a deusa de olhos esverdeados:
pôr diante dos pretendentes o arco e o ferro cinzento
no palácio de Ulisses, como contenda e origem da chacina.

5 Subiu a alta escada até os seus aposentos e de lá
tirou com mão firme uma chave bem recurva, bela e
feita de bronze, cuja cabeça era de marfim. Em seguida
foi com as servas até a câmara de tesouros, a que ficava
mais longe; era lá que jaziam os tesouros do soberano:
10 bronze, ouro e ferro muito custoso de trabalhar.
Aí estava o arco que se dobrava para trás e a aljava
para as setas, onde estavam muitas, que dá gemidos.

O arco fora um presente que, ao encontrá-lo na Lacedemônia,
a Ulisses oferecera Ífito, filho de Êurito, semelhante aos
imortais.
15 Tinham-se encontrado os dois em Messena, no palácio
do fogoso Ortíloco. Na verdade Ulisses ali se dirigira
por causa de uma dívida, que lhe devia todo o povo:
pois com as suas naus de muitos remos tinham os homens
de Messena roubado de Ítaca trezentas ovelhas e outros
tantos
20 pastores. Fora por isso que o longo caminho fizera Ulisses,
ainda jovem: o pai e os outros anciãos o tinham mandado.

478   HOMERO

Por seu lado, Ífito viera à procura de doze éguas,
que perdera, as quais amamentavam mulas robustas.
Estas acabariam por lhe trazer a morte e o destino,
25   quando se encontrou com o filho magnânimo de Zeus,
Héracles, o homem, bom conhecedor de atos de coragem.
Foi Héracles que o matou, embora fosse seu hóspede,
em sua própria casa — homem duro!, que não respeitou
a ira dos deuses nem a mesa amiga que lhe pusera à frente.
30   Matou-o e ficou-lhe com as éguas de fortes cascos.

Foi na busca pelas éguas que Ífito encontrou Ulisses
e lhe deu o arco, que antes pertencera ao grande Êurito,
o qual ao morrer o deixara ao filho no alto palácio.
A Ulisses deu Ífito ainda uma espada afiada e uma forte
35   lança, como início da sua amizade; mas nunca se sentariam
à mesa um do outro, pois antes disso o filho de Zeus
mataria Ífito, filho de Êurito, semelhante aos imortais,
que lhe dera o arco — arco esse que o divino Ulisses nunca
consigo levava ao partir para a guerra nas escuras naus,
40   mas deixava-o no palácio, como recordação de um amigo
muito estimado, só o utilizando quando estava na pátria.

Quando chegou à câmara a mais divina entre as mulheres,
pisou a soleira de carvalho, que outrora um carpinteiro
polira com perícia e endireitara com um fio, colocando
45   em seguida a ombreira e depois as portas reluzentes.
Logo Penélope desapertou a correia do gancho
e introduziu a chave, fazendo correr o ferrolho
com segura pontaria: a porta mugiu como um touro
a pastar na pradaria e rapidamente voaram os batentes
50   quando se abriu a porta por intermédio da chave.
Depois foi até a plataforma elevada, onde estavam
as arcas em que se guardava a roupa perfumada.

Estendendo a mão, tirou o arco do prego de onde pendia,
juntamente com o estojo resplandecente que o continha.

CANTO XXI 479

55 Depois sentou-se, com o estojo em cima dos joelhos;
chorou muito e alto, quando tirou o arco do estojo.
Mas depois de se ter saciado com um pranto de muitas
lágrimas,
voltou à sala de banquetes para o meio dos orgulhosos
pretendentes, segurando na mão o arco e a aljava
60 para as setas, onde estavam muitas, que dão gemidos.
A seu lado as suas aias traziam uma arca, onde havia
muito ferro e bronze: os prêmios do soberano.

Quando se aproximou dos pretendentes a mulher divina,
ficou junto à coluna do teto bem construído,
65 segurando à frente do rosto um véu brilhante.
De cada lado se colocara uma criada fiel.
Logo falou Penélope aos pretendentes:

"Ouvi-me, orgulhosos pretendentes, que esta casa escolhestes
para nela comerdes e beberdes sem nunca cessar,
70 uma vez que o dono está ausente há muito tempo.
Nem outra desculpa fostes capazes de expressar,
além do desejo de me desposardes e terdes como mulher.
Mas agora, ó pretendentes, tendes o prêmio à vossa frente.
Estabeleço como certame o arco do divino Ulisses:
75 quem com mais facilidade armar o arco nas mãos
e fizer passar a seta pelo meio dos doze machados,
a esse eu seguirei, e deixarei esta casa da minha vida
de casada: uma casa bela, cheia de riquezas;
que sempre recordarei, penso, até em sonho."

80 Assim falou; e pediu a Eumeu, o divino porqueiro,
que pusesse diante dos pretendentes o arco e o cinzento
ferro.
Com lágrimas nos olhos, Eumeu pegou neles e colocou-os.
E chorou também o boieiro, ao ver o arco do soberano.
Porém Antino repreendeu-os, tratando-os pelo nome:

480 HOMERO

85 "Rústicos estultos, que só pensais no dia de hoje,
sois uns miseráveis! Por que verteis agora lágrimas,
para agitardes o coração da rainha? Não tem ela sofrimento
que chegue, após ter perdido o esposo amado?
Não, sentai-vos a comer em silêncio, ou então ide lá
90 para fora chorar, e deixai aqui o arco — esse desafio
tremendo para os pretendentes; pois não penso
que facilmente esse arco polido se deixe armar.
É que nunca houve entre todos os homens alguém
com as qualidades de Ulisses: eu próprio o vi,
95 guardo essa lembrança, embora fosse uma criança."

Assim falou; mas no coração no seu peito tinha a esperança
de poder armar o arco e fazer passar a seta através do ferro.
Porém seria ele o primeiro a provar o gosto de uma seta,
disparada das mãos do irrepreensível Ulisses, a quem ele,
100 sentado no palácio, desonrava, incitando os seus
                                       companheiros.

Entre eles falou então a força sagrada de Telêmaco:
"Prodígio! Decerto Zeus Crônida me tirou o entendimento.
Afirma a minha querida mãe, apesar de tão sensata,
que seguirá outro homem e deixará esta casa.
105 Mas eu rio-me e sinto alegria na minha mente desvairada!
Agora, ó pretendentes, uma vez que se mostrou este
                                       prêmio —
uma mulher como não há outra na terra dos Aqueus,
nem na sagrada Pilos, nem em Argos ou Micenas,
nem mesmo na própria Ítaca, nem no escuro continente;
110 mas vós sabeis já tudo isto; não preciso louvar a minha
                                       mãe —
não é altura de adiardes mais o assunto com desculpas,
                                       nem de vos
absterdes de armar o arco, para que vejamos como as
                                       coisas são.
Aliás eu próprio também faço tenção de experimentar o arco.

CANTO XXI   481

Se eu for capaz de armá-lo e de fazer passar a seta através
                                                        do ferro,
115   não me incomodará que a minha excelsa mãe abandone
                                                      esta casa,
partindo com outro, visto que eu aqui ficaria com o estatuto
de quem já é capaz de alcançar os feitos gloriosos do pai."

Assim dizendo, tirou a capa purpúrea dos ombros
e levantou-se; dos ombros tirou a espada afiada.
120   Primeiro colocou de pé os machados, cavando uma vala
comprida para eles todos, endireitando-a com um fio.
Depois calcou a terra à volta dos machados. E o espanto
dominou quem o observava, porque ele agia com tanto
método: ele que nunca vira colocar os machados.
Depois foi até a soleira, e daí experimentou o arco.
125   Três vezes o levou a vibrar na sua ânsia de armá-lo;
três vezes desistiu do esforço, embora tivesse a esperança
de esticar a corda e conseguir disparar uma seta através
                                                        do ferro.
Por fim tê-lo-ia conseguido, tentando uma quarta vez,
mas com um aceno lhe indicou Ulisses que desistisse,
130   apesar da sua ânsia; e a todos disse a força sagrada de
                                                      Telêmaco:

"Ah, pobre de mim! De futuro serei um débil e um covarde!
Ou então sou demasiado novo, não podendo ainda confiar
nas mãos para me defender de alguém que me agrida sem
                                                        causa.
Mas vós, que sois superiores a mim na força,
135   experimentai o arco e continuemos o certame."

Assim dizendo, pôs o arco no chão, encostando-o
contra os batentes bem polidos da porta dupla;
aí colocou também a seta veloz contra a fina argola,
e de novo se foi sentar no assento de onde se levantara.

140 Entre eles falou então Antino, filho de Eupites:
"Levantai-vos todos por ordem, da esquerda para a direita,
ó amigos, começando pelo lugar onde o serviçal serve o
                                                    vinho."
Assim falou Antino; e a todos agradaram as suas palavras.

O primeiro a levantar-se foi Liodes, filho de Énops,
145 que desempenhava a função de sacerdote; costumava
sentar-se junto à taça para misturar o vinho, na parte
mais interior da sala; só a ele repugnavam os excessos,
por causa dos quais censurava todos os pretendentes.
Foi ele o primeiro a pegar no arco e na seta veloz.
Pôs-se de pé na soleira e de lá experimentou o arco;
150 mas não logrou armá-lo, pois antes que o conseguisse
se fatigaram as mãos delicadas. E assim disse aos outros:

"Meus amigos, não serei eu a armar este arco; que outro o
                                                    tome.
Mas muitos serão os príncipes a quem este arco roubará
o coração e a vida, uma vez que é de longe preferível
155 morrermos a ficarmos vivos e falharmos naquilo que sempre
aqui nos reuniu, quando ficávamos na expectativa dia
                                                após dia.
Neste momento qualquer um acalenta no espírito a esperança
de casar com Penélope, a esposa de Ulisses.
Mas depois de ter visto e experimentado o arco,
160 que vá fazer a corte a outra das mulheres de belos vestidos,
oferecendo presentes nupciais; então deverá Penélope desposar
quem mais oferecer e quem se lhe afigurar o noivo
                                                destinado."

Assim dizendo, pôs o arco no chão, encostando-o
contra os batentes bem polidos da porta dupla;
165 aí colocou também a seta veloz contra a fina argola,
e de novo se foi sentar no assento de onde se levantara.
Mas Antino repreendeu-o, tratando-o pelo nome:

CANTO XXI 483

"Liodes, que palavra passou além da barreira dos teus dentes,
palavra terrível, insuportável? Enfureço-me de ouvi-la!
170 Se este arco irá roubar a príncipes o coração
e a vida, é porque não o consegues armar!
Pois digo-te que a tua excelentíssima mãe não gerou
um filho com força para armar arcos e disparar setas.
Mas outros entre os orgulhosos pretendentes o conseguirão."

175 Assim dizendo, chamou Melântio, cabreiro de cabras:
"Venha cá, ó Melântio. Acende o lume na sala e põe
ao pé uma cadeira grande com um velo por cima.
Traz lá de dentro uma grande rodela de sebo, para que nós,
os jovens, possamos aquecer o arco e besuntá-lo com gordura.
180 Depois experimentaremos o arco para continuarmos o
certame."

Assim falou; e logo Melântio avivou o lume que nunca
esmorecia.
Perto dele colocou uma cadeira e por cima dela pôs um velo;
lá de dentro trouxe uma grande rodela de sebo, com que
os jovens aqueceram e experimentaram o arco. Mas não
eram
185 capazes de armá-lo, pois faltava-lhes em muito a força
precisa.
Antino continuava a tentar; e também o divino Eurímaco,
príncipes dos pretendentes, e de longe os melhores deles
todos.

Mas nesse momento saíram juntos da sala outros dois:
o boieiro e o porqueiro do divino Ulisses.
190 E atrás deles, através da casa, foi o próprio Ulisses.
Quando já estavam fora dos portões e do pátio,
falou-lhes com palavras doces como mel:

"Ó boieiro, e tu, porqueiro! Dir-vos-ei algo, ou ocultá-lo-ei?
Não, o meu espírito impele-me a contar-vos uma coisa.

484   HOMERO

195 Como seríeis vós a defender Ulisses, se ele regressasse
de repente, trazido para aqui por um deus?
Daríeis ajuda aos pretendentes ou a Ulisses?
Falai como entenderdes no espírito e no coração."

Respondendo-lhe assim falou o boieiro de bois:
200 "Ó Zeus pai, que tu possas cumprir tal possibilidade!
Que chegue aqui esse homem, que o traga já um deus!
Então ficarias a saber como as mãos obedecem à minha
força!"

Do mesmo modo pediu Eumeu a todos os deuses
que regressasse a sua casa o sagaz Ulisses.
205 E quando Ulisses reconheceu a lealdade dos dois,
logo lhes respondeu, dizendo estas palavras:

"Aqui estou, sou eu próprio que estou em casa, tendo
chegado
à pátria depois de muito sofrer e após vinte anos de ausência.
E reconheço que só para vós, de todos os meus servos,
210 regresso como pessoa desejada; a nenhum outro ouvi
que rezasse pelo meu regresso, para que eu voltasse para casa.
Mas a vós dois direi a verdade, tal como ela será.
Se o deus me permitir subjugar os arrogantes pretendentes,
dar-vos-ei, a cada um, uma esposa, assim como propriedades
215 e uma casa, construída perto da minha; e doravante sereis
para mim irmãos e companheiros de Telêmaco.
E agora mostrar-vos-ei um sinal claro e reconhecível,
para terdes conhecimento e confiança nos corações:
a cicatriz, que outrora me deixou a presa de um javali,
220 quando subi o Parnaso com os filhos de Autólico."

Assim dizendo, afastou os farrapos da grande cicatriz.
E depois de eles dois a terem visto e sentido,
abraçaram a chorar o fogoso Ulisses, beijando-lhe
a cabeça e os ombros enquanto o abraçavam.

CANTO XXI   485

225 De igual modo Ulisses lhes beijou a cabeça e as mãos.
E o sol ter-se-ia posto sem que tivessem parado de chorar,
se Ulisses não os tivesse afastado com estas palavras:

"Parai agora de chorar e de vos lamentar, não vá alguém
sair do palácio e reparar, para depois divulgar lá dentro.
230 Mas voltemos a entrar, uns depois dos outros, mas não
todos juntos: primeiro eu, depois vós. E este será o sinal:
todos os outros, os arrogantes pretendentes, não
permitirão que me sejam dados o arco e a aljava;
mas tu, divino Eumeu, quando levares o arco através
235 da sala, põe-no nas minhas mãos, e diz às mulheres
para se fecharem nos seus aposentos, trancando as portas.
E se alguma delas ouvir gritos ou berros dos homens
apanhados na nossa rede, que não saiam cá para fora,
mas que fiquem onde estão, em torno dos seus trabalhos.
240 E a ti, divino Filécio, ordeno que ponhas a tranca
nos portões do pátio, e ata bem os ferrolhos com cordas."

Assim dizendo, voltou a entrar no palácio bem construído,
e sentou-se de novo no assento de onde se tinha levantado.
E entraram depois os dois servos do divino Ulisses.

245 Estava Eurímaco a segurar nas mãos o arco, aquecendo-o
de um lado e de outro, perto do fogo. Mas nem assim
foi capaz de armá-lo; gemeu-lhe o nobre coração
e, decepcionado, dirigiu a todos estas palavras:

"Ah, como me entristeço, não só por mim, mas por todos!
250 Não é tanto pelo casamento que choro, embora isso me afete.
Há muitas outras mulheres dos Aqueus, umas na própria
Ítaca rodeada pelo mar, outras nas demais cidades: é antes
por ficarmos tão aquém, no que respeita a nossa força,
do divino Ulisses, visto que não conseguimos armar
255 o arco. É uma censura de que ouvirão falar os vindouros."

Então lhe respondeu Antino, filho de Eupites:
"Eurímaco, não será bem assim. Tu próprio o sabes.
Hoje entre todo o povo celebra-se a festa daquele deus: é festa
sagrada. Quem quereria armar um arco? Não, deixemo-lo,
260 tranquilos. Quanto aos machados, podemos deixá-los todos
como estão; não penso que virá alguém ao palácio de Ulisses
para os roubar. Que o serviçal sirva vinho nas taças,
para vertermos libações, pondo de parte o arco recurvo.
265 E de manhã ordenai a Melântio, cabreiro de cabras,
que traga aqui cabras, as melhores de todos os rebanhos,
para que ofereçamos as coxas a Apolo, o famigerado
                                          arqueiro,
para depois experimentarmos o arco e continuarmos o
                                          certame."

Assim falou Antino; e aos outros agradaram as suas palavras.
270 Logo os escudeiros lhes verteram água para as mãos;
vieram depois rapazes encher as taças de bebida.
Serviram todos depois de aos deuses terem oferecido uma
                                          libação.
Feitas as libações, e após terem bebido o que lhes exigia o
                                          coração,
falou-lhes então com intuito manhoso o astucioso Ulisses:

275 "Ouvi-me, ó pretendentes da prestigiosa rainha,
para que eu diga o que o coração me move a dizer.
A Eurímaco sobretudo e ao divino Antino eu dirijo
esta prece, visto que a palavra proferida foi na medida certa:
que desistísseis agora do arco, e que vos voltásseis para os
                                          deuses.
280 De manhã dará o deus a força a quem entender.
Mas dai-me agora o arco polido, para que entre vós
eu demonstre a força das minhas mãos e para vermos se
                                          ainda
tenho a força que tinha anteriormente nos membros flexíveis,
ou se as errâncias e falta de alimentação ma destruíram."

CANTO XXI   487

285   Assim falou; e todos ficaram extremamente zangados,
receosos de que ele armasse o arco polido.
Repreendeu-o Antino, tratando-o pelo nome:

"Ah, estrangeiro miserável, não tens juízo — nem um pouco!
Não te basta comeres aqui em sossego com nobres senhores,
290   e nada te falta no banquete? E além disso ouves as nossas
palavras
e conversas: não há qualquer outro estrangeiro e mendigo
que tenha licença de nos ouvir. É o vinho que te atinge,
o vinho doce como mel, que outros também prejudica —
quem o sorve em grandes goles e bebe mais do que deve.
295   Foi o vinho que ao Centauro, ao ilustre Eurítion,
tirou o juízo, no palácio do magnânimo Pirito,
quando chegou junto dos Lápitas; e quando o vinho
lhe tirou o juízo, enlouqueceu e praticou atos terríveis.
A indignação apoderou-se dos heróis, que o arrastaram
300   para fora de portas, e lá lhe cortaram as orelhas
e as narinas com o bronze impiedoso. E ele, atingido
no espírito, prosseguiu o seu caminho, levando
com ele a loucura ruinosa no espírito sem juízo.
Desde então surgiu a querela entre os Centauros e os homens,
porque, pesado de vinho, ele encontrara a desgraça para si
próprio.
305   Do mesmo modo te prometo grande prejuízo, se armares
o arco. Pois não encontrarás qualquer boa vontade
na nossa terra, mas imediatamente te poremos numa nau
escura
e te mandaremos para o rei Équeto, mutilador de todos os
homens.
Dele nunca escaparás com vida. Portanto fica aí sossegado
310   e bebe o teu vinho. Não queiras competir com homens
mais novos."

A ele deu resposta a sensata Penélope:
"Antino, não fica bem, nem é justo, desconsiderar

os convidados de Telêmaco, que vierem a esta casa.
Não pensarás decerto que, se o estrangeiro fosse capaz
315 de armar o arco de Ulisses pela força das suas mãos,
ele me levaria para sua casa e faria de mim a sua mulher?
Não, nem ele próprio terá tal esperança no coração.
Que devido a isto nenhum de vós se banqueteie
com tristeza no coração, pois isso seria vergonhoso."

320 A ela deu resposta Eurímaco, filho de Polibo:
"Filha de Icário, sensata Penélope!
Não pensamos que o homem te leve para sua casa:
isso seria algo que não ficaria bem a ninguém.
Mas temos vergonha daquilo que disserem homens e
mulheres,
não vá algum grosseiro dizer entre os Aqueus:
325 'São homens fracos que fazem a corte à mulher de um
homem
irrepreensível; nem são capazes de armar o arco polido.
Mas um outro, um mendigo que ali chegou nas suas
errâncias,
facilmente armou o arco, e fez passar a seta através do ferro.'
Assim diriam, o que para nós constituiria uma censura."

330 A ele deu resposta a sensata Penélope:
"Eurímaco, não há boa reputação possível entre o povo
para quem trata a casa de um príncipe com desrespeito
e lhe devora os haveres. Por que fazes disso uma censura?
Este estrangeiro é muito alto e bem constituído;
335 declara ser filho de um pai de nobre linhagem.
Dai-lhe o arco bem polido, para que observemos.
E mais isto vos direi, coisa que se cumprirá:
se ele armar o arco e se Apolo lhe conceder essa honra,
dar-lhe-ei como roupa uma capa e uma túnica, lindas vestes,
340 e um dardo pontiagudo, para afastar cães e homens,
e uma espada de dois gumes e sandálias para os pés.
E providenciarei o transporte para onde quiser ir."

CANTO XXI   489

A ela deu resposta o prudente Telêmaco:
"Minha mãe, quanto a este arco, não há ninguém com mais
345 direito que eu entre os Aqueus de dá-lo ou negá-lo a quem
                                                        quiser,
de todos quantos são príncipes em Ítaca rochosa,
ou nas ilhas, ou na Élide apascentadora de cavalos.
Nenhum destes homens me forçará contra minha vontade,
nem que eu quisesse oferecer o arco ao mendigo, para
                                        levá-lo com ele.
350 Agora volta para os teus aposentos e presta atenção
aos teus lavores, ao tear e à roca; e ordena às tuas servas
que façam os seus trabalhos. Pois o arco é aos homens
que diz respeito, a mim sobretudo: sou eu quem manda
                                        nesta casa."

Penélope, espantada, regressou para a sua sala
355 e guardou no coração as palavras prudentes do filho.
Depois de subir até os seus aposentos com as servas,
chorou Ulisses, o marido amado, até que um sono suave
lhe lançasse sobre as pálpebras Atena de olhos esverdeados.

Enquanto isso tinha pegado no arco recurvo o divino
                                        porqueiro.
360 Entre os pretendentes irrompeu logo um grande alarido.
E assim dizia um dos mancebos arrogantes:

"Para onde levas o arco, ó porqueiro nojento? Enlouqueceste?
Em breve, sozinho no meio dos porcos, longe dos homens,
os rápidos cães te devorarão, cães que tu criaste, se Apolo
365 e os outros deuses imortais nos forem favoráveis."

Assim falavam e o porqueiro, que levava o arco, largou-o,
receoso, porque muitos berravam na sala de banquetes.
Mas Telêmaco, do outro lado, gritou com voz ameaçadora:

"Paizinho, leva o arco em frente! Ou depressa te arrependerás

370 de dares ouvidos a todos. Vê lá se, embora mais novo,
eu não te expulso mas é da terra, à pedrada. Sou mais forte.
Quem me dera ser assim mais forte de mãos que todos
os pretendentes que estão aqui no palácio.
Então os expulsaria desta casa de modo bem odioso,
375 pois são eles que congeminam desgraças."

Assim falou; e todos os pretendentes se riram, divertidos,
e abandonaram a cólera amarga que sentiam contra
Telêmaco. E o porqueiro levou o arco através da sala,
e chegando ao pé do fogoso Ulisses, pô-lo nas suas mãos.

380 Depois foi ter com a ama Euricleia, e assim lhe disse:
"Telêmaco manda-te, ó sagaz Euricleia, trancar
as portas bem construídas da sala de banquetes.
E se alguma das servas ouvir gritos ou berros dos homens
apanhados na nossa rede, que não saiam cá para fora,
385 mas que fiquem onde estão, em torno dos seus trabalhos."

Assim falou; e as palavras dela não chegaram a bater asas.
Foi trancar as portas da bem construída sala de banquetes.

E sem dizer nada correu Filécio para fora do palácio
e trancou os portões do pátio de altas muralhas.
390 Jazia ali no adro a amarra pertencente a uma nau recurva,
feita de papiro; com ela atou os portões, e voltou para dentro.
Voltou a sentar-se na cadeira de que havia pouco se levantara,
olhando para Ulisses. Este estava já a manejar o arco,
dando-lhe voltas, examinando cada coisa, com medo de que
395 o caruncho tivesse carcomido o chifre na sua ausência.

E assim dizia um dos pretendentes, olhando para o vizinho:
"O homem deve ser conhecedor ou mercador de arcos.
Ou ele próprio tem tais arcos em sua casa, ou então quer
fazer um igual, e por isso anda com ele às voltas:
400 que vagabundo mais experiente de coisas danadas!"

CANTO XXI   491

E outro dos jovens arrogantes assim dizia:
"Oxalá ele obtenha vantagem na medida em que
se revelar capaz de armar aquele arco."

Assim falavam os pretendentes; mas o astucioso Ulisses,
405 após ter levantado o grande arco e de o ter examinado,
tal como um homem conhecedor da lira e do canto
facilmente estica uma corda a partir de uma cravelha nova,
atando bem a tripa torcida de ovelha de um lado e de
                                                            outro —
assim sem qualquer esforço Ulisses armou o grande arco.
410 Pegando nele com a mão direita, experimentou a corda,
que logo cantou com belo som, como se fosse uma
                                                    andorinha.

Mas os pretendentes estavam muito preocupados, e todos
mudaram de cor. Zeus trovejou do alto, enviando o seu sinal.
E em seguida se regozijou o sofredor e divino Ulisses,
                                                    porque lhe
415 mandara um presságio o filho de Crono de retorcidos
                                                    conselhos.

Pegou numa seta veloz, que estava ali ao pé, em cima
da mesa; pois as outras estavam todas na oca aljava —
as que em breve os Aqueus iriam provar.
Colocando a seta no meio do arco, puxou a corda e o
                                                    entalho.
420 E da cadeira onde estava sentado, disparou a seta, com
                                                    pontaria
certeira. E não errou nenhum dos orifícios dos machados,
do primeiro ao último, mas a seta de brônzea ponta
atravessou pelo meio de todos. E assim disse a Telêmaco:

"Telêmaco, o estrangeiro que está sentado no teu palácio
425 não te traz vergonha. Não errei o alvo, nem me esforcei
                                                    muito

para armar o arco. A minha força não foi quebrantada,
ao contrário do que disseram os pretendentes para me
insultar.
Mas agora é o momento de lhes prepararmos uma refeição,
enquanto ainda há luz; e depois disso o divertimento será
430 com o canto e com a lira, os melhores companheiros do
festim."

Assim falou; e com as sobrancelhas fez um sinal.
Na espada afiada agarrou Telêmaco, o filho amado
do divino Ulisses, e pegou na lança. Depois postou-se
junto ao trono do pai, armado com o bronze faiscante.

Canto XXII

Em seguida despiu os farrapos o astucioso Ulisses
e deu um salto em direção à soleira, segurando o arco
e a aljava cheia de setas. Entornou as setas todas
à frente dos pés e assim disse aos pretendentes:

5 "Na verdade chegou ao fim este certame tremendo.
Agora noutro alvo, que nunca antes foi atingido, verei
se consigo acertar, se Apolo der cumprimento à minha
prece."

Assim falou, e contra Antino disparou uma seta amarga.
Ora Antino estava no momento de levar à boca uma bela
10 taça, vaso dourado de asa dupla; pegara nela com as mãos,
para beber um gole de vinho. O morticínio estava longe
dos seus pensamentos. Pois quem dos celebrantes do
banquete
pensaria que um homem, isolado entre tantos, ainda que
forte,
lhe traria a morte malévola e a escuridão do destino?

15 Mas Ulisses disparou contra ele e atingiu-o com a seta,
cuja ponta lhe atravessou por completo o pescoço macio.
Inclinou-se para o lado; a taça caiu-lhe das mãos ao ser
atingido, e logo das narinas jorrou um jato de másculo
sangue. Depressa afastou a mesa com um pontapé

20　e toda a comida foi parar ao chão, conspurcando o pão
e as carnes assadas. Então surgiu entre os pretendentes
uma gritaria desmedida, ao verem o homem caído.
Saltaram das cadeiras e precipitaram-se através da sala,
aterrorizados, procurando por todo o lado ao longo
das paredes bem construídas. Mas não havia lança
25　ou escudo a que pudessem lançar mão.
E repreenderam Ulisses com palavras enfurecidas:

"Estrangeiro, fazes mal em disparar contra homens! Nunca
participarás noutro certame! Agora tens assegurada a morte
escarpada: mataste o homem mais nobre de Ítaca e devido
30　a isso o teu cadáver será devorado pelos abutres."

Era o que dizia cada um, porque pensavam que Ulisses
matara Antino sem querer. Na sua estultícia não percebiam
que sobre eles tinham sido atados os nós do morticínio.

Fitando-os com a expressão carregada, respondeu o
astucioso Ulisses:
35　"Ó cães! Vós não pensastes que eu alguma vez regressaria
para casa
de Troia, visto que me quisestes destruir a casa,
deitando-vos à força com as servas e, estando eu ainda
em vida, fizestes a corte à minha mulher, sem qualquer
temor dos deuses, que o vasto céu detêm —
40　nem da indignação de homens ainda por nascer!
Agora sobre vós todos se ataram os nós do morticínio."

Assim falou; e a todos dominou o pálido terror. Cada um
olhava em volta, na esperança de fugir à morte escarpada.
Só Eurímaco tomou a palavra para lhe dar resposta:

45　"Se na verdade és Ulisses de Ítaca que acaba de regressar,
o que dizes é justo no que diz respeito aos atos dos Aqueus:
muitos atos de depravação foram cometidos no palácio;

CANTO XXII

muitos também no campo. Mas agora jaz morto
o responsável por tudo, Antino: ele é que fez essas coisas,
50 não porque desejasse ou precisasse de tal casamento,
mas com outro intuito, que o Crônida lhe negou:
de ele próprio vir a ser rei na bem fundada Ítaca,
para tal planejando a emboscada para matar o teu filho.
Mas agora ele jaz morto, como merecia. Mas tu poupa
55 os teus súditos. Da nossa parte iremos pela ilha
para te trazer a restituição daquilo que comemos e bebemos
no palácio: traremos em desagravo, cada um de nós,
o valor de vinte bois; e pagaremos o que for preciso
em bronze e ouro, até que se apazigue o teu coração.
Até lá não te censuramos por estares encolerizado."

60 Fitando-o com a expressão carregada, respondeu o
astucioso Ulisses:
"Eurímaco, nem que me désseis todo o vosso patrimônio,
tudo o que tendes agora e pudésseis reunir de outro lugar,
nem assim eu reteria as mãos do morticínio, até que
todos vós pretendentes pagásseis o preço da transgressão.
65 O que tendes agora à frente é isto: combater, ou então
fugir, se é que alguém pode fugir à morte e ao destino.
Mas não penso que nenhum de vós fuja à morte escarpada."

Assim falou; e ali, onde estavam, se lhes enfraqueceram os
joelhos
e o coração. Falou então Eurímaco pela segunda vez:

70 "Amigos, já que este homem não reterá suas mãos tremendas,
mas, agora que está na posse do arco polido e da aljava,
vai disparar dali da soleira até que nos chacine a todos,
lembremo-nos nós agora da coragem e do combate.
Desembainhai as espadas e segurai as mesas como escudos
75 contra as setas, causadoras de morte veloz. Lancemo-nos
todos
contra ele, na esperança de o tirarmos da soleira da porta,

496 HOMERO

e atravessemos logo a cidade para darmos o alarme:
rapidamente terá este homem disparado a última seta."

Assim dizendo, desembainhou a espada de bronze
80 afiado, uma espada de dois gumes, e lançou-se contra
Ulisses com um grito terrível — mas ao mesmo tempo
disparou uma seta o divino Ulisses, acertando-lhe no peito,
ao lado do mamilo: a seta veloz atingira-o no fígado.
Das mãos Eurímaco deixou cair a espada; contorcendo-se
85 por cima da mesa, dobrou-se e caiu, atirando para o chão
a comida e a taça de asa dupla. Bateu na terra com a testa
na agonia da morte; e esperneando contra a cadeira, fê-la
abanar
com ambos os pés. Mas depois o nevoeiro lhe desceu
sobre os olhos.

Em seguida foi Anfínomo que se lançou contra o glorioso
Ulisses
90 em gesto frontal, tendo desembainhado a espada na
esperança
de afastar Ulisses da porta. Mas Telêmaco foi rápido:
atirou e acertou-lhe nas costas com a lança de brônzea ponta,
entre as omoplatas, empurrando-a até lhe trespassar o peito.
Anfínomo caiu com um estrondo, batendo com a testa no
chão.
95 Mas Telêmaco saltou para trás, deixando a lança de longa
sombra
nas costas de Anfínomo, pois muito receava que, se
tentasse tirar
a lança de longa sombra do corpo, algum dos Aqueus
investisse
contra ele e o atingisse com a espada, curvado sobre o corpo.
Começou pois a correr e depressa chegou junto do pai
amado;
100 postando-se a seu lado, dirigiu-lhe palavras aladas:

CANTO XXII

"Pai, trago-te um escudo e duas lanças
e um elmo de bronze bem ajustado às têmporas;
e eu próprio me armarei quando regressar, e darei armas
ao porqueiro e ao boieiro, pois é melhor estarmos armados."

105 Respondendo-lhe assim falou o astucioso Ulisses:
"Vai trazê-las depressa, enquanto me posso defender com
setas,
não vão eles afastar-me da porta, por estar aqui sozinho."

Assim falou; e Telêmaco obedeceu ao pai amado.
Foi até a câmara, onde tinha deposto as armas gloriosas.
110 De lá trouxe quatro escudos e oito lanças, assim como
quatro elmos de bronze com penachos de crina de cavalo.
Pegou neles e depressa regressou para junto do pai amado.
Primeiro que tudo, vestiu o bronze em torno do corpo.
De igual modo se armaram os dois servos com belas armas,
115 posicionando-se de cada lado do fogoso e astucioso Ulisses.

Enquanto a Ulisses restavam setas para se defender,
disparava-as, acertando nos pretendentes, um a um,
no palácio dele; e eles caíam, uns após os outros.
Mas quando as setas faltaram ao soberano que as disparava,
120 encostou o arco contra a entrada da sala bem construída,
deixando-o ali, reclinado contra a parede resplandecente.
Pôs então aos ombros um escudo de quatro camadas,
e na possante cabeça colocou um elmo bem forjado,
com crinas de cavalo, e terrivelmente se agitava o penacho.
125 Agarrou depois em duas fortes lanças de brônzea ponta.

Ora na parede bem construída havia uma poterna elevada,
no extremo do limiar da sala bem construída, dando
acesso a um corredor, resguardado por uma porta dupla.
Ao divino porqueiro ordenara Ulisses que se postasse
130 junto dela e a guardasse, pois a ela só havia um acesso.
Entre eles falou então Agelau, dirigindo-se a todos:

498 . HOMERO

"Amigos, não haverá ninguém que suba à poterna
e vá dar o alarme ao povo, para que nos auxiliem?
Rapidamente terá este homem disparado a última seta."

135 A ele respondeu então Melântio, cabreiro de cabras:
"Não é possível, ó Agelau criado por Zeus. Perigosamente
perto estão os portões do pátio, e a entrada é estreita.
Um só homem poderia afastar todos, desde que fosse forte.
Mas agora trar-vos-ei armas da câmara para vestirdes;
140 pois foi lá, segundo creio, e não noutro lugar,
que depuseram as armas Ulisses e o filho glorioso."

Assim dizendo, subiu Melântio, cabreiro de cabras,
pelos degraus da sala até a câmara de Ulisses.
De lá trouxe doze escudos e outras tantas lanças
145 e igual número de elmos de bronze com crinas de cavalo.
Andou em frente e depressa trouxe as armas aos
                                                    pretendentes.
Foi então que se enfraqueceram os joelhos e o coração
de Ulisses, ao ver como eles se armavam e seguravam
nas mãos lanças compridas. Enorme lhe pareceu a tarefa.
150 Logo dirigiu a Telêmaco palavras aladas:

"Telêmaco, decerto uma das servas no palácio atira contra
nós uma guerra maligna — ou então será Melântio."

A ele deu resposta o prudente Telêmaco:
"Pai, fui eu que cometi o erro — mais ninguém é
155 responsável. Fui eu que deixei aberta a porta bem ajustada
da câmara, depois de abri-la: o vigia deles é superior a mim.
Mas vai, divino Eumeu, e fecha a porta da câmara;
vê se é uma das mulheres que está a fazer isto,
ou se é, como penso, Melântio, filho de Dólio."

160 Estas eram as coisas que eles diziam entre si.
De novo se dirigiu à câmara Melântio, cabreiro de cabras,

CANTO XXII 499

para trazer belas armas. Viu-o o divino porqueiro,
e logo disse a Ulisses, que estava perto dele:

"Filho de Laertes, criado por Zeus, Ulisses de mil ardis!
165 Lá vai o homem odioso, que nós já suspeitávamos:
volta à câmara. Mas diz-me agora com clareza:
devo matá-lo, se eu me revelar superior pela força,
ou deverei trazê-lo para aqui, para que pague os
muitos crimes que ousou cometer aqui em tua casa?"

170 Respondendo-lhe assim falou o astucioso Ulisses:
"Eu e Telêmaco trataremos dos arrogantes pretendentes,
aqui na sala, por muito ferozes que sejam.
Mas vós dois devereis atar os pés e as mãos de Melântio
e atirá-lo para dentro da câmara: atai-o com uma corda
torcida
175 contra uma alta coluna, erguendo-o para junto das traves:
assim, ainda em vida, sofrerá dores insuportáveis."

Assim falou; e eles logo ouviram e obedeceram. Dirigiram-se
à câmara, passando despercebidos a quem lá estava dentro.
180 Melântio estava no recesso interior à procura de mais armas;
eles colocaram-se cada um do seu lado da porta, à espera.
E quando estava para pisar a soleira Melântio, cabreiro de
cabras,
segurando numa mão um elmo lindíssimo, e na outra
um escudo largo, mas já velho, manchado pela umidade —
185 era o escudo do herói Laertes, que o usara em novo;
mas agora estava posto de parte, com as correias
estragadas —
foi então que os dois saltaram, lançando-se contra Melântio.
Arrastaram-no para dentro pelos cabelos e atiraram-no ao
chão,
com angústia no coração: ataram-lhe os pés e as mãos
com cordas
190 dolorosas, puxando-as bem para trás, como ordenara

o filho de Laertes, o sofredor e divino Ulisses.
E ataram-lhe ao corpo uma corda torcida e ergueram-no
junto da alta coluna até que pendesse das traves do teto.
Foi então que fizeste troça dele, ó porqueiro Eumeu:

195 "Agora, não haja dúvida, farás uma grande vigília, ó
Melântio,
dormindo numa cama macia, como tu mereces. Não te
passará despercebida a Aurora de trono dourado, quando
se levantar das correntes do Oceano, à hora em que trazes
as cabras ao palácio para a refeição dos pretendentes."

200 E deixaram-no ali, esticado por causa das amarras atrozes.
Mas eles os dois vestiram as armas e fecharam a porta
luzente.
Regressaram para junto do fogoso e astucioso Ulisses.
E ali se postaram, respirando força: eram só quatro os que
estavam na soleira, mas muitos e valentes os do outro lado.

205 Aproximou-se deles então Atena, filha de Zeus,
semelhante a Mentor no corpo e na voz. Ulisses
regozijou-se ao vê-la e assim lhe dirigiu a palavra:

"Mentor, afasta a desgraça! Lembra-te de mim, o teu amigo
querido, que muitas vezes te apoiou: pois somos da mesma
idade."

210 Assim falou, convencido de que era Atena, incitadora das
hostes.
Mas os pretendentes do outro lado gritavam na sala:
e foi Agelau, filho de Damastor, que repreendeu Atena:

"Mentor, não deixes Ulisses persuadir-te com palavras
a combateres contra os pretendentes, ajudando-o.
215 Pois é assim que pensamos fazer as coisas:
depois de matarmos estes homens, o pai e o filho,

CANTO XXII

matar-te-emos em seguida, por aquilo que estás prestes
a fazer aqui no palácio. Com a cabeça pagarás os teus atos.
Depois de termos cobrado à vossa violência com o bronze,
220 tudo o que tens de riquezas, tanto em casa como no campo,
tudo isso juntaremos às de Ulisses; e aos teus filhos
não permitiremos que vivam no teu palácio;
nem às tuas filhas e à tua fiel mulher deixaremos
que andem livremente na cidade de Ítaca."

Assim falou; e muito se encolerizou Atena no coração,
225 e com palavras furiosas repreendeu Ulisses:

"Já não tens, ó Ulisses, a força firme nem a coragem
que mostraste quando por causa de Helena de alvos braços
combateste durante nove anos contra os Troianos sem cessar,
e muitos homens mataste em combates terríveis,
230 e graças ao teu conselho a cidade de Príamo foi saqueada.
Como é que agora, tendo regressado a casa e aos teus haveres,
te lamentas por teres de mostrar a tua força aos pretendentes?
Não, amigo, chega-te ao pé de mim e observa o que eu faço,
para que saibas como no meio de homens inimigos
235 Mentor, filho de Álcimo, devolve as benesses recebidas."

Assim falou; mas não lhe deu ainda a vitória decisiva,
porque quis ainda pôr à prova a força e a coragem
de Ulisses e de seu filho glorioso.
E voou em direção ao teto da sala cheia de fumaça,
240 onde pousou numa trave, semelhante a uma andorinha.

Porém incitavam os pretendentes Agelau, filho de Damastor,
e Eurínomo, Anfimedonte e Demoptólemo;
assim como Pisandro, filho de Polictor, e o fogoso Polibo.
É que estes eram os melhores em valor dos pretendentes
245 que ainda restavam e combatiam para salvar a vida.
Os outros já o arco e as setas incessantes tinham morto.
Entre eles falou então Agelau, dirigindo-se a todos:

"Amigos, este homem terá de parar as suas mãos tremendas.
Mentor abandonou-o, depois de se ter ufanado em vão.
250 E eles ficaram ali sozinhos junto às portas. Por isso
não lanceis todos ao mesmo tempo as vossas lanças
                          compridas,
mas que seis de vós atirem primeiro, na esperança de que
                          Zeus
nos conceda atingir Ulisses e assim alcançar a glória.
Dos outros não precisamos de cuidar, depois de este cair."

255 Assim falou; e eles atiraram as lanças como ele ordenara,
com afinco. Mas Atena fez que tudo fosse em vão.
Um deles acertou na ombreira da sala bem construída;
outro acertou na porta bem ajustada; e a lança de freixo
de um outro, pesada de bronze, acertou na parede.
260 Depois que evitaram as lanças dos pretendentes,
entre eles falou o sofredor e divino Ulisses:

"Amigos, agora ordeno eu que atiremos as lanças
contra os pretendentes, que desejam matar-nos
para juntar mais isso aos crimes já praticados."

265 Assim falou; e todos atiraram as lanças afiadas com
pontaria certeira. Ulisses atingiu Demoptólemo;
Telêmaco, Euríades; o porqueiro, Élato.
E Pisandro foi morto pelo boieiro de bois.
Todos estes ao mesmo tempo morderam a ampla terra
270 com os dentes; e os restantes pretendentes recuaram.
Mas os outros avançaram para tirar as lanças dos cadáveres.

Então de novo atiraram os pretendentes as suas lanças
com afinco; mas Atena fez com que quase todas fossem vãs.
Um deles acertou na ombreira da sala bem construída;
275 outro acertou na porta bem ajustada; e a lança de freixo
de um outro, pesada de bronze, acertou na parede.
Mas Anfimedonte atingiu Telêmaco por baixo do pulso,

CANTO XXII

um golpe passageiro, pois o bronze só feriu a superfície.
E Ctesipo com a sua lança comprida feriu Eumeu
280 no ombro, mas a lança voou por cima e caiu no chão.

Novamente ordenou o fogoso e astucioso Ulisses
que atirassem as lanças afiadas contra os pretendentes.
Desta vez Euridamante foi atingido por Ulisses, saqueador
de cidades; Anfimedonte por Telêmaco; e Polibo pelo
porqueiro.
285 Em seguida Ctesipo foi atingido no peito pelo boieiro de bois,
que exultou por cima dele, dirigindo-lhe estas palavras:

"Ó filho de Politerses, amigo de grosseiros insultos!
Nunca mais falarás com a loucura da arrogância, mas dá
agora a palavra aos deuses, que são superiores a ti.
290 Este presente te ofereço em retribuição do casco de boi
que deste ao divino Ulisses, quando mendigava em casa dele."

Assim falou o boieiro de bois de chifres recurvos. Mas Ulisses
feriu com a lança o filho de Damastor em combate corpo
a corpo.
Telêmaco atingiu Liócrito, filho de Evenor, com a lança,
295 diretamente na virilha; ele caiu e bateu com a testa no chão.

Foi então que Atena levantou a égide, o flagelo dos mortais,
lá de cima, do teto: os pretendentes cederam ao pânico.
Precipitaram-se através da sala como gado enlouquecido
300 por um esvoaçante moscardo, que espicaça os bois a
correr em frente
na época primaveril, quando os dias começam a aumentar.
Tal como quando abutres de garras e bicos recurvos vêm das
montanhas para se lançar sobre outras aves, e estas voam
ao longo da planície debaixo das nuvens e sobre elas se
atiram
305 os abutres, matando-as, porque elas não têm maneira de
se defender

ou escapar, mas os homens se alegram de ver a matança —
assim eles perseguiam os pretendentes através da sala,
dando-lhes golpes: e ouviram-se gritos horrendos quando
as cabeças foram atingidas e o chão escorreu de sangue.

310 Mas Liodes agarrou-se aos joelhos de Ulisses;
com súplicas dirigiu-lhe palavras aladas:

"Peço-te de joelhos, ó Ulisses, que me respeites e te
apiedes de mim.
Garanto que nunca desonrei nenhuma das mulheres
no palácio, nem cometi nenhum excesso, mas sempre
315 tentei refrear os pretendentes, quando faziam tais coisas.
Mas eles não me ouviam, nem se abstinham desses crimes.
Devido à sua loucura sobreveio o destino que mereciam.
Mas agora eu, o sacerdote deles, que nada fiz de mal,
jazerei ao seu lado? Não há recompensa pelas boas ações."

320 Fitando-o com a expressão carregada, respondeu o
astucioso Ulisses:
"Se deles declaras na verdade ter sido o sacerdote,
então muitas vezes terás pedido aos deuses aqui no palácio
que me fosse sonegada a possibilidade de um doce regresso,
e que fosse a ti que se oferecesse, e desse filhos, a minha
mulher.
325 Por isso não escaparás agora a uma morte dolorosa."

Assim dizendo, com a mão possante agarrou numa espada
que ali jazia; espada que Agelau deixara cair no chão
ao morrer. Com ela lhe desferiu um golpe no pescoço;
e a cabeça de Liodes proferia ainda sons ao bater na terra.

330 O filho de Térpio, o aedo, continuava ainda a evitar a
escuridão
da morte — Fêmio, que cantara à força para os pretendentes.
Com a lira de límpido som nas mãos, colocara-se perto

CANTO XXII

da poterna; hesitava na sua mente entre duas alternativas:
ou sair discretamente da sala e refugiar-se no altar de Zeus,
335 que fora erigido no pátio, e onde em tempos passados
Ulisses e Laertes ofereceram em sacrifício muitas coxas de
bois;
ou então atirar-se para a frente e agarrar os joelhos de
Ulisses.
Enquanto refletia, isto lhe pareceu a melhor decisão:
agarrar-se aos joelhos de Ulisses, filho de Laertes.
340 Colocou no chão a lira cinzelada, entre a taça de misturar
o vinho e um trono cravejado com adornos de prata.
Precipitou-se para agarrar os joelhos de Ulisses,
e com súplicas lhe dirigiu palavras aladas:

"Peço-te de joelhos, ó Ulisses, que me respeites e te
apiedes de mim.
345 Para ti próprio virá a desventura, se matares o aedo:
eu mesmo, que canto para os deuses e para os homens.
Sou autodidata e um deus me pôs no espírito cantos
de todos os gêneros: sou a pessoa certa para cantar ao teu
lado,
como se fosses um deus. Por isso, não desejes degolar-me.
350 Telêmaco, o teu filho amado, te dará testemunho disto:
que não foi por minha vontade que vim para a tua casa,
com tenção de cantar para os pretendentes após o jantar;
mas eles, mais fortes e numerosos, me trouxeram à força."

Assim falou; e ouviu-o a força sagrada de Telêmaco,
355 que estava ali ao pé, e logo se dirigiu ao pai:

"Para a tua mão e não trespasses este inocente com o bronze!
E salvemos também Mêdon, o arauto, que sempre tomou
conta de mim em casa, quando eu ainda era uma criança —
para o caso de não o terem já morto Filécio ou o porqueiro,
360 ou tu próprio, quando na tua fúria atravessaste a sala."

Assim falou; e ouviu-o Mêdon, que sabia o que era sensato.
Estava dobrado debaixo de uma cadeira, e por cima pusera
a pele de um boi, havia pouco esfolado, para afastar
a negra morte.
De imediato saiu debaixo da cadeira e tirou a pele de boi.
365 Precipitou-se para agarrar os joelhos de Telêmaco,
e com súplicas lhe dirigiu palavras aladas:

"Querido amigo, aqui estou; não levantes a mão e pede
ao teu pai, tão forte!, que não me faça mal com o bronze,
na sua cólera contra os pretendentes, que lhe dizimaram
370 os haveres no palácio e na sua estultícia te desconsideraram."

Sorrindo lhe respondeu então o astucioso Ulisses:
"Coragem, pois Telêmaco te protegeu e salvou,
para que saibas no coração, e possas dizer a outros,
que as boas ações são muito melhores que as más.
375 Ide os dois lá para fora, e sentai-vos no pátio,
longe do morticínio, tu e o celebrado aedo,
até que eu tenha feito em casa aquilo que tenho de fazer."

Assim falou; e ambos saíram para fora da sala
e foram sentar-se os dois no altar do grande Zeus,
380 olhando em todas as direções, sempre à espera da morte.

E Ulisses também olhou por toda a parte, não fosse ter
escapado
vivo algum pretendente, escondido, a evitar a escuridão
da morte.
Mas viu que todos estavam mortos, caídos no meio do
sangue
e da terra, todos eles, como peixes que os pescadores
385 tiraram do mar cinzento nas suas redes e deixaram na praia
de orla sinuosa, todos amontoados em cima da areia,
desejosos de voltar para as ondas do mar salgado,
mas o sol resplandecente lhes tira a vida —

CANTO XXII

assim jaziam os pretendentes, uns sobre os outros.
390 Então disse a Telêmaco o astucioso Ulisses:

"Telêmaco, chama até aqui a ama Euricleia,
para que lhe diga uma coisa que estou a pensar."

Assim falou; e Telêmaco obedeceu ao pai amado.
Deu pancadas na porta e assim chamou por Euricleia:
395 "Venha cá agora, ó anciã há muito nascida! Tu que
estás à frente das servas no nosso palácio!
Vem! Chama-te o meu pai para falar contigo."

Assim falou; mas as palavras dela não chegaram a bater asas.
Abriu as portas da bem construída sala de banquetes
400 e entrou, com Telêmaco a caminhar à sua frente.
Encontrou Ulisses no meio dos cadáveres dos mortos,
conspurcado de sangue e imundície, como um leão,
que acaba de comer um dos bois do estábulo
e tem o peito todo e as faces de ambos os lados
405 manchadas de sangue — visão terrível de se ver!
Assim com marcas de sangue nas mãos e nos pés
estava Ulisses. E quando Euricleia viu os cadáveres
e a grande quantidade de sangue, preparou-se para levantar
o grito ululante da exultação, pois vira cumprido um feito
enorme.
Mas Ulisses reteve e refreou o gesto, embora ela muito o
desejasse;
410 e falando dirigiu-lhe palavras aladas:

"No teu coração, ó anciã, te regozija, mas sem exultação
em voz alta.
É coisa ímpia o regozijo sobranceiro sobre os cadáveres
dos mortos.
Estes foram subjugados pelo destino dos deuses e pelos
seus atos.
Não respeitaram homem algum na terra, vil ou bem-nascido,

415 que com eles convivesse. Deu-lhes o desvario uma morte
vergonhosa.
Mas agora diz-me tu quais são as servas no palácio
que me desonraram; e quais são as inocentes."

A ele deu resposta a querida ama Euricleia:
420 "A ti, ó filho, direi então a verdade.
Tens cinquenta servas no palácio,
mulheres a quem ensinamos a trabalhar,
a cardar lã e a aguentar a vida de escravas.
Destas, doze enveredaram pela pouca-vergonha;
425 não me respeitavam a mim, nem a Penélope.
Telêmaco só chegou há pouco à idade adulta, e a mãe
não tinha o hábito de o deixar dar ordens às servas.
Mas agora subirei até o aposento resplandecente
para dar a notícia à tua mulher, que um deus adormeceu."

430 Respondendo-lhe assim falou o astucioso Ulisses:
"Não a acordes ainda, mas manda vir até aqui as mulheres
que no passado praticaram atos vergonhosos."

Assim falou; e a anciã atravessou a casa para levar
a notícia às servas e para lhes ordenar que comparecessem.
435 E Ulisses chamou a si Telêmaco, o boieiro e o porqueiro
e falando dirigiu-lhes palavras aladas:

"Começai agora a levar os cadáveres para fora com a
ajuda das servas.
E em seguida lavai com esponjas porosas e água os belos
tronos
440 e as mesas. E depois de terdes posto tudo em ordem,
em toda a casa, conduzi cá para fora as servas;
e entre o edifício redondo e a cercadura do belo pátio
devereis abater as servas com as longas espadas, até que a vida
as abandone e se esqueçam dos prazeres de Afrodite,
445 que provaram, deitadas em segredo com os pretendentes."

CANTO XXII   509

Assim falou; e as mulheres saíram, encostadas umas às
                                                        outras,
em grande lamentação e vertendo lágrimas copiosas.
Primeiro levaram para fora os cadáveres dos mortos,
depondo-os debaixo do adro, no pátio bem construído,
450   todos apinhados. Foi o próprio Ulisses a dar as ordens,
incitando a que trabalhassem. À força levaram os mortos.
Depois lavaram com esponjas porosas
e água os belos tronos e as mesas.
Em seguida Telêmaco, o boieiro e o porqueiro
455   rasparam com enxadas o chão da casa bem construída;
e as servas levaram as imundícies lá para fora.
Depois de terem posto tudo em ordem na sala,
levaram as mulheres para fora do palácio,
para o lugar entre o edifício redondo e a cercadura do pátio;
460   aprisionaram-nas num espaço exíguo, de onde era
                                                        impossível fugir.
Então foi o prudente Telêmaco que começou a falar:

"Não será com morte limpa que tirarei a vida a estas servas,
que contra a minha cabeça atiraram insultos e contra
a minha mãe, além de dormirem com os pretendentes."

465   Assim falando, atou a amarra de uma nau de proa escura
à grande coluna e esticou-a até o edifício redondo,
elevando-a de modo a que nenhuma tocasse no chão com
                                                        os pés.
Tal como quando tordos de asas compridas ou pombas
embatem contra a rede nos arvoredos ao tentar voltar
470   aos ninhos, e é um local de descanso odioso que as acolhe —
assim as mulheres tinham as cabeças em fila, e à volta
de cada pescoço foi posta uma corda,
para que morressem de modo aflitivo.
Espernearam um pouco, mas não durante muito tempo.

Depois arrastaram Melântio através da porta e do pátio.

HOMERO

475 Cortaram-lhe as narinas e as orelhas com o bronze impiedoso
e arrancaram-lhe os membros genitais para os cães comerem,
crus. E na sua fúria deceparam-lhe ainda as mãos e os pés.

Em seguida lavaram as mãos e os pés e voltaram
a casa de Ulisses. O trabalho estava feito.
480 Mas Ulisses disse à querida ama Euricleia:
"Traz enxofre, ó anciã, para afugentar o mal; e traz tochas,
para purificarmos a sala. E diz a Penélope para vir aqui
com as suas
servas; e diz a todas as mulheres da casa que venham aqui
ter."

485 A ele deu resposta a querida ama Euricleia:
"Sim, meu filho, tudo disseste na medida certa.
Mas deixa-me trazer uma capa e túnica para vestires,
para não estares assim com farrapos sobre os ombros
largos no palácio: pois tal coisa seria censurável."

490 Respondendo-lhe assim falou o astucioso Ulisses:
"Primeiro quero que se traga fogo para a sala."

Assim falou; e não lhe desobedeceu a ama Euricleia,
mas trouxe tochas e enxofre; e Ulisses purificou
toda a sala de banquetes, toda a casa e o pátio.
495 Depois a anciã atravessou a bela casa de Ulisses
para dar a notícia às mulheres e dizer-lhes que viessem.
E elas saíram dos seus aposentos, com tochas na mão.
Reuniram-se em torno de Ulisses, abraçando-o;
e enquanto o abraçavam, beijavam-lhe a cabeça e os ombros
500 e as mãos. Dele se apoderou então uma doce saudade,
e sentiu o desejo de chorar e gritar: reconhecera-as a todas.

Canto XXIII

Rindo de satisfação, a anciã subiu até o alto aposento,
para dizer à rainha que o marido estava em casa.
Os joelhos mexiam-se bem, embora os pés tropeçassem.
Postou-se junto à cabeceira e assim falou à senhora:

5 "Acorda, Penélope, querida filha, para veres com teus
próprios olhos aquilo que esperaste todos os dias!
Ulisses chegou, está em casa, depois de tanto tempo!
Matou os arrogantes pretendentes, que lhe prejudicavam
a casa, dizimavam os haveres e desconsideravam o filho!"

10 A ela deu resposta a sensata Penélope:
"Querida ama, enlouqueceram-te os deuses — eles que
                                                    podem
transtornar o juízo a quem tem excelente entendimento,
e pôr no caminho da compreensão o afrouxado de espírito.
Agora deram contigo em louca. E tu que antes eras tão
                                                    ajuizada!
15 Por que me atormentas, quando tenho o coração cheio de
                                                    dor,
dizendo coisas desvairadas e acordando-me do sono suave
que me prendera, cobrindo-me as pálpebras?
Pois nunca eu dormi tão bem, desde que Ulisses
partiu para ver Ílio-a-Malévola, cidade inominável.
20 Vai agora lá para baixo e volta para a sala de banquetes.

Se tivesse sido outra das servas que me pertencem
a vir aqui, para me acordar e anunciar coisa semelhante,
rapidamente a teria mandado embora com grande rispidez.
Mas a tua idade traz-te o benefício de não receberes esse
trato.”

25 Respondendo-lhe assim falou a querida ama Euricleia:
“Não te atormento, querida filha: é mesmo verdade
que Ulisses regressou para casa, conforme eu disse.
É aquele estrangeiro, que todos desonraram na sala.
Mas Telêmaco já sabia havia muito que era ele,
30 mas na sua prudência ocultou os planos do pai,
para que pudesse castigar a violência daqueles arrogantes.”

Assim falou; e Penélope sentiu grande alegria. Saltou da cama
e abraçou a anciã. Dos olhos escorriam lágrimas.
E falando dirigiu-lhe palavras aladas:

35 “Mas agora diz-me, ó querida ama, com toda a verdade,
se na realidade ele regressou para casa, conforme dizes.
Como é que pôs as mãos nos pretendentes desavergonhados,
um homem só? Eles andavam sempre agrupados na casa.”

Respondendo-lhe assim falou a querida ama Euricleia:
40 “Não vi, nem perguntei: ouvi apenas os berros dos que
morriam. Nós, as mulheres, ficamos sentadas no recesso
interior
dos nossos aposentos, aterrorizadas, com as portas fechadas,
até o momento em que o teu filho, Telêmaco, me chamou,
saindo da sala: pois assim lhe ordenara o pai.
45 Encontrei depois Ulisses, em pé no meio dos cadáveres,
que se espalhavam no chão, uns em cima dos outros.
Ter-te-ia alegrado a vista dele, todo sujo de sangue, como
um leão.
Agora os cadáveres estão todos empilhados junto aos portões
50 do pátio; mas ele purificou o belo palácio com enxofre,

CANTO XXIII

tendo acendido um grande lume. Pede-me para te chamar.
Vem, pois, para que os corações de ambos enveredem
pela alegria, já que ambos sofrestes tantos males.
Agora, finalmente, se cumpriu o teu grande desejo:
55 ele regressou, vivo, ao seu lar; e encontra-te a ti
e ao filho no palácio. Aqueles que praticaram o mal,
os pretendentes: sobre todos eles se abateu a vingança."

A ela deu resposta a sensata Penélope:
"Querida ama, abstém-te do regozijo e da exultação.
60 Sabes bem quão desejado ele aparece agora no palácio
a todos, sobretudo a mim e ao filho que geramos.
Mas o relato que contas não pode ser verdadeiro.
Foi algum dos imortais que matou os arrogantes
pretendentes,
encolerizado por causa da sua insolência dolorosa e más
ações.
65 Não respeitaram homem algum na terra, vil ou bem-nascido,
que com eles convivesse. Deu-lhes o desvario uma morte
vergonhosa.
Mas Ulisses perdeu lá longe o regresso à Acaia. Morreu."

Respondendo-lhe assim falou a querida ama Euricleia:
70 "Minha filha, que palavra passou além da barreira dos
teus dentes?
Disseste que o teu marido, que está lá embaixo à lareira,
não regressará! O teu coração recusa-se sempre a acreditar.
Mas dar-te-ei agora uma outra prova claramente
reconhecível:
a cicatriz, que outrora lhe infligiu um javali com a branca
presa.
75 Apercebi-me dela quando lhe lavei os pés e quis logo dizer-te.
Mas ele pôs a mão sobre a minha boca: e graças à sua mente
muito sabedora do que é proveitoso, impediu-me de falar.
Vem comigo; ofereço a minha própria vida em testemunho.
Se te engano, mata-me da maneira mais horrível."

80 A ela deu resposta a sensata Penélope:
"Querida ama, é-te difícil compreender os desígnios dos
deuses
que são para sempre, embora tenhas bom entendimento.
Seja como for, vamos lá então ter com o meu filho,
para que eu veja os pretendentes mortos e quem os matou."

85 Assim dizendo, Penélope desceu do alto aposento. No
coração
muito hesitava, se haveria de interrogar o marido amado
à distância, ou se haveria de abraçá-lo e beijá-lo na cabeça
e nas mãos. Depois de entrar e transpor a soleira de pedra,
sentou-se defronte de Ulisses, à luz da lareira, junto à parede
90 do lado oposto. Ele estava sentado junto à alta coluna;
olhava para o chão, à espera de ver se lhe falaria
a excelsa mulher, quando nele pusesse os olhos.
Mas ela ficou sentada em silêncio, dominada pelo espanto.
Umas vezes olhava para ele diretamente, para o rosto;
95 outras vezes não sabia se era ele, tais os farrapos que vestia.
Mas Telêmaco tomou a palavra e repreendeu a mãe:

"Minha mãe, mãe terrível, dura de coração!
Por que te manténs distante do meu pai, e não te sentas
ao lado dele, para lhe falares e dirigires todas as perguntas?
100 Nenhuma outra mulher se manteria afastada com tal dureza
do marido que, tendo padecido tantos sofrimentos,
regressa no vigésimo ano à terra pátria.
Mas o teu coração sempre foi mais duro que uma pedra."

A ele deu resposta a sensata Penélope:
105 "Meu filho, tenho o coração no peito cheio de espanto;
não consigo proferir palavra alguma, nem perguntar nada,
nem sequer olhar para ele, olhos nos olhos. Mas se ele é
na verdade Ulisses chegado a sua casa, sem dúvida ele e eu
nos reconheceremos de modo mais seguro, pois temos
110 sinais, que só nós sabemos, escondidos dos outros."

CANTO XXIII 515

Assim falou; e sorriu o sofredor e divino Ulisses, que logo
dirigiu a Telêmaco palavras aladas:

"Telêmaco, deixa que a tua mãe me ponha à prova,
aqui na sala de banquetes; depressa verá tudo com clareza.
115 Agora, porque estou esfarrapado e vestido com roupas vis,
desdenha-me e não quer reconhecer que sou Ulisses.
Quanto a nós, pensemos como tudo correrá da melhor forma:
pois quem quer que mate só um homem numa cidade
(ainda que esse não deixe muitos parentes que o vinguem),
120 exila-se, deixando para trás a família e a terra pátria.
Mas nós matamos os baluartes da cidade, os jovens
mais nobres de Ítaca: peço-te que reflitas sobre isto."

A ele deu resposta o prudente Telêmaco:
"Considera tu, querido pai, essa questão; pois diz-se
125 que a tua inteligência supera a dos outros homens,
nem nenhum mortal poderia contigo competir.
Nós te seguiremos com afinco: não penso que te
faltará apoio, tanto quanto permitir a nossa força."

Respondendo-lhe assim falou o astucioso Ulisses:
130 "Dir-te-ei então aquilo que me parece melhor.
Primeiro tomai banho e vesti as vossas túnicas;
dizei às servas no palácio que tragam as roupas.
E que o divino aedo com a sua lira de límpido som
nos conduza na dança deleitosa, para que quem ouvir
135 lá de fora, quer seja alguém que aqui habite, ou alguém
que passa no caminho, pense que celebramos uma boda.
E assim não se espalhará pela cidade a notícia da morte
dos pretendentes, antes que nós saiamos para os nossos
campos bem arborizados. Aí, em seguida, pensaremos
140 sobre a proveitosa vantagem que nos mostrar o Olimpo."

Assim falou; e eles ouviram e obedeceram às suas palavras.
Primeiro tomaram banho e vestiram as túnicas;

arranjaram-se também as mulheres. E o divino aedo
foi buscar a lira cinzelada e neles suscitou o desejo
145 do doce canto e da dança irrepreensível.
A sala de banquetes ressoou devido aos passos
de homens que dançavam e de belas mulheres.
E assim dizia quem, fora da casa, ouvisse o som:

"Decerto alguém desposou a rainha muito cortejada.
150 Mulher dura, que não se dispôs a guardar a casa
do esposo glorioso, até que ele regressasse."
Assim diziam; mas sem saber o que se passava.

Enquanto isso ao magnânimo Ulisses deu banho
a governanta Eurínome, ungindo-o com azeite.
155 Atirou-lhe por cima uma bela capa e uma túnica.
Foi então que Atena derramou grande beleza sobre a cabeça
de Ulisses; fê-lo mais alto de aspecto, e também mais forte.
Da cabeça fez crescer um cabelo encaracolado,
cujos caracóis pareciam jacintos.
Tal como derrama ouro sobre prata um artífice,
160 a quem Hefesto e Atena ensinaram toda a espécie
de técnicas, e assim faz uma obra graciosa — assim a deusa
derramou a graciosidade sobre a cabeça e os ombros de
                                                              Ulisses.
Saiu do banho, igual de corpo aos deuses imortais.
Sentou-se de novo na cadeira de onde se tinha levantado,
165 defronte da mulher; e começou por lhe dizer estas palavras:

"Mulher incompreensível, mais do que a qualquer outra
                                                              mulher
foi a ti que deram um coração inflexível os que no Olimpo
                                                              habitam.
Nenhuma outra mulher se manteria afastada com tal
                                                              dureza
do marido que, tendo padecido tantos sofrimentos,
170 regressa no vigésimo ano à terra pátria.

CANTO XXIII   517

Agora, ó ama, faz-me uma cama, para que me deite.
Na verdade o coração dela é feito de ferro."

A ele deu resposta a sensata Penélope:
"Homem incompreensível, não sou orgulhosa nem te
                                              desdenho.
175 Também não me espanto, pois lembro-me bem como eras
quando partiste de Ítaca na tua nau de longos remos.
Vai lá, ó Euricleia, e faz-lhe a cama robusta,
fora do quarto bem construído, que ele próprio fez.
Depois de teres tirado para fora a robusta cabeceira,
180 põe cobertores, velos e mantas resplandecentes."

Assim falou, para pôr à prova o marido. Mas Ulisses
encolerizou-se e assim disse à esposa fiel:
"Mulher, na verdade disseste uma palavra dolorosa!
Quem é que mudou o lugar da minha cama? Difícil seria
185 até para quem tivesse grande perícia, a não ser que tenha
vindo um deus, que facilmente a colocou noutro lugar.
Mas não há homem vivo entre os mortais, ainda que jovem,
que fosse capaz de tirar de lá a cama, pois um sinal
                                              notável foi
incorporado na cama trabalhada que eu (e mais ninguém!)
                                              fiz.
190 Dentro do pátio crescia uma oliveira verdejante,
forte e vigorosa, cujo tronco se assemelhava a uma coluna.
Em torno dela construí o quarto nupcial, até que o completei
com pedras bem justas e por cima pus um telhado.
Acrescentei depois portas duplas, bem ajustadas.
195 Em seguida desbastei a folhagem da oliveira verdejante;
acertei o tronco desde a raiz e alisei-o, utilizando a enxó
com grande perícia, endireitando-o por meio de um fio.
Foi assim que fiz a cabeceira. Depois tudo perfurei com
                                              trados.
Tendo assim começado, passei ao relevo artístico,
200 adornando a cama com ouro, prata e marfim.

Pendurei ainda uma correia de couro, brilhante de púrpura.
Assim te nomeio o sinal notável. Mas não sei, ó mulher,
se a minha cama ainda está no lugar onde estava,
ou se alguém a levou, cortando o tronco da oliveira."

205 Assim falou; e enfraqueceram-se os joelhos e o coração
de Penélope, ao reconhecer os sinais que indicara Ulisses.
Rompendo em lágrimas, correu para o marido: em torno dele
atirou os braços e beijou-lhe a cabeça, dizendo:

"Não te enfureças contra mim, Ulisses: sempre foste em tudo
210 o mais compreensivo dos homens. Os deuses deram-nos a
dor,
eles que por inveja não permitiram que ficássemos juntos
a desfrutar da juventude, para depois chegarmos ao limiar
da velhice.
Mas agora não te encolerizes nem enfureças contra mim
porque, a princípio, quando te vi, não te abracei logo.
215 É que o coração no meu peito sentia sempre um calafrio
quando
pensava que aqui poderia vir algum homem que me
enganasse
com palavras. Muitos só pensam no mau proveito.
Helena, a Argiva, filha de Zeus, nunca se teria deitado
em amor com um homem estrangeiro, se soubesse
220 que os filhos belicosos dos Aqueus a trariam
novamente para casa, para a amada terra pátria.
Porém o deus levou-a a cometer um ato vergonhoso;
e ela não ponderou antecipadamente no coração
o castigo amargo, a partir do qual viria para nós a tristeza.
225 Mas agora que já enumeraste com clareza os sinais
da nossa cama, que nunca nenhum mortal viu,
além de ti e de mim e de uma só criada, Actóride,
que me deu meu pai quando vim para esta casa,
e que guardava as portas do nosso quarto nupcial —
230 agora convenceste o meu coração, antes tão incrédulo."

CANTO XXIII   519

Assim falou, nele provocando ainda mais o desejo de chorar.
Chorou, abraçado à esposa amada, mulher sensata e fiel.
Tal como a vista da terra é grata aos nadadores
cuja nau bem construída Posêidon estilhaçou no mar
235 ao ser levada pelo vento e pelo inchaço das ondas;
mas alguns escaparam a nado do mar cinzento e chegam
à praia com os corpos empastados de sal, pondo o pé
em terra firme com alegria, porque fugiram à morte —
assim, para Penélope, era grata a visão de Ulisses.
240 Abraçando-lhe o pescoço, não desprendeu os alvos braços.

E enquanto choravam teria surgido a Aurora de róseos dedos,
se outra coisa não tivesse ocorrido a Atena, deusa de olhos
                                                    esverdeados.
Reteve o fim do longo percurso da noite; reteve junto das
                                                    correntes
do Oceano a Aurora de trono dourado e não a deixou atrelar
245 os cavalos velozes que trazem a luz para os mortais,
Lampo e Faetonte, os poldros que levam a Aurora.

Em seguida disse à esposa o astucioso Ulisses:
"Mulher, não chegamos ainda ao termo das provações,
mas temos pela frente uma provação desmedida, grande
250 e difícil, que é necessário cumprir até o fim.
Foi isso que me profetizou o fantasma de Tirésias,
naquele dia em que desci até a mansão de Hades
para me informar sobre o regresso dos companheiros.
Mas agora, minha mulher, vamos para a cama,
255 para nos deitarmos e fruirmos do sono suave."

A ele deu resposta a sensata Penélope:
"Terás a tua cama pronta assim que o teu coração
quiser, visto que os deuses te fizeram regressar
à tua casa bem construída e à tua terra pátria.
260 Mas porque te lembraste dela, e um deus a recordou ao
                                                    teu espírito,

fala-me dessa provação, pois no futuro ouvirei falar dela,
e não será pior saber já do que se trata."

Respondendo-lhe assim falou o astucioso Ulisses:
"Mulher surpreendente! Por que me perguntas isso agora?
265 Mas contar-te-ei tudo, sem nada te ocultar; no entanto
nenhuma alegria sentirá teu coração com o relato.
Nem eu próprio me alegro, uma vez que Tirésias me mandou
percorrer as cidades de muitos homens, segurando um remo
de bom manejo, até chegar junto de quem o mar não
                                     conhece,
270 homens que na comida não misturam o sal,
nem conhecem as naus de bordas vermelhas,
nem os remos de bom manejo, que às naus dão asas.
E deu-me um sinal claro, que não te ocultarei:
quando outro viandante me encontrar e me disser
275 que ao belo ombro levo uma pá de joeirar,
então deverei fixar no chão o remo de bom manejo,
oferecendo belos sacrifícios ao soberano Posêidon,
um carneiro, um touro, um javali que acasalou com porcas;
disse que regressarei a casa e oferecerei sacras hecatombes
280 aos deuses imortais, que o vasto céu detêm,
a todos por ordem; e do mar sobrevirá para mim
a morte brandamente, que me cortará a vida
já vencido pela opulenta velhice; e em meu redor
os homens viverão felizes: tudo isto eu verei cumprir-se."

285 A ele deu resposta a sensata Penélope:
"Se na verdade os deuses te vão conceder uma velhice feliz,
há ainda esperança de que possas afastar os outros males."

Foram estas as coisas que disseram um ao outro.
Enquanto isso Eurínome e a ama tinham feito a cama
290 com macios lençóis, à luz das tochas ardentes.
Depois de terem feito a cama com grande esmero,
a anciã foi para o seu próprio quarto dormir.

CANTO XXIII 521

Mas Eurínome, criada do tálamo, conduziu-os
para o leito, segurando na mão uma tocha.
295 Depois de levá-los ao quarto, retirou-se. E eles
em seguida chegaram felizes ao ritual do leito conhecido.

E Telêmaco, o boieiro e o porqueiro puseram fim
aos passos da dança e disseram às mulheres para parar.
Deitaram-se para dormir no palácio cheio de sombras.

300 Mas depois que Ulisses e Penélope satisfizeram o seu desejo
de amor, deleitaram-se com palavras, contando tudo um
                                                    ao outro.
Contou-lhe tudo o que no palácio sofrera a divina entre as
                                                    mulheres,
ao olhar para a hoste detestável dos pretendentes,
que por causa dela muitas vacas e robustas ovelhas
305 sacrificaram, e grandes quantidades de vinho beberam.
E Ulisses, criado por Zeus, contou-lhe os sofrimentos
que infligira a outros, assim como aqueles que ele próprio
padecera. E ela deleitou-se ao ouvi-lo, e o sono
não lhe caiu sobre as pálpebras até que tivesse tudo dito.

310 Ele começou por contar como primeiro venceu os Cícones
e chegou depois à terra fértil dos Lotófagos.
Também tudo o que fez o Ciclope, e como pagou o preço
pelos corajosos companheiros, que devorara sem piedade.
E também como chegou a Éolo, que o acolheu de modo
315 gentil, mas não era ainda o seu destino regressar à terra
pátria; pois de novo uma tempestade o arrebatara
e levara pelo mar piscoso, com gemidos de lamentação.
Também como foi ter a Telépilo dos Lestrígones,
que lhe destruíram as naus e os companheiros de belas
320 joelheiras, salvando-se só Ulisses na sua nau escura.
Falou-lhe dos dolos e variados artifícios de Circe
e do modo como chegou à mansão bolorenta de Hades,
para interrogar o fantasma do tebano Tirésias, na nau

de muitos remos; falou-lhe de ter visto os companheiros
325 e a mãe, que o deu à luz e criou quando era criança.
E ainda de como ouviu a voz das Sereias (enxame de cantos!),
e de como chegou aos Errantes e à terrível Caríbdis
e a Cila, da qual nunca os homens fogem ilesos.
Contou-lhe como os companheiros mataram os bois
330 do Sol e como Zeus, que troveja nas alturas, arremessou
contra a nau um relâmpago candente, perecendo todos
os companheiros, ao passo que só ele escapou ao destino.
E ainda como foi ter à ilha de Ogígia e à ninfa Calipso,
que o reteve, ansiosa que se tornasse seu marido,
335 nas côncavas grutas, tratando dele e prometendo
que o faria imortal, livre para sempre da velhice.
Mas não logrou convencer o coração no seu peito.
E assim chegou aos Feácios, padecendo muitas dores,
que o honraram como se ele fosse um deus
340 e lhe deram transporte numa nau até a terra pátria.
Deram-lhe bronze, ouro e belas tapeçarias.

Foi este o termo do relato que contou; depois se abateu
sobre ele o sono, que deslassa os membros dos homens,
libertando o seu coração de todas as preocupações.

Foi então que ocorreu outra coisa a Atena, a deusa de
              olhos esverdeados.
345 Quando considerou no seu coração que Ulisses se teria
já saciado de estar deitado a dormir com a mulher,
logo chamou do Oceano a Aurora de trono dourado,
que cedo desponta para trazer a luz aos homens. E Ulisses
levantou-se da cama macia, e assim disse a Penélope:

350 "Mulher, já tivemos ambos a nossa conta de sofrimentos:
tu chorando aqui em casa por causa do meu regresso difícil;
e eu porque Zeus e os outros deuses me ataram com
              desgraças,
longe da terra pátria, embora a ela eu quisesse regressar.

CANTO XXIII

Agora que chegamos ambos ao leito do nosso desejo,
355 tu deverás guardar as riquezas que tenho no palácio.
Quanto aos rebanhos que os arrogantes destruíram,
muitos outros obterei com despojos, e outros serão
restituídos pelos Aqueus, até que me encham os redis.
Mas eu irei agora para o campo bem arborizado,
360 para ver o meu pai valoroso, que sofre por minha causa.
A ti, minha esposa, dou esta incumbência, pois és sensata:
assim que o sol nascer, espalhar-se-á a notícia
sobre os pretendentes que matei na sala de banquetes.
Por isso deverás ir para o teu alto aposento com as servas:
365 fica lá sentada. Não olhes para ninguém, nem faças
perguntas."

Assim falou. Em seguida pôs nos ombros a bela armadura
e foi acordar Telêmaco, o boieiro e o porqueiro.
Ordenou-lhes a todos que tomassem armas de guerra.
Eles não desobedeceram, mas vestiram-se de bronze.
370 Abriram as portas e saíram, com Ulisses à frente.

Já a luz se derramava sobre a terra. Mas à volta deles Atena
manteve a noite e levou-os depressa para fora da cidade.

Canto XXIV

As almas dos pretendentes foram chamadas por Hermes,
deus de Cilene, que segurava nas mãos a bela vara
de ouro, com que enfeitiça os olhos dos homens
a quem quer adormecer; ou então outros acorda do sono.
5 Com esta vara acordou as almas, que o seguiram,
                                  guinchando.
Tal como no recesso de uma caverna misteriosa os morcegos
esvoaçam e guincham quando um deles cai da rocha
onde se agarram, enfileirados, uns aos outros —
assim guinchavam as almas à medida que desciam.

10 E o Auxiliador, Hermes, levou-as por caminhos bolorentos:
chegaram às correntes do Oceano e ao rochedo branco;
passaram além dos portões do Sol e da terra dos sonhos
e chegaram rapidamente às pradarias de asfódelo,
onde moram as almas, fantasmas dos que morreram.
15 Encontraram a alma de Aquiles, filho de Peleu;
e a de Pátroclo; e a do irrepreensível Antíloco;
e a de Ájax, que superava na beleza do corpo
todos os Dânaos, à exceção do irrepreensível filho de Peleu.

Reuniram-se em torno de Aquiles e logo se aproximou
20 a alma de Agamêmnon, filho de Atreu, entristecida.
Em seu redor outras se congregavam; e outras havia que
                                    em casa

CANTO XXIV 525

de Egisto com ele foram assassinadas e seu destino
                                        encontraram.

A primeira a falar foi a alma do filho de Peleu:
"Atrida, sempre dissemos que por Zeus lançador do trovão
foste tu o mais estimado de todos os homens, toda a tua vida,
porque foste soberano de muitos e valentes súditos
lá na terra de Troia, onde nós Aqueus sofremos desgraças.
Mas na verdade para ti sobreviria cedo um destino
cruel, destino esse a que não foge quem tenha nascido mortal.
Teria sido melhor se, na posse da honra de que eras detentor,
tivesses encontrado a morte e o destino na terra dos Troianos.
Todos os Aqueus te teriam erguido um túmulo,
e terias para o teu filho enorme glória alcançado.
Mas agora vemos que estavas fadado a uma morte
                                        angustiante."

A ele, por sua vez, deu resposta a alma do Atrida:
"Venturoso filho de Peleu, Aquiles igual aos deuses!
Tu morreste em Troia, longe de Argos; e à tua volta
morreram os mais nobres filhos dos Troianos e dos Aqueus,
lutando pela posse do teu corpo, num vendaval de poeira;
tu jazias, grande na tua grandeza, já olvidado dos carros
                                        de cavalos.
Porém nós esforçamo-nos todo o dia; e nunca teríamos
desistido da peleja, se o furacão de Zeus não nos tivesse
                                        parado.
Depois que do combate levamos o teu corpo para as naus,
deitamo-lo num leito, e lavamos o teu belo corpo
com água morna e unguento. Muitas lágrimas candentes
verteram os Dânaos por ti, cortando os cabelos em tua
                                        honra.
Emergiu do mar a tua mãe com as imortais criaturas
                                        marinhas,
quando ouviu a notícia. Do mar ressoou um grito
sobrenatural, e o terror dominou todos os Aqueus.

50 Nesse momento ter-se-iam precipitado para as côncavas
naus,
se os não tivesse impedido um homem conhecedor de
muitas coisas
antigas: Nestor, cujos conselhos já antes se afiguraram os
melhores.
Dirigiu-se, bem-intencionado a todos, com estas palavras:

'Parai todos, ó Argivos! Não fujais, ó mancebos dos Aqueus!
55 É a mãe de Aquiles que emerge do mar com as imortais
criaturas marinhas, para contemplar o rosto do filho morto.'

Assim falou; e desistiram da fuga os magnânimos Aqueus.
As filhas do Velho do Mar tinham se posicionado em volta:
choravam, emocionadas; e vestiram-te com vestes imortais.
60 As nove Musas, todas elas, entoaram com bela voz o treno
antifonal: não terias visto qualquer Aqueu que não chorasse,
de tal forma lhes comoveu o espírito a Musa de límpido
canto.
Durante dezessete noites e igual número de dias te choramos:
tanto os deuses imortais como os homens mortais.
65 Ao décimo oitavo dia entregamos-te ao fogo; e à tua volta
sacrificamos muitas ovelhas e bois de chifres recurvos.
Assim foste cremado, vestido como um deus, com muito
unguento e doce mel; e numerosos heróis Aqueus
desfilaram armados em torno do fogo ardente,
70 peões e cavaleiros. Ecoou um barulho retumbante.
Mas depois que te consumiu a chama de Hefesto,
reunimos ao nascer do dia os teus ossos brancos,
ó Aquiles, e depusemo-los em vinho e unguentos.
Dera-nos a tua mãe uma urna dourada, de asa dupla:
75 oferenda (segundo se dizia) de Dioniso; trabalho
do famigerado Hefesto. Aí estão teus ossos, ó Aquiles,
misturados com os do falecido Pátroclo, filho de Meneceu;
mas em separado ficaram os de Antíloco, quem honraste
mais

CANTO XXIV   527

do que todos os outros companheiros, depois do falecido
                                                     Pátroclo.
80 Sobre eles amontoamos um túmulo grande e irrepreensível —
nós, o sagrado exército de lanceiros dos Aqueus —
num promontório, perto do plano Helesponto,
para que fosse avistado do mar pelos homens,
tanto os de agora como os que estão para nascer.
85 Aos deuses pediu a tua mãe lindíssimos prêmios e colocou-os
no lugar dos concursos atléticos para os príncipes dos
                                                     Aqueus.
Já terás estado presente nos jogos fúnebres de heróis,
quando, após a morte de um rei, os mancebos se equipam
para competir pelos prêmios; mas se tivesses visto
90 aqueles jogos, muito se teria o teu coração regozijado!
Tais eram os belos prêmios que depusera a deusa,
Tétis de pés prateados! Muito caro foste tu aos deuses!
Deste modo até na morte não perdeste o nome, mas para
                                                     sempre
a tua fama será excelente entre os homens, ó Aquiles.
95 Mas para mim, que prazer foi o meu, quando atei os fios
                                                 da guerra?
Para o meu regresso congeminou Zeus uma morte amarga,
às mãos de Egisto e da minha esposa detestável."

Foram estas as coisas que disseram um ao outro.
Mas aproximou-se o mensageiro, Matador de Argos,
100 conduzindo as almas dos pretendentes, mortos por Ulisses;
e os dois heróis, espantados, foram ao encontro das almas,
assim que as viram. A alma de Agamêmnon reconheceu
o filho amado de Melaneu, o glorioso Anfimedonte.
Pois dele tinha recebido hospitalidade em Ítaca.

105 Foi a alma de Agamêmnon a primeira a falar:
"Anfimedonte, que vos aconteceu? Pois desceis todos para
debaixo da terra negra, escolhidos e da mesma idade.
                                                 Outra escolha

não haveria, se fosse caso de escolher os mais nobres de Ítaca.
Será que nas vossas naus Posêidon vos fez perecer,
110 tendo levantado ventos perigosos e altas ondas?
Ou ter-vos-ão homens ímpios atacado em terra firme,
quando tentastes levar-lhes o gado e os belos rebanhos,
ou quando combatiam em defesa da cidade e das mulheres?
Diz-me, já que pergunto. Declaro que sou amigo da tua
família.
115 Não te lembras de mim, quando vim para vossa casa
com o divino Menelau, para convencer Ulisses
a seguir conosco para Ílio nas naus bem construídas?
Levou-nos um mês a atravessar o vasto mar, depois que
com dificuldade convencemos Ulisses, saqueador de cidades."

120 Respondendo-lhe assim falou a alma de Anfimedonte:
"Glorioso Atrida, Agamêmnon, soberano dos homens!
Lembro-me de tudo o que dizes, ó tu criado por Zeus!
Contar-te-ei tudo com verdade e sem rodeios:
o termo maligno da nossa morte, tal como aconteceu.
125 Éramos pretendentes da mulher do ausente Ulisses.
Mas ela não recusava a boda odiosa, nem se decidia,
planeando para nós no seu espírito a morte e o destino.
Também este engano congeminou em seu coração:
colocando um grande tear nos seus aposentos —
130 amplo, mas de teia fina — foi isto que nos veio declarar:

'Jovens pretendentes! Visto que morreu o divino Ulisses,
tende paciência (embora me cobiceis como esposa) até
terminar
esta veste — pois não quereria ter fiado a lã em vão —,
uma mortalha para o herói Laertes, para quando o atinja
135 o destino deletério da morte irreversível,
para que entre o povo nenhuma mulher me lance a censura
de que jaz sem mortalha quem tantos haveres granjeou.'

Assim falou e os nossos corações orgulhosos consentiram.

CANTO XXIV   529

Daí por diante trabalhava de dia ao grande tear,
140 mas desfazia a trama de noite à luz das tochas.
Deste modo durante três anos enganou os Aqueus.
Mas quando passou um ano e as estações completaram
seu ciclo, diminuindo os meses e aumentando os dias,
uma das mulheres, que tudo sabia, contou-nos o sucedido,
145 e encontramo-la a desfazer a trama maravilhosa.
De maneira que a terminou, obrigada, contra sua vontade.
Foi depois de nos ter mostrado a veste (tendo acabado de a
                                                            tecer
num grande tear e após a ter lavado), luzente como o sol e
                                                          a lua,
que um deus malévolo trouxe de volta Ulisses para os baldios
150 lá longe no campo, onde vivia o porqueiro.
Aí foi ter o filho amado do divino Ulisses, depois de ter
regressado numa nau escura de Pilos arenosa.
E estes dois, tendo planejado a morte dos pretendentes,
vieram para a cidade famigerada. Ulisses veio depois,
155 pois Telêmaco chegara antes para preparar o caminho.
Foi o porqueiro que conduziu o amo, vestido de farrapos,
semelhante a um mendigo desgraçado e velho, apoiado
num cajado; e miseráveis eram os andrajos que vestia.
Nenhum de nós foi capaz de reconhecê-lo, porque
160 aparecera subitamente — não, nem os mais velhos.
Pelo contrário: ameaçamo-lo com insultos, atirando-lhe
objetos. Mas ele aguentou, com coração paciente,
ser alvejado com injúrias e projéteis em sua casa.
Mas quando por fim o incitou a mente de Zeus detentor
165 da égide, retirou as belas armas com a ajuda de Telêmaco,
depositando-as na câmara e fechando bem as trancas.
Depois com grande astúcia ordenou à mulher
que pusesse à nossa frente o arco e o ferro cinzento como
contenda para nós, malfadados, e como início da chacina.
170 Nenhum de nós foi capaz de esticar a corda do arco
poderoso; ficamos muito aquém dessa tarefa.
Mas quando o grande arco chegou às mãos de Ulisses,

530   HOMERO

todos nós gritamos que não se lhe devia dar o arco,
por muito que ele pedisse para tê-lo.
175 Telêmaco foi o único que lhe disse para pegar nele.
Depois que o divino e sofredor Ulisses recebeu o arco nas
mãos,
facilmente o armou e fez passar a seta através do ferro.
Depois postou-se na soleira e entornou no chão as setas
velozes,
com expressão terrível. Logo em seguida disparou contra
Antino.
180 E daí por diante contra todos os outros disparou as setas,
portadoras de gemidos, e todos caíram, empilhados.
Tornou-se evidente que algum dos deuses o ajudava.
Pois de súbito, irrompendo pela sala na sua fúria,
chacinaram todos. Levantou-se um grito hediondo de dor
185 ao serem as cabeças atingidas; tudo estava alagado de sangue.
Assim morremos, ó Agamêmnon: os nossos corpos ainda
jazem sem honras fúnebres no palácio de Ulisses, pois não
sabem ainda do caso os familiares em casa de cada um —
eles que lavariam o negro sangue das nossas feridas
190 e nos lamentariam, pois essa é a honra que cabe aos
mortos."

A ele deu resposta a alma do Atrida:
"Venturoso filho de Laertes, astucioso Ulisses!
Na verdade obtiveste uma esposa de grande excelência!
Como é sensato o espírito da irrepreensível Penélope,
195 filha de Icário! Sempre se lembrou bem de Ulisses,
seu esposo legítimo. Por isso a fama da sua excelência
nunca morrerá, mas os imortais darão aos homens
um canto gracioso em honra da sensata Penélope.
Pois não foi assim que se comportou a filha de Tíndaro:
200 matou o esposo legítimo. O canto a respeito dela será
detestável para os homens, pois traz uma fama horrível
a todas as mulheres; até às que praticam boas ações."

CANTO XXIV 531

Foram estas as coisas que diziam um ao outro,
na mansão de Hades, sob as profundezas da terra.

205 Porém Ulisses e os outros saíram da cidade e rapidamente
chegaram à bela propriedade de Laertes, que outrora
o próprio Laertes obtivera; e por ela muito se tinha esforçado.
Era aí que tinha a casa, com um pórtico em toda a volta,
debaixo do qual se sentavam, comiam e dormiam
210 aqueles que eram servos à força e lhe faziam as vontades.
Dentro da casa estava a anciã siciliana, que com bondade
tratava do amo idoso no campo, longe da cidade.
Aos servos e ao filho deu então Ulisses esta ordem:

"Entrai agora na casa bem construída e matai
215 imediatamente o melhor porco para o jantar.
Da minha parte, porei o meu pai à prova,
para ver se ele me reconhece com os olhos, ou se
já não sabe quem sou, depois de tão longa ausência."

Assim dizendo, deu aos servos as armas de guerra.
220 Eles foram logo para dentro da casa; mas Ulisses
aproximou-se da vinha fértil, para pôr o pai à prova.
Não encontrou o servo Dólio quando entrou no grande
pomar,
nem nenhum dos filhos dele, pois sucedera que tinham
ido buscar pedras para o muro da vinha;
225 e quem lhes fora mostrar o caminho foi o servo ancião.

Porém encontrou o pai, só, na vinha bem cuidada,
cavando em torno de uma videira. Vestia uma túnica
imunda, remendada e encardida; em torno das canelas
tinha umas joelheiras de couro cosido, como proteção
230 contra os arranhões; calçava luvas nas mãos por causa
dos espinhos e na cabeça trazia um gorro de pele de cabra,
deixando assim que a sua tristeza viesse por cima.

532   HOMERO

Quando o divino e sofredor Ulisses viu o pai,
desgastado pela idade e carregando o fardo da tristeza,
deteve-se a chorar, debaixo de uma alta pereira.
235 Hesitou no espírito e no coração, se haveria
de beijar e abraçar o pai, e contar-lhe tudo,
como regressara à terra pátria; ou se primeiro
o interrogaria, pondo-o à prova sobre cada coisa.
Enquanto refletia, esta lhe pareceu a melhor decisão:
240 pô-lo primeiro à prova com palavras reprovadoras.

Assim pensando, dirigiu-se a ele o divino Ulisses.
Laertes tinha a cabeça baixa, enquanto cavava em torno
de uma videira. E aproximando-se assim lhe disse o filho
glorioso:

"Ancião, não te falta habilidade para tratares do pomar!
245 Pelo contrário, o teu cuidado é excelente, pois não há
planta, figueira, vinha ou oliveira, pereira ou horta
que aqui tenha falta de cuidados. Mas dir-te-ei outra coisa,
mas peço-te que não te encolerizes: a ti é que faltam
os bons cuidados. Debates-te ao mesmo tempo
250 com a triste velhice e estás sujo e mal vestido.
Não será decerto pela tua preguiça que o teu amo
não cuida de ti; mas pelo teu aspecto e estatura
não me pareces um servo. Pareces antes um rei.
Pareces alguém que, depois de tomar banho e comer,
255 dorme numa cama macia. Esse é o direito dos idosos.
Diz-me agora tu com verdade e sem rodeios:
és servo de quem? De quem é o pomar que cultivas?
Diz-me agora com clareza, para que eu saiba,
se é Ítaca a terra a que cheguei, como me disse
260 aquele homem além, que encontrei quando aqui vim.
Mas ele não me parecia no seu perfeito juízo, visto que
não era capaz de responder a tudo, nem de ouvir aquilo
que eu dizia, quando o interroguei sobre um amigo:
se está vivo, ou se morreu e foi para a mansão de Hades.

CANTO XXIV 533

265 A ti direi o mesmo, portanto presta atenção e ouve.
Uma vez dei hospitalidade a um homem que viera ter
à minha terra pátria; e nunca veio a minha casa outro
estrangeiro que fosse recebido com mais amabilidade.
Declarava ser originário de Ítaca; dizia ainda
270 que Laertes, filho de Arcésio, era o seu pai.
Levei-o para minha casa e ofereci-lhe hospitalidade,
estimando-o com gentileza e dando-lhe de tudo
quanto em casa existia com abundância. E dei-lhe
os presentes de hospitalidade que são devidos.
275 Dei-lhe sete talentos de ouro bem trabalhado;
uma taça de prata para misturar vinho, cinzelada
com flores; sete capas de dobra única, e outras tantas
colchas e mantas; e igual número de túnicas.
E dei-lhe ainda servas, conhecedoras de belos trabalhos:
quatro formosas mulheres, que ele próprio escolheu."

280 Respondeu-lhe então o pai com lágrimas nos olhos:
"Estrangeiro, na verdade chegaste à terra pela qual
                                                    perguntas,
mas são homens insolentes e loucos que agora a detêm.
Foi em vão que ofereceste esses presentes, dando com tal
generosidade. Se o tivesses encontrado vivo em Ítaca,
285 ele ter-te-ia retribuído o que ofereceste, com excelente
hospitalidade; pois isso é devido a quem primeiro oferece.
Mas diz-me agora tu com verdade e sem rodeios:
há quantos anos recebeste em tua casa aquele hóspede
infeliz — o meu pobre filho, se é que alguma vez existiu?
290 Ele a quem, longe dos familiares e da terra pátria, talvez
os peixes tenham comido no mar; ou então ter-se-á tornado
presa em terra firme de feras selvagens e aves de rapina,
sem que a mãe o tenha vestido para o funeral, ou o pai,
nós que lhe demos a vida; sem que a esposa, cortejada
com muitos presentes nupciais, a fiel Penélope, tenha
295 chorado o marido jazente, como é devido, depois de lhe
ter fechado os olhos: pois essa é a honra devida aos mortos.

534 HOMERO

E diz-me também isto com verdade, para que eu saiba:
quem és? De onde vens? Fala-me dos teus pais e da tua
cidade.
Onde está fundeada a nau veloz que aqui te trouxe?
300 Ou vieste com os teus divinos companheiros? Ou será que
vieste na nau de outros, que partiram após o teu
desembarque?"

Respondendo-lhe assim falou o astucioso Ulisses:
"Tudo te direi com verdade e sem rodeios.
A minha terra é Alibante: é lá que tenho o famoso palácio.
305 Sou filho de Afidante, filho do soberano Polipêmon.
Chamo-me Epérito. Mas um deus me fez vaguear desde
a Sicânia: foi contra a minha vontade que aqui cheguei.
A minha nau está fundeada lá para o campo, longe da cidade.
Quanto a Ulisses, este é já o quinto ano desde que deixou
310 a minha casa e partiu da minha pátria. Vítima do destino!
No entanto teve bons auspícios, aves que voaram
do lado direito: auspícios com que me alegrei ao despedir-me
dele; com que ele também se alegrou. No coração tínhamos
a esperança de nos tornarmos a ver e de trocarmos presentes."

315 Assim falou; e uma nuvem negra de dor se apoderou de
Laertes.
Com ambas as mãos agarrou em terra misturada com cinza
e atirou-a por cima da cabeça, gemendo incessantemente.
Comoveu-se o coração de Ulisses e nas narinas sentiu
uma dor lancinante, ao ver naquele estado o pai amado.
320 Lançou-se a ele, com beijos e abraços, e disse estas palavras:

"Eu próprio sou aquele por quem perguntaste, ó pai.
Cheguei no vigésimo ano à amada terra pátria.
Para de te lamentares, deixa agora o pranto lacrimejante.
Tudo te direi, pois neste momento não há tempo a perder.
325 Matei todos os pretendentes no nosso palácio,
vingando assim os ultrajes cometidos e as más ações."

CANTO XXIV 535

Por sua vez em resposta lhe falou Laertes:
"Se na verdade és Ulisses, se és o meu filho que aqui chega,
dá-me um sinal inconfundível, para que tenha a certeza."

330 Respondendo-lhe assim falou o astucioso Ulisses:
"Com os teus olhos observa primeiro esta cicatriz,
que me deixou a branca presa de um javali no Parnaso,
quando lá fui. Tu e a minha excelsa mãe me mandaram
para casa de Autólico, o pai amado da minha mãe, para que
335 trouxesse os presentes, que ele me prometera quando aqui
veio.
Agora nomear-te-ei as árvores que me deste no bem tratado
pomar, quando eu, ainda criança, te seguia pelo jardim.
Passamos por essas árvores: tu disseste-me os nomes
e explicaste como era cada uma. Deste-me treze pereiras,
340 dez macieiras e quarenta figueiras. Prometeste-me também
cinquenta renques de cepas; cada uma amadureceria
na época própria, com cachos de uvas de toda a espécie
quando descessem do céu as estações de Zeus."

345 Assim falou; e os joelhos e o coração do pai se enfraqueceram,
tendo reconhecido os sinais inconfundíveis que lhe dera
Ulisses.
Atirou os braços em torno do filho. E o sofredor e divino
Ulisses
apanhou o pai nos braços, sentindo que estava prestes a
desmaiar.
Mas quando voltou a si, e o espírito voltou ao coração,
350 mais uma vez tomou a palavra, respondendo deste modo:

"Zeus pai, na verdade vós, os deuses, estais no alto Olimpo,
se na realidade os pretendentes pagaram o preço da
insolência!
Mas tenho agora o terrível receio no espírito de que depressa
todos os homens de Ítaca venham contra nós, tendo mandado
355 a notícia para toda a parte e para as cidades dos Cefalênios."

536   HOMERO

Respondendo-lhe assim falou o astucioso Ulisses:
"Anima-te, pai! Não deixes que tais coisas te preocupem.
Vamos agora até a casa, aqui perto do pomar:
lá dentro estão Telêmaco, o boieiro e o porqueiro:
360 mandei-os à frente, para prepararem depressa o jantar."

Assim falando, foram ambos até a bela edificação.
E quando entraram dentro da casa,
encontraram Telêmaco, o boieiro e o porqueiro
a trinchar carne em abundância e a misturar o vinho frisante.
365 Então a serva siciliana deu banho ao magnânimo Laertes
dentro da casa, ungindo-o em seguida com azeite.
Sobre os ombros atirou uma bela capa. Aproximou-se
Atena e aumentou os membros do pastor do povo:
fê-lo parecer mais alto do que antes e mais musculoso.
370 Quando saiu do banho, espantou-se ao vê-lo o filho amado,
pois à vista lhe parecia o pai semelhante aos imortais.
E falando dirigiu-lhe palavras aladas:

"Ó pai, na verdade um dos deuses que são para sempre
te deu uma beleza e uma estatura maravilhosa de se ver!"

375 A ele deu resposta o prudente Laertes:
"Prouvera — ó Zeus pai!, ó Atena!, ó Apolo! — que com
                                                    força
igual à que tinha quando conquistei Néricon, a bem
                                              construída
cidade no continente, quando era soberano dos Cefalênios —
prouvera que com essa força eu tivesse estado ontem contigo
380 no nosso palácio, com as armas nos ombros, para atacar
os pretendentes! Teria afrouxado os joelhos a muitos deles
na sala de banquetes, e o teu coração ter-se-ia regozijado."

Foram estas as coisas que disseram um ao outro.
Quando os outros chegaram ao fim do esforço de preparar
385 o jantar, sentaram-se por ordem em cadeiras e tronos.

CANTO XXIV

Estavam para lançar mãos à comida quando se aproximou
o velho servo Dólio; com ele vinham também os filhos.
Estavam cansados do trabalho. Chamara-os a mãe,
a velha serva siciliana, que lhes dava a comida e tratava
390 do ancião com bondade, desde que chegara à velhice.
Quando eles viram Ulisses, reconheceram-no:
ficaram de pé na sala, dominados pelo espanto.
Mas Ulisses falou-lhes com palavras doces:

"Ó ancião, senta-te a jantar. E vós outros, esquecei agora
395 o vosso espanto. Há muito que estamos aqui com fome
à espera do jantar, pois aguardávamos que chegásseis."

Assim falou; e Dólio correu para ele de braços abertos;
pegou na mão de Ulisses e beijou-a no pulso.
Falando dirigiu-lhe palavras aladas:

400 "Querido amigo, regressas para junto de nós, que
                                                    mantínhamos
a esperança, embora não pensássemos que se realizasse!
Os deuses aqui te trouxeram. Saúdo-te! Que os deuses te
                                                    concedam
a ventura! Mas diz-me isto com verdade, para que eu saiba:
a sensata Penélope já sabe ao certo que regressaste,
405 ou deveremos mandar alguém para dar a notícia?"

Respondendo-lhe assim falou o astucioso Ulisses:
"Ela já sabe, ó ancião. Não há necessidade de te
                                                    incomodares."

Assim falou; e o outro sentou-se de novo na cadeira polida.
Do mesmo modo os filhos de Dólio, em torno do famoso
                                                    Ulisses,
410 brindaram-no com palavras e apertaram-lhe a mão.
Sentaram-se depois por ordem ao lado de Dólio, seu pai.
E assim se ocupavam com o jantar em casa de Laertes.

538   HOMERO

Enquanto isso o Rumor, esse mensageiro, percorreu
                                                    rapidamente
a cidade com a notícia da morte e do destino dos
                                                    pretendentes.
⁴¹⁵ Assim que a ouviram, acorreram de todas as direções
com gemidos e lamentos, reunindo-se à frente do palácio
                                                    de Ulisses.
Cada qual trouxe lá de dentro o corpo do seu familiar
                                                    para lhe dar
honras fúnebres; e os que em vida eram de outras cidades
foram enviados para casa, transportados por barqueiros
⁴²⁰ em naus velozes. Depois foram todos para a ágora,
entristecidos. Levantou-se Eupites e dirigiu-lhes a palavra.
Tinha no espírito uma dor inconsolável pelo filho,
Antino, a quem Ulisses matara em primeiro lugar.
⁴²⁵ Vertendo lágrimas, foi isto que lhes disse:

"Amigos, foi uma enormidade o que aquele homem fez
                                                    contra
os Aqueus. Muitos e valentes foram levados por ele nas naus.
Mas ele perdeu as côncavas naus, e todos esses homens
                                                    morreram.
E agora outros mata no seu regresso, os melhores dos
                                                    Cefalênios.
⁴³⁰ Agora, antes que ele fuja para Pilos ou para a Élide divina,
onde são soberanos os Epeus, apressemo-nos!
De outro modo teremos a vergonha, agora e para sempre.
Pois desta desgraça ouvirão falar os vindouros,
se não vingarmos as mortes dos nossos filhos e irmãos.
⁴³⁵ Da minha parte, nenhum prazer sentiria em estar vivo;
preferiria morrer e juntar-me no Hades aos mortos.
Vamos agora, não vão eles escapar-nos, atravessando o mar."

Assim dizia enquanto chorava; e a compaixão dominou
todos os Aqueus. Aproximaram-se então Mêdon e o
                                                    divino aedo,

CANTO XXIV 539

440 vindos do palácio de Ulisses; deixara-os já o sono.
Colocaram-se
de pé no meio do povo; de todos se apoderou o espanto.
Declarou-lhes então Mêdon, bom conhecedor da prudência:

"Escutai as minhas palavras, homens de Ítaca! Não foi
sem ajuda
dos deuses imortais que Ulisses planejou os atos cometidos.
445 Eu próprio vi um deus imperecível, que se aproximou
de Ulisses semelhante em tudo a Mentor.
Como um deus imortal apareceu ele a Ulisses, incitando-o;
depois irrompeu em fúria pela sala de banquetes,
e os pretendentes caíram empilhados, uns em cima dos
outros."

450 Assim falou; e a todos dominou o pálido terror.
Entre eles levantou então a voz o velho herói Haliterses,
filho de Mastor. Só ele tinha a visão do passado e do futuro.
Bem-intencionado, assim se dirigiu à assembleia:

"Ouvi agora, homens de Ítaca, o que tenho para vos dizer!
455 Devido à vossa própria covardia, ó amigos, aconteceram
estas coisas; pois não quisestes obedecer-me, nem a Mentor,
pastor do povo, quando vos dissemos para pôr cobro
à loucura dos vossos filhos, que praticaram atos de
monstruosa
vergonha, dissipando a riqueza e desonrando a esposa
460 de um homem nobre. Diziam que ele não regressaria!
Faça-se agora assim — e obedecei àquilo que vos digo:
não partamos, não vá algum de nós sofrer por culpa
própria."

Assim falou; mas levantaram-se com grande alarido
mais de metade deles (os outros ficaram sentados),
465 pois não lhes agradara ao espírito o discurso, mas preferiam
o que dissera Eupites. Precipitaram-se para as armas.

540 HOMERO

Depois de terem revestido o corpo com bronze reluzente,
reuniram-se à frente da cidade de amplas ruas.
Era Eupites, na sua loucura, que os comandava,
470 pois pensava vingar a morte do filho. Mas já não iria
                                                    regressar,
pois estava prestes a encontrar o destino no lugar aonde se
                                                    dirigia.

Então Atena dirigiu a palavra a Zeus, filho de Crono:
"Pai de todos nós, mais excelso dos soberanos!
Responde à minha pergunta: que intenção escondes na
                                                    mente?
475 Imporás de novo a guerra terrível e o barulho horrendo
do combate, ou pensas estabelecer entre eles a concórdia?"

Em resposta à filha falou Zeus que comanda as nuvens:
"Minha filha, por que me perguntas tal coisa?
Não foste tu que tomaste a deliberação de que Ulisses
480 se vingaria dos pretendentes à sua chegada?
Faz como tu quiseres, mas dir-te-ei o que é devido.
Agora que dos pretendentes se vingou o divino Ulisses,
que todos jurem com solenidade que será sempre ele o rei.
Da nossa parte, traremos o esquecimento do assassínio
485 dos filhos e irmãos. Que voltem todos a estimar-se,
como antes; e que a abundância e a paz imperem."

Assim dizendo, incitou Atena, já desejosa de partir.
E ela lançou-se veloz dos píncaros do Olimpo.

Depois que afastaram o desejo de agradável comida,
490 entre eles começou a falar o sofredor e divino Ulisses:
"Que alguém vá até lá fora, para ver se eles estão a chegar."

Assim falou; e um dos filhos de Dólio saiu, como ele
                                                    ordenara.
Da soleira da porta, viu-os todos, ali muito perto.

CANTO XXIV 541

De imediato dirigiu a Ulisses palavras aladas:
495 "Estão já perto! Armemo-nos rapidamente!"

Assim falou; e eles levantaram-se e vestiram as armas:
Ulisses e os seus eram quatro; eram seis os filhos de Dólio;
entre eles, Laertes e Dólio vestiram as armaduras,
apesar dos cabelos brancos, como guerreiros forçados.
500 Depois de terem revestido o corpo com bronze reluzente,
abriram as portas e saíram. Comandava-os Ulisses.

Então chegou junto deles Atena, a filha de Zeus,
assemelhando-se a Mentor no corpo e na voz.
Assim que a viu, regozijou-se o divino Ulisses.
505 E logo falou assim para Telêmaco, seu filho amado:

"Telêmaco, já terás aprendido isto por ti (agora que vais
para o lugar onde, enquanto combatem os homens,
se decide quem são os melhores): não fazer recair
a desonra sobre a família dos antepassados, que outrora
se distinguiram em todas as terras pelo valor e pela coragem."

510 A ele deu resposta o prudente Telêmaco:
"Verás se quiseres, querido pai, que com tal espírito
não trarei desonra, como dizes, para a família."

Assim falou; e alegrou-se Laertes com estas palavras:
"Que dia este, queridos deuses! Muito me regozijo!
515 O meu filho e o meu neto disputam entre si a valentia!"

Aproximando-se dele lhe falou Atena, a deusa de olhos
esverdeados.
"Filho de Arcésio, és de longe aquele que me é mais caro!
Dirige agora uma prece à Virgem de olhos esverdeados e a
Zeus pai,
e logo imediatamente arremessa a tua lança comprida!"

542 HOMERO

520 Assim falou; e nele insuflou grande força Palas Atena.
Rezou então à filha do grande Zeus e logo em seguida
levantou e arremessou de repente a lança comprida,
atingindo Eupites através do elmo com faces de bronze.
O elmo não o protegeu da lança; trespassou-o o bronze.
525 Caiu no chão com um estrondo e a armadura ressoou.
Contra os guerreiros da frente investiram então Ulisses
e o seu filho glorioso, com espadas e lanças de dois gumes.
E a todos teriam morto e privado do retorno
se entre eles Atena, filha de Zeus detentor da égide,
530 não tivesse gritado, impedindo todos de combater:

"Desisti agora todos da guerra, ó homens de Ítaca,
para que sem derrame de sangue vos separeis!"

Assim falou Atena; e a todos dominou o pálido terror.
No pânico voaram-lhes das mãos as armas, que acabaram
535 por cair no chão, quando ouviram a voz da deusa.
Voltaram para a cidade, desejosos de salvar a vida.
Deu então um grito terrível o sofredor e divino Ulisses,
e lançou-se atrás deles, como uma águia em pleno voo.

Mas Zeus arremessou um relâmpago candente, que caiu
540 à frente da filha de olhos esverdeados, de tão poderoso pai
nascida.
Então disse a Ulisses Atena, a deusa de olhos esverdeados:
"Filho de Laertes, criado por Zeus, Ulisses de mil ardis!
Retém a tua mão e para o conflito desta guerra,
para que contra ti se não encolerize Zeus, filho de Crono."

545 Assim falou Atena; e Ulisses obedeceu, alegrando-se no
coração.
Foram impostos juramentos, válidos no futuro para ambas
as partes, por Atena, filha de Zeus detentor da égide,
assemelhando-se a Mentor no corpo e na voz.

Notas

BERNARD KNOX

1.16-7 *Mas quando chegou o ano (depois de passados muitos outros)/ no qual decretaram os deuses que ele a Ítaca regressasse*: Dez anos após o saque de Troia, vinte anos após a partida de Ulisses de Ítaca.

1.29-30 *Egisto,/ a quem assassinara Orestes, filho de Agamêmnon*: Em toda a *Odisseia*, os acontecimentos na Casa de Atreu irão fornecer um pano de fundo contínuo à narrativa de Homero. Tomados em sequência, tais acontecimentos iniciam-se com a bem-sucedida vingança de Orestes — escolhido por Zeus como exemplo de justiça (1.29-43) —, então são usados por Atena para instilar coragem em Telêmaco (1.298-302), depois por Nestor (III.254-316), não apenas para encorajar o príncipe, mas também para alertá-lo com os relatos adicionais da infidelidade de Clitemnestra e das viagens de Menelau, ausente de Argos quando Agamêmnon foi assassinado. Em seguida Menelau conta a Telêmaco como Proteu informou-o do assassinado de Agamêmnon por parte de Egisto (IV.512-37); e o crime é dramatizado quando, no mundo dos mortos, Ulisses toma conhecimento, por intermédio do fantasma de Agamêmnon, de que ele e Cassandra foram assassinados por sua mulher, juntamente com o amante desta (XI.405-34). Por mais otimista que seja o clímax da vingança de Orestes, a cada versão da morte de Agamêmnon acrescenta-se a ela um caráter ainda mais sinistro, e portanto um contraste absoluto para o luminoso reencontro de Ulisses e Penélope; até que, ao final da *Odisseia* (XXIV.192-202), o fantasma de Agamêmnon exige uma canção que imortalize a honestidade de Penélope e outra que condene a perfídia de Clitemnestra. Como observa W. B.

544 ODISSEIA

Stanford (em sua nota XXIV.196-8), Homero forneceu a primeira e Ésquilo, na *Oréstia*, a segunda. Ver nota IV.526.

1.52 *Atlas de pernicioso pensamento*: Em outros relatos, Atlas é um gigante que sustenta o céu "com suas mãos rijas e incansáveis" (Hesíodo, *Teogonia* 519). Aqui, ele aparentemente permanece no mar e sustenta pilares que desempenham a mesma função. Sua localização no mar, e não em terra (como em Hesíodo) talvez se deva a influências dos mitos do Oriente Próximo. Não sabemos por que ele é chamado de "Atlas de pernicioso pensamento".

1.326 *Do triste regresso dos Aqueus cantava,/ do regresso que de Troia Palas Atena lhes infligira*: A canção de Fêmio é um dos poemas (hoje perdidos) que os gregos chamavam *Nostoi* — o retorno para casa. Durante a conquista e o saque de Troia, Ájax, filho de Oileu (não o grande Ájax, filho de Télamon, que se suicidou antes da queda de Troia: ver XI.543-64 e nota XI.547), tentou estuprar Cassandra, a filha do rei Príamo, no templo de Atena, onde ela se refugiara. Os aqueus não o puniram pela ofensa, e Atena revidou fazendo com que uma tempestade os afastasse do curso a caminho de casa. Ájax foi morto por Posêidon quando havia quase regressado à pátria (ver IV.508-10), Menelau vagueou por sete anos, Ulisses por dez.

1.401 *rei em Ítaca*: A palavra grega traduzida como "rei", *basileus*, não carrega a conotação de regime monárquico hereditário hoje inerente ao termo. No reino de Esquéria, Alcino anuncia: "Nesta terra são em número de doze os reis principais/ que reinam e dão ordens; eu próprio sou o décimo terceiro" (VIII.390-1). A palavra que emprega é *basilêes*. Todos eles são reis, mas ele é, por assim dizer, o rei principal. É por isso que Telêmaco pode dizer: "Até isso [ser feito rei em Ítaca] eu estaria disposto a receber da parte de Zeus" (1.390). É uma posição conquistada por aclamação e riqueza e realizações excepcionais, e Antino, como líder dos pretendentes, claramente se considera adequado para a posição, uma vez casado com Penélope.

II.153 *desviando-se em seguida para a direita*: o lado afortunado no caso de presságios, afortunado neste caso ao menos para Telê-

NOTAS 545

maco. A ideia de que sinais no lado direito trazem sorte e no lado esquerdo, azar, é comum em muitas culturas e línguas: a palavra "sinistro", por exemplo, é o termo em latim para "esquerdo". Ver XV.160-5, 525-34, XX.243, XXIV.311-4.

II.335 *dividir todos os seus bens*: No caso da morte de Telêmaco, o palácio e todos os seus bens reverteriam para Penélope e qualquer dos pretendentes com quem escolhesse casar. O pretendente aqui parece estar sugerindo a divisão dos bens de Telêmaco como prêmio de consolação para aqueles que não obtivessem a mão de Penélope. A fala enfatiza, mais uma vez, a ilegalidade temerária do procedimento dos pretendentes. Ver também a Introdução deste volume.

III.42 *filha de Zeus detentor da égide*: Às vezes, a égide é exibida pelo próprio Zeus, e por Apolo, assim como por Atena. Sua forma não é facilmente determinada a partir do texto: por vezes parece ser um escudo, pois exibe a imagem da cabeça da Górgona e outros horrores. Ao que parece, seu efeito é fortalecer o moral entre aqueles que ela protege e inspirar terror naqueles que se acham diante dela.

III.72-3 *vagueais à deriva pelo mar/ como piratas*: Ver a Introdução deste volume, na subseção "Viajante".

III.109-12 *Aí jaz Ájax [...] Aquiles [...] Pátroclo [...] Antíloco*: Ájax, filho de Télamon, o maior dos guerreiros aqueus depois de Aquiles, matou-se quando as armas e a armadura do finado Aquiles, oferecidas por sua mãe, Tétis, como prêmio ao herói mais corajoso, foram cedidas a Ulisses (ver XI.543-63 e nota XI.547). Aquiles foi morto por uma flecha atirada por Páris, filho de Príamo; Pátroclo, seu amigo mais íntimo, foi morto por Euforbo, Heitor e Apolo. Antíloco, que acudiu em auxílio de seu pai, Nestor, foi morto pelo príncipe etíope Memnon, aliado dos troianos.

III.135 *à ira [de Atena]*: Ver nota I.326.

III.189 *o famoso filho do magnânimo Aquiles*: Neoptólemo (cujo nome significa "nova guerra") dirigiu-se a Troia após a morte de Aquiles e, juntamente com Filocteto, que empunhava o arco

546 ODISSEIA

certeiro de Héracles, liderou a batalha contra os troianos (ver
XI.510-32). Idomeneu, rei cretense, é muitas vezes menciona-
do mais tarde, nas falsas narrativas de viagem de Ulisses (ver
XIII.260, XIV.237, XIX.181).

III.190 *Filocteto*: Seu regresso a salvo encerra a conhecida história da fase final da guerra de Troia. Os aqueus, incapazes de
conquistar Troia, tomaram conhecimento de uma profecia de que
seriam capazes de fazê-lo somente com a ajuda de Filocteto e seu
arco, a famosa arma que este herdara de Héracles. Os aqueus tiveram de enviar uma embaixada a Lemnos para persuadi-lo a ajudá-
-los. Essa embaixada é o tema da tragédia *Filocteto*, de Sófloces.

III.306-7 *Mas no oitavo ano regressou de Atenas, como sua
desgraça,/ o divino Orestes*: Na tragédia ateniense, ele sempre
volta para casa proveniente da Fócida, na Grécia central. Isso
talvez se deva ao fato de Ésquilo, na última peça da *Oréstia* (458
a.C), tê-lo levado a Atenas para ir a julgamento pelo assassinato
da mãe — um *coup de théâtre* que seria arruinado se ele houvesse
saído de lá desde o início.

III.332 *cortai as línguas dos touros*: A língua de animais sacrificados, assim como os fêmures, são reservados para os deuses. Neste
caso, as línguas foram cortadas quando os touros foram sacrificados pela manhã (III.5-10), mas conservadas para as oferendas que
seriam feitas tarde da noite. As primeiras gotas de vinho servem
para libação: o vinho derramado sobre o fogo para os deuses.

III.378 *filha de Zeus, a gloriosa Tritogênia*: O significado do título Tritogênia é controverso. Algumas fontes antigas associam-
-no ao lago Tritônis, na Líbia, aonde Zeus enviou Atena para ser
educada, ou ao rio Tritão, na Beócia. Uma explicação moderna
estabelece um confronto com o *Tritopateres* ateniense, isto é,
os ancestrais verdadeiros: isso conferiria ao termo o significado
"verdadeira filha de Zeus".

III.435-6 *E veio também Atena, em busca/ do sacrifício*: O que
acontece na passagem seguinte é um sacrifício aos deuses que
constitui um banquete igualmente para os devotos humanos (era
assim que se comia carne no mundo antigo). O animal é colo-

NOTAS 547

cado no altar e os sacrificantes lavam as mãos para determinar a pureza do ritual. Espalham cevada sobre a vítima, deixam o animal sem sentidos com uma pancada na cabeça e cortam-lhe a garganta sobre o altar. A pele do animal é retirada, e uma porção de carne, preparada para os deuses. A porção escolhida é a carne dos fêmures, que é envolvida em uma dupla camada de gordura e cuja parte externa é coberta com pequenos pedaços de carne provenientes de diferentes partes do animal. Essa porção é queimada no fogo — a fumaça e o aroma sobem até os deuses. O vinho é derramado sobre a carne, como libação. Por fim, os sacrificantes dão início a sua refeição — com as entranhas, que foram assadas em garfos no fogo. Em seguida, eles trincham a carcaça e assam pedaços de carne em espetos, destinados ao banquete.

IV.5-6 *o filho de Aquiles,/ domador das fileiras de homens*: Neoptólemo, que se casou com Hermione, a filha de Helena e Menelau. Ver XI.505ss. e nota III.189.

IV.86 *pois lá as ovelhas dão à luz os cordeiros três vezes por ano*: A típica história de um viajante a respeito de uma região distante — é impossível ovelhas darem à luz cordeiros três vezes por ano, já que seu período de gestação é de cerca de 150 dias.

IV.95-6 *perdi uma grande casa,/ bem fornecida e recheada de muitos e excelentes tesouros*: Provavelmente por não a ter visto por dezessete anos; mas também porque Páris e Helena, ao partir, despojaram-na de todas as suas riquezas. Na *Ilíada*, os termos do duelo entre Menelau e Páris no Canto III anunciam que, se Páris vencer, conservará "Helena e [...] tudo que lhe pertence"; caso contrário, os troianos entregarão "todas as riquezas e a mulher" (III.70-2).

IV.129 *trípodes*: Grandes panelas ou caldeirões de metal que se sustentavam sobre três pés, entre os quais era aceso o fogo. Em geral muito ornamentadas para serem presenteadas ou oferecidas como prêmio, eram extraordinariamente valiosas e raras.

IV.148-9 *Apercebo-me agora da semelhança que apontas./ Assim eram os pés dele*: Como os gregos antigos na maioria das vezes andavam descalços ou usavam sandálias, nada havia de estranho na familiaridade com o formato do pé de outra pessoa. Na

548 ODISSEIA

tragédia *As Coéforas*, de Ésquilo, Electra reconhece as pegadas deixadas no solo por seu irmão Orestes.

IV.271 *Que feitos praticou e aguentou aquele homem forte*: A mais famosa proeza de Ulisses, celebrada em uma canção na corte de Alcino (VIII.499-520) e evocada por Atena disfarçada de Mentor para incentivá-lo na luta contra os pretendentes (XXII.226-32), foi planejar e participar no estratagema que provocou a queda de Troia — o cavalo de madeira no qual Ulisses e um grupo de heróis aqueus esconderam-se enquanto os troianos levavam o cavalo para a cidade como oferenda a Atena.

IV.499-511 *Ájax* [...] *Foi aí que morreu afogado*: Ájax, o Menor, filho de Oileu. Ver nota 1.326.

IV.512-23 *Quanto a teu irmão, fugiu ao destino, evitando-o/* [...] *a sua terra*: Esta passagem mostra que Homero não dominava com precisão a geografia no lado ocidental do mar Egeu. A terra natal de Agamêmnon é Argos; ele não teria motivos para navegar rumo ao sul e passar pelo cabo Maleia a caminho de casa. Além disso, o vento predominante no cabo Maleia é o Nordeste; foi o vento que desviou a nau de Ulisses para sudoeste, em direção ao mundo desconhecido. Isso também está longe de esclarecer onde fica exatamente o lar de Egisto. Tem de ser próximo ao de Agamêmnon, se Egisto foi capaz de preparar uma emboscada em seu palácio e sair para encontrar-se com o rei logo que o vigia anunciou sua chegada; ainda assim, em 519-21, seu lar parece distante. A confusão aqui talvez tenha raízes na união de dois relatos diferentes do retorno de Agamêmnon a sua pátria. Ver também a Introdução deste volume.

IV.526 *Durante um ano ali vigiara*: Ao que tudo indica, Egisto postou o vigia no décimo ano da guerra de Troia, ano que, segundo profecia de Calcante, veria a queda da cidade. Simples mercenário de Egisto na *Odisseia*, o vigia torna-se um servo leal de Agamêmnon na *Oréstia* de Ésquilo, na qual inadvertidamente assegura a morte do rei ao apressar-se a dar a notícia de sua chegada a Clitemnestra, a rainha.

IV.561-2 *não está destinado/ que morras*: Essa revelação especial a Menelau nada tem a ver com mérito: ele qualifica-se para os Cam-

NOTAS 549

pos Elísios meramente por ser marido de Helena, que mais tarde
será venerada como deusa em Esparta e em outras partes da Grécia.

IV.590 *três cavalos e um carro bem polido*: Dois nas rédeas e o
terceiro para servir de rastreador.

IV.712-3 *Não sei se foi um deus que o incitou, ou se foi de moto
próprio/ que decidiu ir a Pilos*: Na verdade foi Atena, disfarçada como Mentor, que o incitou, e a deusa zarpou com Telêmaco
para Pilos quatro dias antes.

IV.761 *e, colocando grãos de cevada num cesto*: Espalham cevada sobre os animais destinados a sacrifícios antes que sejam mortos (ver III.444-50). Não sabemos o que Penélope tenciona fazer:
derramá-la como uma espécie de libação? Oferecê-la à deusa?

V.55 *Mas quando chegou por fim à ilha longínqua*: Ogígia, lar
de Calipso.

V.122-5 *Órion* [...] *Deméter* [...] *Iásion*: Órion era um caçador
gigante por quem Eos, a deusa da aurora, se apaixonou; depois
de sua morte, ele tornou-se uma constelação. Deméter era a deusa das colheitas e, sobretudo, do trigo; fez amor com Iásion em
um campo ritualmente arado com sulcos triplos no começo da
estação da lavragem da terra.

V.145 *Matador de Argos*: Em grego, Hermes possui dois epítetos
regulares. É chamado de guia ou acompanhante (o significado da
palavra é questionado), pois muitas vezes é designado por Zeus
para atuar nesse papel, como no início do Canto XXIV, quando
escolta a alma dos pretendentes ao reino dos mortos. O outro
epíteto refere-se ao fato de, por ordem de Zeus, Hermes ter matado um monstro de imensa força chamado Argos, que possuía
olhos por todo o corpo, de forma a conseguir manter alguns deles
abertos enquanto dormia. Este foi morto porque Hera o enviou
para vigiar Io, uma mulher por quem Zeus estava apaixonado e a
quem Hera transformou em vaca.

V.185 *e a Água Estígia*: O Estige, principal rio do reino dos mortos, era o afiançador dos juramentos proferidos pelos deuses.

550 ODISSEIA

Quaisquer dos deuses, explica Hesíodo (*Teogonia* 793-806), que espargem libações da água do rio e prestam falso juramento ficam paralisados por um ano e durante os nove anos seguintes são excluídos dos banquetes e assembleias dos deuses.

v.272-3 *enquanto olhava para as Plêiades, para o Boieiro.../ e para a Ursa, a que chamam Carro*: "Boieiro" é aqui o equivalente ao substantivo grego *Bôotes*, uma constelação que surge no final da tarde. O "Carro" é a constelação também conhecida como Frigideira, Caçarola e Ursa Maior. Quando vista do hemisfério Norte, nunca fica abaixo do horizonte ou, como diz Homero, "não mergulha nas correntes do oceano". A Ursa Maior era originalmente a ninfa Calisto, que vagava pelas florestas como uma das virgens acompanhantes da deusa Artêmis. Zeus a engravidou e, quando a gravidez já não podia mais ser escondida, Artêmis transformou-a em urso e o matou. Em seguida, Zeus transformou-a na constelação. O Caçador é Órion.

v.333 *Ino de belos tornozelos*: Ino, filha de Cadmo, atirou-se no mar em Corinto com o filho nos braços para fugir de Atamante, seu marido demente. Seu novo nome — Leucoteia — significa "deusa branca".

vi.141-2 *endereçar/ súplicas à donzela de lindo rosto, agarrando-lhe os joelhos*: Ulisses nega-se a adotar a posição de suplicante — ajoelhado, abraçado aos joelhos do suplicado, tentando alcançar-lhe o queixo. É um gesto que simboliza o total desamparo do pedinte, sua dependência abjeta, mas que ao mesmo tempo gera um constrangimento físico e moral na pessoa assim abordada. Os gregos acreditavam que Zeus era o protetor e herói dos suplicantes. Ver x.323, 481.

vi.221-2 *Envergonho-me/ de estar nu no meio de moças de belas tranças*: Ele decerto estava nu o tempo todo, mas protegia a genitália com ramos de oliva — "o primeiro cavalheiro da Europa", como Joyce descreveu Ulisses nesta cena. No entanto, uma vez que os homens são regularmente banhados por mulheres jovens em outras partes do poema (iii.564-5, iv.49-50), o recato de Ulisses aqui parece estranho. Talvez isso se deva ao fato de, ao contrário de Telêmaco quando banhado pela filha mais nova de Nestor e do

NOTAS 551

próprio Ulisses quando banhado pelas criadas de Circe, ser agora "horrível... o seu aspecto, empastado de sal". Do ponto de vista de Homero, certamente é necessário que ele se banhasse sozinho, para que Atena o fizesse "mais alto de aspecto — e também mais forte".

VII.53-4 *A primeira pessoa que encontrares na sala será a rainha:/ seu nome é Areta*: O nome traz à lembrança o verbo grego *araomai*, "suplicar", "rezar", "pedir", o que sugere o significado "aquela que foi pedida" (pelos pais), assim como "a quem foi pedido" (por suplicantes como Ulisses).

VII.54-5 *e provém da mesma linhagem/ daqueles que geraram o rei Alcino*: Ver a seção Genealogias (adaptada de Garvie).

VII.197 *Fiadoras*: As Deusas do Destino. Elas eram visualizadas como três mulheres que fiavam, o que era uma ocupação normal das gregas: o fio que teciam era a vida humana. Depois de Homero, elas receberam nomes próprios: Cloto ("Fiandeira"), Láquesis ("Distribuidora" — a que determinava a extensão do fio) e Átropos ("aquela que não podia voltar atrás" — que cortava o fio).

VII.321 *mais longe que a Eubeia*: Ilha comprida e estreita ao largo da costa oriental da Grécia; para os feácios, que ao que tudo indica vivem no Ocidente lendário, é a "terra que dizem/ ser a mais longínqua aqueles dentre o nosso povo que a viram" (321-2).

VII.323-4 *Radamanto* [...] *Títio*: Radamanto foi um lendário rei cretense que, após a morte, partiu para os Campos Elíseos (IV.563). Títio foi um dos criminosos famosos; ao tentar estuprar a deusa Leto, mãe de Apolo e Artêmis, foi infinitamente torturado no reino dos mortos (XI.576-81). Por que motivo Radamanto dirigiu-se a Eubeia para visitá-lo, não sabemos.

VIII.35 *cinquenta e dois mancebos*: Ao que tudo indica, a nau é uma galé de cinquenta remos, portanto requer cinquenta remadores e dois oficiais.

VIII.75-82 *a contenda entre Ulisses e Aquiles*: Nossas fontes não explicam a causa do conflito entre os dois. Ver também a Introdução deste volume.

VIII.124 *A distância de uma parelha de mulas em terra arável*: Esse intervalo (*ouron*) é a distância habitual que os agricultores gregos percorriam antes de dar meia-volta: desconhecemos sua extensão precisa, e a estimativa aceita é de trinta a quarenta metros.

VIII.267-366 *os amores de Ares e Afrodite*: Hefesto, o deus ferreiro, é coxo. Isso pode ser um reflexo do fato de que, em uma comunidade onde a agricultura e a guerra são os aspectos predominantes da vida de seus homens, alguém com pernas frágeis e braços fortes provavelmente se tornaria ferreiro. Hefesto parece ser coxo de nascença: na *Ilíada* (XVIII.394-7), ele conta que sua mãe, Hera, expulsou-o do Olimpo em virtude de seu defeito físico.

VIII.283 *Lemnos*: Centro do culto de Hefesto, Lemnos era uma ilha conhecida por seus gases vulcânicos e habitada por um povo que Homero identifica como os síntias (VIII.294), que salvou Hefesto após sua queda do Monte Olimpo.

VIII.306 *Zeus pai*: Zeus, pai tanto de Afrodite quanto de Hefesto.

IX.24-5 *A própria Ítaca não se eleva/ muito acima do nível do mar; está virada para a escuridão do ocaso*: Sobre a imprecisão da geografia homérica, ver a Introdução deste volume, na subseção "Viajante", e nota IV.512-23.

IX.64-5 *antes que alguém/ chamasse três vezes pelos nomes dos infelizes companheiros*: Um rito fúnebre, uma provável despedida aos mortos; três vezes presumivelmente para garantir que os mortos ouvissem os chamados.

IX.208-9 *Quando surgia a ocasião para beberem o rubro vinho, doce/ como mel, enchia-se uma taça, a que se misturava vinte de água*: Um vinho bem forte. Os gregos antigos bebiam vinho diluído em água (assim como o fazem muitos gregos modernos), mas as proporções habituais de água para vinho eram de 3:1 ou 3:2.

IX.366 *Ninguém é como me chamo*: A palavra grega *outis*, o nome que Ulisses atribui a si mesmo, é formada a partir da locução grega normal para "ninguém" — *ou tis*, "não alguém". Isso permite que Homero faça um magnífico jogo de palavras que não

NOTAS   553

pode ser adequadamente reproduzido na tradução. Quando os ciclopes companheiros de Polifemo perguntam-lhe por que está fazendo tal alvoroço e ele responde "Ninguém me mata pelo dolo e pela violência!", eles naturalmente o interpretam mal e respondem "Se na verdade ninguém te está a fazer mal" (IX.408-10). Mas em grego a resposta deles possui uma forma diferente para "não alguém": não *ou tis*, mas *mê tis*, a forma usual usada após a palavra "se". Mas *mê tis* "não qualquer um", soa exatamente como *mêtis*, uma palavra-chave da *Odisseia*, a principal característica de seu herói: astucioso, sagaz. E Polifemo está de fato sendo derrotado pela *mêtis*, a astúcia e sagacidade de Ulisses. Ver, por exemplo, IV.106-7, VIII.198, IX.406-14, 455-60, 515-6, XX.21, XXIII.125-6.

IX.504-5 *Ulisses, saqueador de cidades,/ filho de Laertes, que em Ítaca tem seu palácio*: Sobre a importância de Ulisses declarar seu nome, ver a Introdução deste volume.

IX.532-5 *Mas se for seu destino rever a família [...] que em casa encontre muitas desgraças*: A maldição de Polifemo será repetida como profecia por Tirésias no reino dos mortos (XI.112-5) e por Circe como advertência solene na ilha de Eeia (XII.139-41).

XI.128 *pá de joeirar*: Antes da invenção da debulhadora em 1784, os grãos eram triturados em uma superfície plana em alguma encosta exposta ao vento; para remover o debulho, eram lançados contra o vento no interior de um cesto pouco profundo fixado à extremidade de uma longa haste, a pá de joeirar.

XI.134-5 *e do mar sobrevirá para ti/ a morte brandamente*: Ésquilo e Sófocles podem ter entendido as palavras como "longe do mar", pois ambos escreveram tragédias baseadas na lenda de que Ulisses foi morto por uma espinha de peixe, seja por envenenamento do sangue originado por um arranhão, ou como resultado da ferida provocada pela lança com ponta de espinha de peixe de Telégono, seu filho com Circe. Mas a promessa, "a morte brandamente", não condiz com essa interpretação.

XI.235 *Tiro*: Entre seus descendentes estão Nestor, Jasão — capitão dos argonautas — e Melampo, avô de Teoclímeno. Sobre a linhagem de Tiro, ver a Introdução deste volume e a seção Genealogias (adaptadas de Jones e Stanford).

XI.271 *Epicasta*: Ela se chama Jocasta na peça *Édipo Rei*, de Sófocles, na qual Édipo, quando descobre a verdade, cega-se e deixa Tebas, em exílio.

XI.281 *Clóris*: Filha de Anfíon de Orcômeno (não Anfíon fundador de Tebas; ver XI.262). Era casada com Neleu, pai de Nestor. Neleu daria a mão da filha deles, Pero, apenas ao homem que conseguisse recuperar seu gado, roubado por Íficles, que conduzira o gado desde Pilos a sua casa em Filace, na Tessália. Melampo, capturado na tentativa de recuperar o gado, acabou aprisionado, porém foi solto por seus dons proféticos. Uma versão diferente da história é apresentada em XV.219-50. Ver também a seção Genealogias.

XI.300 *Castor* [...] *Pólux*: Filhos gêmeos de Leda, com frequência chamados de Dioscuros — "filhos de Zeus". O extraordinário privilégio que lhes foi concedido — de voltar à vida em dias alternados — era atribuído ao fato de que um deles era filho de Zeus e o outro de Tíndaro, o marido humano de Leda.

XI.308 *Oto* [...] *Efialtes*: A versão mais conhecida da história é a de que eles empilharam o monte Pélion sobre o monte Ossa, na Tessália, para alcançar o monte Olimpo, lar dos deuses; aqui imagina-se que os deuses vivam no céu.

XI.321 *Ariadne*: Ajudou Teseu a matar o Minotauro e partiu de Creta com ele, mas, segundo a versão aceita da história, foi abandonada na ilha de Dia, ao largo da costa setentrional de Creta (na ilha de Naxos em outros relatos), à qual acorreu Dionísio para tomá-la como noiva; ela fez-se de rainha, como afirmou Robert Graves, para o nobre visitante. Não sabemos por que o deus denunciou-a na versão de Homero.

XI.326 *Erífile*: Aceitou de Polinices, líder dos Sete Contra Tebas, um colar, como suborno por ter convencido seu marido, o profeta Anfiarau, a juntar-se à expedição na qual este encontrou a morte.

NOTAS 555

XI.520 *Erípilo*: Como Anfiarau, perdeu a vida por causa de um suborno, desta vez proveniente do rei Príamo e aceito pela mãe de Erípilo, que persuadiu o filho a lutar no lado troiano.

XI.547 *Dirimiram a contenda jovens troianos e Palas Atena*: Os filhos capturados dos troianos sem dúvida seriam juízes competentes das qualidades combativas de seus oponentes. Mas Atena, que favorecia Ulisses em tudo, não era de jeito nenhum uma juíza imparcial. A decisão inesperada provocou tamanho choque em Ájax que este ficou louco de raiva e tentou matar Agamêmnon, Menelau e Ulisses, mas, frustrado, matou-se. Seu suicídio é o tema da tragédia *Ájax*, de Sófocles. Ver nota III.109-12.

XI.576 *Títio*: Ver nota VII.323-4.

XI.582 *Tântalo*: Para Homero, é ponto pacífico que o leitor tem conhecimento da ofensa de Tântalo. Os relatos posteriores diferem nos detalhes, mas a comida e a bebida desempenham papel central na maioria deles. Em uma das versões, Tântalo, que era amigo íntimo e convidado frequente dos deuses, convida-os a seu palácio para um banquete e serve a carne cozida de seu filho Pélope, como um teste a seus poderes divinos de percepção. Todos recusam a carne, menos Deméter, que comeu um ombro. Depois que Tântalo foi enviado a seu castigo eterno no Hades — apropriadamente condenado a passar sede e fome eternas —, os pedaços de Pélope foram juntados e seu corpo foi ressuscitado; o pedaço que faltava em seu ombro foi substituído por uma prótese de mármore, exibida séculos mais tarde em Olímpia, local onde se realizavam os jogos instituídos por Pélope.

XI.593-600 *Sísifo*: Um grande trapaceiro (em alguns relatos, é o verdadeiro pai de Ulisses), que enganou até mesmo o Deus da Morte. Poucas horas antes de morrer, pediu à mulher que não realizasse rituais fúnebres em sua homenagem. No Hades, queixou-se de que a mulher não o havia enterrado e pediu permissão para voltar e persuadi-la a cumprir o seu dever. A permissão lhe foi concedida, mas, uma vez em casa, ele recusou-se a voltar e viveu até idade avançada.

XI.601-26 *Héracles*: O maior dos heróis gregos, Héracles, após a morte, por fim, tornou-se um deus imortal. Era filho de Zeus e da mortal Alcmena. Zeus pretendia que ele governasse a todos que vivessem nos arredores, mas sua ciumenta mulher, Hera, tramou para que tal destino fosse conferido a Euristeu, rei de Argos, a quem Héracles viu-se submetido. Por ordem de Euristeu, Héracles realizou seus famosos doze trabalhos, dentre os quais se achava a captura do cão de três cabeças, Cérbero, guardião da entrada do reino dos mortos. Homero atribui a morte de Héracles à cólera de Hera, mas na versão de outros poetas de sua morte, Hera não desempenha nenhum papel. Ver notas III.189, III.190.

XII.59 *rochas ameaçadoras*: O termo grego empregado por Homero significa algo como "rochas itinerantes", mas ele obviamente se inspirou na narrativa das Simplégades, entre as quais até mesmo os pombos que levavam ambrosias para Zeus podiam ficar presos. Elas são um componente importante da história de Jasão e os Argonautas, mencionada como renomado tema poético em XII.70-2. Ver também a Introdução deste volume.

XII.176 *Hipérion*: Denominação que, independentemente de sua etimologia, sugere o significado "aquele que se move no alto", e constitui um outro nome de Hélio, o Sol.

XII.312 *a terceira parte da noite*: A noite era dividida em três partes, cada uma delas com duração aproximada de quatro horas.

XII.356-7 *e rezaram aos deuses,/ colhendo as tenras folhas de um alto carvalho*: Um substituto para a cevada espalhada sobre o animal sacrificial. Mais tarde, na falta do vinho, eles realizaram libações com água. Como o abate do gado é uma ofensa ao deus, é conveniente que o ritual fique aquém do procedimento adequado.

XIII.158 *rodeia-lhes a cidade com uma montanha enorme e circundante*: Sobre o conselho que Zeus dá a Posêidon nesta passagem, ver a Introdução deste volume, na subseção "Deuses".

XIV.55 *Foi então, ó porqueiro Eumeu, que lhe deste esta resposta*: Homero gosta de se dirigir diretamente a Eumeu, como não raro faz com Pátroclo e Menelau na *Ilíada*. Pode ser uma conveniência métrica, um vestígio de antigas práticas poéticas ou aqui, como menciona Stanford (em sua nota XIV.55), referindo-se

NOTAS   557

a Eustácio, "um sinal da afeição especial do poeta para com Eumeu" — ideia que Stanford rejeita, mas outros críticos aceitam.

XIV.435 *as ninfas e Hermes*: Parte da refeição de Eumeu é reservada ao culto local das ninfas da floresta, outra parte para Hermes, em seu papel de deus benfeitor dos pastores.

XV.18 *dons nupciais*: Ver VIII.306 e a Introdução deste volume.

XV.225 *Era vidente e descendia da linhagem de Melampo*: Uma versão diferente da história é contada em XI.281-97 Aqui, Neleu expulsa Melampo e confisca seus bens. Não sabemos por que motivo Fílaco (Íficles na outra versão) aprisionou Melampo, por que este foi perseguido pelas Fúrias, tampouco como vingou-se de Neleu. Nesta versão ele conquista Pero, a filha de Neleu, não para si, mas para seu irmão. Homero não menciona, mas tomamos conhecimento por meio de Hesíodo, que Melampo, entendedor da fala dos pássaros e outros animais, foi libertado da prisão por ter ouvido os insetos nas vigas do palácio discutirem o quanto haviam corroído a estrutura, e assim Melampo avisou seu captor de que a construção desabaria em breve. Ver também a seção Genealogias e a nota XI.281.

XV.247 *por causa dos dons de uma mulher*: Ver nota XI.326.

XVI.117 *Deste modo individualizou o filho de Crono a nossa linhagem*: Ver a seção Genealogias.

XVII.541 *Telêmaco deu um grande espirro*: Os gregos antigos consideravam o espirro um presságio, já que se trata de uma manifestação que o ser humano não consegue provocar por vontade própria, nem tampouco controlar quando sobrevém. Portanto, deve ser obra dos deuses.

XVIII.5-7 *Arneu* [...] *Iro*: Arneu era chamado de Iro provavelmente porque, tal como Íris, mensageira dos deuses, prestava pequenos serviços para os pretendentes.

XVIII.246 *da jônica Argos*: esse adjetivo em geral designa assentamentos gregos nas ilhas do mar Egeu e no que é hoje a costa

558 ODISSEIA

ocidental da Turquia, cujos habitantes falavam um dialeto conhecido como jônio. Argos situa-se no Peloponeso, mas há indícios legítimos da presença jônica ali em tempos muito antigos.

XIX.86 *que por vontade de Apolo*: Em seu aspecto de *Apolo kourotrophos*, formador dos jovens.

XIX.179 *Minos*: Lendário rei de Creta, cujo nome foi concedido à civilização escavada por arqueólogos no início do século passado. Minos governou Creta por períodos de nove anos ou, como Platão interpretava o verso homérico, a cada nove anos dirigia-se à caverna de Zeus para trocar ideias com o deus e trazer leis para o seu povo. Junto com outro rei cretense, Radamanto, é por vezes mencionado como um dos juízes do mundo dos mortos. Ver XI.568-75.

XIX.260 *Ílio-a-Malévola, essa cidade inominável*: Penélope chama *kakoilion* à cidade que não deseja nominar, combinando o termo grego que designa o mal — *kakos* — com o nome Ílio, denominação alternativa para Troia. Ver XIX.597, XXIII.19.

XIX.407-9 *Chego aqui depois de ter causado sofrimentos a muitos,/ a homens e a mulheres, em toda a terra que nos dá sustento./ Por isso que seja Ulisses o seu nome*: O nome "Odisseu" [latinizado como Ulisses] talvez esteja associado ao verbo grego *odussomai* — sentir raiva de, encolerizar-se ou odiar. O verbo, porém, parece funcionar na voz intermediária, um híbrido entre a ativa e a passiva, insinuando que Ulisses é não apenas um agente da raiva ou do ódio, mas também seu alvo. Especialmente pertinentes são as argumentações de John Peradotto (pp. 129-34) e George Dimock (pp. 257-63), que sugerem que Ulisses sofre por fazer os outros sofrerem, não como um fim em si, mas na medida em que *odumassai* recorda o verbo *ôdinô* — suportar a dor, sobretudo a dor do trabalho — como os padecimentos pelos quais o herói recobra sua identidade. Como consequência, Dimock nos propõe traduzir "Odisseu" como "homem de dor" — ativa e passiva, que age e sofre a ação, tanto agente quanto vítima, infligindo e tolerando a dor, ainda que de alguma forma nascendo nesse processo.

NOTAS 559

XIX.518-27 *Tal como a filha de Pandáreo, o rouxinol da verdura*: Seu nome era Aédona (*aedon* é o termo grego que designa rouxinol). Teve apenas um filho, mas sua cunhada, Niobe, teve vários; em um acesso de ciúme, tentou matar o filho mais velho de Niobe, mas matou o próprio filho, Ítilo, por engano. Zeus transformou-a em rouxinol, pranteando eternamente o filho com seu canto. Uma versão distinta da história nos é familiar a partir do latim, segundo a qual a princesa ateniense Procne casa-se com o rei trácio Tereu. Tereu estupra a irmã de Procne, Filomela, então lhe corta a língua para impedi-la de denunciá-lo à irmã. Mas Filomela tece a história em um tapete para mostrar a Procne, que mata Ítis, seu filho com Tereu, cozinha sua carne e serve-a ao marido. Quando toma conhecimento do que comeu, Tereu tenta matar ambas as irmãs, mas Zeus transforma-os todos em pássaros: Procne torna-se o rouxinol, pranteando Ítis para sempre, Filomela, a andorinha e Tereu, a poupa.

XIX.562 *São os dois portões dos sonhos destituídos de vigor*: Por que o portão de marfim seria a saída dos sonhos falsos e o portão de chifre, a dos sonhos verdadeiros nunca foi satisfatoriamente explicado.

XIX.572 *um concurso, o dos machados*: Tem havido muita controvérsia a respeito dos machados e ainda nenhum acordo. Em XXI.120-3, quando Telêmaco ajeita-os para a competição, cava uma trincheira no chão sujo do salão, enterra-os em linha reta e calca a terra com os pés para firmá-los. Muitos editores partiram do princípio de que o que ele enterrou na vala foi a lâmina dos machados, com os orifícios para os cabos alinhados. Mas, para atirar um flecha através dessa formação, o arqueiro teria de estar deitado no chão, posição na qual é impossível estender o arco, para não falar da dificuldade de realizar tal lançamento. Em todo caso, somos informados (XXI.420-1) que, quando atira a flecha através dos machados, Ulisses está sentado em uma cadeira. Portanto, os orifícios que a flecha atravessa devem encontrar-se no mínimo a sessenta centímetros do chão. A única solução possível parece ser a de que todos os machados possuem um anel de metal na extremidade do cabo, provavelmente para que a arma seja pendurada em um prego na parede.

xx.66-78 *Também as tempestades arrebataram as filhas de Pandáreo*: A narrativa da morte das filhas de Pandáreo, nenhuma delas nomeada, não parece ter nenhuma ligação com a lenda do rouxinol. Ver XIX.518-27 e a minha nota a respeito.

xx.276-7 *Enquanto isso arautos conduziam pela cidade a sagrada hecatombe dos deuses*: É uma coincidência significativa o fato de que a competição de tiro com arco, que ocasionará a morte dos pretendentes e a reintegração de Ulisses em sua própria casa, ocorra no dia da festa de Apolo, o deus arqueiro. Ver VIII.204-29 e nota XXI.14.

xx.355 *O adro está repleto de fantasmas*: Ao que tudo indica, os dos pretendentes, vislumbrados aqui de forma irreal, profética, mas claramente presentes no início do Canto XXIV, obedecendo a seu assassinato no Canto XXII.

XXI.14 *Êurito*: Um dos grandes arqueiros mencionados quando Ulisses reivindica seu domínio do arco entre os feácios (VIII.204--29). Êurito desafiou até mesmo Apolo para uma competição, insulto pelo qual o deus o matou. Segundo fontes posteriores, Apolo deu-lhe um arco e o treinou a usá-lo; se é assim, o arco que Ífito entregou a Ulisses advém da mão do próprio deus para ser usado contra os pretendentes no dia da festa de Apolo. Ver nota XX.276-7.

XXI.47-8 *introduziu a chave, fazendo correr o ferrolho/ com segura pontaria*: O mecanismo das fechaduras em Homero é tão misterioso que a paródia de Joyce em *Ulisses* talvez seja o melhor comentário a essa passagem:

> Como o remanescente centrípeto propicia a saída do retirante centrípeto?
>
> Inserindo o corpo de uma chave máscula arruginada no orifício de uma fechadura fêmea inconstante, obtendo um ponto de apoio no arco da chave e girando suas alas da direita para a esquerda, privando um grampo de seu ponto de apoio, puxando convulsivamente para dentro uma porta obsoleta e desengonçada e revelando uma abertura para saída e entrada livres.

NOTAS   561

XXI.296-301 *Pirito*: Amigo de Teseu e companheiro em muitas de suas façanhas, era rei dos lápitas, uma tribo que vivia na Tessália, região famosa por seus cavalos. Convidou para seu casamento com Hipodameia os centauros, que mais tarde foram vistos como metade homens metade cavalos, mas que Homero descreve na *Ilíada* (1.267) como "os mais fortes". Seu líder, Eurítion, se embebedou na festa e tentou estuprar a noiva (cujo nome, por sinal, significa "domadora de cavalos"). A batalha que daí resultou foi tema favorito das esculturas nos templos (uma delas exibida, por exemplo, no frontão oeste do templo de Zeus em Olímpia), simbolizando a luta entre os gregos e os bárbaros.

XXII.126-7 *na parede bem construída havia uma poterna elevada*: Em vão contradisseram-se os críticos com os detalhes arquitetônicos do palácio. É provável que a confusão resulte da combinação de diferentes fórmulas poéticas ao longo do tempo, que se tornou a versão padrão. Em todo caso, o leitor original, arrebatado pela apresentação, não teria se preocupado muito com detalhes. Ver também a Introdução deste volume.

XXII.230 *graças ao teu conselho a cidade de Príamo foi saqueada*: O estratagema de Ulisses do Cavalo de Troia, que abrigou a tropa aqueia que destruiu Troia. Ver nota IV.271.

XXIV.116-7 *para convencer Ulisses/ a seguir conosco*: Em um poema épico posterior, a *Cípria*, somos informados de que Ulisses, relutante em deixar a mulher e o filho bebê, simulou loucura para escapar à convocação para a guerra contra Troia. Com seu arado atrelado a um asno e um boi, pôs-se a espalhar sal nas plantações. Palamedes, o mais sagaz dos comandantes convocados para a expedição, colocou o bebê de Ulisses no caminho do arado; Ulisses freou o arado e seu artifício foi descoberto. "Mas uma vez na guerra", como recordou Joyce a Frank Budgen, "o opositor consciencioso tornou-se um *jusqu'auboutist.*"

XXIV.232-3 *Quando o divino e sofredor Ulisses viu o pai,/ desgastado pela idade e carregando o fardo da tristeza*: Ver nota XIX.407-9.

Genealogias

A GENEALOGIA DA CASA REAL DE ULISSES

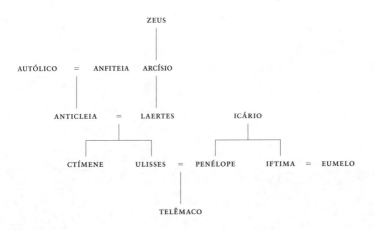

A GENEALOGIA DA CASA REAL DE ESQUÉRIA

A GENEALOGIA DE TEOCLÍMENO

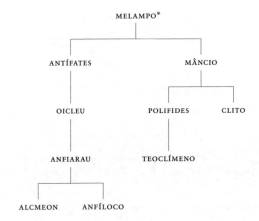

* Ver genealogia de Tiro.

A GENEALOGIA DE TIRO

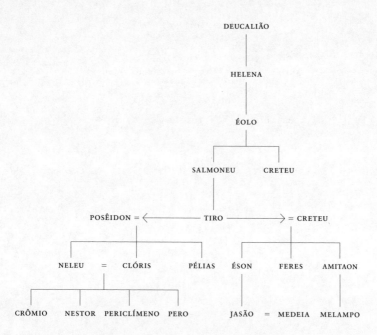

Referências bibliográficas

I. EDIÇÕES E COMENTÁRIOS

Homeri Opera. Ed. Thomas W. Allen. 2ª ed., vols. III e IV. Oxford Classical Texts. Londres e Nova York, 1917.

Homeri Odyssea. Ed. Peter von der Mühll. Stuttgart, 1962.

Homeri Odyssea. Ed. Helmut van Thiel. Hildesheim, 1991.

The Odyssey. Ed. com intr., comentários e índices de William B. Stanford. 2ª ed., 2 vols. Londres e Nova York, reeditada com alterações e acréscimos, 1967.

The Odyssey. Ed. R. D. Dawe. Lewes, 1993.

A Commentary on Homer's Odyssey. Vol. I: Cantos I-VIII, Alfred Heubeck, Stephanie West. John B. Hainsworth. Vol. II: Cantos IX-XVI, Alfred Heubeck, Arie Hoesktra. Vol. III: Cantos XVII-XXIV, Joseph Russo, Manuel Fernández-Galiano, Alfred Heubeck. Nova York e Oxford, 1988-92.

A Narratological Commentary on the Odyssey. Irene de Jong. Cambridge, 2001.

Homer, Odyssey: Books XIX and XX. Ed. R. B. Rutherford. Clássicos Gregos e Latinos de Cambridge. Cambridge, Inglaterra, 1992.

Homer, Odyssey: Books VI-VIII. Ed. Alex F. Garvie. Clássicos Gregos e Latinos da Cambridge. Cambridge, Inglaterra, 1994.

Homer, The Odyssey. Ed. com trad. para o inglês de A. T. Murray, revisado por George E. Dimock. 2 vols. The Loeb Classical Library. Cambridge, Mass. e Londres, 1995.

II. ESTUDOS CRÍTICOS

AHL, Frederick e ROISMAN, Hanna M. *The Odyssey Re-Formed*. Ithaca, 1996.

AREND, Walter. *Die typischen Szenen bei Homer*. Berlim, 1933.

ARNOLD, Matthew. "On Translating Homer." In *On the Classical Tradition*, ed. R. H. Super. Ann Arbor e Londres, 1960.

ATCHITY, Kenneth, ed. *Critical Essays on Homer*. Boston, 1987.

AUERBACH, Erich. *Mimesis: The Representation of Reality in Western Literature*. Trad. Willard Trask. Capítulo I, "Odysseus' Scar". Princeton, 1953.

AUSTIN, Norman. *Archery at the Dark of the Moon: Poetic Problems in Homer's Odyssey*. Berkeley, Los Angeles e Londres, 1975.

BAKKER, Egbert. *Poetry in Speech: Orality and Homeric Discourse*. Ithaca, 1997.

——— e KAHANE, Ahuvia, eds. *Written Voices, Spoken Signs: Tradition, Performance, and the Epic Text*. Cambridge, Mass., 2000.

BEISSINGER, Margaret; TYLUS, Jane e WOFFORD, Susanne, eds. *Epic Traditions in the Contemporary World: The Poetics of Community*. Berkeley, 1999.

BENARDETE, Seth. *The Bow and the Lyre: A Platonic Reading of the Odyssey*. Nova York e Londres, 1997.

BÉRARD, Victor. *Introduction à l'Odyssée*. Paris, 1924.

BEYE, Charles R. *The Iliad, the Odyssey, and the Epic Tradition*. Nova York e Londres, 1966.

BLOOM, Harold, ed. *Homer's Odyssey*. Nova York, 1996.

BRANN, Eva. *Homeric Moments: Clues to Delight in Reading the Odyssey and the Iliad*. Filadélfia, 2002.

BREMER, Jan Maarten; DE JONG, Irene J. F. e KALFF, J., eds. *Homer: Beyond Oral Poetry. Recent Trends in Homeric Interpretation*. Amsterdã, 1987.

BUITRON, Diana e COHEN, Beth, eds. *The Odyssey and Ancient Art: An Epic in Word and Image*. The Edith C. Blum Art Institute, Bard College. Annandale-on-Hudson, Nova York, 1992.

BURKERT, Walter. "Das Lied von Ares und Aphrodite", *Rheinisches Museum* 103 (1960), pp. 130-44.

———. *Griechische Religion der archaischen und klassichen Epoche*. Stuttgart, 1977.

REFERÊNCIAS BIBLIOGRÁFICAS 569

CAMPS, William Anthony. *An Introduction to Homer*. Oxford, 1980.

CARPENTER, Rhys. *Folk Tale, Fiction, and Saga in the Homeric Epics*. Berkeley, 1946.

CARTER, Jane B. e MORRIS, Sarah P., eds. *The Ages of Homer: A Tribute to Emily Townsend Vermeule*. Austin, 1995.

CARVALHO, Joaquim Lourenço. *As Estruturas da Odisseia*. Lisboa (diss. doutoramento), 1977.

CHADWICK, John. *The Mycenaean World*. Londres e Nova York, 1976.

CHANTRAINE, Pierre. "Le Divin et les Dieux chez Homère", in *La Notion du Divin depuis Homère jusqu' à Platon*, Entretiens Hardt 1. Genebra, 1954.

CLARKE, Howard. *Homer's Readers: A Historical Introduction to the Iliad and the Odyssey*. Newark, Del., 1981.

CLARKE, Michael. *Flesh and Spirit in the Songs of Homer*. Oxford, 1999.

CLAY, Jenny Strauss. *The Wrath of Athena: Gods and Men in the Odyssey*. Princeton, 1983.

COHEN, Beth, ed. *The Distaff Side: Representing the Female in Homer's Odyssey*. Nova York e Londres, 1995.

COLDSTREAM, John Nicolas. "Hero-Cults in the Age of Homer". *Journal of Hellenic Studies* 96 (1976), pp. 8-17.

COOK, Erwin F. *The "Odyssey" in Athens: Myths of Cultural Origins*. Ithaca e Londres, 1996.

CRANE, Gregory. *Calypso: Backgrounds and Conventions of the Odyssey*. Frankfurt, 1988.

CROTTY, Kevin. *The Poetics of Supplication: Homer's Iliad and Odyssey*. Ithaca e Londres, 1994.

DANEK, Georg. "Polumetis Odysseus und Tale budalina: Namensformeln bei Homer und im serbokroatischen Epos". *Wiener Studien* 104 (1991), pp. 23-47.

———. *Epos und Zitat: Studien zu den Quellen der Odyssee*. Viena, 1998.

———. *Bosnische Heldenepen*. Viena, 2003.

DAWE, Roger David. *The Odyssey: Translation and Analysis*. Sussex, 1993.

DIMOCK, George E. *The Unity of the Odyssey*. Amherst, 1989.

DODDS, Eric Robertson. *The Greeks and the Irrational*. Berkeley e Los Angeles, 1951.

570   ODISSEIA

EDWARDS, Mark W. *Homer: Poet of the Iliad*. Baltimore e Londres, 1987.

EISENBERGER, Herbert. *Studien zur Odyssee*. Wiesbaden, 1973.

ERBSE, Hartmut. *Beiträge zum Verständnis der Odyssee*. Berlim e Nova York, 1972.

——. *Untersuchungen zum Funktion der Götter im homerischen Epos*. Berlim, 1986

FELSON-RUBIN, Nancy. *Regarding Penelope: From Character to Poetics*. Princeton, 1994.

FENIK, Bernard. *Studies in the Odyssey*. Hermes Einzelschrift 30. Wiesbaden, 1974.

FERRUCCI, Franco. *The Poetics of Disguise: The Autobiography of the Work in Homer, Dante and Shakespeare*. Trad. A. Dunnigan. Ithaca, 1980.

FINLEY Jr., John H. *Homer's Odyssey*. Cambridge, Mass., e Londres, 1978.

FINLEY, Sir Moses. *The World of Odysseus*. 2ª ed. rev. Harmondsworth, 1979.

FINNEGAN, Ruth. *Oral Poetry: Its Nature, Significance, and Social Context*. Cambridge, Inglaterra, 1977.

FORD, Andrew. *Homer: The Poetry of the Past*. Ithaca e Londres, 1992.

FRAME, Douglas. *The Myth of Return in Early Greek Epic*. New Haven, 1978.

GERMAIN, Gabriel. *Genèse de l'Odyssée*. Paris, 1954.

GREENE, Thomas M. *The Descent from Heaven: A Study in Epic Continuity*. Capítulo 4, "Form and Craft in the *Odyssey*". New Haven, 1963.

GRIFFIN, Jasper. *Homer on Life and Death*. Oxford, 1980.

——. *Homer: The Odyssey*. Landmarks of World Literature. Cambridge, Inglaterra e Nova York, 1987.

GUTHRIE, William K. *The Greeks and Their Gods*. Londres, 1949; repr. Boston, 1950.

HENDERSON, John. "The Name of the Tree: Recounting *Odyssey* XXIV 340-2", *Journal of Hellenic Studies* 117 (1997), pp. 87-116.

HEXTER, Ralph. *A Guide to the Odyssey: A Commentary on the English Translation of Robert Fitzgerald*. Nova York, 1993.

JABOUILLE, Victor. *Iniciação à ciência dos mitos*. Lisboa, 1994.

JANKO, Richard. *Homer, Hesiod and the Homeric Hymns*. Cambridge, 1982.

REFERÊNCIAS BIBLIOGRÁFICAS

JEBB, Sir Richard Claverhouse. *The Growth and Influence of Classical Greek Poetry*. Londres, 1893.

JENKYNS, Richard. *Classical Epic: Homer and Virgil*. Bristol Classical World series. Londres, 1992.

JONES, Peter V. *Homer's Odyssey: A Companion to the Translation of Richmond Lattimore*. Carbondale e Bristol, 1988.

KATZ, Marylin A. *Penelope's Renown: Meaning and Indeterminacy in the Odyssey*. Princeton, 1991.

KIRCHHOFF, Adolf. *Die homerische Odyssee*. Leipzig, 1873.

KIRK, Geoffrey Stephen. *The Songs of Homer*. Cambridge, Inglaterra, 1962.

LAMBERTON, Robert. *Homer the Theologian: Neoplatonist Allegorical Reading and the Growth of the Epic Tradition*. Berkeley, Los Angeles e Londres, 1986.

—— e KEANEY John J., eds. *Homer's Ancient Readers: The Hermeneutics of Greek Epic's Earliest Exegetes*. Princeton, 1992.

LATACZ, Joachim. *Homer: Tradition und Neuerung*. Wege der Forschung Bd. 463, Darmstadt, 1979.

——. "Das Menschenbild Homers", *Gymnasium* 91 (1984), pp. 15-39.

——. *Homer: Die Dichtung und ihre Deutung*. Wege der Forschung, Bd. 634. Darmstadt, 1991.

——. *Homer: Der erste Dichter des Abendlands*. Dusseldorf e Zurique, 1997.

LESKY, Albin. *Homeros*. Stuttgart, 1967.

——. *Geschichte der griechischen Literatur*. Berna, 1963.

LLOYD-JONES, Sir Hugh. *The Justice of Zeus*. 2ª ed. Sather Classical Lectures, vol. 41. Berkeley, Los Angeles e Londres, 1983.

LORD, Albert. *The Singer of Tales*. Cambridge, Mass., 1960.

LOUDEN, Bruce. *The Odyssey: Structure, Narration, and Meaning*. Baltimore e Londres, 1999.

LOURENÇO, Frederico. *Grécia Revisitada: Ensaios sobre Cultura Grega*. Lisboa, 2004.

MARG, Walter. *Homer über die Dichtung*. Münster, 1957.

MARTIN, Richard. *The Language of Heroes: Speech and Performance in the Iliad*. Ithaca, 1989.

MCAUSLAN, Ian e WALCOT, Peter, eds. *Homer*. Oxford e Nova York, 1998.

MERKELBACH, Reinhold. *Untersuchungen zur Odyssee*. Munique, 1951.

MEULI, Karl. *Odyssee und Argonautika*. Berlim, 1921.

MOREUX, Bernard. "La nuit, l'ombre et la mort chez Homère", *Phoenix* 21 (1967), pp. 237-72.

MORRIS, Ian e POWELL, Barry, eds. *A New Companion to Homer*. Leiden e Nova York, 1997.

MOULTON, Carroll. *Smiles in the Homeric Poems*. Göttingen, 1977.

MUELLER, Martin. *The Iliad*. Unwin Critical Library, ed. Claude Rawson. Londres, 1984.

MURNAGHAN, Sheila. *Desguise and Recognition in the Odyssey*. Princeton, 1987.

MYRSIADES, Kostas, ed. *Approaches to Teaching Homer's Iliad and Odyssey*. Nova York, 1987.

NAGLER, Michael N. *Spontaneity and Tradition: A Study in the Oral Art of Homer*. Berkeley e Los Angeles, 1974.

NAGY, Gregory. *Homeric Questions*. Austin (Texas), 1996.

———. *The Best of the Achaeans: Concepts of the Hero in Archaic Greek Poetry*. Baltimore e Londres, 1979.

O'NOLAN, Kevin.: "Doublets in the Odyssey", *Classical Quarterly* 28 (1978), pp. 23-7.

OLSON, S. Douglas. *Blood and Iron: Stories and Storytelling in Homer's Odyssey*. Leiden, Nova York, Colônia, 1995.

PAGE, Sir Denys. *Folktales in Homer's Odyssey*. Cambridge, Mass., 1973.

———. *The Homeric Odyssey*. Oxford, 1955.

PARRY, Adam M. Pref. Sir Hugh Lloyd-Jones. *The Language of Achilles and Other Papers*. Oxford, 1989.

PARRY, Milman. *The Making of Homeric Verse: The Collected Papers of Milman Parry*. Ed. Adam Parry. Oxford, 1971.

PERADOTTO, John. *Man in the Middle Voice: Name and Narration in the Odyssey*. Martin Classical Lectures. New Series, vol. 1. Princeton, 1990.

PUCCI, Pietro. *Odysseus Polutropos: Intertextual Readings in the Odyssey and the Iliad*. 2ª ed. Ithaca, 1995.

RIBEIRO FERREIRA, José. *A Grécia Antiga*. Lisboa, 1992.

ROCHA PEREIRA, Maria Helena. *Concepções helênicas de felicidade no além*. Coimbra, 1955.

———. "Eros e Philia no nostos de Ulisses", in NASCIMENTO, A.; JABOUILLE, V. e LOURENÇO, F., eds., *Eros e Philia na cultura grega*. Lisboa, 1996, pp. 5-12.

REFERÊNCIAS BIBLIOGRÁFICAS

ROCHA PEREIRA, Maria Helena. *Estudos de história da cultura clássica*, Vol. I: *Cultura grega*. Lisboa, 2003.

ROTHE, Carl. *Die Odyssee als Dichtung und ihr Verhältnis zur Ilias*. Paderborn, 1914.

RUBENS, Beaty e TAPLIN, Oliver. *An Odyssey Round Odysseus: The Man and His Story Traced Through Time and Place.* Londres, 1989.

RUBINO, Carl A. e SHELMERDINE, Cynthia W., eds. *Approaches to Homer.* Austin, 1983.

RÜTER, Klaus. *Odysseeinterpretationen.* Göttingen, 1969.

SCHADEWALDT, Wolfgang. *Von Homers Welt und Werk.* Stuttgart, 1965.

SCHEIN, Seth L., ed. *Reading the Odyssey: Selected Interpretive Essays.* Princeton, 1995.

SCHMIDT, Jens-Uwe. "Die Blendung des Kyklopen und der Zorn des Poseidon". *Wiener Studien* 116 (2003), pp. 5-42.

SCHWARTZ, Eduard. *Die Odyssee.* Munique, 1924.

SCULLY, Stephen. *Homer and the Sacred City.* Ithaca e Londres, 1990.

SEECK, Otto. *Die Quellen der Odyssee.* Berlim, 1887.

SEGAL, Charles. *Singers, Heroes, and Gods in the Odyssey.* Ithaca, 1994.

SHIPP, George Pelham. *Studies in the language of Homer.* Cambridge, 1972.

SHIVE, David M. *Naming Achilles.* Nova York e Oxford, 1987.

SIMÕES RODRIGUES, Nuno. "Ulisses e Gilgamés", in F. de Oliveira (coord.), *Atas do Colóquio Penélope e Ulisses.* Coimbra, 2003, pp. 91-105.

STANFORD, William Bedel. *The Ulysses Theme: A Study in the Adaptability of a Traditional Hero.* 2ª ed. Oxford, 1968.

STEINER, George e FAGLES, Robert, eds. *Homer: A Collection of Critical Essays.* Twentieth Century Views, ed. Maynard Mack. Englewood Cliffs, 1962.

———, ed., com Aminadov Dykman. *Homer in English.* Penguin Poets in Tranlation, ed. Christopher Ricks. Harmondsworth, 1996.

SUZUKI, Mihoko. *Metamorphoses of Helen: Authority, Difference, and the Epic.* Capítulo 2, "*The Odyssey*". Ithaca e Londres, 1989.

TAYLOR Jr., Charles H., ed. *Essays on the Odyssey. Selected Modern Criticism.* Indianápolis, 1963.

THALMANN, William G. *The Odyssey: An Epic of Return*. Twayne Publishers, Nova York, 1992.

———. *The Swineherd and the Bow: Representations of Class in the Odyssey*. Ithaca, NY, 1998.

THORNTON, Agathe. *People and Themes in Homer's Odyssey*. Londres, 1970.

TRACY, Stephen V. *The Story of the Odyssey*. Princeton, 1990.

———. *Greece in the Bronze Age*. Chicago e Londres, 1964.

TSAGARAKIS, Odysseus. *Form and Content in Homer*. Wiesbaden, 1982.

VERMEULE, Emily. *Aspects of Death in Early Greek Art and Poetry*. Sather Classical Lectures, vol. 46. Berkeley, Los Angeles e Londres, 1979.

VIVANTE, Paolo. *Homer*. Hermes Books, ed. John Herington. New Haven e Londres, 1985.

WACE, Alan J. B. e STUBBINGS, Frank. *A Companion to Homer*. Londres, 1962.

WENDER, Dorothea. *The Last Scenes of the Odyssey*. Mnemosyne Supplement 52. Leiden, 1978.

WEST, Martin Litchfield. *The East Face of Helicon: West Asiatic Elements in Greek Poetry and Myth*. Oxford, 1997.

WHITMAN, Cedric H. *Homer and the Heroic Tradition*. Capítulo 12, "The *Odyssey* and Change". Cambridge, Mass. e Londres, 1958.

WILAMOWITZ-MOELLENDORF, Ulrich von. *Die Heimkehr des Odysseus*. Berlim, 1927.

WOOD, Robert. *An Essay on the Original Genius and Writings of Homer*. Londres, 1769; rep. Filadélfia, 1976.

WOODHOUSE, William John. *The Composition of Homer's Odyssey*. Oxford, 1930.

1ª EDIÇÃO [2011] 26 reimpressões

Esta obra foi composta em Sabon por Alice Viggiani e impressa pela Geográfica em ofsete sobre papel Pólen da Suzano S.A. para a Editora Schwarcz em abril de 2025

A marca FSC® é a garantia de que a madeira utilizada na fabricação do papel deste livro provém de florestas que foram gerenciadas de maneira ambientalmente correta, socialmente justa e economicamente viável, além de outras fontes de origem controlada.